대지

대지

펄 벅 | 안정효 옮김

문예출판사

The Good Earth
Pearl S. Buck

차례

대지 • 7

작품 해설 • 481
펄 벅 연보 • 491

• 본문의 주는 모두 옮긴이 주다.

1

 왕룽(王龍)이 결혼하는 날이었다. 침상을 둘러싼 휘장의 어둠 속에서 눈을 뜬 그는 오늘 새벽이 어째서 여느 다른 날하고 다르게 여겨져야 하는지를 처음에는 생각해낼 수 없었다. 중간 뜰을 가운데 두고 그의 방과 마주 보는 방에서 늙은 아버지가 숨이 차서 나직이 기침을 하는 소리 이외에는 집 안이 아직도 고요했다. 아침마다 제일 먼저 들려오는 것이 노인의 기침 소리였다. 왕룽은 그 소리에 귀를 기울이며 가만히 누워 있기가 보통이었고 그 소리가 더 가까워지는 것을 들은 다음에야, 그리고 아버지의 방문에 달린 나무 경첩이 삐걱거리는 소리를 들은 다음에야 몸을 움직였다.
 하지만 오늘 아침에는 기다리지 않았다. 그는 벌떡 일어나서 침대의 휘장을 밀어젖혔다. 어둑어둑하고 불그레하게 동이 터오는 중이었으며, 찢어진 종이가 펄럭거리는 창문의 자그마한 정사각형 구명을 통해서 청동빛 하늘의 여명이 빛났다. 그는 창문 구멍으로 가서 종이를 찢어버렸다.

"봄이 왔으니까 이건 필요 없겠지."

그가 중얼거렸다. 그는 오늘만큼은 집 안이 깨끗해 보였으면 좋겠다는 말을 창피해서 차마 입 밖에 낼 수가 없었다. 구멍은 겨우 손을 내밀어 바깥바람을 느낄 수 있을 정도의 크기였다. 미약하고 부드러운 바람이, 비를 함빡 머금어서 맑고 두런두런 얘기하는 듯한 바람이 동쪽에서 살랑살랑 불어왔다. 동풍은 길조(吉兆)였다. 곡식이 여물려면 밭에는 비가 내려야 했다. 오늘은 비가 안 오겠지만 계속해서 이 바람이 불어준다면 며칠 안으로 비가 내리리라. 좋은 일이었다. 어제 그는 아버지에게 만일 이 쨍쨍 내리쬐는 땡볕이 계속되었다가는 밀의 이삭이 여물지 않을 것이라고 말했다. 마치 하늘이 오늘을 골라서 그에게 복을 내려주는 것만 같았다. 대지가 열매를 맺으리라.

그는 푸른색 겉바지를 주워 입으며 서둘러 가운데 방으로 들어갔고, 푸른색 무명 헝겊으로 만든 허리띠를 불룩한 허리에다 잡아매었다. 그는 목욕할 물이 더워질 때까지 웃통을 벗고 있었다. 그는 집에다 붙여서 지은 헛간 같은 부엌으로 들어갔는데, 문 옆의 모퉁이를 돌아 컴컴한 곳에서 황소 한 마리가 머리를 돌려 내밀고는 그를 보고 나지막한 소리로 음매 하고 울었다. 부엌은 집이나 마찬가지로 그들의 밭에서 큼직하게 정사각형으로 파낸 흙으로 빚은 흙벽돌로 지었으며, 그들이 재배한 밀짚으로 이엉을 엮어 얹었다. 대대로 그들이 물려받은 대지로부터 할아버지가 젊은 시절에 만들어놓은 아궁이는 여러 해 동안 밥을 짓느라고 시커멓게 탔다. 흙으로 빚은 이 부뚜막 위에는 깊고 둥근 쇠 가마솥이 얹혀 있었다.

그는 반으로 쪼갠 바가지를 담가 근처에 놓아둔 독에서 물을 퍼 가마솥을 어느 정도 채웠는데, 물이 귀했기 때문에 조심해서 폈다. 그러다가 잠깐 주저한 다음에 그는 독을 들어 올려 물을 몽땅 가마솥에다 쏟아부었다. 오늘은 온몸을 씻어야 할 참이었다. 어머니의 무릎에서 지내던 어린 시절 이후에 어느 누구도 그의 몸을 본 사람이 없었다. 오늘은 누군가 볼 터였고, 그래서 그는 몸이 깨끗해야 했다.

그는 아궁이를 돌아 뒤쪽으로 가서 부엌 구석에 세워놓은 마른풀과 줄기를 한 줌 추려서 잎사귀 하나라도 최대한으로 태우려고 아궁이 턱에다 꼼꼼하게 늘어놓았다. 그리고 오래된 부싯돌로 불을 붙여 밀짚 속으로 밀어 넣으니까 불꽃이 타올랐다.

그가 불을 지피는 것도 오늘 아침으로 마지막이었다. 그는 6년 전 어머니가 돌아가신 이후로 지금까지 아침마다 이렇게 불을 지피고는 했다. 그는 불을 지폈고, 물을 끓였고, 물을 그릇에 담아서 방으로 가지고 들어가서는 침대에 앉아 마룻바닥에서 신발을 찾느라고 더듬거리며 기침을 하는 아버지에게 드렸다. 6년 동안 노인은 아침마다 터지는 기침을 가라앉히려고 아들이 더운물을 떠 가지고 들어오기를 기다렸다. 이제는 아버지와 아들이 한숨을 돌리게 되었다. 집에 여자가 들어오기로 되어 있었기 때문이다. 절대로 다시는 왕룽이 여름과 겨울로 불을 지피기 위해서 새벽에 일어나야 할 필요가 없어졌다. 그는 잠자리에 누운 채로 기다리기만 하면 그만이었고, 그에게도 물 한 그릇을 떠다줄 사람이 생겼으며, 대지의 수확이 풍요해지면 물에 차(茶) 잎이 떠 있으리라. 몇 해에 한 번쯤 풍년이 들면.

그리고 여자가 늙어 힘이 빠지더라도 불을 지필 자식들이, 그녀가 왕룽에게 낳아줄 많은 아이들이 생겨날 것이다. 세 방에서 들락날락할 아이들 생각이 머리에 떠오르자 왕룽은 갑자기 멈칫했다. 어머니가 돌아가신 이후로 반쯤 집이 텅 비어서였는지 방 셋이 그들에게는 항상 너무나 많다고 느꼈다.

그들은 한없이 아이를 낳아대면서 걸핏하면 들어와 같이 살고 싶어서 애원하는 작은아버지처럼 식구가 많아 걱정인 친척들을 항상 막아내느라고 애를 먹이곤 했다. 작은아버지는 이렇게 부탁하고는 했다.

"보세요, 혼자 사는 두 남자가 왜 방이 그렇게 많이 필요한가요? 아버지하고 아들이 같이 자면 큰일이라도 납니까? 젊은이의 따뜻한 체온이 노인의 기침을 가라앉게 해줄 텐데요."

하지만 아버지는 항상 이렇게 대답하는 것이었다.

"난 손자 녀석을 위해서 내 잠자리를 남겨두겠어. 그 녀석이 노년에 내 뼈를 따스하게 해주겠지."

이제 손자들이, 많고도 많은 손자들이 태어날 것이다! 그들은 벽을 따라 그리고 가운데 방에도 침대들을 들여놓아야 하리라.

집 안은 온통 침대투성이가 되리라. 반쯤 비어버린 집에 들여놓을 침대들을 왕룽이 생각하고 있는 사이에 아궁이의 불꽃이 죽었고, 가마솥 속의 물이 식기 시작했다.

단추를 채우지 않은 옷을 엉성하게 움켜잡은, 그림자 같은 노인의 모습이 문간에 나타났다. 그는 기침을 하고 침을 뱉었으며, 숨을 몰아쉬었다.

"어째서 아직 내 숨통을 데워줄 물이 들어오지 않느냐?"

왕룽은 물끄러미 쳐다보다가 제정신이 들자 창피해졌다.

"땔감이 젖어서요."

아궁이 뒤쪽에서 그가 어물어물했다.

"바람에 습기가 있어서……."

노인은 끊임없이 기침을 계속했으며 물이 끓을 때까지도 멈추지 못했다. 왕룽은 물을 그릇에 조금 따르더니 잠시 후에는 부뚜막에 얹어놓은 오지항아리를 열어 말라비틀어진 찻잎 십여 개를 꺼내 물 위에 뿌렸다. 노인의 눈이 탐욕스럽게 휘둥그레졌고, 당장 그는 불평을 늘어놓기 시작했다.

"너 왜 그렇게 낭비가 심하냐? 차를 마시는 건 은(銀)을 먹이치우는 격인데."

"오늘은 경사스러운 날이잖아요."

짤막하게 웃으며 왕룽이 대답했다.

"마음 놓고 드세요."

노인은 투덜대며 못마땅해하는 소리를 내면서 쪼글쪼글하고 울퉁불퉁한 손가락으로 그릇을 움켜쥐었다. 그는 귀중한 차를 마실 엄두가 나지를 않아서 찻잎들이 불어 물 위를 덮는 것을 구경만 했다.

"식겠어요."

왕룽이 말했다.
"그렇군, 그래……."
노인이 깜짝 놀라서 말하고는 따끈한 차를 꿀꺽꿀꺽 마시기 시작했다. 그는 먹는 데 정신을 판 아이처럼 동물적인 만족감에 빠져들었다. 하지만 그는 가마솥에서 깊숙한 나무 욕조로 아무렇게나 물을 쏟아 붓는 왕룽을 보지 못할 정도로 정신이 없지는 않았다. 그는 머리를 들고 아들을 빤히 쳐다보았다.
"저런, 그 정도의 물이라면 농사를 짓기에도 넉넉하겠구나."
그가 불쑥 말했다. 왕룽은 계속해서 마지막 한 방울까지 물을 부었다. 그는 대답을 하지 않았다.
"내 말 안 들리냐!"
아버지가 소리쳤다.
"저는 정초부터 지금까지 온몸을 씻은 적이 한 번도 없어요."
나지막한 목소리로 왕룽이 말했다.
그는 여자에게 깨끗한 몸을 보여주고 싶다는 얘기를 부끄러워서 아버지에게 할 수가 없었다. 그는 목욕통을 그의 방으로 가지고 가려고 서둘러 나갔다. 문이 뒤틀린 나무틀에 엉성하게 달려 있어서 꼭 닫히지를 않았고, 노인은 비척거리며 가운데 방으로 들어가 문틈에다 대고 소리를 질렀다.
"아침에 마실 물에 차를 넣지 않나, 목욕을 한답시고 야단을 떨지 않나…… 이런 식으로 여자를 맞아들이는 건 좋지 않아!"
"오늘 한 번만이에요."
왕룽이 소리쳤다. 그러더니 그가 덧붙여 말했다.

"목욕한 다음에 물을 땅에다 뿌릴 거니까 낭비하는 건 아녜요."

노인은 그 말에 잠잠해졌고, 왕룽은 허리띠를 풀고 옷을 벗었다. 정사각형 토막을 이루며 구멍으로 흘러 들어온 빛을 받으며 그는 김이 무럭무럭 피어오르는 작은 수건을 비틀어 짜서 거무튀튀하고 호리호리한 몸을 빡빡 문질러 닦았다.

그는 바람이 훈훈하다고 생각했지만 살이 물에 젖으니 추웠고, 온몸에서 엷은 구름처럼 김이 피어오를 때까지 수건을 물에 담갔다 꺼냈다 하면서 빨리 움직였다. 그러더니 그는 어머니의 소유였던 궤짝이 있는 곳으로 가서 파란 무명 헝겊으로 지은 새 옷을 꺼냈다. 겨울 솜옷을 입지 않으면 오늘은 약간 추운 날씨겠지만, 갑자기 그는 남루한 겨울옷이 그의 깨끗한 살에 닿는다는 것이 견딜 수 없었다.

겨울옷은 찢어졌고 더러웠으며, 여기저기 찢어진 구멍에서 회색으로 찌든 솜이 비십니 나왔다. 그는 그런 옷을 입은 꼴로 여자와 처음 마주하기를 원하지 않았다. 나중이라면 그녀가 하는 수 없이 빨고 꿰매주겠지만, 첫날만큼은 곤란했다.

그는 파란 무명 저고리와 바지 위에다 기다란 두루마기를 걸쳐 입었는데, 단벌인 이 두루마기는 한 해에 기껏해야 열흘가량 명절에만 입었다. 왕룽은 재빠르게 손가락을 움직여 등으로 땋아 내린 긴 머리를 풀고, 작고 비뚤어진 탁자의 서랍에서 나무빗을 꺼내 머리를 말끔히 빗기 시작했다.

아버지가 다시 가까이 오더니 문틈에 입을 대고 말했다.

"난 오늘 아무것도 먹지 못하는 거냐?"

그가 투덜거렸다.

"내 나이에는 무얼 먹지 못하면 아침에는 뼈가 흐물흐물해진단 말이다."

"곧 갈게요."

술이 달린 검은 비단 끈처럼 머리를 엮어 재빨리 매끄럽게 땋으면서 왕룽이 말했다.

그러더니 잠시 후에 그는 기다란 겉옷을 벗고서 땋은 머리칼을 머리통에 감고는 목욕통을 들고 나갔다. 그는 아침 식사를 까맣게 잊어버리고 있었다. 그는 옥수수죽에다 물을 조금 부어 저어서 아버지에게 주어야겠다고 생각했다. 자기는 아무것도 먹고 싶지 않았다. 그는 목욕통을 들고 문간으로 비틀거리며 걸어가서 문에서 가장 가까운 밭에 물을 부었다. 그러면서 그는 목욕을 하느라고 가마솥의 물을 모두 다 썼으며, 불도 다시 지펴야 한다는 생각을 했다. 아버지에 대한 분노가 왈칵 마음속에서 치밀어 올랐다.

'저 늙은이 머리는 먹고 마시는 거 외에는 아무 생각도 하지 않는다니까.'

그는 아궁이 구멍에다 대고 투덜거렸지만 소리를 내어서는 아무 말도 하지 않았다. 그가 노인을 위해서 밥을 짓는 것도 오늘 아침으로 마지막이었다. 그는 문에서 가까운 곳에 있는 우물에서 길어와 물통에 담아놓은 물을 아주 조금만 솥에 부어 빨리 끓여서 죽에 부어 저어서 노인에게 가져다주었다.

"오늘 저녁에는 쌀밥을 먹게 될 거예요, 아버지."

그가 말했다.

"그러니까 지금은 그냥 옥수수죽을 드세요."

"바구니에 쌀이 조금밖에 남아 있지 않을 텐데."

가운데 방의 탁자에 자리를 잡고 앉아 걸쭉하고 노란 죽을 젓가락으로 저으면서 노인이 말했다.

"그렇다면 춘절에 덜 먹으면 되잖아요."

왕룽이 말했다. 하지만 노인은 그 말을 듣지 못했다. 그는 그릇에다 입을 대고 시끄럽게 후루룩거렸다.

그러더니 왕룽은 그의 방으로 들어가서 길고 파란 겉옷을 다시 걸치고는 땋은 머리를 내렸다. 그는 면도를 한 이마와 두 뺨을 손으로 쓰다듬어보았다. 면도를 새로 하는 것이 좋지 않을까? 아직 해도 채 뜨기 전이었다. 그는 이발소 골목에 들러 면도를 한 다음에 색시가 기다리는 집으로 갈 수도 있었다. 돈만 있다면 그럴 생각이었다.

그는 허리춤에서 때에 찌든 자그마한 회색 헝겊 주머니를 꺼내 그 안에 들어 있는 돈을 헤아려보았다. 은화가 여섯 닢에 동전이 두 움큼쯤 되었다. 그는 오늘 저녁에 식사를 같이 하자고 손님들을 초대했다는 얘기를 아직 아버지에게 하지 않았다. 그는 아버지를 생각해서 작은아버지와, 작은아버지의 젊은 아들인 사촌 동생과, 같은 마을에 사는 이웃 농부 세 사람을 초청했다.

그는 오늘 아침에 읍내에서 돼지고기와 개복치 한 마리와 밤 한 움큼을 구해 가지고 돌아올 계획이었다. 심지어 그는 자기 밭에서 재배한 배추를 넣어 국을 끓이기 위해 쇠고기 조금하고 남방에서 가져온 죽순도 몇 개쯤 사오고 싶기도 했다. 하지만 그것은 콩기름과 간장을 산 다음에 돈이 조금이라도 남아야만 가능한 얘기였다.

만일 이발을 한다면 그는 쇠고기를 사지 못할지도 모른다. 어쨌든 이발은 해야지, 그가 갑자기 결심했다.

그는 말도 없이 노인을 남겨두고 이른 아침의 세상으로 나섰다. 아직 어두컴컴했지만 태양은 지평선의 구름들 위로 솟아올라 자라나는 밀과 보리에 맺힌 이슬에 비쳐 반짝였다. 천성이 농부인지라 왕룽은 잠깐 허리를 숙이고 움트는 싹들을 살펴보았다. 이삭은 아직 속이 빈 채로 비가 내리기를 기다리고 있었다. 그는 대기의 냄새를 맡아보고는 초조한 눈으로 하늘을 쳐다보았다. 무겁게 바람을 짓누르는 듯한 구름들은 시커먼 저 속에 비를 머금고 있었다. 그는 향을 한 개 사서 지신(地神)을 모시는 작은 사당에서 분향할 생각이었다. 이런 날이면 그럴 만도 했다.

그는 밭들 사이로 난 좁다랗고 구불구불한 길을 걸어갔다. 가까운 곳에서 읍내의 잿빛 새벽이 드러났다. 그가 통과하게 될 저 성문 안에는 색시가 어렸을 적부터 노비로 일했던 대가(大家)인 황씨 댁이 있었다. '대갓집에 노비로 있었던 여자하고 결혼하느니보다는 차라리 혼자 사는 게 더 낫다'고 말하는 사람들도 있었다. 하지만 그가 아버지에게 "전 색시를 절대로 얻지 못하게 되나요?"라고 말했더니 아버지가 이렇게 대답했다.

"여자라면 누구나 금붙이하고 비단옷을 받아야만 남편을 맞으려고 하는 험악한 시절인지라 결혼 비용이 너무나 엄청나게 들어가니 가난한 사람들이야 어디 종년밖에 더 얻을 수 있겠느냐?"

그러더니 아버지는 자리를 털고 일어나 황씨 댁으로 가서 혹시 남은 노비가 있느냐고 알아보았다.

"별로 어린 것도 없고, 거기다가 예쁘장한 종년이야 더욱 귀하지."

그가 말했다. 왕룽은 예쁜 색시는 바라지도 말아야 한다는 것이 괴로웠다. 아내가 미인이라고 다른 남자들이 축하해줄 만큼 예쁜 여자를 얻는 것은 기분 좋은 일이었다. 못마땅해하는 아들의 표정을 보고 아버지가 소리를 질렀다.

"그래, 예쁜 여자는 얻어다가 무얼 하겠다는 얘기냐? 우린 집안일을 하고 아이도 낳고 밭에 나가서 일도 해야 하는 여자를 구해야 하는데 예쁜 여자가 그런 일들을 다 한다는 말이냐? 그런 여자는 제 얼굴에 어울리는 옷 생각만 한없이 하고 있을 거야! 안 돼, 우리 집에 예쁜 여자는 못써. 우린 농부란다. 그뿐 아니라, 부잣집의 예쁜 종년치고 어디 처녀가 있다는 얘기를 들어봤냐? 젊은 주인들이 모두 그 계집을 실컷 건드렸을 텐데. 못생긴 계집을 첫 번째로 갖는 게 미인을 백 번째로 갖는 것보다 훨씬 좋지. 네 생각엔 예쁜 여자가 농부인 네 손이 부잣집 아들의 보들보들한 손보다 너 기분 좋고, 햇볕에 그을린 시커먼 네 얼굴이 재미로 그녀를 데리고 놀았던 다른 남자들의 황금빛 얼굴만큼 아름답다고 할 것 같으냐?"

왕룽은 아버지의 얘기가 옳다는 것을 알았다. 그렇기는 해도 그는 자신의 육체와 투쟁을 벌인 다음에야 대답을 할 수가 있었다. 그리고 그의 반응은 험악했다.

"적어도 난 곰보나 언청이를 색시로 맞지는 않겠어요."

"어떤 여자를 구할 수 있을지는 두고 봐야겠지."

아버지가 대답했다.

하기야 색시는 얼굴이 얽지도 않았고 윗입술이 째지지도 않았다.

그 정도는 알고 있었지만 그 이상은 전혀 아는 바가 없었다. 왕룽과 아버지는 도금한 은반지 두 개와 은 귀고리를 샀고, 아버지는 그것들을 약혼 예물로 여자의 주인에게 가져다주었다. 오늘 가서 그 여자를 데리고 올 수 있다는 사실 이외에 왕룽은 그의 색시가 될 여자에 관해서 더 이상은 아무것도 알지 못했다.

그는 썰렁하고 컴컴한 성문으로 걸어 들어갔다. 성문 바로 밖에서는 큼직한 물통을 잔뜩 실은 손수레를 끄는 물장수들이 자갈로 포장한 길바닥으로 물을 철벅거리고 엎지르며 하루 종일 오락가락했다. 흙과 벽돌로 쌓은 두꺼운 성벽 밑의 성문 굴다리 안은 항상 축축하고 서늘해 여름날에도 시원했기 때문에 손님을 끌려는 참외 장수들이 참외를 쪼개서 후루룩 빨아먹으라고 돌바닥 위에 늘어놓고는 했다.

철이 너무 이르기 때문에 아직 아무도 없기는 했지만 성벽을 따라 작고 단단하고 시퍼런 복숭아를 담은 바구니를 늘어놓은 행상들이 외쳐댔다.

"올해 첫 복숭아요, 첫 복숭아! 사시요, 먹어보시오. 겨울의 독을 창자에서 몰아내시오!"

왕룽이 속으로 생각했다.

"색시가 저걸 좋아한다면 돌아가는 길에 한 줌 사줘야겠군."

그는 성문을 지나 다시 걸어 나올 때는 한 여자가 그의 뒤를 따라오리라는 사실이 전혀 실감이 나지 않았다.

그는 성문 안으로 들어서 오른쪽으로 빠졌고 잠시 후에 이발소 골목으로 들어섰다. 너무 이른 시간이어서 왕룽보다 먼저 온 사람은 몇 명뿐이었는데, 그들은 채소를 새벽 장에서 팔아치우고 돌아가 낮에는 밭일을 하려고 어젯밤에 청과물을 가지고 시내로 들어온 농부들이었다. 그들은 바구니를 앞에 놓고 쪼그리고 앉아서 덜덜 떨며 잠을 잤는데, 그 바구니들이 지금은 빈 채로 놓여 있었다. 오늘만큼은 그들의 놀림을 당하고 싶지 않았기 때문에 왕룽은 혹시 누가 그를 알아볼까 봐 일부러 그들을 피했다. 거리를 따라 이발사들이 그들의 자그마한 이발소 뒤에 길게 줄을 지어 서 있었는데, 왕룽은 가장 멀리 떨어진 곳으로 가서 둥근 의자에 앉아 옆 사람과 잡담을 하고 서 있던 이발사를 손짓해 불렀다. 이발사가 당장 달려와 풍로의 숯불에 얹은 주전자에서 더운물을 재빨리 놋대야에다 부었다.

"이발을 제대로 다 하시겠어요?"

그가 노련한 이발사답게 말했다.

"머리하고 얼굴만요."

왕룽이 대답했다.

"귀하고 콧구멍 청소는요?"

이발사가 물었다.

"그러면 돈을 얼마나 더 내야 하나요?"

왕룽이 조심스럽게 물었다.

"네 푼이요."

뜨거운 물에 검정 헝겊을 넣었다 꺼냈다 하며 이발사가 말했다.

"두 푼 드리죠."

왕룽이 말했다.

"그렇다면 한쪽 귀하고 한쪽 콧구멍만 청소해드리죠."

이발사가 재빨리 대꾸했다.

"어느 쪽으로 할까요?"

이 말을 하며 그가 옆 이발사에게 얼굴을 찡그려 보였더니 옆 사람이 웃음을 터뜨렸다. 왕룽은 자기가 짓궂은 사람에게 걸려들었음을 깨달았고, 비록 그들이 이발사이거나 지극히 미천한 사람들이라 하더라도 이런 읍내 사람들 앞에서는 늘 그렇듯이 이유를 설명할 수 없는 어떤 열등감을 느끼며 얼른 말했다.

"좋도록 하세요…… 좋도록 하시라구요."

왕룽은 비누칠을 해서 얼굴을 문지르고 면도를 하는 이발사의 손에 자신을 맡겼다. 알고 보니 꽤나 너그러운 사람이었던 이발사는 돈을 더 받지 않고도 능숙한 솜씨로 그의 두 어깨와 등을 두드려 근육을 풀어주었다. 그는 이마를 면도하면서 왕룽에게 한마디 했다.

"머리만 잘라버리면 그대로 못생긴 농사꾼이라는 소리는 안 듣겠군요. 요즈음에는 변발을 자르는 것이 유행이랍니다."

머리 꼭대기 동그란 머리 다발로 너무나 가까이 면도날이 다가오자 왕룽이 소리쳤다.

"아버지한테 말씀을 드리지 않고는 자를 수 없어요!"

그러자 이발사가 웃으며 둥근 머리카락 다발을 그냥 남겨놓고 지나갔다.

이발이 끝나고 돈을 헤아려 물에 흠뻑 젖어 쪼글쪼글해진 이발사의 손에 넘겨준 다음에 왕룽은 잠깐 겁에 질렸다. 저렇게 많은 돈을 주다니! 하지만 면도를 한 피부에 신선한 바람을 맞으며 다시 거리를 걸어 내려가면서 그는 혼잣말을 했다.

"이번 한 번뿐이니까."

그런 다음에 그는 시장으로 가서 돼지고기 두 근을 사고 푸줏간 주인이 마른 연잎에 고기를 싸는 것을 지켜보았으며, 그러고는 주저하면서 쇠고기도 반 근을 샀다. 잎사귀 위에 얹혀 묵처럼 출렁거리는 신선한 두부 몇 모를 포함해서 살 것을 모두 산 다음 그는 양초 가게로 가서 향을 두 가닥 샀다. 그런 다음에 그는 무척 수줍어하며 황씨 댁으로 걸음을 옮겼다. 막상 그 집 대문 앞에 다다르자 그는 겁이 덜컥 났다. 어쩌자고 혼자 왔을까? 그는 아버지나 작은아버지나, 심지어는 바로 옆집에 사는 칭이라도 좋으니 어느 누구라도 같이 오자고 청했어야 했다. 그는 여태까지 한 번도 큰 집에 들어가본 적이 없었다. 어떻게 결혼식에 쓸 물건들을 손에 들고 안으로 들어가서 "색시를 데리러 왔는데요"라는 말을 할 수 있을까?

그는 대문 앞에 서서 한참 동안 쳐다보았다. 검은 칠을 하고 쇠를 장식해 박은 커다란 나무 대문 두 짝이 서로 맞물려 꽉 닫혀 있었다. 돌로 만든 사자 두 마리가 양쪽에서 문을 지켰다. 사람은 아무도 없었다. 그는 돌아섰다. 엄두가 나지 않았다.

왕룽은 갑자기 맥이 풀렸다. 그는 우선 무언가를 좀 사 먹기로 했다. 그는 아무것도 먹지를 않았다. 식사를 아예 잊었다. 그는 거리의 작은 식당으로 들어가서 탁자에다 두 푼을 내놓고 자리에 앉았다. 반들거리는 검은 앞치마를 두른 지저분한 심부름꾼이 가까이 오자 그에게 소리쳤다.

"국수 두 그릇!"

그리고 국수가 나오자 심부름하는 아이가 서서 시커먼 엄지와 검지 손가락 사이에 동전을 끼고 돌리는 사이에 대나무 젓가락으로 국수를 입으로 쑤셔 넣으며 게걸스럽게 먹어치웠다.

"더 드시겠어요?"

아이가 무관심하게 말했다.

왕룽이 머리를 저었다. 그는 꼿꼿하게 앉아서 주위를 둘러보았다. 탁자를 잔뜩 들여놓은 작고 컴컴하고 비좁은 식당 안에는 그가 아는 사람이 아무도 없었다. 몇 사람만이 앉아서 식사를 하거나 차를 마셨다. 이곳은 가난한 사람들이 오는 식당이었고, 그들 중에서 그가 말끔하고 깨끗해서 부유한 사람처럼 보였는지 거지가 지나다가 그에게 구걸했다.

"적선하십쇼, 선생님. 한 푼만 주세요. 전 배가 고픕니다!"

지금까지 왕룽은 거지의 구걸을 받은 적이 없었으며, 어느 누구도 그를 선생님이라고 부른 적도 없었다. 그는 기분이 좋아서 잔돈 두 닢을 거지의 동냥 그릇에 던져 넣었고, 거지는 시커먼 동물의 앞발 같은 손으로 재빨리 동전을 움켜쥐고는 누더기 안으로 더듬거려 넣고 물러났다.

왕룽이 자리에 앉아 있는 사이에 해가 떠올랐다. 심부름하는 아이가 짜증스럽게 서성거렸다.

"무얼 더 사 드시든지 아니면 자릿세라도 내셔야 되겠어요."

무척 건방진 태도로 그가 마침내 말했다.

그런 건방진 꼴을 보니 화가 치밀어 왕룽은 자리에서 일어나려고 했지만 황씨의 커다란 집으로 가서 색시를 달라고 할 생각을 하니까 밭에서 일을 할 때처럼 온몸에서 땀이 났다.

"차를 갖다 줘."

그가 힘없이 소년에게 말했다. 그가 얼굴을 돌리기도 전에 벌써 차가 나왔고 어린 소년이 내뱉듯 물었다.

"돈 어딨어요?"

왕룽은 허리춤에서 한 푼 더 돈을 꺼내야만 한다는 것을 깨닫고는 아연실색했다.

"날강도 같으니라구."

못마땅해하며 그가 투덜거렸다. 그러자 그는 피로연에 초청한 이웃 사람이 식당으로 들어서는 것을 보았고, 황급히 동전을 탁자에 놓고는 한 번에 꿀꺽 차를 마신 다음에 얼른 옆문으로 나가 다시 거리로 나섰다.

"할 일은 해야지."

그는 절망적으로 혼잣말을 하고는 큰 대문을 향해 천천히 방향을 돌렸다.

정오가 지난 다음이었으므로 지금은 대문이 조금 열려 있었고, 문지기는 점심을 먹고 나서 대나무를 쪼갠 조각으로 이빨을 쑤시며 문간에서 빈둥거렸다. 그는 키가 크고 왼쪽 뺨에 큼직한 점이 있었으며, 그 점에서는 한 번도 깎지 않은 기다랗고 검은 털이 세 가닥 늘어져 있었다. 왕룽이 나타나자 바구니를 들고 무엇을 팔러 온 사람인 줄 알았는지 험악하게 소리를 질렀다.

"이번엔 또 뭐야?"

무척 거북해하면서 왕룽이 대답했다.

"나는 왕룽이라는 농부인데요."

"그래, 왕룽이라는 농부이니 어쨌다는 얘기야?"

주인이나 안주인의 부자 친구들 이외에는 어느 누구에게도 공손할 줄 모르는 문지기가 따졌다.

"내가 찾아온 것은…… 내가 온 것은……."

왕룽이 더듬거렸다.

"찾아왔다는 건 알아."

점에 박혀 있는 기다란 털들을 꼬면서 짐짓 참을성을 보이는 척하며 문지기가 말했다.

"색시가 있을 텐데요."

힘이 빠져 속삭이듯 가라앉은 목소리로 왕룽이 말했다. 햇빛을 받은 그의 얼굴이 땀으로 젖었다.

문지기가 웃음을 터뜨렸다.

"바로 자네로구먼!"

그가 큰 소리로 말했다.

"오늘 신랑이 찾아온다는 얘기를 들었지. 하지만 손에 바구니를 들고 있으니 나로서야 알 수가 있었겠나."

"고기가 조금 들어 있을 뿐이에요."

문지기가 안으로 안내해주기를 기다리며 사과하는 투로 왕룽이 말했다. 하지만 문지기는 꼼짝도 하지 않았다. 마침내 왕룽이 초조하게 말했다.

"나 혼자 들어갈까요?"

문지기가 깜짝 놀란 체했다.

"그랬다간 영감님이 자네를 죽여버릴 거야!"

그러자 왕룽이 순진한 사람이라는 것을 눈치 채고 그가 말했다.
"은화 한 닢이 있으면 문이 잘 열릴 텐데."
왕룽은 결국 남자가 돈을 원한다는 사실을 알았다.
"난 가난한 사람이에요."
그가 애원했다.
"자네 허리춤에 무엇이 있나 어디 보자구."
문지기가 말했다.
그리고 어리숙한 왕룽이 정말로 바구니를 돌바닥에 놓고는 겉옷을 들추고 허리춤에서 자그마한 주머니를 꺼내 장을 보고 남은 돈을 왼손에다 쏟아놓자 문지기가 히죽 웃었다. 은화 한 닢에 동전 열네 개가 나왔다.
"은화는 내가 갖지."
문지기가 태연하게 말했고, 왕룽이 미처 불평을 하기도 전에 문지기는 은화를 소매에 넣고는 활개를 치고 내문으로 들어가며 큰 소리로 외쳤다.
"신랑이오, 신랑!"
방금 있었던 일 때문에 화가 나고, 그가 찾아왔다는 사실을 그렇게 큰 소리로 외쳐서 아연실색하기는 했어도 왕룽은 그냥 따라 들어갈 수밖에 없었다. 그래서 그는 바구니를 집어 들고 똑바로 앞만 보면서 문지기를 따라갔다.
부호의 큰 집에 들어가본 것이 이때가 처음이었지만, 그는 나중에 아무것도 기억할 수가 없었다. 화끈거리는 얼굴을 수그린 채로 그는 여러 마당을 거치면서 앞에서 외쳐대는 목소리를 들었고, 사방에서 킬킬거리며 웃는 소리를 들었다. 마당을 백 개쯤 통과한 듯 싶더니 갑자기 문지기가 잠잠해지고는 그를 조그만 대기실로 밀어 넣었다. 그곳에서 그가 혼자 서 있으려니까 문지기가 어느 안채로 들어가더니 잠시 후에 돌아와서 말했다.

"마님께서 자네더러 들라고 그러시는구먼."

왕룽이 앞으로 나서려고 했지만 문지기가 그를 막으며 역겨운 듯 소리쳤다.

"자네 바구니를…… 돼지고기하고 두부를 담은 바구니를 든 채로 마님을 뵐 수야 없잖아! 절은 어떻게 하려고 그래?"

"그렇군요, 그래요……."

왕룽이 당황해서 말했다. 하지만 무엇을 잃어버릴까 봐 걱정이 되어 그는 섣불리 바구니를 내려놓을 수가 없었다. 돼지고기 두 근과 쇠고기 반 근과 개복치 한 마리 따위를 세상 사람들이 모두 다 원하는 것은 아니라는 사실을 그는 미처 깨닫지 못했다.

문지기는 그가 두려워한다는 것을 알고는 무척 경멸하는 투로 외쳤다.

"이 집에서는 그런 고기는 개도 안 먹어!"

그러더니 문지기는 바구니를 빼앗아 문 뒤에 내놓고는 왕룽을 앞으로 밀어냈다.

그들은 길고 좁다란 난간을 따라 내려가 섬세한 조각을 한 기둥들로 떠받쳐진 지붕들을 지나 왕룽이 구경조차 한 적이 없는 그런 대청으로 들어갔다. 어찌나 넓고 어찌나 지붕이 높은지 그가 사는 집 스무 채를 들여다놓아도 넉넉할 지경이었다. 머리 위 조각하고

칠을 한 커다란 대들보들을 신기해하며 구경하느라고 머리를 들었다가 높다란 문턱에 발이 걸려 고꾸라질 뻔한 왕룽의 팔을 붙잡으며 문지기가 소리쳤다.

"자네, 마님 앞에서도 그렇게 얼굴을 처박고 공손히 절을 하겠지?"

무척 창피해하면서 마음을 가다듬은 왕룽이 앞을 쳐다보니 방 한가운데 있는 높은 자리에 아주 나이가 많은 여자가 올라앉아 있었는데, 작고 섬세한 몸에는 진주처럼 회색 광택이 나는 공단옷을 걸쳤고 나지막한 평상 위 작은 등잔에는 태우다 만 아편 대롱이 놓여 있었다. 그녀는 야위고 쪼글쪼글한 얼굴에 박힌, 원숭이의 눈처럼 푹 꺼지고 날카롭고 작고 예리한 검은 눈으로 그를 쳐다보았다. 대롱의 끝을 잡은 그녀의 손은 우상에 입힌 도금처럼 노랗고 부드러운 살갗이 연약한 뼈들을 덮고 있었다. 왕룽이 무릎을 꿇고 머리를 타일이 깔린 바닥에 댔다.

"일어나라고 일러라."

노부인이 근엄하게 문지기한테 말했다.

"이런 예절까지는 필요 없으니까. 색시를 데리러 온 사람이냐?"

"그렇습니다, 노마님."

문지기가 대답했다.

"왜 저 사람은 스스로 얘기하지를 않느냐?"

노부인이 물었다.

"멍청해서 그렇습니다, 노마님."

점에서 늘어진 털을 꼬면서 문지기가 말했다.

이 말에 발끈한 왕룽은 화가 나서 문지기를 쳐다보았다.

"저는 미천한 놈일 따름입니다, 위대하신 노마님."

그가 말했다.

"저는 이런 자리에서는 무슨 말을 써야 할지를 알지 못합니다."

노부인은 완벽한 위엄을 지니고 찬찬히 그를 쳐다보고는 말을 하려고 했지만 종이 그녀를 위해서 살펴준 빨대를 손으로 꼭 잡자 당장 그의 존재를 망각하는 것 같았다. 그녀는 허리를 굽히고는 잠깐 동안 아편 대롱이 달린 물부리를 탐욕스럽게 빨았고, 그녀의 눈에서 예리함이 사라지더니 망각의 꺼풀이 덮였다. 왕룽은 그녀가 그녀의 눈길이 지나가는 길에 그의 모습을 볼 때까지 그녀 앞에 그대로 서 있었다.

"이 사람은 여기서 무얼 하고 있느냐?"

화를 벌컥 내며 그녀가 말했다. 마치 그녀는 모든 것을 잊은 듯했다. 문지기의 표정은 굳어져 있었다. 그는 아무 말도 하지 않았다.

"색시를 기다리고 있는데요, 노마님."

무척 놀라서 왕룽이 말했다.

"색시라고? 무슨 색시 말이냐?"

노부인의 말에 곁에 서 있던 하녀가 허리를 굽혀 귓속말을 했다. 그제야 노부인은 정신을 차렸다.

"아, 그렇지. 사소한 일이어서 내가 잠깐 잊어버렸는데…… 자네가 오란(阿蘭)이라는 종을 데리러 왔구먼. 어느 농부에게 그 애를 주겠다고 약속했던 것이 생각나는구먼. 자네가 그 농부인가?"

"제가 그 사람입니다."

왕룽이 대답했다.

"오란을 어서 들라고 하거라."

노부인이 종에게 일렀다. 그녀는 마치 이런 일을 모두 끝내고 커다랗고 조용한 방에 혼자만 남아 아편을 피우고 싶어서 짜증이 난 것 같았다.

잠시 후 깨끗하고 파란 무명 저고리와 바지 차림에 몸이 딱 벌어지고 상당히 키가 큰 사람의 손에 이끌려 하녀가 들어왔다. 왕룽은 가슴이 두근거려서 한 번만 힐끔 쳐다보고는 시선을 돌렸다. 이 여자가 그의 색시였다.

"얘야, 이리 오너라."

노부인이 무관심하게 말했다.

"이 남자가 너를 데리러 왔단다."

여자가 노부인의 앞으로 나가 머리를 숙이고 두 손을 마주 쥔 채로 서 있었다.

"준비는 되었느냐?"

노부인이 물었다.

여자는 메아리처럼 천천히 대답했다.

"되었습니다."

처음으로 그녀의 목소리를 들은 왕룽은 앞에 서 있는 그녀의 등을 쳐다보았다. 크지도 않고, 작지도 않고, 수수하고, 성미가 급하지도 않고, 그만하면 좋은 목소리였다. 여자의 머리카락은 단정하고 매끄러웠으며 저고리가 깨끗했다. 그는 그녀의 발이 전족(纏足)이 아닌 것을 보고는 잠깐 실망했다. 하지만 그는 노부인이 문지기에게 지시를 내리는 바람에 그런 것에 신경을 쓸 틈도 없었다.

"저애 궤짝을 문 밖으로 내다주어 두 사람이 가게 하거라."

그러더니 그녀는 왕룽을 불러 말했다.

"내가 얘기를 하는 동안 색시 옆에 서 있거라."

왕룽이 앞으로 나서자 그녀는 그에게 말했다.

"이 애가 우리 집에 온 것은 열 살 난 아이 때였고, 스무 살이 된 지금까지 이 애는 여기서 살았느니라. 내가 저 애를 사들인 것은 기근이 든 해였는데 저 애의 부모는 먹을 것이 없어서 남쪽으로 내려왔었지. 그들은 북쪽 산둥(山東) 지방에서 왔는데, 그곳으로 되돌아간 다음 그들이 어떻게 되었는지 더 이상 소식을 듣지 못했어. 자네도 보다시피 저 애는 몸이 튼튼하고 종답게 광대뼈가 불거졌어. 저 애는 자네를 위해 밭에서 일도 하고, 물도 길어오고, 자네가 원하는 일을 무엇이나 다 할 거야. 미인이 못 되지만 자네한테 필요한 건 반반한 얼굴이 아니잖아. 한량들이나 오입을 하기 위해 예쁜 여자들을 필요로 하지. 그리고 저애는 똑똑하지도 못해. 하지만 시키는 일을 잘하고 성질도 온순하지. 내가 알기로는 저애는 숫처녀라네. 줄곧 부엌 안에서만 지냈으니까. 그리고 저애는 내 아들들이나 손자들이 군침을 흘릴 만한 미모는 아니니까. 혹시 누군가 건드린 남자가 있다면 하인층이었겠지. 하지만 집 안에 예쁜 종들이 수도 없이 날뛰고 돌아다니는 판이니 저 애한테 눈독을 들였을 머슴 녀석도 없었을 것 같아. 저 애를 데리고 가서 잘 쓰게나. 좀 느리고 미련하기는 해도 저 애는 훌륭한 종이고, 부엌데기로서는 그만하면 쓸 만한 아이니까. 만일 세상에 더 많은 생명이 태어나게 함으로써 내세(來世)

를 위해 부처님 앞에 은덕을 쌓고 싶은 생각만 없었더라면 난 저 애를 내주지 않았을 거야. 하지만 난 주인들은 원하지 않지만 혹시 누구라도 데려갈 사람만 나선다면 노비들을 모두 결혼시켜 내보낸다네."

그리고 여자에게 그녀가 말했다.

"남편에게 순종하고, 아이들을 많이 낳아줘라. 특히 아들을 많이 낳아야 한다. 첫아이는 데리고 와서 나한테 보여주고."

"그러겠습니다, 노마님."

여자가 온순하게 말했다.

그들은 머뭇거리며 서 있었다. 왕룽은 무척 당황해서 말을 해야 하는 것인지 어쩐지 갈피를 잡을 수가 없었다.

"자, 어서 가라니까!"

노부인이 짜증스럽게 말했다. 왕룽은 황급히 절을 하고 나서 몸을 돌려 대청에서 나왔다. 여자가 그의 뒤를 따랐고, 그녀 뒤에는 궤짝을 어깨에 멘 문지기가 따라왔다. 그는 이 궤짝을 왕룽이 바구니를 찾으려고 돌아간 방에다 내려놓고는 더 이상 옮겨주지 않고, 아무 말도 없이 자취를 감추었다.

왕룽이 여자에게로 시선을 돌려 처음으로 그녀를 쳐다보았다. 그녀는 넓적하고 정직한 얼굴에 코가 짧고 납작했으며 커다란 콧구멍은 시커멓고 입은 얼굴이 찢어진 것처럼 큼직했다. 그녀의 눈은 작고 탁한 검은 빛깔이었으며 뚜렷하게 표현하지 못할 어떤 슬픔으로 가득 차 있었다. 그 얼굴은 마치 하고 싶어도 말을 못 하는 듯 늘 조용하고 말을 안 하는 얼굴처럼 보였다. 그녀는 당황하지도 않고 아무런 반응도 나타내지 않은 채 그가 다 살펴볼 때까지 왕릉의 시선을 참을성 있게 기다리기만 했다. 그는 거무튀튀하고 수수하고 참을성이 많은 그녀의 얼굴에는 어떤 종류의 아름다움도 없다고 한 말이 사실임을 깨달았다. 하지만 그녀의 검은 피부는 얽지도 않았고 입술이 째지지도 않았다. 그는 그녀의 귀에 자신이 사준 도금한 귀고리가 매달려 있는 것을 보았으며, 그녀의 손에 자기가 준 반지가 끼어 있는 것을 보았다. 그는 은근히 흐뭇해진 기분으로 시선을 돌렸다. 그렇다, 그에게 색시가 생긴 것이다!
"이 궤짝하고 바구니를 가지고 가야 할 텐데."
그가 퉁명스럽게 말했다.
아무 말도 없이 그녀는 허리를 숙이더니 궤짝의 한쪽 끝을 들어올려 어깨에 얹고는 그 무게에 눌려 비틀거리면서 몸을 일으키려고 애썼다. 그는 색시의 이런 모습을 지켜보고 있다가 불쑥 말했다.
"궤짝은 내가 가지고 가겠어. 이 바구니를 들지 그래."
그리고 그는 가장 좋은 옷을 입고 있었는데도 아랑곳하지 않고 궤짝을 스스로 등에 짊어졌다. 아직도 벙어리 노릇을 하며 그녀는 바구니의 손잡이를 쥐었다. 그는 자기가 거쳐 지나온 수많은 마당이 생각났고, 무거운 짐에 짓눌린 자신의 모습이 한심하게 여겨졌다.
"옆문이 있다면 좋겠는데……."
그가 중얼거렸고, 그녀는 왕릉이 한 말을 얼른 알아듣지 못한 듯 잠깐 생각한 다음에 머리를 끄덕였다. 그러더니 그녀는 사용하지 않아서 연못이 메워지고 잡초가 무성한 작은 마당으로 안내했다.

그곳의 휘어진 소나무 밑에 있는 둥글고 낡은 문의 빗장을 벗기고 그녀가 문을 열자 그들은 거리로 나서게 되었다.

한두 번 그는 그녀를 돌아다보았다. 무표정하고 넓적한 얼굴의 그녀는 그 길에 이력이라도 난 듯 줄기차게 큼직한 발로 터벅거리며 걸어갔다. 성문에서 그는 어정쩡하게 걸음을 멈추고 한 손으로 어깨에 얹은 궤짝을 똑바로 붙잡은 채로 다른 손으로 남은 동전을 꺼내려고 허리춤을 더듬거렸다. 그는 두 푼을 꺼내서 작고 시퍼런 복숭아를 여섯 개 샀다.

"이거 임자 먹으라구."

그가 무뚝뚝하게 말했다.

그녀는 아무 말도 없이 아이처럼 탐욕스럽게 복숭아를 움켜쥐었다. 밀밭 언저리를 따라 걸어가다가 그는 다시 그녀를 쳐다보았다. 그녀는 복숭아 하나를 조심스럽게 조금씩 갉아먹다가, 그가 쳐다보고 있다는 것을 눈치 채고는 다시 손으로 복숭아를 가리고 턱을 움직이지 않았다.

이렇게 그들은 지신의 사당이 서 있는 서쪽 들판에 이르렀다. 이 사당은 작은 건물이어서 전부 해야 어른의 어깨 높이밖에 안 되었으며 회색 벽돌로 짓고 기와를 씌운 것이었다. 지금 왕룽이 인생을 바치고 있는 바로 그 밭들을 경작했던 왕룽의 할아버지가 외바퀴 수레로 읍내에서 벽돌을 실어다 그것을 지었다. 벽들은 바깥에다 회를 발랐으며, 언젠가 풍년이 든 해에 마을의 화공을 불러다가 하얀 회칠 벽에다 언덕들과 대나무 풍경을 그리게 했다. 하지만 여러 대에 걸쳐 이 그림에 비가 쏟아졌던지라 이제는 대나무들이 희미한 깃털처럼 자취만 남았으며 언덕들은 거의 자취를 감추었다.

사당 안에는 지붕 밑에 사당 주변의 밭에서 가져온 흙으로 빚은 두 개의 작고 거룩한 형상을 잘 모셔놓았다. 이 형상들은 지신과 그 아내였다. 그것들은 빨간 종이와 금박 종이로 만든 두루마기를 걸쳤고, 지신은 진짜 머리카락으로 만든 엉성한 콧수염을 늘어뜨리고 있었다. 해마다 정초가 되면 왕룽의 아버지는 빨간 종이 조각들을 사서 조심스럽게 잘라 풀로 붙여 지신 내외에게 입혔다. 해마다 비와 눈이 들이치고 여름 해가 내리쬐면 옷이 망가지기 때문이었다.

하지만 지금은 새해가 시작된 지 얼마 안 되어서 옷이 아직 새것이었으며, 왕룽은 지신 내외의 말끔한 옷차림이 자랑스러웠다. 그는 여자의 팔에서 바구니를 받아 들고는 그가 산 향을 찾으려고 돼지고기 밑을 잘 살펴보았다. 그는 향들이 부러져서 불길한 징조를 가져올까 봐 걱정했지만 향은 아무 일도 없었으며, 향을 찾아낸 그는 이 두 작은 형상을 모든 이웃 사람들이 섬겼기 때문에 신들 앞에 쌓인 다른 향들의 재 속에다 나란히 꽂았다. 그런 다음에 부싯돌과 쇠를 더듬어 꺼내 그는 마른 잎을 부싯깃으로 쳐서 향에다 불을 붙였다.

이 남자와 여자는 그들의 밭을 다스리는 신들 앞에 함께 섰다. 여자는 향의 끝이 발갛게 타오르다가 회색으로 변하는 것을 지켜보았다. 재가 무거워지자 그녀는 몸을 앞으로 내밀어 검지손가락으로 재의 꼭대기를 밀어내었다. 그러더니 자기가 한 행동이 두렵기라도 한 듯 그녀는 멍청한 눈으로 얼른 왕룽을 쳐다보았다. 하지만 그녀의 행동에는 무엇인지 그의 마음에 드는 것이 있었다. 마치 그녀는 향이 두 사람 모두의 소유라고 느낀 듯싶었으며, 그것이 곧 결혼의 순간이었다. 향이 타올라서 재만 남는 사이에 그들은 나란히 완전히 침묵을 지키며 서 있었다. 그러고 나서 해가 지고 있었으므로 왕룽이 궤짝을 어깨에 멨고 그들은 집으로 갔다.

집의 문간에는 노인이 지는 해의 마지막 볕을 쬐려고 서 있었다. 왕룽이 여자를 데리고 가까이 와도 그는 전혀 꼼짝도 하지 않았다. 그녀를 아는 체한다는 것은 그의 체면이 깎이는 짓이었다. 대신에 그는 구름에 대해서 굉장히 관심이 있는 체하며 큰 소리로 말했다.

"저 초승달의 왼쪽 뿔에 걸린 구름을 보니까 비가 오실 모양이다. 늦어도 내일 밤에는 비가 오시겠어."

그러고는 왕룽이 여자에게서 바구니를 받아 드는 것을 보더니 노인이 다시 소리쳤다.

"돈도 쓴 모양이지?"

왕룽이 바구니를 탁자 위에다 놓았다.

"오늘 저녁에 손님들을 초대했어요."

그는 간단히 말하고 침실로 궤짝을 가지고 들어가 자신의 옷들이 담긴 궤짝 옆에다 놓았다. 그는 신기하다는 듯 그것을 쳐다보았다. 하지만 노인이 문으로 와서 잔소리를 했다.

"이 집에서는 끝도 없이 돈을 쓸 구멍이 생기는구나!"

그는 아들이 손님들을 초대했다는 것이 은근히 즐거웠지만 새 며느리가 사치에 빠지지 않도록 처음부터 바로잡기 위해서는 잔소리를 해야만 한다고 느꼈다. 왕룽은 아무 말도 하지 않고 바깥으로 나가 바구니를 들고 부엌으로 들어갔으며, 여자가 그의 뒤를 따라 들어왔다.

그는 바구니에서 먹을 것을 하나씩 꺼내 싸늘한 부뚜막 선반 위에 늘어놓고는 그녀에게 말했다.

"이건 돼지고기, 이건 쇠고기하고 생선이야. 식사를 할 사람은 일곱 명이고, 음식은 만들 줄 아나?"

그는 여자를 쳐다보지 않으면서 말했다. 쳐다본다는 것은 점잖지 못한 짓이었다. 여자가 평범한 목소리로 말했다.

"저는 황씨 댁으로 간 이후 줄곧 부엌데기로 일했어요. 끼마다 고기를 요리했습니다."

왕룽이 고개를 끄덕이고는 그녀를 남겨두고 나갔으며, 쾌활하고 교활하고 굶주린 작은아버지와 열다섯 살 난 건방진 녀석인 작은아버지의 아들과 소심하게 선웃음을 치는 어리숙한 농부들이 손님으로 몰려올 때까지 그는 아내를 다시 보지 않았다. 마을에서 온 두 남자는 추수기에 왕룽이 종자와 품을 교환하는 사이였고, 한 사람은 옆집에 사는 칭이었는데 그는 자그마하고 조용한 남자였고 마지못한 경우가 아니고는 말을 하려고 들지 않았다. 예의를 갖추느라고 자리에 앉지 않겠다느니 사양해가면서 그들이 가운데 방에 자리를 잡고 앉은 다음에 왕룽은 음식을 차리라고 이르기 위해 부엌으로 들어갔다. 그러자 그는 그녀의 말을 듣고 기분이 좋아졌다.

"제가 음식 그릇들을 드릴 테니까 당신이 식탁에다 차려놓으세요. 저는 남자들 앞에 나서기가 싫으니까요."

왕룽은 이 여자가 그의 여자였으며 그의 앞에 나서기는 두려워하지 않으면서도 다른 남자들 앞에는 나서려고 하지 않는다는 것이 마음속으로 무척 자랑스럽게 여겨졌다. 부엌 문간에서 왕룽은 그녀의 손으로부터 그릇들을 받아 가운데 방의 상에다 차려놓고는 큰 소리로 말했다.

"어서 드세요. 우리 작은아버지, 그리고 내 형제들이여."

농담을 좋아하는 작은아버지가 "눈썹이 초승달 같은 색시는 우리한테 구경시켜주지 않을 모양인가?"라고 말했을 때 왕룽이 단호하게 대답했다.

"우리는 아직 한 몸이 아닙니다. 결혼이 완전히 이루어질 때까지는 다른 남자들이 색시를 봐서는 안 돼요."

그리고 그는 손님들에게 식사를 권했고, 그들은 조용히 그리고 한껏 이 훌륭한 잔칫상을 받아먹었다. 어떤 사람은 생선에 바른 누런 간장 맛을 칭찬했고, 또 어떤 사람은 푹 익힌 돼지고기를 칭찬했다. 그럴 때마다 왕룽은 거듭거듭 이렇게 대답했다.

"뭐 별로 변변치 못한 걸요. 잘 차리지도 못했어요."

하지만 얼마 안 되는 고기를 가지고 색시가 설탕과 식초와 약간의 술에다 간장을 섞어 훌륭한 솜씨로 고기 자체의 맛을 냈기 때문에 왕룽 자신도 어느 친구네 집 밥상에서도 이런 맛있는 음식은 먹어본 적이 없을 정도였으므로 그는 음식에 대해서 마음속으로 자랑스러웠다.

그날 밤 손님들이 차를 놓고 한참 동안 노닥거리면서 농담까지 실컷 늘어놓은 다음까지도 여자는 아직 아궁이 뒤에서 서성거렸다. 마지막 손님을 배웅하고 왕룽이 부엌으로 들어가봤더니 그녀는 황소 옆에 짚더미 속에서 웅크리고 잠이 들어 있었다. 그가 잠을 깨울 때 그녀의 머리카락에는 지푸라기가 붙어 있었고, 왕룽이 그녀를 불렀더니 여자는 매를 맞지 않으려는 듯 잠결에도 갑자기 팔을 쳐들었다. 마침내 눈을 뜬 그녀는 이상한 눈초리로 말없이 그를 쳐다보았고, 그는 어린애를 마주 쳐다보는 듯한 기분이 들었다. 그는 여자의 손을 잡고 그녀를 위해서 아침에 그가 목욕을 했던 방으로 이끌고 들어가 탁자 위에다 빨간 촛불을 켰다. 이 불빛을 받자 여자하고 단둘이 있게 된 그는 갑자기 수줍어져서 자신에게 이렇게 상기시켜야만 했다.

'이 여자는 내 색시야. 치를 일은 치러야지.'

그리고 그는 마음을 다져먹고 옷을 벗기 시작했다. 한편 여자는 휘장의 구석 쪽으로 어물어물 기어가서는 아무 소리도 내지 않고 잠자리를 정돈하기 시작했다. 왕룽이 퉁명스럽게 말했다.

"누울 때는 불부터 먼저 끄라구."

그러고 나서 그는 자리에 누워 두툼한 이불을 어깨까지 끌어올리고는 잠을 자는 체했다.

하지만 잠을 자는 것이 아니었다. 그는 육체의 모든 신경을 곤두세운 채로 덜덜 떨며 누워 있었다. 한참 있다가 방이 어두워지고 여자가 천천히 소리 없이 기어 들어오는 움직임을 곁에서 느끼자 그는 몸이 터져 나갈 듯한 환희로 가득 찼다. 그는 어둠 속에다 대고 거칠게 웃고는 그녀를 끌어안았다.

2

 삶이 이토록 호사스러울 수도 있었다. 이튿날 아침에 그는 침대에 누워서 이제 완전히 자신의 소유가 된 여자를 지켜보았다. 그녀는 일어나더니 흐트러진 옷을 가다듬어 천천히 몸을 꿈틀거리고 비틀면서 목과 허리에 꼭 맞도록 여미었다. 다음에 그녀는 헝겊신을 신고는 뒤에 달린 끈을 조였다. 작은 구멍으로 흘러든 빛이 띠를 이루어 그녀의 몸을 비추었다. 희미하게 그녀의 얼굴이 보였다. 하나도 달라지지 않은 것 같았다. 왕룽에게는 이것이 놀랄 만한 일이었다.
 그는 어젯밤이 그를 바꿔놓았다고 생각했지만 이 여자는 마치 평생 동안 날마다 그의 침대에서 잠을 자고 일어난 여자 같기만 했다. 노인의 기침 소리가 어두컴컴한 새벽에 카랑거리며 들려왔다. 왕룽이 그녀에게 말했다.

"우선 아버님의 기침이 가라앉게 더운물 한 그릇을 가져다 드려."
어제와 똑같은 목소리로 그녀가 물었다.
"찻잎을 넣어서 갖다 드릴까요?"
이 단순한 질문이 왕룽의 마음에 걸렸다. 그가 "물론 찻잎을 넣어야지. 당신은 우리가 거지인 줄 알았어?"라고 말할 수 있으면 좋았으리라. 그는 이 집에서는 찻잎쯤이야 아무것도 아니라는 생각이 이 여자한테 들게 할 수 있는 처지라면 좋겠다고 생각했다.

황씨 댁에서야 물론 그릇에 담긴 모든 물이 차를 우린 푸른 빛깔이었다. 아마도 그 집에서는 종도 맹물을 마시지 않았으리라. 하지만 그는 여자가 첫날부터 물 대신에 차를 갖다 주었다가는 아버지가 화를 내리라는 것을 알았다.

그뿐 아니라 그들은 정말로 부자가 아니었다. 그래서 그는 아무렇게나 대답했다.

"차라고? 아냐, 아냐. 차를 넣으면 아버님의 기침이 더 심해지셔."

그러고 나서 그는 부엌에서 색시가 불을 지펴 물을 끓이는 동안 흐뭇해서 포근한 침대에 누워 있었다. 이제는 그럴 만한 여유가 있었으므로 그는 잠을 자고 싶었지만 지금까지 그토록 오랜 세월 동안 아침마다 일찍 일어나도록 길이 든 바보 같은 그의 몸은 잠을 잘 수 있어도 자려고 하지 않았다. 그래서 그는 게으름의 사치를 몸과 마음으로 맛보고 누리며 자리에 누워 있었다.

그는 그의 소유가 된 이 여자를 생각하면 아직도 반쯤 부끄러운 기분이 들었다. 때때로 그는 자기가 가지고 있는 밭과, 비만 온다면 그가 거두게 될 밀과 곡식과, 가격만 합의가 이루어진다면 그가 이

웃에 사는 칭한테서 사고 싶었던 하얀 무 씨앗을 생각했다.

하지만 날마다 그의 머리를 떠나지 않는 이런 모든 생각 틈틈이 지금 자신의 삶이 어떠한가에 관한 새로운 생각이 불현듯 끼어들어 파고들기도 했으며, 밤에 있었던 일을 생각하면서 갑자기 그는 색시가 자기를 좋아하는지 의아한 마음이 들었다. 이것은 새로운 경이였다.

그는 자기가 그녀를 좋아하는지, 그리고 그녀가 그의 집과 그와의 잠자리에 만족할지 어쩔지 걱정스러웠다. 얼굴이 수수하게 생겼고 손의 피부가 거칠기는 했지만 커다란 그녀의 몸은 부드럽고 어느 누구의 손길도 닿지 않았다. 그는 어젯밤 어둠 속에다 대고 웃었던 그 짧고 거친 웃음을, 그 웃음을 생각하고는 다시 웃었다. 그렇다면 젊은 주인들께서는 부엌데기의 수수한 얼굴 뒤에 무엇이 숨겨져 있는지를 알지 못했던 것이다. 그녀의 몸은 아름답게 야위고 뼈마디가 굵으면서도 통통하고 부드러웠다. 그는 갑자기 그녀가 남편으로서 그를 좋아하기를 바랐고, 그러자 그는 창피해졌다.

문이 열리고 그에게 줄 김이 무럭무럭 나는 그릇을 두 손으로 들고 늘 그렇듯이 조용히 그녀가 들어왔다. 그는 침대에 일어나 앉아서 그릇을 받았다. 물의 표면에는 찻잎들이 떠 있었다. 그는 얼른 그녀를 올려다보았다. 그녀는 겁이 더럭 나서 말했다.

"당신 얘기대로 시아버님께는…… 차를 갖다 드리지 않았지만…… 그래도 당신한테는……."

왕룽은 그녀가 자기를 두려워하고 있다는 것을 알았다. 기분이 좋아진 그는 그녀가 미처 말끝을 맺기 전에 "좋아, 좋아"라고 대답했으며 차를 입으로 가져가 기분 좋게 요란스레 후루룩거리며 마셨다.

그가 자신에게까지도 분명하게 얘기하기 부끄러운 이 새로운 환희가 그의 마음속에 치솟았다.

"이 색시는 나를 참 좋아하는구나!"

그 후 몇 달 동안 그는 색시가 된 이 여자를 구경하는 것 외에는 아무 일도 하지 않은 듯싶었다. 사실상 그는 항상 그러했듯이 일을 했다. 그는 괭이를 어깨에 메고 들로 가서 밭이랑을 일구었고, 소에 멍에를 얹어서 마늘과 양파를 심을 서쪽 밭을 갈아엎었다. 하지만 해가 중천에 이르러 집으로 가면 밥상의 먼지가 닦여 있고, 그릇과 젓가락이 가지런히 놓여 있고, 그가 먹을 밥이 준비되어 있었으므로 일을 한다는 것도 사치였다. 그 전에는 집에 오면 늙은 아버지가 기다리다 못해 너무 배가 고파서 죽을 조금 쑤거나 마늘 줄기를 싸서 먹을 납작한 호떡을 구워놓지 않았을 때는 아무리 피곤하더라도 그가 스스로 식사를 준비해야 했다. 이제는 무엇을 준비해놓았든 그것은 그를 위해서 준비한 것이었고, 그는 식탁 의자에 자리를 잡고 앉아 당장 식사를 할 수가 있었다. 흙바닥은 깨끗하게 청소가 되어 있었고 땔감 더미도 도로 채워놓았다. 아침에 그가 집을 나선 다음에 여자는 대나무 갈퀴와 기다란 밧줄을 가지고 나가 시골 여기저기를 돌아다니며 여기서 풀을 조금 긁어 모으고 저기서 잔가지나 한 줌의 낙엽을 모아 저녁을 짓기에 넉넉할 만큼 땔감을 가지고 정오경에 돌아왔다. 땔감을 더 이상 살 필요가 없었으므로 그는 기분이 좋았다.

오후에 그녀는 괭이와 바구니를 어깨에 메고 나가 읍내로 가는 짐을 실은 노새들과 나귀들과 말들이 지나다니는 한길로 나가서 짐승의 똥을 주워 모아 집으로 가지고 와서 밭에다 비료로 뿌리라고 문간 마당에 쌓아 퇴비 더미를 만들었다. 이런 일들을 그녀는 아무 말도 없이, 누가 시키지 않아도 혼자서 다 했다. 그리고 하루가 다 가더라도 그녀는 부엌에서 소한테 여물을 먹이고 마음대로 마실 수 있도록 소의 주둥이 앞에다 물을 길어다 놓기 전에는 쉴 줄을 몰랐다.

그리고 그녀는 그들의 누더기 옷을 가져다가 목화송이에서 대나무 물레로 그녀가 직접 자아낸 실로 꿰매기도 하고 겨울옷의 찢어진 곳을 교묘하게 가려 깁기도 했다. 이부자리는 문간의 양지 쪽으로 가지고 나가 누비이불의 이불깃을 뜯어내어 빨아서는 대나무 위에 널어 말렸고, 여러 해를 써서 시커멓게 덩어리가 진 이불 속의 솜은 뜯어 폈고, 눈에 보이지 않는 접힌 부분 속에서 들끓던 이를 잡고는 모두 햇볕을 쬐어 보송보송하게 말렸다. 날이면 날마다 그녀는 세 방이 깨끗하고 거의 부잣집처럼 보일 때까지 이런 일들을 쉬지 않고 했다. 노인의 기침도 훨씬 나아져서 그는 항상 집 남쪽 벽의 양지에 나가 앉아서 따뜻하고 흐뭇하게 반쯤 잠이 든 채 시간을 보냈다.

하지만 이 여자, 그녀는 살아가는 데 필요한 짤막한 얘기들 이외에는 통 말을 하지 않았다. 큼직한 발로 이 방 저 방을 천천히 쉴새 없이 돌아다니는 그녀를 지켜보고, 겉으로 드러나지 않는 반쯤 겁에 질린 눈의 표정과 넓적하고 둔감한 얼굴을 몰래 지켜보면서 왕룽은 그녀를 전혀 이해할 수가 없었다. 밤이면 그는 그녀의 보드랍고 탄력 있는 몸을 접했다. 하지만 낮에는 그녀의 옷이, 수수하고 파란 저고리와 바지가 왕룽이 아는 모든 것을 가려버렸고, 그녀는 하녀 이상은 아무것도 아닌, 충실하고 말없는 하녀처럼 되었다. 그리고 그는 그녀에게 "왜 임자는 말을 안 하지?"라고 물어볼 만한 처지도 아니었다. 그녀가 할 일만 다하면 그것으로 충분한 터였다.

때때로 밭에서 흙덩이를 부스러뜨리는 일을 하다가 그는 아내에 대한 생각에 빠지고는 했다. 그 수많은 마당이 있는 집에서 그녀는 무엇을 보았을까? 그녀의 삶, 그녀가 그에게 조금도 털어놓지 않는 삶은 어떠했을까? 그는 아무것도 종잡을 수가 없었다. 그러자 그는 아내에 대한 자신의 호기심과 관심이 창피하다고 느껴졌다. 뭐니 뭐니 해도 그녀는 한 여자에 지나지 않았다.

하지만 큰 집의 노비였으며 동틀 녘부터 한밤중까지 일을 했던 여자로서는 세 개의 방과 하루에 두 끼씩 밥을 짓는 정도로는 별로 바쁠 것도 없었다. 밀이 싹을 터서 힘들어 허리가 지끈지끈 쑤실 때까지 날이면 날마다 괭이로 김을 매느라고 왕룽이 몹시 바쁘던 어느 날, 그가 허리를 숙이고 일하던 밭이랑을 가로질러 그녀의 그림자가 드리워졌는데, 그녀는 어깨에 괭이를 메고 그곳에 서 있었다.

"해가 질 때까지는 집에서 할 일이 없어요."

그녀가 간단히 말하고는 더 이상 아무 얘기도 없이 그의 왼쪽 이랑으로 들어가 쉬지 않고 괭이질을 계속했다.

초여름이어서 그들에게 땡볕이 내리쬐었고, 얼마 안 가서 그녀의 얼굴에서는 땀이 뚝뚝 떨어졌다. 왕룽은 저고리를 벗고 상반신을 훌렁 드러내었지만 그녀는 얇은 옷으로 어깨를 가린 채 일했고, 옷이 점점 젖어 살갗에 찰싹 달라붙었다. 여러 시간이 흘렀어도 아무 말도 없이 완벽한 율동을 이루며 같이 움직여서 그가 그녀와 하나가 되자 일에서 고통이 사라졌다. 그의 머릿속에는 어떤 뚜렷한 생각이 따로 없었다. 그들의 가정을 형성하고 그들의 몸을 먹여주고 그들의 신을 이루는 이 흙, 그들의 소유인 이 흙이 거듭거듭 햇빛을 받도록 파헤치는 이 완벽한 움직임의 일치감만이 존재할 따름이었다. 풍요하고 검은 흙이 펼쳐져 그들의 괭이 끝에서 가볍게 부스러졌다. 때때로 벽돌 조각이나 부러진 나무 토막이 튀어나오기도 했다. 그것은 아무것도 아니었다. 어느 시대의 언젠가 남자들과 여자들의 시체가 그곳에 파묻혔고, 그곳에는 집들이 서 있다가 무너져 다시 흙으로 되돌아갔다. 언젠가는 그들의 집도 역시, 그들의 유신도 역시 흙으로 돌아갈 터였다. 이 대지 위에서는 모든 것이 차례가 있었다. 말없이 함께 일하는 그들의 움직임 ― 이 흙의 결실을 창조하기 위해― 함께 움직이면서 그들은 일을 계속했다.

해가 기운 다음에 그는 천천히 허리를 펴고 여자를 쳐다보았다. 그녀의 얼굴은 땀에 젖었고 흙이 묻었다. 그녀는 흙 자체처럼 갈색이었다. 땀에 젖은 거무죽죽한 옷이 그녀의 펑퍼짐한 몸에 착 달라붙었다. 그녀는 마지막 이랑을 천천히 골랐다. 그러더니 조용한 저녁의 대기 속에서 보통 때의 꾸밈없는 목소리보다 훨씬 꾸밈없고 단조로운 목소리로, 늘 그렇듯이 꾸밈없는 태도로 그녀가 단도직입적으로 말했다.

"저 아기를 가졌어요."

왕룽이 우뚝 멈춰 섰다. 그렇다면 무슨 할 말이 있겠는가! 그녀는 허리를 숙여 깨진 벽돌 조각을 집어 이랑 밖으로 던졌다. 마치 그녀가 "당신한테 드릴 차를 가져왔어요"라거나 "식사를 하셔도 돼요"라는 말을 한 것 같았다. 그녀에게는 그렇게 아무렇지도 않은 일처럼 여겨지는 모양이었다! 하지만 그에게는ㅡ그것이 그에게 어떤 의미를 지니는지 그는 말도 할 수가 없었다. 갑자기 터져버리기라도 할 듯 그의 심장이 부풀어 올랐다가 멎었다.

그렇다, 이제는 이 대지에 그들의 차례가 찾아온 것이다.

그는 갑자기 그녀의 손에서 괭이를 낚아채고는 목구멍이 꽉 메인 목소리로 말했다.

"이제는 그만 해. 오늘 일은 끝났어. 아버님한테 가서 알려드려야지."

그런 다음에 그들은 집으로 걸어갔는데, 여자라면 마땅히 그래야 하듯이 그녀는 대여섯 발자국 그의 뒤에 처져서 따라갔다. 이제는 집안에 여자가 생겨서 절대로 그가 손수 짓는 일이 없어진 저녁 식사를 못 해 배가 고파진 노인이 문간에 서서 기다렸다. 그는 짜증이 나서 소리쳤다.

"난 이렇게 먹을 걸 기다리기에는 너무 늙었단 말야!"

그의 앞을 지나 방으로 들어가면서 왕룽이 말했다.

"이 여자가 벌써 아기를 가졌다는군요."

그는 "오늘 서쪽 밭에다 파종을 했어요"라는 말을 하듯 아무렇지도 않게 그 얘기를 하려고 애썼지만, 마음대로 되지가 않았다. 비록 나지막한 목소리로 얘기하기는 했지만 그의 귀에는 생각했던 것보다 훨씬 큰 소리로 외친 것처럼 들렸다.

노인이 잠깐 눈을 깜박거린 다음에 이해가 가는지 캑캑거리며 웃었다.

"헤헤헤……."

그는 가까이 오는 며느리에게 소리쳤다.

"그럼 곧 수확이 있겠구나!"

어둑어둑해서 그는 며느리의 얼굴을 볼 수가 없었지만, 그녀가 대답했다.

"그럼 식사 준비를 하겠어요."

"그래, 그래, 밥을 먹어야지."

아이처럼 그녀를 따라 부엌으로 들어가며 노인은 신이 나서 말했다. 손자에 대한 생각이 식사를 잊어버리게 했던 것과 마찬가지로 지금은 갓 지은 밥을 그의 앞에 갖다 놓으리라는 생각에 노인은 아이를 잊어버렸다.

왕룽은 어둠 속에서 식탁 의자에 앉아 포갠 팔 위에다 머리를 얹었다. 그의 몸에서, 그의 사타구니에서 생명이!

3

 몸을 풀 날이 가까워지자 그가 아내에게 말했다.
 "때가 되면 도와줄 사람이…… 도와줄 여자가 있어야겠어."
 하지만 그녀는 머리를 설레설레 흔들었다. 그녀는 저녁 식사를 끝낸 다음 그릇들을 치우는 중이었다. 노인은 잠자리에 들었고, 그들 두 사람은 콩기름을 채우고 솜을 꼬아서 만든 심지를 띄운 작은 양칠 등잔의 펄럭거리는 불빛만 받으며 어둠 속에 단둘이 있었다.
 "여자를 안 쓴다고?"
 그는 불안해서 물었다. 그는 지금 그녀가 맡은 역할이 머리나 손을 움직이는 정도에 지나지 않거나, 기껏해야 큼직한 입에서 가끔 마지못해 몇 마디 흘리는 정도가 고작인 이런 대화에 길이 들어가는 중이었다. 심지어 그는 그런 대화에서 부족함조차 느끼지 않게 되었다.

"하지만 집안에 남자만 두 명 있으니 곤란하잖아!"

그가 얘기를 계속했다.

"우리 어머니는 마을에서 어떤 여자를 불렀어. 난 이런 일은 하나도 모른다구. 큰 집에서 와줄 만한 당신 친구나 늙은 종이나 누구 아무도 없어?"

그녀가 떠나온 집 얘기를 그가 입에 올린 것은 이때가 처음이었다. 그녀는 가느다란 두 눈이 휘둥그레지고 둔감한 분노로 표정이 흐트러진 얼굴로, 그가 한 번도 본 적이 없는 그런 모습으로 그에게 시선을 돌렸다.

"그 집 사람은 어느 누구도 안 돼요!"

그녀가 소리쳤다.

그는 담배를 채우던 담뱃대를 놓고 그녀를 빤히 쳐다보았다. 하지만 그녀의 얼굴은 어느새 평상시와 같아졌으며 마치 아무 말도 하지 않은 것처럼 젓가락을 거두고 있었다.

"자, 문제가 생겼구먼!"

그가 놀라서 말했다. 하지만 그녀는 아무 말도 하지 않았다. 계속해서 그가 따졌다.

"우리 두 남자는 해산을 맡을 능력이 없어. 아버님은 당신 방에 들어갈 수도 없는 처지고, 나로 말할 것 같으면, 난 암소가 새끼를 낳는 구경조차 못 해본 사람이야. 내 바보 같은 솜씨에 아기가 다칠지도 모르지. 그러니까 종들이 늘 아기를 낳는 큰 집에서 누군가 불러오면……"

그녀는 식탁 위에다 젓가락을 가지런히 쌓아놓고는 그를 잠깐 쳐다본 다음에 말했다.

"전 아들을 내 품에 안고서가 아니면 그 집을 찾아가지 않겠어요. 저는 아들에게 빨간 저고리를 입히고 빨간 꽃무늬를 박은 바지를 입히고 머리에는 앞에다 작은 금동 불상을 수놓은 모자를 씌우고 발에는 호랑이 얼굴을 장식한 신발을 신기겠어요. 그리고 저는 새 신발에 까만 공단으로 지은 새 저고리를 입고, 제가 나날을 지내던 부엌으로 들어가고, 노부인이 아편을 피우며 앉아 있는 대청으로 들어가서 제 자신과 아들을 그들 모두에게 보라고 하겠어요."

그는 지금까지 그녀가 이렇게 많은 얘기를 하는 것을 한 번도 들어본 적이 없었다. 그 말은 비록 느리기는 해도 거침없이 계속해서 이어졌으며, 그는 아내가 이 모든 일을 혼자서 계획해두었다는 사실을 깨달았다. 그의 옆에서 밭일을 하고 있을 때 그녀는 이 모든 계획을 빈틈없이 세워둔 것이다! 얼마나 놀라운 여자인가! 날이면 날마다 너무나 변함없이 일을 해냈기 때문에 그녀가 아기 생각을 별로 하지 않는 모양이라고 그는 생각했다. 그런데 오히려 그녀는 태어나서 옷을 제대로 갖춰 입은 아기와 새 저고리를 입은 어머니로서의 그녀 자신을 머릿속에 그리고 있었던 것이다! 그는 갑자기 말문이 막혔고, 엄지와 검지손가락으로 부지런히 잎담배를 동그랗게 뭉쳐 담뱃대를 집어 들어 담배 덩어리를 대통에다 넣었다.

"당신, 돈이 좀 필요하겠구먼."

겉으로는 퉁명스런 표정으로 마침내 그가 말했다.

"은화 세 닢을 주신다면······."

그녀가 두려워하며 말했다.

"그건 굉장히 큰 돈이지만 제가 계산을 자세히 해보았어요. 한 푼도 낭비하지 않겠어요. 전 옷감 장수한테서 한 치도 안 빼고 다 받아내겠어요."

왕룽이 허리춤을 더듬거렸다. 그저께 그는 서쪽 밭의 연못에서 거둔 갈대 한 짐 반을 읍내 시장에 내다 팔았고, 허리춤에는 그녀가 원하던 것보다 조금 더 많은 돈이 있었다. 그는 은화 세 닢을 탁자 위에다 내놓았다. 그러고 나서 잠깐 주저한 다음에 그는 찻집에서 어느 날 아침에 노름을 조금 하고 싶어질 경우를 위해서 오래 전부터 지니고 있던 은화 한 닢을 마저 내놓았다. 그는 돈을 걸었다가는 잃을지도 모른다는 걱정이 되어서 탁자 위로 덜그럭거리며 구르는 주사위들을 구경하며 노름판에서 서성거리는 정도로 그쳤다. 그는 읍내로 나가면 옛날얘기를 듣고 나서 돈을 거두려고 돌리는 주발에다 한 푼만 넣어주면 그만인 옛날얘기 집에서 한가한 시간을 보내는 정도로 그치기가 보통이었다.

"그 한 닢도 당신이 쓰는 게 좋겠어."

그는 담뱃대에 불을 붙이고는 불붙이는 종이에서 불길이 일어날 정도로 빨리 빨아대며 말했다.

"비단이 좀 남으면 아기에게 저고리를 지어 입히는 것도 좋겠지. 누가 뭐라고 해도, 그 애는 첫아이니까."

그녀는 당장 돈을 받지 않고 무표정한 표정으로 쳐다보기만 하면서 있었다. 그러더니 반쯤 속삭이는 목소리로 그녀가 말했다.

"은화를 손에 쥐어보는 것은 이번이 처음이에요."

갑자기 그녀는 돈을 받아 손에 꼭 움켜쥐고는 황급히 침실로 들어갔다.

왕룽은 담배를 피우며 앉아서 탁자 위에 놓여 있던 은화를 생각했다. 그것은, 그 은화는 흙으로부터, 그가 몸을 바쳐 일하고 쟁기를 갈아 뒤엎은 흙으로부터 온 것이었다. 그는 이 땅으로부터 생명을 얻었고, 한 방울 한 방울 땀을 흘려 흙으로부터 식량을, 그리고 식량으로부터 은화를 짜내었다. 전에는 누구에게 주려고 은화를 꺼낼 때마다 마치 그의 삶을 한 조각 떼어내서 아무렇게나 누구에게 주는 것 같았다. 하지만 이제는 그렇게 주는 것이 처음으로 고통스럽지 않게 되었다.

그는 읍내 상인의 낯선 손에 은화를 넘겨준다는 생각이 들지 않았고, 은화 그 자체보다도 훨씬 값진 무엇 — 은화가 그의 아들이 몸에 걸칠 옷으로 변모한다는 기분을 느꼈다. 그리고 일을 하며 돌아다니고, 아무 말도 하지 않고, 아무것도 알지 못하는 듯싶었던 그의 아내라는 이 이상한 여자, 그녀는 아이에게 그렇듯 옷을 입혀놓아야 되겠다고 그보다도 먼저 알고 있었다!

때가 되었을 때 그녀는 곁에 아무도 두지 않으려고 했다. 어느 날 저녁 일찍, 겨우 해가 졌을 무렵에 몸을 풀어야 할 시간이 찾아왔다. 그녀는 추수를 하는 남편 곁에서 일을 하던 중이었다. 밀이 여물어 베어내고 밭에다 물을 대어 모를 심었더니 이제는 쌀을 추수할 때가 되어, 여름철 비가 내리고 초가을 따가운 햇살에 벼 이삭이 탐스럽게 여물었다.

그들은 허리를 구부리고 손잡이가 짧은 낫으로 하루 종일 볏단을 베었다. 몸이 무거웠기 때문에 그녀는 뻣뻣하게 허리를 굽히고 왕룽보다 훨씬 느릿느릿 움직였으므로 그가 맡은 줄은 앞서고 그녀가 맡은 줄은 뒤로 처져서 그들이 베어낸 자리는 가지런하지 않았다.

정오가 지나 오후가 되고 저녁이 가까워지면서 그녀는 점점 더 천천히 베기 시작했고, 그는 참을성 있게 돌아서서 그녀를 쳐다보고는 했다. 그러다가 낫을 놓고 그녀가 일손을 멈추더니 일어섰다. 그녀의 얼굴에서는 새로운 땀이, 새로운 고뇌의 땀이 흘렀다.

"때가 되었어요."

그녀가 말했다.

"저는 집으로 들어가겠어요. 제가 부를 때까지는 방에 들어오시면 안 돼요. 아기의 생명을 제 생명으로부터 잘라낼 수 있도록 새로 벗긴 갈대를 쪼개서 갖다 주시기만 하면 그만이에요."

그녀는 아무 일도 일어나지 않는다는 듯 밭을 가로질러 집을 향해서 갔고, 그녀의 뒷모습을 지켜본 다음 그는 바깥쪽 밭에 있는 연못 언저리로 가서 가느다랗고 퍼런 갈대를 골라 조심스럽게 벗겨 낫의 날에다 대고 쪼갰다. 그러자 어느새 가을의 어둠이 깔렸고 그는 낫을 어깨에 메고 집으로 갔다.

집에 다다르자 그는 식탁에 준비된 따끈한 저녁밥을 먹는 노인을 보았다. 그녀는 진통을 하는 중에도 시간을 내어 그들의 식사를 준비해놓은 것이다! 그는 아내가 흔히 찾아볼 수 없는 그런 여자라고 혼자 속으로 생각했다. 그러더니 그는 그들의 침실로 가서 문에다 대고 소리를 질렀다.

"갈대 여기 있어!"

갈대를 안으로 갖다 달라고 아내가 소리치리라고 기대하며 왕룽이 기다렸다. 하지만 그녀는 그러지 않았다. 그녀는 문으로 와서 문틈으로 손을 내밀어 갈대를 받았다. 그녀는 아무 말도 하지 않았지만, 그는 먼 길을 달려온 동물처럼 그녀가 숨을 헐떡이는 소리를 들었다.

노인이 밥그릇에서 얼굴을 쳐들고 말했다.

"어서 먹지 않으면 음식이 모두 식겠다."

그러더니 그가 또 말했다.

"한참 걸리는 일이니까 아직 혼자 조바심할 필요 없어. 난 내 첫 아이가 태어났을 때를 기억하는데, 다 끝나기도 전에 날이 새고 말았지. 아, 세상에, 내가 잉태시키고 네 어미가 하나씩 연달아 낳았던 그 모든 아이들, 난 숫자도 잊어버렸지만 스무 명이나 되는 아이들 가운데 겨우 너 하나만 살아남았다는 걸 생각하면 기가 막히는구나! 여자가 왜 아기를 낳고 또 낳아야 하는지를 너도 알겠지."

그러더니 다시금 새롭게 방금 생각이 나기라도 했는지 그가 또 말했다.

"내일 이맘때쯤이면 난 사내아이의 할아버지가 되겠구나!"

그는 밥을 먹다 말고 컴컴한 방 안에 앉아서 한참 동안 킬킬거렸다.

하지만 왕룽은 방에서 나는 그 심하게 헐떡이는 동물 같은 숨소리에 귀를 기울이고 서 있었다. 문틈으로 뜨거운 피의 냄새가, 그를 두렵게 만드는 역겨운 냄새가 흘러나왔다. 안에서 여자의 헐떡이는 소리가 숨죽인 비명처럼 빠르고 커졌지만, 그녀는 아무런 큰 소리도 내지 않았다. 그가 더 이상 견딜 수 없어서 막 방으로 박차고 들어가려는 순간에 가느다랗고 사나운 울음소리가 울려 나왔고 그는 모든 것을 잊어버렸다.

"아들이야?"

여자는 생각조차 하지 않고 그는 귀찮게 물어댔다. 가냘프면서도 강인하고 끈질긴 울음소리가 다시 터져 나왔다.

"아들이냐니까?"

그가 다시 소리쳤다.

"그것만이라도 얘기해줘…… 사내야?"

그리고 메아리처럼 희미하게 여자의 목소리가 대답했다.

"사내예요!"

그제서야 그는 식탁으로 가서 자리에 앉았다. 그 모두가 얼마나 빨리 일어난 일이던가! 음식은 오래 전에 다 식었고 노인은 긴 의자 위에서 잠이 들었지만, 그 모두가 얼마나 빨리 일어난 일이넌가! 그는 노인의 어깨를 흔들었다.

"사내아이예요!"

그가 의기양양하게 소리쳤다.

"아버지는 할아버지가 되셨고 전 아버지가 되었어요!"

노인이 갑자기 정신을 차리고 마치 잠이 들었을 때도 웃고 있었던 것처럼 웃어대기 시작했다.

"그래, 그래, 그래야지."

노인이 키득거렸다.

"할아버지라, 할아버지…….."

그러더니 그는 몸을 일으켜 여전히 웃어대며 침대로 갔다.

왕룽은 찬밥을 그릇째 들고 먹기 시작했다. 그는 갑자기 아주 배가 고파졌고 입으로 음식을 미처 퍼부어 넣을 틈이 없을 정도로 급했다. 그는 방 안에서 아내가 몸을 질질 끌며 돌아다니고 아이가 쉬지 않고 찢어지는 듯 울어대는 소리를 들었다.

"이제 이 집안은 조용할 날이 없겠구나."

그는 자랑스럽게 속으로 생각했다.

배가 부를 만큼 먹은 다음에 그는 다시 문으로 갔고, 그녀가 들어오라고 부르자 그는 안으로 들어갔다. 쏟은 피의 냄새가 아직도 뜨겁게 방 안에 가득했지만 나무 함지박 이외에는 피의 흔적이 아무 곳에도 없었다. 하지만 그 고통에도 그녀가 물을 부어 침대 밑으로 밀어 넣었기 때문에 그의 눈에는 잘 띄지도 않았다. 빨간 촛불을 켜 놓았고 그녀는 말끔하게 몸을 가리고 침대에 누워 있었다. 그녀의 곁에는 이 지방의 풍습에 따라 낡은 바지로 감싼 그의 아들이 누워 있었다.

그가 침대로 갔고 잠깐 동안 그의 입에서는 말이 나오지를 않았다. 그는 가슴이 뭉클거리며 치밀어 오르는 기분을 느끼며 몸을 수그려 아기를 내려다보았다. 아기의 얼굴은 둥그렇고 쪼글쪼글했으며 아주 시커멓게 보였고 머리에는 길고 축축하고 까만 머리카락이 나 있었다. 아기는 울음을 그치고 눈을 꼭 감은 채 누워 있었다.

그는 아내를 쳐다보았고 아내는 그를 마주 쳐다보았다. 그녀의 머리카락은 진통의 땀으로 아직도 젖은 그대로였으며 가느다란 두 눈은 푹 꺼졌다. 그 이외에는 예전 그대로였다. 하지만 그의 눈에는 그렇게 누워 있는 그녀가 가엾어 보였다. 그는 이 두 사람에게로 마음이 터져 나가는 것 같았고, 달리 무슨 말을 해야 할지 몰라 이렇게 말했다.

"내일 내가 시내로 나가서 붉은 설탕 한 근을 사다가 뜨거운 물에 타서 당신이 마시게 하겠어."

그러더니 다시 아기를 보고는 방금 그런 생각이 나기라도 했는지 갑자기 이런 소리가 터져 나왔다.

"달걀을 큼직한 바구니로 하나 사서 모두 빨갛게 칠해 마을 사람들에게 돌려야지. 그러면 내가 아들을 낳았다는 걸 모두 알 테니까!"

4

 아기가 태어난 다음 여자는 이튿날도 보통 때나 마찬가지로 일어나 그들을 위해 식사를 준비했지만 왕룽과 같이 추수를 할 밭으로 일을 나가지는 않았기 때문에 그는 정오가 될 때까지 혼자서 일했다. 그런 다음에 그는 파란 옷을 입고 시내로 나갔다.
 그는 장터로 가서 새로 낳은 것은 아니더라도 아직 쓸 만하고 한 개에 한 푼씩 나가는 계란을 쉰 개 샀고, 달걀을 빨갛게 물들이기 위해 함께 넣고 삶을 붉은 종이도 샀다. 그러고는 그는 달걀들을 바구니에 넣고 사탕 가게로 가서 사탕 한 근에다 붉은 설탕을 조금 더 사서는 갈색 종이로 꼼꼼하게 포장해달라고 부탁했다. 포장을 끝낸 다음 설탕 장수는 빨간 종이 한 장을 새끼줄 밑으로 끼워 넣으며 빙그레 웃었다.
 "보아하니 산모를 위해서 사가는 모양이구먼요."

"첫아들이에요."

왕룽이 자랑스럽게 말했다.

"아, 복도 많으시지."

방금 들어선 손님에게 눈을 돌리며 주인이 무관심하게 말했다.

이 말을 그가 다른 사람들에게 여러 번, 걸핏하면 누구에게든 했지만, 왕룽에게는 그 말이 각별하게 들렸고, 그래서 그는 이 인사치레에 기분이 좋아져 인사를 하고 또 하면서 가게를 나왔다. 먼지가 나는 거리의 눈부신 햇살 속으로 걸어 나오던 그는 자기처럼 복을 많이 받았던 사람은 아무도 없었으리라는 기분이 들었다.

처음에 그는 기뻐하며 이런 생각을 했지만 다음에는 두려움의 아픔을 느꼈다. 이승에서 너무 복을 많이 받는 것은 좋은 일이 아니기 때문이었다. 하늘과 땅에는 인간, 특히 가난한 사람들의 행복을 시기하는 악령들이 가득했다. 그는 얼른 향도 팔고 양초도 파는 가게로 들어가서 식구 한 사람에 하나씩 네 가닥의 향을 샀다. 이 네 개의 향을 가지고 그는 지신들을 모신 작은 사당으로 들어가 전에 그가, 그와 그의 아내가 함께 피웠던 향의 싸늘한 재 속에다 꽂았다. 그는 네 가닥의 향에 불이 잘 붙었는지 살핀 다음에 안심을 하고 집으로 갔다.

그 작은 사당 안에 침착하게 앉아 있는 두 개의 작은 수호신들 — 그들은 얼마나 엄청난 힘을 지녔는가!

그러는 동안 어느 누구도 깨닫지 못하는 사이에 여자는 어느 틈엔가 밭으로 나와 그의 곁에서 일하게 되었다. 가을걷이가 끝났고,

그들은 집의 앞마당이기도 한 타작마당에서 곡식을 두드려 털었다. 왕룽과 여자, 그들은 도리깨로 두드려 낟알을 털어냈다. 그리고 곡식을 도리깨로 턴 다음에는 키질을 할 차례여서, 커다랗고 편편한 대나무 바구니에 담아 바람을 타게 공중으로 까불려 올려서는 쓸 만한 낟알은 떨어지는 대로 받고 검불과 껍질은 바람에 날려 구름처럼 날아가버리게 했다. 그러고는 다시 겨울 밀을 밭에 심어야 했다. 그가 황소에게 멍에를 얹어 땅을 갈면 여자는 괭이를 가지고 뒤따라가면서 이랑 속의 흙덩이들을 골랐다.

그녀는 이제 낡고 찢어진 포대기로 싸서 아기를 땅바닥에 재워놓고는 하루 종일 일했다.

아기가 울면 여자는 일손을 멈추고 젖을 꺼내 아기의 입에 대주며 땅바닥에 털썩 주저앉았다. 다가오는 겨울의 추위가 억지로 밀어낼 때까지는 여름의 더위를 포기하지 않으려는 듯 아쉬워하며 태양이, 늦가을 태양이 그들 모자에게 맹렬히 내리쬐었다. 여자와 아기는 흙처럼 갈색이었으며 그들은 흙으로 빚은 형상처럼 꼼짝 않고 앉아 있었다. 여자의 머리카락과 아기의 보드랍고 까만 머리에는 밭에서 일어난 먼지가 보얗게 앉았다.

하지만 여자의 큼직한 갈색 젖가슴에서는 아이를 위해서 젖이, 백설(白雪)처럼 하얀 젖이 콸콸 쏟아져 나왔고, 아기가 한쪽 젖을 빨면 다른 쪽에서도 샘물처럼 흘러나와서 그녀는 젖이 흐르게 그냥 내버려두었다. 아무리 게걸스럽게 빨아치워도 아기가 마시고도 남을 정도였던 젖은 여러 아이를 먹여 살리고도 남았겠지만, 자신의 풍요함을 알았기 때문에 그녀는 젖이 쏟아져도 그냥 무관심하게 내버려두었다. 항상 있었고 또 더 남아 있었기 때문이었다. 때때로 그녀는 옷을 적시지 않으려고 젖을 치켜들어 땅바닥으로 흘러 떨어지게 했고 젖이 스며든 흙은 밭에다 보드랍고 검고 풍요한 얼룩을 남겼다. 아이는 통통하고 천성이 순했으며 어머니가 그에게 베풀어주는 그칠 줄 모르는 생명을 받아먹었다.

겨울이 찾아왔을 때, 그들은 겨울을 맞을 채비가 되어 있었다. 여태까지 그토록 풍년이었던 적이 없었으며, 방이 셋인 자그마한 집이 터져 나갈 지경이었다. 초가집 대들보에는 말린 양파와 마늘이 줄줄이 타래로 매달렸고, 가운데 방과 노인의 방과 그들 부부의 방에는 갈대로 엮은 돗자리들을 커다란 독처럼 말아 세우고 그 안에다 밀과 쌀을 가득 채웠다. 이 곡식을 팔게 되겠지만, 왕룽은 검소한 사람이었으며 많은 마을 사람들처럼 노름을 하거나 분수에 맞지 않게 진미 요리를 찾아 먹느라고 돈을 아무렇게나 쓰지는 않았기 때문에 값이 싼 추수기에 곡식을 꼭 팔아야 할 필요가 없었다. 대신에 그는 곡식을 저장해두었다가 눈이 내려 땅을 덮은 다음이나 정초가 되어 읍내 사람들이 식량이라면 어떤 가격이라도 선뜻 내놓게 될 때 팔았다.

그의 작은아버지는 늘 곡식이 채 제대로 여물기도 전에 팔아야만 했다. 심지어 당장 조금이라도 현금을 손에 쥐어보고 싶은데다가 구태여 거두어들이고 타작을 하는 고생을 면하고 싶어서 때로는 밭에 심어놓은 채로 팔기도 했다. 하기야 뚱뚱하고 게으른 작은아버지의 아내는 어리석은 여자여서 맛 좋은 음식과 이런 것 저런 것, 그리고 읍내에서 살 수 있는 새 구두를 사 달라고 한없이 잔소리만 해대는 위인이기도 했다. 왕룽의 여자는 남편이 신을 것은 물론이요, 노인과 자기 자신과 아이의 신발까지도 모두 스스로 만들었다. 만일 그녀가 신발을 사고 싶다고 했다면 그는 무슨 말인지 이해도 못 했으리라! 작은아버지의 무너져가는 낡은 집의 대들보에는 무언가 걸려 있는 적이 거의 없었다. 하지만 왕룽의 집에는 병이 들어 앓는 것처럼 보여서 이웃집 칭이 돼지를 잡았을 때 산 돼지다리까지 있었다. 살이 빠지기 전에 일찍 잡은 돼지여서 다리가 큼직했으므로 오란은 말려두려고 소금에 푹 절여 매달아놓았다. 그뿐 아니라 그들이 키우던 닭도 두 마리 잡아 내장을 긁어내고 깃털을 그대로 둔 채로 말려 속에다 소금을 채워두었다.

따라서 겨울바람이, 매섭고도 가혹한 바람이 사막으로부터 그들이 사는 지방의 북동쪽으로 불어닥쳤을 때 그들은 이 모든 풍성함의 한가운데 앉아 있었다. 얼마 안 가서 아기는 거의 혼자서 앉아 있을 정도가 되었다. 그들은 아기가 백일을 채우자 장수(長壽)를 상징하는 국수로 잔치를 벌였으며 왕룽은 결혼 피로연에 왔던 사람들을 초청하고 그들에게 저마다 삶아서 물을 들인 빨간 달걀 한 꾸러미씩을 주었으며, 그에게 축하를 하려고 찾아온 마을 사람들 모두에게는 달걀을 두 개씩 나눠주었다. 그리고 사람들은 모두 듬직하고 통통하고 달덩이 같은 얼굴에 엄마를 닮아 광대뼈가 우뚝 튀어나온 아들을 보고는 왕룽을 부러워했다. 이제 겨울이 되자 아기는 밭이 아니라 집의 흙바닥에 깔아놓은 포대기 위에 앉아서 지냈다.

빛이 들어오도록 그들이 남쪽 문을 열어놓았더니 햇살이 비쳤으며 바람이 북쪽에서 집의 두툼한 흙벽을 마구 때렸지만 아무 소용도 없었다. 얼마 안 있다가 밭 근처의 버드나무들과 복숭아나무들, 그리고 문간의 대추나무에서 잎들이 졌다. 집의 동쪽에 있는 대나무에만 듬성듬성 무더기를 이룬 잎사귀들이 달려 있었으며, 줄기가 바람에 비틀려 휘어질 지경인데도 잎사귀는 악착같이 매달렸다.

이 건조한 바람 때문에 땅 속에 묻힌 밀 씨앗은 싹을 틔우지 못했고 왕룽은 비가 내리기만 초조하게 기다렸다. 그러다가 바람이 자서 대기가 조용하고 훈훈해졌을 때 아직도 잿빛인 날씨인데 갑자기 비가 쏟아졌다. 그들은 모두 풍족함으로 가득 찬 집에 들어앉아 비가 잔뜩 억세게 쏟아져 앞마당 주변의 밭으로 스며들고 문 위쪽 처마 끝에서 낙숫물이 듣는 것을 구경했다. 아이는 신기해서 은빛 줄처럼 떨어지는 빗물을 잡으려고 두 손을 뻗었고, 아이가 웃으면 그들도 함께 웃었다. 노인이 아이 옆에 쪼그리고 앉아 말했다.

"십여 마을을 뒤져봐도 이런 아이는 또 없을 거야. 내 동생의 애새끼들은 걸음마를 하기 전에는 아무것도 눈여겨보는 게 없었지."

그리고 밭에서는 밀의 씨앗이 싹터서 섬세하고 푸른 창끝처럼 축축한 갈색 흙을 밀치고 솟아올랐다.

이럴 때면 농부들은 누구나 어깨에 걸머멘 장대 물지게로 물통을 오락가락 나르느라고 허리가 부러지더라도 오랜만에 하늘이 선심을 베풀어 그들의 곡식에 물을 주고 있다는 기분이 들어 서로 말을 나누게 마련이어서 아침에 그들은 이 집 저 집에 모여 여기저기서 차를 들고 기름을 먹인 커다란 종이우산을 받쳐든 채로 밭들 사이의 좁다란 길을 가로질러 맨발로 집집마다 찾아다녔다. 여자들은 집에 남아서 알뜰한 사람들은 신발을 만들고 옷을 꿰맸으며, 정초에 차릴 음식 준비를 생각했다.

하지만 왕룽과 그의 아내는 자주 사람들을 찾아다니지 않았다. 그들이 사는 집을 포함해서 띄엄띄엄 흩어진 작은 집 대여섯 채로 이루어진 마을에는 그들처럼 따스함과 풍성함이 넘치는 집이 없었고, 그래서 왕룽은 다른 사람들과 너무 친해지면 누가 꾸어 달라고 찾아올지도 모른다고 생각했기 때문이었다. 정초가 다가오고 있는데, 새 옷과 잔칫상을 차리기 위한 돈을 어느 누가 넉넉히 가지고 있단 말인가? 그는 집 안에서 지냈다. 여자가 옷을 깁고 바느질을 하는 동안 그는 대나무를 쪼개서 만든 갈퀴를 가져다 살펴보고, 끈이 끊어진 곳이 있으면 그가 직접 재배한 삼으로 엮은 새 노끈으로 다시 엮었으며, 살이 부러져 나간 곳은 새 대나무 조각으로 솜씨 있게 박아 넣었다.

그리고 그가 농기구를 손질하는 반면에 아내 오란은 집 안 물건들을 손질했다. 혹시 항아리가 새더라도 그녀는 다른 여자들이 그렇듯이 그것을 버리고 새 항아리를 사야겠다는 얘기를 하지는 않았다. 대신에 그녀는 흙과 찰흙을 섞어 깨진 틈을 메우고는 천천히 불에 쬐어 새것처럼 말짱하게 만들어놓았다. 따라서 그들은 집 안에 들어앉아 가끔 한마디씩 던지는 이외에는 별로 얘기조차 나누지도 않으면서 서로 상대방을 존중하는 마음에 흐뭇해했다.

"큰 호박을 다시 심게 씨를 받아두었나?" 또는 "밀짚은 팔기로 하고 콩줄기는 부엌에서 땔감으로 쓰죠" 또는 어쩌다가 왕룽이 "이 국수는 맛이 좋군" 하고 말하기라도 하면 오란은 겸손하게 "금년에 우리가 밭에서 거둔 밀이 좋아서 밀가루 맛이 좋은가 봐요"라고 받아주기도 했다.

금년에 풍작을 이루다 보니 채소 쪽에서도 왕룽은 필요한 이상으로 은화를 한 줌이나 받아냈는데, 그는 이 큰 돈을 허리띠에 차고 다니기도 두려웠고 그가 가지고 있는 돈을 아내 이외에는 어느 누구에게도 얘기할 수가 없었다. 그들은 은화를 어디에 간직해둘까 궁리를 했으며, 결국 여자는 그들이 쓰는 방의 침대 뒤 안쪽 벽에다 교묘하게 작은 구멍을 하나 팠고 그 속에다 왕룽이 은화를 쑤셔 넣은 다음에 아내가 흙덩어리로 막아서 그곳에 아무것도 없는 것처럼 해놓았다. 하지만 왕룽과 오란 두 사람에게는 그것이 부유하고 여유가 있다는 비밀스러운 인식을 간직하게 해주었다. 왕룽은 쓸 필요가 있는 이상의 돈이 자기에게 있음을 의식했으며, 친구들과 어울릴 때면 그는 어느 누구에 대해서나 느긋한 마음으로 어울리게 되었다.

5

 정초가 가까워졌고 마을에서는 집집마다 준비가 한창이었다.
 왕룽은 읍내의 양초 가게로 가서 금적 잉크로 복(輻) 자를 붓글씨로 써 넣은 네모난 붉은 종이와 부유함을 나타내는 글자(富)가 박힌 종이 몇 장을 사서 새해에 복이 찾아오기를 기원하는 뜻으로 농기구들마다 하나씩 붙여놓았다. 쟁기와 소의 멍에와 그가 퇴비와 물을 퍼 나르는 두 개의 통에다 그는 저마다 글씨가 박힌 네모난 종이를 붙였다.
 그런 다음에는 집의 문마다 행운을 비는 구절들을 붓글씨로 써 넣은 기다랗고 붉은 종이 띠를 붙였고, 문간 위쪽에는 교묘한 솜씨로 아주 꼼꼼하게 오려 꽃무늬를 만든 붉은 종이를 붙여 테를 둘렀다. 그리고 그는 신들에게 입힐 새 옷을 만들 붉은 종이를 샀다. 노인은 늙어서 떨리는 손으로도 멋지게 옷을 지었으며 왕룽은 그 옷을 지신의 사당에 있는 자그마한 두 신령들에게 갖다 입혔고 새해를 위해서 그 신령들 앞에다 향을 좀 피워놓았다. 그리고 집을 위해서 그는 가운데 방 탁자 위쪽 벽에다 풀로 붙여놓은 신령의 그림과 섣달 그믐날 저녁에 탁상에다 켜놓을 붉은 양초도 두 개 샀다.

그리고 왕룽은 다시 읍내로 들어가서 돼지비계와 백설탕을 샀고, 여자는 비계를 부드럽고 새하얗게 손질해서, 그럴 필요가 있을 때는 황소에게 멍에를 얹게 만든 연자매에다 그들이 직접 재배한 쌀을 갈아서 만든 쌀가루를 꺼내 비계와 설탕과 함께 섞어 빚어서 황씨 댁 사람들이 먹곤 하던 달떡이라고 부르는 푸짐한 떡을 만들었다.

찔 준비를 다 해서 탁자 위에 줄줄이 떡을 늘어놓았을 때 왕룽은 자랑스러워 가슴이 터져 나갈 지경이었다. 부자들이 잔칫상에서나 먹는 그런 떡을 만들 줄 아는 여자가 마을에는 그의 아내 이외에 아무도 없었기 때문이었다. 어떤 떡에는 그녀가 작고 빨간 산사나무 열매를 줄지어 박고 말린 푸른 오얏을 듬성듬성 꽂아 꽃과 무늬를 새겼다.

"이건 먹어치우기가 아깝구먼."

왕룽이 말했다.

알록달록한 빛깔을 보고 어린아이가 좋아하듯 기분이 좋아진 노인이 탁자 주변에서 서성거렸다. 그가 말했다.

"내 동생인 네 작은아버지와 작은아버지의 아이들을 불러라. 모두 와서 구경을 하라고 그래!"

하지만 생활이 넉넉해지니까 왕룽은 조심스러워졌다. 배고픈 사람들을 불러다가 구경만 시키고 그냥 보낼 수는 없는 노릇이었다.

"정초가 되기 전에 떡을 보면 재수가 없대요."

그가 황급히 둘러댔다. 그리고 손에 온통 고운 쌀가루와 비계가 묻어 끈적거리는 채로 아내가 말했다.

"보잘것없는 떡 한두 개쯤은 손님들이 맛을 봐도 되겠지만 저건 우리가 먹을 떡이 아녜요. 우린 백설탕하고 비계를 먹을 만큼 부자는 아니니까요. 저는 이걸 큰 집의 노마님에게 드리려고 준비한 거예요. 전 정월 초이튿날에 이 떡을 선물로 가지고 아이와 함께 찾아가기로 했어요."

그러자 떡이 더욱 소중하게 여겨졌다. 왕릉은 그토록 주눅이 들어 그렇게 가난한 몸으로 찾아가서 그가 서 있던 크나큰 방으로 이제는 그의 아내가 손님으로서 빨간 옷을 입은 아들을 데리고 가장 좋은 쌀가루와 설탕과 비계로 만든 이 떡을 가지고 방문하게 되었다는 생각을 하니 기분이 좋았다.

이 방문에 비하면 금년 정초의 다른 모든 일이 시시하기만 했다. 오란이 검은 무명으로 만든 새 저고리를 몸에 걸치고 나니 그는 저절로 이런 혼잣말이 나왔다.

"난 큰 집 대문으로 그들을 데리고 갈 때 꼭 이 옷을 입어야 되겠어."

심지어 그는 작은아버지와 이웃들이 집으로 몰려와서 왕릉 자신과 아버지의 복을 빌어주고 모두 시끄럽게 먹고 마시던 정월 초하루도 무관심하게 그냥 흘려보냈다.

그는 무늬가 없는 하얀 떡을 놓고 사람들이 비계와 설탕 맛이 좋다고 칭찬을 늘어놓자 "빛깔을 넣은 떡을 보면 모두 놀라 자빠질 거야!"라고 소리치고 싶어서 무척 애를 먹기는 했어도 평범한 사람들에게 떡을 내놓아야만 하는 불상사를 피하기 위해서 빛깔이 든 떡들은 바구니에 담아 치워두도록 미리 조심했다.

무엇보다 그는 자랑스럽게 큰 집에 발을 들여놓고 싶었기 때문에 떡 자랑은 아예 하지 않았다.

그러다가 어제는 남자들이 잘 먹고 마셨기 때문에 오늘은 여자들이 서로 인사를 다니는 날인 정월 초이튿날이 되자 그들은 새벽에 일어났다. 여자는 아기에게 붉은 저고리를 입히고 그녀가 직접 만든 호랑이 얼굴 신발을 신기고는 지난해 마지막 날 왕룽이 손수 다시금 밀어준 머리에는 앞쪽에 작은 금박 불상을 수놓고 꼭대기가 솟아오르지 않은 빨간 모자를 씌워 침대에 앉혀놓았다. 그러자 아내가 길고 검은 머리를 새로 빗어 남편이 사다 준 은 노금을 한 놋쇠 비녀로 틀어 묶는 사이에 왕룽도 얼른 옷을 입었고, 그녀가 두 벌을 짓기에 넉넉한 스물넉 자에다 포목점의 관습이 그러하듯이 덤으로 두 자를 더 보태준 옷감으로 남편의 새 옷과 함께 만든 새 검정 윗옷을 걸쳤다. 그런 다음에 남자는 아이를 데리고 여자는 떡을 바구니에 담아 들고 그들은 겨울이 되어 지금은 황량해진 밭을 가로지른 길로 나섰다.

그리고 왕룽은 황씨 댁의 큰 대문 앞에서 보람을 느낄 수가 있었으니, 여자가 부르는 소리에 쫓아 나온 문지기가 당장 그를 알아보고는 점에 달린 기다란 세 가닥 털을 꼬아대며 소리쳤다.

"아, 농부 왕 서방, 이제는 한 사람이 아니라 셋이 되었구나!"
그러더니 그들이 모두 새 옷을 입었으며 아기가 아들인 것을 보더니 덧붙여 말했다.
"자네한테는 작년보다 복을 더 많이 받으라는 인사말을 할 필요가 없겠구먼."
왕룽은 자기하고 거의 상대가 안 되는 사람에게 얘기할 때처럼 건성으로 "농사가 잘 되어서, 농사가 잘 되어서……"라고 말하고는 자신만만하게 대문 안으로 들어섰다.
문지기는 그가 본 모든 것에 감탄이라도 하는 듯 왕룽에게 말했다.
"자네 부인하고 아들이 왔다고 안에 들어가 내가 전하는 동안 자네는 내 누추한 방에서 좀 쉬지 그러나."
왕룽은 선물을 가지고 아내와 아들이 큰 집의 안주인을 만나러 마당을 가로질러가는 모습을 지켜보며 서 있었다. 모두가 그에게 영광스러운 일이었으며, 연달아 안쪽을 향해 멀어지며 이어지는 마당들을 따라 내려가 마침내 방향을 바꿔 완전히 시야에서 사라져 그들이 더 이상 보이지 않게 되자 그는 문지기의 거처로 들어가서 가운데 방의 탁자에서 문지기의 곰보 아내가 내주는 왼쪽 상석을 당연하다는 듯 받아들였고, 그녀가 내오는 찻잔을 머리만 조금 끄덕이고 받아 앞에 놓고는 그 찻잎의 질이 자기에게 대접할 정도로 좋지 못하다는 듯 마시지도 않고 그냥 놓아두었다.
시간이 한참 지난 다음에야 여자와 아기를 데리고 문지기가 돌아왔다. 그 무표정하고 넓적한 얼굴에서 처음에는 그의 눈에 보이지 않았던 작은 변화들을 이제는 읽어낼 수 있었던 터라 왕룽은 모든 일이 잘 되었는지 알아보려고 잠깐 동안 여자의 얼굴을 찬찬히 뜯어보았다. 하지만 그녀는 사뭇 만족한 표정을 지었으며, 지금은 그곳에 볼일이 없었으므로 왕룽이 들어갈 수 없었던 여자들의 안채에서 무슨 일이 있었는지 어서 그녀로부터 얘기를 듣고 싶어 조바심이 났다.

그래서 문지기와 그의 곰보 마누라에게 얼른 절을 하고 그는 오란을 데리고 서둘러 나가서 잔뜩 구겨진 새 옷을 입고 잠든 아기를 받아 안았다.

"어떻게 됐어?"

뒤따라오는 그녀에게 왕룽이 어깨 너머로 뒤돌아보면서 물었다. 처음으로 그는 아내의 굼뜬 성격에 짜증이 났다. 그녀는 왕룽에게 조금 더 가까이 다가서더니 속삭여 말했다.

"혹시 누가 나한테 묻는다면 난 저 집이 금년에 생활이 궁색한 모양이라고 얘기해주겠어요."

그녀는 신들이 굶주린다는 얘기라도 하는 듯 놀란 어조로 얘기했다.

"그게 무슨 소리야?"

왕룽이 캐물었다.

하지만 그녀는 서두르려고 하지 않았다. 그녀에게 말은 한마디씩 붙잡아 어렵게 풀어주는 그런 것이었다.

"노마님은 금년에도 작년에 입었던 옷을 그대로 입고 계시더군요. 저는 지금까지 그런 일을 본 적이 없어요. 그리고 종들도 새 옷을 얻어 입지 못했고요."

그러더니 잠깐 침묵을 지킨 다음에 그녀가 말했다.

"저처럼 새 옷을 입은 종들이 한 명도 제 눈에 띄지 않았어요."

그러고는 잠시 후에 그녀가 다시 덧붙여 말했다.

"당신 아들로 말할 것 같으면, 옷이나 잘생긴 용모에 있어서 이 아이한테 비할 만한 아들이 대감님의 소실들 태생 중에서도 찾아볼 수가 없었고요."

그녀의 얼굴에는 천천히 미소가 번졌고 왕룽은 큰 소리로 웃으면서 아기를 다정하게 꼭 껴안았다. 그의 삶은 얼마나 잘 풀려왔던가ㅡ그의 삶은 얼마나 잘 풀려 나왔던가! 그러고는 환희를 느끼면서도 그는 두려움에 사로잡혔다. 어떤 악령이 우연히 지나가다가 공중에서 볼지도 모르는데 아름다운 사내아이를 데리고 이렇게 탁 트인 하늘 밑을 걸어가다니, 그는 무슨 어리석은 짓을 하고 있는 것일까! 그는 황급히 저고리를 풀어헤쳐서 아기의 머리를 가슴속에 처박고는 큰 소리로 말했다.

"우리 아이가 아무도 원하지 않을 계집애인데다가 그것도 모자라서 빡빡 얽은 곰보이니 너무나 한심하구나! 이 아이가 어서 죽으라고 우리 기도나 드리지."

"그래요, 그래요……."

그들이 무슨 짓을 저질렀는지 어렴풋하게나마 이해가 가서 아내가 재빨리 말했다.

그러고는 이렇게 예방을 해놓아 이제는 마음이 놓인 왕룽이 다시금 아내한테 캐물었다.

"그들이 왜 빈궁해졌는지 알아봤어?"

"전에 모시고 일했던 요리사하고 사담을 나눌 시간이 잠깐밖에 없었어요."

그녀가 대답했다.

"하지만 그 여자가 이런 얘기를 하더군요. '날이면 날마다 노마님은 신발 두 짝을 황금으로 가득 채울 만큼 아편을 피워대지, 영감마님은 해마다 소실을 한두 명씩 더 집에 들여놓지, 젊은 주인님들 다섯은 타향에서 구정물 버리듯 돈을 펑펑 쓰며 데리고 놀던 여자들이 싫증이 나면 모두 집으로 보내지, 이런 판이니 이 집이 언제까지 버틸지 모르겠구먼.'"

"정말 그 정도야?"

얼이 빠져서 왕룽이 중얼거렸다.

"그런가 하면 세 번째 따님이 봄에 시집을 가기로 되어 있대요."

오란이 말을 이었다.

"그런데 그 따님의 지참금이 군주의 인질금만큼이나 되어서 큰 도시의 관직(官職)을 사기에도 충분한 정도예요. 옷만 해도 셋째 따님은 수쪼우(蘇州)와 항쪼우(杭州)에서 짠 특수 무늬를 박은 최고급 공단이 아니면 거들떠보지도 않고, 조금이라도 유행에 뒤떨어지기 싫다는 생각에 아랫사람들을 잔뜩 거느린 재단사를 상하이(上海)에서 불러온대요."

"그렇다면 그렇게 돈을 많이 들여서 그 여자가 결혼할 남자는 누군데 그래?"

재산을 그렇게 내다 버린다는 얘기에 놀라면서도 감탄하면서 왕

대지

룽이 말했다.

"상하이의 어느 대감 집 둘째 아들하고 결혼을 한다더군요."

여자가 말했고 한참 침묵을 지킨 다음에 덧붙여 얘기했다.

"집안이 더욱 궁핍해져서인지 노마님 당신이 저한테 말씀하시기를 땅을 팔고 싶다고 그러셨는데, 성벽 바로 바깥쪽, 집의 남쪽에 있는 땅을 좀 팔 생각이더군요. 그 땅은 성벽 둘레의 해자에서 쉽게 물을 끌어댈 수 있는 좋은 땅이어서 해마다 그 댁에서는 이곳에다 꼭 벼를 재배했어요."

"땅을 팔다니!"

납득이 간다는 듯 왕룽이 되풀이해서 말했다.

"그렇다면 그들이 정말로 가난해지는 모양이야. 땅이라면 피와 살이나 마찬가지인데."

그는 얼마 동안 곰곰이 따져보더니 갑자기 무슨 묘안이 떠올랐는지 손바닥으로 옆머리를 탁 쳤다.

"왜 내가 그 생각을 못 했을까!"

아내에게로 돌아서며 그가 소리쳤다.

"그 땅을 우리가 삽시다!"

그는 즐거워하고 그녀는 어안이 벙벙해져 그들 두 사람은 서로 빤히 쳐다보았다.

"하지만 땅이라면, 땅이라면 말예요……."

그녀가 말을 더듬었다.

"그 땅을 내가 사겠어!"

그가 의젓한 목소리로 말했다.

"내가 그 땅을 황씨 댁으로부터 사겠다구!"

"거긴 너무 멀어요."

그녀가 당황해서 말했다.

"거기까지 걸어가려면 반나절이나 걸릴 거예요."

"난 그 땅을 사겠어."

그는 말을 안 들어주는 어머니에게 요구를 되풀이하듯이 못마땅한 어조로 다시 말했다.

"땅을 산다는 것은 좋은 일이예요."

그녀가 타협적으로 말했다.

"돈을 흙벽 속에다 넣어두는 것보다야 분명히 좋은 일이죠. 하지만 작은아버지의 땅을 사시는 게 어때요? 작은아버지는 우리가 가지고 있는 서쪽 밭 근처에 있는 그 밭뙈기를 팔지 못해서 야단이던데요."

"우리 작은아버지의 그 땅 말야?"

왕룽이 큰 소리로 말했다.

"난 그 땅은 가지고 싶지 않아. 작은아버지는 지난 20년 동안 그 밭에서 곡식을 억지로 재배하느라고 온갖 방법을 다 썼지만 퇴비나 대두박 한 번 뿌려준 적도 없어. 토질이 꼭 석회 같다니까. 그래, 난 황씨 땅을 사겠어."

그는 '황씨 땅'이라는 말을 같은 농부인 이웃 사람 칭의 소유인 '칭씨 땅'이라는 말을 하듯 아무렇지도 않게 했다. 그는 어리석고 커다랗고 낭비가 심한 집에서 사는 사람들과 맞먹고도 남을 만했다. 그는 은화를 손에 들고 찾아가서 당당하게 말할 것이다.

"나한테 돈이 있습니다. 당신이 팔고 싶다는 땅은 값이 얼마나 나가나요?"

그는 노대감 앞에 서서 대감의 대리인에게 자신이 하게 될 얘기가 귓전에 들려오는 것 같았다.

"나도 어느 누구나 마찬가지로 취급해주시오. 공정한 값은 얼마인가요? 돈은 내가 손에 들고 있으니까요."

그리고 그 당당한 집안의 부엌에서 종 노릇을 했던 그의 아내, 그녀는 황씨 댁을 대대로 위대하게 만들어주었던 땅 한 조각을 소유한 남자의 아내가 되리라. 그가 무슨 생각을 하는지 눈치를 챈 그녀는 갑자기 저항을 그치고 말했다.

"그 땅을 사도록 하세요. 누가 뭐라고 해도 좋은 논이고 해자가 가까워서 해마다 물을 댈 수가 있어요. 그건 확실해요."

그리고 다시금 천천히 미소가, 그녀의 가느다랗고 검은 두 눈의 둔탁함을 전혀 밝혀주지 못하는 미소가 그녀의 얼굴로 번졌고 한참 있다가 그녀가 말했다.

"작년 이맘때쯤에 저는 저 집에서 종 노릇을 했죠."

그리고 그들은 이런 생각에 마음이 뿌듯해져서 걸어갔다.

6

왕룽이 지금 소유한 이 한 조각의 땅이 그의 삶을 크게 뒤바꿔놓게 되었다. 그가 벽에서 은화를 파내어 그것을 가지고 큰 집으로 간 다음에, 대감과 동등한 자격으로 얘기를 나누는 엉겁이 다 지나간 다음에, 그는 처음으로 거의 후회에 가까운 우울한 기분을 맛보았다. 꼭 써야 할 필요가 없었던 은화로 가득 찼었지만 지금은 텅 비어 버린 벽의 구멍을 생각하면 그는 은화를 되돌려받고 싶을 지경이었다. 뭐니 뭐니 해도 이 땅은 또다시 여러 시간 더 일을 해야 하게 만들었고, 오란이 말했듯이 멀리 떨어진 곳이어서 1리(里)도 넘는 거리에 있었다. 그리고 또한 그 땅을 사기는 했어도 그가 예상했던 것만큼 영광이 마음을 가득 채우지도 못했다.

그가 너무 일찍 큰 집으로 찾아갔기 때문에 대감은 아직도 잠을 자고 있었다. 정오가 다 된 시간이었다. 그가 큰 소리로, "대감님에게 내가 중요한 볼일이 있어서 찾아왔으며, 돈이 관련된 일이라고 여쭈게나!"라고 말했더니 문지기가 당당하게 대꾸했다.

"이 세상의 돈을 다 준다고 해도 난 늙은 호랑이를 깨우고 싶은 마음은 없다네. 영감님은 겨우 사흘 전에 얻어온 새 소실하고 잠자리에 드셨어. 영감님을 깨웠다가는 내 목숨이 온전하지 못할 거야. 그리고 그 은화로 영감님의 잠을 깨울 수 있으리라는 생각은 하지 말게나. 영감님은 태어나서부터 지금까지 늘 은화를 손에 쥐고 살아오셨으니까."

그래서 결국 관리하는 돈을 착복해서 한밑천 잡았음직한 빤질빤질하고 악당 같은 대감의 관리인과 일을 처리할 수밖에 없었다. 그리고 때때로 왕룽에게는 누가 뭐라고 해도 결국 땅보다 그 많은 은화가 훨씬 가치가 있다고 여겨지기도 했다. 은화는 반짝이는 것을 볼 수 있는 물건이었다.

그래도 어쨌든 땅이 그의 소유가 되었다! 그는 새해의 두 번째 달의 어느 잔뜩 찌푸린 날 그 땅을 구경하려고 길을 나섰다. 그 땅이 그의 소유라는 사실을 아직 아무도 알지 못했으며, 그는 읍내의 성벽을 둘러싼 해자 옆을 따라 뻗어나간 푹신하고 시커먼 흙이 기다란 사각형을 이룬 그 땅을 혼자 보고 싶어서 길을 나선 것이다. 그는 조심스럽게 발자국으로 땅을 재어보았는데, 길이가 3백 발자국에 폭이 120발자국이었다. 네 개의 돌이, 황씨 가문을 나타내는 커다란 글자가 새겨진 돌멩이가 아직도 경계선 네 귀퉁이를 표시하고 서 있었다. 그렇다, 그 경계 표지를 그는 바꿔놓으리라. 그는 나중에 돌들을 뽑아내고 그곳에다 자신의 이름을 새겨넣을 것이었다. 큰 집에서 땅을 살 정도로 그가 부자라는 사실을 사람들이 알아도 될 만큼 준비가 되어 있지 않아 아직은 곤란한 일이지만, 나중에 그가 더 부자가 되어 무슨 짓을 해도 상관이 없을 때라면 그래도 괜찮으리라. 그리고 기다란 사각형 땅을 쳐다보며 그는 속으로 생각했다.

"큰 집 사람들에게는 이 한 줌의 흙이 아무런 의미도 없을지 모르지만 나에게는 그것이 얼마나 큰 의미를 지니는가!"

그러더니 그는 다른 마음이 들어서 작은 땅 한 조각을 그토록 중요하게 여기는 자기 자신에 대한 경멸감에 사로잡혔다. 그렇다, 그가 관리인 앞에다 의기양양해서 은화를 쏟아놓았더니 그 남자는 두 손으로 대수롭지 않게 돈을 긁어모으며 말했다.

"어쨌든 이만하면 노마님이 며칠 피울 아편 값은 되겠구먼."

그리고 그와 큰 집 사이에 아직도 존재하는 크나큰 차이는 그의 앞에 있는 물이 가득한 해자나 마찬가지로 건너갈 수가 없으며, 그 너머 앞쪽으로 우뚝 고색이 창연하게 솟아오른 성벽처럼 높다랗게만 여겨졌다. 그러자 그는 분노의 결심이 마음속에 가득해졌고, 이 땅이 그의 눈에 한 치도 안 된다고 여겨질 정도로 많은 땅을 황씨 댁에서 사게 될 때까지 그 구멍을 은화로 다시 가득 채우고 또 가득 채우리라고 마음속으로 다짐했다.

그래서 이 땅 한 덩이가 왕룽에게는 하나의 표적이요, 상징이 되었다.

매서운 바람과 찢어진 비구름들과 더불어 봄이 찾아왔고 왕룽은 반쯤 게으름에 빠져 지내던 겨울을 보낸 다음 그의 땅에서 결사적으로 일을 해야 하는 기나긴 날들을 눈앞에 맞았다.

이제는 노인이 아이를 돌봐주어서 아내는 남편과 함께 동틀 녘부터 석양이 들판에 깔릴 때까지 일했고, 그러던 어느 날 그녀가 다시 아기를 가졌다는 사실을 깨달았을 때 왕룽의 머리에 가장 먼저 떠오른 생각은 추수기에 그녀가 일을 못 하리라는 짜증이었다. 지쳐서 화가 난 그가 아내에게 소리쳤다.

"하필이면 이런 때 또 애새끼를 낳겠다 이거지!"

그녀가 꿋꿋하게 말했다.

"이번에는 아무것도 아녜요. 힘드는 건 첫 번뿐이에요."

그녀의 배가 불러오는 것을 그가 깨달았을 때부터 가을의 어느 날 아침 그녀가 괭이를 놓고 집으로 기어 들어가는 날이 되었을 때까지 그 이상은 두 번째 아이에 대해서 별다른 얘기가 오고 가지 않았다. 나중에 해가 지기 전에 그녀는 몸이 홀쭉해지고 기운이 없어 보였지만, 기가 꺾이지 않은 조용한 얼굴로 그의 곁으로 되돌아왔다.

그는 "오늘은 당신 그만 해도 되겠어. 가서 침대에 누워 있지 그래"라고 얘기하고 싶은 충동을 느꼈다. 하지만 지친 몸이 쑤시다 보니 그는 잔인해졌고, 아내가 해산을 하느라고 고생한 것 못지 않게 오늘은 자기도 일을 하느라고 고생했다고 속으로 생각했으며, 그래서 낫질을 하는 사이에 "사내야 계집애야?"라고만 물었다.

그녀가 침착하게 대답했다.

"또 아들이에요."

그들은 더 이상 서로 아무 얘기도 하지 않았지만 그는 기분이 좋왔다. 끊임없이 구부리고 허리를 숙이는 일이 또 고달팠다. 보랏빛 구름들의 둑 위로 달이 떠오를 때까지 일을 해서 그들은 밭일을 끝마치고 집으로 돌아갔다. 식사를 끝내고 햇볕에 탄 몸을 시원한 물로 씻고 차로 입가심을 한 다음에 왕룽은 두 번째 아들을 보러 들어갔다. 오란은 식사를 만든 다음 침대에 누웠고, 그녀의 곁에는 아기가—통통하고 순하고 첫아이만큼 크지는 않아도 그만하면 퍽 건강한 아기가 누워 있었다. 왕룽은 아기를 살펴본 다음에 무척 흐뭇해서 가운데 방으로 돌아갔다. 아들이 또 하나, 그리고 해마다 또 하나, 또 하나 낳는다고 매년 빨간 달걀을 돌리느라고 고생할 필요야 없는 노릇이었다. 첫아이 때만 그러면 충분하리라. 해마다 아들을 낳고, 집에는 복이 가득 들어오고—이 여자는 그에게 복을 가져다 주기만 했다.

그는 아버지에게 소리쳤다.

"자, 아버지, 손자가 한 놈 또 생겼으니 큰 녀석은 아버지 침대에다 재워야 되겠군요!"

노인은 기뻐했다. 그는 벌써 오래 전부터 이 아이가 그의 침대에서 자며 어린 뼈와 피의 재생력으로 그의 늙고 추운 육신을 따스하게 해주기를 바랐지만, 아이가 통 어머니 곁을 떠나려고 하지 않았다. 하지만 아직 어린 아기여서 발걸음을 제대로 떼어놓지 못하고 비틀거리는 첫아들이 이제는 어머니 곁에 있는 이 새로 태어난 아기를 물끄러미 쳐다보았다. 아이는 다른 아기가 자기 자리를 빼앗았다는 사실을 심각한 눈으로 납득하는 듯싶더니 별로 불평도 없이 순순히 할아버지의 침대로 갔다.

그리고 금년에도 농사는 풍작이었고 왕룽은 추수한 것을 팔아 은화를 모았으며, 또다시 그 돈을 벽 속에다 숨겨두었다. 그리고 황씨댁 땅에서 그가 거두어들인 쌀은 본래 가지고 있던 논에서 거둔 쌀보다 두 배나 되었다. 그곳 땅은 물기가 많고 비옥했으며, 원하지 않는 곳에서 잡초가 무성하게 자라듯 그곳에서는 쌀이 무럭무럭 자랐다. 그리고 이제는 왕룽이 이 땅의 임자라는 사실을 누구나 다 알게 되었으며 마을에서는 그를 촌장으로 추대하자는 얘기도 나왔다.

7

처음부터 그럴지 모르겠다고 왕룽이 걱정하던 바이기는 했지만 이 무렵에 왕룽의 작은아버지가 골칫거리로 대두되기 시작했다. 이 작은아버지는 왕룽 아버지의 동생으로서 자신이나 가족의 살림이 만일 넉넉하지 못하다면 친척이라는 관계를 내세워 왕룽에게 의지하려고 덤빌 만한 사이였다. 왕룽과 그의 아버지가 가난하고 먹을 것이 별로 없었던 시절에는 작은아버지도 일곱 아이와 아내와 자신을 먹여 살리기 위해서 그의 땅을 긁어내어 겨우 꾸려나가고는 했다. 하지만 한 번 얻어먹고 나니까 그들은 아무도 일을 하지 않았다. 아내는 그들의 오막살이 집 땅바닥을 쓸려고 몸을 꿈지럭거리려고 하지도 않았고, 아이들 또한 얼굴에서 음식 찌꺼기를 씻어내려고 들지도 않았다. 딸들이 나이가 들어 시집갈 나이가 찼는데도 아직 마을 거리에서 뛰어다니고 햇볕에 갈색으로 바랜 머리카락을 빗지도 않고 그냥 내버려두는가 하면 심지어는 때때로 남자들에게 얘기까지 한다는 것은 망신스러운 일이었다.

어느 날 나이가 가장 위인 여자 사촌의 그런 꼴을 보게 된 왕룽은 집안이 망신을 당한다는 수치심에 어찌나 화가 났는지 용기를 내어 작은어머니를 찾아가서 말했다.

"도대체 내 사촌 같은 여자하고 누가 결혼할 것이며, 어떤 남자가 거들떠보기라도 하겠어요? 결혼할 나이에 들어선 지 벌써 3년이나 되었는데도 그 애는 제멋대로 뛰어 돌아다닙니다. 오늘만 해도 마을 거리에서 어느 할 일 없는 건달 녀석이 팔을 잡으니까 그 애가 창피도 모르고 웃기만 하는 걸 봤어요!"

작은아버지의 아내는 혓바닥 이외에는 그녀의 몸에서 활동적인 부분이 하나도 없었는데, 이제 그녀는 이 부분을 왕룽에게 한껏 활용했다.

"그래, 지참금과 결혼식 비용과 중매 비용은 누가 내나? 어디다 써야 할지 모를 정도로 많은 돈을 가지고 있어서 남는 은화를 가지고 세도가들을 찾아다니며 땅을 더 살 수 있는 사람들이야 무슨 소리라도 마음대로 하겠지만, 자네 작은아버지는 불운한 사람이고, 처음부터 그런 사람이었어. 그 자신에게는 아무런 잘못이 없으면서도 그이의 운명이 불우했단 말야. 다 하늘의 뜻이겠지. 다른 사람들은 풍작을 거두어들일 수 있는 곳에서도 그이가 씨앗을 뿌리면 땅속에서 죽고 잡초 이외에는 아무것도 자라지 않는데, 허리가 부러지도록 일을 해도 그렇단 말야!"

그녀는 떠들어대면서 걸핏하면 흘리곤 하는 눈물을 흘리면서 제

풀에 화를 내기 시작했다. 그녀는 머리 뒤통수에 쪽진 머리를 잡아당겨 흐트러진 머리카락을 얼굴로 뜯어 내리고는 마구 소리를 질러 댔다.

"아, 팔자가 사납다는 게 어떤지, 자네야 그런 걸 알 턱이 있을라고! 다른 사람들의 땅에서는 쌀과 밀이 잘도 수확되지만 우리 땅에서는 잡초만 자라고, 다른 사람들의 집은 백 년이라도 튼튼하게 서 있지만 우리 집 밑에서는 땅이 꺼져 벽들이 갈라지는가 하면, 다른 사람들은 아들을 쑥쑥 잘 낳지만, 나는 아들을 잉태해도 낳기는 딸을 낳으니…… 아, 이게 웬 팔자인가!"

그녀가 바락바락 소리를 질러대니까 옆집 여자들이 무슨 얘기인지 듣고 구경을 하려고 밖으로 달려 나왔다. 하지만 왕룽은 꿋꿋하게 버티고 서서 찾아와서 하려던 얘기를 다 끝내겠다는 기세였다.

"그렇더라도 말입니다."

그가 말했다.

"아버지의 동생한테 충고를 하겠다고 덤비는 것이 제 도리는 아니지만, 그래도 얘기는 해야 되겠어요. 여자란 아직 처녀의 몸일 때 시집을 보내는 게 더 좋아요. 거리에다 암캐를 그냥 놓아기르면 새끼를 갖게 마련이잖아요?"

이렇게 노골적으로 얘기를 한 다음 그는 소리를 질러대는 작은아버지의 아내를 내버려두고 집으로 돌아갔다. 그는 마음속으로 금년에 황씨 댁에서 땅을 더 사들이고, 능력이 자라는 대로 해마다 더 땅을 사겠다고 작정한 터였고, 집에다 새로 방도 하나 더 들일 꿈을 꾸었는데, 자기 자신과 아들들이 지주 가문으로 성장해가는 사이에 똑같은 성(姓)을 지닌 뱅충맞은 사촌들이 저러고 제멋대로 돌아다 닐 생각을 하면 화가 치밀었다.

이튿날 그가 일하는 밭으로 작은아버지가 찾아왔다. 둘째 아이가 태어난 지 열 달이 되었고 세 번째 출산이 눈앞에 닥쳐왔는데 오란 은 이번에는 몸이 별로 좋지 않아 며칠째 밭으로 나오지를 않은 채 왕룽 혼자서 일을 하던 무렵이었으므로 오란은 그 자리에 없었다. 옷의 단추를 제대로 채우는 적이 없고 허리춤에다 엉거주춤 붙잡아 넣어 바람이라도 한차례 세게 불었다가는 갑자기 발가벗은 꼴이 될 것 같은 모습으로 항상 돌아다니는 작은아버지가 밭이랑을 따라 어 슬렁거리며 왔다. 그는 왕룽이 있는 곳으로 와서 그가 가꾸고 있던 잠두(蠶豆)나무들 옆에다 왕룽이 괭이로 좁다란 고랑을 파내는 동 안 말없이 서 있었다. 마침내 왕룽이 시선을 들지도 않고 악의에 차 서 말했다.

"제가 일손을 멈추지 못하는 걸 양해해주세요, 작은아버지. 작은 아버지도 아시겠지만 이 콩은 두세 차례 김을 매줘야만 결실을 맺 잖아요. 보나마나 작은아버지는 일을 끝내셨겠죠. 저는 형편없는 농부여서 솜씨가 아주 느리고…… 제때 일을 끝내는 적이 없어서 쉴 시간도 없어요."

작은아버지는 왕룽의 말에 담긴 악의를 환히 알았지만 대답만큼 은 부드러웠다.

"난 팔자가 센 사람이지. 금년에는 콩을 스무 개 심었는데 싹은 하 나만 나더라. 농사가 그렇게 형편없는 지경이니 괭이를 놀려봤자 소용도 없어. 금년에는 콩을 먹고 싶으면 사서 먹어야 할 판이라구."

그리고 그는 한숨을 푹 쉬었다.

왕룽은 마음을 단단히 다져먹었다. 그는 작은아버지가 그에게 무슨 부탁할 일이 있어서 찾아왔다는 것을 알았다. 그는 무척 조심스럽게 느릿느릿하고도 고른 동작으로 괭이로 흙을 파헤쳐 벌써 잘 가꾼 보드라운 흙의 자디잔 덩어리까지도 부스러뜨렸다. 콩줄기들이 촘촘하고 질서정연하게 꼿꼿이 서서 햇빛을 받아 선명한 그림자를 밭 가장자리에다 드리웠다. 마침내 작은아버지가 말문을 열었다.

"우리 집사람한테서 얘기를 들었어."

그가 말했다.

"내 쓸모없는 종년 같은 큰딸에 대해서 네가 걱정을 하더라고 말야. 네가 한 얘기가 모두 옳아. 너는 나이에 비하면 똑똑한 데가 있어. 그 애는 시집을 보내야 해. 그 애는 열다섯 살이니까 벌써 3, 4년 전부터 아이를 낳을 수 있었겠지. 나는 그 애가 어떤 못된 놈의 애를 배기라도 해서 나하고 우리 집안에 수치를 가져다 줄까 봐 항상 조마조마했지. 그런 일이 우리 훌륭한 가문에, 나한테, 네 아버지의 동생인 나한테 일어난다고 생각을 해보라구!"

왕룽은 괭이를 흙에다 콱 박았다. 그는 거침없이 얘기하고 싶었다. 그는 이렇게 얘기해버리고 싶었다.

"그렇다면 왜 그 애를 단속하지 않으시나요? 왜 작은아버지는 그 애를 얌전히 집 안에서 지내며 청소도 하고 빨래도 하고 요리도 하고 집안 식구들의 옷이라도 짓게 만들지 않으시나요?"

하지만 윗사람에게 그런 소리를 할 수야 없는 노릇이었다. 그래서 그는 잠자코 침묵을 지키고 작은 콩줄기 둘레를 바싹 괭이질을 하면서 기다렸다.

"만일 내가 운이 좋았다면 말야."

작은아버지가 처량한 목소리로 얘기를 계속했다.

"그래서 게을러터져 제대로 아들 값도 못 하는 게으름뱅이 아들 하나 이외에는 딸만 죽어라고 낳아놓고 살찌는 것 말고는 하나 키울 줄도 모르는 내 마누라 대신에 너희 아버지처럼 일을 하면서도 그 틈틈이 아들만 쑥쑥 낳는 아내를 얻었더라면 나도 지금은 너처럼 역시 부자가 되었겠지. 그렇기만 했다면 난 기꺼이, 내 재산을 기꺼이 너한테 나눠주었을 거야. 너한테 딸들이 있다면 내가 훌륭한 남자들하고 결혼을 시켜주었을 것이고, 너한테 아들이 있었다면 어느 상인의 점포에 견습 점원으로 들여놓고 기꺼이 보증금도 대주었을 테고…… 네 집이라면 내가 서슴지 않고 수리를 해주었겠고, 너한테라면 내가 갖고 있는 가장 훌륭한 음식을 먹여주고, 우리는 같은 피를 나누었으니까 너하고 너희 아버지하고 네 아이들을 돌봐주었겠지."

왕룽이 퉁명스럽게 대답했다.

"제가 부자가 아니라는 건 작은아버지도 아시잖아요. 이제는 제가 먹여 살려야 할 입도 다섯이나 되고, 아버지는 늙어서 일은 안 하면서도 여전히 먹기는 마찬가지세요. 잘은 모르겠지만 바로 지금 이 순간에도 제 집에서는 입이 또 하나 태어나고 있는지도 모릅니다."

작은아버지가 발끈해서 대답했다.

"너는 부자야…… 너는 부자란 말야! 얼마나 비싼 값을 주었는지는 신령님들이나 알 노릇이지만 너는 세도가로부터 땅을 사들였는데, 마을에서 그럴 수 있는 사람이 또 누가 있단 말이냐!"

이 말을 듣고 왕룽은 화가 치밀었다. 그는 괭이를 냅다 내려놓고는 작은아버지를 노려보면서 소리쳤다.

"비록 제가 은화를 한 줌 가지고 있다손 쳐도 그건 다 제가 일하고 제 아내도 일을 하기 때문이에요. 또 다른 사람들처럼 아이들이 반쯤 굶주리고 밭에서 잡초가 무성하게 자라도 그냥 내버려둔 채 한 번 쓸지도 않은 문간에 앉아 잡담을 나누거나 노름판에서 게으름이나 피우지는 않았기 때문이죠!"

작은아버지의 누런 얼굴에 왈칵 핏발이 섰다. 그는 조카에게로 와락 달려가 양쪽 뺨을 힘껏 때렸다.

"이건 네 아버지 세대에 대해서 그런 소리를 했기 때문에 내리는 벌이다!"

그가 소리쳤다.

"어른 앞에서 그 따위로 처신하다니, 너는 종교도 모르고 도덕도 모른다는 말이냐? 너는 절대로 어른의 흠을 잡아서는 안 된다고 명령한 《중용(中庸)》의 가르침을 들어보지도 못했느냐?"

왕룽은 자신이 범한 잘못은 인정하지만 작은아버지라는 이 남자에 대해서 마음의 밑바닥으로부터 분노를 느껴 시무룩하게 꼼짝도 않고 서 있었다.

"난 네가 한 소리를 온 마을에 알려줄 테다!"

격분해서 갈라지고 날카로운 목소리로 작은아버지가 소리를 질렸다.

"어제는 내 집으로 쳐들어와서 내 딸이 처녀가 아니라고 길바닥에서 큰 소리로 떠들어대지를 않나, 오늘은 만일 네 아버지가 돌아가신다면 너한테 아버지나 마찬가지가 될 나한테 잔소리를 하지 않나! 아무리 내 딸이 모두 처녀가 아니라고 하더라도 그 애들 어느 하나도 나한테 그런 말버릇을 쓰지는 않아!"

그리고 그는 거듭거듭 말했다.

"내가 마을 사람들한테 얘기하겠어. 내가 마을 사람들한테 얘기를 하겠다구······."

그래서 결국 왕룽은 마지못해서 "저더러 어떻게 하라는 얘기인가요?"라고 말했다.

이 문제를 정말로 마을 사람들 앞에서 따지게 될지도 모른다고 생각하니 그는 자존심이 상했다. 뭐니 뭐니 해도 그는 피와 살을 같이 나눈 한집안이었다.

작은아버지의 태도가 당장 바뀌었다. 그에게서 분노가 수그러졌다. 그는 미소를 지으며 왕룽의 팔에다 손을 얹었다.

"아, 나는 너를 알아. 착한 아이지, 착한 아이야."

그가 다정하게 말했다.

"이 늙은 작은애비는 너를 알지······ 너는 내 아들이나 마찬가지야. 아들아, 이 불쌍하고 늙은 것의 손바닥에다 은화를 조금, 그러니까 열 냥이나 아홉 냥이라도 좋으니 좀 도와주기만 하면 난 형편없는 내 딸년을 위해 중매장이하고 매파한테 손을 쓸 수도 있겠지. 아, 네 말이 옳아! 때가 되었지, 때가 되었다구!"

그는 한숨을 짓고 머리를 설레설레 흔들면서 경건한 눈으로 하늘을 우러러보았다.

왕룽이 괭이를 집었다가 다시 던져버렸다.

"집으로 가시죠."

그가 퉁명스럽게 말했다.

"전 군주처럼 은화를 몸에 지니고 다니지는 않으니까요."

그러고는 그는 땅을 더 사려고 계획했던 값진 은화 몇 닢이 이 작은아버지의 손아귀로 들어가서 밤이 되기도 전에 노름판으로 흘러나가리라는 생각을 하면 마음이 아팠지만 뚜벅뚜벅 앞장서서 걸어갔다.

그는 문간에서 따가운 햇살을 받으며 발가벗고 노는 어린 두 아이들을 스치고 지나서 뚜벅뚜벅 집 안으로 들어갔다. 건성으로 착한 성품을 보이며 작은아버지는 아이들을 부르더니 구겨진 옷의 어느 움푹한 구석에서 엽전을 꺼내 아이들에게 하나씩 주었다. 그는 작고 통통하고 반들거리는 아이들의 몸을 꼭 껴안고는 코를 그들의 보드라운 목에 처박고 겉치레 애정을 나타내며 햇볕에 거무튀튀하게 탄 살의 냄새를 맡았다.

"아, 너희 두 아들이 퍽 대견하구나."

한 팔에 한 아이씩 끌어안으며 그가 말했다.

하지만 왕룽은 멈추지 않았다. 그는 아내와 막내아들과 같이 자는 그의 방으로 들어갔다. 햇빛이 눈부신 바깥에서 들어와서인지 방 안은 아주 캄캄했고, 구멍으로 들어오는 한줄기 불빛 이외에 그는 아무것도 볼 수가 없었다. 하지만 그가 너무나 잘 기억하던 뜨거운 피의 냄새가 코를 찌르자 그가 날카로운 목소리로 외쳤다.

"이게 뭐야…… 때가 되었나?"

그가 여지껏 들어본 적이 없을 정도로 힘없는 목소리로 아내가 침대에서 대답했다.

"이번에도 다 끝났어요. 하지만 이번에는 딸년이어서…… 알려 드릴 가치도 없군요."

왕룽이 우뚝 멈춰 섰다. 불길한 예감이 그를 엄습했다. 딸이라니! 작은아버지의 집에서 이런 모든 골칫거리를 일으키는 것도 딸이었다. 이제는 그의 집에서도 딸이 태어났다.

그래서 그는 아무 대답도 없이 벽으로 가서 숨겨놓은 곳을 나타내는 울퉁불퉁한 자리를 더듬어 찾아내고는 흙덩어리를 치웠다. 그 뒤에서 그는 자그마한 은화 무더기를 더듬거려 아홉 개를 헤아려 꺼냈다.

"당신, 은화는 왜 꺼내시나요?"

어둠 속에서 아내가 불쑥 말했다.

"작은아버지한테 어쩔 수 없이 꾸어드려야 할 일이 생겼어."

그가 무뚝뚝하게 대답했다.

아내가 처음에는 아무 대답도 하지 않더니 무겁고 숨김없는 어조로 말했다.

"꾸어준다는 말은 하지 않으시는 게 좋겠어요. 그 집에 꾸어준다는 건 말도 안 되니까요. 주면 그것으로 끝이잖아요."

"글쎄, 나도 그건 알아."

씁쓸한 표정으로 왕룽이 대답했다.

"단지 우리가 한 핏줄이라는 이유 때문에 작은아버지한테 돈을 준다는 건 살을 베어내는 것과 같아."

그러더니 문간으로 나가서 그는 작은아버지에게 돈을 불쑥 내밀어준 다음 얼른 밭으로 돌아가 마치 대지의 뿌리를 뽑아버리기라도 하려는 듯 맹렬히 일했다. 그는 얼마 동안 은화 생각만 했는데, 그 돈이 거침없이 노름 탁자로 쏟아지는 광경이 눈에 선했다. 그리고 그의 은화, 자기 소유의 더 많은 땅으로 다시 바꿔놓기 위해 밭에서 맺은 결실로부터 그토록 고생하면서 그가 모아놓은 은화가 어느 게으른 인간의 손으로 굴러 들어가는 광경이 눈에 선했다.

저녁이 되어서야 그의 분노가 가라앉았다. 허리를 펴자 그는 집과 먹을 것이 생각났다.

그러자 그는 오늘 그의 집에 태어난 새 식구가 머리에 떠올랐다. 부모에게 속하는 자식이 아니라 다른 집안을 위해서 태어나고 키우는 딸, 그 딸들이 그에게 태어나기 시작했다는 생각을 하자 마음이 무거워졌다. 작은아버지 때문에 화가 났던 터여서 그는 새로 태어난 이 작은 생명의 얼굴을 보려고 잠깐 걸음을 멈출 생각조차 못했다.

그는 괭이에 기대어 서 있었고, 서글픈 마음에 사로잡혔다. 이제는 그가 소유한 땅의 옆에 붙은 땅 한 뙈기를 사려면 추수를 한 번 더 할 때까지 기다려야만 했고, 거기다가 집에는 새로 입이 하나 늘었다. 석양이 거무스름하게 깃들인 희뿌연 하늘을 가로질러 새까만 까마귀 한 떼가 시끄럽게 깍깍거리고 퍼드덕거리며 그의 머리 위로 날아갔다. 그는 까마귀들이 그의 집 근처에 있는 나무들로 구름처럼 흩어져 사라지는 것을 보고는 괭이를 휘두르고 소리를 지르며 그쪽으로 달려갔다. 까마귀들이 다시 천천히 솟아올라 그를 놀리느라고 깍깍거리며 그의 머리 위에서 선회하고 또 선회하더니 결국 어두워지는 하늘로 날아들어갔다.

그는 큰 소리로 투덜거렸다. 불길한 징조였다.

8

 신들은 한번 누구에게서 눈을 돌리면 다시는 그를 쳐다보지도 않는 것 같았다. 이른 여름에 내렸어야 할 비가 오지를 않았고, 날이면 날마다 하늘은 더욱 무정하고 눈부시게 빛나기만 했다. 목마르고 굶주린 대지를 신들은 거들떠보지도 않았다. 동이 트고 또 텄지만 구름 한 점 없었고, 밤에는 황금빛 잔인한 아름다움을 뽐내며 별들이 하늘에 총총했다.
 왕룽이 결사적으로 김을 맸어도 밭들은 갈라지고 말라붙었으며, 봄이 오자 용기를 내어 싹터 올라서 곡식을 맺으려고 이삭을 준비했던 어린 밀줄기는 흙이나 하늘에서 아무것도 얻을 수 없게 되자 성장을 중단하고 처음에는 태양 밑에서 꼼짝 않고 서 있었고 결국은 누렇게 쪼그라들어 텅 빈 쭉정이가 되었다. 왕룽이 처음으로 씨앗을 뿌린 어린 못자리들은 갈색 흙에 얹힌 네모난 비취 토막 같았다. 그는 밀농사를 포기한 다음 묵직한 나무 물통을 대나무 장대에 달아 어깨에 메고 날마다 못자리로 물을 길어다 부었다. 하지만 살에 자국이 패이고 주발만 하게 굳은 못이 박히기만 했지 비는 오지 않았다.

마침내 연못의 물이 말라붙어 흙덩어리만 남았고 우물의 물까지도 아주 줄어들자 오란이 그에게 말했다.

"아이들에게 물을 마시게 하고 아버님께 더운물을 드리려면 벼를 포기해야 되겠어요."

왕룽은 화를 내다가 나중에는 흐느껴 울며 대답했다.

"그래, 벼가 굶주린다면 그들도 모두 굶주려야만 하지."

그들 모두의 삶이 흙에 매달려 있다는 것은 사실이었다.

해자 곁의 땅에서만 소출이 났는데, 그것도 비가 내리지 않고 여름이 다 가게 되자 결국 왕룽이 다른 모든 논밭을 포기하고 하루 종일 이 논에만 매달려 해자에서 물을 길어다 굶주린 흙에다 부어준 덕택이었다. 금년에는 처음으로 왕룽도 곡식을 거두자마자 팔았으며, 은화를 손바닥에 쥐었을 때는 도전이라도 하는 듯 그 돈을 꽉 움켜잡았다. 신령들과 가뭄이 아무리 그래 봤자 그는 결심한 일은 꼭 해내고야 말겠다고 속으로 다짐했다. 이 한 줌의 은화를 얻기 위해 그는 몸이 부서지라고 일했으며 땀을 쏟았고 그래서 그 돈은 마음먹었던 대로 쓸 작정이었다. 그리고 그는 황씨 댁으로 서둘러 가서 그 집의 토지 관리인을 만나 격식을 찾지 않고 단도직입적으로 말했다.

"해자 곁에 있는 내 땅과 붙은 전답을 사려고 돈을 가지고 왔는데요."

최근에 왕룽이 여기저기서 들은 얘기로는 벌써 1년 전부터 황씨 댁이 거의 파산 지경에 이르렀다는 것이었다. 노부인은 여러 날씩이나 아편을 실컷 피우지 못해서 굶주린 늙은 암호랑이가 되어 날마다 관리인을 호출해서는 욕설을 퍼붓고 부채로 얼굴을 갈기면서, "그리고 아직 땅이 많이 남아 있지 않느냐 이 말야"라고 고함을 질러대는 바람에 관리인도 견딜 수가 없을 지경이 되었다.

관리인은 심지어 자신이 쓰려고 집안의 여러 거래에서 빼돌리곤 하던 돈도 포기해야 했고, 그러니 속이 뒤집힐 만도 했다. 그리고 그것도 모자란다는 듯 대감은 또다시 첩을 하나 들여앉혔는데 이 첩은 젊었을 때 그의 노리개였던 계집이었다가 미처 그녀를 첩으로 받아들이기 전에 그녀에 대한 대감의 욕정이 수그러들었기 때문에 집안의 어느 머슴과 짝을 지워준 노비의 딸이었다.

나이가 열여섯 살도 안 된 이 종의 자식을 본 그는 나이가 들어 살이 흐물거리고 디룩거리게 되니까 비록 어린아이라 해도 가냘프고 젊은 여자들을 점점 더 탐하게 되어서인지 욕정을 가라앉히지 못하던 터라 다시금 욕심을 부리게 되었던 것이다.

노마님이 아편을 탐하듯 대감은 욕정에 빠졌으며, 그가 좋아하는 계집들에게 달아줄 비취 귀고리나 그들의 예쁜 손에 끼워줄 황금을 구할 돈이 집에 없다는 사실을 그에게 납득시킬 길이 없었다. 손을 내밀기만 하면 원하는 대로 얼마든지 돈을 잔뜩 만질 수 있는 상황에서 평생을 살아온 그는 '돈이 없다'는 말을 이해할 수가 없었다.

그리고 부모의 그런 꼴을 보고 젊은 자식들은 어깨만 추썩이며 그래도 그들의 생전에 쓸 돈은 넉넉하지 않겠냐고 말했다. 그들은 오직 한 가지 면에서만 단결이 되었는데 그것은 재산 관리를 잘못한다고 관리인을 들볶는 일이었다. 그래서 전에는 느긋하고 여유도 많았으며 기름이 흐르고 디룩디룩하던 남자가 이제는 시달리고 초조해져서 살이 빠지고 낡은 옷처럼 가죽만 축 늘어졌다.

하늘은 황씨 댁 밭에도 비를 내려주지 않아 그곳에서도 역시 소출이 나지 않았고, 그래서 "나한테 은화가 있소"라고 외치며 왕룽이 관리인을 찾아왔을 때는 마치 배고픈 사람에게 "나한테 먹을 것이 있소"라고 말하면서 찾아온 셈이었다.

관리인이 당장 달라붙었다. 전에는 입씨름도 벌이고 차도 마시고 했겠지만 이제 두 사람은 열심히 귓속말을 주고받았으며, 미처 얘기를 제대로 다 나누기도 전에 손에서 손으로 돈이 넘어갔고 문서에 서명을 하고 도장을 찍은 다음에 땅은 왕룽의 소유가 되었다.

그리고 이번에도 역시 왕룽은 그의 피와 살이나 마찬가지인 소중한 물건이, 은화가 나가는 것을 헤아리지 않았다. 그는 마음의 욕망으로 그 땅을 샀던 것이다. 새 땅은 처음 것보다 두 배나 넓었기 때문에 그는 이제 광활하고 좋은 땅을 많이 소유하게 되었다. 하지만 그에게는 그 시커멓고 비옥한 토질보다도 전에는 그것이 세도가의 소유였다는 사실이 더 큰 의미를 지녔다. 그리고 그가 한 일을 이번에는 어느 누구에게도, 심지어는 오란에게도 얘기를 하지 않았다.

한 달이 지나고 또 한 달이 흘러갔지만 비는 여전히 내리지 않았다. 가을이 가까워지고 하늘에 구름들이, 얇고 작은 구름들이 억지로 조금 모여들자 마을 거리에서는 한가하고 초조한 사람들이 여기 저기 서서 하늘을 올려다보며 이 구름 저 구름을 살펴보고는 혹시 어느 구름에 비가 담겨 있을지 얘기를 나누는 모습이 눈에 띄었다.

하지만 비를 약속할 만큼 충분한 구름들이 모여들기도 전에 북서쪽에서 거센 바람이, 머나먼 사막에서 온 메마른 바람이 일어 땅바닥에서 빗자루로 먼지를 쓸어내듯 하늘에서 구름들을 쫓아버렸다. 그리고 하늘이 텅 비고 삭막해졌으며 아침마다 웅장한 태양이 솟아올라 당당하게 하늘을 지나가 저녁마다 홀로 기울었다. 그리고 시간이 되면 달이 작은 태양처럼 쾌청하게 빛나고는 했다.

왕룽은 그의 밭에서 딱딱한 콩을 겨우 조금 수확했고, 물을 댄 논에다 채 옮겨 심기도 전에 모종들이 누렇게 못자리에서 말라 죽자 절망했으며, 나머지 옥수수를 심었던 밭에서는 듬성듬성 알이 박힌 뭉툭하고 짤막한 옥수수를 뜯어내었다. 타작을 할 때는 한 알의 콩도 흘려버리지 않았다. 그는 아내와 함께 콩덩굴을 도리깨로 두드려 턴 다음에 타작마당의 흙을 어린 두 아들에게 손가락으로 걸러내게 했으며, 가운데 방의 바닥에다 옥수수를 털 때도 한 알이라도 잃어버릴까 봐 열심히 지켜보았다. 땔감으로 쓰려고 왕룽이 속대를 따로 치워놓았더니 아내가 그에게 말했다.

"안 돼요. 그걸 때워 낭비해서는 안 돼요. 내가 어렸을 때 산둥에서 살던 시절에도 이런 경우를 당했던 적이 생각나는데, 우린 속대를 갈아서 먹었어요. 그건 풀을 먹는 것보다 훨씬 좋아요."

그녀의 얘기를 듣고는 그들 모두, 아이들까지도 잠잠해졌다. 대지가 그들을 실망시키는 이 눈부시고도 이상한 나날에는 불길한 예감이 감돌았다. 딸아이만이 두려워할 줄을 몰랐다. 딸에게는 그녀의 욕구를 충족시킬 만큼 큼직한 어머니의 젖이 두 개나 있었기 때문이었다. 하지만 아이에게 젖을 빨리며 오란이 중얼거렸다.

"먹어라, 가엾은 것아. 아직 먹을 게 있을 때 먹으라구."

그러더니 아직도 악운이 모자라기라도 한다는 듯 오란이 다시 아기를 갖게 되어 젖이 말랐다. 겁에 질린 집 안에서는 배고프다고 아이가 울어대는 소리가 그치지를 않았다.

"그러면 가을 동안 무얼 먹고 버텨냈나요?"

만일 누가 왕룽에게 그런 질문을 했다면 그는 이렇게 대답했으리라.

"나도 모르겠어요. 여기저기 먹을 걸 조금씩 구했죠."

하지만 그에게 그런 질문을 할 사람은 아무도 없었다. 그 고장 전체에서는 어느 누구도 어떤 다른 사람에게 "어떻게 끼니를 이어가시나요?"라고 물어볼 사람이 없었다. "오늘은 내가 어떻게 끼니를 이어갈까?"라고 자신에게 묻는 것 이외에는 어느 누구도 어떤 질문도 하지 않았다. 그리고 부모들이 말했다.

"우리, 우리하고 아이들이 어떻게 끼니를 때우나?"

이제 왕룽은 그가 키우는 황소를 힘자라는 데까지 열심히 돌보았다. 그는 구할 수 있는 한 약간의 밀짚과 한 줌의 덩굴을 소에게 주었으며, 그런 다음에는 겨울이 와서 다 없어질 때까지 나무에서 잎사귀를 뜯어오려고 찾아 나서고는 했다. 그러다가 밭갈이를 할 땅도 없고, 또 땅에다 뿌려봤댔자 씨앗이 말라 죽기만 했고 그나마 씨앗도 다 먹어치웠기 때문에 그는 스스로 먹이를 구하도록 소를 풀어 놓았으며 누가 훔쳐가지 못하게 큰아들을 하루 종일 소의 등에 올려 앉히고는 소의 코에 꿴 고삐를 잡고 있게 했다. 하지만 요즈음에는 마을 남자들, 심지어는 이웃 사람들이 아이를 힘으로 억누르고 소를 잡아먹으려고 죽일지도 모른다는 걱정에 감히 그럴 용기도 없어졌다. 그래서 그는 뼈만 앙상하게 남을 때까지 소를 문간에 잡아 매두었다.

그러나 그러던 어느 날 쌀도 남지 않았고, 밀도 남지 않았고, 저장해두었던 약간의 옥수수와 콩이 조금 남았을 때, 소가 배고프다고 음매 울자 노인이 말했다.

"다음에는 소를 잡아먹어야 되겠구먼."

그러고 나서 그것이 "다음에는 사람을 잡아먹어야 되겠구먼"이라는 말과 마찬가지라는 생각이 들어서였는지 그는 울음을 터뜨렸다. 소는 밭에서 그의 친구였고, 그는 소의 뒤를 따라 걸으며 기분에 따라 소를 칭찬하기도 하고 욕설을 퍼붓기도 했고, 어린 송아지일 때 샀던 그의 젊은 시절부터 이 짐승과 친했다. 그리고 그가 말했다.

"우리가 어떻게 소를 잡아먹겠어? 우리가 어떻게 다시 밭을 갈겠다고?"

그러나 상당히 차분하게 노인이 대답했다.

"글쎄, 이건 사람이 사느냐 아니면 짐승이 사느냐 하는 문제이고, 네 아들이 사느냐 짐승이 사느냐 하는 문제인데, 소를 다시 사는 건 자신의 목숨을 사는 것보다야 훨씬 쉽지."

하지만 그날 왕룽은 소를 죽이려고 하지 않았다. 그리고 다음날이 지나가고 또 다음날이 지나갔다. 아이들이 밥을 달라고 울었고 아무리 달래도 소용이 없어서 오란은 아이들 대신에 애원하는 눈으로 그를 쳐다보았다. 왕룽은 결국 무엇을 해야 할지를 깨달았다. 그래서 그는 사나운 목소리로 말했다.

"그렇다면 소를 잡기로 하겠지만, 내 손으로는 못 하겠어."

그는 침실로 들어가서 침대에 누워 소가 죽을 때 지르는 비명 소리를 듣지 않으려고 머리를 이불로 감쌌다.

그러자 오란이 밖으로 기어 나가 부엌에서 커다란 쇠칼을 집어 들고 소의 목을 푹 찔러 목숨을 끊었다. 그리고 그녀는 사발을 가지고 나가서 선지를 끓여 식구들에게 먹이기 위해 피를 받았고, 소의 거대한 몸집을 토막토막 자르고 껍질을 벗겼다. 왕룽은 일이 다 끝나서 살을 요리해 식탁에 올려놓을 때까지 방에서 나오려고 하지 않았다. 하지만 막상 그가 기르던 소의 고기를 먹으려고 했을 때는 울화가 치밀어 올랐고 삼킬 수가 없어서 선지국만 조금 마시고 말았다. 그리고 오란이 그에게 말했다.

"소는 소예요. 게다가 이 소는 늙었어요. 또 내일이 찾아올 거예요. 이보다 훨씬 더 좋은 날이 올 테니까 어서 드시도록 하세요."

그러자 왕룽은 조금 마음이 누그러져 고기 한 점을, 그리고 또 한 점을 더 먹었고, 그들 모두 먹었다. 하지만 드디어 소를 잡아먹었고 뼈를 갈라 골을 빼 먹었고, 소는 너무 빨리 없어졌다. 가죽을 펴 말리기 위해 오란이 대나무로 만든 틀에 잡아늘여 널어서 뻣뻣하게 말린 껍질 이외에는 아무것도 남지 않았다.

처음에는 은화도 숨겨놓았고 식량도 몰래 비축해놓았다고 믿었기 때문에 마을 사람들은 왕룽에 대해서 적대감을 가졌다. 가장 먼저 굶주리기 시작한 사람들 가운데 한 명이었던 작은아버지가 왕룽의 집으로 성가시게 애원하며 찾아왔는데, 정말로 작은아버지와 그의 아내와 일곱 아이는 먹을 것이 하나도 없었다. 왕룽은 마지못해서 작은아버지의 옷자락에다 소중한 옥수수 한 줌과 콩 한 되를 담아줄 수밖에 없었다. 그리고 그는 단호하게 말했다.

"제가 나눠 드릴 수 있는 건 그것이 전부예요. 만일 나한테 아이들이 없다고 해도 전 우선 늙으신 아버님부터 생각해드려야 해요."

작은아버지가 다시 찾아왔을 때는 왕룽이 소리쳤다.

"아무리 효도도 좋지만 효도가 우리 집 식구들을 먹여 살리지는 않아요!"

그리고 그는 작은아버지를 빈 손으로 쫓아버렸다.

그날부터 작은아버지는 발길에 채인 개처럼 왕룽에게 등을 돌렸고, 마을에서 이 집 저 집으로 찾아다니며 수군거렸다.

"저기 사는 내 조카 말인데, 그 애는 은화도 있고 식량도 있지만 우리한테, 그리고 우리 집 아이들에게, 자기 뼈와 살이나 마찬가지인 우리에게까지 아무것도 주지 않으려고 하는군요. 우린 굶어 죽을 수밖에 없죠."

그리고 작은 마을의 이 집안 저 집안이 차례로 저장했던 것이 바닥이 나고 읍내의 한산한 시장에서 마지막 한 푼을 다 써버렸을 때, 삭막하고 메마르고 강철로 만든 칼처럼 차가운 겨울바람이 사막으로부터 불어왔을 때는 마을 사람들의 마음이 그들 자신의 굶주림과 바싹 야윈 아내와 울부짖는 아이들 때문에 좌절감에 빠졌으며,

그래서 왕룽의 작은아버지가 비쩍 마른 개처럼 덜덜 떨면서 거리를 돌아다니면서 굶주린 입술로 "식량을 가진 사람이 있고…… 아이들이 아직도 포동포동한 사람이 있다"고 나지막이 속삭이는 소리를 듣자 어느 날 밤 남자들이 장대를 들고 왕룽의 집으로 찾아와 문을 두드렸다. 그리고 이웃 사람들의 목소리를 듣고 문을 열어주자 그들이 달려들어 그를 문간에서 밀어내고 겁에 질린 아이들을 집 밖으로 몰아낸 다음 구석구석 뒤지고 식량을 감춘 장소를 찾아내려고 모든 표면을 손으로 더듬어댔다. 그러다가 약간의 말린 콩과 말린 옥수수 한 사발 정도의 초라한 비축 양식을 찾아낸 그들은 실망하고 낙심해서 시끄럽게 소리를 질러대더니 자질구레한 가구와 탁자와 긴 의자들과 노인이 겁에 질려 흐느껴 울면서 누워 있던 침대를 움켜잡았다.

그러자 오란이 앞으로 나서 꾸밈이 없고 느린 목소리로 남자들보다 큰 소리로 얘기했다.

"그러시면 안 됩니다…… 아직 그래서는 안 됩니다."

그녀가 소리쳤다.

"아직 우리 집에서 탁자와 긴 의자와 침대를 들어내갈 때는 안 되었어요. 여러분은 우리 양식을 모두 차지했습니다. 하지만 여러분은 자신의 집에 있는 식탁이나 의자를 팔아치우지는 않았잖아요. 우리 물건들도 그냥 두세요. 우리는 똑같아졌어요. 우리는 당신들보다 콩 한 알이나 옥수수 한 알도 더 많이 가지고 있지를 않고, 아니죠, 우리 것을 당신들이 모두 가졌으니 이제는 우리보다 당신들이 더 많이 가지고 있어요. 더 가져가려고 하면 하늘이 여러분에게 벼락을 내릴 거예요. 이제 당신들은 당신네 아이들을 위해서, 그리고 우리는 우리 세 아이를 위해서, 그리고 하필이면 이런 시절에 태어날 이 네 번째 아이를 위해서 나무껍질과 먹을 풀을 찾으러 같이 나가야 합니다."

그녀는 얘기를 하면서 배를 손으로 눌렀고, 남자들은 굶주렸을 때 이외에는 나쁜 사람들이 아니었기 때문에 그녀 앞에서 창피함을 느껴 뿔뿔이 밖으로 나갔다.

한 사람이 머뭇거렸는데, 칭이라고 하는 몸집이 작고 말수가 적고 피부가 노란 이 남자는 가장 좋을 때도 원숭이를 닮은 얼굴이 지금은 홀쭉하고 불안한 표정이었다. 그는 정직한 남자였으며 우는 아이를 보다 못해 악한 사람이 되었을 따름이었으므로 창피한 김에 어떤 좋은 말을 할 수도 있었으리라. 하지만 그의 품속에는 비축한 식량이 발견되었을 때, 그가 꾸려 넣었던 한 줌의 콩이 숨겨져 있었기 때문에 혹시 나서서 무슨 말을 했다가는 그 콩을 돌려줘야 하게 될까 봐 걱정이 되어 퀭하고 덤덤한 눈으로 왕룽을 쳐다보기만 하고는 밖으로 나갔다.

왕룽은 해마다 풍작을 이룬 곡식을 타작했지만 이제는 여러 달째 쓸모없이 버려둔 앞마당에 멀거니 서 있었다. 집에 그의 아버지와 아이들을 먹일 양식이 아무것도 남아 있지 않았고—자신의 육체에 영양분을 공급하는 이외에도 악착같이 새로운 생명의 잔인한 본능으로 어머니의 피와 육체 그 자체를 훔쳐내는 이 다른 존재, 이 다른 존재가 성장하도록 먹여 키워야 하는 이 여자에게 제공할 양식이 하나도 없었다. 그는 순간적으로 벅찬 두려움을 느꼈다. 그러더니 그의 핏속으로 마음을 안정시키는 술처럼 어떤 안도감이 흘러 들었다. 그는 마음속으로 생각했다.

"그들은 나한테서 땅을 빼앗아갈 수는 없어. 내 육체의 노동과 내 정성을 쏟은 밭의 결실을 빼앗아갈 수는 없을 테지. 그러나 만일 내가 은화를 가지고 있었더라면 그들이 빼앗아갔겠지. 만일 내가 그 돈으로 무엇을 사두었더라면 그것도 모두 사람들이 빼앗아갔을 거야. 난 아직도 땅을 가지고 있고, 그 땅은 내 것이야."

9

그의 집 문간에 앉아 왕룽은 이제 분명히 무슨 수를 써야 되겠다고 자신에게 다짐했다.

이 텅빈 집에 남아 있다가 그냥 죽을 수는 없는 노릇이었다. 날이 갈수록 헐렁헐렁해져서 더욱 허리띠를 꼭 졸라매야 하는 그의 야윈 몸속에는 살아야 한다는 결의가 있었다. 그는 남자의 삶이 막 무르익으려던 참에 이런 식으로 갑자기 한심한 운명에 의해서 모든 것을 박탈당하고 싶지는 않았다. 지금 그의 마음속에는 그가 자주 겉으로 표현하지 못하던 분노가 끓었다. 때때로 그 분노가 광란처럼 어찌나 심하게 그를 사로잡았는지 그는 썰렁한 타작마당으로 달려 나가서 한없이 파랗고 맑고 차갑게 구름도 없이 그의 위에서 빛나는 멍청한 하늘에다 대고 두 팔을 휘둘렀다.

"오, 너무나 무정하십니다. 신이시여!"

그는 겁도 없이 소리를 지르고는 했다. 그리고 언뜻 겁이 나면 그는 다음 순간에 퉁명스럽게 소리쳤다.

"그리고 이미 일어난 것보다 더 나쁜 일이 어떻게 나한테 일어나겠어요?"

언젠가 그는 굶주려 기운이 빠진 걸음을 한 발자국씩 끌고 지신의 사당으로 걸어서 여신과 함께 그곳에 앉아 있는 작고 태연한 신령의 얼굴에다 일부러 침을 뱉어주기도 했다. 벌써 여러 달째 그랬다. 이제는 이 한 쌍의 신령들 앞에 향이 꽂혀 있지도 않았고 종이로 지은 옷도 찢어져 찰흙으로 빚은 몸이 그 틈으로 들여다보였다. 하지만 그들은 어떤 일도 아랑곳하지 않고 그곳에 앉아 있었으며, 왕룽은 그들에게 이를 갈아 보이고는 투덜거리며 집으로 되돌아가서 침대에 엎어졌다.

그들은 어느 누구도 이제는 자리에서 일어나는 일이 별로 없었다. 그럴 필요도 없었으며 뒤숭숭한 잠이 적어도 얼마 동안이나마 그들이 가지고 있지 못한 음식을 대신했다. 그들은 옥수수의 속대를 말려 먹었고, 나무껍질도 벗겨 먹었고, 시골 어디를 가나 사람들이 겨울 산에서 찾아낼 수 있는 풀을 뜯어 먹었다. 어디에서도 짐승은 찾아볼 수가 없었다. 며칠씩 걸어가며 찾아본다고 해도 황소나 나귀나 어떤 종류의 짐승이나 가금(家禽)도 구경할 수 없었다.

아이들의 배는 헛바람이 들어 부어올랐고, 요즈음에는 마을 거리에서 노는 아이들이 한 명도 눈에 띄지 않았다. 왕룽의 집 두 아이는 문간으로 기어가 전혀 멈추지 않고 끝없이 빛나기만 하는 잔인한 태양 볕을 쬐고 앉아 있는 정도가 고작이었다. 한때는 통통하기만 했던 그들의 몸이 이제는 울퉁불퉁 뼈만 남아서 배가 어마어마하게 불룩할 뿐이고 작은 뼈들이 새의 뼈처럼 불거져 나왔다. 그럴 때가 벌써 지났지만 딸아이는 전혀 혼자 앉아 있지를 못했고 낡은 포대기에 싸여 불평도 없이 몇 시간이고 누워 있기만 했다.

처음에는 화가 나서 줄기차게 울어대는 계집아이의 울음소리가 집 안에 가득했지만 이제는 딸도 아무것이나 입에다 넣어주면 힘없이 그것을 빨고 전혀 목청을 높이지 않고 가만히 있게 되었다. 딸의 시퍼렇고 작은 입술이 늙어 이빨이 빠진 할머니의 입술처럼 푹 꺼졌고, 허탈하고 작은 얼굴에서는 퀭하고 검은 두 눈이 그들을 멀거니 쳐다보았다.

만일 그 나이의 다른 아이들처럼 딸이 통통하고 즐거워하며 살아갔더라면 그는 이 계집아이에 대해서 무관심했을지도 모르겠지만 자그마한 생명의 이러한 끈질긴 강인함은 어쩐지 아버지의 애정을 자극하게 되었다. 가끔 딸을 쳐다보면 그는 나지막이 속삭이고는 했다.

"가엾은 것, 가엾은 어린것······."

그리고 언젠가 이가 나지 않은 잇몸을 드러내며 아이가 힘없이 미소를 지으려고 애썼을 때 그는 울음을 터뜨렸고, 야위고 뻣뻣한 손으로 딸이 자그마한 손을 잡고 그의 검지손가락을 가느다란 손가락으로 감아쥐게 해주었다. 그 후부터 그는 가끔 발가벗고 누운 딸을 집어 들어 별로 따뜻하지도 못한 저고리 속 그의 살이 닿게끔 안아주었고, 딸과 함께 집의 문간에 앉아 편편하고 메마른 들판을 내다보고는 했다.

노인으로 말할 것 같으면, 아이들을 굶기는 한이 있어도 먹을 것이 조금이라도 있으면 우선 그에게 갖다 주었기 때문에 그는 어느 누구보다도 잘 지냈다. 왕룽은 죽음의 시간에 그가 아버지를 잊어버렸었다고 얘기할 사람이 아무도 없으리라고 생각하니 자랑스러워졌다.

비록 자신의 살을 베어 먹이는 한이 있더라도 노인은 굶기지 않으리라. 노인은 밤낮으로 잠을 잤으며 갖다 주는 것을 먹었고, 아직 기운이 있어서 한낮에는 따스한 햇볕을 쬐러 앞마당으로 기어가고는 했다. 그는 그들 가운데 어느 누구보다도 즐거운 마음이었고, 갈라진 대나무들 사이에서 떨리는 나약한 바람 같은 늙고 떨리는 목소리로 어느 날 그가 말했다.

"이보다 더 심한 시절도 있었지. 더 어려운 시절도 있었다구. 언젠가 나는 아이들을 잡아먹는 사람들도 보았어."

"우리 집에서는 절대로 그런 일이 없을 거예요."

기겁을 해서 왕룽이 말했다.

그러던 어느 날 이제는 인간의 그림자만도 못할 정도로 수척해진 이웃집의 칭이 왕룽의 집으로 찾아와 흙처럼 까맣게 말라붙은 입술로 나지막이 말했다.

"읍내에서는 개들을 잡아먹고, 말과 가금을 어디서나 닥치는 대로 잡아먹는다는군요. 이 마을에서도 우리는 밭을 갈던 짐승들을 잡아먹고 풀과 나무껍질을 뜯어 먹었어요. 이제 우리가 먹을 만한 것이 무엇이 남아 있나요?"

왕룽이 절망적으로 머리를 저었다. 그의 품에는 딸아이의 가냘프고 뼈만 남은 몸이 담겨 있었다. 그는 앙상하고 나약한 얼굴을, 그의 가슴에서 끊임없이 그를 쳐다보는 구슬프고 예리한 눈을 내려다보았다. 딸의 눈과 그의 시선이 마주칠 때면 아이의 얼굴에서는 그의 마음을 무너지게 만드는 어설픈 미소가 변함없이 어른거렸다.

칭이 얼굴을 더 가까이 내밀었다.

"마을에서는 사람 고기도 먹어요."

그가 속삭였다.

"얘기를 들으니까 당신 작은아버지 내외도 사람 고기를 먹는다더군요. 가진 것이라고는 하나도 없다고 알려진 그들이…… 그들이 달리 어떻게 살아가고 걸어 돌아다닐 힘이 있겠어요?"

왕룽은 얘기를 하느라고 칭이 앞으로 내밀었던 죽음 같은 얼굴로부터 몸을 뒤로 뺐다. 칭의 눈이 그렇게 가까이 다가오니까 무서웠기 때문이었다. 왕룽은 그가 이해하지 못하는 어떤 두려움 때문에 갑자기 겁이 났다. 그는 옭아매는 어떤 위험을 떨쳐버리려는 듯 얼른 몸을 일으켰다.

"우린 이곳을 떠날 거예요."

그가 큰 소리로 말했다.

"우리는 남쪽으로 가겠어요! 이 광활한 땅에는 어디를 가나 굶어 죽는 사람들이 있어요. 아무리 무정하다고 해도 하늘은 한(漢)의 자손을 한꺼번에 모조리 쓸어내지는 않을 테니까요."

이웃 사람이 그를 찬찬히 쳐다보았다.

"아, 당신은 젊잖아요."

그가 서글프게 말했다.

"나는 당신보다 늙었고 내 마누라도 늙었고 우리에게는 딸 하나밖에 없어요. 우리는 차라리 죽는 게 나아요."

"당신은 나보다 운이 좋습니다."

왕룽이 말했다.

"나는 늙으신 아버님도 계시고 먹여 살릴 어린 입이 셋인데다가 또 하나 곧 태어날 참이니까요. 우리는 인간의 본성을 망각하고 들개들처럼 서로 잡아먹게 되기 전에 떠나야 해요."

그랬더니 그는 갑자기 자기가 한 말이 아주 옳다고 여겨졌으며 아궁이에 땔 나무도 없고 부뚜막에서 요리할 식량도 없었던 처지여서 이제는 아무 말도 없이 날이면 날마다 침대에 누워 있기만 하는 오란을 큰 소리로 불렀다.

"이리 와요, 여보. 우리 남방으로 갑시다!"

여러 달째 아무도 들어보지 못했던 쾌활한 기운이 그의 목소리에서 나타나자 아이들이 그를 올려다보았고, 노인이 비척거리며 그의 방에서 나왔고, 오란이 침대에서 힘없이 몸을 일으켜 문간으로 나와 문틀에 매달려 말했다.

"그러는 것이 좋겠어요. 적어도 걷다가 죽을 수는 있을 테니까요."

그녀의 몸속에 아이는 야윈 아랫배에 응어리진 열매처럼 매달렸고, 그녀의 얼굴에는 살이 하나도 남지 않고 사라져서 울퉁불퉁한 뼈들이 가죽 밑에서 돌멩이처럼 불거져 나왔다.

"하지만 내일까지만 기다려주세요."

그녀가 말했다.

"그때쯤이면 난 아이를 낳을 테니까요. 내 몸속에서 이 태아가 움직이는 걸 보면 알 수 있어요."

"그렇다면 내일로 하지."

왕룽이 대답했다. 그러고 나서 그는 아내의 얼굴을 보고는 지금까지 그가 자신에 대해서 느꼈던 어떤 연민보다도 더 큰 연민에 가슴이 뭉클했다. 또 하나의 생명을 낳으려고 고생하는 이 불쌍한 여자!

"이 불쌍한 사람아, 당신이 어떻게 걷겠어!"

그가 중얼거렸고 아직도 문간에 기대 서 있던 이웃 사람 칭에게 그는 거북해하면서 말했다.

"혹시 식량이 조금이라도 남아 있다면 선심을 쓰는 뜻으로 저한테 한 줌만 주세요. 그래서 자식과 어미의 목숨을 구하게 해주신다면 당신이 내 집에 도둑으로 들어왔었다는 것을 내가 잊기로 하겠습니다."

칭이 부끄러워하며 그를 쳐다보고는 겸손하게 대답했다.

"그때 이후로 나는 당신 생각만 하면 조금도 마음이 편하지를 않았어요. 당신이 많은 수확을 해서 비축해두었다고 얘기하며 그 개만도 못한 당신 작은아버지가 나를 부추기는 바람에 저질렀던 짓이었죠. 이 잔인한 하늘에 대고 맹세하건대, 나는 내 집 문간의 돌 밑에다 말린 팥을 조금 파묻어두었을 뿐이에요. 우리와 딸년이 뱃속에 먹을 것을 조금이라도 지니고 죽을 수 있도록 우리의 마지막 시간을 위해서 마누라하고 나는 그것을 거기 묻어둔 겁니다. 하지만 내가 그것을 조금 나눠 드릴 테니까, 그럴 수만 있다면 내일 남쪽으로 떠나도록 해요. 나는, 나하고 내 집은 그냥 남아 있을 테니까요. 나는 당신보다 나이가 많고 아들도 없으니까 죽건 살건 문제가 되질 않아요."

그리고 그는 집으로 갔다가 잠시 후에 흙이 묻어 곰팡이가 핀 작은 팥 두 움큼을 무명 수건에 싸서 가지고 돌아왔다. 먹을 것이 눈에 띄자 아이들이 덤벼들고 노인도 눈이 번들거렸지만 이번만큼은 그들을 밀쳐버리고 왕룽은 누워 있는 아내에게 음식을 가지고 갔다. 몸을 풀 시간이 다가왔으므로 아무것도 먹지 않았다가는 고통에 시달리면서 죽게 되리라는 사실을 알았기 때문에 오란은 마음이 안 내키면서도 한 알씩 팥을 조금 먹었다.

왕룽은 팥을 겨우 몇 알만 손에 숨겨 가지고 있다가 자기 입에 털어 넣고 흐물흐물 으깨질 때까지 씹은 다음에 그의 입술을 딸의 입술에다 대고 아이의 입으로 음식을 밀어 넣었다. 딸의 작은 입술이 오물거리는 것을 지켜보며 그는 자기도 먹은 듯한 기분이 들었다.

그날 밤을 그는 가운데 방에서 지냈다. 두 아들은 노인의 방에서 잤으며 세 번째 방에서는 오란이 혼자 아이를 낳았다. 첫 번째로 태어난 아들을 해산할 때와 마찬가지로 그는 방에 앉아서 귀를 기울였다. 지금까지도 그녀는 해산을 할 때 그를 가까이 오지 못하게 했다.

그녀는 이런 목적을 위해서 마련해둔 낡은 함지박 위에 몸을 쪼그리고 혼자 아기를 낳고 나서는 나중에 방 안을 이리저리 기어 다니며 출산의 흔적들을 없애버렸고, 동물이 그러듯이 아기가 태어난 흔적을 숨겼다.

그는 너무나 귀에 익은 작고도 날카로운 울음소리가 들려오지 않나 열심히 귀를 기울였고, 절망을 느끼며 그 소리를 들으려고 기다렸다. 계집아이든 사내아이든 이제는 그에게 전혀 문제가 되지 않았으며, 먹여 살려야 할 입이 하나 더 생긴다는 생각뿐이었다.

"숨이 끊어진다면 그것이 오히려 은혜로운 일이겠는데."

그가 중얼거렸고, 그러자 그는 나약한 울음이, 너무나도 나약한 울음소리가 정적 속에서 짤막하게 울리는 것을 들었다.

"하지만 요즈음에는 자비 따위는 찾아볼 수도 없어."

그가 쓸쓸한 말끝을 맺고는 귀를 기울이며 앉아 있었다.

두 번째 울음소리는 들려오지 않았고 집에는 깨뜨릴 수 없는 정적이 깔렸다. 하지만 벌써 오래 전부터 모든 곳에는 정적이, 저마다 집에서 죽을 때를 기다리는 사람들의 무기력한 정적이 깔려 있었다. 이 집에도 그런 정적이 가득해졌다. 갑자기 왕룽은 그 정적이 견딜 수가 없었다. 그는 겁이 났다. 그는 몸을 일으켜 오란이 있는 방으로 가서 문틈으로 아내를 불렀다. 자신의 목소리에 그는 조금쯤 기운이 나는 것 같았다.

"당신 별일 없어?"

그가 아내에게 소리쳐 물었다. 그는 귀를 기울였다. 그가 멀거니 앉아 있는 사이에 아내가 죽었다면 어쩌나! 하지만 그는 나지막하게 바스락거리는 소리를 들었다. 그녀가 이리저리 돌아다니는 중이었고, 마침내 그녀가 높은 목소리로 대답했다.

"들어오세요!"

그래서 그는 안으로 들어갔다. 아내가 침대에 누워 있었지만 그녀의 몸 위로 이불이 거의 조금도 솟아오르지 않았다. 그녀는 혼자 누워 있었다.

"아기는 어디 있지?"

그가 물었다.

그녀가 침대 위에 놓인 손을 약간 움직였으며 그는 땅바닥에 있는 아기의 시체를 보았다.

"죽었잖아!"

그가 소리쳤다.

"죽었어요."

그녀가 나지막이 말했다.

그는 허리를 숙여 한 움큼밖에 안 되는 시체를 살펴보았는데— 뼈와 가죽만 한 줌이었던 그 아기는— 딸이었다. 그는 "하지만 난 아기가 살아서 우는 소리를 들었는데……"라는 말을 하려다가 아내의 얼굴을 보았다. 그녀는 두 눈을 감았고 살은 거무죽죽한 빛깔이었으며 뼈들이 가죽 밑에서 불쑥 튀어나왔다. 극한의 고통을 견뎌내고 그곳에 누워 있는 가엾고 말 없는 얼굴을 보니 그는 할말이 없었다. 뭐니 뭐니 해도 지난 몇 달 동안 그는 자기 몸 하나만 끌고 다니지 않았던가. 그 자체의 목숨 때문에 결사적으로 내면에서 그녀를 갉아먹던 굶주린 생명체를 몸속에 지니고 이 여자는 어떤 굶주림의 고통을 겪었을 것인가! 그는 아무 말도 하지 않고 죽은 아기를 다른 방으로 데리고 가서 땅바닥에다 놓고는 찢어진 거적 한 조각을 찾아내어 그것으로 시체를 감쌌다. 동그란 머리가 이리저리 축 늘어졌고, 그는 목덜미에서 두 개의 시커멓게 멍든 자국을 보았지만 해야 할 일을 끝내야 했다.

그런 다음 그는 둘둘 만 거적을 들고 기운이 지탱하는 한 집에서 먼 곳까지 가서 오래된 무덤 곁의 움푹한 자리에다 짐을 내려놓았다. 허물어지고 임자도 몰라서 더 이상 아무도 돌보지 않는 이 무덤은 왕릉의 서쪽 밭과 경계를 이루고 바로 옆에 붙은 언덕에 있는 여러 무덤들 가운데 하나였다. 그가 짐을 미처 내려놓기도 전에 당장 그의 뒤에 굶주린 늑대 같은 개가 서성거렸는데, 이 개는 어찌나 굶주렸던지 그가 집어 던진 돌멩이에 퍽 소리가 나게 앙상한 옆구리를 얻어맞았지만 몇 발자국 이상은 물러나려고 하지 않았다. 결국 왕룽은 다리에서 기운이 빠졌고 두 손으로 얼굴을 가린 채 그 자리를 떠나야 했다.

이튿날 아침 광택을 낸 듯한 푸른 하늘에 변함없는 태양이 떠올랐을 때는 그가 도대체 이 무기력한 아이들과 이 기진맥진한 여자와 이 늙은 아버지를 데리고 집을 떠난다는 생각을 했다는 것이 꿈처럼만 여겨졌다. 아무리 풍요한 삶이 기다린다고 해도 어떻게 그들이 몇십 리나 되는 길을 저 몸을 끌고 갈 수 있겠는가? 그리고 남쪽에 가면 먹을 것이 있기나 한지 어떤지 누가 아는가? 어떤 사람은 이 뻔뻔스러운 하늘의 무심함에는 끝이 없다고 말하리라.

어쩌면 그들이 마지막 남은 힘을 다 고갈시키고 난 다음에 더 많은 굶주린 사람들이나 만나게 될지도 모르는데, 더구나 그들은 낯선 사람들일 것이다. 자기 침대에서 죽을 수 있는 곳에 눌러앉는 편이 더 나으리라. 그는 하염없이 문간에 앉아서 식량이나 땔감이 될 만한 모든 것을 깡그리 훑어내어 말라붙고 단단하게 굳어버린 밭들을 음울하게 물끄러미 둘러보았다.

그는 돈이 없었다. 마지막 한 푼도 이미 오래 전에 없어졌다. 하지만 살 식량이 없었으므로 이제는 돈도 별로 쓸모가 없어졌다. 그는 자기들이 먹으려고 식량을 몰래 재어두었다가 아주 부유한 사람들에게만 파는 사람들이 읍내에 있다는 얘기를 전에 들은 적이 있지만 이제는 그런 얘기를 들어도 더 이상 화가 나지 않았다. 돈을 안 내도 누가 먹여준다고 해도 오늘 그는 읍내까지 걸어갈 기운이 없을 것만 같았다. 정말로 그는 배가 고프지도 않았다.

그가 처음에 느꼈던 위장을 갉아먹는 듯 심했던 허기도 이제는 지나갔다. 그는 그가 소유한 어느 밭의 어떤 곳에서 흙을 조금 파내어 아이들에게 주기는 했어도 자기는 그것을 먹고 싶은 생각이 전혀 없었다. 얼마 전부터 그들이 물에 타서 먹어온 이 흙—그것은 결국 목숨을 지탱해주지는 못하더라도 조금이나마 그 속에 영양분을 지녔으므로 사람들이 관세음보살 흙이라고 불렀다. 하지만 죽으로 쑤어놓으면 텅 빈 헛배에 무엇이 들어가 얼마 동안은 보채는 아이들을 달랠 수가 있었다. 그는 오란이 아직도 손에 틀어쥐고 있던 콩 몇 알을 먹지 않겠다고 한사코 버티면서도 한 번에 한 알씩 한참 간격을 두고 씹어 먹는 소리를 들으면 막연한 안도감을 느꼈다.

그러면서 왕룽이 문간에 앉아서 희망을 포기하고 침대에 누워 잠든 사이에 편안하게 죽는 몽롱한 즐거움을 상상하고 있으려니까 누군가 밭을 가로질러왔는데—남자들이 그를 향해 걸어오는 중이었다. 그들이 가까이 오는 동안 그는 계속해서 그대로 앉아 있었다. 그는 그들 가운데 한 사람이 작은아버지이고 동행한 세 남자는 처음 보는 사람들임을 알았다.

"너를 만난 지도 오래되었구나."

유쾌한 체하며 큰 소리로 작은아버지가 불렀다. 그리고 더 가까이 오면서도 역시 마찬가지로 큰 소리로 말했다.

"그런데 넌 그동안 아주 잘 지탱해온 모양이로구나! 그리고 네 아버지인 우리 형님도 잘 지내시고?"

왕룽이 작은아버지를 올려다보았다. 분명히 야위기는 했지만 그는 예상했던 것처럼 굶주리지는 않았다. 그는 잔뜩 쪼그라들은 그의 몸속에서 작은아버지인 이 남자에 대한 숨막히는 분노 때문에 마지막 남은 생명의 힘이 뭉치는 것을 느꼈다.

"잘 먹고 지내셔서…… 정말로 잘 먹고 지내신 모양이로군요!"

그가 볼멘소리로 중얼거렸다. 그는 이 낯선 사람들이니 어떤 예절도 아랑곳하지 않았다.

그는 여전히 살과 뼈가 몸에 붙은 작은아버지 이외에는 아무것도 보이지 않았다. 작은아버지가 눈이 휘둥그레지면서 기가 막히다는 표정을 지었다.

"잘 먹고 지냈다니!"

그가 소리쳤다.

"네가 우리 집 꼴을 봤다면 차마 그런 말은 못 했겠지! 우리 집에는 참새 한 마리 쪼아 먹을 부스러기도 없어. 내 마누라…… 그 여편네가 얼마나 뚱뚱했는지 너도 잘 알지? 그 살결이 얼마나 희고 통통하고 기름졌는지 말야. 그런데 이제는 그 여자도 막대기에 옷만 걸쳐놓은 격이어서…… 가죽 속에 뼈만 남아 덜그럭거리는 지경이야. 그리고 우리 어린것들 얘기를 하자면 그 어린놈들이 셋이나, 셋이나 죽었고…… 겨우 네 아이만 남았다. 거기다가 내 꼴을, 이 꼴을 보란 말이다!"

그는 소맷자락을 들어 조심스럽게 눈 끝을 닦아냈다.

"그래도 무얼 먹긴 먹었잖아요."

왕룽이 무감각하게 다시 말했다.

"난 너하고 우리 형님인 네 아버지 걱정만 했어."

작은아버지가 열을 올려 반박했다.

"그리고 이제 난 그것을 너한테 증명해 보이겠다. 가능한 한 빨리 나는 읍내에 계신 이 좋은 분들에게서 약간의 식량을 빌려오는 조건으로 그 식량으로부터 생긴 기운으로 마을 주변의 땅을 좀 사도록 내가 도와주겠다고 약속했단다. 그러자 나는 너, 우리 형님의 아들인 너, 네 좋은 땅이 가장 먼저 머리에 떠올랐어. 이 사람들은 네 땅을 사고 너한테 돈을 ― 식량을 ― 생명을 주려고 찾아온 거야!"

이 얘기를 한 다음 작은아버지는 뒤로 물러나 더럽고 너덜너덜한 옷을 휙 잡아채어 팔짱을 끼었다.

왕룽은 움직이지 않았다. 그는 몸을 일으키지도 않았고 찾아온 사람들을 아는 체하는 어떤 태도도 취하지 않았다. 하지만 그는 머리를 들어 그들을 보았는데 흙이 묻은 기다란 비단옷을 입은 것을 보니 정말로 읍내에서 온 사람들인 모양이었다. 그들은 손이 보드랍고 손톱이 길었다. 그들은 먹을 것을 제대로 먹었고 혈관 속에서는 피가 여전히 힘차게 흐르고 있는 것 같았다. 그는 굉장한 증오가 솟구치며 갑자기 그들이 미워졌다. 아이들이 굶주려 밭의 흙을 파 먹어야 하는 그의 옆 이곳에 제대로 먹고 마시며 살아온 읍내의 이 사람들이 서 있었으며, 극심한 곤경에 처한 그에게서 땅을 쥐어짜 빼앗으려고 그들이 이곳에 와 있었다. 그는 퉁명스러운 표정으로, 뼈만 남아 해골 같은 얼굴에 커다랗고 퀭한 눈으로 그들을 올려다보았다.

"난 땅을 팔지 않겠어요."

그가 말했다.

작은아버지가 앞으로 나섰다. 그 순간에 왕룽의 두 아들 가운데 둘째가 문간으로 엉금엉금 기어 나왔다. 요즈음에는 너무 기운이 없었기 때문에 아이는 걸핏하면 아기였을 때처럼 기어 다니고는 했다.

"저게 네 아들이냐?"

작은아버지가 외쳤다.

"여름에 내가 동전을 주었던 통통하고 어린 아들 말이다."

그리고 그들이 모두 아이를 쳐다보았다. 지금까지 잘도 울음을 참아왔던 왕룽이 그때 소리 없이 흐느껴 울기 시작해서 눈물이 그의 목구멍에서 커다랗고 고통스러운 응어리를 이루면서 두 뺨을 타고 흘러내렸다.

"어떻게 값을 쳐주시겠어요?"

마침내 그가 나지막이 말했다.

그렇다. 먹여 살려야 할 아이가 그에게는 셋이나 되었고, 게다가 늙은 아버지도 있었다. 그는 아내와 함께 땅에다 그들이 스스로 들어갈 무덤을 파고 그 속으로 내려가 누워서 잠이 들면 그만이었다. 그러나, 그들이 또 있었던 것이다.

그러자 읍내에서 온 한 사람이, 한쪽 눈이 장님이어서 푹 꺼지고 기름이 번지르르한 남자가 말했다.

"가엾은 양반, 우린 굶어 죽어가는 아이를 위해서라도 요즈음 어디에 가서 받을 수 있는 가격보다도 많은 돈을 내겠어요. 우리가 당신에게 주려는 돈은……."

그가 잠깐 말을 멈추더니 냉정하게 말했다.

"한 정보에 백 냥 한 꾸러미를 드리죠!"

왕룽이 씁쓸하게 웃었다.

"그건 말도 안 돼요."

그가 소리쳤다.

"그건 내 땅을 거저 달라고 하는 셈이에요. 그래요, 내가 그 땅을 살 때는 그 돈의 스무 배나 냈단 말이에요!"

"아, 하지만 굶어 죽어가는 사람한테서 살 때는 그렇지 않아요."

읍내에서 온 다른 사람이 말했다. 그는 몸집이 작고 호리호리한 남자였으며 가느다란 코가 높았지만 그에게서 나온 목소리는 예기치 못했을 정도로 크고 험악하고 냉정했다.

왕룽이 그들 세 사람을 둘러보았다. 이 사람들은 자신만만했다! 굶주리는 자식들과 늙은 아버지를 위해서라면 무엇이라도 내놓지 않겠느냐고 믿었기 때문이었다. 그의 마음속에서는 굴복하려 했던 나약함이 지금까지 그가 전혀 경험하지 못했을 정도의 분노로 바뀌었다. 그는 벌떡 일어나 적에게 덤벼드는 개처럼 그들에게 달라붙었다.

"난 절대로 땅을 팔지 않겠소!"

그가 그들에게 소리쳤다.

"조금씩 조금씩 흙을 파내어 밭을 몽땅 다 아이들에게 먹이겠소. 그들이 죽으면 나는 아이들을 그 땅에다 묻겠소. 나하고 아내하고 늙으신 우리 아버지, 우리 아버지까지도 우리에게 삶을 준 이 땅에서 죽겠소!"

그는 마구 울었고, 분노는 바람만큼이나 갑자기 그에게서 빠져나갔다. 그는 부들부들 떨고 울면서 서 있었다. 남자들은 엷은 미소를 지으며 서 있었고 작은아버지는 그들과 함께 꼼짝도 않고 기다렸다. 이런 말은 홧김에 나온 것이기 때문에 그들은 왕룽의 분노가 가라앉기를 기다렸다.

그러자 갑자기 오란이 문으로 나오더니 마치 날마다 이런 일이 벌어지기라도 한다는 듯 변함없고 차분한 목소리로 그들에게 말했다.

"우리는 정말 땅을 팔지 않겠습니다."

그녀가 말했다.

"팔았다가는 우리가 남쪽에서 돌아왔을 때 먹고 살 것이 없을 테니까요. 하지만 우린 식탁과 두 개의 침대와 이부자리와 네 개의 긴 의자와 부뚜막에 걸린 가마솥까지도 팔겠어요. 하지만 갈퀴와 괭이와 쟁기는 팔지 않을 것이고, 땅도 팔지 않겠어요."

그녀의 목소리에는 왕룽의 분노보다 더 많은 힘을 지닌 어떤 차분함이 있었고, 그래서 왕룽의 작은아버지가 어색하게 말했다.

"너희 정말 남쪽으로 가려고 그러느냐?"

결국 애꾸눈 남자가 다른 사람들에게 무슨 얘기를 했고, 자기들끼리 한참 수군거리더니 애꾸눈 남자가 돌아서서 말했다.

"그런 것들은 땔감으로밖에는 쓰지 못할 형편없는 물건들이오. 몽땅 털어서 은화 두 닢을 줄 테니 받으려면 받고 싫으면 그만두시오."

그가 역겹다는 듯 돌아서며 말했지만 오란이 차분히 대답했다.

"그건 침대 한 개의 값도 안 되지만 은화를 가지고 있다면 어서 내놓고 물건들을 가져가세요."

애꾸눈 남자가 허리춤을 더듬거리더니 그녀가 내민 손에다 은화를 떨구었고 세 남자가 집으로 들어와 우선 왕룽의 방에서 침대와 긴 의자와 탁자와 이부자리까지 몽땅 들고 나왔으며 흙 아궁이에서 가마솥을 뽑아냈다. 하지만 노인의 방으로 들어갈 때는 왕룽의 작은아버지는 밖에 그냥 남아 있었다. 그는 형이 자기를 보는 것을 원하지 않았고, 노인을 땅바닥에 눕히고 침대를 뽑아내는 자리에 있고 싶지도 않았다. 모든 일이 끝나서 두 개의 갈퀴와 두 자루의 괭이와 쟁기만 가운데 방의 한구석에 남게 되자 오란이 남편에게 말했다.

"집의 대들보까지 뽑아 팔아서 돌아온 다음에 기어 들어갈 구멍조차 없게 되기 전에, 우리가 은화 두 닢을 가지고 있을 때 떠나기로 해요."

그리고 왕룽이 침울하게 대답했다.

"떠나야지."

하지만 그는 밭 너머로 사라져가는 사람들의 자그마한 모습을 쳐다보면서 거듭거듭 중얼거렸다.

"적어도 난 땅을 가지고 있어. 땅을 가지고 있다구."

10

나무 경첩에 달린 문을 꼭 닫고 쇠고리를 채우는 이외에는 할 일도 없었다. 옷은 모두 몸에다 걸쳤다. 아이들은 오란이 저마다 손에 밥그릇과 젓가락 한 벌을 쥐여주었고 어린 두 아들은 그것을 움켜잡고는 먹을 것이 생기리라는 약속이기라도 한 듯 꼭 껴안았다. 이렇게 그들은 영원히 읍내의 성벽에 다다르지 못할 것처럼 보일 정도로 천천히 움직이는 초라하고 짤막한 행렬을 이루고 들판을 건너기 시작했다.

딸을 품에 안고 가던 왕룽은 노인이 쓰러지는 것을 보고 아이를 오란에게 넘겨준 다음 아버지 밑에 엎드려 등에 메고는 바람처럼 가볍고 바싹 마른 노인의 몸을 비틀거리며 업고 갔다. 그들은 무엇이 지나가도 전혀 아랑곳하지도 않는 두 개의 작고 근엄한 신령이 들어 있는 작은 사당 앞을 완전히 침묵을 지키며 지나갔다. 가혹하게 차가운 바람이 불었는데도 왕룽은 기운이 없어서 땀을 흘렸다. 맞바람이 치는 이 바람은 그칠 줄을 몰랐고, 그래서 두 아들은 춥다고 보챘다. 하지만 왕룽이 그들을 타일렀다.

"너희는 둘 다 큰 어른이고 지금 남쪽으로 가는 중이야. 그곳에 가면 날씨도 따뜻하고 날마다 먹을 게 있어서 우리 모두 날마다 하얀 쌀밥을 먹을 수 있게 될 거야."

조금 가다가 자주 쉬면서 드디어 그들은 성문에 다다랐고, 왕룽은 언젠가 기분 좋게 더위를 식히던 곳에서 얼음 같은 물이 절벽 사이로 마구 쏟아지듯 거센 겨울 바람이 굴다리로 몰아치는 바람에 이를 악물어야 했다. 발밑에는 진흙이 질퍽했고 여기저기 얼음이 바늘처럼 뾰족해서 어린 아들들은 앞으로 나아갈 수가 없었으며 오란은 제 몸을 감당하지 못해서 쩔쩔매면서도 딸을 업었다. 왕룽은 노인을 메고 비틀거리며 지나가서 그를 내려놓은 다음 되돌아가 아이들을 하나씩 들어 옮겼다. 드디어 다 끝냈을 때는 그의 몸에서 땀이 비오듯 쏟아지며 그나마 남은 기운도 모두 빠졌다. 그래서 그는 눈을 감고 숨을 헐떡이면서 한참 동안 축축한 성벽에 기대고 서 있어야 했고, 그의 가족은 왕룽을 둘러싸고 추워서 덜덜 떨며 기다려야 했다.

그들은 이제 세도가의 대문 근처까지 왔는데, 단단히 잠긴 쇠대문이 높다랗게 솟았으며 바람에 시달리는 거무스름한 돌 사자들이 양쪽으로 서 있었다. 문간에는 몇 사람의 남루한 남녀들이 웅크리고 누워 빗장을 걸어 닫아버린 대문을 굶주린 눈으로 물끄러미 쳐다보았으며 초라하고 짤막한 행렬을 이끌고 왕룽이 지나가자 한 사람이 카랑카랑한 목소리로 외쳤다.

"이 돈 많은 사람들의 마음은 신령님들의 마음만큼이나 무정하답니다. 그들은 아직도 먹을 쌀이 있고, 우리는 굶어 죽어가는 판인데도 먹지 않는 쌀을 가지고 요즈음에도 술을 담그죠."

또 한 사람이 끙끙거리며 말했다.

"오, 이 손에 잠깐이라도 기운이 돌아온다면 비록 그 불에 나까지 타 죽는 한이 있어도 대문과 저 집과 그 안에 있는 마당에 불을 지르겠어. 황가 자손을 낳은 자들은 천벌을 받아야지!"

그러나 왕룽은 이런 모든 소리에 아무 대꾸도 하지 않고 말없이 남쪽으로 갈 길을 재촉했다.

어찌나 걸음이 느렸는지 날이 저물어 거의 어둠이 깔릴 때쯤에야 읍내를 지나 남쪽으로 나온 그들은 남쪽 지방을 향해 이동하는 수많은 사람을 보았다. 한데 웅숭그리며 어떻게 잠을 청해볼 만한 자리를 성벽의 어느 구석에서 구할까 궁리하려던 참에 왕룽은 자신과 그의 가족이 어느새 군중 속에 휩쓸려 들어가 있음을 깨달았고, 옆에서 밀어대는 한 사람에게 그가 물었다.

"이 사람들 모두 어디로 가는 건가요?"

그랬더니 그 남자가 말했다.

"굶주린 사람들이라 화차(火車)을 잡아타고 남방으로 갈 생각이에요. 화차는 저기 저곳에서 떠나는데 은화 한 전도 안 되는 돈으로 우리가 탈 수 있는 그런 차들도 있어요."

화차! 그 차에 대한 얘기는 들은 적이 있었다. 왕룽은 전에 찻집에서 차를 하나씩 차례로 줄지어 매달아서 사람이나 짐승이 끄는 게 아니라 기계가 용처럼 헉헉거리면서 불과 물을 뿜어낸다는 이 차들에 대해서 사람들이 하는 얘기를 들었다. 그때 그는 휴일에 가서 그 차를 구경해야 되겠다고 여러 번 속으로 다짐했지만 이런 일 저런 일로 밭에서 바쁘게 일하다 보니 읍내에서 북쪽으로 상당히 떨어진 곳에서 살던 그는 전혀 틈이 나지 않았다.

그런가 하면 알지도 못하고 이해도 안 가는 것들을 불신하려는 습성도 있었다. 하루하루 살아가는 데 있어서는 필요 이상으로 많이 아는 것도 좋지 않았다.

하지만 지금 그는 의아해하면서 아내를 쳐다보고 말했다.

"그렇다면 우리도 그 화차라는 걸 타볼까?"

그들은 지나가는 사람들로부터 노인과 아이들을 옆으로 끌고 나가서 두렵고 불안한 표정으로 서로 쳐다보았다. 잠깐 휴식을 취하게 되자 노인은 땅바닥에 주저앉았고 어린 아들들은 사방에서 밟아대는 발길을 신경도 안 쓰며 흙바닥에 누웠다. 딸은 아직도 오란이 안고 있었지만 그녀의 팔 위로 늘어진 아이의 머리와 눈을 감은 모습이 꼭 죽은 것만 같아서 왕룽은 다른 일을 모두 잊어버리고 소리 쳤다.

"저 어린것이 벌써 죽었나?"

오란이 머리를 저었다.

"아직은 안 죽었어요. 숨이 팔딱거리니까요. 하지만 오늘 밤에는 죽고 말 거예요. 그리고 이러다가는 우리 모두……."

그러더니 마치 다른 말은 하나도 할 수 없다는 듯 그녀는 넓적한 얼굴에 지치고 핼쑥한 표정을 짓고 그를 쳐다보았다. 왕룽은 아무 대답도 하지 않았지만 이런 식으로 하루만 더 걸었다가는 밤이 되기 전에 그들이 모두 죽을 것이라고 속으로 생각했다. 그래서 그나마 조금 남은 쾌활함을 동원한 목소리로 말했다.

"일어나라, 얘들아. 할아버지가 일어나시게 부축해드려. 우리는 화차를 타고 앉은 채로 남쪽으로 내려갈 거야."

하지만 만일 어둠 속에서 용의 고함 소리 같은 소음이 천둥처럼 울리고 불을 퍽퍽 뿜으며 두 개의 커다란 눈이 튀어나오고 사람들이 모두 소리를 지르면서 달려가는 소동이 벌어지지 않았다면 그들이 움직일 힘이 남아 있었는지 어떤지 아무도 알지 못했으리라. 그리고 혼란 속에서 앞으로 헤치고 나아가던 그들은 이리저리 밀렸지만 결사적으로 끝까지 서로 매달렸으며, 그러다가 결국 수많은 목소리들이 고함치고 울부짖는 어둠 속에서 어쩌다가 보니 열려 있는 작은 문을 지나 궤짝처럼 생긴 방으로 들어가게 되었다. 그들을 뱃속에 집어 넣은 채 끊임없이 으르렁거리는 물건이 어둠 속으로 달려 나갔다.

11

 은화 두 닢으로 왕룽은 수십 리 길을 가는 값을 냈고 그에게서 은화를 받은 계원이 거슬러 준 한 줌의 잔돈에서 몇 개를 주고 기차가 서자마자 차의 구멍으로 잡화를 남은 목판을 들이민 행상에게서 작은 빵 네 개와 딸에게 먹일 쌀죽 한 그릇을 샀다. 한 번에 이만큼 먹을 것이 많이 생기기는 오랜만이었고, 식량이 없어 굶주리기는 했어도 막상 그것들이 입에 들어가고 나니까 식욕이 없어져서 한참 타이른 다음에야 아들들은 빵을 삼켰다. 하지만 노인은 이빨이 없는 잇몸으로 끈질기게 빵을 빨아먹었다.
 "사람이란 먹어야만 한단다."
 화차가 뒤뚱거리고 흔들리며 달려가는 동안 사방에서 밀어대는 모든 사람에게 아주 다정하게 키득거리며 그가 말했다.
 "그토록 오랫동안 거의 쓰지를 않아 내 멍청한 뱃속이 게을러지

긴 했지만 상관없어. 꼭 먹어야만 해. 난 창자가 움직이지 않겠다고 해서 죽지는 않을 거야."

그리고 듬성듬성한 수염이 턱 전체에 덮인 이 자그마하고 쪼그라진 노인이 미소를 짓는 모습을 보고 사람들이 웃음을 터뜨렸다.

하지만 왕룽은 잔돈을 모두 음식을 사느라고 써버리지는 않았다. 그는 남녘 땅에 도착하면 그들이 거처할 움막이라도 짓기 위해 거적을 사려고 될 수 있는 대로 돈을 아껴두었다.

화차에는 다른 시기에 남쪽으로 갔던 남녀들이 있었다. 어떤 사람들은 먹을 것을 구하러 일하거나 구걸하기 위해 해마다 남방의 부유한 도시들을 찾아갔다. 그리고 그가 처한 상황의 신기함과 차의 여러 구멍 앞으로 휩쓸려 지나가는 땅을 구경하는 놀라움에 차츰 익숙해진 다음에 왕룽은 이 사람들이 하는 얘기에 귀를 기울였다. 그들은 다른 사람들이 모르는 얘기가 있으면 잘난 체하며 시끄럽게 떠들었다.

"우선 멍석을 여섯 장 사야 한답니다."

낙타의 입처럼 흉측하게 입술이 축 늘어진 남자가 말했다.

"멍석은 요령껏 사면 한 장에 두 푼인데, 멍청하게 굴고 촌놈처럼 행동했다가는 세 푼을 달라고 덤빌 거예요. 나야 아주 환히 아는 사실이지만 그렇게까지 줄 필요가 없어요. 아무리 부자들이라고 해도 난 남쪽 도시 사람들에게는 당하지 않아요."

그는 머리를 끄덕이고는 누가 자기를 대단한 사람이라고 여기지 않을까 해서 둘러보았다. 왕룽이 열심히 얘기에 귀를 기울였다.

"그런 다음에는요?"

그가 재촉했다. 그는 따지고 보면 따로 깔고 앉을 것이 하나도 없고 바닥의 틈으로 바람과 먼지가 휘날려 올라오는 나무로 만든 텅 빈 방에 지나지 않는 차의 바닥에 엉덩이를 깔고 쪼그려 앉았다.

"그런 다음에는 말입니다."

밑에서 덜커덩거리는 쇠바퀴의 소음보다 큰 소리로 목청을 돋구어 더욱 시끄럽게 그가 말했다.

"그런 다음에는 이 멍석들을 한데 엮어 움막을 지은 다음에 될 수 있는 대로 가련하게 보이도록 흙과 오물을 몸에 바르고는 구걸을 하러 나가야죠."

그런데 왕룽은 지금까지 평생 어떤 사람에게도 구걸을 했던 적이 없었고 남방에서 낯선 사람들에게 구걸을 한다는 생각을 하니 마음이 내키지 않았다.

"구걸을 해야만 하나요?"

그가 되물었다.

"아, 그야 물론이죠."

입이 지저분하게 생긴 남자가 말했다.

"하지만 우선 먹고 나서 그래야죠. 남쪽 사람들은 쌀이 얼마나 많은지 아침마다 공동급식소에 가면 한 푼을 내고 배가 터지도록 흰죽을 먹을 수가 있답니다. 그런 다음에는 편안한 마음으로 구걸을 해서 두부와 배추와 마늘을 사는 거예요."

왕룽은 다른 사람들로부터 조금 물러나 벽을 향해 돌아앉아서 몰래 허리춤으로 손을 디밀어 남은 잔돈을 헤아려보았다. 거적 여섯 장을 살 돈도 넉넉했고 한 사람에 한 푼씩 죽을 사 먹을 돈을 주고도 세 푼이 남을 터였다. 그들이 이렇게 새 생활을 시작하리라는 생각을 하니 그는 안도감을 느꼈다. 하지만 주발을 들고 지나가는 모든 사람에게 구걸을 해야 한다고 생각하니 자꾸만 침울해졌다. 노인과 아이들과 심지어는 그의 아내까지도 아무런 문제가 없었지만, 그는 두 손이 멀쩡한 남자였다.

"거기 가면 남자가 할 만한 일이 없을까요?"

돌아앉으며 그가 남자에게 불쑥 말했다.

"아, 일 말인가요!"

남자가 역겹다는 듯 말하고는 바닥에다 침을 뱉었다.

"원한다면 부자가 탄 노란 인력거를 끌고 뛰느라고 더워서 피땀을 흘리고 손님이 부르기를 기다리고 서 있는 동안 그 땀이 얼어 얼음 꺼풀을 뒤집어써도 좋겠죠. 나는 구걸이 더 좋아요!"

그리고 그는 왕룽이 더 이상 그에게 질문을 하지 못하게 한바탕 욕설을 퍼부었다.

그렇기는 해도 남자에게서 그나마 얘기를 들어둔 것이 다행이어서, 화차가 그들을 태우고 내려가 땅에다 부려놓았을 때쯤에는 왕룽에게 이미 계획이 마련되어 있었다. 그곳에 지어져 있는 집의 기다란 회색 벽 앞에다 노인과 아이들을 세워두고는 아내더러 그들을 잘 보라고 일러둔 다음 장터 거리가 어디냐고 이 사람 저 사람에게 물어가며 거적을 사러 갔다. 이곳 사람들의 말투가 어찌나 날카롭고 카랑카랑한지 왕룽은 처음에 그들이 하는 얘기를 잘 알아듣지 못했으며, 그가 질문을 했을 때도 몇 차례 그들이 이해를 못 해서 신경질을 부렸다. 이곳 남부 사람들이 성미가 급해서 걸핏하면 화를 낸다는 사실을 깨닫고 그는 질문을 하려면 상대방이 어떤 사람인지 잘 살펴보고 보다 친절하게 생긴 사람을 골라서 물었다.

하지만 그는 도시의 언저리에서 마침내 멍석 가게를 찾아내어 물건 값을 환히 아는 사람처럼 계산대에다 잔돈을 놓고 둘둘 만 멍석을 들고 나왔다. 다른 식구들을 남겨둔 곳으로 그가 되돌아갔더니 그들은 서서 기다리고 있다가 아버지가 나타나니까 마음이 놓여서인지 아들들이 울음을 터뜨렸다. 왕룽이 살펴보니 그들은 이 낯선 곳에서 공포에 사로잡혀 있었다.

노인 혼자서만 재미있고 놀랍다는 듯 모든 것을 구경하다가 왕룽에게 중얼거렸다.

"이 남부 사람들 모두 얼마나 살이 통통하게 쪘고 피부가 얼마나 하얗고 기름진지 보라구. 보나마나 그들은 날마다 돼지고기를 먹을 거야."

하지만 지나가던 어느 누구도 왕룽과 그의 가족을 쳐다보지 않았다. 분주하고 긴장한 남자들이 거지들을 전혀 거들떠보지도 않으며 도시로 가는, 자갈로 포장한 한길을 따라오고 갔으며 가끔 나귀들의 무리가 집을 짓기 위한 벽돌을 담은 광주리들과 곡식이 담긴 커다란 자루들을 썰룩거리는 등에 가로질러 잔뜩 얹고 작은 발로 돌바닥을 타박타박 밟으며 시끄럽게 지나갔다. 나귀 떼마다 끝에는 나귀몰이가 마지막 나귀를 타고 커다란 채찍으로 짐승들의 등을 철썩거리는 무서운 소리를 내며 때리고 고함을 질러댔다.

그리고 왕룽의 앞을 지나갈 때면 그들은 저마다 교만하게 비웃는 표정을 지어 보였는데, 길가에 어리벙벙해서 멀거니 서 있는 사람들의 작은 집단 앞을 지나가던 허름한 작업복 차림의 이 노새몰이들만큼 오만해 보이는 군주를 찾아보기도 힘들 지경이었다. 노새몰이들은 저마다 이상한 모습의 왕룽과 그의 가족을 보고 그들 앞을 지나가면서 채찍을 쳤고, 공중을 가르는 날카롭고 폭발적인 소리에 그들이 놀라 펄쩍 뛰는 꼴을 보고 굉장히 재미있어 하면서 실컷 웃었다. 두세 차례 그런 상황이 반복되자 화가 난 왕룽은 어디에 움막을 지어야 할지 살펴보려고 돌아섰다.

그들 뒤에는 이미 다른 움막들이 성벽을 따라 다닥다닥 달라붙어 있었다. 성벽의 안쪽이 어떤지는 아무도 알지 못했고 알 수도 없었다. 아주 높고 회색인 성벽이 길게 뻗어 나갔고 그 아래쪽에는 개 등에 붙은 벼룩들처럼 작은 거적 움막들이 잔뜩 몰려 있었다. 왕룽은 움막들을 둘러보고 멍석으로 자신의 집을 이런 방법 저런 방법으로 머릿속에서 지어보기 시작했지만 쪼갠 갈대를 써서 만들어야 하니 아무리 애를 써봤자 어수룩하고 뻣뻣한 움막밖에 안 될 것 같아 낙심했다. 그러자 갑자기 오란이 말했다.

"그건 내가 할 수 있어요. 난 어린 시절에 그런 집을 지었던 기억이 나요."

그리고 그녀는 딸을 땅바닥에 내려놓고 멍석들을 이리저리 잡아당겨 꼭대기에 머리가 닿지 않고 사람이 앉아 있을 만큼 높다랗게 둥그런 지붕을 만들어놓았다. 땅에 닿은 멍석들의 가장자리에는 주변에 흩어진 벽돌들을 주워 눌러놓고 아들들에게 벽돌을 더 주워오라고 보냈다. 일이 끝나자 그들은 안으로 들어갔다. 머리를 짜내어 움막을 지을 때 하나 남긴 멍석은 바닥에 깔고 앉아 안식처를 마련했다.

그렇게 앉아 서로 쳐다보고 있으려니까 어제 그들이 집과 땅을 버리고 떠나 지금은 수십 리 떨어진 곳에 와 있다는 사실이 잘 믿어지지 않았다. 그만큼 먼 거리를 그들이 걸어오려면 여러 주일 걸렸을 것이고, 이곳에 도착하기도 전에 그들 가운데 몇 사람은 죽었으리라.

그러자 굶는 사람이라고는 아무도 없는 듯싶은 이 풍요한 땅에는 모든 것이 풍족하다는 기분이 들었다. 왕룽이 "우리 공동급식소나 찾으러 나가지"라고 말하니까 그들은 거의 유쾌해져서 다시 한번 바깥으로 나갔으며, 이제는 조금 있으면 그 안에 무엇이 담길 터여서 어린 아들들은 걸어가며 신이 나서 젓가락으로 그릇을 덜그럭거렸다.

그리고 그들은 잠시 후에 왜 움막들을 기다란 성벽을 따라 지어 놓았는지를 알게 되었다. 성벽의 북쪽 끝을 지나 소금 너 가니까 거리가 나왔고 그 거리를 따라 사람들이 하나같이 빈 그릇과 물통과 양철통을 들고 걸어 다녔으며, 알고 보니 이 사람들은 얼마 안 떨어진 거리 끝의 빈민구제급식소로 가는 중이었다. 그래서 왕룽과 그의 가족은 이 다른 사람들과 어울렸으며 그들과 더불어 마침내 멍석으로 지은 커다란 두 개의 건물에 다다라서 모두 이 건물의 열린 쪽으로 몰려들어갔다.

그런데 이 건물들은 저마다 뒤쪽에 흙으로 만든 아궁이가 있었고, 왕룽이 지금까지 본 적이 없을 정도로 커다란 이 아궁이들 위에는 작은 웅덩이만 한 가마솥이 걸렸으며, 커다란 뚜껑을 들어 올렸더니 그 속에서는 맛있는 하얀 쌀밥이 부글부글 끓었고 향기로운 김이 구름처럼 피어올랐다. 지금 이 쌀의 향기를 맡아보니 사람들에게는 그것이 세상에서 가장 감미로운 냄새였으며, 그래서 그들은 큰 무리를 이루어 모두 앞으로 밀면서 소리를 질러댔고, 아이들이 발길에 밟힐까 봐 두려운 어머니들이 화가 나서 소리를 질렀고, 어린 아기들이 울었고, 가마솥 뚜껑을 연 남자들이 고함을 질렀다.

"모든 사람에게 먹을 것이 돌아갈 테니까 질서를 지키시오!"

하지만 어떤 것도 굶주린 남자들과 여자들로 이루어진 군중을 막을 수가 없었고, 그들은 모두 먹을 것을 차지할 때까지 짐승들처럼 싸웠다. 그들의 한가운데로 휘말려 들어간 왕룽은 아버지와 두 아들에게 매달리는 수밖에 없었고 커다란 가마솥이 있는 곳까지 밀려가자 그는 그릇을 내밀었으며, 그릇이 가득 찬 다음에는 동전을 던져주었다. 밥을 얻기 전에 밀려나지 않으려고 버티어 서 있기란 보통 일이 아니었다.

그리고 그들은 다시 거리로 나와서 선 채로 밥을 먹었다. 그는 식사를 해서 배가 부른데도 그릇에 밥이 조금 남은 것을 보고 말했다.

"난 이걸 집으로 가지고 가서 저녁에 먹어야 되겠어."

하지만 울긋불긋한 옷차림을 보니 그곳을 지키는 무슨 경비원 같은 남자가 근처에 서 있다가 날카롭게 말했다.

"안 됩니다. 뱃속에 들어 있는 것 이외에는 아무것도 가지고 갈 수가 없어요."

왕룽은 그 얘기가 이상해서 물었다.

"이봐요, 내가 돈을 냈으니 뱃속에 있거나 밖에 있거나, 또 그 밥을 가지고 가건 말건 당신이 무슨 상관이오?"

그랬더니 남자가 말했다.

"우리가 이런 규칙을 만들어놓지 않았다가는 어떤 사람도 한 푼을 내고 이만큼 밥을 살 수 없으니까 못된 사람들이 와서 밥을 사가지고는 집으로 가서 돼지들한테 먹이로 준단 말이오. 밥은 사람이 먹는 것이지 돼지들한테 주는 건 아니잖아요."

이 말을 듣고 놀란 왕룽이 소리쳤다.

"그런 나쁜 사람들도 있다니!"

그러더니 그가 말했다.

"헌데 가난한 사람들에게 이렇게 베풀어주는 사람은 어디 사는 누구인가요?"

그랬더니 남자가 대답했다.

"이 도시의 부자들과 유지들이 하는 일인데, 어떤 사람들은 남의 목숨을 구제하여 하늘에다 은덕을 쌓고 싶어 내세를 위해 선행을 하는 것이고, 또 어떤 사람들은 옳은 일을 했다는 칭송을 받고 싶어서 그러는 겁니다."

"이유야 어떻든 간에 선행은 선행이죠."

왕룽이 말했다.

"그리고 어떤 사람들은 정말로 마음이 착하기 때문에 이런 일을 할 거예요."

그러더니 남자가 대답을 하지 않는 것을 보고 그는 자신을 변호하려는 뜻에서 덧붙여 말했다.

"그런 사람이 몇 명이나마 있지 않겠어요?"

하지만 남자는 그와 얘기를 하는 것에 짜증이 나서 등을 돌리고는 한가하게 콧노래를 불렀다. 그러자 아이들이 왕룽을 잡아당겼고 왕룽은 그들이 지은 움막으로 모두 데리고 들어갔으며, 배불리 식사를 한 것이 여름 이후 지금이 처음이고 포만감과 더불어 졸음이 밀어닥쳤기 때문에 그들은 자리에 누워 이튿날 아침까지 잠을 잤다.

다음날 아침이 되자 아침밥을 사 먹느라고 마지막 한 푼까지 다 써버렸기 때문에 돈을 더 마련할 필요가 생겼다. 하지만 텅 비고 황량한 밭에서 그녀를 쳐다보았을 때의 그런 절망은 없었다. 거리에는 잘 먹고 사는 사람들이 돌아다니고, 장터에는 고기와 채소가 있고, 생선 시장의 물통 안에서는 물고기들이 헤엄을 치는 이곳에서는 남자와 그의 자식들이 굶주린다는 것은 불가능한 일이었다. 식량이 전혀 없기 때문에 은화를 주고도 먹을 것을 살 수가 없는 그들의 고향 땅하고는 사정이 전혀 달랐다. 그리고 이것이 그녀가 항상 알고 있었던 그런 삶이란 듯 오란이 담담하게 말했다.

"나하고 아이들, 그리고 아버님도 구걸을 할 수가 있어요. 저한테는 적선을 안 하는 사람이라고 해도 아버님의 백발을 보면 마음이 움직이는 사람이 있을 거예요."

그리고 그녀는 역시 아이들은 아이들이어서 그들이 다시 무엇을 먹게 되자 낯선 곳에 와 있다는 것 이외에는 다 잊어버리고 거리로 달려 나가 지나다니는 모든 것을 구경하고 서 있던 두 아이들을 불러 그들에게 일렀다.

"너희는 그릇을 하나씩 가지고 나가서 이렇게 들고 이렇게 소리를 치거라."

그녀는 빈 그릇을 손에 들고 내밀면서 처량하게 소리쳤다.

"적선하세요, 훌륭하신 선생님, 적선하세요, 훌륭하신 아주머니! 선한 마음으로 극락에서의 내세를 위해 적선하세요. 푼돈으로, 여러분이 던져버리는 동전으로 굶주리는 아이를 먹여주세요!"

어린아이들이 그녀를 물끄러미 쳐다보았고, 왕룽도 그랬다. 그녀는 어디서 저렇게 소리치는 것을 배웠을까? 아내에 관해서 그가 알지 못하는 바가 얼마나 많은가! 그의 표정을 보고 그녀가 말했다.

"저는 어렸을 때 그렇게 소리를 쳤고, 그렇게 해서 먹고 살았어요. 이렇게 어려웠던 해에 노예로 팔렸고요."

그러자 잠들어 있던 노인이 깨어났고 그들은 그릇을 주었으며 네 사람이 구걸을 하려고 거리로 나갔다. 아내가 사람이 지나갈 때마다 외치며 그릇을 흔들어대기 시작했다. 그녀는 딸아이를 가슴속으로 밀어 넣었고, 그릇을 내민 채 이리지리 뛰며 돌아다니는 바람에 잠든 아이의 머리가 이쪽 저쪽으로 덜렁거렸다. 그녀는 구걸할 때 아이를 가리키며 소리쳤다.

"당신이 도와주지 않으시면, 선량하신 선생님, 선량하신 마님, 이 아이가 죽습니다. 우리는 굶어 죽어요. 우리는 굶어 죽어요."

아닌 게 아니라 아이의 머리가 이리저리 흔들리는 것이 정말 죽은 것처럼 보여서 몇 사람은 마지못해 그녀에게 푼돈을 던져주기도 했다.

하지만 아들들은 얼마 안 있다가 구걸을 장난으로 삼기 시작했고, 노인은 창피해서 구걸을 하면서도 멋쩍게 히죽거렸으며, 그 꼴을 본 어머니는 아이들을 움막으로 끌고 들어가 호되게 뺨을 때리고 화를 내며 꾸짖었다.

"그렇게 웃으면서 굶어 죽겠다는 소리를 하다니! 바보들 같으니라구, 그렇다면 어디 굶어봐라!"

그리고 그녀는 손이 아플 때까지, 그들이 눈물을 줄줄 흘리며 울 때까지 뺨을 후려갈기고 또 갈겼고, 다시 그들을 바깥으로 쫓아내 보내며 말했다.

"이제는 너희도 구걸을 하기에 어울리는구나! 또 웃었다가는 더 혼날 줄 알아!"

한편 왕룽은 거리로 나가 여기저기 수소문해서 인력거를 빌려주는 곳을 찾아내어 밤에 은화 반 냥을 치르기로 하고 하루 동안 세를 낸 다음 인력거를 끌고 다시 거리로 나섰다.

바퀴가 둘인 삐걱거리는 이 나무 차를 끌고 다니며 그는 모든 사람이 자기를 보고 바보라고 생각하리라는 기분이 들었다. 그는 두 개의 끌채 사이에 있으니까 처음으로 밭갈이를 하려고 멍에를 멘 소처럼 어색했고 잘 걷지를 못할 지경이었다. 그러면서도 이곳저곳 어디를 봐도 거리에서 이런 인력거에 다른 사람을 태우고 이 도시 사람들이 달려가는 모습이 보였으므로 밥벌이를 하려면 왕룽도 역시 달려야만 했다. 그는 상점들이 없고 문이 닫힌 개인 집들만 있는 좁다란 옆길로 들어가 연습을 하느라고 얼마 동안 인력거를 끌고 오르락내리락했다. 절망에 빠져 차라리 구걸을 하는 것이 낫겠다는 기분이 들려는 참에 문이 열리더니 안경을 쓰고 옷차림이 훈장 같은 노인이 나와서 그를 불렀다.

왕룽은 처음에 인력거를 새로 시작했기 때문에 달려갈 수가 없는 얘기를 그에게 해주려고 했지만 노인은 귀가 먹었는지 왕룽이 하는 얘기를 하나도 알아듣지 못하고 인력거를 탈 테니까 끌채를 내리라는 시늉만 했다. 노인이 귀머거리이고 옷차림이 단정하며 학식이 있는 사람 같아서 달리 어쩔 도리도 없었던 왕룽은 시키는 대로 했다. 그랬더니 꼿꼿하게 자리에 앉으며 노인이 말했다.

"향교로 데려다주시오."

그리고 그는 꼿꼿하게 자리에 앉았고 그의 차분한 태도가 어떤 질문도 용납하지 않았기 때문에 왕룽은 향교가 어디 있는지 전혀 알지도 못하면서 다른 사람들이 그러는 것처럼 무턱대고 출발했다. 하지만 그는 가면서 길을 물었고, 장터로 가는 여자들과 광주리를 들고 오락가락 지나다니는 행상들과 말이 끄는 마차들과 그가 끄는 것과 같은 많은 다른 차들이 붐비는 거리를 따라갔기 때문에 모든 것이 지나다니며 서로 부딪쳐서 날려살 수가 없었으므로 뒤에 탄 손님이 거북하게 털썩거리는 것을 항상 의식하며 가능한 한 빨리 걸었다. 짐을 등에 지는 것은 길이 들어 있었지만 끄는 것은 처음이어서 괭이가 닿지 않던 곳들을 끌채가 눌러댔기 때문에 향교의 담이 시야에 들어오기도 전에 팔이 쑤시고 손이 부르텄다.

향교 대문에 다다라서 왕룽이 인력거를 내리니까 늙은 훈장이 내려서서 가슴 깊숙이 손을 넣어 작은 은화를 꺼내 왕룽에게 주면서 말했다.

"이 이상은 줄 수 없으니 잔소리를 해도 소용없어."

이 말을 하며 돌아선 그는 향교로 들어갔다.

왕룽은 이런 동전을 지금까지 본 적이 없어서 그 가치가 몇 푼이나 되는지 몰랐기 때문에 따질 생각은 해보지도 않았다. 그는 쌀집 근처에 있는 돈을 바꿔주는 곳으로 갔고 환전상에게서 26푼을 받은 왕룽은 남방에서의 돈벌이가 너무 쉬워 깜짝 놀랐다. 하지만 근처에 서 있던 다른 인력거꾼이 돈을 헤아리는 그를 기웃거려 보다가 왕룽에게 말했다.

"겨우 스물 여섯 푼이로군. 그 늙은이를 어디서 어디까지 태워주었소?"

왕룽의 얘기를 듣고 남자가 소리쳤다.

"그 사람 참 속도 좁구먼! 당신한테 제대로 줘야 할 돈의 절반밖에 안 주었어. 떠나기 전에 얼마를 달라고 그랬지?"

"그런 거 따지지 않았어요."

왕룽이 말했다.

"그 사람이 가자기에 난 그냥 태우고 왔어요."

다른 남자가 한심하다는 듯 왕룽을 쳐다보았다.

"돼지꼬리 같은 변발(辨髮)에다 어딜 보나 촌뜨기라 할 수밖에 없구먼!"

그가 근처에 있는 사람들에게 말했다.

"누가 가자고 하면 그냥 가고, '가면 얼마 주겠소!' 하고 물어보지도 않고, 멍청하긴. 이걸 알아두라고, 멍청이. 백인 외국 사람 이외에는 어느 누구도 물어보지 않고 그냥 태우면 안 된다구! 백인들은 성미가 더럽기는 하지만 그 사람들이 '가자'고 하면 마음 놓고 가도 되는데, 그 친구들 어찌나 바보 같은지 무엇 하나 제값을 아는 게 없고 돈을 물 쓰듯 한단 말이야."

그러자 얘기를 듣던 사람들이 모두 웃었다.

왕룽은 아무 말도 하지 않았다. 이렇게 잔뜩 모인 도시 사람들 속에서 그가 아주 무식하고 초라하다고 느껴지는 것은 사실이었고, 그는 아무 대꾸도 하지 않고 인력거를 끌고 그 자리를 떴다.

"어쨌든 이 돈이면 내일 아이들을 먹일 수 있어."

그는 고집스럽게 혼잣말을 했고, 그러자 밤에 인력거 임대료를 내야 하는데 사실상 아직 그 돈의 절반도 벌지 못했다는 것이 생각났다.

그는 오전에 손님을 한 명 더 받았고, 이 사람한테는 미리 따져 가격의 합의를 보았으며 오후에도 두 명 더 손님을 태웠다. 하지만 밤에 벌어들인 돈을 모두 헤아려보니까 인력거 임대료를 제외하고 겨우 한 푼이 남았다. 그는 움막으로 돌아가면서 추수철 밭에서 일하는 것보다 더 고생을 했는데도 겨우 한 푼밖에 못 벌었다고 생각하니 무척 쓰라린 기분이 들었다. 그러자 그의 땅에 대한 기억이 왈칵 밀어닥쳤다. 이 이상한 하루 동안 그는 그 땅을 한 번도 머리에 떠올리지 않았지만 멀리 떨어지기는 했어도 고향에 정말로 그의 땅이, 왕룽 자신의 땅이 버티고 그를 기다리고 있다는 생각을 하니 이제는 평화가 마음에 가득해져서 움막으로 돌아갔다.

움막으로 들어간 그는 오란이 하루 종일 구걸을 해서 다섯 푼이 안 되는 돈을 벌었고 아이들 가운데 큰아들이 한 푼 그리고 어린것이 두 푼을 모았으며, 그 돈을 모두 합치면 아침밥을 사 먹을 돈이 넉넉하다는 얘기를 들었다. 그렇지만 어린 아들은 그의 돈을 다른 돈에 보태려고 했더니 제 돈은 도로 내놓으라고 아우성을 쳤고 자기가 구걸한 돈을 어찌나 좋아했던지 그것을 손에 꼭 쥐고 잠이 들었고, 제가 먹을 밥값으로 아이가 스스로 내놓을 때까지는 식구들이 돈을 빼앗을 수가 없었다.

하지만 노인은 단 한 푼도 벌지 못했다. 하루 종일 그는 길가에 얌전히 앉아 있기만 했지 구걸은 하려고 들지 않았다. 그는 잠이 들었다 깨었다 하며 지나가는 사람들을 멀거니 구경했고 구경이 따분해지면 다시 잠이 들었다. 그러나 윗사람이고 보니 그를 야단칠 수도 없는 노릇이었다. 빈손으로 돌아온 그는 태연하게 말했다.

"난 밭을 갈고 씨를 뿌리기도 했고 추수도 하면서 내 밥그릇을 채워왔어. 그뿐 아니라 난 아들을 낳았고 아들의 아들들도 두었어."

그리고 이 말을 한 그는 아들과 손자가 있으니 이제 밥은 먹여주리라고 어린아이처럼 믿었다.

12

 굶주림의 첫 고비를 넘긴 다음에 왕룽은 아이들에게 날마다 먹을 것이 마련된다는 것을 알았으며, 그가 하루 종일 일하고 오란이 구걸을 하면 아침마다 밥을 먹을 돈이 생긴다는 사실도 알았고, 그의 생활에서 낯선 양상이 사라지자 왕룽은 그가 달라붙어 살아가는 이 도시가 어떤 곳인지를 느끼기 시작했다. 날마다 하루 종일 거리들을 뛰어다니며 그는 자기 나름대로 이 도시를 익히게 되었고, 이곳의 이러저러한 비밀스러운 곳들도 보았다. 그는 아침에 그가 인력거에 태우는 사람들이 여자인 경우에는 시장으로 가고 남자인 경우에는 학교나 직장으로 간다는 사실을 알았다. 하지만 만일 그가 안으로 들어갔다가는 누가 엉뚱한 곳에 와서 무엇을 하고 있느냐고 물어볼까 봐 겁이 나 대문을 지나 들어가본 적이 한 번도 없었기 때문에 '서양학문대학'이나 '중국대학'이라는 이름으로 불린다는 사실

이외에는 그 학교들이 어떤 학교인지 전혀 알 길이 없었다. 돈을 받으면 그것으로 그만이었기 때문에 자기가 사람들을 태워다주는 직장이 무엇인지를 왕룽은 알지 못했다.

그리고 그는 밤에 그가 태워다주는 남자들이 큰 찻집과 쾌락의 장소로 갔으며, 그 쾌락이란 나무 탁자 위에서 대나무와 상아 조각들을 가지고 하는 놀이와 음악의 소리를 타고 거리까지 흘러나온 공개적인 것과 조용하고 비밀스럽게 벽 속에 숨겨진 쾌락이 있음을 알았다. 하지만 그의 발길은 그가 사는 움막 이외에 어느 문지방도 넘은 적이 없고 그가 가는 길은 항상 대문에서 끝났기 때문에 그런 쾌락을 왕룽은 하나도 알지 못했다. 그는 버린 음식 찌꺼기나 찾아 먹고 여기저기 숨어 살며 그 집의 참된 삶에서 전혀 한 부분을 이루지 못하는 부잣집의 생쥐처럼 낯선 존재로서 이 부유한 도시에서 살았다.

그래서 비록 백 리가 천 리만큼 멀지는 않고, 뭍길이 물길만큼 멀지는 않더라도 왕룽과 그의 아내와 아이들은 이 남쪽 도시에서 외국인 같은 기분이 들었다. 거리에 돌아다니는 사람들이 왕룽과 모든 가족이나 마찬가지로, 그리고 왕룽이 태어난 곳의 모든 사람들이나 마찬가지로 머리와 눈이 검다는 것도 사실이었고, 알아듣기가 힘들기는 해도 이곳 남부 사람들의 말도 귀를 기울여 들으면 이해가 간다는 것도 사실이었다.

하지만 안훼이(安徽)는 캉수(江蘇)가 아니었다. 왕룽이 태어난 안훼이에서는 말이 느리고 저음이며 목구멍으로부터 솟아올라왔다. 하지만 지금 그들이 사는 캉수 시에서는 사람들이 입술과 혀끝에서 부스러지며 튀는 듯 음절을 잘라가며 얘기했다. 그리고 왕룽의 전답들은 밀과 쌀과 약간의 옥수수와 콩과 마늘을 여유 있게 한 해에 두 차례씩 천천히 소출을 내는 반면에 이곳 도시 주변의 농토에서는 사람들이 쌀 이외에 이런저런 채소를 서둘러 생산하도록 땅을 강요하느라고 악취가 나는 인간의 배설물로 한없이 비료를 주어 흙을 못살게 굴었다.

왕룽의 고장에서는 맛 좋은 밀빵 하나에 마늘 한 줄기를 곁들이면 훌륭한 식사여서 더 이상 아무것도 필요로 하지 않았다. 하지만 이곳에서는 사람들이 돼지고기 완자와 죽순과 닭과 거위 내장을 곁들여 끓인 밥과 이러저러한 채소 요리를 한다고 야단들이었고, 어쩌다가 어떤 순박한 사람에게서 어제 먹은 마늘 냄새라도 났다 하면 그들은 코를 높이 들고 소리쳤다.

"이거 악취를 풍기고 변발을 한 북부 사람이 여기 와 있구먼!"

마늘 냄새만 풍겼다 하면 포목점 주인들은 외국인에게 바가지를 씌울 때처럼 푸른 무명 값을 올려 받았다.

그래서인지는 몰라도 성벽에 다닥다닥 붙은 움막들로 이루어진 작은 마을은 절대로 도시의 한 부분이 되지 못했고 그 너머에 펼쳐진 시골의 한 부분도 되지 못했다. 언젠가 왕룽은 거침없이 얘기할 수 있는 용기를 지닌 사람이라면 누구라도 나서서 토론하는 장소인 향교의 모퉁이에 모인 군중에게 어떤 젊은 남자가 열변을 토하는 것을 들었는데, 그 젊은이는 중국에서 혁명이 일어나야 하고 가증한 다른 나라 사람들에게 대항하여 봉기해야 한다고 부르짖었고, 그 말에 깜짝 놀란 왕룽은 그토록 열을 올려 젊은이가 비난하는 다른 나라 사람이 바로 자기를 두고 한 얘기라고 느껴 슬그머니 도망쳤다. 그리고 또 어느 날 그는— 하기야 이 도시에는 연설을 하는 젊은이가 많기도 했지만— 연설을 하는 또 다른 젊은이를 보았는데, 그 젊은이는 길모퉁이에서 이런 시기에는 중국의 인민이 단결해야 하고 스스로 깨우쳐야 한다고 말했으며, 왕룽은 그런 얘기가 자기를 두고 한 말이리라고는 미처 깨닫지 못했다.

그러던 어느 날 비단 시장에서 손님을 기다리던 그는 새로운 사실을 깨우쳤는데, 이 도시에는 자기보다 훨씬 먼 지방에서 온 사람도 있다는 것이었다. 그날 그는 가끔 안에서 비단을 사가지고 나와서 대부분의 사람보다 그에게 돈을 더 잘 주는 여자들이 드나드는 가게 앞을 우연히 지나가게 되었다.

그리고 그날도 누가 갑자기 그에게로 나왔는데, 지금까지 그가 구경도 못 했던 그런 괴물이었다. 그는 그 괴물이 남자인지 여자인지 전혀 알 길이 없었지만 키가 컸으며 어떤 툭툭하고 거친 천으로 만든 굴곡이 없고 검은 옷을 걸쳤고, 목에는 무슨 죽은 짐승의 껍질을 둘렀다. 남자인지 여자인지도 모르겠는 이 사람이 지나가는 왕룽에게 인력거의 끌채를 내리라는 시늉을 사납게 했다. 이런 상황에 부딪혀 어리벙벙해진 그가 끌채를 내렸다가 다시 일어서자 그 사람은 엉터리 억양을 써가며 다리〔橋〕들의 거리로 가자고 지시했다. 자신이 하고 있는 행동을 거의 의식하지도 못하면서 그는 황급히 달리기 시작했고, 그날 일을 하다가 건성으로나마 사귀었던 다른 인력거꾼을 보자 소리쳐 물었다.

"이걸 봐요. 내 인력거에 탄 게 뭐죠?"

그랬더니 인력거꾼이 그에게 마주 소리를 질렀다.

"외국인이에요. 아메리카에서 온 여자요. 당신 수지맞았어요."

하지만 뒤에 앉은 이상한 괴물이 무서워서 왕룽은 있는 힘을 다해서 달렸고, 다리들의 거리에 다다랐을 때는 지쳐서 땀을 줄줄 흘렸다.

그러자 여자가 인력거에서 내려 변함없는 엉터리 억양을 쓰며 "그렇게 죽어라 달리는 필요 당신 없어요"라고 말하고는 보통 때보다 두 배나 되는 값인 은화 두 개를 그에게 쥐여주었다.

그래서 왕룽은 이 사람이 정말로 다른 나라 사람이고 이 도시에서 자기보다 더 이질적인 사람이며, 누가 뭐라고 해도 머리가 검고 눈이 검은 모든 사람은 또 다른 족속이어서, 자기는 더 이상 이 도시에서 완전히 이질적인 사람이 아니라는 사실을 깨달았다.

그가 받은 은화를 한 푼도 쓰지 않고 그날 밤 그대로 가지고 움막으로 돌아가 오란에게 얘기를 해주었더니 그녀가 말했다.

"저도 그런 사람들을 봤어요. 그 사람들만이 내 그릇에다 푼돈이 아니라 은화를 던져주기 때문에 전 그들을 보면 꼭 구걸을 해요."

하지만 왕룽과 아내는 두 사람 다 외국인이 은화를 준 것은 전혀 마음이 착해서가 아니라 무식해서 거지에게는 은화가 아니라 동전을 줘야 한다는 사실을 모르기 때문이라고 생각했다.

그렇기는 해도 이 경험을 통해서 왕룽은 젊은이들이 그에게 가르쳐주지 않았던 사실을, 그는 머리가 검고 눈도 검은 동족에 속한다는 사실을 깨달았다.

이렇듯 거대하고 광활하고 풍요한 도시의 언저리에 눌러붙어 있으니까 적어도 먹을 것이 모자라는 일만큼은 없을 듯싶었다. 왕룽과 그의 가족은 사람들이 굶주리는 경우가 있다면 그것은 무정한 하늘 밑에서 땅이 결실을 맺지 못해 먹을 것이 없기 때문인 그런 고장에서 왔다. 아무것도 없을 때는 아무것도 살 수가 없었으므로 손에 쥔 은화는 아무 가치도 없었다.

이곳 도시에서는 어디를 가나 먹을 것이 있었다. 자갈로 포장한 장터 거리에는 밤에 고기가 우글우글한 강에서 잡은 큼직한 은빛 물고기가 담긴 커다란 광주리들, 웅덩이에 던진 그물에서 퍼낸 작고 빛나는 물고기가 담긴 함지박들, 놀라고 성이 나서 꿈틀거리며 집게발로 물어대는 노란 게들의 무더기, 잔칫상에서 미식가들이 즐겨 먹을 꿈틀거리는 뱀장어들이 줄줄이 늘어섰다.

곡물 시장에는 사람이 들어섰다가는 파묻혀 질식해 죽더라도 실제로 보지 못한 사람은 눈치도 못 챌 정도로 큰 곡식 광주리들과, 하얀 쌀과 갈색이거나 누런 밀과 엷은 황금빛 밀과 노란 콩과 팥과 초록빛 잠두와 카나리아 빛깔의 조와 회색 깨가 있었다. 그리고 육류 시장에는 껍질이 보드랍고 하얗고 두툼하며, 맛 좋은 비계와 시뻘건 고기가 드러날 정도로 커다란 몸을 길게 베어 목을 걸어놓은 통돼지들이 있었다. 그리고 오리 가게에는 숯불 앞에서 쇠꼬챙이에 끼워 천천히 돌리며 구운 갈색 오리와 소금에 절인 하얀 오리와 타래로 엮은 내장들이 천장과 문간에 줄줄이 걸려 있었고, 거위와 꿩과 온갖 가금을 파는 가게들도 마찬가지였다.

채소로 말할 것 같으면 반들거리는 붉은 무와 하얗고 속이 빈 연근과 토란과 푸른 배추와 샐러리와 꼬부라진 콩나무순과 갈색 밤과 향기가 좋은 양강냉이 고명 따위가, 인간의 손으로 흙으로부터 끌어낼 수 있는 모든 것이 있었다. 인간의 식욕을 돋울 만한 먹을 것치고 그 도시의 장터 거리에서 구하지 못할 것이 하나도 없었다. 그리고 사탕과 과일과 견과, 달콤한 기름에 담가 갈색으로 튀긴 따끈하고 맛 좋은 고구마, 밀가루에 싸서 찐 감미로운 향료를 친 작은 돼지고기 만두, 찹쌀로 만든 당과를 파는 행상들이 여기저기 돌아다녔고, 도시의 아이들은 손에 동전을 잔뜩 들고 나가 이런 것들을 파는 행상에게로 달려가서 살갗이 설탕과 기름으로 번들거릴 때까지 사 먹었다.

그렇다, 이 도시에서는 사람이 굶어 죽을 리가 없었다.

그렇기는 해도 아침이면 동이 튼 잠시 후에 왕룽과 그의 가족은 그릇과 젓가락을 들고 움막에서 나와 저마다 다른 움막에서 나와 눅눅한 강의 안개를 이겨내기에는 너무 얇은 옷을 입고 덜덜 떨며 쌀쌀한 아침 바람에 몸을 웅숭그리며 한 푼을 주면 묽은 죽 한 그릇을 살 수 있는 공동급식소로 걸어가는 사람들의 긴 행렬에서 짤막한 집단을 이루었다. 그리고 아무리 왕룽이 인력거를 끌며 뛰어다니고 오란이 구걸을 하더라도 그들은 움막에서 스스로 날마다 밥을 지어 먹을 수 있을 만큼 돈을 벌 수가 없었다.

혹시 빈민을 위한 급식소에서 밥값을 내고 한 푼이라도 돈이 남으면 그들은 배추를 조금 샀다. 그러나 어떤 값을 주고 사거나 간에 배추는 비싼 셈이어서, 두 아들은 오란이 아궁이 대용으로 세워놓은 두 장의 벽돌 사이에 불을 피워 요리하기 위해 땔감을 구하러 나가야만 했고, 그들은 농부들이 시내 땔감 시장으로 실어가는 갈대와 잡초 더미로부터 그 연료를 재주껏 한 줌씩 뽑아내어 훔쳐와야 했다. 때로는 아이들이 들켜서 흠씬 얻어맞기도 했으며, 어느 날 밤에는 그가 하는 짓에 대해서 동생보다 더 부끄럽게 생각하고 훨씬 소심한 큰아들이 농부에게 주먹으로 맞아 눈이 감길 정도로 퉁퉁 부어 돌아왔다. 하지만 작은아들은 점점 요령이 생겼고, 그러다 보니 구걸 솜씨보다는 좀도둑질 솜씨가 훨씬 늘었다.

그런 일쯤은 오란에게는 아무것도 아니었다. 만일 두 아들이 웃고 장난을 치지 않으며 구걸을 할 수가 없다면 그들이 도둑질을 해서라도 배를 채우도록 내버려둬야 했다. 하지만 비록 아내에게 반박할 말이 없기는 했어도 왕룽은 자식들이 하는 이런 도둑질에 화가 치밀어 올랐고, 그 일에 신통치 못할 때도 그는 큰아이를 탓하지 않았다. 커다란 성벽의 그늘에서 살아가는 이 삶은 왕룽이 사랑하는 삶이 아니었다. 그에게는 기다리는 땅이 있었다.

어느 날 밤 늦게 그가 돌아와서 보니 배춧국에 큼직한 돼지고기 덩어리가 들어 있었다.

그들이 집에서 키우던 소를 잡아먹은 이후로 고기를 먹는 것은 이것이 처음이었기 때문에 왕룽의 눈이 휘둥그레졌다.

"보아하니 당신 오늘은 외국인한테 구걸을 한 모양이구먼."

그가 오란에게 말했다. 하지만 버릇이 그렇듯이 그녀는 아무 말도 하지 않았다. 그랬더니 지혜를 터득하기에는 너무 어리고 자신의 영리함을 무척 자랑으로 여기는 둘째 아들이 말했다.

"이 고기는 내 거예요. 내가 슬쩍해온 거예요. 푸줏간 주인이 계산대 위에서 큰 조각으로부터 그것을 베어놓고 한눈을 파는 사이에 그 고기를 사러 온 늙은 여자의 겨드랑이 밑으로 살그머니 파고들어가 고기를 집어 들고 뒷골목으로 도망쳐서 형이 올 때까지 뒤쪽 성문의 빈 물독 속에 숨어 있었어요."

"그렇다면 나는 이 고기를 먹지 않겠다!"

왕룽이 화가 나서 소리쳤다.

"사거나 구걸해서 얻는 고기는 먹어도 되지만 훔치는 건 안 돼. 우린 거지는 될 수 있어도 도둑은 안 된다구."

그리고 그는 냄비에서 두 손가락으로 고기를 꺼내 아우성을 치는 둘째 아들을 못 본 체하고 땅바닥에다 던져버렸다.

그러자 오란이 무감각한 표정으로 나오더니 고기를 집어 물로 씻어 다시 부글부글 끓는 냄비 속에다 넣었다.

"고기는 고기예요."

그녀가 조용히 말했다.

왕룽은 아무 말도 하지 않았지만 이곳 이 도시에서 두 아들이 자라면서 도둑이 되어가고 있었기 때문에 마음속으로 두렵기도 하고 화도 났다. 그리고 비록 오란이 젓가락으로 잘 익어서 부드러워진 고기를 꺼냈을 때 아무 말도 하지 않았고, 비록 그녀가 큰 살점들을 노인과 두 아들에게 주고 심지어는 딸의 입에도 넣어주고 자기도 스스로 먹었을 때도 아무 말은 하지 않았지만, 왕룽은 자기가 사온 배추로 만족했고 고기는 건드리려고도 하지 않았다. 하지만 식사가 끝난 다음에 그는 아내에게 소리가 들리지 않게 둘째 아들을 데리고 거리로 나가 어느 집 뒤에서 아들의 머리를 겨드랑이에 끼고 흠씬 때려주었는데, 아들이 고함을 질러도 멈추지 않았다.

"맞아봐라, 이놈아, 맞아봐!"
그가 소리쳤다.
"이건 도둑질을 한 것에 대한 벌이다!"
그리곤 아들이 훌쩍이며 집으로 돌아가도록 놓아주면서 그는 속으로 생각했다.
'우린 대지로 돌아가야 해.'

13

 이 도시의 풍요함 속에서 왕룽은 그 풍요함의 바탕이 된 가난의 밑바닥에서 하루하루를 살아갔다. 장터에 음식들이 쏟아져 나오고, 비단 가게 거리에는 무엇을 파는지 알려주는 검정과 빨강과 오렌지 빛깔 비단 깃발들이 휘날렸고, 살결이 고운 부유한 사람들은 공단과 벨벳을 입고 살갗을 비단옷으로 덮었고 일을 안 해서 꽃만큼이나 보드라운 손은 향수 냄새를 풍겼다. 이런 모든 것들이 도시의 으리으리한 아름다움을 꾸몄지만 왕룽이 살아가는 곳에는 맹수 같은 배고픔을 먹이기에 충분한 식량이 없었고 몸을 가릴 옷도 충분하지 못했다.
 어른들은 부유한 사람들이 잔치를 벌일 빵을 굽고 떡을 찌느라고 하루 종일 일했으며, 아이들은 새벽부터 자정까지 일하고 땅바닥의 허름한 짚자리에 온통 때와 기름에 찌든 몸을 눕히고 잠들었다가 이튿날 비틀거리며 다시 아궁이로 갔다. 그래도 그들은 사람들을 위해서 만든 먹음직스러운 빵을 살 만큼 충분한 돈을 받지 못했다. 그리고 남자들과 여자들은 장터에서 한껏 사 먹는 사람들을 위해 호화로운 옷을 재단해서 짓고 겨울에 입을 두툼한 털옷과 봄에 입을 가벼운 털옷과 두꺼운 수를 놓은 비단을 자르고 만드느라고 고생하면서도 그들 자신은 허름한 푸른 무명을 겨우겨우 조금 구해서 아무렇게나 꿰매 벌거숭이 몸을 가리고는 했다.

다른 사람들이 진수성찬을 차려 먹도록 고생하며 일하는 사람들과 더불어 살아가던 왕룽은 이상한 얘기를 들었지만 별로 신경을 쓰지 않았다. 알고 보면 나이를 먹은 남자들과 여자들은 누구에게도 아무 얘기를 하지 않았다. 수염이 허연 사람들은 인력거를 끌고 빵집과 대궐로 숯과 나무를 담은 외바퀴 수레를 밀고 갔고, 근육이 밧줄처럼 튀어나올 정도로 온몸에 힘을 주며 자갈로 포장한 길로 상품을 잔뜩 실은 무거운 수레를 끌거나 밀고 다녔고, 얼마 안 되는 식량을 아껴 먹었고, 밤이면 잠깐 잠을 잤고, 그리고 침묵을 지켰다. 오란의 얼굴처럼 그들의 얼굴은 멍청하고 표정이 뚜렷하지 않았다. 그들의 마음속이 어떤지를 아무도 알 길이 없었다. 어쩌다가 그들이 입을 열더라도 그것은 먹을 것과 푼돈 얘기가 고작이었다.

그들은 은화를 손에 쥐어보는 경우가 드물었으므로 그들의 입에는 은화 얘기가 거의 오르지 않았다.

휴식을 취하는 동안 그들의 얼굴은 화가 난 듯 뒤틀렸지만 그것은 분노가 아니었다. 오랜 세월 동안 너무 무거운 짐을 지고 고생하며 살아오다 보니 윗입술이 저절로 올라가 으르렁거리는 것처럼 이빨이 드러났고, 그런 일 때문에 눈과 입 언저리에는 깊은 주름이 잡혔다.

그들은 자신이 어떤 모습의 인간이 되어 있는지를 전혀 알지 못했다. 언젠가 어떤 사람이 가구를 싣고 지나가는 짐차에서 거울에 비친 자신의 모습을 보고 이런 소리를 했다.

"그 친구 참 못생겼구먼!"

그리고 다른 사람들이 그를 보고 웃으니까 그들이 무엇 때문에 웃는지 영문을 몰라서 멋쩍게 빙그레 웃으며 혹시 자기가 어떤 사람의 비위를 상하게 하지 않았는지 알고 싶어서 황급히 주변을 둘러보았다.

왕룽의 움막 주변의 다닥다닥 달라붙은 작은 움막에서 여자들은 그들이 한없이 낳는 아이들의 몸을 가릴 옷을 지으려고 누더기들을 기워 맞추었고, 농부들의 밭에서 배추를 뽑아오고 곡물 시장에서 쌀을 몇 줌 훔쳐나 끼니를 이었고, 1년 내내 언덕으로 나가 풀을 뜯어왔으며, 추수 때는 떨어진 낟알이나 줄기를 찾으려고 날카로운 눈을 두리번거리면서 추수하는 농부들을 새처럼 따라다녔다. 그리고 이런 움막들 안에서는 아이들이 태어나고 죽고 또 태어나서 결국 어머니나 아버지가 몇 명이 태어나고 몇 명이 죽었는지 모를 지경이 되었으며, 먹여 살려야 할 입으로만 생각했지 지금 살아 있는 아이가 몇 명인지도 잘 알지 못했다. 이 남자들과 이 여자들과 이 아이들은 장터와 포목점을 드나들고 도시의 언저리에 있는 시골을 돌아다니며 남자들은 몇 푼을 벌기 위해 이런 일 저런 일을 했고, 여자들과 아이들은 훔치고 구걸하고 빼앗았는데, 왕룽과 그의 아내와 아이들도 그들 무리에 끼었다.

　늙은 남자들과 늙은 여자들은 그들이 살아가는 삶을 받아들였다. 하지만 그러다가 사내아이들이 어떤 나이에 이르러 늙지도 않았고 더 이상 어린아이도 아닌 때가 되었고, 그 무렵에 그들의 마음은 불만으로 가득했다. 젊은이들 사이에서는 얘기가, 성나고 으르렁거리는 얘기가 오고 갔다. 그리고 나중에 그들이 완전히 성숙한 어른이 되어 결혼을 하고 늘어나는 식구에 대한 경악이 마음을 짓누르면 젊었던 시절의 산발적인 분노가 사나운 절망으로 침전되었고, 평생 동안 짐승보다도 더 심한 일만 하며 살아왔고, 배를 채울 것이라고는 한 줌의 쓰레기뿐이었기 때문에 단순히 말로만 표현하기에는 너무 깊은 반발로 바뀌어갔다. 어느 날 저녁 그런 얘기가 오고 가는 사이에 왕룽은 그들이 사는 움막들이 줄줄이 달라붙은 거대한 성벽 너머에 무엇이 있는지를 처음으로 알게 되었다.

　늦겨울 그런 어느 날이 다 저물어갈 무렵이었는데, 봄이 다시 찾아오리라는 가능성이 처음으로 보였다. 움막들 주변의 땅은 눈이 녹아 아직도 진흙이 질퍽했고 움막들 안으로 물이 흘러 들어와 모든 가족은 괴고 잘 벽돌들을 여기저기서 주워왔다. 하지만 축축한 땅이 불편하기는 해도 대기에는 오늘 밤 훈훈한 상쾌함이 감돌았고, 이 상쾌감은 왕룽을 무척 초조하게 만들어서 식사를 한 다음 늘 그렇듯이 그는 얼른 잠이 오지 않았다. 그래서 그는 바깥으로 나가 길가에 멀거니 서 있었다.

　그의 늙은 아버지가 걸핏하면 이곳에 나와 벽에 기대 쪼그리고 앉아 있고는 했는데, 아이들이 시끄럽게 장난을 치면 움막이 터져 나갈 것 같아서 아버지는 지금도 식사할 밥 한 그릇을 들고 그곳에 나와 있었다. 노인은 오란이 허리띠를 잘라 만든 헝겊 고리의 한쪽 끝을 손으로 잡고 있었는데 이 고리 안에서 손녀가 쓰러지지 않고 비틀거리며 오락가락 돌아다녔다. 이제는 구걸하는 어머니의 품에 안겨 있기가 싫다고 투정을 부리게 된 이 아이를 돌보며 그는 이렇게 나날을 보냈다. 그렇지 않아도 오란은 다시 아기를 가져서 이미 낳은 더 큰 아이의 무게를 감당하기가 너무 힘들던 터였다.

왕룽은 아이가 쓰러지고 비틀거리며 일어났다가 다시 쓰러지고 노인이 끈의 끝을 잡아당기는 것을 지켜보고 서 있으면서 저녁 바람의 상큼함을 얼굴에 느끼고는 그의 밭에 대한 벅찬 그리움이 마음속에서 치밀어 오르는 것을 느꼈다.

"오늘 같은 날에는 밭을 갈아엎고 밀을 심어야 하죠."

그가 아버지에게 큰 소리로 말했다.

"아."

노인이 조용히 말했다.

"네가 무슨 생각을 하는지 난 알아. 살아오는 동안 두 번에 또 두 번을 우리가 금년에 그랬던 것처럼 밭을 떠났고, 그럴 때마다 새로 농사를 지을 씨앗이 그 땅에 묻혀 있지 않았어."

"그래도 항상 돌아가시곤 했잖아요, 아버지."

"땅이 있었으니까 그렇지, 내 아들아."

노인이 꾸밈없이 말했다.

그렇다, 금년이 아니라면 내년에라도 그들 또한 돌아가리라, 왕룽이 속으로 생각했다. 땅이 그곳에 있는 한! 그리고 봄비에 촉촉이 젖은 땅이 그를 기다린다는 생각을 하니 마음이 뿌듯해졌다. 그는 움막으로 돌아가서 아내한테 퉁명스럽게 말했다.

"만일 나한테 팔 것이 하나라도 있다면 그걸 팔아 우리 땅으로 돌아가겠어. 그리고 늙은 아버지만 아니라면 굶주리면서라도 걸어서 돌아갈 테고. 하지만 아버지하고 어린것이 어떻게 수십 리를 걷겠어? 그리고 당신도 몸이 무겁고!"

오란은 약간의 물을 가지고 밥그릇을 닦아 움막 구석에 쌓아놓고는 쪼그리고 앉은 채로 그를 올려다보았다.

"딸아이 이외에는 팔 것이 없어요."

그녀가 천천히 대답했다.

왕룽이 아연실색했다.

"이봐, 난 아이를 팔지는 않겠어."

그가 큰 소리로 말했다.

"저도 팔려봤어요."

그녀가 아주 천천히 말했다.

"우리 부모님은 고향으로 돌아가기 위해서 저를 세도가에다 팔았어요."

"그래서 당신도 아이를 팔겠다는 얘기야?"

"저 혼자만 있다면 딸을 팔아넘기느니 차라리 죽어버리겠어요. 저는 종 노릇도 호되게 했으니까요! 하지만 죽은 딸은 아무것도 갖다 주지 않아요. 전 당신을 위해서, 당신을 땅으로 돌아가게 해주기 위해서라면 이 딸을 팔겠어요."

"난 절대로 그렇게 하지 않아."

왕룽이 단호하게 말했다.
"이 삭막한 곳에서 평생을 보내는 한이 있어도 말야."
하지만 그가 다시 밖으로 나갔을 때는 혼자서라면 절대로 머리에 떠오르지도 않았을 그 생각이 자기도 모르게 그를 유혹했다. 그는 할아버지가 잡은 끈의 끝에서 끊임없이 비틀거리는 어린 딸을 쳐다보았다. 딸은 날마다 먹을 것을 주어서인지 무척 살이 붙었고, 아직 말은 전혀 못 하지만 아기란 조금만 돌봐줘도 충분하게 마련이어서 상당히 통통했다. 늙은 여자처럼 쪼그라졌던 딸의 입술이 빨갛게 미소를 지었으며 날이 갈수록 점점 명랑해져서 그가 쳐다보기만 해도 딸이 빙그레 웃었다.

'내 품에 안겨 저렇게 방글방글 웃지만 않는다면 팔아버렸을지도 모르지.'

그가 생각했다. 그러더니 그는 다시 그의 땅을 생각해본 다음에 격렬하게 소리쳤다.

"나는 그 땅을 절대로 다시 보지 못할 거야! 아무리 이렇게 고생하고 구걸을 하더라도 우리는 오늘 하루 먹을 것 이상은 전혀 벌 수가 없으니까."

그랬더니 어둠 속에서 목소리가, 굵직하고 심술궂은 목소리가 그에게 대꾸했다.

"당신 혼자만 그런 게 아니오. 이 도시에는 당신 같은 사람이 수만 명이나 된다오."

짧은 대나무 담뱃대를 뻐끔거리며 한 남자가 올라왔는데, 그는 왕룽의 움막에서 두 집 건넌 움막에 사는 가족의 아버지였다. 그는 낮이면 하루 종일 잠을 자고 다른 차들이 쉴새 없이 서서 지나다니기 때문에 낮에 길에서 싣고 다니기엔 너무 큰 상품을 운반하는 무거운 차를 끄느라고 밤에 일을 다니기 때문에 낮에는 모습이 눈에 잘 띄지 않는 사람이었다. 하지만 왕룽은 가끔 기진맥진해서 헉헉거리며 울퉁불퉁하고 큼직한 어깨를 축 늘어뜨리고 새벽에 집으로 비척거리며 돌아오는 그를 보았다. 그래서 왕룽은 새벽에 인력거를 끌고 나가다가 그와 마주치기도 했고 때로는 해 질 녘에 밤일을 하려고 나와 잠을 자러 그들의 움막으로 들어갈 다른 남자들과 그가 같이 서 있는 것을 보기도 했다.

"그래, 한없이 그럴 건가요?"

왕룽이 쓸쓸하게 물었다.

남자는 담뱃대를 세 차례 뻐끔거리더니 땅바닥에다 침을 뱉었다. 그러고는 그가 말했다.

"아뇨, 영원히 그렇지는 않을 겁니다. 부유한 사람들이 너무 부유해지면 길이 생기고 가난한 사람들이 너무 가난해져도 길이 생깁니다. 지난 겨울에 우리는 두 딸을 팔아서 근근히 지탱했고 만일 내 처가 밴 아이가 딸이라면 이번 겨울에 우린 그 애를 또 팔아버릴 거예요. 계집애는 하나, 첫딸만 키우죠. 첫 숨을 들이켜기 전에 차라리 죽이는 게 낫다고 생각하는 삶들도 있기는 하지만, 다른 딸들은 죽이기보다 팔아치우는 게 나았어요. 그것이 가난한 사람들이 너무 가난해졌을 때 살아가는 한 가지 방법이랍니다. 부유한 사람들이 너무 부유해질 때도 방법이 하나 있는데 내가 잘못 알고 있지만 않다면 그 길이 머지않아 열릴 거예요."

그는 머리를 끄덕이며 담뱃대의 자루로 그들 뒤에 있는 성벽을 가리켰다.

"당신 저 성벽 안을 구경한 적이 있나요?"

멀거니 쳐다보면서 왕룽이 머리를 설레설레 저었다. 남자가 얘기를 계속했다.

"난 내 딸년 하나를 팔려고 저 안에 들어갔다가 그걸 보았어요. 저 집 안에서 오고 가는 돈이 어느 정도인지 내가 얘기를 해도 당신은 믿으려고 하지 않을 거예요. 그래도 당신한테 이 얘기는 해야 되겠는데 하인놈들까지도 은으로 장식한 상아 젓가락으로 밥을 먹고 계집종들도 귀에다 비취와 진주를 달고 신발에도 진주를 매다는가 하면, 당신하고 나 같으면 찢어졌다고 하지 않을 정도로 자그마한 흠이 생기거나 흙이 조금 묻으면 그들은 진주가 달린 채로 몽땅 그 신발을 갖다 버려요!"

남자는 담뱃대를 힘껏 빨았고 왕룽은 입이 딱 벌어져서 그의 얘기에 귀를 기울였다. 그렇다면 이 성벽 너머에서는 정말로 그런 세상이 있다는 말인가!

"사람들이 너무 부유해지면 무슨 수가 생길 겁니다."

남자가 말했고, 그는 얼마 동안 침묵을 지킨 다음에 마치 지금까지 아무 얘기도 안 한 것처럼 무관심하게 덧붙여 말했다.

"자, 또 일을 나가야지."

그리고 그는 어둠 속으로 사라졌다.

하지만 그날 밤 왕룽은 밑에는 벽돌로 괸 거적만 깔았을 뿐 덮을 이불이 없었기 때문에 날마다 입는 옷을 걸친, 그의 몸을 기대고 휴식을 취하는 이 성벽 너머에 있다는 은과 금과 진주를 생각하며 잠을 이루지 못했다. 그리고 아이를 팔고 싶은 유혹에 또다시 사로잡혀 그는 속으로 생각했다.

'혹시 예쁘게 자라서 주인의 마음에 들게 될지도 모르니까 어쩌면 딸을 부잣집에 팔아서 잘 먹고 보석으로 치장하고 살아갈 수 있게 해주는 게 더 좋을지도 몰라.'

하지만 그는 자신이 원하는 바와 달리 이렇게 생각했다.

'글쎄, 만일 내가 판다 해도 딸의 몸무게만큼의 금과 루비를 받아내진 못해. 만일 우리가 고향으로 돌아갈 수 있을 만큼 넉넉한 돈을 받아낸다고 해도 소와 식탁과 침대와 긴 의자들을 다시 살 만큼 넉넉한 돈을 어디서 구하나? 이곳 대신에 그곳에서 굶주리기 위해 내가 자식을 팔아야 한다는 말인가? 우린 땅에 심을 씨앗도 없잖아.'

그리고 그는 '부유한 사람들이 너무 부유해지면 길이 생긴다'고 남자가 말한 길이 과연 무엇인지 전혀 알 길이 없었다.

14

움막들의 마을에서 봄이 술렁였다. 거지 노릇을 했던 사람들은 이제 언덕과 공동묘지로 가서 연약한 새 잎사귀를 내미는 민들레와 냉이 따위의 작고 푸른 나물을 캐 먹을 수 있었으므로 전에처럼 여기저기서 채소를 훔쳐올 필요가 없었다. 누더기를 걸친 여자들과 아이들이 날마다 움막에서 무더기로 쏟아져 나와 쪼갠 갈대나 자디잔 대나무 가지를 꼬아 만든 바구니와 깡통 조각과 날카로운 돌멩이나 헌 칼을 가지고 돈도 안 들고 구걸을 하지 않아도 되는 먹을 것을 구하려고 시골과 길가를 뒤지며 돌아다녔다. 그리고 날마다 오란은 두 아들을 데리고 그 무리에 끼어들었다.

하지만 남자들은 계속해서 일을 해야 했고, 비록 낮이 길어지고 따사로운 날씨와 햇살과 갑자기 쏟아지는 비가 모든 사람의 마음을 그리움과 불만으로 가득 채우기는 했어도 왕룽은 전처럼 변함없이 일했다. 겨울에는 짚신을 신은 헐벗은 발로 눈과 얼음을 밟으며 끈질기게 말없이 참고 돌아다녔고, 날이 저물면 그들의 움막으로 돌아가서 하루 동안 일하고 구걸해서 겨우 마련한 음식을 묵묵히 먹었고, 너무 가난하고 너무 귀해서 음식으로 채울 수 없는 기운을 차리려고 남자들과 여자들과 아이들이 한데 어울려 무거운 몸으로 잠을 잤다. 왕룽의 움막에서도 역시 삶은 그러했고 다른 모든 가족의 생활도 틀림없이 그러리라는 사실을 그는 알았다.

하지만 봄이 오는 것과 더불어 얘기가 그들의 마음에서 치밀어 올라와 입으로 흘러나와서 다른 사람들이 들을 수 있게 되었다. 저녁이 되어 석양이 깃들 때 그들은 움막에서 나와 모여서 같이 얘기를 나누었고, 왕룽은 근처에서 살았던 이러저러한 사람들과 겨우내 그가 알지 못했던 사람들을 보았다. 만일 오란이 남의 말을 전하기를 좋아하는 여자였다면 그는 예를 들어 이 남자는 아내한테 손찌검을 하는 사람이고, 저 사람은 문둥병에 걸려 뺨의 살점이 떨어져 나가고, 또 누구는 도둑 패거리의 두목이라는 따위의 얘기를 들었을 것이다.

하지만 그녀는 가끔 질문이나 대답을 하는 이외에는 통 말이 없는 여자여서 왕룽은 사람들이 모인 곳 언저리에 어색하게 서서 얘기에 귀를 기울였다.

누더기를 걸친 이 사람들은 대부분 날품팔이와 구걸로 벌어들인 것들 이외에는 가진 것이 없었고, 그는 정말로 그들과 같은 무리에 속하지는 않는다고 항상 의식했다. 그는 땅을 가졌고, 그의 땅이 그를 기다리고 있었다. 이 다른 사람들은 어떻게 해야 내일 생선 한 토막을 먹게 되고, 어떻게 해야 약간의 게으름을 피우고, 심지어는 그들의 나날이 변함없이 못마땅하고 온통 부족한 것뿐이어서 비록 절망적이기는 해도 사람이란 가끔 놀아야 하기 때문에 한두 푼이나마 조금쯤 노름을 해볼 수 없을까 하는 생각이 고작이었다.

하지만 왕룽은 그의 땅을 생각했으며 이루어지지 못한 희망으로 마음이 병든 채 어떻게 그 땅으로 돌아갈 수 있으려나, 이런 궁리 저런 궁리를 해보았다. 그는 부유한 사람의 저택 담장에 달라붙어 사는 이 누추한 무리에 속하지도 않았고, 부유한 사람의 집에 속하지도 않았다. 그는 땅에 속한 사람이어서 발밑의 흙을 감촉하며 봄철에는 쟁기를 따라다니고 추수철에는 손에 낫을 쥐기 전에는 삶에서 어떤 보람도 느낄 수가 없었다. 그렇기 때문에 그는 자신의 땅, 조상들로부터 물려받은 훌륭한 밀밭과 세도가로부터 사들인 풍요한 논을 소유한다는 인식을 마음속에 숨겨 가지고 있었으므로 다른 사람들과 떨어져 얘기를 들었다.

이 사람들은 한없이 항상 돈 얘기만 해서, 옷감 한 자에 몇 푼을 주었다느니, 손가락만 한 작은 생선 한 마리에 얼마를 내야 했다느니, 하루에 얼마를 벌 수 있다느니, 그리고 마지막에는 언제나 담장 너머에 사는 사람이 궤짝에 넣어둔 돈을 그들이 가지고 있다면 무엇을 하고 싶다는 얘기를 했다. 날마다 얘기가 그렇게 끝났다.

"그리고 만일 그가 가진 황금을 내가 가지고 있으며 그가 날마다 허리춤에 달고 다니는 은을 내 손에 가지고 있고, 그리고 만일 그의 첩들이 달고 다니는 진주와 그의 아내가 지니고 있는 루비를 내가 가지고 있다면……."

그리고 만일 그런 것을 가지고 있다면 무엇을 하고 싶다는 온갖 얘기를 듣고 있자면 왕룽은 그들이 얼마나 많이 먹고 싶거나 자고 싶고, 아직 맛도 못 본 어떤 별미 음식을 먹고 싶고, 어느 멋진 찻집에서 노름을 하고 싶고, 어떤 예쁜 여자를 사서 욕정을 채우고 싶고, 그리고 무엇보다도 담장 너머에 사는 부유한 사람이 전혀 일을 하지 않듯이 어떻게 해야 다시는 절대로 일을 하지 않게 될지 궁리하는 얘기밖에는 듣지 못했다.

그러면 왕룽이 갑자기 소리쳤다.

"만일 내가 그 황금과 은과 보석을 가지고 있다면 나는 그걸로 땅을, 비옥한 땅을 사겠고 나는 그 땅에서 곡식을 거두겠어요!"

이 말을 들으면 그들은 모두 한편이 되어 그를 비난했다.

"이 돼지꼬리 머리를 한 촌놈은 도시 생활을 전혀 이해하지 못하고 돈으로 무엇을 할 수 있는지도 모르는구먼. 이 친구는 소나 나귀를 쫓아다니며 계속해서 노예처럼 일만 하고 싶은 모양이야."

그리고 그들은 모두 재산을 어떻게 써야 하는지를 더 잘 알기 때문에 왕룽보다 자기들이 부자가 될 자격이 더 많다고 믿었다.

하지만 이렇게 비꼬는 태도가 왕룽의 마음을 바꿔놓지는 않았다. 그러면 모든 다른 사람들이 들으라고 큰 소리로 얘기하는 대신 속으로 이렇게 생각했다.

'그래도 나는 황금과 은과 보석을 비옥하고 풍요한 땅에다 바치겠어.'

그리고 이런 생각을 하니 그는 이미 그의 소유인 땅 때문에 날이 갈수록 점점 더 초조해졌다.

그의 땅에 대한 이런 생각에 끊임없이 사로잡힌 왕룽은 날마다 도시에서 벌어지는 주변의 사건들이 꿈에서처럼 몽롱하게 보였다. 그는 오늘은 이런 일이 있었구나 하는 정도 이외에는 어떤 상황이 왜 벌어지는지 전혀 묻지도 않고 그 이상한 현상들을 그냥 받아들였다. 예를 들면 여기저기서 사람들이 나눠주는 종이, 때로는 그에게까지도 나눠주는 종이가 있었다.

그런데 왕룽은 어린 시절이나 그 어느 때도 종이에 적힌 글씨의 의미를 배우지 못했고 따라서 검은 표지들로 뒤덮였고 도시의 성문이나 성벽에 붙이기도 하고 무더기로 팔거나 심지어는 공짜로 나눠주는 그런 종이를 봐도 전혀 무엇인지 이해할 수가 없었다. 두 번이나 그는 그런 종이를 받은 적이 있었다.

그런 종이를 처음 받은 것은 어느 날 그가 부지중에 인력거에 태우고 달렸던 그런 외국인에게서였는데, 그에게 종이를 준 이 사람은 남자였고 심한 바람에 잎사귀가 모두 떨어진 나무처럼 아주 키가 크고 호리호리했다. 이 남자는 눈이 얼음처럼 파랗고 얼굴에는 털이 났으며 왕룽에게 종이를 줄 때 보니까 그의 두 손도 역시 털투성이에 피부는 붉은 빛깔이었다.

그뿐 아니라 그는 굉장히 큰 코가 배의 앞쪽에서 뱃머리가 불쑥 튀어나오듯 뺨 앞으로 우뚝 튀어나왔고, 그의 손에서 무엇을 받기가 무섭기는 했어도 왕룽은 그 남자의 이상한 눈과 무시무시한 코를 보고는 거절하기가 더 무서워졌다. 그래서 그는 자기에게 내민 것을 받았고, 외국인이 지나간 다음에 살펴볼 용기가 났을 때 종이를 보니 나무를 십자로 엇갈린 틀에 매달린 하얀 피부의 남자가 그려져 있었다. 그 남자는 살짝 사타구니를 가린 한 조각 이외에는 옷을 걸치지 않았고 머리가 어깨로 축 늘어진데다가 수염으로 뒤덮인 입술 위쪽의 두 눈이 감겼으므로 어디로 보나 틀림없이 죽은 모습이었다. 왕룽은 겁이 나면서도 점점 흥미를 느끼며 그림을 보았다. 밑에는 글씨가 적혀 있었지만 그것이 무슨 소리인지 그는 알 수가 없었다.

그는 밤에 그림을 집으로 가지고 가서 노인에게 보여주었다. 하지만 아버지도 글을 읽을 줄 몰라서 왕룽과 노인과 두 아들은 도대체 무슨 뜻인지 의논을 해보았다. 두 아이는 무섭고도 신이 나서 소리쳤다.

"그리고 옆구리에서 줄줄 흘러나오는 피 좀 보세요."

노인이 말했다.

"이렇게 처형당한 걸 보니까 틀림없이 아주 나쁜 사람인가 봐."

하지만 왕룽은 그림이 무서웠고 외국인이 왜 그것을 그에게 주었으며, 혹시 그 외국인의 어느 형제가 그렇게 처형되어 다른 형제들이 복수를 하려고 그러는 것이나 아닌지 의아한 생각이 들었다. 그래서 그는 외국 남자를 만났던 거리를 피했고, 며칠이 지나 종이를 잊어버릴 때쯤 되어서 오란은 그것을 신발 바닥을 튼튼하게 하려고 여기저기서 주워 모은 다른 종잇조각들과 함께 꿰매어 바닥에 댔다.

하지만 다음에 왕룽에게 종이를 나눠 준 사람은 도시 남자로, 옷차림이 말끔한 이 젊은이는 거리에 새롭고 신기한 구경거리가 있기만 하면 떼를 지어 몰려다니는 사람들에게 종이를 나눠 주며 큰 소리로 떠들어댔다. 이 종이에도 역시 피와 죽음의 그림이 있었는데, 이번에 죽은 사람은 피부가 하얗고 털투성이가 아니라 왕룽이나 마찬가지로 평범한 사람이어서 누런 피부에 호리호리하고 머리와 눈은 검은 빛깔이며 퍼런 누더기를 걸쳤다. 죽은 사람 위에서는 굉장히 뚱뚱한 사람이 서서 들고 있던 기다란 칼로 죽은 사람을 찌르고 또 찔렀다. 그것은 끔찍한 광경이어서 왕룽은 그 그림을 멍하니 쳐다보다가 그 밑에 적힌 글이 무슨 뜻인지 알고 싶어졌다. 그는 옆에 있는 남자에게로 돌아서서 말했다.

"이 무시무시한 것이 무슨 의미인지 이 글씨를 보고 나한테 얘기해줄 수 있습니까?"

그리고 남자가 말했다.

"조용히 저 젊은 선생의 얘기를 들으면 그가 우리에게 모든 것을 알려줄 거예요."

그래서 왕룽은 귀를 기울였고, 그는 여태까지 한 번도 들어본 적이 없는 그런 얘기를 들었다.

"죽은 사람이 여러분 자신입니다."

젊은 선생이 외쳤다.

"그리고 여러분이 죽었는데도 그것을 알지 못하고 찔러대는 살기등등한 자는 죽은 다음에까지도 여러분을 찔러댈 부유층과 자본주의자들입니다. 여러분은 가난하고 짓밟혔으며 부유층이 모든 것을 빼앗아 가졌기 때문에 그렇게 된 것입니다."

자신도 가난했으므로 왕룽은 잘 알고 있었지만 지금까지는 그 탓을 철에 맞춰 비를 내리지 않거나 비가 오더라도 무슨 나쁜 버릇처럼 비를 계속 내리게 하는 하늘에다 돌렸다.

비와 햇빛이 알맞게 어울려 땅에서 씨앗이 싹트고 줄기에 곡식이 맺히면 그는 자신을 가난하다고 여기지 않았다. 따라서 그는 하늘이 때맞춰 비를 내려주지 않은 이 상황과 부유한 사람들이 무슨 관계가 있는지를 더 자세히 알고 싶어서 흥미 있게 귀를 기울였다. 그리고 결국 젊은이가 얘기를 계속하고 또 계속했지만 왕룽의 관심이 쏠린 문제에 관해서는 아무 소리가 없었고, 그래서 왕룽이 용기를 내어 물었다.

"선생님, 제가 밭에서 일을 할 수 있도록 우리를 억누르는 부유한 사람들이 비를 내리게 하는 무슨 방법이 있나요?"

이 말을 듣고 젊은이가 혐오하는 표정으로 그를 쳐다보고 대답했다.

"머리를 지금까지도 그렇게 꼬리처럼 기다랗게 기르고, 당신 무척이나 무식한 사람이군요! 내리지 않는 비를 내리게 할 수 있는 사람은 아무도 없는데, 어쨌든 그것이 우리하고 무슨 관계가 있나요? 만일 부유한 자들이 가지고 있는 것을 우리와 함께 나눈다면 우리가 모두 돈과 식량을 가지게 될 테니까 비가 오거나 안 오거나 간에 그것은 어느 누구에게도 상관이 없어요."

얘기를 듣던 사람들이 요란하게 함성을 질렀지만 왕룽은 만족스럽지 못한 마음으로 돌아섰다. 그렇다, 하지만 땅이 있었다. 돈과 식량은 먹으면 없어질 테고, 만일 태양과 비가 알맞게 어울리지 못하면 또다시 굶주림이 찾아오리라. 그렇기는 해도 그는 오란이 신발 바닥에 댈 종이가 충분하지 않다는 사실을 기억했기 때문에 젊은이가 주는 종이들을 기꺼이 받아서 집으로 돌아가 아내에게 주며 말했다.

"그만하면 신발 바닥으로 쓸 게 좀 생긴 셈이지."

그리고 그는 전처럼 변함없이 일했다.

하지만 저녁에 그가 얘기를 나누던 움막에 사는 남자들 중에는 젊은이의 얘기에 열심히 귀를 기울이는 사람들이 많았는데, 담장 너머에는 부유한 사람이 살고 있다는 사실을 그들은 알았고, 그들이 날마다 무거운 짐을 지는 데 사용하는 튼튼한 장대로 몇 차례 두들기기만 하면 그들과 부유함 사이를 가로막고 층층이 쌓아 올린 벽돌쯤이야 간단히 부숴버릴 수 있는 시시한 일이라고 느껴졌기 때문에 더욱 열심히 귀를 기울였다.

그리고 봄철의 불만에다 이제는 그들이 가지고 있지 못한 것들을 부당하게 다른 사람들이 소유하고 있다는 인식을 이 젊은이나 그와 같은 다른 사람들이 움막에 사는 사람들의 마음에 심어주어 새로운 불만이 늘어났다. 그리고 이 모든 문제들을 날이면 날마다 생각하고 저녁에 그런 얘기를 나누는 사이에, 그리고 무엇보다도 날마다 그들이 고생을 해도 돈을 더 벌 수가 없었기 때문에 젊고 튼튼한 사람들의 마음속에서는 겨울 눈이 녹아 불어난 강물의 파도처럼 저항할 수 없는 파도 — 야수 같은 욕망이 넘치는 파도가 치솟았다.

하지만 비록 이 사실을 알았고, 얘기를 듣고 이상한 불안감과 더불어 그들의 분노를 느끼기는 했어도 왕룽은 다시 그의 땅을 밟고 싶다는 것 이외에는 아무런 욕망이 없었다.

그러다가 항상 새로운 무엇이 그의 눈앞에 불쑥 나타나는 이 도시에서 왕룽은 그가 이해하지 못하는 또 하나의 새로운 것을 보았다. 어느 날 빈 인력거를 끌고 손님을 찾기 위해 거리를 내려가던 그는 어떤 남자가 소수의 무장한 군인들에게 붙잡히는 것을 보았는데, 남자가 반항을 하니까 군인들이 그의 얼굴에다 칼을 들이댔다. 놀라서 왕룽이 구경하고 있는 사이에 또 다른 사람이, 그리고 또 다른 사람이 체포되었으며, 왕룽은 체포된 사람들이 하나같이 손으로 막일을 하는 평범한 사람들이라는 사실을 깨달았다. 그가 멍하니 쳐다보고 있는 동안 또 한 남자가 붙잡혔는데 그 남자는 성벽에서 그의 움막과 가장 가까운 움막에서 사는 사람이었다.

그러다가 갑자기 왕룽은 놀람 속에서도 자기나 마찬가지로 체포된 이 모든 사람들이 왜 그들이 싫건 좋건 붙잡혀가는지, 그들이 끌려가도 좋은지 어떤지를 모르고 있다는 사실을 깨달았다. 그래서 왕룽은 인력거를 옆길에 밀어 넣고 다음에는 자기가 체포될까 봐 얼른 더운물을 파는 가게의 문으로 뛰어들어서, 군인들이 다 지나갈 때까지 커다란 가마솥 뒤에 납작하게 엎드려 숨어 있었다. 그러고 나서 그는 더운물 가게 주인에게 방금 자기가 본 광경이 무엇을 의미하느냐고 물었다. 그가 밥벌이를 하는 구리솥에서 쉴새 없이 그에게로 피어오르는 김 때문에 쭈글쭈글해진 늙은 주인이 무관심하게 대답했다.

"어디서 또 난리가 난 모양이외다. 도대체 무엇 때문에 밀고 밀리는 이런 싸움을 자꾸 벌이는지 누가 알겠소? 하지만 내가 젊었을 때부터 이랬으니 내가 죽은 다음에도 이러리라는 걸 난 잘 알아요."

"글쎄요, 하지만 왜 그들은 이 새로운 난리 얘기는 전혀 들어보지도 못했던 나처럼 죄 없는 내 이웃을 붙잡아가나요?"

굉장히 걱정스럽게 왕룽이 물었다. 그리고 노인은 가마솥들의 뚜껑을 덜컹거리며 대답했다.

"이 군인들은 어디선가 전투를 벌일 예정이어서 그들의 침구와 총포와 탄약을 운반할 짐꾼들이 필요하고, 그래서 당신 같은 노동자들을 강제로 끌어다 그 일을 시키는 거라오. 헌데 당신은 어느 고장 사람이오? 이 도시에서는 그런 광경을 늘 보는데."

"하지만 그런 다음에는 어떻게 되나요?"

숨을 몰아쉬며 왕룽이 재촉했다.

"품삯은 어떻게 되고, 돌아오는 건……."

그런데 노인은 아주 늙은 사람이어서 무엇에 대해서도 별로 큰 희망을 품지 않았고 자신의 가마솥들 이외에는 무엇에도 흥미가 없었으므로 무관심하게 대답했다.

"거기 가서 받는 품삯이라는 게 하루에 말라비틀어진 빵 누 쪽에다 연못 물이나 떠 마시는 게 고작이고, 목적지에 도착해서 돌아올 기운이 남아 있으면 그때나 집으로 돌아오죠."

"그렇다면 그 사람의 가족은……."

왕룽이 아연실색해서 말했다.

"글쎄, 군인들이 그런 거 알기나 하고 신경이나 쓰나요?"

물이 끓는지 보려고 가장 가까운 가마솥의 나무 뚜껑 밑을 들여다보며 노인이 경멸하는 투로 말했다. 김이 구름처럼 그를 둘러쌌고 가마솥을 들여다보는 그의 주름진 얼굴이 잘 보이지 않았다. 그렇기는 해도 그는 선량한 사람이었고, 김 속에서 다시 나온 노인은 쪼그리고 앉은 왕룽이 볼 수 없는 광경을 볼 수 있어서 이제는 일을 할 만큼 몸이 튼튼한 남자들이 모조리 도망친 거리에서 군인들이 두리번거리며 또다시 가까이 오는 것을 보았다.
"더 수그려야 하오."
그가 왕룽에게 말했다.
"군인들이 또 오고 있어요."
왕룽은 가마솥들 뒤에 낮게 엎드렸으며 군인들은 자갈이 깔린 길을 시끄럽게 내려와 서쪽으로 갔다. 그들의 가죽장화 소리가 사라진 다음에 왕룽은 바깥으로 뛰어나가 빈 인력거를 끌고 움막으로 달려갔다.
그러고는 길가에서 해온 약간의 나물로 먹을 것을 장만하려고 방금 돌아온 오란에게 그는 숨을 헐떡이며 더듬더듬 무슨 일이 벌어지는 중이며 얼마나 아슬아슬하게 그 고비를 자기가 넘겼는지를 얘기해주었다. 이렇게 얘기를 하는 동안 그의 마음속에서는 어떤 새로운 공포가 머리를 들었는데, 그것은 자기가 전쟁터로 끌려가면 늙은 아버지와 가족이 뒤에 남아 굶주리는 것은 물론이려니와 자기도 전투지에서 피를 콸콸 흘리고 죽어 다시는 그의 땅을 보지 못하게 되리라는 공포였다. 그는 핼쑥한 얼굴로 오란을 쳐다보고 말했다.
"이제는 나도 정말로 어린 딸년을 팔고 북쪽에 있는 땅으로 돌아가고 싶은 유혹을 느껴."
하지만 아내는 얘기를 듣고 나서 곰곰이 생각해보더니 흐트러지지 않은 솔직한 태도로 말했다.

"며칠만 기다려보세요. 이상한 소문이 나돌고 있으니까요."

어쨌든 그는 더 이상 낮에는 바깥 출입을 하지 않았고 맏아들을 시켜 인력거를 빌려온 집에다 돌려준 다음 밤이 될 때까지 기다렸다가 상점들을 찾아가서는 전에 벌던 돈의 절반만 받으며 십여 명의 남자들과 함께 낑낑거리면서 힘들여 끄는 마차에 궤짝들을 잔뜩 실어 밤새도록 끌어 날랐다. 그리고 그 상자들은 비단과 면화와 향기로운 잎담배로 가득해서 나무를 통해 새어 나오는 냄새가 무척이나 향기로웠다. 그리고 기름과 술이 담긴 커다란 독들도 있었다.

밤새도록 그는 컴컴한 거리에서 벌거벗은 몸에서 땀을 줄줄 흘리고, 밤의 습기로 젖어 미끈거리는 자갈바닥에 맨발이 미끄러지도록 낑낑거리면서 밧줄을 끌었다. 그들 앞에선 길을 가르쳐주느라고 어린 사내아이가 활활 타오르는 횃불을 들고 달렸으며, 이 횃불에 사람들의 얼굴과 몸, 그리고 축축한 돌바닥이 다같이 반짝였다. 그리고 왕룽은 헉헉거리며 동트기 전에 집으로 돌아왔는데, 어찌나 진맥진했는지 우선 잠을 자기 전에는 밥도 못 먹을 지경이었다. 하지만 거리에서 군인들이 수색을 벌이는 환한 대낮 동안에는 몸을 가리도록 오란이 지푸라기를 주워다가 무더기로 쌓아놓은 움막의 가장 깊숙한 구석에서 안전하게 잠을 잤다.

어떤 전투가 벌어지고 누가 누구하고 싸우는지 왕룽은 알 길이 없었다. 하지만 봄이 더욱 무르익으니까 도시에는 공포의 불안이 충일했다. 낮 동안에는 말이 끄는 수레들이 하루 종일 부유한 사람들과 그들이 소유한 옷과 공단을 씌운 이부자리와 그들이 데리고 사는 아름다운 여자들과 그들의 보석을 싣고 강가로 갔으며, 그곳에서는 배가 그들을 태우고 다른 곳으로 갔고, 어떤 사람들은 화차들이 드나드는 그 다른 집으로 갔다. 왕룽은 낮에 거리로 나가는 일이 전혀 없었지만 그의 두 아들이 휘둥그레진 눈을 반짝이며 돌아와서 소리쳤다.

"우린 이러이러한 사람도 보고 저러저러한 사람도 봤어요. 어떤 남자는 절에 있는 무슨 신령님처럼 뚱뚱하고 무시무시했는데, 몸에는 노란 비단을 친친 감았고 엄지손가락에는 유리 조각 같은 초록빛 보석을 박은 커다란 금반지를 끼었고, 살결은 잘 먹고 기름져서 온통 번들거렸어요!"

아니면 맏아들이 이런 소리를 했다.

"그리고 우린 굉장히 많은 상자들을 보았는데, 그 안에 무엇이 들어 있느냐고 내가 물었더니 한 사람이 이렇게 대답하더군요. '이 안에는 황금과 은이 들어 있지만, 부자들은 가진 것을 모두 끌고 다닐 수가 없을 테니까 언젠가는 이런 게 모두 우리의 소유가 된단다.' 헌데 그게 무슨 소리인가요, 아버지?"

그리고 아들은 호기심이 담긴 눈으로 아버지를 쳐다보았다.

하지만 왕룽이 퉁명스럽게 "한가한 도시 사람들이 하는 얘기가 무슨 뜻인지 내가 어떻게 아느냐?"고 대답하자, 아들이 부러워하며 소리쳤다.

"아, 그것이 우리의 것이라면 난 지금이라도 가서 어서 갖고 싶은데요. 난 떡을 먹어보고 싶어요. 난 위에다 깨를 뿌린 떡은 한 번도 먹어본 적이 없어요."

이 말을 듣고 노인은 꿈꾸는 듯한 얼굴을 들어 쳐다보며 혼자 콧

노래를 부르듯이 말했다.

"풍년이 들면 추석 명절에 우리도 그런 떡을 먹었고, 깨를 타작하면 팔기 전에 조금 따로 남겨두었다가 떡을 빚고는 했단다."

그리고 왕룽은 언젠가 정초에 오란이 만들었던 떡이 생각났는데, 쌀가루와 비계와 설탕으로 빚은 그 떡이 머리에 떠오르자 그의 입에서는 군침이 돌았고 그의 마음은 지나간 일들에 대한 그리움으로 쓰라렸다.

"우리가 다시 우리 땅으로 돌아갈 수만 있다면 얼마나 좋을까."

그가 중얼거렸다.

그러자 갑자기 그는 지푸라기 더미 뒤에서 다리도 제대로 뻗지 못할 만큼 비좁은 이 초라한 움막에서 단 하루도 더 누워 있을 수 없을 것 같은 생각이 들었고, 살을 파고드는 밧줄을 당기며 허리를 구부리고 자갈로 포장된 길바닥에서 짐을 끌면서 몇 시간씩 고생을 해야 하는 밤도 더 이상 하루도 견디지 못하리라고 느꼈다. 길바닥의 돌멩이 하나하나가 그에게는 저마다 적이 되었으며, 그는 돌멩이 하나를 피해서 그의 생명력을 조금이나마 덜 쓸 수 있는 통로를 알아냈다. 때로는 캄캄한 밤이면, 특히 비라도 내려 길바닥이 젖어 보통 때보다 더 축축할 때면 그의 마음속에 담긴 모든 증오가 발에 밟히는 이 돌멩이들에게로, 무지막지하게 짐을 실은 수레의 바퀴에 매달리고 달라붙는 듯한 이 돌멩이들에게로 쏠렸다.

"아, 아름다운 땅이여!"

그가 갑자기 소리치고 흐느껴 울면서 엎어지는 바람에 아이들은 겁을 냈고, 노인은 엄마가 우는 모습을 보고 아이가 머리를 갸우뚱

거리듯 머리를 이리 갸우뚱 저리 갸우뚱하면서 듬성듬성한 수염 사이로 걱정스럽게 아이들을 쳐다보았다.

그리고 이번에도 차분하고 단조로운 목소리로 오란이 말했다.

"조금만 더 있으면 우리도 무엇인가 보게 될 거예요. 이제는 어딜 가나 소문이 나돌고 있으니까요."

숨어 엎드려 있는 움막에서 왕룽은 시간마다 지나가는 발자국 소리를, 전쟁터로 행군해가는 군인들의 발자국 소리를 들었다. 그와 군인들 사이를 가로막은 멍석을 아주 조금만 들추고 가끔 그는 벌어진 틈에다 눈을 대고는 지나가고 또 지나가는 발들을, 가죽 신발과 헝겊으로 감싼 다리들이 줄을 짓고 짝을 지어 수십 명씩, 수천 명씩 행군하는 것을 보았다.

그는 그들에 관해서 감히 무엇도 물어볼 엄두가 나지 않았지만 악착같이 짐을 끌고는 밥 한 그릇을 황급히 먹어치우고 낮 동안 움막 안 지푸라기 더미 뒤에서 불안하게 잠을 잤다. 이 무렵에는 어느 누구도 다른 사람들과 얘기를 하지 않았다. 도시는 공포에 사로잡혔고 사람들은 저마다 할 일을 얼른 해치운 다음 집으로 들어가 문을 닫았다.

이제는 해 질 녘에 움막들 주변에서 한가하게 얘기를 주고받는 사람들도 없었다. 장터에는 음식을 팔던 가게들이 지금은 텅 비어버렸다. 비단 가게들도 알록달록한 깃발들을 끌어내렸고 커다란 상점들 앞에다 두툼한 널빤지를 단단하게 잇대어 박아 폐쇄해버려서 대낮에 시내를 지나다니는 사람들이 보면 가게 주인들이 잠이라도 자는 것처럼 보였다.

어디를 가나 적이 가까이 왔으며 조금이라도 재산이 있는 사람은 모두 무서워서 벌벌 떤다고 수군거리는 소문이 나돌았다. 하지만 왕룽은 두렵지 않았고 움막에 사는 사람들도 역시 두려워하지 않았다. 우선 그들은 이 적이 누구인지도 알지 못했고, 목숨을 잃는다고 해도 대수롭지 않은 터여서 그들은 잃을 것이 전혀 없었기 때문이었다. 그들에게는 지금보다 살기가 더 나빠질 리도 없었으므로 적이 가까이 오더라도 그만이었다. 그래서 모두 제 일만 걱정했고 어느 누구도 다른 사람들에게 터놓고 얘기하지를 않았다.

그러더니 상점의 지배인들이 강가로 궤짝들을 운반하는 일꾼들에게 요즈음에는 물건을 사거나 팔려고 하는 사람들이 아무도 없기 때문에 더 이상 일을 하러 오지 않아도 된다고 말했으며, 그래서 왕룽은 밤낮으로 움막 안에서 뒹굴며 지냈다. 그의 육체가 전혀 충분한 휴식을 취하지 못한 것 같아서 처음에는 기뻐하며 죽은 사람처럼 깊은 잠을 잤다. 하지만 일을 하지 않으면 벌지도 못했기 때문에 얼마 안 가서 며칠 만에 그나마 남은 돈도 떨어졌고 그래서 그는 무슨 일감이 없을까 해서 다시 결사적으로 수소문을 했다. 그리고 그 정도로는 그들에게 떨어진 악운이 모자라기라도 한다는 듯 공동급식소도 문을 닫았다. 빈민을 구제하기 위해서 이렇게 베풀어주던 사람들도 그들의 집으로 들어가 문을 닫아버렸으며 먹을 것도 없고 일자리도 없었고 거리에는 구걸을 할 만한 사람도 지나다니지 않았다.

그래서 왕룽은 딸아이를 품에 안고 움막 안에 앉아 아이를 내려다보고 부드럽게 말했다.

"이 바보 같은 어린것아, 넌 음식과 마실 것도 있고 몸을 모두 가릴 만큼 변변한 옷도 있는 큰 집으로 가고 싶지 않니?"

그랬더니 그가 한 얘기를 전혀 알아듣지 못한 딸이 방글방글 웃으며 물끄러미 쳐다보는 그의 눈이 신기한지 만져보려고 자그마한 손을 들었고, 그는 그 모습을 보니 견딜 수가 없어서 아내에게 소리쳤다.

"당신 큰 집에서 살 때 매도 맞았어?"

그리고 그녀는 음울하고 단조롭게 대답했다.

"날마다 매를 맞았어요."

그리고 그가 다시 소리쳤다.

"헝겊 허리띠로 맞았어, 아니면 대나무나 밧줄로 맞았어?"

그녀는 변함없이 죽은 듯한 목소리로 대답했다.

"저는 어느 노새의 고삐로 쓰던 가죽 채찍으로 맞았는데 그건 부엌 벽에 걸려 있었어요."

그가 무슨 생각을 하고 있는지 그녀가 이해하리라는 사실을 왕룽은 잘 알았지만 마지막 희망을 걸고 말했다.

"우리 이 아이는 지금도 예쁘고 귀여워. 예쁜 종들도 역시 매를 맞았는지 얘기해봐."

어떻게 하더라도 그녀에게는 아무렇지 않다는 듯 그녀가 무관심하게 대답했다.

"그래요. 매를 맞거나 남자의 잠자리로 끌려가거나 했는데, 마음이 내키는 대로 한 남자에게만 가는 게 아니라 그날 밤 그 여자를 원하는 남자라면 누구라도 다 받아야 했어요. 젊은 주인님들은 말다

틈도 벌이고 종들을 서로 바꾸며 '그렇다면 오늘은 네 차지이고 내일은 내 차례'라고 말하기도 했는데, 이건 다 예쁜 종년의 경우에 벌어지는 일이었어요. 그 종이 채 어른이 되기도 전의 일이죠."

그러자 왕룽은 신음 소리를 내며 아이를 껴안고는 거듭거듭 나지막이 말했다.

"아, 이 어린것아, 아, 이 가엾은 어린것아."

하지만 마음속으로 그는 홍수에 휩쓸려 내려가며 미처 생각할 겨를이 없는 사람이 소리치듯 이렇게 소리치고 있었다.

'다른 방법이 없어, 다른 방법이 없다구…….'

그러다가 갑자기 그가 가만히 앉아 있으려니까 하늘이 부서지는 듯한 소리가 났고 그들은 모두 그 흉측한 폭음이 그들을 모두 짓이겨버리기라도 할 듯싶어서 아무 생각도 하지 않고 무작정 땅바닥에 엎드려 얼굴을 감추었다. 그리고 왕룽은 이 끔찍한 소음으로부터 어떤 공포가 그들에게 밀어닥칠지 놀라서 날아이의 얼굴을 손으로 덮었고, 노인이 왕룽의 귀에다 대고 "난 평생 이런 소리는 들어본 적이 없어"라고 외쳤으며 두 아들도 겁이 나서 소리를 질러댔다.

하지만 순식간에 깨진 고요함이 순식간에 다시 찾아오자 오란이 머리를 들고 말했다.

"이제는 제가 얘기로만 듣던 일이 닥쳐왔어요. 적이 성문을 부수고 들어온 거예요."

그리고 어느 누가 미처 대답할 틈도 없이 도시의 하늘에서 함성이 울렸는데, 폭풍이 몰아치는 바람이 가까이 올 때 사람들이 들을 수 있는 것처럼 사람들이 외치는 이 함성은 처음에는 희미하게 들리더니 점점 더 커지다가 결국 거리를 가득 메웠다.

왕룽은 그래서 그의 움막 바닥에 꼿꼿하게 일어나 앉았고, 이상한 두려움이 그의 온몸을 타고 흘러서 머리카락의 뿌리들 사이를 더듬고 다니는 기분을 느꼈고, 모두 꼿꼿하게 일어나 앉아서 서로 멍하니 쳐다보며 그들이 알지 못하는 어떤 일이 벌어지기를 기다렸다.

하지만 아우성을 치며 사람들이 몰려드는 소리만 들릴 뿐 아무 일도 없었다.

그러더니 성벽 너머 그들로부터 별로 멀리 떨어지지 않은 곳에서 굉장히 큰 문이 삐걱거리며 억지로 열리는 소리가 들려왔고, 언젠가 짧은 대나무 담뱃대를 뻐끔거리며 해 질 녘에 왕룽에게 얘기를 했던 남자가 움막의 벌어진 틈으로 머리를 디밀더니 소리쳤다.

"아니 아직도 여기 앉아 있기만 할 거요? 때가 왔소. 부유한 자들의 집 대문이 우리 앞에 열려 있어요!"

그리고 무슨 마술의 힘에 의해서처럼 오란이 얘기를 하는 남자의 겨드랑이 밑으로 기어 나가 모습을 감추었다.

그래서 왕룽은 반쯤 얼이 빠져서 천천히 몸을 일으켜 딸을 내려놓고 바깥으로 나갔다. 부잣집 거대한 철문 앞에는 평범한 사람들로 이루어진 시끄러운 군중이 앞으로 밀려 나가면서 거리에서 점점 더 커졌으며 그가 들었던 으르렁거리는 호랑이의 포효 같은 그 함성을 질러댔고, 그는 모든 부유한 사람의 집 대문 앞에 굶주리고 갇혀 살다가 이제는 때를 만나 풀려나서 마음대로 할 수 있게 된 남자들과 여자들이 군중을 이루고 몰려들어 아우성을 치리라는 것을 알왔다. 그리고 거대한 대문이 열려 사람들은 서로 발이 밟힐 지경이었고 몸이 서로 꼭 낄 정도로 잔뜩 몰려 마치 한 덩어리처럼 앞으로 밀고 들어갔다. 뒤에서 서둘러대던 다른 사람들이 왕룽을 잡아 군중 속으로 밀어 넣어서 그는 싫건 좋건 간에 그들과 휩쓸려 앞으로 나아갔지만, 너무나 엄청난 사태가 벌어져 어리벙벙해진 나머지 왕룽은 이것이 잘된 일인지 어떤지 알지도 못했다.

이렇듯 그는 사람들에게 밀려 발이 거의 땅에 닿지 않고 둥둥 뜨다시피 해서 거대한 대문의 문턱을 휩쓸려 넘어갔으며, 성난 짐승들의 계속되는 포효처럼 사방에서 사람들이 아우성이었다.

마당, 그리고 또 마당을 휩쓸려 지나서 아주 깊숙한 안채까지 들어갔지만 그 집에 살던 남자들과 여자들은 단 한 사람도 그의 눈에 띄지 않았다. 그곳은 이른 봄철 나무들의 앙상한 가지에 황금빛 꽃이 피고 정원의 바위들 사이에 철 이른 백합들이 피었다는 것 이외에는 이미 오래 전에 죽어버린 대궐 같았다. 하지만 방마다 식탁에는 먹을 것이 있었고 부엌에서는 불이 타올랐다. 군중은 이 부유한 자의 대궐을 환히 잘 아는 모양이어서 하인들과 노예들이 살았고 취사장들이 있는 앞쪽 마당들을 물밀듯 떼를 지어 지나쳐버리고, 주인들과 안주인들이 멋진 침대를 들여놓고 살았으며 까맣고 빨갛고 황금빛으로 옻칠한 상자들과 비단옷이 담긴 궤짝들과 조각을 넣은 탁자들과 식탁들이 있으며 벽에는 그림을 그린 족자들이 걸린 안채로 곧장 달려 들어갔다. 그리고 군중은 이 보물들로 덤벼들어 새로 열어놓은 모든 궤짝이나 벽장에서 나타난 물건들을 차지하려고 서로 빼앗고 싸웠다. 옷과 이부자리와 휘장과 그릇 들이 이 손에서 저 손으로 옮겨갔고, 손들은 저마다 다른 손이 움켜쥔 것을 빼앗으려고 덤벼들었으며, 자기가 무엇을 가지고 있는지 멈추고 보려는 사람은 아무도 없었다.

이 혼란 속에서 왕룽 혼자서만 아무것도 차지하지를 못했다. 그는 평생 다른 사람의 소유인 물건을 빼앗아 가진 적이 전혀 없었고, 단 한 번도 그런 짓을 할 수가 없었다. 그래서 그는 처음에 이리저리 끌려다니며 군중의 한가운데 서 있었고, 그러다가 조금씩 정신을 차린 다음에는 꾸준히 가장자리를 향해 밀고 나가서 마침내 군중의 언저리까지 이르러 흐르는 물살의 가장자리에 생기는 작은 소용돌이처럼 약간 끌려가기는 했지만 주변을 둘러볼 만한 여유가 있었다.

그는 부유한 귀부인들이 거주하는 가장 내밀한 안채의 뒤쪽에 있었는데, 궁지에 몰린 경우에 도피할 수 있도록 부유한 사람들이 몇백 년 전부터 만들어놓아서 평화의 문이라고 불리던 뒷문이 조금 열려 있는 것이 눈에 띄었다. 보나마나 이 문을 통해서 오늘 그들이 모두 도망쳐 거리 여기저기 몸을 숨긴 채 그들의 마당에서 울려 나오는 아우성 소리에 귀를 기울이고 있을 터였다. 하지만 몸집 때문이었는지 아니면 술이 취해 곤히 잠들었기 때문이었는지는 몰라도 한 남자가 미처 피신을 못 했는데, 왕룽이 이 사람과 갑자기 마주친 것은 폭도가 몰려들어갔다가 다시 나온 텅 빈 안쪽 방에서였다. 비밀 장소에 숨어 있어서 발견되지 않았던 이 사람은 이제 자기 혼자만 남았다고 생각해서였는지 도망치려고 몰래 기어 나오던 참이었다. 그런데 다른 사람들로부터 떨어져 오락가락하던 왕룽이 결국은 역시 혼자 남았다가 그와 마주친 것이다.

그는 굉장히 뚱뚱한 남자였고, 늙지도 않고 젊지도 않았으며, 보나마나 어떤 예쁜 계집을 품고 침대에 발가벗고 누워 있었던 모양이어서 몸에 두른 보랏빛 공단 옷자락 사이로 알몸이 보였다. 투실투실하고 노란 살덩어리들이 그의 가슴과 배에 겹겹으로 늘어졌고 산처럼 튀어나온 뺨 속에 파묻힌 작은 두 눈은 돼지 눈처럼 푹 꺼졌다. 왕룽을 보자 그는 온몸을 덜덜 떨면서 마치 그의 살이 칼로 찔리기라도 한 듯 비명을 질렀고, 그래서 무기를 지니고 있지 않았던 왕룽은 어쩐 일인가 의아한 생각이 들기도 했지만 그 꼴을 보자 저절로 웃음이 나왔다. 하지만 뚱뚱한 남자는 넙죽 엎드리더니 머리가 땅에 닿도록 조아리고는 애걸했다.

"목숨만 살려주세요, 목숨만 살려주세요. 저를 죽이지 마세요. 당신한테 드릴 돈이, 많은 돈이 있으니까요……."

왕룽의 귀가 번쩍 뜨였는데 '돈'이라는 말을 들었기 때문이있다. 돈이라니! 그렇다, 그는 바로 그것이 필요했다! 그리고 또 다시 그의 머리에서는 얘기하는 사람의 목소리처럼 선명하게 이런 소리가 울렸다.

'돈, 아이가 구제를 받고…… 그리고 땅!'

그는 자신의 가슴속에 그런 목소리가 있으리라고는 스스로 알지도 못했던 그런 거센 목소리로 갑자기 소리쳤다.

"그럼 그 돈을 내놔요!"

그리고 뚱뚱한 남자는 무릎을 꿇은 채로 몸을 일으켜 흐느껴 울고 훌쩍거리며 겉옷의 호주머니를 더듬어 노란 두 손으로 황금을 잔뜩 꺼냈고 왕룽은 저고리 자락을 내밀어 그것을 받았다. 그리고 또다시 그는 다른 사람의 목소리 같은 이상한 목소리로 소리쳤다.

"더 내놔!"

또다시 두 손으로 황금을 잔뜩 꺼내며 남자가 훌쩍거렸다.

"이제는 남은 게 없어요. 나에게는 한심한 삶 이외에 아무것도 남지 않았어요."

그리고 그는 흐느껴 울기 시작했고, 디룩디룩 늘어진 뺨으로 눈물이 기름처럼 흘러내렸다.

벌벌 떨면서 흐느껴 우는 그를 쳐다보던 왕룽은 갑자기 그 남자가 역겨워졌는데, 그는 평생 이토록 역겨웠던 적이 없었다. 역겨움이 북받치는 목소리로 그가 외쳤다.

"살진 벌레 터뜨려 죽이듯 죽여버리기 전에 내 눈앞에서 꺼져!"

마음이 너무나 약해서 소도 죽이지 못하는 인간이었으면서도 왕룽은 그렇게 소리쳤다. 그리고 남자는 들개처럼 그를 지나 도망쳐 모습을 감추었다.

그러자 왕룽은 황금을 가지고 혼자만 남았다. 그는 그것을 헤아리기 위해 멈추지 않고 그냥 가슴속에 쑤셔 넣고는 열려 있는 평화의 문으로 나가 좁다란 뒷길을 건너 그의 움막으로 돌아갔다. 그는 다른 남자의 체온이 남아 아직도 따스한 황금을 품속에 꼭 껴안으며 거듭거듭 자기 자신에게 말했다.

"우린 우리 땅으로 돌아가는 거야. 내일 우리는 우리 땅으로 돌아가는 거야."

15

 며칠 지나지도 않았는데 왕룽은 그의 땅에서 전혀 떠나지 않았던 것 같은 기분이 들었다. 사실상 마음속으로는 전혀 떠나지 않았던 셈이었다. 금화 세 닢을 주고 그는 밀과 쌀과 옥수수의 믿음직스럽고 훌륭한 씨앗들을 남쪽에서 샀으며, 돈이 많아 배짱이 생겨서 그랬는지 지금까지 한 번도 심어보지 않았던 연못에 심을 연과 근대, 그리고 잔칫상 요리로 돼지고기를 넣어 국을 끓여 먹는 큼직한 붉은 무와 작고 빨갛고 향기가 좋은 콩 따위의 씨앗도 사들였다.
 금화 다섯 닢을 주고 그는 밭갈이를 하는 농부에게서 소를 한 마리 샀는데, 그것은 왕룽이 미처 그의 땅에 이르기도 전의 일이었다. 그는 밭을 가는 남자를 보고는 걸음을 멈추었고, 어서 집에 도착하고 싶어서 급한 마음이기는 해도 노인과 아이들과 아내, 그들 모두 걸음을 멈추고 소를 쳐다보았다. 왕룽은 그 소의 튼튼한 목을 보고 반했으며, 나무 멍에를 메고 힘차게 끌어당기는 모습을 눈여겨보고는 당장 소리쳤다.

"그 소 참 형편없구나! 헌데 나한테는 소가 없어서 무척 아쉬운 판이니 어떤 놈이라도 마다하지 않을 거라는 걸 아실 테니까, 은화나 금화로 얼마나 받고 그걸 팔겠소?"

그리고 농부가 마주 소리쳤다.

"겨우 세 살밖에 안 되어 한창 부려먹을 때요. 이 소를 파느니 난 차라리 마누라를 팔겠소."

그리고 그는 계속해서 밭갈이를 하며 왕룽 때문에 일손을 멈추려고 하지 않았다.

그러자 왕룽은 세상의 모든 소 가운데 꼭 이 소를 사야만 할 것처럼 생각되어 오란과 아버지에게 말했다.

"저 소 어때요?"

그래서 노인이 살펴보더니 말했다.

"보아하니 불알을 잘 깐 모양이구나."

그리고 오란이 말했다.

"저 사람이 얘기한 것보다 한 살 더 먹은 소예요."

하지만 매끄럽고 누런 가죽과 검고 기름진 눈 때문에, 힘차게 흙을 파헤치는 기운 때문에 이 소를 사야겠다고 작정했던 터라 왕룽은 아무 대답도 하지 않았다. 이 소만 있으면 그는 밭을 갈아 경작하고, 이 소만 있으면 연자매에 묶어서 곡식을 갈 수도 있었다. 그래서 그는 농부에게로 가서 말했다.

"다른 소를 살 돈에다 좀 더 얹어서 줄 테니까 이 소는 나한테 주시오."

입씨름에, 말다툼에 공연히 놀란 체도 해가면서 흥정을 벌인 다음 그 지방의 소 값에다 반 마리 값을 더 얹어주자 드디어 농부가 소를 내놓기로 응했다. 하지만 이 소를 보니 왕룽은 금화쯤은 별안간 아무것도 아니라고 여겨졌다. 돈을 농부의 손에 넘겨준 다음 그는 농부가 멍에를 벗기는 것을 지켜보았고, 소유한다는 의식에 가슴이 울렁거리며 왕룽은 고삐를 잡아 소를 끌고 갔다.

그들이 집에 도착해서 보니 문이 떨어져 나갔고 지붕에 얹었던 이엉도 없어졌으며 집 안으로 들어가보니 그나마 남아 있던 괭이와 갈퀴도 없어져서 썰렁한 서까래와 흙벽만 남았는데, 그나마 흙벽도 겨울과 초봄의 비와 때늦은 눈으로 무너져 앉았다. 하지만 첫눈에는 기가 막혔지만 왕룽에게는 이것도 아무렇지 않게 여겨졌다. 그는 읍내로 나가서 단단한 나무로 만든 훌륭한 새 쟁기와 두 개의 갈퀴와 두 개의 괭이와 추수철이 되어 다시 이엉을 엮을 수 있을 때까지 지붕을 덮을 멍석을 샀다.

그러고는 저녁이 되자 그는 집 문간에 서서 땅을, 겨울 동안 얼었다가 다시 녹아 당장이라도 씨를 뿌려주기를 기다리는 그의 땅을 둘러보았다. 봄이 완연해서 얕은 웅덩이들에서는 개구리들이 졸려 하며 개굴거렸다. 집 모퉁이의 대나무들이 부드러운 밤바람에 천천히 살랑거렸고 석양 속에서 그는 가까운 밭의 가장자리에 둘러선 나무들의 희미한 윤곽을 볼 수가 있었다. 그것들은 지극히 섬세한 분홍빛 움이 터지는 복숭아나무와 보드라운 연둣빛 잎사귀를 내미는 버드나무들이었다. 그리고 말없이 기다리는 흙으로부터 달빛처럼 은빛인 엷은 안개가 피어올라 나무 밑동을 휘감았다.

처음에 한참 동안 왕룽은 그의 땅에 어떤 인간도 모습을 나타내지 않고 자기 혼자만 살고 싶었다. 그는 마을의 어느 집도 찾아가지 않았고, 겨울의 굶주림을 겨우 넘긴 사람들이 어쩌다 찾아오더라도 퉁명스럽게 대했다.

"당신들 가운데 누가 우리 집 문짝을 떼어갔고, 누가 내 갈퀴와 괭이를 가져갔고, 누가 우리 집 이엉을 갖다 아궁이에 넣고 땠나요?"

이렇게 그는 사람들에게 호통쳤다.

그들은 지극히 순진하게 머리를 설레설레 흔들었고 "당신 작은아버지가 그랬어요"라고 말하는 사람이 있는가 하면 "전쟁과 기근이 몰아닥친 이 험한 시기에 어디를 가나 산적과 강도가 우글거리는 판이니 누가 무얼 훔쳤다고 어떻게 따지겠어요?"라고 말하는 사람도 있었다.

그러자 왕룽을 보려고 이웃에 사는 칭이 그의 집에서 기어 나오더니 말했다.

"겨우내 도둑 떼가 당신 집에 살면서 마을 사람들을 괴롭혔고, 힘이 닿는 곳은 읍내까지도 약탈했어요. 들려오는 얘기로는 당신 작은아버지가 정직한 사람으로서는 도가 지나칠 정도로 그들과 친했다고 그러더군요. 하지만 요즈음 같은 세상에 무엇이 진실인지 누가 알겠어요? 난 어느 누구도 손가락질할 엄두가 안 나요."

이 남자는 그야말로 뼈와 가죽만 남았고 나이가 아직 마흔다섯도 안 되었는데 머리가 허옇고 비쩍 말라서 몰골이 말이 아니었다. 왕룽은 얼마 동안 물끄러미 그를 쳐다본 다음 갑자기 측은한 생각이 들어 말했다.

"보아하니 당신은 우리보다 더 형편없이 지낸 모양인데, 무엇을 먹고 지냈나요?"

그리고 이웃 남자는 한숨을 지으며 나지막이 말했다.

"내가 먹지 않은 게 뭐가 있겠어요? 읍내에서 구걸할 때는 개처럼 거리에서 쓰레기를 뒤져 먹었고, 우리는 죽은 개도 먹었어요. 내 마누라가 죽기 전에 한번은 그것이 무엇이냐고 내가 감히 물어볼 용기가 없었던 무슨 고기로 국을 끓였는데, 어쨌든 마누라는 무얼 죽일 용기가 없는 여자였으니까 무언진 몰라도 우리가 먹은 것은 마누라가 어디서 주워온 거였겠죠. 그러다가 나보다 버틸 힘이 모자랐기 때문에 마누라가 죽었고, 그녀가 죽은 다음에 난 차마 딸도 굶어 죽어가는 꼴을 눈 뜨고 볼 수가 없어서 어느 군인에게 주어버렸어요."

그는 입을 다물고 잠깐 동안 침묵을 지킨 다음에 말했다.

"씨앗이 좀 있다면 다시 농사라도 짓고 싶지만 난 가진 씨앗도 없죠."

"이리 와요!"

왕룽이 험악하게 소리치고는 그의 손을 잡고 집으로 끌고 들어가 누더기 저고리 자락을 펼쳐 들라고 한 다음 거기에다 남부에서 사 온 비상 씨앗을 조금 쏟아주었다.

밀과 쌀과 배추 씨앗을 그에게 준 다음 왕룽이 말했다.

"내일 내가 우리 훌륭한 소를 끌고 가서 당신 밭을 갈아주겠어요."

그러자 칭이 갑자기 흐느껴 울기 시작했고 왕룽은 눈을 비비더니 화가 난 것처럼 소리쳤다.
"당신이 나한테 콩 한 줌을 주었던 일을 내가 잊어버렸다고 생각하십니까?"
칭은 아무 대답도 하지 못하고 자꾸 계속해서 흐느껴 울기만 하면서 돌아갔다.
작은아버지가 이젠 마을에 살지 않는다는 사실을 알게 되자 왕룽은 마음이 즐거웠고, 그가 어디로 갔는지 확실히 아는 사람도 없었다. 어떤 사람들은 그가 도시로 갔다고 말했으며, 또 어떤 사람들은 아내와 아들을 데리고 먼 곳으로 가버렸다고 했다. 어쨌든 마을에는 그의 가족 가운데 아무도 남아 있지 않았다. 왕룽은 작은아버지가 딸들을 팔아버렸는데 가장 예쁜 아이부터 차례로 팔아 받아낼 수 있는 대로 돈을 받아냈고, 심지어는 얼굴이 얽은 마지막 아이까지도 전투지로 가던 군인에게 몇 푼을 받고 넘겼다는 얘기를 듣고 왈칵 화가 났다.
그런 다음에 왕룽은 힘차게 흙에 달라붙어 집에서 밥을 먹거나 잠을 자야 할 시간에도 일을 했다. 그는 차라리 빵과 마늘을 밭으로 가지고 나가 그곳에 선 채로 먹으며 생각하고 계획을 세우기를 좋아했다.
"여기는 광저기를 심고 여긴 못자리를 내야 되겠어."
그리고 낮에 너무 지치면 그는 밭고랑에 누워 자신의 땅으로부터 기분 좋은 따스함을 피부로 느끼며 잠을 잤다.
오란도 집 안에서 한가하지는 않았다. 그녀는 혼자 힘으로 명석들을 대들보에다 단단히 묶었고, 들판에서 흙을 퍼다가 물에 개어 집의 벽들을 수리했고, 아궁이도 새로 만들고 빗물에 쓸려 패인 땅바닥의 구멍들도 메웠다.

그러던 어느 날 그녀는 왕룽과 함께 읍내로 들어갔고, 그들은 침대와 식탁과 여섯 개의 긴 의자와 커다란 가마솥을 샀고, 다음에는 먹으로 검은 꽃을 친 붉은 찰흙 찻주전자와 거기에 짝을 맞춘 그릇 여섯 개를 샀다. 마지막으로 그들은 향을 파는 가게로 들어가 가운데 방 탁자 위쪽 벽에다 걸어놓을 종이로 만든 만복(萬福)의 신상(神像)을 샀고, 그 신상 앞에다 둘 두 개의 백랍 촛대와 한 개의 백랍 향로와 두 개의 빨간 양초—가운데 가느다란 갈대를 심지로 넣고 소의 지방으로 만든 굵직하고 빨간 양초들을 샀다.

그리고 거기에다 왕룽은 지신 사당에 모신 두 개의 작은 신상이 생각나서 집으로 가던 길에 사당에 들러보았는데, 지신들은 비에 씻겨 얼굴이 부서지고 몸뚱이를 만든 찰흙이 헐벗고 찢어진 종이옷들 사이로 삐져 나온 가련한 몰골이었다. 이 고생스러운 시기에 어느 누구도 신상들을 전혀 돌보지 않았고, 왕룽은 음울하면서도 흐뭇한 기분으로 그것들을 쳐다본 다음에 벌을 받는 아이에게 얘기하듯 큰 소리로 말했다.

"인간에게 못된 짓을 하는 신들은 이런 꼴을 당해야 마땅하지!"

그렇기는 해도 집이 다시 제 모습을 되찾아 백랍 촛대들이 반짝였다. 새빨갛게 빛나며 양초들이 타오르고, 식탁에는 찻주전자와 찻잔들이 오르고, 약간의 이부자리를 갖춘 침대들이 다시금 제자리를 차지하고, 그가 자는 방의 창 구멍에는 종이를 새로 바르고, 문짝도 새로 단 다음에 왕룽은 자신의 행복이 두려워졌다. 오란은 다음 아이를 가져 몸이 무거워졌고, 아이들은 갈색 강아지들처럼 문간에서 뛰놀았고, 늙은 아버지는 남쪽 벽에 기대고 앉아 빙그레 웃으며 꾸벅꾸벅 졸았고, 논에서는 비취처럼 푸르고 오히려 더 아름다운 모가 자라고 밭에서는 어린 콩들이 모자를 쓴 머리를 들었다. 그리고 아껴 먹기만 한다면 추수 때까지 먹고 살기에 충분한 황금이 아직 그들에게 남아 있었다. 푸른 하늘과 그 하늘을 가로질러 흘러가는 흰 구름을 우러러보고, 갈아엎은 밭에 내리는 알맞은 태양과 비를 자신의 살에 쏟아지는 듯 느끼며 왕룽은 마음이 내키지 않으면서도 중얼거렸다.

"작은 사당에 있는 그 두 개의 신상 앞에도 작은 향을 하나 꽂아야 되겠어. 어쨌든 그들에게는 대지를 다스리는 힘이 있으니까."

16

어느 날 밤 아내와 함께 누워 있던 왕룽은 그녀의 젖가슴 사이에서 남자의 주먹만 한 단단한 덩어리가 손에 닿는 것이 느껴졌고, 그래서 그가 물었다.

"헌데 당신 몸에 달려 있는 이게 뭐지?"

왕룽이 그것을 손으로 만져보니까 헝겊에 싸인 꾸러미였는데, 그것은 단단하면서도 손이 닿으면 이리저리 움직였다. 그녀는 처음에 사납게 몸을 뒤로 뺐지만 왕룽이 잡아 뜯으려고 손을 뻗자 포기하며 말했다.

"자, 꼭 보고 싶다면 보세요."

그리고 그녀는 목에 걸었던 끈을 끊어서 왕룽에게 꾸러미를 건네주었다.

그는 헝겊 꾸러미를 펼쳤다. 그랬더니 그의 손으로 갑자기 보석이 한 무더기 우르르 쏟아졌고 왕룽은 어리벙벙해서 보석을 멍하니 쳐다보았다. 수박 속처럼 새빨간 보석, 밀처럼 황금빛인 보석, 봄철 새싹처럼 푸르고 땅에서 졸졸 솟아나는 샘물처럼 맑은 보석 등 한 꺼번에 그렇게 많이 볼 수 있으리라고는 전혀 꿈도 못 꿀 정도로 많은 보석 무더기였다. 평생 보석들을 보지도 못하고 이름도 들어보지 못했던 왕룽으로서는 그것들의 이름이 무엇인지 알 길이 없었다. 하지만 뻣뻣하고 갈색인 그의 손, 그 움푹한 손바닥에 그것들을 쥐고 있다가 왕룽은 어두컴컴한 방에서 반짝이는 그 광채를 보고 자신이 큰 재물을 소유하고 있음을 알았다. 빛깔과 모양에 도취되어 보석을 꼭 쥔 채로, 그와 아내는 말문이 막혀 멍하니 보석을 쳐다보기만 했다. 마침내 그가 숨을 몰아쉬며 아내에게 속삭였다.

"어디서, 어디서……."

그리고 그녀 역시 나지막한 목소리로 속삭였다.

"부잣집에서요. 틀림없이 귀하게 여기던 보물이었나 봐요. 벽에 헐겁게 박힌 벽돌이 하나 눈에 띄기에 다른 사람이 아무도 나를 보고 나눠 갖자고 덤비지 못하게 무관심한 체하고 슬그머니 들어가서 벽돌을 뽑아내고 빛나는 물건을 꺼내 내 소매에 넣었어요."

"헌데 그걸 어떻게 알았어?"

기가 막히다는 듯 그가 다시 속삭여 물었고 눈에서는 절대로 나타나지 않는 미소를 입가에 지으며 그녀가 대답했다.

"당신은 제가 부잣집에서 헛살았는 줄 아세요? 부자들은 항상 두려워한답니다. 저는 언젠가 고생스러웠던 해에 도둑 떼가 큰 집 대문으로 몰려들어왔을 때 종들과 첩들과 심지어는 노마님 자신까지도 이리 뛰고 저리 뛰는 걸 보았는데, 그 여자들은 저마다 보물을 가지고 있어서 미리 마련해놓은 어느 비밀 장소에다 숨겼어요. 그래서 전 헐겁게 박힌 벽돌을 보면 그게 무엇을 뜻하는지 알아요."

그리고 신기한 보석들을 물끄러미 쳐다보면서 그들은 다시 잠잠해졌다. 그러다가 한참 후에 왕룽은 심호흡을 하고 결심이 선 것처럼 말했다.

"헌데 이런 보물은 오래가지 못해. 이건 팔아버리든지 안전한 곳에 둬야 하는데, 다른 모든 것은 안전하지 않으니까 땅에다 투자해야 해. 만일 누가 이 사실을 알았다가는 우린 내일이면 죽음을 당하고 도둑이 보석을 가지고 도망치겠지. 그걸 오늘 당장 땅으로 바꿔놓지 않았다가는 우린 잠도 못 잘 거야."

그는 이 얘기를 하면서 보석을 다시 헝겊으로 싸서 끈으로 단단히 묶고 저고리를 벌려 가슴속에 넣다가 흘긋 아내의 얼굴을 보았다. 그녀는 침대 발치에 책상다리를 하고 앉았는데, 진히 아무런 표정을 드러내지 않는 그녀의 무거운 얼굴이 입을 벌린 채 희미한 갈망으로 움찔거리며 앞으로 나왔다.

"그래, 무슨 일이야?"

의아한 표정으로 그녀를 쳐다보며 왕룽이 물었다.

"그걸 모두 파실 생각이에요?"

거칠고 나지막한 목소리로 그녀가 물었다.

"그러면 왜 안 되지?"

그가 놀라서 반문했다.

"흙집에 살면서 왜 이런 보석들이 필요해?"

"제가 두 개만 간직했으면 좋겠어요."

아무것도 기대하지 못하는 그런 절망적인 소망의 표정을 짓는 그녀를 보고 그는 사탕이나 장난감을 갈망하는 자식을 볼 때처럼 마음이 언짢아서 말했다.

"원, 세상에!"

그가 놀라서 소리쳤다.

"제가 두 개만 가질 수 있다면."

그녀가 더듬거리며 말을 이었다.

"작은 것으로 두 개만, 작고 하얀 진주 두 개만이라도……."

"진주라고!"

입이 딱 벌어져서 그가 말했다.

"그걸 간직하고 싶어요. 차고 다니지는 않아도요."

그녀가 말했다.

"그냥 간직하기만 하겠어요."

그러고 그녀는 눈을 떨구더니 실밥이 튿어진 이불자락을 비틀어대면서 대답을 별로 기대하지 않는 사람처럼 참을성 있게 기다렸다.

그러면서 왕룽은 아무런 보상도 받지 못하는 일을 하느라고 평생 동안 큰 집에서 고생만 했으며, 그녀로서는 단 한 번도 만져보지도 못했던 보석을 다른 사람들이 달고 다니는 모습을 구경만 한 이 둔감하고 충실한 여자의 마음속을 들여다보려고 했지만 그 마음을 이해할 수가 없었다.

"가끔 손에 쥐어보고 싶어서요."

혼자 생각하듯이 그녀가 덧붙여 말했다.

그리고 그는 이해가 가지 않는 그 무엇 때문에 감동해서 품에 넣었던 보석을 꺼내 헝겊을 풀어 말없이 그녀에게 주었고, 그녀는 거칠고 갈색인 손으로 반짝거리는 빛깔들을 머뭇거리며 뒤적이며 조심스럽게 보석들을 살피다가 매끄럽고 하얀 두 개의 진주를 찾아내어 손에 쥐고는 나머지 보석들을 다시 묶어 남편에게 되돌려주었다. 그러더니 그녀는 보석을 들고 저고리 한 귀퉁이를 찢어 감싸더니 젖가슴 사이에 숨기고는 마음을 놓았다.

하지만 왕룽은 어리벙벙해서 겨우 반쯤만 이해하며 그녀를 지켜보았고, 그래서 나중에 날이 밝았을 때, 그리고 다른 날에도 가끔 걸음을 멈추고 그녀를 물끄러미 쳐다보면서 속으로 생각했다.

'그래, 세상에, 내 아내인 저 여자, 저 여자는 아마 지금도 젖가슴 사이에 그 진주 두 알을 차고 다니겠지.'

하지만 그는 아내가 신주를 꺼내거나 구경을 하는 모습을 본 적이 없었고 그들은 진주 얘기를 전혀 하지 않았다.

한편 보석으로 말할 것 같으면, 이리저리 궁리해본 다음에 그는 마침내 황씨 댁 큰 집으로 가서 살 땅이 더 있는지 알아봐야 되겠다고 작정했다.

그래서 그는 큰 집으로 갔고, 그곳에 가서 보니 요즈음에는 그의 앞을 지나 황씨 댁으로 들어갈 수가 없는 사람들을 경멸하며 점에 난 기다란 털을 꼬아대면서 대문에 서 있던 문지기가 없었다. 그 대신에 거대한 대문이 잠겨 있어서 왕룽이 두 주먹으로 두드려댔는데도 응답하는 사람이 없었다. 지나다니던 사람들이 그를 올려다보고 대답했다.

"그래요, 어디 실컷 두드리고 또 두드려보시구려. 혹시 영감님이 깨어 있으면 나올지도 모르고, 길 잃은 개 같은 종이라도 있어서 그 종년이 혹시 마음이 내키면 내다볼지도 모르니까요."

하지만 마침내 그는 느릿느릿한 발자국 소리가, 느리고 갈팡질팡하는 듯한 발자국 소리가 문턱을 넘어오더니 발작적으로 멈추었다가 다시 오곤 하는 소리를 들었다. 결국 문까지 와서 대문을 잠그는 쇠빗장을 천천히 벗기고 대문이 삐걱이는 소리가 나더니 칼칼한 목소리가 속삭였다.

"누구야?"

그러자 비록 놀라기는 했어도 왕룽이 큰 소리로 대답했다.

"나 왕룽이오!"

그러자 목소리가 신경질적으로 말했다.

"도대체 왕룽이 무엇 하는 작자이지?"

그리고 왕룽은 욕설의 내용으로 미루어보아 하인과 종을 거느리는 생활에 익숙한 사람 같았으므로 그 사람이 늙은 대감 자신임을 깨달았다. 그래서 왕룽은 아까보다 더욱 겸손한 목소리로 대답했다.

"대감님, 영감님에게 폐를 끼치고 싶어서가 아니라 저한테 볼일이 좀 있기 때문에 찾아왔으니까 영감님 밑에서 일하는 관리인과 일을 보게 해주세요."

그러자 대감은 문을 조금도 더 열어주지 않으며 입술을 삐죽 내밀고 대답했다.

"그 망할 녀석은 여러 달 전에 나를 남겨두고 가버려서 지금은 여기 없어."

그 대답을 듣고 나니 왕룽은 어떻게 해야 할지를 몰랐다. 중간에 사람을 넣지 않고 직접 대감에게 땅을 사겠다는 얘기를 한다는 것은 불가능했다. 그래도 보석은 불길처럼 뜨겁게 그의 품속에 매달려 있었고, 그는 땅을 원하는 것보다 오히려 보석을 처분하고 싶은 심정이 더 다급했다. 가지고 있는 씨를 그는 가능한 한 많은 땅에 심을 터였고, 그는 황씨 댁의 비옥한 땅을 원했다.

"돈 문제 때문에 왔는데요."

그가 머뭇거리며 말했다.

순식간에 대감이 대문을 왈칵 밀어 닫았다.

"이 집에는 돈이 없어."

그 어느 때보다도 큰 목소리로 그가 말했다.

"도둑과 화적과 관리인이…… 그놈의 죄를 생각하면 놈의 어미니와 어머니의 어머니도 저주를 받아 마땅한 그 관리인 놈이 내가 가진 모든 것을 훔쳐갔어. 난 빚도 갚을 수가 없다구."

"아녜요, 아닙니다."

왕룽이 황급히 소리쳤다.

"받으러가 아니라 드리려고 왔어요."

이 말이 나오자 왕룽이 지금까지 듣지 못했던 목소리가 날카롭게 외치더니 어떤 여자가 불쑥 대문에서 얼굴을 내밀었다.

"그런 얘기는 정말 오랜만에 들어보는 반가운 소리로군요."

그녀가 찢어지는 소리로 말했고 왕룽은 그를 내다보는 혈기가 오르고 예민하고 잘생긴 얼굴을 보았다.

"어서 들어오세요."

그녀가 쾌활하게 말하고는 왕룽이 들어올 수 있을 만큼 문을 열어준 다음에 그가 안으로 들어서자 놀란 채 마당에 서 있는 그의 뒤에서 다시 문을 단단히 닫았다.

대감은 지저분하게 질질 끌리는 모피가 달린 더러운 회색 공단 옷을 몸에 걸치고는 기침을 하고 멍하니 쳐다보며 서 있었다. 잠옷으로 사용한 모양이어서 구겨지고 여기저기 얼룩과 때가 묻었기는 해도 공단이 아직 매끄럽고 두툼한 것을 보니 누가 보더라도 전에는 그 옷이 훌륭했음을 한눈에 알 수가 있었다. 큰 집에서 사는 사람들을 평생 반쯤 두려워하며 살아온 터여서 왕룽은 호기심을 느끼면서도 반쯤은 두려워하며 대감을 멍하니 마주 쳐다보았는데, 그가 여태까지 그토록 많은 얘기를 들었던 대감이 바로 이 늙은 사람이었다. 어디를 봐도 그의 늙은 아버지보다 무서운 구석이 없고, 아버지는 말끔하고 미소를 짓는 노인인 반면에 전에는 뚱뚱했던 노대감이 이제는 바싹 여위고 피부도 쭈글쭈글 축 늘어지고 몸도 씻지 않고 면도도 하지 못해 싯누렇고 벌벌 떠는 손으로 턱을 더듬거리며 늙어 맥이 풀린 입술을 만지작거리는 몰골을 보니 오히려 아버지만큼도 두려운 존재가 아니라는 사실이 믿어지지 않았다.

여자는 그만하면 깨끗했다. 그녀는 얼굴이 날카롭고 탄력이 있었으며, 콧등이 오똑해서 매 같은 인상을 주는 미모였고, 예리한 검은 눈이 빛나고 하얀 피부가 지나칠 정도로 팽팽했고, 뺨과 입술이 붉고 단단했다. 그녀의 검은 머리는 거울처럼 매끄럽고 새까맣게 반짝였지만, 말투로 미루어보아 그녀가 주인의 가족이 아니라 입심이 세고 목소리가 카랑카랑한 종이라는 것을 눈치챌 수가 있었다. 그리고 여자와 노대감 두 사람 이외에는 전에는 큰 집을 꾸려나가는 일 때문에 남자들과 아이들이 분주히 돌아다녔던 마당에는 사람이 아무도 없었다.

"그럼 돈 얘기를 하죠."

여자가 날카롭게 말했다. 하지만 왕룽이 머뭇거렸다. 그는 노대감 앞에서 마음 놓고 얘기할 수가 없었고, 채 말이 떨어지기도 전에 재빨리 모든 일을 파악한 여자는 그 사실을 당장 눈치 채고 노인에게 사납게 말했다.

"어서 저리 비키세요!"

그리고 늙은 대감은 아무 말도 없이 콜록콜록 기침을 하고 낡은 벨벳 신발을 발뒤꿈치에서 탈락거리고 조용히 비치적거리며 자리를 피했다. 한편 왕룽은 이 여자하고 단둘이 남게 뇌사 무슨 말이나 행동을 해야 할지를 몰라 우물쭈물했다. 그는 사방에서 엄습하는 침묵에 어리벙벙해졌다. 그가 흘긋 다음 마당을 넘겨다보았지만 그곳에도 다른 사람은 없었다. 마당 여기저기서 그는 오물과 쓰레기 더미, 흩어진 지푸라기와 대나무 가지, 말라버린 솔잎, 죽은 꽃의 줄기 따위를 보았는데, 누가 비를 들고 와서 이 마당을 쓸었던 것도 오래 전 일이었던 듯싶었다.

"어서 얘기해요, 이 멍청한 사람 같으니라구!"

굉장히 날카롭게 여자가 말했고, 그 째어지는 소리가 어찌나 갑작스러웠는지 왕룽은 그녀의 목소리를 듣고 깜짝 놀랐다.

"당신의 볼일이 무엇인가요? 돈이 있다면 어디 보여줘요."

"싫어요."

몸을 도사리며 왕룽이 말했다.

"돈이 있다는 얘기는 안 했어요. 거래를 하러 온 거죠."

"거래는 돈을 의미해요."

여자가 반박했다.

"돈이 들어오거나 나가는 게 거래인데, 이 집에는 나갈 돈이 없어요."

"글쎄요, 어쨌든 난 여자하고는 얘기를 할 수가 없는데요."

왕룽이 공손히 거부했다. 그는 지금 자기가 처한 상황을 전혀 파악할 수가 없었으므로 아직도 두리번거리며 주위를 둘러보기만 했다.

"아니, 왜 못 하겠다는 건가요?"

여자가 화를 내며 따졌다. 그러더니 그녀는 갑자기 왕룽에게 소리쳤다.

"이곳에는 아무도 없다는 얘길 못 들었나요, 이 바보 같은 사람아?"

믿지 못하겠다는 듯 왕룽은 맥이 풀려 그녀를 물끄러미 쳐다보았고, 여자가 다시 그에게 소리쳤다.

"나하고 영감님 이외에는 아무도 없어요!"

"모두 어디로들 갔나요?"

너무 기가 막혀 말도 제대로 안 나와서 왕룽이 물었다.

"그러니까, 노마님은 돌아가셨고요."

여자가 쏘아붙였다.

"화적들이 집으로 쳐들어와 노예와 종을 닥치는 대로 끌고 갔다는 얘기를 당신은 읍내에서 들어보지도 못했나요? 그리고 그들은 노대감님의 엄지손가락을 붙잡아 매달고는 매질을 했고, 노마님은 의자에 묶고 입에다 자갈을 물렸고, 나머진 모두 도망쳤어요. 하지만 나는 남았어요. 나는 물이 반쯤 찬 놋으로 된 함지박 속에 나무 뚜껑을 덮고 숨어 있었어요. 그리고 내가 나와서 보니 화적들은 가버렸고 노마님은 누가 건드리지도 않았는데 겁에 질려 의자에 앉은 채로 죽어 있더군요. 마님의 몸은 아편을 너무 피워 말라붙은 갈대나 마찬가지였고, 공포를 견디지 못했던 거예요."

"그럼 하인들과 종들은요?"

왕릉이 아연실색했다.

"문지기는 어떻게 되었나요?"

"오, 그 사람들요."

그녀가 무관심하게 말했다.

"그들은 벌써 오래 전에 없어졌는데, 겨울이 절반도 가기 전에 돈도 떨어지고 식량도 떨어져 다리가 멀쩡한 사람은 누구나 다 도망쳤어요. 정말이에요."

그녀의 목소리가 속삭임으로 낮아졌다.

"화적들 중에는 머슴이었던 남자들이 많았어요. 난 그 개 같은 문지기 놈을 내 눈으로 똑똑히 보았는데, 그 작자가 길을 안내했어요. 대감님이 계신 자리에서는 얼굴을 돌렸지만 난 그의 점에 늘어진 기다란 털 세 가닥으로 알아봤어요. 그리고 또 다른 사람들도 끼어 있었던 모양이어서, 큰 집의 내용을 잘 아는 사람이 아니고서는 보석들을 어디에 숨겨두었으며, 팔지 않을 것들을 저장하는 비밀 장소가 어디에 있는지 누가 알았겠어요? 이 집안과 먼 친척이라고 해서 그런 일에 공공연히 나선다는 것은 제 신분에 어울리지 않는다고 여겼을지는 모르겠지만 나는 그 늙은 관리인도 그들과 같이 작당을 했으리라는 가능성을 배제하고 싶진 않아요."

여자가 잠잠해졌고, 마당의 침묵은 생명이 사라진 다음의 정적만큼이나 무거웠다. 그러더니 그녀가 말했다.

"하지만 그 모든 일이 갑자기 벌어진 것은 아니었어요. 노대감과 그분 아버님의 평생 동안에 이 집안의 몰락이 계속되었으니까요. 지난 세대에 주인님들이 땅을 돌보는 일을 그만두고 대리인들이 주는 돈을 받아 제멋대로 물 쓰듯 썼답니다. 그리고 이번 세대에는 땅의 힘이 그들에게서 조금씩조금씩 사라졌고 땅도 역시 사라지기 시작했어요."

"젊은 주인님들은 어디로 갔나요?"

이런 일들을 믿기가 너무나 힘들어 아직도 주위를 두리번거리며 왕룽이 물었다.

"뿔뿔이 흩어졌어요."

여자가 무관심하게 말했다.

"이런 일이 벌어지기 전에 두 딸을 시집 보낸 건 큰 다행이었어요. 그의 아버지와 어머니가 어떤 곤경에 처했는지 얘기를 들은 맏아드님은 아버지인 노대감을 모시고 오라고 사람을 보냈지만 난 영감님더러 가지 말라고 그랬죠. 난 이렇게 말했어요. '누가 이 집을 지키나요? 나는 여자에 불과하니까 어울리지 않는 일이에요.'"
 그녀는 이 말을 하면서 새촘하게 얇고 빨간 입술을 삐죽 내밀고는 대담한 눈을 내리깔고 잠깐 침묵을 지킨 다음에 다시 말했다.
 "그뿐 아니라 난 지난 여러 해 동안 주인님의 충실한 종이었고, 다른 집도 없어요."
 왕룽은 그녀를 찬찬히 살펴본 다음에 얼른 시선을 돌렸다. 그는 마지막으로 남은 것이나마 그에게서 긁어내고 싶어서 늙고 죽어가는 남자에게 매달리는 이 여자의 정체를 납득하기 시작했다. 그는 경멸스럽게 말했다.
 "보아하니 당신은 노예에 지나지 않는 모양인데, 어떻게 내가 당신하고 거래를 하겠어요?"
 그 말을 듣고 그녀는 왕룽에게 소리를 질렀다.
 "저 사람은 내가 시키는 대로 해요."
 왕룽은 그 대답을 곰곰이 따져보았다. 그렇다, 땅은 거기 있있다. 만일 그가 사지 않는다면 다른 사람들이 이 여자를 통해서 그 땅을 살 터였다.
 "남은 땅이 얼마나 되나요?"
 마음은 안 내켰지만 그가 물었다. 그녀는 왕룽이 찾아온 목적을 당장 눈치 챘다.
 "땅을 사려고 왔다면, 살 만한 땅이 있어요."
 그녀가 재빨리 말했다.
 "서쪽에 백 정보가 있고 남쪽에도 영감님은 팔 땅이 이백 정보나 있어요. 전부 한 땅은 아니지만 덩어리들이 커요. 한 정보도 안 남기고 다 팔 수 있어요."

그렇게 서슴지 않고 얘기하는 것을 보고 왕룽은 노인에게 남은 땅을 마지막 한 치까지 그녀가 환히 알고 있음을 깨달았다. 하지만 아직도 그는 믿어지지 않았고 그녀와 거래를 하고 싶지 않았다.

"아들들의 동의 없이는 집안의 모든 땅을 노대감이 팔 수 없을 것 같은데요."

그가 따졌다.

하지만 여자는 몸이 달아 그를 물고 늘어졌다.

"그게 문제라면 얘긴데, 아드님들은 영감님더러 팔 수 있을 때 얼른 팔아치우시라고 그랬어요. 어느 아들도 그 땅에서 살고 싶어하지 않고, 기근이 심한 요즈음에는 시골 어디를 가나 도둑들이 극성이어서 그들은 모두 이런 소리를 했어요. '우린 그런 곳에서 살 수 없어요. 우리 그걸 팔아 돈을 나누기로 하죠.'"

"그럼 누구에게 내가 돈을 줘야 하나요?"

아직도 믿어지지 않아서 왕룽이 물었다.

"누군 누구예요, 노대감에게 드려야죠."

여자가 거침없이 말했다. 하지만 왕룽은 노인에게 돈을 주면 그것이 이 여자의 손으로 들어가리라는 사실을 알았다.

따라서 그는 더 이상 그녀와 얘기를 하고 싶지 않아서 "다음에 얘기하죠, 다음에"라고 말하면서 몸을 돌려 대문으로 갔고, 그녀는 왕룽의 뒤에서 바락바락 소리를 지르며 거리까지 그를 따라 나왔다.

"내일 이맘때나, 지금이나, 오늘 오후에나 언제라도 마찬가지예요!"

왕룽은 무척 어리둥절했고, 그가 들은 얘기를 생각해볼 필요조차 없어서 대답도 하지 않고 거리로 내려갔다. 그는 자그마한 찻집으로 들어가 값싼 차를 주문했고, 심부름하는 소년이 그의 앞에다 능숙한 솜씨로 찻잔을 내려놓고 그가 낸 돈을 건방진 태도로 탁 받아 동전을 공중으로 던지며 가버린 다음에 왕룽은 깊은 생각에 잠겼다. 그리고 더 생각하면 생각할수록 왕룽과 그의 아버지와 할아버지가 살아오는 동안 지금까지 읍내에서 권세와 영광의 상징이었던 부유한 세도가문이 이제는 몰락하고 뿔뿔이 흩어졌다는 사실이 점점 더 괴이하게 여겨졌다.

"그들이 땅을 떠났기 때문에 그렇게 된 거야."

그는 애석하게 생각했고, 봄철 우후죽순처럼 무럭무럭 자라는 그의 두 아들을 생각해보았으며, 오늘부터 당장 그들이 볕에 나가 노는 대신 밭으로 데리고 가서 일을 하게 함으로써 일찍부터 그들이 발밑 흙의 감촉과 손에 쥔 단단한 괭이의 삼촉을 뼈와 핏속에서 느끼게 만들겠다고 결심했다.

어쨌든 지금까지도 이 무겁고 뜨거운 보석을 그는 몸에 지니고 있었으며, 그것 때문에 끊임없는 두려움에 사로잡혔다. 마치 그 보석의 찬란함이 그의 누더기로 스며 나와 반짝이는 듯싶었고, 누군가 이렇게 소리칠 것만 같았다.

"이 가난한 사람이 황제의 보물을 가지고 있구먼!"

그리고 그는 보석을 땅으로 바꿔놓을 때까지는 마음이 편해지지 않았다. 그래서 그는 찻집 주인이 잠깐 한가해질 때까지 지켜보고 있다가 주인을 불러 말했다.

"내가 차 한 잔 살 테니 이리 와서 마시며 겨울 동안 멀리 떠나 있었던 나한테 읍내 소식이나 얘기해주시죠."

찻집 주인은 그런 얘기를 나눌 준비가 항상 되어 있었고, 특히 다른 사람의 돈으로 자신의 차를 사서 마시는 경우는 더욱 그랬으므로 왼쪽 눈이 사시에 자그마하고 족제비 같은 주인은 냉큼 왕룽의 탁자로 와서 앉았다. 그의 저고리와 바지 앞자락이 지저분하고 때에 찌들었으며, 차 이외에 스스로 요리한 음식도 파는 주인은 걸핏하면 "훌륭한 요리사는 옷이 깨끗할 날이 없다는 속담이 있답니다"라는 말을 즐겨 했고 그래서 자신이 지저분한 꼴이더라도 당연하고 마땅히 그래야 한다고 믿는 사람이었다. 그는 자리에 앉아 당장 얘기를 시작했다.

"뭡니까, 그러니까 새로운 소식이라고 할 수도 없는 사람들의 굶주림 이외에는 황씨 댁을 도둑 떼가 습격한 사건이 가장 큰 얘깃거리죠."

그것은 바로 왕룽이 듣고 싶었던 얘기였고, 주인은 계속해서 재미있어 하며 몇 명 남지 않았던 노예들이 어떻게 비명을 질렀고, 그들이 어떻게 끌려갔고, 남아 있던 첩들이 어떻게 강간을 당하고 쫓겨났으며, 심지어 몇 명은 끌려가기도 했고, 그래서 지금은 어느 누구도 그 집에서 살 엄두도 내지 않는다고 왕룽에게 얘기해주었다.

"어느 누구도 말이에요."

주인이 얘기를 끝냈다.

"노대감만 그곳에서 사는데, 그 영감님은 이제 토츄엔(杜鵑)이라는 종년의 손아귀에서 놀아나고 있어요. 다른 여자들은 토츄엔의 농간에 오래 버티지 못했으므로 이 여자만이 여러 해 동안 노대감의 침실을 드나들었죠."

"그렇다면 그 여자가 휘어잡고 있나요?"

열심히 귀를 기울이며 왕룽이 물었다.

"지금이야 뭐든지 그 여자가 마음대로 다 하죠."

주인이 대답했다.

"그래서 요즈음에는 그 여자가 닥치는 대로 무엇이나 다 움켜쥐고 뭐든지 다 먹어치운답니다. 물론 언젠가 젊은 주인들이 타향에서 일을 처리하고 돌아온 다음에는 충실한 종에게 보상을 해달라는 수작으로 그들을 속일 수야 없을 테니까 그때는 그 여자도 떠나야 되겠죠. 하지만 이제 그 여자는 백 년 동안 먹고 살 재산은 장만했을 거예요."

"그럼 땅은요?"

긴장해서 떨리는 목소리로 마침내 왕룽이 물었다.

"땅요?"

주인이 멍하니 말했다. 이 찻집 주인에게는 땅이란 아무 의미가 없었다.

"땅을 팔 건가요?"

왕룽이 초조하게 말했다.

"아, 땅요!"

주인이 무관심하게 대답했고, 손님이 들어오자 몸을 일으켜 "여섯 대에 걸쳐 문중 묘지로 쓴 땅 이외에는 다 팔려고 내놓았다는 얘기를 들었어요"라고 말하고는 그쪽으로 갔다.

그러자 왕룽도 알아보려고 하던 얘기를 다 들은 셈이어서 자리에서 일어나 밖으로 나가서 다시 거대한 대문으로 찾아갔고 여자가 나와 문을 열어주자 그는 안으로 들어가지 않고 그냥 서서 그녀에게 말했다.

"우선 이것부터 알고 싶은데 팔려고 하는 땅의 문서엔 대감님이 손수 도장을 찍어주시나요?"

그리고 그에게서 눈을 떼지 않으며 여자가 다급하게 말했다.

"그럼요, 그럼요, 내가 목숨을 걸고 맹세하겠어요!"

그러자 왕룽이 덤덤하게 말했다.

"땅값으로 금이나 은이나 보석 가운데 무엇을 받겠어요?"

그녀는 눈을 반짝이며 말했다.

"보석을 받겠어요!"

17

이제 왕룽은 소 한 마리를 가진 사람이 경작하고 추수하기에는 땅이 너무 많았고 한 사람이 쌓아두기에는 수확이 너무 많았기 때문에 집에다 작은 방을 하나 더 들이고는 나귀 한 마리를 산 다음 이웃에 사는 칭에게 말했다.

"얼마 안 되는 당신 땅은 나한테 팔고 외로운 집도 내버려두고 차라리 우리 집으로 와서 내 땅 농사나 거들어주시지 그래요?"

칭은 기꺼이 그 말을 들었다.

이제는 때맞춰 하늘이 비를 내렸고 모도 잘 자라서 밀을 베어 묵직하게 단으로 묶어 거두어들인 다음에 두 사람은 물을 댄 논에다 모심기를 했는데, 비가 많이 내려 물이 풍족해서 전에는 말라붙었던 땅도 금년에는 벼농사를 짓기에 적합해서 왕룽은 이 해에 그 어느 때보다도 많은 모를 심었다. 그러다가 추수 때가 되자 어찌나 수확이 많았는지 그와 칭 두 사람만으로는 거두어들일 수가 없었으므로 왕룽은 마을에 사는 두 사람을 일꾼으로 고용해서 가을걷이를 돕게 했다.

그는 또한 황씨 댁에서 사들인 땅에서 일하다가 몰락한 세도가의 게으른 젊은 아들들이 생각나서 자신의 두 아들에게 아침마다 같이 들판으로 나가야 한다고 준엄하게 명령하고는 그들에게 소와 나귀를 몰고 작은 손으로나마 할 수 있는 일을 해서 비록 별로 큰 일은 못하더라도 온몸에 내리쬐는 태양의 열기와 밭이랑들을 따라 오락가락 걸어 다니는 권태로움만이라도 익히게 했다.

하지만 그는 금년처럼 땅이 풍성한 수확을 가져다 준 적이 없었기 때문에 그럴 마음만 있다면 일손을 고용할 능력이 생겼으니 이제는 더 이상 가난한 사람이 아니었으므로 오란이 들에서 일하도록 내버려두지를 않았다. 그는 집 안에 걸어 다닐 공간도 없을 터여서 추수한 곡식을 저장할 방을 집에 하나 더 들이지 않으면 안 되었다. 그리고 그는 추수에서 떨어진 낟알들로 먹일 닭 여러 마리와 돼지 세 마리를 사들였다.

그래서 오란은 집 안에서 일하고 모든 사람들을 위해 새 옷을 짓고 신발도 새로 만들었으며, 침대마다 포근한 새 솜을 채운 꽃무늬가 담긴 이불깃을 만들었고, 모든 일이 끝나자 그들은 생전 처음으로 옷과 이부자리가 풍요했다. 그런 다음에 그녀는 자리에 누워 또다시 아이를 낳았는데, 아무라도 마음대로 사람을 고용할 수가 있었지만 이번에도 혼자 낳기로 하고 곁에 아무도 두려고 하지 않았다.

이번에는 해산이 한참 걸렸고 왕룽이 저녁에 집으로 돌아가서 보니 아버지가 문간에 서서 웃고 있다가 말했다.

"이번에는 달걀에 노른자가 두 개로구나!"

그리고 왕룽이 안방으로 들어갔더니 오란이 갓 태어난 두 아이와 함께 침대에 누워 있었는데, 두 톨의 쌀처럼 똑같은 계집아이와 사내아이였다. 왕룽은 그녀가 낳은 아이들을 보고 요란하게 웃고 나서 재미있는 얘기가 생각났다.

"그래서 당신이 보석 두 개를 품고 다녔구먼!"

그리고 그는 이 말을 하려고 생각했던 것이 우스워서 다시 웃었고, 그가 너무나 즐거워하는 모습을 보자 오란도 천천히 고통스러운 미소를 지었다.

그래서 왕룽은 이 무렵에 아무런 슬픔도 없었고, 슬픔이 있다면 큰딸이 그 나이 또래에 마땅히 해야 할 말이나 행동들을 할 줄 몰랐고, 아버지와 눈길이 마주칠 때면 아직도 아기처럼 미소만 짓는다는 걱정거리가 전부였다. 태어나 첫해를 절망 속에서 살았기 때문인지 아니면 굶주려서였는지 어쩐지 이유를 알 수 없었다. 왕룽은 아이들이 그를 부를 때처럼 "아―빠"라는 소리나마 첫마디 말이 딸의 입에서 나오기를 기다렸지만 날이 가고 달이 가도 아무 말도 못하고 그냥 공허하고 착한 미소만 지을 따름이어서 그는 딸을 쳐다보면 탄식만 나왔다.

"어린것이, 가엾고 어린것이 바보가······."

그리고 그는 마음속으로 소리쳤다.

"만일 내가 이 가엾은 아이를 팔았더라면 사람들이 이런 사실을

대지

알아내고는 죽여버렸을 거야!"

그리고 마치 아이에게 잘못을 보상하려는 듯 그는 이 딸을 무척 아꼈고 때로는 밭으로 데리고 나가기도 했으며 딸은 말없이 그를 졸졸 따라다니며 그가 무슨 말을 하거나 시선을 던지기만 해도 방글방글 웃었다.

왕룽과 그의 아버지와 아버지의 아버지가 땅을 갈며 평생을 살아온 이 지방에는 5년쯤에 한 번씩 기근이 닥치거나, 어쩌다 신령들의 마음이 누그러지면 7년이나 8년, 심지어는 10년까지도 무사히 지나가기도 했다. 그 까닭은 하늘이 비를 너무 많이 내렸거나 전혀 내려주지 않았기 때문이었고, 아니면 머나먼 산에서 흘러내려온 겨울 눈과 비로 인해 북쪽의 강이 범람하여 몇백 년 동안 사람들이 물을 막으려고 쌓은 둑을 넘어 논밭으로 쏟아져 나오기 때문이었다.

그럴 때마다 사람들은 땅으로부터 도망쳤다가 다시 돌아왔지만 왕룽은 이제 재산을 모아 단단히 지반을 쌓아 앞으로 어려운 시절이 닥치더라도 절대로 다시는 그의 땅을 떠나지 않고 풍요한 해의 결실에 의존해서 다른 해가 올 때까지 버티겠다고 결심했다. 그의 각오도 단단했고, 신령들도 그를 도와서 일곱 해 동안 수확이 있었고, 해마다 왕룽과 그의 일꾼들은 먹고 남을 그의 곡식을 털었다. 그는 해가 갈수록 밭일을 위해 더 많은 사람을 고용하여 결국 여섯 사람을 거느리기에 이르렀고, 낡은 집 뒤에다 새 집 한 채를 지어 마당 뒤쪽에 커다란 방 하나와 마당 양쪽으로 큰 방 곁에다 작은 방 두 개를 들였다. 그는 새 집에다 기와를 얹었지만 벽은 석회를 발라 하얗고 깨끗하게 했다. 이번에도 들에서 퍼다가 단단하게 다진 흙으로 벽을 쌓아올렸다. 이 새로 지은 방으로 왕룽과 그의 가족이 거처를 옮겼고 칭을 우두머리로 한 일꾼들은 앞쪽 헌 집에서 살았다.

이 무렵에 왕룽은 칭을 갖가지로 살펴본 결과 정직하고 충실한 남자라는 사실을 알았고, 그래서 칭을 일꾼들과 땅을 감독하는 겸인으로 삼아 후한 보수를 주어 숙식 이외에도 한 달에 은화 두 닢을 주었다. 하지만 왕룽이 칭더러 아무리 잘 먹어야 한다고 일렀어도 칭은 여전히 살이 붙지 않아 항상 자그마하고 무척 근엄하고 야위고 호리호리한 남자였다. 그렇기는 해도 그는 기쁜 마음으로 동틀 녘부터 어두워질 때까지 말없이 꾸준하게 일했고, 혹시 할 말이 있을 때만 나약한 목소리로 얘기를 했고, 아무 일도 없어서 그가 잠자코 입을 다물고 있어도 좋을 때가 가장 좋고 행복하다고 생각했으며, 시간이 가고 또 가도 괭이질을 계속하고, 동틀 녘과 해 질 녘에는 물이나 거름이 담긴 통을 들로 가지고 나가 채소밭에 주었다.

그러면서도 어느 일꾼이 대추나무 밑에서 날마다 삼을 너무 많이 자거나, 같이 먹는 반찬 그릇에서 누가 자기 몫보다 두부를 많이 떠다 먹는다거나, 추수 때 도리깨로 터는 동안 마누라나 아이에게 몰래 와서 곡식을 몇 줌 슬쩍 훔쳐가게 하는 일이 있다면 연말에 추수가 끝나고 주인과 일꾼이 함께 잔치를 벌일 때 귓속말로 왕룽에게 알려주고는 했다.

"누구하고 누구는 내년에 다시 쓰지 마십시오."

그리고 이 두 사람이 주고받았던 한 줌의 팥과 씨앗은 그들을 형제처럼 만들어놓았지만, 나이가 아래인 왕룽이 윗사람의 자리를 차지했기 때문에 칭은 자기가 고용된 몸이고 다른 사람의 소유인 집에서 기거한다는 사실을 완전히 망각하는 일이 전혀 없었다.

5년째 되던 해 연말에 왕룽은 땅이 너무 늘어나다 보니 농사를 관리하고 수확한 것을 판매하고 일꾼들을 감독하는 데 그야말로 시간을 모두 바쳐야 했기 때문에 들에서 직접 일할 기회가 거의 없었다. 그는 낙타털 붓과 먹으로 종이에 써놓은 글자들의 의미와 책에 담긴 지식을 알지 못해서 굉장히 애를 먹었다. 그뿐 아니라 곡물을 사고 다시 파는 곡물상에서 어느 만큼의 밀과 쌀이라고 계약서에 적어 넣어야 할 때면 그는 창피를 무릅쓰고 읍내의 오만한 상인들에게 공손히 이런 부탁을 해야만 했다.

"선생님, 제가 너무 무식해서 그러는데, 이걸 저한테 읽어주시지 않겠어요?"

그리고 계약서에다 이름을 적어 넣어야 할 때 상대방이, 하찮은 점원까지도 경멸하는 표정으로 눈썹을 꼬아 올리며 왕룽의 이름을 붓으로 획획 갈겨써줄 때도 창피하기는 마찬가지였고, 가장 심한 수치를 느끼는 것은 상대방이 농담 삼아 그에게 "그게 용(龍) 룽 자요, 아니면 벙어리 룽(聾) 자요, 아니면 뭐요?"라고 소리치는 경우에 왕룽이 초라하게, "저는 너무 무식해서 제 이름자도 모르니까 마음대로 써 넣으세요"라고 대답할 때였다.

그러다가 추수기 어느 날, 점심때라 한산해서 모두 무슨 재미있는 일이 없나 하고 얘기를 듣고 있던 곡물상의 점원들부터 아들보다 겨우 몇 살 많을 듯싶은 아이들까지 모두 요란하게 웃는 소리를 듣고 그는 그의 땅을 걸어 집으로 가면서 속으로 투덜거렸다.

'그래, 읍내의 그 바보 같은 작자들 가운데 어느 누구도 땅은 한치도 가지고 있지 못하면서도 종이에다 붓으로 휘갈긴 것들의 의미를 내가 모른다고 해서 거위처럼 키득거리고 비웃어도 좋다고들 생각한단 말야.'

그러다가 화가 가라앉자 그는 마음속으로 생각했다.

'하기야 내가 글을 읽지도 못하고 쓸 줄도 모른다는 건 창피한 일이기는 해. 난 맏아들을 밭으로 내보내는 대신에 읍내에 있는 서당에 다니게 해야겠군. 그 애가 글을 배우면 내가 곡물 시장에 갈 때 나 대신 읽고 쓰기는 할 테니까 땅을 소유한 나를 보고 킬킬거리며 웃는 이런 꼴은 보지 않게 되겠지.'

왕룽은 이러는 것이 좋겠다는 생각이 들어서 바로 그날로 그는 큰아들을 불렀다. 이제는 나이 열두 살로 후리후리하게 키가 크고 큼직한 얼굴 골격과 커다란 손과 발은 어머니를 닮았지만 재빠르게 돌아가는 눈은 아버지를 닮은 아들이 그의 앞에 서자 왕룽이 말했다.

"내가 읍내에서 창피를 당하지 않도록 계약서를 읽고 내 이름을 써줄 학자가 집안에 있어야 하니까 너는 오늘부터 밭에 나가지 말아라."

아들의 검붉게 탄 얼굴이 상기되었고 눈이 반짝였다.

"아버지."

그가 말했다.

"그건 지난 2년 동안 제가 바라던 바이지만 감히 물어볼 엄두가 나지 않던 일입니다."

그러자 이 얘기를 들은 둘째 아들이 걸핏하면 그렇듯이 울고 불평을 늘어놓으며 들어왔는데, 처음 말을 배울 때부터 시끄럽고 말이 많았으며 다른 사람들보다 자기 몫이 적을 때는 당장 울음을 터뜨리고는 하던 그가 지금 또 아버지에게 투정을 부렸다.

"형은 한가하게 자리에 앉아서 무엇을 배우는 동안 똑같은 아들이면서 나만 혼자 머슴처럼 일만 해야 한다는 건 공평하지 못해요. 그렇다면 나도 밭에서 일을 하지 않겠어요!"

그러자 왕룽은 그의 시끄러운 소리를 견딜 수가 없었고, 충분히 요란하게 소리만 질러대면 무슨 요구라도 들어주던 터라 아버지가 황급히 말했다.

"좋아, 좋아, 너희 둘 다 가도록 해라. 그러면 만일 하늘이 못된 성미를 부려 너희 가운데 하나를 빼앗아가더라도 대신 사무를 볼 지식을 가진 자식이 하나는 남아 있겠지."

그러더니 그는 두 아들에게 입힐 기다란 옷을 지을 옷감을 사오라고 아내를 읍내로 보냈고 자신은 종이와 먹을 파는 필방으로 가서 종이와 붓과 먹 두 자루를 샀는데, 그런 것들은 전혀 아는 바가 없으면서도 모른다는 말을 하기가 창피해서 주인이 내놓고 그에게 보여주는 모든 것에 탐탁지 않은 표정을 지었다. 그래도 마침내 모든 것이 준비되었고 지난 여러 해 동안 과거를 보러 갔다가 낙방했던 늙은 남자가 가르치는 읍내 성문 근처의 작은 서당에 두 아들을 보내기로 했다. 이 훈장은 그의 집 가운데 방에다 긴 의자와 책상들을 들여놓고 명절마다 몇 푼씩 돈을 받고 사내아이들에게 경서를 가르쳤고, 만일 아이들이 게으름을 피우거나 새벽부터 석양 무렵까지 애써 배운 내용들을 외지 못했을 때는 큼직한 부채를 접어 때려주기도 했다.

　봄철과 여름의 따뜻하거나 더운 날에만 노인이 점심을 먹은 다음 꾸벅꾸벅 졸거나 잠을 자서 컴컴하고 작은 방이 훈장이 자는 소리로 가득 차기 때문에 학생들도 휴식을 취할 수 있었다. 그러면 아이들은 수군거리고 장난도 치고 온갖 못된 그림을 그려 서로 보여주기도 했고, 헤벌어져 축 늘어진 노인의 입 주변에서 붕붕거리는 파리를 보고 킬킬 웃기도 했고, 동굴 같은 노인의 입으로 파리가 들어가느냐 안 들어가느냐 서로 내기도 걸었다. 그리고 언제 잠을 잤느냐는 듯 갑자기 그리고 몰래 그가 눈을 뜰지는 아무도 모를 일이었다. 늙은 훈장이 갑자기 눈을 뜨고 미처 눈치를 채지 못한 아이들의 장난을 보면 그는 부채로 이 아이 저 아이의 머리통을 탁탁 때렸다. 그리고 훈장의 부채가 사납게 때리고 아이들이 비명을 지르는 소리를 들으면 이웃 사람들은 이렇게 말했다.

　"누가 뭐라고 해도 훌륭한 훈장이시라니까."

　그리고 바로 이런 이유 때문에 왕룽은 두 아들이 공부할 서당으로 이곳을 골랐다.

　아이들을 서당으로 데리고 가던 첫날 그는 아버지와 아들이 나란히 걸어간다는 것은 도리에 어긋나는 짓이어서 그들보다 앞장서서 걸었고, 파란 보자기에 신선한 달걀을 잔뜩 싸가지고 가서 늙은 훈장에게 주었다. 그리고 왕룽은 늙은 훈장이 겨울에도 들고 다니는 엄청나게 큰 부채와, 헐렁헐렁하고 검은 빛깔의 기다란 두루마기와, 굉장히 커다란 놋쇠 안경을 보고 위압되어 그의 앞에서 절을 하고 말했다.

"선생님, 여기 제 보잘것없는 두 아들이 있습니다. 이애들의 우둔하고 한심한 머리에 무엇이라도 넣어주려면 매로 때려서 가르치는 수밖에 없을 테니, 이 아이들을 때려서 가르쳐주신다면 제 마음이 기쁘겠습니다."

아들은 서서 의자에 앉은 다른 아이들을 노려보았고 다른 아이들은 두 아들을 마주 노려보았다.

하지만 두 아이를 남겨두고 혼자서 다시 집으로 돌아가던 왕룽의 마음은 자랑스러워 터져 나갈 듯싶었고, 그가 보기에는 교실에 있는 모든 아이들 가운데 키와 튼튼함과 검게 탄 얼굴에 있어서 두 아들과 맞먹을 아이는 아무도 없었다. 읍내 성문을 통과하다가 마을에서 오는 이웃 사람을 만나자 그는 상대방의 묻는 말에 이렇게 대답했다.

"아이들을 서당에 데려다주고 오는 길이에요."

상대방이 놀랄 일이었지만 그는 아무렇지도 않은 듯 대답했다.

"난 이제 그 애들을 밭에서 필요로 하지 않으니까 차라리 글이라도 배우게 하는 것도 좋겠죠."

하지만 지나치면서 그는 속으로 이렇게 생각했다.

'큰놈이 공부를 많이 해서 감사를 지낸다고 해도 난 조금도 놀라지 않을 거야!'

그리고 이때부터 두 아들은 더 이상 '큰아이' '작은아이' 하고 부르지 않고 노훈장이 서당에서 부르는 이름을 지어주었는데, 큰아이는 눙엔이고 작은아이는 눙웬이라고 해서 두 아이의 이름은 모두 첫 글자가 흙에서 부유함을 얻는다는 뜻(農)이 되게 했다.

18

 이렇듯 왕룽은 재산을 모아갔고, 7년째 되던 해에 북서쪽에서 시작되는 비와 눈이 심했기 때문에 북쪽의 큰 강은 물이 너무 불어 강둑을 범람하여 휩쓸고 내려와 그 지역의 모든 땅에 홍수를 일으켰다. 하지만 왕룽은 두렵지 않았다. 비록 그의 땅의 5분의 2가 어깨높이보다 더 깊은 물의 호수처럼 잠기기는 했어도 그는 두렵지 않았다.
 늦은 봄과 초여름이 다 가도록 물이 불었고 결국 아름답고도 고요한 큰 바다를 이루어 밑동이 물에 가라앉은 대나무와 버드나무와 구름과 달이 거울처럼 비쳤다. 살던 사람들이 버리고 떠난 흙집들이 물에 잠겨 여러 날이 지나고 나면 천천히 무너져 흙과 물 속으로 스러졌다.
 그리고 왕룽처럼 언덕 위에다 집을 짓지 않았을 때는 모두 마찬가지였으며 언덕들은 섬을 이루었다. 그리고 사람들은 배나 뗏목을 타고 읍내에 드나들었고, 과거의 그 어느 때보다도 더 심하게 굶주린 사람들도 있었다.

하지만 왕룽은 두렵지 않았다. 그는 곡물상들한테서 받을 돈이 있었고 창고들은 지난 두 해의 수확으로 아직도 가득했고 그의 집은 높은 곳에 지어서 물이 멀리 떨어져서 두려울 바가 조금도 없었다.

하지만 땅의 많은 부분을 경작할 수가 없었기 때문에 과거의 어느 때보다도 한가해졌고, 좋은 음식도 많고 생활도 한가하다 보니 그는 잠도 실컷 자고 하고 싶은 것도 다 하고 나니까 점점 짜증이 났다. 그뿐 아니라 그가 1년씩 고용하던 일꾼들이 있어서, 물이 빠지기만 기다리며 그의 밥을 먹고 반쯤 한가한 나날을 보내는 터에 그가 스스로 나가 일한다는 것은 바보 같은 짓이었다. 그래서 그는 일꾼들에게 낡은 집의 이엉을 손질하고 새 집에서는 빗물이 새는 곳에 얹힌 기와를 살펴보라고 지시하고, 괭이와 갈퀴와 쟁기를 살펴보고 소들에게 여물을 먹이고 물에서 기를 오리들을 사들이고 삼으로 밧줄을 꼬라고 명령하고 나니까(그 전에 혼자서 밭갈이를 하던 시절에는 이 모두가 왕룽 스스로 하던 일들이었기 때문에) 할 일이 없어져 그 남는 시간을 어찌해야 할지 알 수가 없어졌다.

그런데 남자란 그의 논밭을 호수처럼 뒤덮은 물을 멀거니 쳐다보며 가만히 앉아 있기만 할 수는 없는 노릇이었고, 한 번에 먹는 양에도 한이 있었으며, 잠을 자더라도 언젠가는 일어나야 할 터였다. 초조하게 그가 서성거리고 돌아다니는 집 안은 왕룽의 끓는 피에 비하면 고요했고, 너무나 조용했다.

노인은 이제 아주 허약해져서 반쯤 장님에다 거의 귀머거리나 마찬가지여서 춥지나 않은지, 배는 고프지 않은지, 차를 들고 싶지 않은지 따위의 문안을 드리는 이외에는 얘기를 주고받을 필요도 없어졌다. 그리고 아들이 얼마나 부자가 되었는지를 노인이 알지도 못하며 "차는 은이나 마찬가지이니까 물이나 그냥 좀 마시지"라고 말하며 그의 물 그릇에 차가 들어 있으면 항상 투덜거리는 것을 보면 왕룽은 짜증이 났다. 하지만 노인은 무슨 얘기를 해주어도 당장 잊어버리고 자신의 세계 속에 은둔해서 살아가며 거의 대부분의 시간을 자기가 다시 젊어져 한창 시절이라는 몽상을 하느라고 현재 그의 주변에서 벌어지는 일은 거의 의식하지 못했으므로 그에게는 아무 얘기도 할 수가 없었다.

노인뿐 아니라, 전혀 아무 얘기도 하지 않고 몇 시간씩이나 할아버지 곁에 앉아 헝겊쪽을 비비 틀어 꼬았다 폈다 하며 끈을 보고 웃기만 하는 딸, 이 두 사람은 돈을 잘 벌고 기운이 남아돌아가는 남자에게 할 얘기가 하나도 없었다. 왕룽이 노인에게 차를 한 잔 따라주고 손으로 딸의 뺨을 어루만지면 딸의 얼굴에 그토록 서글프고도 빨리 사라지는 귀엽고도 공허한 미소가 잠깐 떠오르고 공허하게 텅 비고 광채가 없는 흐릿한 두 눈만 남은 다음에는 그에게 아무것도 남지 않았다. 딸이 그에게 슬픔의 자취를 남겼기 때문에 잠깐 멈칫하며 왕룽은 언제나 딸에게서 시선을 돌려 오란이 한꺼번에 낳았고 지금은 재미있게 문간에서 뛰노는 아들과 딸, 더 어린 두 아이를 쳐다보았다.

하지만 남자란 어린아이들의 바보 같은 장난으로 만족할 수는 없는 노릇이어서, 잠깐 동안 웃고 까불다가 아이들이 자기들끼리 놀겠다고 가버려 혼자 남고 나면 왕룽은 초조감을 느끼게 마련이었다. 그런 다음에 그는 오란을, 그의 아내를 보았는데, 그녀의 몸을 샅샅이 알고 한껏 맛보았으며 그의 곁에서 어찌나 가까이 살았는지 그녀에 관해서는 기대나 희망을 걸 만한 아무런 새로운 것도 없다는 그런 남자의 눈길로 그녀를 쳐다보았다.

그리고 왕룽은 평생 처음 보는 듯한 눈으로 오란을 보는 기분이었고, 다른 사람들의 눈에 자기가 어떻게 보일까 하는 생각은 통 하지도 않고 말없이 타박거리고 돌아다니기나 하는 미련하고 보잘것없는 여자에 지나지 않는다는 사실을 처음으로 깨달았다.

왕룽은 그녀의 머리칼이 거칠고 갈색이고 기름도 바르지 않았으며, 그녀의 얼굴이 넓적하고 편편하고 피부가 엉망이며, 그녀의 이목구비가 전체적으로 너무 크고 어떤 종류의 아름다움이나 광채도 담고 있지 못하다는 사실도 처음으로 깨달았다. 그녀는 눈썹이 듬성듬성하고 머리카락도 숱이 적었으며 입술이 너무 두툼한데다가 손과 발이 너무 크고 넓적했다. 생소한 눈으로 아내의 이런 모습을 보자 그는 아내에게 소리를 질렀다.

"당신을 보면 누구라도 당신이 하찮은 사람의 마누라라고 그러지 밭갈이를 시킬 일꾼들을 고용할 만한 지주의 아내라고 얘기할 사람은 없을 거야!"

아내를 어떻게 생각하는지에 관해서 그가 입밖에 꺼내기는 이때가 처음이었고 아내는 고통스럽고도 느릿느릿한 시선으로 대답을 대신했다. 기다란 의자에 앉아 커다란 바늘로 신발 바닥을 들락날락 실로 꿰매던 아내는 일손을 멈추고 바늘을 든 채로 꺼먼 이빨을 드러내며 입을 딱 벌렸다. 그러더니 마치 한 남자로서 한 여자를 보는 눈으로 왕룽이 자기를 보았다는 사실을 마침내 이해한 듯 우뚝한 광대뼈가 조금씩 새빨갛게 붉어지더니 그녀가 중얼거렸다.
"지난번 두 아이를 한꺼번에 낳은 이후로 저는 좀처럼 몸이 좋질 않았어요. 제 뱃속에 불이 들었어요."
그리고 그는 순박한 나머지 그녀가 7년이 넘도록 다시 임신을 하지 않는다고 꾸짖는 것으로 아내가 잘못 알고 있음을 깨달았다. 그리고 그는 본의 아니게 험한 목소리로 반박했다.
"내 얘긴, 다른 여자들이 그렇듯이 당신도 기름을 좀 사서 머리에 바르고 검정 옷감을 떠다 새 옷이라도 만들어 입으면 못쓰느냐 이거야. 그리고 당신이 신는 그 신발은 지주의 부인이라는 현재 당신의 신분에 맞지 않아."
하지만 그녀는 아무 대답도 하지 않고 그를 공손하게 쳐다보기만 했으며, 자기도 모르게 깔고 앉은 의자 밑으로 두 발을 포개어 감추었다. 그러자 비록 마음속으로는 지금까지 그토록 오랜 세월을 개처럼 충실하게 그를 따라다녔던 이 가엾은 여자를 꾸짖는다는 것이 부끄러웠고, 비록 자신이 가난해서 스스로 밭에 나가 일하던 시절에 아내가 아이를 낳은 다음에도 침대에서 나와 추수를 하던 들로 그를 도와주러 왔다는 사실을 기억하면서도 그는 마음속에서 치솟는 짜증을 뿌리 뽑지 못해서 내면의 의지와는 어긋나는 무자비한 태도로 말을 계속했다.

"난 열심히 일하고 부자가 되었으니까 이제는 내 아내가 덜 촌스러워 보였으면 좋겠다 이거야. 그리고 당신 발만 해도 그래."

그는 입을 다물었다. 그의 눈에는 그녀의 모든 구석이 추악해 보였지만 그 중에서도 가장 흉측한 부분은 헐렁헐렁한 무명신을 걸친 커다란 발이었고, 화가 나서 왕룽이 발을 쳐다보자 그녀는 두 발을 의자 밑으로 더욱 깊이 디밀었다. 그리고 마침내 그녀가 나지막이 말했다.

"제가 너무 어렸을 때 팔렸기 때문에 어머니가 발을 묶지 않았어요. 하지만 우리 딸의 발은…… 어린 딸의 발은 제가 묶겠어요."

하지만 그는 아내에게 자신이 화를 낸다는 것이 부끄러웠기 때문에, 아내가 마주 화를 내지 않고 두려워하기만 해서 화가 났기 때문에 훌쩍 자리에서 일어났다. 그리고 그는 새 검정 두루마기를 몸에 걸치며 신경질적으로 말했다.

"그럼 난 찻집에 가서 무슨 새로운 소식이라도 있는지 알아봐야겠구먼. 내 집에는 바보들하고 노망한 늙은이하고 두 아이밖에 없으니까."

만일 부잣집에서 오란이 보석 한 줌을 훔치지 않았더라면, 그리고 만일 그가 명령했을 때 아내가 그 보석을 그에게 주지 않았더라면 그가 소유한 이 모든 새로운 땅을 평생이 가더라도 살 수가 없었으리라는 사실이 갑자기 머리에 떠올랐기 때문에 읍내로 걸어가던 그의 마음속에서는 더욱 화가 치밀어 올랐다. 그리고 그 생각을 하자 더욱 화가 난 그는 마치 자신의 마음에 반항하는 듯 이렇게 반박했다.

"어쨌든 아내는 뭐가 뭔지 아무것도 몰랐어. 어린아이가 빨갛고 푸른 사탕을 한 줌 움켜쥐듯 아내는 그냥 좋아서 그걸 손에 잡았고, 만일 내가 알아내지 못했다면 평생 품속에 숨겨가지고 다녔겠지."

그러자 그는 혹시 아내가 진주들을 아직도 젖가슴 사이에 파묻고 다니는지 궁금한 생각이 들었다. 하지만 전에는 그것이 이상해서 가끔 생각해보고 마음속으로 상상해볼 만한 그런 일이었지만 지금은 그것을 생각만 해도 역겹기만 할 노릇이, 아내의 젖가슴은 아이를 여럿 낳아서 흐물흐물해지고 축 늘어졌으며 전혀 아름답지도 못했고, 그런 가슴에다 진주를 차고 있다는 것은 어리석은 낭비라고만 여겨졌다.

하지만 만일 왕룽이 아직도 가난한 사람이었거나 물이 그의 밭으로 범람하지만 않았더라면 이 모든 일을 그냥 넘겼을지도 모를 노릇이었다. 그러나 그에게는 돈이 있었다. 그의 집 벽에는 은화가 숨겨져 있었고, 새 집 마룻바닥 밑에도 은화 한 사무가 있었고, 그기 아내와 같이 잠을 자는 방에도 궤짝 안에 헝겊으로 싸서 넣은 은이 있었고, 침대 밑 깔판 속에도 은을 넣고 꿰매었으며, 그의 허리춤에도 은화가 잔뜩 들어 왕룽은 통 돈의 궁핍함을 느낀 적이 없었다. 그래서 이제는 상처에서 흘러나가는 생명의 피처럼 그에게서 슬슬 빠져나가는 대신 여기저기에서 써주기를 열심히 기다리며 그가 만질 때면 손가락을 태워버릴 듯 돈이 그의 허리춤 속에 담겨 있었고, 그는 돈을 대단치 않다고 생각하기 시작해서 장년 시절을 즐기려면 무엇을 해야 하나 궁리해보았다.

그에게는 모든 것이 전에처럼 좁아 보이지를 않았다. 자신이 하찮은 시골 사람이라고 생각해서 주눅이 들어 머뭇거리며 드나들고는 하던 찻집도 이제는 그에게 너저분하고 초라하게 여겨졌다. 전에는 그곳의 어느 누구도 그를 알아주지 않았고 차를 나르던 심부름꾼 아이들까지도 그에게 건방지게 굴었지만 이제는 그가 들어서면 서로 옆구리를 쿡쿡 찌르며 수군거렸다.

"저기 저 사람이 왕씨 마을의 왕씨인데, 큰 기근이 들어 노마님이 죽던 그해 겨울에 황씨 댁에서 땅을 사들였다는구먼. 저 사람도 이제는 부자가 되었지."

그리고 이 말을 들으며 왕룽은 아무렇지도 않은 체하고 자리에 앉았지만 마음속으로는 현재 자신이 성취한 바가 자랑스러워 흐뭇했다. 하지만 아내를 꾸짖고 나온 오늘은 찬사를 들어도 기분이 좋아지지를 않아 그는 음울하게 앉아 차를 마시며 그의 삶에서는 자신이 믿었던 것처럼 좋은 일이 하나도 없다는 기분이 들었다. 그러다가 갑자기 그는 속으로 이런 생각을 했다.

'헌데 땅을 가지고 있으며 자식들이 학자인 내가 왜 주인이 사팔뜨기 족제비처럼 생겼고 내가 부리는 일꾼만큼도 돈을 못 버는 이런 찻집에서 차를 마셔야 한다는 말인가?'

그래서 그는 얼른 자리에서 일어나 탁자에다 돈을 던지고는 어느 누구도 그에게 말을 걸 틈을 주지 않고 밖으로 나갔다. 그는 어디로 가고 싶은지 마음도 정하지 않은 채 읍내 거리를 이리저리 방황했다. 어쩌다가 그는 옛날얘기 집 앞을 지나가게 되어 사람이 붐비는 긴 의자의 한쪽 끝에 얼마 동안 앉아서 영웅호걸들이 용기와 계략으로 서로 싸우던 옛날 삼국지(三國志) 시대의 얘기를 들었다. 하지만 그는 여전히 초조해서 다른 사람들처럼 옛날얘기에 빨려들어가지 못했고, 이야기꾼이 치는 작은 꽹과리 소리가 따분하게만 여겨져서 다시 몸을 일으켜 방황을 계속했다.

헌데 읍내에는 남쪽에서 왔기 때문에 그런 장사에 이골이 났다는 남자가 새로 문을 열었다는 커다란 찻집이 있었는데, 전에 이곳을 지나가던 왕룽은 그곳에서 노름과 놀이와 나쁜 여자들 때문에 얼마나 엄청난 돈이 없어지는지를 생각하고 입이 딱 벌어졌던 적이 있었다. 하지만 나태한 생활의 불안감에 쫓기고, 아내한테 부당하게 야단을 쳤다는 자책감으로부터 도피하고 싶은 생각에 왕룽은 이 찻집으로 발길을 향했다. 그는 초조함에 쫓긴 나머지 새로운 무엇을 보거나 듣고 싶어졌다. 그래서 그는 새로 문을 연 찻집의 문턱을 넘어 거리 쪽을 향해 터져 있고, 탁자들이 잔뜩 들어찬 커다랗고 번쩍거리는 방으로 들어갔다. 그는 마음이 소심했던 터라 겨우 몇 년 전에만 해도 은화 한두 닢 이상의 여유가 있었던 적이 전혀 없는 가난한 남자였고 남부의 어느 도시 거리에서 인력거를 끄는 일까지도 했던 사람이었음을 기억했기 때문에 거들먹거리는 태도로, 짐짓 의젓한 체하며 안으로 들어섰다.

처음에 그는 으리으리한 찻집에서 전혀 아무 얘기도 하지 않았고, 그냥 조용히 차를 한 잔 사서 마시며 신기한 듯 주위를 둘러보기만 했다. 이 찻집은 굉장히 컸고, 천장에는 금박을 입혔는가 하면 벽돌마다 하얀 비단에 여자의 몸매를 그린 족자가 걸려 있었다. 헌데 왕룽이 슬그머니 눈길을 던져 자세히 살펴보니까 족자의 그림은 꿈속에서나 만나는 여자들이어서 그런지 이 세상의 어느 여자도 따라

오지 못할 절색들이었다. 그리고 그는 첫날 이 그림들을 구경하며 얼른 차를 마시고는 나왔다.

하지만 그의 땅에서 물이 빠지지 않는 동안 날마다 그는 이 찻집에 가서 차를 사 혼자 앉아 마시며 아름다운 여자들의 그림을 물끄러미 쳐다보았고, 그의 논밭이나 집에서 할 일도 없고 보니 날이 갈수록 그가 이곳에 와서 앉아 있는 시간이 점점 더 길어졌다. 비록 은화를 스무 군데나 숨겨놓았다 하더라도 그는 아직도 촌사람티가 났으며, 그 화려하기 짝이 없는 찻집에서 비단이 아니라 무명옷을 걸치고 읍내의 어느 누구도 그러지 않겠지만 머리를 땋아 내린 사람이라고는 왕룽 혼자뿐이어서 그는 여러 날 동안 그냥 그렇게 지냈을지도 모를 일이었다. 하지만 어느 날 저녁 그가 방의 뒤쪽 탁자에 앉아 차를 마시고 멀거니 쳐다보고 있으려니까 가장 뒤쪽에 있는 벽에 달린 좁다란 층계로 누군가 내려오고 있었다.

헌데 이 찻집 이외에는 읍내 전체에서 위층이 있는 건물이라고는 서문(西門) 밖에 5층으로 우뚝 솟은 서탑(西塔)뿐이었다. 하지만 탑은 좁다란 건물인데다가 위로 올라갈수록 더 좁아지는 반면에 찻집의 2층은 그 건물을 지은 터나 마찬가지로 정사각형이었다. 밤이면 아가씨들이 노래 부르는 날카로운 목소리와 경쾌한 웃음과 아가씨들의 손으로 감미롭게 뜯는 비파의 황홀한 소리가 위층 창문에서 흘러나오고는 했다. 왕룽이 앉아 있던 아래층에서는 많은 남자들이 차를 마시며 떠드는 소음과 주사위와 마작 골패가 날카롭게 달그락거리는 소리 때문에 다른 모든 음향이 죽어버렸지만 거리 사람들은, 특히 자정이 지난 다음에는 밖으로 흘러나오는 음악 소리를 들을 수가 있었다.

그래서 오늘 밤 왕룽은 그의 뒤에서 한 여인이 좁다란 층계를 삐걱거리며 내려오는 발자국 소리를 듣지 못했고, 그래서 어느 누구도 이 찻집에서 자기를 알아보리라고 예상하지 않았던 터라 누가 그의 어깨를 건드리자 깜짝 놀랐다. 그가 머리를 들고 보니 갸름한 미녀의 얼굴이 있었는데, 그것은 왕룽이 땅을 샀던 날 그녀의 두 손에 보석을 쏟아주었고, 노대감의 떨리는 손을 붙잡아 매매계약서에 도장을 찍도록 부축해주었던 여인 토츄엔의 얼굴이었다. 그녀는 왕룽을 보자 웃었고, 그 웃음은 무슨 날카로운 속삭임 같았다.

"이런, 농부 왕씨 아녜요!"

농부라는 말을 짓궂게 일부러 길게 끌며 그녀가 말했다.

"여기서 당신을 만나게 될 줄이야 누가 알았겠어요!"

그러자 왕룽은 자기가 하찮은 시골 농부 정도가 아니라는 사실을 이 여자에게 무슨 대가를 치르더라도 증명해야 할 것만 같은 생각이 들어서 한차례 웃고는 지나치게 큰 소리로 말했다.

"내 돈이라고 해서 다른 사람의 돈보다 못할 게 어디 있겠소? 그리고 난 요즈음 돈이 궁하다는 걸 전혀 느끼지 못하고 사는걸. 난 운이 좋았다오."

토츄엔은 이 말을 듣고 말문이 막혔고, 그녀의 눈은 뱀처럼 가늘어지고 반짝였으며, 그녀의 목소리는 그릇에서 흘러나오는 기름처럼 매끄러워졌다.

"그 소식 누군 못 들은 줄 아시나요? 그리고 먹고 살며 남는 돈을 남자가 쓰기에는 부유한 남자들이 재미를 보고 점잖은 양반들이 모여 잔치를 벌이며 쾌락을 맛보는 이런 곳보다 더 좋은 장소가 또 어디 있겠어요? 우리 집 술보다 맛 좋은 술은 어디에도 없는데…… 당신도 그 술을 맛보셨나요, 왕룽?"

"난 지금까지 차만 마셨는데."

왕룽은 이 말을 하고 반쯤 창피한 기분이 들었다.

"난 술이나 주사위에는 손을 댄 적이 없으니까."

"차라구요!"

날카롭게 웃으며 그녀가 소리쳤다.

"하지만 우린 호골주(虎滑酒)도 있고 홍주(紅酒)와 향미주(香米酒)도 있는데…… 무엇 때문에 차를 마시나요?"

그리고 왕룽이 머리를 떨구자 그녀는 부드럽고 교활하게 말했다.

"그리고 당신 보아하니 다른 건 하나도 구경조차 못 한 모양이군요, 안 그래요, 네? 예쁘고 귀여운 손에다, 달콤한 냄새를 풍기는 뺨 같은 거 말예요."

왕룽이 더욱 머리를 떨구었고, 그의 얼굴은 피가 몰려 벌겋게 달아올랐다. 그는 주변의 모든 사람이 비웃는 눈초리로 그를 쳐다보며 여자의 얘기에 귀를 기울인다는 기분이 들었다. 하지만 그가 용기를 내어 눈을 내리깐 채로 힐금 주변을 둘러보니 아무도 그들에게 관심을 보이지 않았고 주사위가 덜그럭거리는 소리가 다시 들려왔으며, 그래서 당황한 속에서도 그가 말했다.

"아니, 아냐…… 난 그냥, 차만 들었고……."

그러자 여자가 다시 웃고는 그림을 그린 비단 족자를 손으로 가리키며 말했다.

"저기 저것이 그들의 그림이에요. 보고 싶은 여자가 있으면 내 손에 은화를 쥐여주세요, 그럼 내가 그 여자를 당신 앞에 대령시키겠어요."

"저 여자들 말인가!"

어리둥절해진 왕룽이 말했다.

"난 저것이 꿈에 나오는 여자들, 이야기꾼들이 얘기하는 곤륜산(崑崙山)*에 등장하는 그런 여신들의 그림인 줄 알았는데."

"그야 물론 꿈속의 여인들이죠."

재미있어 하며 놀리는 태도로 토츄엔이 맞장구를 쳤다.

"하지만 은화만 조금 내면 이런 꿈은 육신으로 변해요."

그리고 그녀는 지나가면서 근처에 서 있던 하인들에게 눈을 깜짝이고 머리를 끄덕이며 왕룽을 손으로 가리키고 그들 가운데 한 사람에게 일러주었다.

"촌놈이야!"

하지만 왕룽은 새로운 관심을 나타내며 자리에 앉아 그림들을 물끄러미 쳐다보았다. 이 좁다란 층계를 올라가면, 그의 머리 위에 있는 방들에는 피와 살로 이루어진 여자들이 있었고 남자들이 — 물론 왕룽을 제외한 남자들이 위층에 있는 여자들에게로 올라가고! 글쎄, 만일 그가 착하고 열심히 일하는 남자, 처자를 거느린 남자, 만일 그런 남자가 아니어서, 무슨 말썽을 저지르려는 어린아이가 되

---

* 중국 전설에 나오는 산으로, 서왕모(西王母)가 살며 불사(不死)의 물이 흐르는 신선의 경지

대지 239

었다고 상상한다면, 그래서 만일 여자를 하나 고른다고 상상한다면, 그러면 그는 어느 그림을 선택할 것인가? 그리고 그는 그림으로 그린 얼굴들을 모두가 실물이기라도 한 것처럼 열심히, 하나씩 자세히 살펴보았다. 지금까지는 그들이 모두 똑같이 아름다워 보였고, 선택이라는 문제가 존재하지 않았었다. 하지만 이제는 확실히 어떤 여자들이 다른 여자들보다 예뻤고, 스무 명쯤 되는 그들 중에서 왕룽은 가장 아름다운 여자 세 명을 골랐으며, 그 세 명 가운데 다시 가장 아름답고 자그마하고 날씬한 여자 하나를 골랐는데 이 여자는 몸이 대나무처럼 가벼웠고 자그마한 얼굴이 고양이 새끼처럼 갸름했으며, 한 손에는 봉우리가 진 연꽃줄기를 들고 있었고, 그 손이 고사리 처럼 섬세하게 펼쳐졌다.

그는 여자를 멍하니 쳐다보았고, 그녀를 쳐다보고 있으려니까 화끈한 기운이 술처럼 그의 핏줄을 타고 쏟아졌다.

"저 여자는 돌배나무에 핀 꽃 같구나."

그가 갑자기 소리 내어 말했고, 자신이 한 말에 깜짝 놀라고 창피해진 왕룽은 황급히 자리에서 일어나 탁자에 돈을 놓고는 이제 어둠이 깃든 바깥으로 나가 집으로 향했다.

하지만 들판과 물 위로 은빛 안개의 망(網)처럼 달빛이 드리웠고, 그의 몸속에서는 남모르는 뜨거운 피가 격렬하게 흘렀다.

19

 만일 이 무렵에 왕룽의 땅에서 물이 빠져 햇빛을 받아 무럭무럭 김이 피어올라 며칠 동안의 여름 열기 속에서 밭갈이를 하고 써레질도 하고 씨앗을 뿌려야 할 필요가 있었다면 왕룽은 아마도 절내로 다시 큰 찻집으로 돌아가지 않았을지도 모른다. 아니면 만일 어느 아이가 병이 걸렸거나 노인이 갑자기 세상을 떠났더라도 왕룽은 새로운 일에 발이 묶여 족자에 그려놓은 갸름한 얼굴과 대나무처럼 호리호리한 여인의 몸매를 잊어버렸을는지도 모른다.
 하지만 석양 녘에 가벼운 여름 바람이 일었을 뿐 물은 잔잔하게 꼼짝도 하지 않았고, 노인은 꾸벅꾸벅 졸았고, 두 아들은 새벽에 터벅터벅 서당에 갔다가 저녁이 되어서야 돌아왔고, 왕룽은 자신의 집에서 안절부절못하며, 이리 왔다 저리 갔다 하고 털썩 의자에 앉았다가는 그녀가 따라준 차를 마시지도 않고 불을 붙인 담뱃대를 피우지도 않은 채 다시 몸을 일으키는 그를 비참한 표정으로 쳐다보는 오란의 시선을 피했다.
　어떤 다른 날보다도 훨씬 길기만 했던 일곱 번째 달 어느 날이 저물어갈 무렵 석양이 속삭이듯 머뭇거리고 호수의 숨결이 감미로울 때 집 앞에 있던 그가 갑자기 아무 말도 없이 얼른 몸을 돌려 방으로 들어가 새 저고리를 입고, 명절 때 입으라고 오란이 만들어준 거의 비단처럼 빛나는 검정 윗옷을 걸치고는 누구한테도 별다른 얘기 없이 물가를 따라 뻗어 나간 좁다란 길로 나서 들판을 가로질러 어둠에 잠긴 읍내의 성문에 이르러 성문과 거리를 거쳐 새 찻집으로 갔다.
　그곳에는 해안 지역의 낯선 도시에서나 살 수 있는 환한 기름 등잔을 있는 대로 모조리 켜놓았고, 남자들은 저녁의 시원한 바람을 쐬려고 옷을 풀어헤친 채로 술을 마시고 떠들었으며, 여기저기 부채들이 흔들거리고 유쾌한 웃음소리가 음악처럼 거리로 흘러나왔다. 왕룽이 밭에서 고생을 하는 동안 전혀 누려보지 못했던 모든 쾌락이 일은 전혀 안 하고 놀기만 하려고 남자들이 만나는 이곳 이 집의 벽돌 안에 담겨 있었다.
　왕룽은 열린 문으로 쏟아져 나오는 환한 불빛 속에 서서 문턱을 넘지 못하고 머뭇거렸다.
　그리고 비록 그의 몸속에서 격렬하게 솟구치는 피로 혈관들이 터져 나갈 지경이기는 했어도 마음속으로는 여전히 소심하고 두려웠기 때문에 왕룽은 그냥 그곳에 서 있다가 가버렸을지도 몰랐다. 그러나 빛 언저리의 어둠으로부터 문간에 한가하게 몸을 기대고 있던 여자가 나왔는데, 그녀는 토츄엔이었다. 집에 있는 여자들을 위해 손님을 받는 것이 그녀가 해야 할 일이었으므로 남자의 모습을 보자 토츄엔이 앞으로 나섰지만, 그가 누구인지 보고는 어깨를 들썩이며 말했다.

"아, 누군가 했더니 농사꾼이시로구먼!"

왕룽은 그녀의 목소리에 담긴 날카로운 무관심에 마음이 찔렸고, 갑자기 화가 난 그는 달리 얻을 수 없는 용기가 생겨 말했다.

"그래, 난 안으로 들어가 다른 남자들이 하는 걸 하면 안 된다는 얘기인가?"

그녀는 다시 어깨를 추썩이고 웃으며 말했다.

"다른 남자들이 가지고 있는 은화를 당신도 가지고 있다면 그 사람들과 같이 해도 되겠죠."

그리고 그는 자기도 마음대로 할 수 있을 만큼 부유하고 지체가 높다는 사실을 그녀에게 보여주고 싶어서 허리춤으로 손을 넣어 은화를 한 움큼 꺼내들고 그녀에게 말했다.

"이만하면 충분한 거야, 충분하지 못한 거야?"

그녀는 한 줌의 은화를 보더니 더 이상 조금도 지체하지 않고 말했다.

"어서 들어오셔서서 어느 애가 마음에 드는지 말씀만 하세요."

그리고 왕룽은 얼떨결에 어물어물 말했다.

"글쎄, 난 내가 무엇을 원하는지 잘 몰라서."

그러자 그는 욕망에 사로잡혀 나지막이 말했다.

"저기 저 자그마한 여자…… 턱이 뾰족하고, 배꽃처럼 하얗고 분홍빛 얼굴이 작고 귀여운 저 여자, 손에 연꽃을 들고 있는 저 여자가 좋은데."

여자가 서슴지 않고 머리를 끄덕이며 그에게 따라오라고 손짓해 부르고는 사람들이 붐비는 탁자들 사이를 헤치고 나아갔고 왕룽은 거리를 좀 두고 그녀를 쫓아갔다. 처음에 그는 모든 사람들이 눈을 들어 자기를 지켜보는 기분이 들었지만 용기를 내어 살펴보니 "이거 벌써 여자들한테 가야 할 시간이 되었나?"라고 소리치던 남자와 "저 친구 이렇게 일찍 시작하려는 걸 보니 꽤나 궁한 모양이지?"라고 맞장구를 치던 남자 이외에는 아무도 그에게 신경을 쓰지 않는다는 것을 깨달았다.

그리고 이번에는 그들이 좁다랗고 똑바른 층계를 걸어 올라갔고, 집 안에 있는 층계를 오르기는 처음이었던 왕룽에게는 그것도 힘드는 일이었다. 그렇기는 해도 그들이 꼭대기에 이르렀을 때는 땅바닥에 지은 집이나 마찬가지였고, 다른 점이라고는 창문을 지나가면서 하늘을 보니 굉장히 높은 곳에 올라와 있는 것처럼 여겨진다는 것뿐이었다. 여자가 답답하고 컴컴한 복도를 앞장서서 내려가더니 소리쳤다.

"여기 오늘 밤 첫 손님 드신다!"

복도를 따라 있는 문들이 갑자기 열리더니 여기저기 햇빛이 비친 자리에서 봉우리를 터뜨리고 나오는 꽃처럼 불빛 속에서 젊은 여자들이 머리를 내밀었지만 토츄엔이 냉정히 말했다.

"아냐, 네가 아냐, 너도 아니고. 너희를 불러 달라는 사람은 아무도 없었어. 여기 이 손님은 쑤초우(蘇州)에서 온 발그레한 얼굴의 땅

꼬마 렌화(蓮花)를 찾으신단다!"

누가 누구인지 잘 구별이 가지 않고 비웃는 듯한 소리가 복도를 따라 번져 나갔고, 석류처럼 새빨간 한 아가씨가 커다란 목소리로 외쳤다.

"흙 냄새하고 마늘 냄새를 풍기는 양반이니 렌화더러 맞으라고 하는 것도 좋겠지!"

이 말을 왕룽이 들었고 비록 말대꾸를 할 가치도 없다고 무시하기는 했어도 농부라는 자신의 신분이 겉으로 드러났을까 봐 정말로 두려웠기 때문에 그녀의 말은 비수처럼 그의 마음을 후벼팠다. 하지만 그는 허리춤에 달린 묵직한 은화가 생각나자 의젓해졌고 계속해서 나아갔다. 마침내 여자가 손바닥을 펴서 어느 닫힌 문을 사납게 두드리더니 기다리지도 않고 안으로 들어갔고, 그곳에는 꽃무늬를 넣은 빨간 누비이불이 덮인 침대 위에 호리호리한 아가씨가 앉아 있었다.

만일 누가 이처럼 자그마한 손이, 연꽃 봉우리 빛깔로 짙게 장밋빛 물을 들인 손톱이 기다라며 가느다랗고 뼈가 그토록 섬세하고 작은 손이 또 있다고 말을 했더라도 그는 믿으려고 하지 않았으리라. 그리고 만일 누가 그에게 이런 발들이, 남자의 가운데 손가락보다 조금도 더 길지 않은 분홍빛 비단 신발에 담겨 침대 가장자리로 어린애처럼 흔들어대는 자그마한 이런 발이 어디엔가 또 있다고 말했다면—만일 어느 누구라도 그에게 그런 말을 했다면 왕룽은 그 말도 믿지 않았으리라.

그는 침대에서 그녀 곁에 뻣뻣하게 앉아 물끄러미 그녀를 쳐다보
았고, 그녀가 그림과 닮았으며 그녀를 어디서 만났더라도 이 여자
를 알아볼 수 있었으리라고 생각했다. 하지만 무엇보다도 우유처럼
하얗고 섬세하게 오그린 그녀의 손이 그림과 가장 닮았다. 그녀의
두 손이 기다란 분홍빛 비단옷의 무릎에 겹쳐 오므린 채로 얹혀 있
었고, 그는 두 손을 만진다는 것은 꿈도 꾸지 못할 노릇이었다.
  그는 그림을 쳐다볼 때처럼 그녀를 쳐다보았고, 몸에 꼭 끼고 짧
은 윗옷 속의 대나무처럼 가냘픈 몸매를 보았고, 하얀 모피로 테를
두르고 높이 올린 옷깃 위에 그림에다 예쁘게 그려놓았던 작고 갸
름한 얼굴을 보았고, 살구 모양으로 동그란 눈을 보았으며, 그리고
이제야 그는 드디어 옛날 미녀들의 살구 같은 눈을 이야기꾼들이
노래하는 뜻을 이해하게 되었다. 그리고 그에게는 이 여자가 피와
살이 아니라 그림으로 그려놓은 여인이었다.
  그러자 그녀는 자그마하게 오므린 손을 들어 그의 어깨에 얹고는
그의 팔을 따라 천천히, 아주 천천히 미끄러져 내려가게 했다. 그리
고 비록 그 손길처럼 너무나 부드럽고 너무나 가벼운 것을 그는 전
혀 느껴본 적이 없었고, 직접 눈으로 보지만 않았더라면 그 손길이
지나가는 것을 알지 못했겠지만, 왕룽은 자그마한 손이 그의 팔을
따라 내려가는 것을 두 눈으로 보니까 마치 불이 그 손길을 따라가
며 그의 소매 밑으로 타들어가고 그의 팔의 살 속으로 파고드는 듯
했다. 그녀는 소매의 끝까지 이르렀다가 그의 노출된 손목에서 능
숙하게 잠깐 머뭇거리고는 단단하고 시커먼 손이 움푹하고 맥이 풀
린 손바닥으로 스며들었다. 그리고 그 손길을 어떻게 받아들여야

할지를 몰라 왕룽은 벌벌 떨기 시작했다.

그러자 그는 바람 속에서 흔들리는 탑의 은종(銀鐘)처럼 딸랑거리는 가볍고 경쾌한 웃음 소리를 들었고, 웃음처럼 자그마한 목소리가 말했다.

"아, 당신은 덩지만 컸지 아무것도 모르는 사람이로군요. 밤새도록 여기 앉아 멀거니 쳐다보기만 할 거예요?"

그리고 그 말에 왕룽은 두 손으로 그녀의 손을 잡았지만 여자의 손이 말라붙은 연약한 나뭇잎이기라도 한 듯 조심스럽게 붙잡았고, 자기가 무슨 말을 하고 있는지 깨닫지도 못하며 애원하듯 여자에게 말했다.

"난 아무것도 몰라…… 나한테 가르쳐줘."

그리고 그녀는 왕룽에게 가르쳐주었다.

이제 왕룽은 인간이 시달리는 어떤 병보다도 더 심한 병을 앓게 되었다. 그는 땡볕에서 일하는 고통에 시달렸고, 가혹한 시파의 메마르고 차가운 바람에 시달렸고, 논밭이 수확을 맺지 못할 때는 굶주림에 시달렸고, 남쪽 도시의 거리에서 희망도 없이 일만 하던 절망에 시달리기도 했다. 하지만 그 어떤 괴로움 속에서도 그는 이 가냘픈 소녀의 손길 밑에서 지금 받는 고통처럼 괴로움을 당한 적이 없었다.

날마다 그는 찻집으로 찾아갔고 저녁만 되면 그녀가 그를 받아줄 때까지 기다렸고, 밤마다 그는 그녀에게로 들어갔다. 매일 밤 그는 안으로 들어갔고, 밤마다 다시 아무것도 알지 못하는 촌놈이었으므로 문간에서 벌벌 떨었고, 어색하게 곁에 앉아 그녀가 웃음으로 신호해주기를 기다렸고, 병적인 굶주림에 사로잡히고 열기에 들떠 그녀가 펼쳐주는 것을 조금씩 노예처럼 따라갔으며, 그러다가 무르익어 딸 수 있는 꽃처럼 위기의 순간에 이르면 그녀는 기꺼이 왕룽에게 통째로 내맡기고는 했다.

그렇지만 그는 절대로 그녀를 완전히 차지할 수가 없었으며 바로 그 이유 때문에 비록 그녀가 마음대로 하라고 자신을 내맡겨도 그는 들뜬 마음과 갈증이 가시지를 않았다. 오란이 그의 집으로 왔을 때는 그의 육신에 건강을 가져다주어서 그는 짐승처럼 힘차게 상대방에 대한 욕정을 느꼈고 그는 그녀를 차지하고 만족을 얻어 그녀를 잊어버리고는 만족한 마음으로 일에 몰두했다. 하지만 이 젊은 여인에 대한 그의 사랑에는 이제 그런 요소가 없었고 그녀에게는 그를 위한 건강이 없었다. 밤이 되어 그녀가 더 이상 그를 받아주려고 하지 않으며 그에게서 받은 은화를 가슴에 넣고 갑자기 거세어진 손으로 신경질을 부리면서 그의 어깨를 문 밖으로 밀어낼 때면 그는 찾아올 때나 마찬가지로 굶주린 상태로 떠나갔다.

그것은 마치 갈증으로 죽어가는 사람이 바다의 짠 물을 마신 셈이어서, 비록 물이기는 해도 피를 말려 갈증이 생기고 더욱 심한 갈증을 느껴 결국은 바로 그 물을 마시는 행동 자체 때문에 죽고 말 터였다. 그는 그녀에게로 들어갔고, 그는 다시 또다시 그녀를 뜻대로 했지만, 떠날 때는 만족한 상태가 아니었다.

그해 무덥기만 하던 여름 내내 왕룽은 그렇게 이 젊은 여인을 사랑했다. 그녀가 어디에서 왔으며 어떤 여자인지 그는 그녀에 관해서 아무것도 알지 못했고, 그들이 함께 있을 때면 왕룽은 별로 말을 안 했고 어린아이처럼 걸핏하면 웃어대며 제멋대로 쉬지 않고 떠드는 그녀의 얘기에도 별로 귀를 기울이지 않았다. 그는 그녀의 얼굴, 그녀의 두 손, 그녀의 몸매가 취하는 자세, 그녀의 큼직하고 다정한 눈에 담긴 의미를 멀거니 지켜보기만 하며 그녀를 기다렸다. 그는 그녀를 한껏 소유한 적이 한 번도 없었고, 동틀 녘이면 만족스럽지 않고 어리벙벙한 기분으로 그의 집으로 돌아갔다.

끝없는 나날이었다. 그는 방 안이 덥다는 핑계를 대고 더 이상 그의 침대에서 자려고 하지 않았고, 대나무 숲 밑에다 멍석을 깔고는 어수선한 잠을 잤으며, 잠을 못 이루고 누워 대나무 잎들의 뾰족한 그림자를 물끄러미 쳐다보고 있노라면 그의 마음은 이해할 수 없는 감미롭고도 병적인 고통으로 가득 찼다.

그리고 혹시 아내나 아이들 누구라도 그에게 말을 걸거나 만일 칭이 그를 찾아와서 "곧 물이 빠질 텐데 우리는 어떤 씨앗을 준비해야 할까요?"라고 묻기라도 하면 고함을 질렀다.

"왜 귀찮게 나한테 이래요?"

그리고 그는 이 여인에게서 만족을 얻을 수가 없었기 때문에 항상 가슴이 터질 것 같았다.

이렇듯 하루하루가 흘러갔고 그는 자기가 가까이 가면 놀다 말고 갑자기 긴장하는 아이들과 오란의 심각한 표정을 보고 싶지 않고, 늙은 아버지가 흘긋 쳐다보며 묻는 말도 듣고 싶지 않았다.

"너 무슨 병이 들었기에 그렇게 성미가 고약해지고 피부도 흙처럼 누렇게 뜨느냐?"

그리고 이런 낮이 지나 밤이 오면 렌화라는 계집이 마음대로 그를 데리고 놀았다. 비록 머리를 따고 빗질을 하느라고 날마다 시간을 내야 하기는 했어도 그녀가 땋아 내린 머리를 보고 웃으며 "지금은 남부의 남자들은 이렇게 원숭이 꼬리처럼 머리를 땋지 않아요"라고 말했을 때 그는 아무 말도 없이 돌아가 머리를 잘라버렸는데, 지금까지는 누가 비웃거나 경멸하며 설득했어도 왕룽은 그 말을 듣지 않았었다.

그가 무슨 짓을 저질렀는지 보고 오란은 겁에 질려 소리쳤다.

"당신 목숨을 끊어버렸잖아요!"

하지만 왕룽이 그녀에게 소리를 질렀다.

"그럼 나더러 영원히 구식 바보 같은 꼴을 하고 돌아다니란 말야? 도시의 모든 젊은 남자는 머리를 짧게 깎았다구."

그러면서도 그는 자신이 한 짓을 마음속으로 두려워했고, 그렇기는 해도 만일 렌화가 그것을 명령하거나 원했다면 그는 선뜻 그의 목숨을 끊어버렸을 것이니, 그녀는 지금까지 여자로서 바람직하다고 그가 생각한 모든 아름다움을 지녔기 때문이었다.

보통 때는 노동의 깨끗한 땀으로만 씻어도 충분하다고 간주해서 별로 목욕을 하는 적이 없었던 그의 훌륭하고 거무튀튀한 몸, 그의 몸을 이제 그는 마치 다른 사람의 몸이기라도 한 것처럼 살펴보기 시작했고, 왕룽이 날마다 목욕을 하기에 이르자 걱정이 된 아내가 말했다.

"당신 그렇게 너무 씻어대다가는 죽고 말겠어요."

그는 가게에서 타향으로부터 가져온 빨갛고 감미로운 향기를 풍기는 비누를 하나 사서 몸에다 비벼댔고, 그녀의 앞에서 악취를 풍길까 봐 전에는 그렇게 좋아했던 마늘을 이제는 누가 뭐라고 해도 한 쪽도 먹으려고 들지 않았다.

그리고 집에서는 이 모든 변화를 아무도 이해할 수가 없었다.

그는 또한 새 옷을 짓기 위한 옷감들을 샀고, 전에는 오란이 항상 그의 옷감을 마름질하여 넉넉하게 여유를 주느라고 품이 넓고 길게 재단해서 튼튼하게 이러저리 꼼꼼히 바느질을 하고는 했지만 이제는 아내의 마름질과 바느질을 비웃으며 왕룽은 옷감을 읍내 재단사에게로 가지고 가서 읍내 남자들이 입는 옷처럼 거의 여유를 주지 않고 몸에 꼭 맞도록 연한 회색 비단 두루마기를 지어 소매가 없는 검정 공단 저고리 위에 입었다. 그리고 그는 여자가 직접 손으로 만들지 않은 신발을 평생 처음으로 사서 신었는데, 이 신발은 발뒤꿈치를 털럭거리며 노대감이 신었던 것과 같은 검정 벨벳 신발이었다.

하지만 오란과 아이들 앞에서 갑자기 이 멋진 옷들을 입기가 그는 창피했다. 그는 이 옷을 기름을 먹인 갈색 종이에 싸서 그 동안 알게 된 찻집의 종업원에게 맡겼고 돈을 좀 주면 종업원은 그가 몰래 내실로 들어가 그 옷을 입고 위층으로 올라가게 해주었다. 그리고 그 이외에도 그는 도금한 은반지를 사서 손가락에 끼었고, 이마 위쪽에 면도로 밀었던 머리카락이 다시 자란 다음에는 은화 한 닢을 다 주고 산 작은 병에 담긴 향기로운 타향의 기름을 발라 매끄럽게 다듬었다.

하지만 놀라서 그를 쳐다보던 오란은 이 모든 일을 어떻게 이해해야 할지 납득이 가지 않았고, 그러던 어느 날 점심때 밥을 먹으며 한참 동안 그를 물끄러미 쳐다보다가 그녀가 침울하게 말했다.

"당신을 보니까 왠지 큰 집의 어느 아드님 생각이 나는군요."

그러자 왕룽이 큰 소리로 웃고는 말했다.

"그럼 쓰고도 남을 만큼 돈이 많은 판에 나더러 언제까지나 거지 꼴로 살아가란 말야?"

하지만 마음속으로 그는 무척 기분이 좋았으며 그날만큼은 오랜만에 아내에게 훨씬 상냥하게 대해주었다.

이제는 돈이, 값진 은화가 그의 손에서 술술 흘러나갔다. 여자와 같이 지내는 시간에 대해서 돈을 내야 할 뿐 아니라 그녀가 귀엽게 요구하는 것들도 있었다. 그녀는 너무 갖고 싶은 나머지 반쯤 마음이 무너지는 듯한 표정으로 한숨을 지으며 중얼거리고는 했다.

"아, 세상에…… 아, 세상에!"

그리고 적어도 그녀가 함께 있는 자리에서는 그렇게 얘기하도록 훈련이 된 대로 왕룽이 나지막한 목소리로 "왜 그래, 귀여운 내 마음의 아가씨야?"라고 물었더니 그녀가 대답했다.

"저쪽 맞은편 방에 있는 애는 애인한테서 금비녀를 선물로 받았는데 난 까마득한 옛날부터 이 고물 은비녀밖에 없으니까 난 오늘 당신을 만나도 기쁘지가 않군요."

그러니까 그는 목숨을 걸더라도 그녀에게 속삭여주지 않고는 배길 수가 없는 노릇이어서, 작고 귓밥이 기다란 귀를 보는 기쁨을 누리기 위해 매끄럽고 검은 머리 다발을 옆으로 밀어내며 말했다.

"그렇다면 내 보물이 머리에 꽂을 금비녀는 내가 사주지."

마치 아이에게 새로운 단어들을 가르치듯 그녀는 왕룽에게 이 모든 사랑의 어휘들을 가르쳤다. 그녀는 그런 말들을 그가 자기에게 하도록 가르쳤고, 평생 동안 모내기와 가을걷이와 태양과 비 얘기만 했던 그는 스스로 그런 얘기를 거침없이 할 수가 없었고 심지어는 더듬거리면서라도 할 수가 없었다.

그래서 은화가 벽에서 나오고 자루에서도 나왔으며, 그 전에는 어려워하지 않고 그에게 "헌데 당신 무엇 하려고 벽에서 돈을 꺼내시나요?"라고 물었을 오란이 지금은 아무 말도 하지 않고, 왕룽이 그녀로부터 떨어지고 심지어는 땅에서도 떨어진 어떤 삶을 살아가고 있다는 사실을 잘 알지만 그것이 무슨 삶인지를 모르는 채 굉장히 비참한 심정으로 그를 쳐다보기만 했다. 하지만 그녀는 자기의 사람 됨됨이나 머리카락이 전혀 아름다움을 지니지 못했다는 사실을 남편이 분명히 깨달았으며 그녀의 발이 크다는 것도 남편이 의식한 그날 이후로 남편을 두려워했고, 이제는 길핏하면 그녀에게 터뜨리는 그의 분노가 두려웠기 때문에 그에게 감히 아무런 질문도 하지 못했다.

그러던 어느 날 왕룽은 들판을 가로질러 집으로 돌아가 웅덩이에서 그의 옷을 빨고 있던 아내 곁으로 갔다. 그는 얼마 동안 말없이 서 있다가 험악하게 그녀에게 말했는데 그는 수치스러웠고 그 부끄러움을 마음속으로 인정하고 싶지 않았기 때문에 험악한 말투를 썼다.

"당신 진주 어디 있어?"

그리고 그녀는 웅덩이 가장자리의 매끄럽고 납작한 돌 위에 놓고 두들기던 빨래에서 눈을 들며 말했다.

"진주요? 제가 가지고 있는데요."

그리고 아내를 쳐다보지도 않고 그녀의 주름지고 물에 젖은 손에 시선을 던지며 그가 중얼거렸다.

"쓸데없는 진주를 지니고 있을 필요가 없잖아."

그러자 그녀가 천천히 말했다.

"전 언젠가는 그걸로 귀고리를 만들 생각이었어요."

그리고 왕룽이 웃을까 봐 겁이 났는지 그녀가 다시 말했다.

"작은 딸이 시집갈 때 쓰고 싶어서요."

그는 마음을 단단히 먹으며 큰 소리로 반박했다.

"흙처럼 피부가 시커먼 애한테 왜 진주를 달아주려고 그래? 진주는 피부가 하얀 여자들한테나 어울리는 거야!"

그러더니 잠깐 침묵을 지킨 다음에 그가 갑자기 소리쳤다. "그거 이리 내. 쓸 데가 생겼어!"

그러자 천천히 그녀는 주름지고 젖은 손을 가슴으로 집어 넣어 조그만 꾸러미를 꺼내 그에게 주고는 꾸러미를 펴는 남편을 지켜보았으며, 그의 손에 놓인 진주들은 햇빛을 받아 부드럽고 눈부시게 반짝였고, 왕룽이 웃었다.

그러나 오란은 다시 옷을 두들기기 시작했고, 눈에서 천천히 무겁게 눈물이 흘러내렸어도 그녀는 손을 들어 그 눈물을 닦아내지 않았고, 돌멩이 위에 깔린 옷을 나무 방망이로 더욱 줄기차게 두들길 따름이었다.

20

만일 왕룽의 작은아버지가 그 동안 어디에 가서 무엇을 하며 지냈는지 아무런 설명도 없이 갑자기 돌아오지만 않았더라면 모든 은화가 바닥이 날 때까지 그런 식으로 계속되었을지도 모를 일이었다. 그는 누더기 옷의 단추를 풀어헤치고, 늘 그렇듯이 허리띠는 엉성하게 매고, 옛날이나 변함없이 햇볕과 바람으로 주름지고 뻣뻣하게 굳은 얼굴로 구름에서 떨어지기라도 한 것처럼 불쑥 문간에 나타났다. 그는 일찍 아침 식사를 하려고 식탁에 둘러앉은 그들 모두에게 잔뜩 미소를 지었고 작은아버지가 살아 있다는 사실을 까맣게 잊어버렸던 터라 죽은 사람이 그를 만나려고 찾아온 듯한 기분이 들어 왕룽은 어안이 벙벙해서 입을 딱 벌리고 앉아 있었다. 그의 늙은 아버지는 눈을 깜박거리고 멍하니 쳐다보기만 할 뿐 찾아온 사람을 알아보지 못했고, 그래서 동생이 소리쳤다.

"형님, 조카, 손자들, 그리고 조카며느리 모두 잘 있었나요?"

그러자 마음속으로는 아연실색해서 몸을 일으켰으면서도 왕룽이 겉으로는 공손한 표정과 목소리로 말했다.

"작은아버지도 안녕하셨고, 식사는 하셨나요?"

"못 했어."

작은아버지가 거침없이 말했다.

"하지만 너하고 하면 되잖아."

그러더니 그는 자리에 앉아 그릇과 젓가락을 끌어다놓고는 식탁 위에 있는 밥과 생선포와 홍당무 절임과 말린 콩을 닥치는 대로 먹어치웠다. 그는 무척 굶주린 사람처럼 먹었고, 그가 콩알과 생선뼈를 이빨로 잽싸게 아드득거리며 발라내고 묽은 죽을 세 그릇이나 요란하게 비울 때까지 그들은 아무도 입을 열지 않았다. 그리고 식사를 끝낸 다음에 그는 그것이 당연한 권리이기라도 한 것처럼 거침없이 말했다.

"난 지난 사흘 동안 한숨도 못 잤으니까 이제는 잠을 좀 자야 되겠어."

그래서 어리벙벙하고 어찌할 바를 몰랐던 왕룽은 그를 아버지의 침대로 안내했고, 작은아버지는 누비이불을 들추더니 훌륭하고 깨끗한 새 무명을 만져보고 왕룽이 아버지의 침실에 사다가 들여놓은 멋진 탁자와 큼직한 나무 의자를 둘러보고 말했다.

"그래, 듣자 하니 네가 부자가 됐다고 하더니만 그래도 이렇게까지 부자일 줄은 몰랐구나."

그리고 그는 모든 것이 자기 물건이라도 되는 듯 침대에 몸을 던지고는 여름이기는 해도 꽤나 포근한 이불을 어깨까지 끌어올려 덮고는 더 이상 아무 얘기도 없이 잠이 들었다.

왕룽이 그를 먹여 살리게 되리라는 사실을 그가 알게 된 지금 다시는 작은아버지를 내쫓을 수 없으리라는 것을 환히 알고 있었기 때문에 굉장히 걱정이 되어 왕룽은 가운데 방으로 들어갔다. 그리고 그들이 집으로 밀어닥치더라도 막을 수 있는 사람은 아무도 없다는 것을 알았기 때문에 왕룽은 작은어머니를 생각해보고 가슴이 철렁했다.

그가 걱정하던 그대로 일이 벌어지고 말았다. 작은아버지는 정오가 지난 다음 마침내 침대에서 일어나 기지개를 켜고는 요란하게 세 차례 하품을 한 다음 주섬주섬 몸에 옷들을 걸치며 방에서 나와 왕룽에게 말했다.

"그럼 난 가서 마누라하고 아들을 데리고 와야겠구나. 우리 세 식구쯤 네가 사는 이 큰 집에 와서 얻어먹고 허름한 옷을 입이 입는다고 해도 너한테는 전혀 축이 나지 않겠지."

먹고 살고도 남을 만한 여유가 있는 사람이 아버지의 형제와 그 자식을 집에서 쫓아버린다는 것은 수치스러운 일이었으므로 왕룽은 못마땅한 표정을 지었을 뿐 아무 대꾸도 하지 않았다. 그리고 왕룽은 만일 자기가 그런 짓을 했다가는 그가 부유하기 때문에 지금은 존경을 받게 된 마을에서 수치를 느껴야 할 터였기에 섣불리 무슨 말도 할 수가 없었다. 그리고 그는 대문 곁의 방들을 비우려고 일꾼들더러 모두 헌 집으로 거처를 옮기라고 명령했고, 바로 그날 저녁에 이 빈 방으로 작은아버지가 아내와 아들을 데리고 들어왔다.

그리고 왕룽은 심히 화가 났으며, 그 모든 불만을 가슴속에 묻어두고 미소로 응하며 친척들을 환영해야만 했기 때문에 더욱 화가 났다. 비록 작은어머니의 살지고 뻔뻔스러운 얼굴을 보니 분통이 터질 노릇이었고 건방지고 망나니 같은 사촌의 얼굴을 보니 뺨이라도 후려갈기고 싶은 생각이 잔뜩 치밀기는 했어도 어쩔 수가 없었다. 그리고 사흘 동안 그는 화를 참지 못해 읍내도 나가지 않았다.

그러다가 이미 벌어진 상황에 그들이 모두 익숙해지고 오란이 그에게 "화는 그만 내세요. 그냥 참는 수밖에 별도리 없는 일이잖아요"라고 말했고, 작은아버지와 작은어머니와 사촌이 밥을 얻어먹고 잠자리를 위해서는 그나마 얌전히 굴 것이라는 생각이 든 다음에 그의 생각은 그 어느 때보다도 더욱 격렬하게 렌화라는 여자에게로 쏠렸고 그는 속으로 투덜거렸다.

"집에서 들개들이 우글거릴 때는 다른 곳에서 마음의 평화를 찾아야 되겠지."

그리고 그의 내면에서는 모든 열병과 고통이 다시금 타올랐고, 왕룽은 아직도 그의 사랑에서 전혀 만족감을 얻지 못했다.

그런데 오란이 단순해서 눈치 채지 못하고, 늙어서 판단이 흐려진 노인도 눈치 채지 못하고, 우정 때문에 칭도 알려고 하지 않았던 바를 왕룽의 작은어머니가 즉시 알아차리고는 곁눈질을 하고 웃으며 소리쳤다.

"보아하니 왕룽이 어디서 꽃을 따고 싶은 모양이로구면."

그러나 오란이 무슨 말인지 알아듣지 못하고 어수룩하게 그녀를 쳐다보자 작은어머니가 웃으면서 다시 말했다.

"참외를 쪼개놓기 전에는 눈에 그 씨가 보이지 않는다 이거야? 자, 그렇다면 까놓고 얘기하겠는데, 자네 남편이 다른 여자한테 홀딱 미쳐 있단 말야!"

사랑으로 인해서 기진맥진한 몸으로 어느 날 이른 아침 그의 방에서 지쳐 졸면서 누워 있던 왕룽이 그의 방 창 밖 마당에서 작은어머니가 이 말을 하는 것을 들었다. 그는 퍼뜩 정신이 들어 이 여자의 날카로운 관찰력에 아연실색해서 더 들어보려고 귀를 기울였다. 탁한 목소리로 그녀는 살진 목구멍에서 기름처럼 좔좔 얘기를 쏟아내었다.

"그래, 난 남자라면 환한데, 갑자기 어떤 남자가 머리를 가다듬고 새 옷을 사고 벨벳 신발을 신으려고 한다면 그것은 분명히 새 여자가 생겼다는 신호야."

오란이 짤막하게 무슨 소리를 냈지만, 왕룽은 그것이 무슨 말인지 알아듣지 못했고, 작은어머니가 다시 말했다.

"가엾은 여자 같으니라구. 어느 남자에게도 여자 하나만으로 충분하리라는 생각을 하면 안 되어서, 남편을 위해 열심히 일하느라고 지쳐 여자가 몸매를 잃게 되면 남자란 불만을 느끼게 마련이야. 남자의 공상은 다른 곳을 찾아 어느새 달려가는데, 가엾고 멍청한 자네는 남편이 부려먹기 위한 소보다 별로 나을 바가 없고 남자의 마음을 사로잡기에는 전혀 어림도 없지. 그리고 남편이 돈을 벌어 다른 여자를 하나 사서 집에 들여다놓더라도 남자란 모두 그런 것이고, 평생 제가 먹고 살기에 넉넉한 돈을 가져본 적도 없는 가난뱅이 주제라서 그러지도 못했지만 우리 집 형편없는 남자도 역시 여유가 있다면 그랬을 테니까 자넨 한탄도 할 수 없어."

그리고 또 작은어머니가 더 얘기를 했지만 여기까지 그녀의 얘기를 듣고 생각이 멈추었기 때문에 침대에 누운 왕룽의 귀에는 더 이상 아무 말도 들려오지 않았다. 이제 갑자기 그는 사랑하는 이 여자에 대한 굶주림과 갈증을 충족시킬 방법을 깨달았다. 그는 이 여자를 사서 집에 들여놓아 어떤 다른 남자도 그녀를 찾아들지 못하게 해서 독차지한다면 그는 먹고 마시고 만족을 얻으리라. 그리고 그는 당장 침대에서 몸을 일으켜 밖으로 나가 작은어머니를 남모르게 손짓해 불러 대문 밖으로 데리고 나가 아무도 그들의 얘기를 들을 수 없는 대추나무 밑에서 묻고 싶었던 얘기를 털어놓았다.

"작은어머니가 마당에서 하시는 얘기를 들었는데, 그 말이 옳아요. 저는 아내 하나만으로는 부족함을 느끼는데, 우리 모두 먹고 살기에 넉넉한 형편이니 그래서 안 될 것도 없잖아요?"

작은어머니가 열을 올려 수다스럽게 말했다.

"그럼, 안 될 거야 없지, 안 그래? 돈을 번 남자들은 누구나 다 그러니까. 가난한 남자만 잔을 하나만 가지고 마시는 거야."

왕룽이 다음에는 무슨 얘기를 할지 알면서 그녀가 이렇게 말했고, 그는 그녀가 생각했던 대로 얘기를 계속했다.

"하지만 누가 저를 위해 중간에 나서서 타협을 지어주겠습니까? 남자가 여자를 직접 찾아가 '우리 집에 가서 살자'고 할 수야 없잖아요?"

이 말을 듣고 그녀가 당장 대답했다.

"어떤 여자인지 얘기만 해주면 내가 알아서 처리해주지."

그러자 지금까지 어느 누구에게도 그녀의 이름을 소리 내어 말한 적이 없었기 때문에 왕룽은 멋쩍어하며 마지못해서 대답했다.

"렌화라는 여자인데요."

그녀가 존재한다는 사실을 이번 여름 겨우 두 달 전에만 해도 자기 자신까지도 몰랐다는 것을 잊어버리고 왕룽은 모든 사람이 렌화 얘기를 들어 꼭 알고 있으리라고 생각했다.

그래서 그는 작은어머니가 질문을 더 하자 짜증이 났다.

"헌데 그 여자가 사는 집은 어디 있지?"

"아니, 어디긴 어디예요?"

그가 퉁명스럽게 반문했다.

"읍내 큰 거리의 큰 찻집이죠."

"'꽃들의 집'이라는 곳 말이냐?"

"그럼 어디 또 있겠습니까?"

왕룽이 쏘아붙였다.

삐죽 내민 아랫입술을 손가락으로 만지작거리며 잠깐 생각에 잠기더니 그녀가 마침내 말했다.

"난 그곳에 아는 사람이 하나도 없는데, 내가 무슨 길이 있나 알아봐야 되겠어. 그 여자의 주인이 누구지?"

그리고 큰 집에서 노예였던 토츄엔이 주인이라는 얘기를 했더니 작은어머니가 웃으며 말했다.

"아, 그 여자야? 어느 날 밤 늙은 대감이 그 여자의 잠자리에서 죽었다더니 지금은 그렇게 되었구먼! 하기야 그런 일을 할 만한 여자이긴 해."

대지 261

그러더니 그녀가 다시 캑캑거리면서 "히히히" 웃고는 거침없이 말했다.

"그 여자로구먼! 그렇다면 일이 정말 간단해지지. 모두가 간단한 일이라구. 그 여자였구나! 그 여잔 돈만 많이 준다면 산이라도 쌓아 올릴 정도로 옛날부터 무엇이나 다 할 만한 여자였으니까."

그리고 이 말을 들은 왕룽은 갑자기 입 안이 마르고 타들어가는 기분을 느꼈으며 말을 하자 속삭임 같은 목소리가 나왔다.

"그렇다면 은화를 주겠어요! 은화하고 금화도요! 땅이라도 몽땅 내놓겠어요!"

그러자 이상하고도 이율배반적인 사랑의 열병 때문이었는지 왕룽은 일이 이루어진 다음까지는 큰 찻집을 다시는 찾아가지 않기로 했다. 속으로 그는 이렇게 생각했다.

'만일 그 여자가 내 집으로 와서 내가 독차지할 수 있게 되지 않는다면 난 목을 걸고 절대로 다시는 그녀를 가까이 하지 않으리라.'

하지만 '만일 그 여자가 오지 않는다면' 하는 생각이 떠오르자 그는 겁이 나서 심장이 멈출 지경이었고, 그래서 자꾸만 작은어머니한테 달려가 재촉했다.

"이제는 돈이 문제가 아닙니다."

그가 말했다.

"토츄엔한테 나는 은화와 금화가 얼마든지 있다는 얘기를 했나요?"

그가 다시 말했다.

"그 여자더러 우리 집으로 오면 아무 일도 안 하고 원한다면 날마다 상어 지느러미 요리를 먹고 비단옷만 입게 될 거라고 하세요."

그러다가 마침내 점점 짜증이 나서 참을 수가 없어진 뚱뚱한 여자가 눈알을 희번덕거리고 굴리며 왕룽에게 소리를 질렀다.

"그만 해! 내가 뭐 멍청이거나 남녀 관계를 주선한 것이 이번이 처음인 줄 아는 모양이지! 가만히 내버려두어도 내가 다 알아서 처리하겠어. 난 벌써 여러 차례 그런 얘기를 다 했다구."

그러고는 손가락이나 깨물고 있는 것밖에는 어쩔 도리가 없었으며, 렌화의 눈에 그의 집이 어떻게 보일까 하는 생각이 불현듯 들어서 왕룽은 오란에게 이래라 저래라 일을 시켜 쓸고 닦게 하고 탁자와 의자들도 이리저리 옮겼으며, 그래서 이제는 무슨 일이 벌어지는지 잘 알게 된 이 가엾은 여자는 점점 더 겁에 질렸고, 자신이 어떻게 되는지 알면서도 아무 말도 하지 않았다.

이제 왕룽은 오란과 잠자리를 같이하는 것을 더 이상 참을 수가 없었고 집 안에 두 여자가 있게 되었으니 방도 더 들이고 마당도 하나 더 있어야 하며 그가 사랑하는 여자하고 단둘이 지낼 장소도 마련해야겠다고 생각했다. 그래서 작은어머니가 일을 마무리 지어주기를 기다리는 동안 그는 일꾼들을 불러 집에다 가운데 방 뒤쪽으로 마당을 하나 더 만들고 그 마당 둘레에 양쪽으로 큰 방 하나와 작은 방 둘, 세 개의 방을 들이라고 지시했다. 일꾼들이 그를 빤히 쳐다보았지만 감히 말대꾸는 하지 못했고, 왕룽 자신도 아무 얘기를 해주지 않았으며, 자기가 하는 행동에 관해서 칭에게도 얘기할 필요가 없게끔 작업을 스스로 감독했다. 그리고 일꾼들은 들판에서 흙을 퍼다가 벽을 쌓아 올리고 땅을 다져 골랐으며 왕룽은 읍내로 사람을 보내 지붕에 얹을 기와를 사오게 했다.

그러다가 방들을 다 짓고 흙바닥을 고른 다음에 그는 벽돌을 사왔고, 일꾼들은 벽돌을 가지런히 깔고 석회로 붙여 롄화가 거처할 세 방에 멋진 벽돌 바닥을 마련했다. 그리고 왕룽은 문에다 걸 휘장을 만들 빨간 헝겊도 샀고, 새 탁자와 그 양쪽에 놓을 두 개의 조각한 의자와 탁자 뒤쪽 벽에다 걸 산수화 족자도 두 폭 샀다. 그리고 그는 뚜껑을 갖춘 동그랗고 빨간 옻칠을 한 당과(糖菓) 그릇을 샀고 그 그릇에 깨떡과 비계로 튀긴 과자를 담아 탁자 위에다 놓았다. 그러고는 그것 하나만 들여놓아도 작은 방이 꽉 찰 정도로 커다랗고 널찍하고 깊이 조각한 침대도 샀으며 그 둘레에 드리울 꽃무늬를 넣은 휘장도 샀다. 하지만 이런 모든 일에서 그는 오란에게 무엇을 부탁하기가 거북했기 때문에 저녁이면 작은어머니가 와서 침대의 휘장도 달아주고 남자로서는 솜씨가 서툴러 못 하는 일들을 대신해주었다.

그러고는 준비가 다 끝나서 할 일도 없어졌고 한 달이 흘러갔지만 아직도 롄화의 일은 성사를 보지 못했다. 그래서 왕룽은 롄화를 위해 새로 만든 작은 마당에서 혼자 서성거리다가 마당 한가운데 작은 연못을 하나 파야 되겠다는 생각이 들어 일꾼을 한 사람 불러서 사방 석 자가 되게 연못을 파게 하고는 둘러가며 타일을 붙였고, 왕룽은 시내로 들어가 그 연못에 넣을 금붕어 다섯 마리를 사왔다. 그러고는 할 일이 더 이상 생각나지 않아 또다시 그는 들뜬 마음으로 초조하게 기다렸다.

그 동안 줄곧 그는 누구한테도 아무 얘기도 하지 않았고, 콧물이 지저분하면 아이들을 야단치거나 사흘 이상이나 머리에 빗질을 하지 않았다고 오란에게 고함만 질러댔고, 그래서 마침내 어느 날 아침 오란이 눈물을 흘리며 큰 소리로 울었는데, 그들이 굶주리던 때나 그 어느 때도 지금까지 왕룽은 그녀가 우는 모습을 본 적이 없었다. 그래서 그가 가혹하게 말했다.
"이게 왜 이러는 거야? 말 꼬리 같은 그놈의 머리 좀 빗으라고 했다고 해서 꼭 이렇게 난리를 일으켜야만 되겠어?"
하지만 그녀는 아무 반박도 하지 않고 신음하듯 자꾸 이런 말만 되풀이했다.
"전 당신한테 아들을 낳아주었는데요, 전 당신에게 아들들을 낳아주었는데요……."
그는 말문이 막히고 불안해졌으며, 그녀 앞에 있기가 창피해져서 혼자 투덜거리고는 아내를 혼자 내버려두었다. 그녀가 그에게 훌륭한 아들을 셋이나 낳아주었고 그 아이들이 실이 있으므로 법으로 따지더라도 그는 아내에 대해서 불평할 이유가 없었으며, 그의 욕망 이외에는 아무런 구실도 없었다.
이렇게 나날이 흘러가다가 어느 날 작은어머니가 와서 말했다.
"성사를 봤어. 찻집 여자가 목돈으로 은화 백 냥만 손에 쥐어주면 일을 주선해주고, 아가씨는 비취 귀고리에 비취 반지 하나, 금반지 하나, 공단 옷 두 벌, 비단옷 두 벌, 신발 십여 켤레, 그리고 비단 이부자리 두 벌만 주면 오겠다고 그러더구나."
이 모든 얘기에서 왕룽의 귀에 들려온 말은 "성사를 봤어"라는 부분이 전부였고, 그가 소리쳤다.

"그렇게 하세요, 그렇게 하세요."

그리고 그는 안방으로 달려가 은화를 꺼내 작은어머니의 두 손에 다 쏟아주었고, 아직도 속으로는 여러 해 동안 풍성한 수확을 거두어야 마련될 만한 돈이 그렇게 없어진다는 것이 마음에 내키지 않았지만 그래도 작은어머니에게 말했다.

"그리고 작은어머니한테도 은화 열 냥을 드리겠어요."

그러자 그녀는 뚱뚱한 몸을 일으키고 머리를 설레설레 흔들며 거절하는 시늉을 하고는 나지막이 말했다.

"아냐, 난 안 받겠어. 우린 한 가족이고, 넌 내 아들이고 나는 네 어머니나 마찬가지여서 난 이 일을 너를 위해 한 것이지 은화를 바라고 한 일이 아니란다."

하지만 거절을 하면서도 그녀가 내민 손을 보고 왕룽은 은화를 그 손바닥에 쏟아주며 이 돈은 보람 있게 쓴 셈이라고 생각했다.

그리고 그는 돼지고기와 쇠고기와 잉어와 죽순과 밤을 사왔고, 수프를 끓이려고 남방에서 가져온 말린 제비집 한 덩어리를 사왔고, 말린 상어 지느러미도 사왔고, 그가 알고 있는 온갖 진미를 사다 놓고는 기다렸는데, 그의 초조하게 들끓는 조급한 마음은 기다림이라고 하기도 어려웠다.

여름이 끝나는 여덟 번째 달의 어느 눈부시게 빛나고 불처럼 뜨거운 날 그녀는 그의 집으로 왔다. 왕룽은 멀찌감치서 그녀가 오는 것을 보았다. 그녀는 남자들이 어깨에 멘 닫힌 대나무 가마를 타고 왔는데, 그는 밭 언저리를 따라 뻗어 있는 좁은 길을 따라 이리저리 구불거리며 오는 가마를 보았고, 그 뒤에 토츄엔이 따라오는 모습도 보였다. 그러자 순간적으로 그는 겁이 나서 생각했다.

'내가 도대체 무엇을 집으로 끌어들이고 있는가?'

그리고 자신이 하고 있는 행동을 별로 의식하지도 못하면서 그는 여태까지 여러 해 동안 아내와 같이 잤던 방으로 얼른 들어가 문을 닫았고, 그곳 방 안의 어둠 속에서 혼란에 빠져 기다렸으며, 그러자 손님이 대문에 와 있으니까 나와서 보라고 작은어머니가 큰 소리로 그를 불렀다.

그러자 지금까지 한 번도 이 여자를 만난 적이 없는 것처럼 어색해하면서, 그는 좋은 옷차림에 머리를 떨구고 천천히 이쪽저쪽 옆만 보고 똑바로 앞을 쳐다보지 않으며 바깥으로 나갔다. 하지만 토츄엔이 쾌활하게 왕릉을 소리쳐 불렀다.

"세상에, 우리가 이렇게 거래를 하게 될 줄이야 알았나요!"

그러더니 그녀는 남자들이 내려놓은 가마로 가서 휘장을 들추고는 혀를 차고 말했다.

"나오너라, 렌화야. 여기가 네 집이고 이 사람이 네 주인이시다."

왕릉은 가마꾼들의 얼굴에서 잔뜩 이죽거리는 미소를 보고 마음이 언짢아져서 생각했다.

'읍내 거리에서 빈둥거리는 이 하찮은 녀석들에게 웃음거리가 되다니.'

그리고 그는 얼굴이 뜨거워지고 새빨갛게 달아오르는 기분을 느껴 화가 났으며, 그래서 아무 말도 하지 않기로 작정했다.

그러자 휘장이 걷혔고 그는 자기도 모르게 시선을 돌렸으며 가마의 컴컴한 내부에 백합처럼 차분하고, 화장을 한 롄화 아가씨의 앉아 있는 모습을 보았다. 그는 모든 것을 잊어버렸고, 싱글거리는 읍내 건달들까지도 잊어버렸으며, 자기가 혼자 소유하려고 이 여자를 샀고 그녀가 영원히 그의 집에서 살기 위해 왔다는 생각만 머리에 가득해서 그는 덜덜 떨며 뻣뻣하게 서서 꽃 위로 지나가는 바람처럼 우아한 자태로 그녀가 몸을 일으키는 모습을 지켜보았다. 시선을 뗄 줄 모르고 왕룽이 쳐다보고 있는 사이에 그녀는 토츄엔의 손을 잡고 밖으로 나와 머리를 수그린 채로 눈을 내리깔고는 토츄엔에게 몸을 기대고 작은 발로 타박거리며 걸어왔다. 그리고 그의 곁을 지나가면서 그녀는 왕룽에게는 아무 말도 없이 토츄엔에게 잘 안 들릴 정도로 나지막한 목소리로 물었다.
"제가 거처할 곳은 어딘가요?"
그러자 작은어머니가 다른 쪽에서 앞으로 나섰고 그들은 아가씨를 가운데 세우고 마당으로 들어가 왕룽이 그녀를 위해 지은 새 방으로 갔다. 그리고 일꾼들과 칭을 멀리 떨어진 밭에서 하루 종일 일을 하도록 왕룽이 보냈으며, 오란은 두 어린아이를 데리고 남편 모르게 어디론가 가버려 자취를 감추었고, 두 아들은 서당에 가 있었고, 벽에 기대고 잠든 노인은 아무것도 듣지도 못하고 보지도 못했고, 가엾은 바보 딸은 오가는 사람들의 얼굴을 봐도 어머니와 아버지 이외에는 아무도 알아보지 못했으므로 왕룽의 집에서 사는 어떤 사람도 그녀가 지나가는 모습을 보지 못했다. 하지만 롄화가 들어간 다음에 토츄엔은 휘장을 내렸다.
그러고는 잠시 후에 왕룽의 작은어머니가 약간 짓궂은 미소를 띠고 나오더니 무엇이 묻어 있는 것을 털어버리려는 듯 두 손을 털었다.

"저 여자 향수하고 화장 냄새가 지독하게 풍기는구나."

아직도 웃으며 그녀가 말했다.

"정말 나쁜 여자다운 냄새를 풍긴다구."

그러고는 더욱 심술궂은 표정으로 그녀가 말했다.

"얘야, 저 여잔 겉으로 보기보다 나이가 훨씬 많아! 이 말은 꼭 해두고 싶은데, 만일 머지않아 남자들이 거들떠보지도 않게 될 그런 나이가 다 되지만 않았다면 비취 귀고리와 손가락에 낄 금반지와 심지어는 비단과 공단을 몸에 감아준다고 해도 농부의 집으로, 아무리 부자라고 해도 농부의 집으로 올 마음이 생겼을지 어떤지는 잘 모르겠구나."

그러다가 너무나 노골적인 이 말에 화가 난 왕룽의 얼굴을 보고 그녀는 황급히 덧붙여 말했다.

"하지만 미인이라는 건 분명해, 난 저렇게 예쁜 여자는 본 직이 없으니까. 황씨 댁에서 데려온 투박한 종하고 그렇게 오랫동안 같이 살고 난 다음인지라 잔칫상의 팔보채만큼이나 맛이 나겠어."

하지만 왕룽은 아무 대꾸도 하지 않고 집 안 여기저기를 돌아다니며 귀를 기울였고, 가만히 있을 수가 없었다. 마침내 그는 용기를 내어 빨간 휘장을 들추고 렌화를 위해 그가 만든 마당으로 나간 다음에 그녀가 컴컴하게 해놓고 기다리는 방으로 들어갔고, 그곳에서 그는 밤이 될 때까지 하루 종일 그녀 곁에 있었다.

이때까지 줄곧 오란은 집 근처에 얼씬도 하지 않았다. 동틀 녘에 그녀는 벽에서 괭이를 집어 들고 아이들을 불러 배추 잎에다 식은 음식을 조금 싸가지고 집을 나간 다음 돌아오지 않았다. 하지만 밤이 되자 그녀는 시커멓게 흙이 묻고 지친 몸으로 말없이 돌아왔고, 아이들도 말없이 그녀를 따라왔으며, 오란은 누구하고도 얘기를 하지 않고 부엌으로 들어가 늘 그렇듯이 음식을 장만해 식탁에 차려놓고는 노인을 불러 손에 젓가락을 쥐어주고 가엾은 바보에게 밥을 먹인 후에 아이들과 함께 그녀도 밥을 조금 먹었다.

그리고 아이들이 잠자리에 들고 왕룽이 아직 꿈을 꾸듯 식탁에 앉아 있을 때 그녀는 잠을 자려고 세수를 하고는 마침내 낯익은 그녀의 방으로 들어가 침대에서 혼자 잤다.

그리고 왕룽은 밤낮으로 그의 사랑을 먹고 마셨다. 날이면 날마다 그는 렌화가 침대에 한가하게 누워 있는 방으로 가서 그녀 옆에 앉아 그녀가 하는 모든 행동을 지켜보았다. 그녀는 초가을 햇볕이 따가운 바깥으로 나오는 일이 없이 토츄엔이 미지근한 물로 그녀의 날씬한 몸을 씻어주고 살에다 기름을 바르고 머리에 향수와 기름을 치는 동안 가만히 누워 있기만 했다. 토츄엔이 그녀의 하녀로 남았으면 좋겠다고 렌화가 고집한데다가 보수도 푸짐하게 주었기 때문에 토츄엔은 스무 명의 아가씨 대신에 한 명을 시중드는 쪽을 기꺼이 택했으며, 그래서 토츄엔과 그녀의 안주인이 된 렌화는 다른 사람들과 떨어져서 왕룽이 만든 새 안채에서 지냈다.

하루 종일 렌화는 서늘하고 컴컴한 그녀의 방에 누워 초록빛 여름 비단옷과, 허리에서 잘라버린 작고 몸에 꼭 끼는 윗옷과, 펑퍼짐한 바지 이외에는 아무것도 걸치지 않고 사탕절임과 과일을 먹었으며, 그녀를 찾아오면 왕룽은 그런 모습의 렌화를 보았고, 그는 사랑을 먹고 마셨다.

그러다가 해 질 녘이 되면 그녀는 귀엽게 토라진 표정을 지으며 왕룽을 쫓아버렸고, 토츄엔이 다시 그녀를 목욕시키고 향수를 뿌렸으며, 맨살에는 보드랍고 하얀 비단을 두르고 겉에는 복숭아 빛깔의 비단, 왕룽이 준 비단옷으로 새로 갈아입혔다. 토츄엔은 그녀의 발에다 수를 놓은 작은 신발을 신겨주었고, 그러면 렌화는 마당으로 나와 금붕어 다섯 마리가 노는 작은 연못을 구경했고, 왕룽은 이 신비한 여자를 물끄러미 서서 쳐다보았다. 그녀가 뒤뚱거리며 걷는 모습을 보면 왕룽에게는 이 세상에서 그녀의 뾰족하고 작은 발과 가련하게 오므린 두 손보다 더 멋진 것이 없었다.

그리고 그는 그의 사랑을 먹고 마셨으며 혼자 잔치를 벌이고 만족감을 느꼈다.

21

 한 지붕 밑에 한 명 이상의 여자가 같이 살면 평화를 기대할 수 없는 노릇이므로 렌화라는 이 여자와 그녀의 시중을 드는 토츄엔이 왕룽의 집으로 들어온다는 것이 어떤 종류의 동요나 불화 없이 쉽게 이루어지리라고 상상한다면 그것은 잘못된 생각이었다. 하지만 왕룽은 그 사실을 예견하지 못했다. 그리고 비록 오란의 시무룩한 표정과 토츄엔의 표독함에서 무엇인지 잘못되었음을 알기는 했어도 그는 거기에 신경을 쓰려고 하지 않았으며, 그의 욕망이 아직도 사납게 타오르는 한 그는 누구에게나 무관심했다.
 그렇기는 해도 낮이 지나 밤이 되고 밤이 새어 동이 터 아침이면 틀림없이 태양이 떠오르고, 렌화라는 여자는 변함없이 그의 집에 있었고, 달도 때맞춰 떠오르고, 원할 때 손을 뻗기만 하면 언제라도 그녀를 만질 수 있다는 사실을 알았으므로 사랑에 대한 갈증이 어느 정도 풀어지고 나자 왕룽은 지금까지 깨닫지 못했던 사실들을 깨닫게 되었다.

한 가지 예를 든다면 그는 오란과 토츄엔 사이에 불화가 생겼다는 것을 당장 알게 되었다. 남자가 두 번째 여자를 집안에 들이면 대들보에다 새끼줄로 목을 매달고 죽는 여자들도 있고 또 어떤 여자들은 남자가 저지른 짓에 대한 보복으로 그의 삶이 비참해지도록 잔소리를 늘어놓고 온갖 계략을 다 부린다는 등 그런 얘기를 많이 들어온 터라 오란이 렌화를 미워하리라는 것쯤은 각오가 되어 있었으며, 그나마 오란이 말이 없는 여자이기 때문에 적어도 그녀가 자기에게 따지고 덤비지는 않으리라고 안심했던 왕룽으로서는 오란과 토츄엔의 심상치 않은 사이가 깜짝 놀랄 일이었다. 그러나 렌화에 대해서 아무 말이 없는 대신에 그녀의 분노가 토츄엔이라는 분출구를 찾게 되리라는 사실을 그가 예견하지 못했던 것이다.

왕룽이 렌화 생각만 하고 있었을 때 그녀가 그에게 애원했다.

"내가 아직 말도 못 할 때 우리 아버지와 어머니가 돌아가셨고, 나이를 먹어 예쁜 미모가 나타나자마자 큰아버지가 그런 생활을 하는 곳으로 나를 팔아버려 아는 사람이 아무도 없는 나로서는 이 세상에 완전히 나 혼자뿐이라는 생각이 들어요. 그러니 이 여자를 내가 몸종으로 쓰게 해주세요."

예쁜 눈가에서 언제라도 펑펑 쏟아낼 수 있는 눈물을 반짝이며 렌화가 이렇게 부탁했고 그런 얼굴로 올려다보면서 그녀가 애원하면 왕룽은 아무것도 거절할 수가 없었다. 그뿐 아니라 그녀의 시중을 들어줄 사람이 아무도 없다는 말도 사실이었고, 오란이 둘째 여자의 시중을 들어주리라고 기대할 수는 없는 노릇이었으며, 아내가 그녀에게 얘기를 하거나 거들떠보지 않을 것이 뻔한 일이어서 렌화가 혼자 외롭게 지내리라는 얘기도 사실이었다. 렌화에게 큰아버지가 있긴 했지만 그를 집으로 데려다놓는다면 기웃거리고 엿보면서 렌화와 가까이 지내며 자기 얘기를 수군댈 거라는 생각을 하니 왕룽은 비위가 뒤집혔고, 다른 여자는 아무도 오지 않을 판이어서 그는 토츄엔이라면 어느 누구 못잖게 좋으리라고 생각했다.

  하지만 토츄엔을 보자 오란은 왕룽이 한 번도 본 적이 없으며 그녀가 지니고 있으리라고는 생각도 못 했던 그런 깊고도 냉정한 분노를 느끼며 점점 더 토츄엔을 미워하게 된 것 같았다. 비록 큰 집에서 살 때는 그녀가 주인의 침실에 드나들었고 오란은 여러 명이나 되는 부엌데기 노예에 지나지 않았었다는 사실을 잊지는 않았어도 토츄엔은 왕룽에게 돈을 받고 일하는 신세가 되었으므로 토츄엔은 기꺼이 오란과 친해지고 싶었다. 그래서 그녀를 처음 만났을 때 토츄엔은 무척 상냥한 태도로 오란에게 말했다.

  "세상에, 우리 옛날 친구, 우리가 이곳 같은 집에서 또다시 함께 살게 되었는데, 오란이는 주인마님에 정실부인이 되었고, 맙소사, 세상이란 정말 돌고 도는 거야!"

  하지만 오란은 그녀를 노려보기만 했고, 그녀가 누구이고 어떤 입장이 되었는지를 알게 되자 그녀는 아무 대답도 하지 않고는 들고 있던 물동이를 내려놓고 왕룽이 사랑을 즐기는 여가에 와서 앉아 있던 가운데 방으로 들어가 단도직입적으로 그에게 말했다.

  "그 종년이 우리 집에 무엇하러 와 있나요?"

그는 이리저리 둘러보았다. 그는 당당하게 반박을 해서 주인답게 무뚝뚝한 목소리로 "그래, 여긴 내 집이니까 내가 들어와도 좋다고 하면 어떤 여자라도 들어올 수 있는데, 당신이 뭐라고 그런 걸 따지고 덤비는 거야?"라고 말하고 싶었다. 하지만 그곳 그의 앞에 오란이 있는 자리에서는 마음속으로 어떤 수치심을 느꼈기 때문에 그런 말이 입 밖에 나오지 않았고, 재산이 풍족한 남자라면 누구라도 할 만한 행동을 했을 따름이어서 따지고 보면 수치심을 느껴야 할 필요가 없었기 때문에 이 수치심은 그를 분노하게 만들었다.

그래도 그는 말이 나오지 않아 이리저리 두리번거리기만 하고 담뱃대를 옷 속에 잘못 넣어둔 체하며 허리춤을 더듬거렸다. 하지만 오란은 큼직한 발로 꿈쩍 않고 서서 기다렸으며, 왕룽이 아무 말도 하지 않자 똑같은 말로 다시 단도직입적으로 물었다.

"그 종년이 우리 집에 무엇하러 와 있나요?"

그러자 왕룽은 아내가 꼭 대답을 듣기로 작정했음을 깨닫고는 힘없이 말했다.

"그게 당신한테 무슨 상관이야?"

그리고 오란이 말했다.

"난 큰 집에서 어린 시절을 줄곧 그 계집의 오만한 꼴을 참으며 살았고 그 계집은 하루에도 스무 번씩은 부엌으로 뛰어 들어와 '주인님한테 드릴 차를 준비해' '주인님한테 드릴 음식상을 보라구' 하고 소리를 질러대고는 걸핏하면 이것은 너무 뜨겁다, 그것은 너무 식었다, 저것은 요리를 엉망으로 했다고 잔소리를 하면서 나더러 너무 못생기고 너무 느려서 이것도 못하고, 저것도 못하고 ······."

하지만 왕룽은 무슨 말을 해야 좋을지 몰라서 아직도 대답을 하지 않았다.

그래서 오란이 기다렸고, 왕룽이 대답을 하지 않자 뜨거운 눈물이 조금 그녀의 눈에 천천히 고였고, 그녀는 눈물이 나오지 않게 눈을 꿈벅거렸으며, 결국 푸른 앞치마 자락으로 눈을 닦아내고 말했다.

"내 집에서 이런 쓰라린 일을 당하다니 괴로운 일이에요. 그렇다고 난 찾아갈 친정도 없어요."

그리고 왕룽이 아직도 잠잠한 채 전혀 아무런 대꾸도 없이 자리에 앉아 담뱃대에 불을 붙이고는 여전히 계속해서 침묵을 지키자 오란은 말을 할 줄 모르는 짐승의 눈처럼 이상하고도 멍청한 눈으로 가련하고 슬프게 그를 쳐다본 다음에 눈물에 가려 앞이 안 보여서 더듬거리며 문 쪽으로 나갔다.

왕룽은 밖으로 나가는 그녀를 지켜보았고, 혼자 남게 되어 기쁘기는 했지만 아직도 수치심을 느꼈고 그 수치심을 느낀다는 사실에 아직도 화가 났으며, 누구하고 말다툼이라도 하는 듯 불안하게 자기 자신에게 투덜거렸다.

"뭐 다른 남자들도 다 그러고 있고, 나보다 나쁜 남자들도 있는데, 그만하면 난 아내한테 잘해준 셈이야."

그리고 마지막으로 그는 오란이 참아야 한다고 말했다.

하지만 오란에게는 그 사건이 마무리가 지어진 것이 아니었고, 그녀는 말없이 그녀의 길을 갔다. 아침에 그녀는 물을 데워 노인에게 가져다주었고 혹시 안채에 들어가 있지 않으면 왕룽에게 차를 끓여다 주었지만, 여주인에게 갖다 주려고 토츄엔이 더운물을 찾으러 가면 솥이 비어 있었으며 아무리 시끄럽게 떠들고 물어봐도 오란에게 아무 대답도 들을 수가 없었다. 그러면 별수 없이 여주인이 마시겠다는 물을 토츄엔이 직접 끓여야만 했다.

하지만 그 시간이면 왕룽이 먹을 죽을 끓여야 할 때였고 물을 더 끓일 솥이 따로 없어서 계속해서 요리를 하며 아무 대답도 하지 않는 오란에게 토츄엔이 시끄럽게 소리쳐댔다.

"그럼 우리 연약한 아가씨가 아침에 마실 물 한 모금이 없어서 목이 말라 침대에 누워 숨을 헐떡이고 있어야 속이 시원하겠어?"

하지만 오란은 그녀의 말을 들은 체도 하지 않았고, 음식을 짓기 위해 그것이 일으키는 불 때문에 가랑잎 하나도 소중하기만 했던 옛날에 그랬던 것이나 마찬가지로 조심스럽게 아껴가면서 아궁이 속에 풀과 지푸라기를 자꾸 밀어 넣기만 했다. 그러자 토츄엔이 요란하게 불평을 늘어놓으니 왕룽에게도 갔고 그는 이런 일 때문에 그의 사랑이 피해를 받는다는 것이 화가 나서 오란에게 가서 야단을 치고 고함을 질렀다.

"아침마다 솥에 물 한 국자만 더 넣으면 큰일이라도 난단 말이야?"

하지만 그녀는 어느 때보다도 심하게 못마땅한 표정을 지으며 대답했다.

"난 적어도 이 집에서는 종년들의 종 노릇은 안 하겠어요."

그러자 그는 자제할 수 없을 정도로 화가 났고, 그래서 그는 오란의 어깨를 움켜잡아 세차게 흔들며 말했다.

"더 이상 바보처럼 그러지 말라고. 그건 종이 아니라 여주인을 위한 것이니까."

그녀는 그의 폭력을 참았고, 그를 쳐다보며 덤덤하게 말했다.

"그리고 당신은 내 진주 두 개를 그 여자한테 주었어요."

그러자 그는 손을 떨구었고, 말문이 막히며 분노가 사라졌다. 그는 수치심을 느끼며 토츄엔에게 가서 말했다.

"우린 아궁이를 하나 더 만들고 부엌도 하나 더 짓겠어. 큰마누라는 다른 여자가 꽃 같은 몸을 가꾸기 위해서 필요로 하고 당신도 즐기는 진미 요리들에 대해서 아는 게 하나도 없거든. 그 부엌에서 당신은 무엇이나 마음대로 요리를 해."

그래서 그는 일꾼들에게 작은 방을 하나 들이고 그 안에다 흙으로 부뚜막을 만들도록 명령하고는 훌륭한 솥을 샀다. 그리고 왕룽이 "그 부엌에서 당신은 무엇이나 마음대로 요리를 해"라고 말했기 때문에 토츄엔은 기분이 좋았다.

한편 왕룽으로 말할 것 같으면, 그는 마침내 문제가 해결되었으며 여자들이 평화롭게 지낼 테니까 자기는 사랑을 즐길 수 있으리라고 생각했다. 그리고 그는 커다란 눈 위로 백합 꽃잎 같은 눈꺼풀을 깔고 뾰로통해서 그에게 입술을 빼무는 표정이나, 그를 흘긋 올려다볼 때 그녀의 눈에서 광채가 나는 미소를 보며 렌화와 같이 있으면 절대로 싫증을 느끼지 않으리라는 생각이 새삼스러워졌다.

하지만 결국 새 부엌이라는 이 문제는 그의 몸에 박힌 가시나 마찬가지가 되었으니, 그것은 토츄엔이 날마다 읍내에 나가서 남부 여러 도시에서 들여온 비싼 음식을 이것저것 사왔기 때문이었다.

그가 이름조차 들어보지 못한 이름들도 있어서 여지* 열매나, 말린 꿀대추나, 쌀가루와 견과와 붉은 설탕으로 만든 묘한 떡과, 바다에서 잡은 뿔난 고기 따위의 별의별 음식이 다 있었다. 그리고 이 모든 것은 그가 내주고 싶은 것 이상의 돈이 들었지만, 토츄엔에게서 들은 얘기로는 분명히 그렇게 많은 돈은 아닌 듯싶기도 했고, 혹시 토츄엔이 기분이 상해 그에게 화를 내면 렌화가 불쾌해할 것이 두려워 "당신은 내 살을 깎아 먹고 있어"라는 소리를 함부로 할 수도 없었다. 그래서 그는 마지못해서 허리춤으로 손을 가져갈 따름이었다.

그리고 이것이 날마다 그에게는 가시나 마찬가지였고, 어느 누구에게도 그것을 불평할 길이 없었기 때문에 가시는 자꾸만 더 깊이 박히기만 했고, 그래서 그것이 그의 마음속에 있는 렌화에 대한 사랑을 조금쯤 식게 만들었다.

그리고 그 첫 번째 가시에서 돋아난 또 다른 작은 가시기 하나 더 있었는데, 그것은 좋은 음식을 좋아하는 작은어머니가 식사 때만 되면 자주 안채로 들어가 제멋대로 휘젓고 다녔고, 왕룽은 그의 집에서 렌화가 하필이면 이 여자와 친해졌다는 것이 불쾌했다. 세 여자는 안채에서 실컷 먹어댔고 수군거리고 깔깔거리며 끊임없이 수다를 떨었고 렌화는 어딘가 작은어머니를 좋아하는 구석이 있었기 때문에 세 사람이 자리를 같이하면 즐거워했지만 왕룽은 그것이 마음에 들지 않았다.

---

* 여주라고도 하며, 껍질은 쓴맛이 나는 적황색 과실을 맺음

하지만 어쩔 도리가 없어서 어쩌다 왕룽이 다정하게 그녀를 설득하려고 이렇게 말했다.

"내 꽃 같은 우리 롄화, 당신의 그 고운 상냥함을 그 여자 같은 뚱뚱보 할망구한테 헤프게 쓰지 말라구. 그 상냥함은 나 자신의 마음을 위해서 필요하고, 그 여자는 거짓말도 잘하고 믿음직스럽지 못한 인간이기 때문에 난 그 여자가 새벽부터 해 질 녘까지 당신 곁에 붙어 있다는 게 마음에 안 들어."

롄화는 짜증을 부려 입을 빼물고 머리를 그에게서 돌리며 투정을 했다.

"하지만 나한테는 당신 이외에 아무도 없잖아요. 화류계의 재미 있는 생활에 익숙해 있는데, 당신 집에는 나를 미워하는 큰마누라와 지겨운 아이들 이외에는 아무도 없잖아요."

그러더니 그녀는 왕룽에 대한 그녀의 무기를 동원해서 그날 밤에는 왕룽을 방에 들어오지 못하게 하며 불평했다.

"나를 사랑한다면 나를 기쁘게 해주었을 텐데, 그러지 않는 걸 보니 당신은 날 사랑하지 않는 모양이에요."

그러자 왕룽은 기가 꺾이고, 초조해지고, 온순해지고, 후회가 되어 말했다.

"언제까지라도 당신 뜻만 따르기로 하겠어."

그러자 그녀는 여봐란 듯 군림하여 그를 용서했고 왕룽은 그녀가 하고 싶은 것에 대해서라면 어떤 방법으로라도 탓하기가 두려웠다. 그 후로는 왕룽이 롄화를 찾아갔을 때 만일 그녀가 작은어머니와 얘기를 나누거나 차를 마시거나 무슨 사탕절임을 먹고 있으면 왕룽더러 기다리라고 하거나 무관심한 태도를 보였고, 다른 여자와 같이 있기 위해서 그를 들어오지 못하게 한다는 사실에 화가 난 그는 안채에서 휙 나와버렸고, 자신은 모르고 있었지만 그의 사랑이 조금쯤 또 식어버리고는 했다.

그뿐 아니라 그는 렌화를 위해서 그가 사오는 비싼 음식을 작은어머니가 먹어치우고 옛날보다 훨씬 살이 찌고 기름이 흐르는 꼴을 보면 화가 났지만 작은어머니가 워낙 약아빠진 여자여서 그에게 공손하고 좋은 말로 아첨을 떨기도 하고 그가 방으로 들어서면 냉큼 일어나고는 하는 바람에 아무 말도 할 수가 없었다.

그래서 렌화에 대한 그의 사랑은 전처럼 그의 몸과 마음을 통째로 빨아들일 정도로 완전하거나 지배적인 사랑이 아니었다. 그 사랑은 그들의 생활이 이제는 이탈되었음을 알기 때문에, 오란에게도 마음대로 찾아가 얘기를 나누지 못하는 입장인지라 그냥 참아야만 했기 때문에 더욱 예리해지기만 하는 사그마한 분노들로 인하여 상처를 입고 또 입었다.

그러자 하나의 뿌리에서 밭 가득히 돋아나 이리저리 퍼져 나가는 가시들처럼 왕룽에게는 또다시 골칫거리가 밀어닥쳤다. 어느 날, 늙어서 너무나 정신이 혼미하니까 통 무엇을 보지 못하는 사람처럼 여겨지던 그의 아버지가 햇볕을 받으며 졸다 갑자기 정신이 들어 고희를 맞은 아버지에게 왕룽이 선물로 사다준 용의 머리를 장식한 지팡이에 몸을 의지하며 렌화가 산책을 하는 마당과 큰 방 사이에 휘장이 걸려 있는 문간으로 터벅거리고 갔다. 그런데 노인은 지금까지 그 문을 한 번도 눈여겨본 적이 없었고, 마당을 만든 것도 몰랐으며, 집 안에 식구가 더 늘었는지 어떤지도 모르는 듯싶었고, 노인이 생각하고 있지 않은 무슨 새로운 일을 알려주려고 목청을 높여도 너무 귀가 먹어 알아듣지를 못하던 터여서 왕룽은 그에게 "저한테 다른 여자가 생겼는데요"라는 말을 전혀 한 적이 없었다.

하지만 이날은 어쩌다가 그 문이 눈에 띄어 안으로 들어가 휘장을 젖혔는데, 그때는 마침 왕룽이 마당에서 렌화와 산책을 하는 저녁 시간이어서 그들은 연못가에 서서 물고기를 구경하던 중이었고 왕룽은 렌화를 쳐다보고 있었다. 그러자 노인은 화장을 한 호리호리한 여자 곁에 나란히 선 아들을 보고 날카롭게 갈라진 목소리로 소리쳤다.

"집 안에 갈보가 들어왔구나!"

그리고 조금만 화가 나도 비명을 지르고 악을 쓰며 손뼉을 쳐대는 이 자그마한 여자인 렌화가 화를 낼까 봐 겁이 난 왕룽이 달려가 노인을 바깥채로 데리고 나가 진정시키려고 해도 아버지는 막무가내였고, 그래서 왕룽이 설명했다.

"진정하세요, 아버지. 갈보가 아니라 소실을 들인 거예요."

하지만 노인은 입을 다물려고 하지 않았고, 그가 설명을 알아들었는지 어떤지는 아무도 모를 일이었지만 어쨌든 그는 소리를 지르고 또 질렀다.

"여기 갈보가 와 있어!"

그리고 왕룽이 가까이 있는 것을 보고 그가 갑자기 말했다.

"그래도 나는 여자가 하나뿐이었고, 우리 아버지도 한 여자만 데리고 살았고, 우린 땅에다 농사를 지었어."

그리고 잠시 후에 그가 또다시 소리쳤다.

"내가 갈보라면 갈보야!"

이렇게 해서 노인은 렌화에 대한 일종의 묘한 분노 때문에 늙고 병적인 잠으로부터 깨어났다. 그는 안채의 문간으로 가서 걸핏하면 하늘에 대고 갑자기 소리를 지르고는 했다.

"갈보야!"

아니면 안채로 들어가는 휘장을 밀어젖히고는 타일 바닥에다 사납게 타악 침을 뱉기도 했다. 그리고 그는 작은 돌멩이들을 주워다가 금붕어를 놀라게 하느라고 힘없는 팔로 작은 연못에다 그 돌을 던지는 등 짓궂은 아이처럼 못된 방법을 동원해서 그의 분노를 표현했다.

그리고 이것도 역시 왕룽의 집에서 난처한 상황을 이루었으니 그는 아버지를 탓하기도 창피하게 생각됐고, 그러면서도 렌화가 성깔이 상당히 표독스러워 걸핏하면 화를 낸다는 사실을 알았으므로 렌화의 성미를 건드리기도 두려웠기 때문이었다. 그리고 렌화의 성미를 아버지가 건드리지 못하게 막아야 한다는 이 불안감은 그에게 피곤한 일이었고, 이것도 역시 그의 사랑이 그에게 부담으로 느껴지게 만들었다.

어느 날 그는 안채에서 나는 비명 소리를 들었다. 그것이 렌화의 목소리임을 알고 달려 들어간 왕룽은 쌍둥이로 태어난 아들과 딸, 두 어린아이가 가엾은 바보인 큰딸을 가운데 세워 안채로 이끌고 들어가는 것을 보았다. 요즈음에는 다른 네 아이들이 안채에 살고 있는 이 여자에 대해서 끊임없이 호기심을 느꼈지만, 나이가 위인 두 아들은 철이 들고 부끄러움을 알았으며 그 여자가 왜 그곳에 와서 살고 아버지가 그녀와 어떤 관계인지를 잘 알았으므로 그들끼리 있을 때가 아니면 절대로 그 여자 얘기를 하는 일이 없었다. 하지만 나이가 아래인 두 아이는 그 여자가 식사를 끝낸 다음에 토츄엔이 방에서 가지고 나오는 음식 그릇을 손가락으로 찔러보거나, 그녀가 몸에 뿌리는 향수 냄새를 맡는다거나, 몰래 훔쳐보고 감탄을 하는 정도로는 전혀 만족할 수가 없었다.

렌화는 그의 아이들이 그녀를 귀찮게 굴기 때문에 그들에게 시달리고 싶지 않으니까 아이들이 드나들지 못하게 할 수 없겠느냐고 왕룽에게 자주 불평했다. 하지만 왕룽은 그러고 싶은 마음이 내키지 않아 농담으로 대답했다.

"글쎄, 아이들도 그들의 아버지만큼이나 아름다운 얼굴을 보고 싶어하는 모양이지."

그리고 그는 아이들에게 렌화의 거처를 드나들지 말라고 일러두는 정도가 고작이었고, 아이들도 아버지가 볼 때는 드나들지 않았지만 보지 않을 때는 몰래 안채를 들락날락했다. 그러나 큰딸은 아무것도 알지를 못해서 바깥채 벽에 기대고 햇볕을 받으며 앉아 싱글벙글하면서 꼰 헝겊 조각을 가지고 놀기만 했다.

그러나 오늘은 큰 아들들이 서당에 가고 없어서 두 동생은 바보도 안채에서 사는 여자를 구경해야만 한다는 생각이 머리에 떠올라 그녀의 손을 잡고 안마당으로 끌고 들어갔으며, 바보 딸은 한 번도 본 적이 없는 렌화 앞에 가서 앉아 빤히 쳐다보았다. 그런데 렌화가 몸에 걸친 눈부신 비단옷과 귀에 매달린 반짝거리는 비취를 보고 바보는 어떤 이상한 기쁨에 사로잡혀 아롱진 빛깔들을 움켜잡으려고 손을 내밀었으며 큰 소리로 웃음을, 소리만 나고 의미는 없는 웃음을 터뜨렸다. 그래서 겁이 난 렌화가 비명을 질렀고 왕룽이 안으로 달려 들어갔으며, 렌화는 화가 나서 몸을 부들부들 떨고 팔딱팔딱 작은 발로 뛰는가 하면 웃어대는 가엾은 계집아이에게 손가락을 흔들어대고 소리쳤다.

"난 저주받은 백치들에게 시달리며 살아야 한다는 얘긴 듣지도 못했고 당신에게 이런 추악한 아이들이 있다는 걸 알았다면 오지도 않았을 거예요. 저 아이가 만일 내 근처에서 얼씬거리면 난 이 집에서 살지 않겠어요!"

그리고 그녀는 쌍둥이 누이의 손을 꼭 잡고 입을 벌린 채로 그녀에게서 가장 가까이 서 있던 어린 사내아이를 밀어버렸다.

그러자 아이들을 사랑했던 왕룽의 마음속에서 선량한 분노가 치밀어 올라 험악하게 말했다.

"이제 난 내 아이들을 욕하는 소리를 듣고 싶지 않아. 그리고 내 불쌍한 바보 딸에게라도 어느 누구도 욕을 하면 안 돼. 어떤 남자를 위해서도 아들을 잉태하지 못하는 당신도 욕을 해서는 안 돼."

그는 아이들을 모아놓고 그들에게 말했다.

"내 아들딸들아, 이제는 밖으로 나가거라. 이 여자는 너희를 사랑하지 않는다. 또 만일 너희를 사랑하지 않는다면 너희 아버지도 사랑하지 않는 셈이니까 이제 너희는 여자의 거처에 다시는 나타나지 말아라."

그리고 아주 다정하게 큰딸한테 그가 말했다.

"그리고 너, 이 가엾은 바보야. 햇볕이 잘 드는, 네가 좋아하는 곳으로 돌아가거라."

딸이 미소를 지었고 왕룽이 딸의 손을 잡아 데리고 나갔다.

렌화가 그의 아이에게 감히 욕을 하며 백치라고 불렀다는 것이 무엇보다도 화가 났기 때문에 왕룽의 마음에는 딸에 대한 새로운 아픔이 잔뜩 무거운 부담을 주었고, 그래서 그는 이틀쯤 렌화를 가까이 하지 않고 아이들과 놀아주며 읍내로 들어가 가엾은 바보에게 보리사탕 한 줄을 사주고는 아이가 끈끈하고 달콤한 사탕을 가지고 좋아하는 것을 보고는 마음의 위안을 받았다.

그리고 왕룽이 다시 렌화를 보러 들어갔을 때 이틀이나 그가 나타나지 않았다는 사실에 대해서 두 사람 다 아무 얘기가 없었다. 그녀는 오히려 그의 비위를 맞추려고 각별히 신경을 써서 왕룽이 들어갔을 때 같이 차를 마시고 있던 작은어머니더러 렌화가 자리를 비켜달라는 뜻으로, "여기 우리 주인님이 저를 보러 오셨고, 이것은 나의 기쁨이니까 저는 이분에게 순종해야 한답니다"라고 말하고는 작은어머니가 나갈 때까지 선 채로 기다렸다.

그러더니 그녀는 왕룽에게로 쫓아가서 그의 손을 잡아 자기 얼굴로 가져가며 아양을 떨었다. 하지만 그는 비록 그녀를 다시 사랑하게 되기는 했어도 그전처럼 전적으로 사랑하지는 않았고, 전에 그랬던 것처럼 절대로 다시는 완전히 그녀를 사랑하지 않았다.

그러다가 어느 날 여름이 끝나고, 이른 아침 하늘이 바닷물처럼 푸르고 맑고 차가웠으며, 상쾌한 가을바람이 대지 위에 힘차게 불어왔을 때, 왕룽은 잠이 깨듯 정신이 들었다. 그는 문간으로 나가 그의 논밭을 둘러보았다. 물이 빠져 빛나는 대지 위에서 건조하고 차가운 바람이 불고 태양이 이글거렸다.

그러자 그의 마음속에서 목소리가, 사랑보다도 더 깊은 땅에 대한 사랑의 목소리가 울려 나왔다. 그리고 그는 그의 삶에서 무엇보다도 우렁찼던 이 목소리를 듣고는 몸에 걸친 기다란 두루마기를 벗어 던지고 벨벳 신발과 흰 양말도 벗어버리고는 바지를 무릎까지 걷어 올리고 꿋꿋하게 버티고 서서 들뜬 마음으로 외쳤다.

"괭이는 어디 있고 쟁기는 어디 있나? 그리고 밀의 씨앗은 어디 있나? 이리 오게, 나의 친구 칭이여, 이리 와서 일꾼들을 불러 모으게. 난 밭으로 나가겠어!"

22

 남쪽 도시에서 돌아왔을 때 마음의 병이 아물고 그곳에서 겪었던 쓰라린 고통으로 인해서 오히려 위안을 얻었듯이 지금 또다시 그의 밭 시커멓고 훌륭한 흙으로 인해서 사랑의 병으로부터 구제를 받은 왕룽은 발에 닿는 축축한 흙의 감촉을 느꼈고 밀을 심기 위해 그가 갈아엎은 밭이랑으로부터 풍겨 오르는 대지의 향기를 맡았다.
 그는 일꾼들에게 이리 가라 저리 가라 명령을 내렸고 그들은 여기서 밭을 갈고 저기서 밭을 갈아 억세게 일을 해냈으며, 왕룽이 앞장서서 소들을 몰고 채찍으로 소의 잔등을 때리고는 보습이 땅을 파헤쳐 깊숙이 고리를 지어 흙을 엎어놓은 다음에 칭을 불러 그에게 고삐를 넘겨주었고, 자신은 괭이를 들어 축축하게 젖어 아직도 시커먼 땅이 흑설탕처럼 보드랍고 고운 양토(壤土)가 되도록 흙덩이를 부스러뜨렸다. 그는 꼭 그럴 필요가 있기 때문이 아니라 그냥 즐거웠기 때문에 흙덩이를 골랐고, 피곤해지면 그는 그의 땅에 누워 잠을 잤으며, 그러면 대지의 건강함이 그의 육신으로 스며들어 병을 몰아냈다.

저녁이 되어 구름 한 점 가리지 않고 이글거리는 태양이 기운 다음에 그는 뻐근하고 피곤하고 의기양양한 몸을 끌고 활기차게 집으로 돌아가서 안채로 통하는 휘장을 냅다 열어젖혔고, 그러면 그곳에는 기다란 비단옷을 걸친 롄화가 산책을 하고 있었다. 왕룽을 보면 그녀는 옷에 묻은 흙 때문에 비명을 질렀고, 그가 가까이 가면 벌벌 떨었다.

하지만 그가 웃으며 흙이 묻은 손으로 그녀의 작고 오므라진 두 손을 움켜잡고 말했다.

"보다시피 네 주인은 농부이고 너는 농부의 마누라야!"

그러면 그녀가 발끈해서 소리를 질렀다.

"당신이야 무엇이 되건 마음대로이지만, 난 농부의 마누라가 아녜요!"

그는 다시 웃고는 아무렇지도 않은 듯 그녀를 남겨두고 나와버렸다.

그는 온통 흙투성이 차림 그대로 저녁밥을 먹었고 잠자리에 들기 전에도 마지못해서 몸을 씻었다. 그리고 몸을 씻으며 그는 다시 웃었는데, 그것은 지금 어떤 여자를 위해서 몸을 씻는 것이 아니라 자신이 자유의 몸으로서 씻기 때문이었다.

그러자 왕룽은 마치 오랫동안 먼 곳에 떠나 있었고 갑자기 해야 할 일이 잔뜩 밀어닥친 듯한 기분이 들었다. 땅이 밭갈이를 하고 씨를 뿌려 달라고 아우성이어서 그는 날이면 날마다 들판으로 나가 일했고, 그가 사랑에 빠졌던 여름 동안 하얗게 벗겨졌던 살이 태양에 타서 짙은 갈색이 되었고, 한가한 사랑을 즐기느라고 못이 박혔던 부분들이 벗겨져 나간 두 손도 괭이에 눌리고, 쟁기의 손잡이가 흔적을 남긴 자리들도 다시 굳었다.

낮이나 저녁에 집으로 들어오면 그는 좋은 쌀과 배추와 두부, 그리고 훌륭한 마늘을 말아 넣은 밀빵으로 오란이 마련해주는 음식을 맛 좋게 먹었다. 그가 찾아갔을 때 렌화가 자그마한 코를 손으로 가리고 냄새가 지독하다며 소리를 지르면 왕룽은 껄껄 웃고 그녀의 말은 아랑곳하지도 않았으며, 거센 숨결을 그녀에게 뿜어대더라도 왕룽이 좋아하는 것을 먹는다는 데 막을 수도 없는 노릇이어서 그녀는 참을 수 있는 만큼 참아내는 수밖에 없었다. 그리고 이제는 다시 건강이 넘치고 사랑의 병으로부터 해방되었기 때문에 왕룽은 그녀를 찾아가서 일을 치른 다음 마음 놓고 다른 것들로 관심을 돌렸다.

그래서 이 두 여자는 그의 집에서 그들의 자리를 차지했으니 렌화는 그의 노리개였고 쾌락이었으며 아름다움과 아기자기함의 기쁨, 그리고 단순한 섹스의 즐거움을 충족시켜주는 여자였고, 오란은 그에게 아들들을 낳아준 어머니요 그의 집을 보살피고 그와 아버지와 아이들을 먹여주고 일을 하는 여자였다. 그리고 그의 집 안채에 있는 여자에 대해서 부러워하며 마을에서 남자들이 주고받는 얘기를 들으면 왕룽은 자랑스러워졌는데, 사람들은 마치 먹고 살아가는 걱정만 하는 필요성의 수준을 넘어 마음이 내키면 즐거움을 누리기 위해 돈을 쓸 여유가 생긴 남자의 상징이요 증거라는 사실 이외에는 쓸모가 없는 귀한 보석이나 비싼 장난감에 관한 얘기를 하듯 그녀 얘기를 했다.

그리고 마을 사람들 중에서도 그의 풍요한 생활에 관해서 가장 많이 떠들어대던 사람은 호감을 사고 싶은 생각에서 요즈음 개처럼 알랑거리는 작은아버지였다. 그가 말했다.

"이 사람이 바로 내 조카인데, 우리 같은 보통 남자들은 아무도 구경조차 못 한 그런 기막힌 소실을 두었다네."

그리고 또다시 그가 말했다.

"그리고 조카가 소실을 보러 들어가면 그 여자는 큰 집의 귀부인처럼 비단과 공단옷을 입고 기다리고 있지. 난 못 보았지만 우리 마누라가 그렇게 얘기하더군."

그리고 또 이런 얘기도 했다.

"우리 형님의 아들인 내 조카는 위대한 가문을 일으키는 중이어서, 그의 아들들은 부잣집 아들이 되어 평생 일을 안 해도 될 지경이야."

그래서 마을 사람들은 점점 더 존경하는 눈으로 왕룽을 보았고, 그들은 그에게 얘기할 때는 같은 신분이 아니라 큰 집에 사는 사람에게 하듯 대했으며, 사람들은 이자 돈을 꾸어다 쓰거나 아들딸들의 결혼에 관한 충고를 듣기 위해 그를 찾아왔고, 혹시 어떤 두 사람이 전답의 경계선을 놓고 의견 충돌이 생길 때는 그 분쟁을 해결해 달라는 부탁이 왕룽에게 들어왔고, 어떻게 결정을 내리거나 간에 사람들은 그의 결정을 받아들였다.

전에는 사랑 때문에 바빴던 왕룽이었지만 이제는 사랑에도 만족해서 여러 가지 일로 바빴다. 비가 때 맞춰 내렸고, 밀이 싹터 자랐고, 한 해가 가서 겨울이 되었고, 왕룽은 가격이 오를 때까지 곡식을 저장해두었다가 추수한 곡식을 시장에 내다 팔았는데 이번에는 맏아들을 데리고 갔다.

맏아들이 종이에 적힌 글씨들을 큰 소리로 읽고 붓과 먹을 놀려 종이에다 다른 사람들이 읽을 수 있도록 글을 써놓는 모습을 본다는 것은 자랑이 될 만한 일이었고, 지금은 왕룽이 그 자부심을 누리게 되었다. 그는 자랑스럽게 서서 그 광경을 구경했고 전에는 그를 비웃던 점원들이 감탄을 해도 그는 웃지 않았다.

"이 젊은이 글도 잘 쓰고 똑똑한 청년이로구먼!"

그렇다, 왕룽은 이런 아들을 두었다는 것이 전혀 대수로운 일도 아니라는 듯 행동하려고 했지만 글을 읽어 내려가다가 "이 글자는 나무 목(木) 변이 아니라 물 수(水) 변이어야 맞는데요"라고 날카롭게 지적했을 때는 너무 자랑스러워 왕룽은 가슴이 터져 나갈 것만 같았고, 그래서 체면을 차리느라고 그는 옆으로 얼굴을 돌려 헛기침을 하고 땅바닥에다 침을 뱉었다. 그리고 아들의 지혜에 놀라 점원들이 자기들끼리 수군거리자 그는 태연하게 소리쳤다.

"그렇다면 고쳐야죠! 우린 조금이라도 잘못 쓴 것은 어디에도 서명을 할 수 없으니까요."

그리고 그는 흐뭇하게 서서 붓을 들어 잘못된 서명을 고치는 아들을 지켜보았다.

일이 다 끝나서 아들이 곡물 판매계약서에다 아버지의 이름을 적어 넣고 돈을 받은 다음 아버지와 아들 두 사람은 같이 집으로 걸어갔고, 마음속으로 아버지는 이제는 아들이, 맏아들이 다 커서 어른이 되었으니까 아들에게 좋은 일을 무엇이든지 해줘야만 하고, 그의 아들은 부유하고 자기 땅을 소유한 사람의 아들이었으므로 왕룽이 다른 사람은 아무도 원하지 않아 남아 있는 찌꺼기라도 얻기 위해 그랬던 것처럼 아들이 부잣집으로 가서 구걸을 할 필요가 없도록 아내를 골라 꼭 약혼을 시켜줘야 되겠다고 다짐했다.

그래서 왕룽은 아들이 아내로 맞아들일 만한 처녀를 찾아 나서기로 작정했는데, 평범하고 하찮은 여자라면 얻고 싶지 않았기 때문에 그것도 간단한 일은 아니었다. 그는 어느 날 밤 칭과 단둘이 가운데 방에서 봄 농사를 위해서 무엇을 사들이고 그들이 스스로 준비한 씨앗은 얼마나 되는지 검토한 다음 칭에게 그 얘기를 해보았다. 그는 칭이 너무 순진한 사람이라는 것을 알았으므로 큰 도움을 기대하고 얘기를 꺼내지는 않았지만, 그래도 칭이 훌륭한 개민큼이나 주인에게 충실한 남자라는 사실을 알았고, 마음속 얘기를 그런 사람에게 한다는 것은 속이 편안해지는 일이었다.

칭이 겸손하게 서 있는 사이에 왕룽은 탁자에 앉아 얘기를 했는데, 왕룽이 아무리 권해도 이제는 왕룽이 부자가 되었기 때문에 동등한 신분으로서 그와 자리를 같이하려고 들지 않는 칭은 아들과 그가 구하려는 여자에 관해서 왕룽이 하는 얘기에 관심을 집중시키며 귀를 기울였고, 왕룽의 얘기가 끝나자 칭은 한숨을 지으며 주저하는 태도로 귓속말 정도밖에 안 되는 나지막한 목소리로 말했다.

"만일 내 불쌍한 딸이 건강한 몸으로 여기 있어서 당신이 그냥 데려가기만 한다 해도 무척 고마운 일이겠지만 그 애가 어디 있는지 나로서는 알 길이 없어요. 혹시 죽었는지도 알 수 없는 실정이죠."

그래서 왕룽은 고맙다고 그랬지만 비록 착한 사람이기는 해도 그 이외에는 다른 사람의 땅에서 일하는 평범한 농부에 지나지 않는 칭 같은 사람의 딸보다는 훨씬 격이 높아야 그의 아들과 짝을 맺을 자격이 있다고 마음속에 있는 얘기만은 삼갔다.

그래서 왕룽은 이곳저곳 찻집에서 처녀들이나 결혼할 나이가 된 딸을 둔 읍내의 부유한 사람들 이야기가 나오면 솔깃해서 귀를 기울이며 혼자 알아보기로 작정했다. 하지만 작은어머니에게는 그의 목적을 비밀로 숨기기 위해서 아무런 얘기도 하지 않았다. 그녀는 자신이 찻집에 있는 여자를 필요로 할 때 필요한 정도의 인간에 불과했기 때문이었다. 작은어머니는 그런 일을 성사시키기에는 괜찮은 여자였다. 하지만 아들을 위해서, 맏아들에게 아울릴 만한 규수를 한 사람도 알 턱이 없는 작은어머니 같은 여자로서는 어림도 없었다.

한 해가 저물어 눈이 내리고 혹독한 겨울이 찾아왔으며, 신년 정초가 되어 사람들이 먹고 마셨고, 왕룽에게 행운을 빌어주기 위해 시골뿐 아니라 이제는 읍내에서도 사람들이 인사를 와서 말했다.

"집안에 아들들이 있고 여자들도 있고 돈과 땅도 있으니, 글쎄요, 지금보다 더 큰 복을 받으라고 빌기도 어렵겠군요."

그리고 멋진 두루마기를 걸친 아들을 양쪽에 세우고, 식탁에는 달콤한 떡과 수박 씨와 견과들을 차려놓고, 새해와 만복이 찾아오라는 글을 적은 빨간 종이를 모든 문에다 붙여놓은 왕룽은 그가 복이 많은 남자임을 알았다.

하지만 새봄이 되어 버드나무들이 연둣빛을 띠고 복숭아나무들이 분홍빛으로 움이 트기는 했어도 왕룽은 아직 아들에게 어울릴 만한 처녀를 찾아내지 못했다.

봄이 되어 해가 길어지고 날씨가 따뜻해졌으며 만발한 벚꽃과 오얏나무들이 향기를 뿜었고, 버드나무들은 잎사귀가 잔뜩 돋아 펼쳐졌고, 나무들이 푸르고 축축한 대지에서는 무럭무럭 김이 피어올라 수확의 씨앗을 잉태했고, 왕룽의 맏아들도 갑자기 변해서 더 이상 아이가 아니었다. 그는 침울하고 성미가 까다로워져서 이런저런 음식을 안 먹었고, 책들에도 싫증을 냈다. 왕룽은 왜 그러는지 알 길이 없어 겁이 났고 의사한테 보여야 되겠다는 얘기를 했다.

아들을 바로잡을 길이 전혀 없어서, 만일 아버지가 그에게 "맛 좋은 고기하고 밥을 먹도록 해야지"라고 타이르는 정도 이상의 무슨 말을 하기라도 하면 아들은 우울해하고 고집스러워졌으며, 이따금 왕룽이 조금이라도 화를 내기라도 하면 아들은 울음을 터뜨리고 방에서 뛰쳐나갔다.

왕룽은 너무 놀라서 무슨 일인지 영문을 몰라 아들을 쫓아가 가능한 한 부드러운 목소리로 말했다.

"난 네 아버지이니까 네 마음속에 있는 얘기를 나한테 하려무나."

하지만 아들은 흐느껴 울며 머리를 세차게 젓기만 할 뿐 아무런 반응이 없었다.

그뿐 아니라 그는 늙은 훈장도 싫어하게 되어 아침이면 서당에 가려고 잠자리에서 일어나려고 하지 않아 왕룽이 고함을 치거나 심지어는 때리기까지 했고, 그러면 그는 심술을 냈으며 때로는 하루 종일 읍내 거리에서 빈둥거리며 게으름을 피우기도 했는데 그 사실을 왕룽이 알게 되는 것은 밤이 되어 둘째 아들이 화가 나서 얘기를 한 다음에였다.

"형이 오늘 서당에 안 왔어요."

그러면 왕룽이 맏아들에게 화를 내며 소리쳤다.

"나더러 공연히 서당에 은화를 갖다 버리란 말이냐?"

그리고 화가 치민 나머지 그는 대나무를 들고 아들에게 달려들어 마구 때렸고, 소년의 어머니 오란이 그 얘기를 듣고 부엌에서 달려나와 아들과 아버지 사이를 가로막아서 아들을 때리려고 왕룽이 이리저리 몸을 비틀었어도 오란이 대신 매를 모두 맞았다. 헌데 이상한 일은 어쩌다 꾸짖기만 해도 울음을 터뜨리고는 하던 아들이 조각한 동상처럼 파랗게 질리고 굳어버린 얼굴로 아무 소리도 없이 그 모든 매를 맞으며 악착같이 서 있는 것이었다. 그리고 밤낮으로 곰곰이 따져보곤 했지만 왕룽으로서는 어쩐 일인지 통 알 길이 없었다.

그날 마침 서당에 가지 않았다고 맏아들에게 매질을 했기 때문에 어느 날 저녁에 밥을 먹은 다음 그는 이 생각을 해보았고, 그가 생각에 잠겨 있을 때 오란이 방으로 들어왔다.

그녀가 소리 없이 들어와 왕룽 앞에 섰고, 그는 아내에게 무슨 할 말이 있음을 알았다. 그래서 그가 말했다.

"어서 얘기해. 무슨 얘기지?"

그리고 그녀가 말했다.

"그렇게 아이를 때려봤자 아무 소용도 없어요. 난 큰 집에서 젊은 도련님들에게 이런 일이 생기는 걸 보았어요. 그들에게 우울증이 밀어닥치고, 그렇게 되면 그들이 스스로 하나 구하지 못하는 경우에는 노대감이 그들에게 계집종을 구해주고, 그러면 그런 사태가 잘 넘어갔어요."

"지금은 꼭 그렇지 않을지도 몰라."

왕룽이 반박했다.

"나도 젊었을 적에 그런 우울증에 걸렸었지만, 질질 짜고 신경질을 부린 일은 없고, 계집을 구하지도 않았어."

오란이 잠시 기다렸다가 천천히 대답했다.

"난 정말이지 젊은 도련님들 이외에는 그러는 걸 보지 못했어요. 당신은 땅에서 일했어요. 하지만 그 애는 젊은 도련님 같고, 집에서도 게으름만 피우죠."

왕룽은 잠깐 곰곰이 생각해보더니 그녀의 말에 일리가 있음을 깨닫고 깜짝 놀랐다. 그가 젊었을 때는 소를 끌어내리고 새벽에 일어나 쟁기와 괭이를 가지고 들로 나가야 했으며, 추수기에는 허리가 부러질 정도로 일을 해야 했으므로 우울증 따위를 느낄 시간도 없었고, 혹시 울고 싶어도 아무도 듣지 못하는 곳에서 울어야 했고, 그랬다가는 먹을 것을 전혀 얻지 못할 터여서 일을 하지 않으면 안 되었으므로 아들이 서당에서 도망친 것처럼 도망을 칠 수도 없었다. 그는 이 모든 것이 생각나자 자신에게 말했다.

"하지만 내 아들은 그렇지 않아. 그 애는 그 나이였을 때의 나보다 섬세하고 그의 아버지는 부자이지만 우리 아버지는 가난했고, 나에게는 논밭에서 쓸 일꾼들이 있는데다가 내 아들 같은 학자를 데려다 밭갈이를 시킬 수야 없으니까 그 애는 일을 할 필요도 없지."

그리고 그는 이런 아들을 두었다는 것이 은근히 자랑스러워서 오란에게 말했다.

"글쎄, 그 애가 부잣집 아들처럼 그렇다면 그야 문제가 다르지. 하지만 난 그 애한테 계집종을 사줄 수는 없어. 난 그 애와 약혼시킬 처녀를 구해서 일찍 결혼식을 올려주도록 하겠어."

그러더니 그는 자리에서 일어나 안채로 들어갔다.

23

 렌화와 같이 있을 때 왕룽이 그녀의 아름다운 미모 이외의 다른 일들에 정신이 팔려 있는 것을 보고 그녀가 뾰로통해서 말했다.
 "당신이 이렇게 빨리 나를 본 체 만 체하게 될 줄 알았더라면 난 찻집에서 그냥 살았을 거예요."
 그리고 그녀는 이 말을 하면서 머리를 돌려 곁눈질로 그를 쳐다보았고, 그래서 왕룽이 웃으며 그녀의 손을 잡아 얼굴로 가져다 향기를 맡으며 대답했다.
 "글쎄, 남자란 그가 옷에 달고 다니는 보석만 항상 생각할 수야 없는 노릇이지만 혹시 잃어버린다면 그건 견딜 수 없지. 요즈음 난 내 맏아들 생각이 머리에서 떠나지 않는데, 그 애는 욕정으로 피가 끓어 결혼을 시켜야 하겠지만 마땅한 처녀를 구할 길이 없어서 걱정이야. 난 그 애가 마을 어느 농부의 딸하고 결혼하는 게 못마땅하고,

다들 왕(王)씨 동성(同姓)이고 보니 곤란하거든. 그렇다고 내가 읍내로 가서 '내 아들하고 당신 딸하고 혼사를 이룹시다'라는 얘기를 할 만큼 잘 아는 사람도 없고, 전문적인 중매쟁이를 찾아가자니 혹시 매파가 병신이나 백치인 딸을 둔 아버지와 무슨 농간을 부릴지도 몰라서 마음이 안 내켜."

맏아들이 키가 크고 우아한 청년으로 성장하자 이제 렌화는 이 아들에게 호감을 갖게 되었고, 왕룽에게서 들은 얘기에 마음이 쏠려 곰곰이 생각하며 대답했다.

"큰 찻집으로 가끔 나를 찾아오던 남자가 있었는데, 그 사람은 가끔 자기 딸 얘기를 하며 나처럼 작고 곱기는 하지만 아직 어리다면서 '그래서 난 마치 당신이 내 딸인 것 같은 이상한 불안감을 느끼며 당신을 사랑하는데, 당신은 내 딸하고 너무나 비슷해서 이건 도리에 어긋나는 짓이 아닌가 걱정이 되기도 해'라는 말을 했어요. 바로 그 이유 때문에 나를 가장 사랑하면서도 그 사람은 석류화라는 몸집이 크고 얼굴이 붉은 여자한테로 갔어요."

"그 남자는 어떤 사람이지?"

왕룽이 물었다.

"그는 훌륭한 남자였고 돈도 잘 써서 약속한 건 꼭 주고는 했어요. 잔소리를 하지 않는 남자여서 우리는 모두 그에게 호감을 가졌고, 혹시 어떤 여자가 때때로 못마땅하게 굴어도 어떤 남자들이 그러는 것처럼 속았다고 욕설을 퍼붓는 법도 없고, 항상 귀공자나 학식이 있고 빼어난 가문의 사람답게 '그래, 여기 은화가 있으니까 사랑이 다시 만발할 때까지 푹 쉬거라'라고 점잖게 말했어요. 그는 우리한테 아주 듣기 좋게 얘기를 했어요."

그리고 렌화가 회상에 잠겨 있자 그녀가 옛날 생활을 되새기는 것이 싫었던 왕룽은 그 회상을 깨뜨리기 위해 서둘러 말했다.

"그렇게 돈을 많이 썼다는데, 그 사람 하는 일이 무엇이었지?"

그녀가 대답했다.

"지금은 생각이 안 나는데, 내 생각엔 곡물상의 주인이었던 것 같아요. 남자들과 그들이 가진 돈에 관해서는 무엇이나 환히 알고 있는 토츄엔한테 물어보면 알아낼 수 있겠죠."

그러더니 그녀가 손뼉을 쳤고, 광대뼈가 우뚝한 두 뺨과 코가 불기운에 벌겋게 달아오른 토츄엔이 부엌에서 뛰어 들어오자 렌화가 그녀에게 물었다.

"나를 항상 가장 사랑했으면서도 내가 그분의 어린 딸과 비슷해서 마음에 걸려 처음에는 나를 찾아오다가 나중에 다른 애를 찾아오던 그 의젓하고 몸집이 크고 멋진 남자가 누구였지?"

그러자 토츄엔이 냉큼 대답했다.

"아, 그 사람은 곡물상 류였어. 아, 훌륭한 남자였지! 나를 보기만 하면 손에다 은화를 쥐여주고는 하셨는데."

"그 사람 점포가 어디 있지?"

이것은 여자들의 얘기여서 결과가 신통치 못할지도 모를 일이므로 왕룽이 건성으로 물었다.

"돌다리 거리에 있어요."

토츄엔이 말했다.

그러자 그녀의 말이 채 끝나기도 전에 왕룽이 기뻐서 손뼉을 치며 말했다.

"저런, 그곳은 내가 곡물을 갖다 파는 집이고, 이렇게 상서로운 걸 보니 틀림없이 성사가 되겠어."

그리고 그의 곡물을 사는 사람의 딸과 자신의 아들을 결혼시킨다는 것은 운이 좋은 일이라는 생각이 들어 처음으로 그의 관심이 머리를 들었다.

무슨 일이 생기면 쥐가 고기 기름의 냄새를 맡듯 돈 냄새를 잘 맡던 토츄엔이 앞치마에 두 손을 씻으며 재빨리 말했다.

"제가 당장이라도 주인님 심부름을 할 수 있는데요."

왕룽은 의심이 갔다. 그래서 의심을 품은 채로 그는 토츄엔의 교활한 얼굴을 살펴보았지만 렌화가 유쾌하게 말했다.

"그리고 그 말이 맞아요. 토츄엔이 류라는 남자를 찾아가서 부탁하면 그 사람이 이 여자를 잘 알고 토츄엔도 상당히 똑똑하니 성사가 될 거예요. 일이 잘되면 이 여자한테 중매비를 주면 되잖아요."

"그건 내가 맡겠어요!"

토츄엔이 진심으로 말했다. 손바닥에 놓인 두툼한 중매비를 상상하며 웃은 다음 허리에서 앞치마를 풀고는 부산하게 말했다.

"채소도 씻어놓았고 고기도 당장 요리할 수 있도록 준비가 되었으니까, 내가 당장 가보겠어요."

하지만 왕룽은 이 문제를 충분히 따져보지 못했던 터라 이렇게 성급히 결정을 내려서는 안 될 것 같아 그녀에게 일렀다.

"아냐, 난 아직 아무 결정도 내리지 않았어. 이 문제를 며칠 동안 생각해본 다음에 내 뜻을 알려주겠어."

토츄엔은 은화를 벌고 싶었기 때문에, 그리고 렌화는 이것이 새로운 사건이라서 재미있고 새로운 얘기를 듣고 싶었기 때문에 여자들은 조급했지만 왕룽이 밖으로 나가면서 말했다.

"아냐, 내 아들 문제이니까 난 기다리겠어."

그래서 그는 이런 생각 저런 생각을 해가면서 여러 날을 기다렸을지도 모르지만, 어느 날 새벽에 맏아들이 술을 마셔 벌겋게 달아오른 얼굴로 입에서 고약한 냄새를 풍기고 비틀거리며 집으로 돌아왔다.

왕룽은 아들이 마당에서 고꾸라지는 소리를 듣고는 누가 그러는지 보려고 달려 나갔는데, 집에서 직접 쌀로 빚은 허옇고 순한 술 이외에는 마셔본 적이 없어서 아들은 속이 뒤집혀 앞에다 토해놓았고, 땅바닥에 자신의 토사물 한가운데 개처럼 쓰러져 있었다.

왕룽은 겁이 덜컥 나서 오란을 불렀다. 두 사람이 함께 아들을 들어 올려 오란이 그를 씻어주고 그들의 방으로 데리고 가서 침내에 눕혔는데, 어머니가 자리에 제대로 눕히기도 전에 아들은 송장처럼 잠이 들어 아버지가 묻는 말에 아무것도 대답할 수가 없었다.

그리고 나서 왕룽은 두 아들이 함께 자는 방으로 들어갔다. 작은 아들은 하품을 하고 기지개를 켜면서 서당에 가지고 갈 책들을 네모난 보자기에 꾸리는 중이어서 왕룽이 그에게 말했다.

"어젯밤 형이 너하고 같이 자지 않았니?"

그리고 아들이 마지못해서 대답했다.

"예."

아들의 얼굴에는 좀 두려운 표정이 스쳤고, 그 표정을 본 왕룽은 아들에게 험악한 목소리로 소리쳤다.

"형이 어딜 갔었는데?"

그리고 아들이 대답을 안 하려고 하자 왕룽은 그의 목덜미를 잡아 흔들면서 고함쳤다.

"어서 다 말해, 이 망할 자식아!"

이 말에 겁이 난 아들이 울음을 터뜨렸고, 흑흑 흐느끼며 말했다.

"형이 저더러 아버지한테 이르면 안 된다고 그랬어요. 만일 얘기를 했다가는 저를 꼬집고 뜨거운 바늘로 제 몸을 지지겠지만 입을 다물고 있으면 돈을 주겠다고 말했어요."

이 말에 화가 벌컥 난 왕룽이 버럭 소리를 질렀다.

"너 죽고 싶어서 이러냐?"

그리고 아들은 주위를 둘러보더니 대답을 안 했다가는 목이 졸릴 것을 알고 자포자기하며 말했다.

"형은 사흘 동안 밤을 바깥에서 보냈지만, 아버지의 작은아버지의 아들인 우리 당숙하고 같이 돌아다닌다는 것 이외에는 형이 무얼 하는지 전 모르겠어요."

왕룽은 아들의 목덜미를 놓아주었고 축 늘어진 아들을 남겨둔 채 곧장 작은아버지의 거처로 갔다. 왕룽은 그의 아들이나 마찬가지로 술에 취해 얼굴이 화끈거리고 벌겋게 달아오르기는 했지만 나이가 위여서 남자들의 생활에 길이 들었기 때문에 몸을 훨씬 잘 가누는 작은아버지의 아들을 찾아냈다. 왕룽이 그에게 소리쳤다.

"너 내 아들을 어디로 끌고 갔었어?"

젊은이는 왕룽에게 코웃음을 치고 말했다.

"아, 우리 종형의 아드님은 끌고 다닐 필요가 없었어요. 혼자서도 길을 찾을 줄 아니까요."

하지만 왕룽이 되풀이해서 물었는데, 이번에는 이 뻔뻔스럽고 불량한 얼굴을 한 작은아버지의 아들을 죽여버려야 되겠다고 속으로 생각하며 험악한 목소리로 외쳤다.

"내 아들이 밤에 어딜 갔었느냔 말이다."

그러자 왕룽의 목소리에 겁을 먹은 젊은이가 교만한 눈을 떨구며 마지못해서 퉁명스럽게 대답했다.

"전에 부잣집 소유였던 안채에 사는 갈보의 집엘 갔었어요."

이 말을 듣고 왕룽은 그 창녀가 많은 남자들에게 잘 알려졌고 이제는 젊은 시절도 다 지나 돈을 조금 받고도 기꺼이 봉사를 많이 하는 그런 여자여서 가난하고 천한 사람들 이외에는 아무도 찾아가지 않는 여자라는 것을 알고는 깊은 신음을 했다. 아침을 먹으러 들르지도 않고 그는 대문을 나서 들판을 가로질러 지나갔지만 지금은 아들 때문에 너무 걱정이 된 나머지 그의 땅에서 무엇이 자라는지 전혀 눈에 들어오지 않았고 농사가 얼마나 잘 되려는지에도 전혀 관심이 없었다. 그는 골몰히 생각에 잠겨 읍내의 성문을 지나 전에 세도가였던 집으로 갔다.

지금은 묵직한 대문이 뒤로 활짝 열렸고, 요즈음에는 아무라도 마음대로 드나들 수 있었기 때문에 굵직한 쇠경첩이 달린 대문을 닫는 사람이 아무도 없었으며, 그가 안으로 들어가 보니 마당들과 방들은 한 방에 한 가족씩 세를 들어 살아가는 천한 사람들로 가득 들어찼고, 집 안은 누추하고 노송(老松)들은 잘려버렸고 그나마 서 있는 것들도 죽어가는 중이었으며 마당의 연못들은 쓰레기로 가득 메워져 있었다.

하지만 그의 눈에는 이런 것들이 하나도 보이지 않았다. 그는 첫 번째 집 마당에 서서 소리쳐 불렀다.

"양(揚)이라는 창녀는 어디 있소?"

발이 세 개 달린 둥글 의자에 올라앉아 신발 바닥을 꿰매고 있던 여자가 머리를 들더니 마당으로 통하는 옆문을 고개로 가리키고는 남자들에게 이런 질문을 받는 데 이력이 났는지 다시 바느질을 계속했다.

왕룽이 문으로 가서 두드리니까 짜증스러운 목소리로 대답했다.

"오늘 밤은 일이 끝났어요. 밤새도록 또 일을 하려면 잠을 자둬야 하니까 어서 가요."

하지만 그가 다시 문을 두드리자 목소리가 외쳤다.

"누구예요?"

그는 어쨌든 꼭 안으로 들어가기로 작정했기 때문에 대답을 하지 않고 또다시 두드렸다.

마침내 발을 질질 끄는 소리가 나더니 별로 젊지도 않고 지친 얼굴에 두툼한 입술이 축 늘어지고 이마에는 흉측하게 하얀 칠을 하고 입과 뺨에 바른 빨간 화장을 아직 씻지도 않은 여자가 문을 열고 그를 내다보며 날카롭게 쏘아붙였다.

"난 밤이 될 때까지는 이제 할 수가 없어요. 생각이 있다면 저녁에 얼마든지 일찍 와도 좋지만 지금 난 잠을 자야 해요."

하지만 그 여자의 꼴만 봐도 속이 뒤집히고 아들이 이곳에 왔었다는 것을 상상하면 참을 수가 없었기 때문에 왕룽은 험악하게 그녀의 얘기를 가로막고 말했다.

"난 당신 같은 건 필요하지 않으니까 나 자신을 위해서 찾아온 것이 아냐. 내 아들 때문이지."

그리고 그는 아들 때문에 갑자기 울음이 목구멍으로 치밀어 오르는 것을 느꼈다. 그러자 여자가 물었다.

"그래 당신 아들이 어쨌다는 얘긴가요?"

그리고 왕룽이 떨리는 목소리로 대답했다.

"그 애가 어젯밤 이곳에 왔었어."

"어젯밤 이곳을 찾아왔던 남자들은 많아요."

여자가 대답했다.

"그러니까 어느 남자가 당신 아들인지 난 몰라요."

그러자 왕룽이 애원하듯 그녀에게 말했다.

"나이에 비하면 키가 크지만 그래도 아직 어른이 아니어서 나로서는 그 애가 여자를 감히 가까이 하려고 한다는 것은 꿈도 꾸지 못했지. 어서 어리고 호리호리한 총각을 기억해봐."

그리고 기억이 나자 그녀가 대답했다.

"두 사람이 왔었는데 한 젊은 남자는 코끝이 하늘을 향해 치솟아 있고 눈을 보면 꽤나 잘난 체하는 사람 같고, 한쪽으로 모자를 비스듬히 쓰지 않았나요? 그리고 다른 남자는 당신 말마따나 어서 어른이 되고 싶어하는 키가 크고 몸집도 큰 총각이고요?"

그리고 왕룽이 말했다.

"그래, 그래. 바로 그 애야. 그 애가 내 아들이지!"

"헌데 당신 아들이 어떻게 되었는데요?"

여자가 말했다. 그러자 왕룽이 열을 올려 말했다.

"이게 문제야. 만일 그 애가 혹시 또 찾아오는 경우가 있으면 그 애를 쫓아버려. 어른만 상대하고 싶다는 얘기를 해. 당신 마음대로 무슨 얘기라도 하라구. 그리고 당신이 그 애를 쫓아버릴 때마다 내가 당신 손에 두 배의 은화를 쥐여주겠어!"

그랬더니 여자가 마음 놓고 웃더니 갑자기 유쾌한 기분이 되어 말했다.

"일을 안 하면 돈을 준다는데, 이런 제안을 누가 마다하겠어요? 그러니까 그건 나도 좋아요. 내가 어른들을 좋아하고, 어린 사내아이들은 별로 재미가 없는 건 사실이에요."

그리고 그녀는 이 말을 하며 왕룽에게 머리를 끄덕이고 곁눈질로 쳐다보았다. 그는 여자의 추악한 얼굴이 역겨워 황급히 말했다.

"그럼 됐어."

그는 얼른 몸을 돌려 집으로 향했고, 걸어가는 동안 그는 그 여자가 머리에 떠오를 때의 역겨움을 떨쳐버리려고 침을 뱉고 또 뱉었다.

그래서 그는 그날로 토츄엔에게 말했다.

"당신 말대로 하지. 곡물상을 찾아가서 혼사를 주선하도록 해. 지참금을 두툼하게 받아내야 하지만 색시가 적당하고 성사가 잘 된다면 너무 많이 받지 않아도 돼."

토츄엔에게 이 말을 한 다음 그는 방으로 돌아가 잠든 아들 옆에 앉아 깊은 생각에 잠겨 그곳에 누워 잠든 어리고 잘생긴 아들을, 어리기 때문에 보드라운 얼굴, 조용히 잠든 얼굴을 쳐다보았다. 그러고는 짙은 화장을 하고 피곤해하는 여자와 그녀의 두툼한 입술을 생각하자 그는 역겨움과 분노로 가슴이 메어 혼자 중얼거리며 앉아 있었다.

그리고 그가 앉아 있으려니까 오란이 들어와 서서 아들을 쳐다보았다. 그녀는 그의 살갗에 투명한 땀이 맺힌 것을 보고 더운물에 식초를 타가지고 와 큰 집에서 도련님들이 술을 너무 많이 마셨을 때 씻어주곤 했듯이 그 물로 차근차근 땀을 닦아냈다. 그리고 물로 씻어줘도 취해서 그냥 잠을 자는 섬세하고 어린애 같은 얼굴을 보고 왕룽이 몸을 일으켜 분노한 상태로 작은아버지의 방으로 들어가 그가 아버지의 동생이라는 사실도 잊어버린 채 이 남자는 자신의 훌륭한 아들을 망쳐놓은 게으르고 건방진 젊은이의 아버지라는 사실만 의식하며 안으로 들어가서 소리를 질렀다.

"이제 보니 난 배은망덕한 뱀들을 한 무리나 집에서 키운 셈이고 드디어 뱀들한테 물리기까지 했어요!"

할 일도 없었기 때문에 한낮까지 자리에서 일어나는 적이 없었던 작은아버지가 식탁 위로 몸을 수그리고 아침 식사를 하다가 그 말을 듣고는 한가하게 말했다.

"그게 무슨 소리냐?"

그러자 왕룽이 반쯤 볼멘소리로 무슨 사건이 벌어졌는지 얘기했지만 작은아버지는 웃기만 하고 말했다.

"아니 그럼 아이가 어른이 되는 걸 막을 수 있단 말이냐? 그리고 길바닥에서 헤매는 암캐에게 젊은 개가 접근하지 못하게 막을 수 있겠어?"

이 웃음소리를 듣자 왕룽은 전에 작은아버지가 땅을 팔라고 그에게 강요했던 일과, 롄화를 위해서 토츄엔이 사온 비싼 음식들을 먹어치우는 작은어머니와, 그들 세 식구가 이 집에서 살며 먹고 마시고 게으름만 피우는 것과, 이제는 작은아버지의 아들이 자신의 훌륭한 아들에게 못된 것을 가르치는 등 작은아버지 때문에 그가 참아야 했던 온갖 일들이 한꺼번에 머리에 떠올라 이빨로 입술을 깨물고 말했다.

"이제는 더 이상 어느 누구에게도 밥을 먹여줄 쌀이 없어요. 더구나 게으름만 피우면서 고마워할 줄 모르는 사람들에게 안식처를 제공하느니 차라리 집을 불질러 태워버리고 싶은 심정이니 작은아버지하고 식구들, 모두 내 집에서 나가요!"

하지만 작은아버지는 그대로 자리에 앉아 이 그릇 저 그릇 식사를 계속했다. 왕룽은 피가 터져 나올 듯한 심정으로 서 있다가 그의 말을 작은아버지가 전혀 들은 체조차 하지 않자 팔을 치켜들고 앞으로 나섰다. 그랬더니 작은아버지가 시선을 돌리면서 말했다.

"어디 내쫓고 싶으면 내쫓아보라구."

그리고 영문을 몰라서 왕룽이 "그러니까 뭡니까, 그러니까 뭡니까"라고 말을 더듬으며 어물어물하고 있으려니까 작은아버지가 저고리를 들추더니 안감에 붙인 것을 그에게 보여주었다.

그러자 옷 속의 붉은 털로 만든 가짜 수염과 붉은 헝겊 끈을 보고 왕룽은 뻣뻣하게 굳어 꼼짝도 않고 서 있었다. 그것들을 멍하니 쳐다보던 왕룽은 분노가 어느새 사라지고 기운이 순식간에 빠져 벌벌 떨었다.

  붉은 수염과 붉은 끈은 북서쪽 지방에 살면서 노략질을 일삼는 도적 떼의 표시요 상징이었는데, 이 도적들은 많은 집에 불을 지르고, 많은 여자들을 납치하고, 선량한 농부들을 그들의 집 문간에다 밧줄로 묶어놓곤 했다. 이튿날 사람들이 가서 보면 살아 있는 경우에는 미쳐서 헛소리를 하거나 죽은 경우에는 불고기처럼 파삭파삭 타 있는 상태였다. 그리고 왕룽은 튀어나올 정도로 휘둥그레진 눈으로 멍하니 쳐다보다가 아무 말도 못 하고 몸을 돌려 방에서 나갔다. 그리고 밖으로 나오던 그는 작은아버지가 다시 밥그릇으로 몸을 수그리며 나지막이 웃는 소리를 들었다.

  이제 왕룽은 여태까지 꿈도 꾸지 못했던 그런 난처한 입장에 빠졌다. 작은아버지는 늘 그렇듯이 옷을 아무렇게나 걸치고 허리띠를 실끈 동여매고 틈성틈성한 머리에 허연 수염이 난 얼굴로 빙그레 미소를 지으며 변함없이 드나들었고, 왕룽은 그를 보기만 하면 식은땀이 났지만 작은아버지가 그에게 어떤 짓을 할지 모르기 때문에 겁이 나서 공손한 말 이외에는 감히 아무 말도 못 했다. 그가 부유하게 살아온 최근의 여러 해 동안, 특히 수확이 없거나 아주 조금밖에 거두어들인 것이 없어서 다른 사람들이 자식들과 굶주리던 무렵에도 비록 두려워서 밤이 되면 자주 문의 빗장을 단단히 잠그기는 했어도 도둑 떼가 한 번도 그의 집이나 땅을 덮친 적이 없었다는 것도 사실이었다. 그가 사랑에 빠지던 여름이 올 때까지 그는 옷도 허름하게 입고 부유한 티를 내지 않으려고 애썼으며, 마을 사람들에게

서 노략질 얘기를 들으면 집으로 와서 불안하게 잠을 잤으며 밤에는 무슨 소리가 들려오는지 귀를 기울이고는 했다.

하지만 도적들은 단 한 번도 그의 집으로 오지 않았고 그는 점점 조심성이 없어져 대담해졌고, 자기는 하늘의 보호를 받으며 행운을 타고난 남자라고 믿었고, 신령들이 없다 하더라도 그만하면 잘 살아나가는 터여서 신들에게 향도 피우지 않고 모든 면에서 점점 부주의했고, 자신의 일과 땅 이외에는 어디에도 관심이 없었다. 그리고 이제 불현듯 그는 왜 그가 안전했으며 작은아버지 식구를 먹여 살리는 동안 왜 자기가 항상 안전했는지를 깨달았다. 이런 생각을 하면 그는 식은땀이 온몸에서 흘렀고 작은아버지의 품 속에 무엇이 숨겨져 있는지를 감히 어느 누구에게도 얘기하지 못했다.

그리고 작은아버지에게 그는 더 이상 집에서 나가라는 말을 하지 않았고, 작은어머니에게는 억지로나마 비위를 맞추었다.

"안채에 들어가서 먹고 싶은 거 실컷 먹고, 여기 용돈도 좀 드리겠어요."

그리고 울화가 목구멍으로 치밀어 오르기는 했어도 작은아버지의 아들에게도 그는 이렇게 말했다.

"젊은 남자는 놀기도 해야 하니까, 내가 돈 좀 주지."

하지만 왕룽은 자신의 아들은 잘 감시하였다. 아무리 아들이 화를 내며 이리저리 돌아다니고 기분이 나쁘다는 것 이외에는 아무런 다른 이유 없이 동생들의 뺨을 때리곤 했어도 해가 진 다음에는 외출을 시키지 않았다. 이렇듯 왕룽은 걱정거리들 속에서 살아갔다.

처음에 왕룽은 그에게 밀어닥친 온갖 걱정거리들을 생각하느라고 일도 할 수가 없었고, 그는 이런 걱정 저런 걱정을 하다가 "작은 아버지를 고발하고 나는 도적들이 들지 못하게 날마다 밤이면 큰 대문을 잠그는 읍내 성벽 안으로 거처를 옮기면 될 거야"라는 생각도 해보았지만, 그러면 날마다 밭으로 일을 하러 나와야 하는데, 비록 그의 땅이라고는 해도 무방비 상태로 일을 하는 동안 그가 어떻게 될지 누가 알겠는가 하는 걱정이 머리에 떠올랐다. 그뿐 아니라 사람이 어떻게 읍내에 갇혀서 읍내에 있는 집에서만 살 수 있겠는가. 그는 땅과 떨어지면 꼭 죽을 것만 같았다. 더구나 틀림없이 언젠가는 흉년이 닥칠 텐데 큰 집이 몰락했을 때처럼 과거에도 그랬듯이 읍내라고 해도 도적들로부터 무사하지는 못할 터였다.

그리고 물론 그는 읍내로 들어가 부사가 있는 감영으로 찾아가 "우리 작은아버지가 붉은 수염들과 한패입니다"라고 일러바칠 수도 있었다.

하지만 만일 그랬다가는 누가 그의 말을 믿겠으며, 자신의 아버지의 동생에 관해서 그런 소리를 하는 사람을 누가 믿겠는가? 작은아버지가 혼이 나기는커녕 오히려 도리에 어긋난 짓을 했다고 왕룽이 매를 맞을 확률이 더 높았고, 혹시 도적들이 그 얘기를 들었다가는 복수를 하느라고 그를 죽일지도 모르기 때문에 결국 그는 죽을까 봐 겁이 나 두려움 속에서 살아가게 되리라.

그러다가 그것만으로도 걱정거리가 모자란다는 듯, 토츄엔이 곡물상을 만나고 돌아와서 비록 약혼까지는 성사가 잘 되었지만 딸이 겨우 열네 살밖에 안 되었으니 결혼을 시키기에는 너무 어리기 때문에 3년은 더 기다려야 하니까 약혼서를 주고받는 이상은 지금 당장 아무것도 승낙할 용의가 없다는 얘기를 전했다. 왕룽은 열흘 중에 이틀은 서당에 가지 않는 아들의 분노와 게으름과 처량한 표정을 3년이나 더 참아내야 한다는 사실이 기가 막혀서 그날 저녁 식사를 하다가 오란에게 소리쳤다.

"그래, 난 이런 꼴을 3년이나 더 겪고 싶지는 않으니까 우리 다른 아이들은 가능한 한 빨리 약혼을 시켜야겠어. 그것도 빠르면 빠를수록 좋을 것이고, 그들이 같이 살고 싶어하자마자 당장 결혼을 시켜버려야 되겠어!"

그리고 이튿날 아침, 밤새도록 별로 잠을 자지 못한 그는 두루마기를 벗어 던지고 신발도 내던지고는 집안에서 일이 잘 안 돌아가 너무 속이 상할 때는 늘 그렇듯이 괭이를 들고 밭으로 나갔는데, 손가락으로 헝겊 끈을 비틀고 펴면서 큰딸이 미소를 짓고 앉아 있는 바깥 마당을 지나가며 투덜거렸다.

"그래, 저 불쌍한 바보 딸년이 다른 모든 사람을 모두 합친 것보다 더 많은 위안을 나한테 가져다준다니까."

그리고 그는 날마다 여러 날 동안 그의 땅으로 나갔다.

그러자 훌륭한 대지가 또다시 상처를 아물게 해서, 태양이 그를 비춰 고통을 쫓아버리고 여름의 훈훈한 바람이 그를 평화로 감싸주었다. 그리고 마치 자신이 봉착한 걱정거리들을 상기시키는 끊임없는 생각의 뿌리까지도 치료해주려는 듯 어느 날 남쪽으로부터 작은 구름 한 조각이 흘러왔다. 그것은 처음에 지평선 위에 엷고 자그마한 안개처럼 걸려 있었지만 바람을 타고 흐르는 구름처럼 이리저리 날아가지를 않고 가만히 있다가 나중에는 공중에 부채처럼 펼쳐졌다.
 마을 사람들은 그것을 지켜보고 그 구름 얘기를 했다. 그들이 두려워하던 바가 이것이었기 때문에, 메뚜기 떼가 남쪽으로부터 날아와 들에 심어놓은 곡식들을 먹어치우는 것을 두려워했기 때문에, 그들은 공포에 사로잡혔다. 왕룽도 역시 그곳에 서서 지켜보았다. 그들이 멍하니 쳐다보는 사이에 마침내 무엇이 바람에 날려 그들의 발치에 떨어졌다. 한 사람이 황급히 허리를 굽혀 그것을 주워보니 뒤에 떼를 지어 몰려오는 살아 있는 메뚜기들보다 훨씬 가벼운 죽은 메뚜기였다.
 그러자 왕룽은 그를 괴롭히던 모든 골칫거리를 잊어버렸다. 여자들과 아들들과 작은아버지, 그들 모두를 왕룽은 잊어버렸고 겁에 질린 마을 사람들 사이로 뛰어다니며 소리를 질러댔다.
 "이제는 우리의 훌륭한 땅을 지키기 위해 하늘의 이 적들과 싸워야 합니다!"
 하지만 어떤 사람들은 아예 희망이 없다고 고개를 절레절레 흔들며 말했다.
 "아녜요, 무슨 수를 쓰려고 해도 다 소용없는 것입니다. 우리가 금년에는 굶주려야 한다고 하늘이 명령했으니 결국 우리는 굶주려야만 한다는 것을 빤히 알면서 왜 하늘의 뜻에 맞서 싸우느라고 힘을 낭비합니까?"
 그리고 여자들은 작은 사당에 있는 지신들 앞에다 피울 향을 사러 울면서 읍내로 나갔고, 어떤 사람들은 천신(天神)들을 모시는 읍내의 큰 사당에 찾아가서 하늘과 땅의 신령들에게 경배했다.

하지만 여전히 메뚜기들이 하늘로 펼쳐져 올라가며 땅을 뒤덮었다.

그러자 왕룽이 그의 일꾼들을 불렀다. 칭은 준비를 갖추고 그의 곁에 말없이 서 있었고, 나이가 젊은 다른 농부들도 나와서 자신의 밭에서 어떤 부분들을 골라 스스로 불을 질러 거의 추수할 수 있을 만큼 여문 좋은 밀을 태워버렸고, 널찍하게 수로를 파 우물에서 물을 흘려 내려보내기도 하며 잠도 자지 않고 일을 계속했다. 오란이 그들에게 먹을 것을 갖다 주었고, 여자들은 그들 집안의 남자들에게 음식을 날라다 주었으며, 남자들은 짐승이 그렇듯 들판에 선 채로 음식을 그냥 삼켰고, 밤낮으로 일했다.

그러자 하늘 캄캄해지면서 공중에는 서로 부딪치는 수많은 날개들이 단조롭고 시끄럽게 울리는 소음으로 가득했다. 이 밭은 말짱하게 남겨두고 그냥 날아가다가도 저 밭에는 마구 몰려들어 겨울처럼 황량하게 만들며 모두 먹어치우다 떨어져 죽었다. 사람들이 한숨을 짓고 '하늘의 뜻이 그러하니까'라고 말했지만, 왕룽은 격노해서 메뚜기들을 후려치고 짓밟았으며 그의 일꾼들이 도리깨를 휘둘러 때리니까 메뚜기들은 붙여놓은 불길 속으로 떨어지거나 사람들이 파놓은 수로의 물 위로 죽어 떨어져 둥둥 떠내려갔다. 수백만 마리의 메뚜기가 죽었지만 그 숫자는 남은 메뚜기에 비하면 아무것도 아니었다.

그렇기는 해도 왕룽이 벌인 그 모든 투쟁이 그에게 가져다준 보답은 이것이었다―그의 가장 좋은 밭들이 무사히 남았고, 구름이 지나가고 그들이 쉴 수 있게 되었을 때는 그가 수확할 밀이 아직 남아 있었으며 못자리들도 무사해서 그는 만족했다. 그런 다음에 많은 사람들이 죽은 메뚜기를 구워 먹었지만 그의 땅에 메뚜기가 저지른 짓 때문에 더러운 것이라고 여기며 왕릉 자신은 먹지 않았다. 그러나 오란이 메뚜기를 기름에 튀겨 일꾼들이 아삭아삭 씹어 먹고 그 커다란 눈이 무서워서 아이들이 조심스럽게 찢어 맛을 보는 것에 대해서는 아무 말도 하지 않았다. 하지만 왕릉 자신은 먹을 생각이 없었다.

그렇다 하더라도 메뚜기들은 그에게 이런 결과를 가져다주었다. 한 주일 동안 그는 자신의 땅 이외에는 아무 생각도 하지 않았고 걱정거리와 두려움으로부터 치료되어 차분하게 자신을 타일렀다.

"그렇지, 누구에게나 걱정거리들은 있게 마련이야. 나는 내 걱정거리를 지닌 삶에 힘 자라는 대로 적응하면서 살아가야 하고, 작은아버지는 나보다 나이가 많으니까 돌아가실 거고, 아들도 3년을 기다려야 한다면 기다리는 수밖에 없지. 그렇다고 해서 내가 죽는 건 아냐."

그리고 그는 밀을 거두었고, 비가 내렸고, 물을 댄 논에 모내기를 하자 다시 여름이 왔다.

24

 집안에 평화가 찾아왔노라고 자신을 안심시킨 다음 어느 날 왕룽이 점심때 밭에서 집으로 돌아오니 맏아들이 그에게로 와서 말했다.
 "아버지, 정말 저를 학자로 만들고 싶다면 말씀드리겠는데, 읍내의 그 늙은 훈장은 저한테 더 이상 가르칠 게 없어요."
 왕룽은 부엌의 솥에서 끓는 물 한 대야를 퍼 물로 적셔 꼭 짜서 김이 무럭무럭 나는 수건을 얼굴에 대고 말했다.
 "그럼 어쩌겠다는 거냐?"
 아들이 머뭇거리다가 말을 이었다.
 "글쎄요, 학자가 되기 위해서는 남부에 있는 도시로 가서 큰 학교에 들어가 배워야 된다고 생각하는데요."
 왕룽은 수건으로 눈과 귀를 문질러 얼굴에서 김이 무럭무럭 피어오르는 채로, 들에서 한 일 때문에 몸이 뻐근해서 신경질적으로 아들에게 대답했다.

"아니 이게 도대체 무슨 돼먹지 않은 수작이냐? 너는 갈 수 없다. 못 간다면 못 가는 것이니까 나한테 따지고 덤비지 마라. 이 지방에서는 그만큼 배워도 넉넉해."

그리고 그는 다시 수건을 담갔다가 꼭 짰다.

하지만 젊은이는 그대로 서서 증오하는 눈으로 아버지를 노려보며 뭐라고 투덜거렸고, 그 말을 알아듣지 못해서 화가 난 왕룽이 아들에게 고함쳤다.

"할 말이 있으면 똑똑히 해!"

그러자 젊은이는 아버지의 고함에 왈칵 화가 나서 말했다.

"그래요, 전 남쪽으로 가기로 결심했으니까 남쪽으로 가겠어요. 이 거지 같은 집에 살면서 어린아이처럼 감시나 받고 마을보다 나을 것도 없는 이 작은 읍내에서 썩지는 않겠어요! 저는 다른 곳으로 진출해서 견문도 넓히고 무엇인가 배우겠어요."

왕룽은 아들을 쳐다보고 자기 자신을 둘러보았는데 아들은 여름 더위를 피하도록 얇고 시원한 은회색 아마포로 만든 길고 하얀 두루마기를 입고 서 있었다. 그의 입술 위에는 처음으로 어른의 수염이 거뭇거뭇했고, 그의 피부는 매끄럽고 황금빛이었으며, 기다란 소매로 덮인 두 손은 여자처럼 곱고 부드러웠다. 그러고 나서 왕룽은 자신을 살펴보았는데, 왕룽 자신은 몸집이 크고 흙투성이에다 무릎과 허리춤을 동여맨 푸른 무명으로 만든 바지만 걸치고 상반신은 벌거벗었으며, 누가 보면 아버지라기보다는 아들의 종이라고 생각할 정도였다. 그리고 이 생각을 하니 그는 젊은이의 훤칠하고 말끔한 인상을 경멸하게 되었고, 은근히 화가 나서 냉정하게 고함을 질렀다.

"자, 그렇다면, 사람들이 널 여자로 잘못 볼지도 모르니까 너도 들로 나가 이 좋은 흙을 몸에 좀 묻히고 네가 먹는 밥값을 하기 위해 일도 좀 하려무나!"

그리고 왕룽은 아들이 글을 쓰는 솜씨와 책에 관한 총명함을 전에는 자랑으로 삼았었다는 사실을 완전히 잊어버리고는 아들의 깨끗함이 화를 돋우었기 때문에 분통이 터져 맨발을 구르고 서성거리면서 지저분하게 흙바닥에다 침을 뱉었다. 그리고 아들은 증오에 가득 차서 그를 노려보며 서 있었지만 왕룽은 아들이 어떻게 하는지 보려고 시선을 돌리지 않았다.

어쨌든 그날 밤 왕룽이 안채로 들어가서 토츄엔이 부채질을 해 주는 동안 침대의 요 위에 누워 있던 렌화 옆에 앉으니까 렌화가 전혀 중요하지 않은, 그냥 하고 싶은 얘기처럼 한가하게 왕룽한테 말했다.

"당신 큰아들이 상사병에 걸려 멀리 떠나고 싶어 죽겠는 모양이에요."

그러자 아들에 대한 분노가 생각나서 왕룽이 날카롭게 말했다.

"그래, 그게 당신하고 무슨 관계가 있지? 난 그 애가 그 나이에 이런 방에 드나들도록 그냥 내버려두지는 않겠어."

하지만 렌화가 서둘러 대답했다.

"아녜요, 아녜요. 그 말을 한 건 토츄엔이에요."

그러자 토츄엔이 서둘러 말했다.

"이건 누구나 다 아는 사실이지만, 그렇게 멋진 청년이 멀거니 그리워만 하고 지내기에는 너무 컸어요."

이 말에 왕룽은 공연히 자극을 받아 아들에 대한 노여움만 생각하며 말했다.

"아냐, 그 애는 보내줄 수 없어. 난 돈을 어리석게 쓰지는 않을 생각이야."

그리고 그는 더 이상 얘기를 하지 않으려고 했으며, 렌화는 어떤 노여움 때문에 그의 비위가 틀려 있음을 눈치 채고 토츄엔을 내보낸 다음 그의 신경질에 혼자만 시달렸다.

그러고는 여러 날 동안 아무 얘기도 없었다. 아들은 갑자기 다시 만족한 듯싶었지만 더 이상 서당에 다니려고 하지 않았고, 아들의 나이가 거의 열여덟이 다 되었고 뼈대가 어머니만큼이나 굵어졌기 때문에 왕룽은 모두 용납하기로 했으며 아버지가 집으로 돌아오면 아들이 그의 방에서 글을 읽고 있었으므로 흐뭇한 마음이 들어 속으로 생각했다.

'그런 마음이 드는 것도 젊기 때문인데, 그 애는 자신이 원하는 바가 무엇인지도 몰라. 기껏해야 3년만 있으면 될 것을—돈을 더 내놓는다면 2년이 될지도 모르고, 은화를 충분히만 내놓는다면 1년으로 줄어들 수도 있겠지. 추수가 끝나고 겨울 밀을 심고 콩을 캐고 나면 언제 하루 날을 잡아 그 문제를 꼭 처리해야 되겠어.'

그러고는 메뚜기들이 먹어치우고 남은 수확도 그만하면 풍작이었고 렌화 여인에게 들어갔던 은화도 또다시 찾았기 때문에 왕룽은 아들을 잊어버렸다. 그에게는 다시금 금과 은이 귀중해졌으며 때때로 그는 여자 하나 때문에 그렇게 돈을 마구 써버렸던 자신에 대해서 은근히 놀라기도 했다.

처음에 그랬던 것처럼 심하지는 않지만 아직도 때로는 그의 마음속에서 그녀가 달콤한 감정을 불러일으키기는 했다. 그러나 왕룽은 아무리 몸집이 자그마하더라도 별로 젊은 나이가 아니라는 작은어머니의 말이 옳다는 점을 잘 알고 있었으며, 그녀는 또한 그에게 아이를 하나도 낳아주지 못했다. 하지만 그에게는 아들 딸들이 있었으므로 아이를 못 낳는 것쯤은 전혀 개의치 않았고 그녀가 제공하는 쾌락을 위해서만이라도 렌화를 곁에 둘 이유가 충분했다.

렌화로 말할 것 같으면, 그녀는 나이를 먹으면서 살이 통통하게 붙어 더욱 사랑스러워졌는데 전에는 자그마하고 갸름한 얼굴의 윤곽을 너무 날카롭게 하고 관자놀이가 너무 푹 꺼지게 만들어놓은 새처럼 나약한 모습이 결함이라면 결함이었다. 하지만 이제는 그녀를 위해 토츄엔이 요리해주는 음식을 먹고 한 남자만 상대하면서 한가하게 살다 보니 그녀는 몸이 보드랍고 토실토실해졌고 얼굴도 살이 제대로 붙고 관자놀이도 매끄러워져서, 눈이 크고 입이 작은 그녀는 그 어느 때보다도 더 통통하고 귀여운 고양이 같은 모습이 되었다. 그녀는 잠을 자고 먹으면서 이렇듯 보드랍고 매끄러운 살이 붙었다. 비록 이제는 더 이상 연꽃 봉오리라고는 할 수 없었어도 그녀는 꽃이 만발한 시기를 지난 것도 아니었으며, 젊지는 않다 해도 늙어 보이지도 않았고, 젊음과 늙음이 다 같이 그녀에게서 멀었다.

다시 생활이 평온해지고 아들의 마음이 가라앉자 왕룽도 역시 만족해야 했겠지만, 어느 날 밤 늦은 시간에 홀로 앉아 팔게 될 옥수수가 얼마나 되고 쌀은 얼마나 되는지 손가락으로 계산을 하고 있으려니까 오란이 살그머니 방으로 들어왔다. 이 여자는 세월이 흐르는 사이에 호리호리하게 야위어 바위 같은 얼굴의 골격이 우뚝 드러나고 두 눈이 푹 꺼졌다.

어쩌다가 건강이 어떠냐고 누가 물어보면 그녀는 이 말밖에 하지 않았다.

"뱃속에서 불이 치밀어요."

지난 석 달 동안 그녀의 배는 아기를 가졌을 때처럼 크게 불렀지만, 임신은 하지 않았다.

그리고 그녀는 동틀 녘에 일어나 해야 할 일을 했고, 왕룽은 그녀를 식탁이나 의자나 마당의 나무 한 그루 정도로만 생각했고, 머리를 떨군 소나 식사를 안 하려는 돼지에게 보이는 만큼도 관심을 기울여 그녀를 살펴본 적이 없었다. 그리고 그녀는 홀로 일했고 왕룽의 작은아버지의 아내와 꼭 해야 할 필요가 있는 이상의 얘기는 하지 않았으며, 토츄엔하고도 전혀 말을 하지 않았다. 단 한 번도 오란은 안채에 들어갔던 적이 없었고 드문 일이기는 했지만 어쩌다가 렌화가 안채 마당을 벗어나 집 안에서 잠깐 산책을 하는 경우에도 오란은 누가 그녀의 방으로 들어가서 "그 여자가 갔어요"라고 알려줄 때까지 방 안에서 나오지 않았다. 그리고 그녀는 아무 말도 하지 않고 요리를 하거나 단단히 얼음이 얼어붙은 겨울에도 웅덩이에 가서 빨래를 했다. 그러나 왕룽은 이런 말을 할 생각조차 못했다.

"이봐, 나한테는 은화가 남아도니까 하인이나 계집종을 두지 그래?"

그는 밭일을 하고 돼지들과 나귀들과 소들을 돌보게 하기 위해 일꾼들을 고용했고, 여름에 강물이 범람할 때는 물에서 기르는 오리들과 거위들을 돌보게 하기 위해 일시적으로 사람들을 고용하기는 하면서도 아내를 위해 종을 들여야 할 필요성은 전혀 머리에 떠오르지 않았다.

그러다가 오늘 저녁, 그가 백랍 촛대에 빨간 양초들만 켜놓고 홀로 앉아 있을 때 그녀가 왕룽 앞에 서서 이리저리 시선을 피하다가 마침내 말했다.

"하고 싶은 얘기가 있는데요."

그러자 놀라서 그녀를 멍하니 쳐다보고 왕룽이 대답했다.

"그래, 어서 얘기해."

그리고 그는 물끄러미 아내를 쳐다보았다. 움푹하게 그늘이 진 그녀의 얼굴을 보고 그는 또다시 오란에게서 아름다움이 얼마나 결여되어 있으며, 얼마나 오랫동안 그가 그녀에 대해서 욕망을 느끼지 못했는가 하는 생각이 머리에 떠올랐다.

그러자 그녀가 나지막하고 거센 목소리로 말했다.

"맏이가 자주 안채에 드나들어요. 당신이 집에 없을 때요."

그런데 왕룽은 이렇게 그녀가 속삭여 하는 얘기가 처음에 무슨 말인지 납득이 가지 않아서 입을 딱 벌린 채 몸을 앞으로 숙이며 말했다.

"뭐라고 그랬지?"

그녀가 말없이 아들의 방을 손으로 가리키곤 두툼하고 메마른 입을 안채의 문 쪽으로 삐죽 내밀었다. 하지만 왕룽은 믿어지지가 않아서 화가 치밀어 오른 표정으로 그녀를 노려보았다.
"당신 꿈을 꾸고 있는 모양이로군!"
그가 마침내 말했다.
이 얘기에 그녀는 머리를 설레설레 흔들고는 마음이 안 내켜 더 듬거리는 목소리로 말했다.
"글쎄요, 그렇게 생각하신다면 언제 예고 없이 불쑥 집으로 돌아와보세요."
그리고 또다시 침묵을 지킨 다음에 "남방이라도 괜찮으니까 그 애를 어디로 멀리 보내는 것이 좋겠어요"라고 말했다. 그녀는 식탁으로 가서 왕룽의 찻잔을 집어 들고 만져보더니 식은 차를 벽돌 바닥에 쏟고는 따끈한 주전자에서 차를 따라 잔을 다시 채우고 나서 들어올 때나 마찬가지로 조용히 나갔고, 입이 딱 벌어진 왕룽만 혼자 남게 되었다.
그래, 이 여자가, 아내가 질투를 하는 모양이야. 왕룽은 속으로 생각했다. 맞았어, 그러니까 아들도 마음이 가라앉아 날마다 그의 방에서 글을 읽으니까 왕룽은 공연히 이런 문제로 속을 썩이지는 않겠다고 생각하고 웃으며 몸을 일으켜 자질구레한 것들은 여자들이나 걱정하라고 내버려둬야 되겠다며 웃어버렸다.
하지만 그날 밤 렌화와 같이 지내려고 그가 침대로 들어가 그녀에게로 몸을 돌렸더니 렌화가 불평을 늘어놓고 짜증을 부리며 그를 밀어냈다.

"날씨가 더워 당신 몸에서는 악취가 나니까 나하고 자리를 같이 하러 들어오기 전에는 좀 씻고 왔으면 좋겠어요."

그녀가 일어나 앉더니 신경질을 부리며 얼굴에서 머리를 뒤로 쓸어내고는 왕룽이 그녀를 끌어당기려고 하자 어깨를 추썩이며 그의 유혹하는 손길에 응하려고 하지 않았다. 그러자 그는 가만히 누워 요즈음에는 밤에 여러 차례나 그녀가 마지못해서 응해주었다는 사실이 생각났다. 전에는 그것이 여자의 변덕스러운 기분 때문이고 늦여름의 후텁지근한 공기에 답답해졌기 때문이라고 믿었었지만 이제는 불현듯 오란의 얘기가 생각나서 왈칵 몸을 일으키고 말했다.

"좋아, 난 목을 자른다고 해도 관심이 없으니까 혼자 잘 자라구!"

그는 방에서 뛰쳐나와 가운데 방으로 들어가서 의자 두 개를 나란히 놓고 그 위에 누웠다. 하지만 잠이 오지를 않아서 그는 몸을 일으켜 대문 밖으로 나섰고, 집의 담 옆에 있는 대나무 숲을 거닐며 뜨겁게 달아오른 피부에 닿는 서늘한 밤바람을 느꼈는데, 그 바람은 다가오는 가을의 시원함을 머금고 있었다.

그러자 렌화는 아들이 멀리 떠나고 싶어한다는 사실을 알고 있다고 그랬는데, 그것을 어떻게 그녀가 알아냈을까 하는 의혹이 문득 떠올랐다. 그리고 그는 최근에 아들이 멀리 떠나겠다는 소리를 하지 않고 만족해하며 지낸다는 사실을 깨달았는데, 이들이 왜 만족하게 됐을까? 왕룽은 격노해서 자신에게 다짐했다.

"내 눈으로 직접 확인하리라!"

그리고 그는 그의 땅 위에 깔린 안개 속에서 벌겋게 날이 밝아오는 것을 보았다.

동이 터 들판의 언저리에 태양이 황금빛 테두리를 둘러놓은 다음에 그는 집으로 들어가 아침을 먹고는 추수와 모내기를 할 무렵이면 늘 그렇듯이 일꾼들을 감독하러 나갔다. 그는 여기저기 그의 땅을 돌아다니다가 집에 있는 모든 사람이 들을 수 있도록 큰 소리로 외쳤다.

"나 이제는 읍내의 해자 옆에 있는 밭에 가봐야 하니까 일찍 돌아올 수 없을 거야."

그리고 그는 읍내로 향했다.

하지만 반쯤 가다가 작은 사당이 있는 곳까지 다다랐을 때 그는 길가의 풀이 자라는 작은 언덕 같은 잊혀진 옛 무덤 옆에 앉아 풀을 뜯어 손가락에 끼고 비틀면서 깊은 생각에 잠겼다. 작은 신상들이 그를 마주 쳐다보았고, 그는 지신들이 그를 노려보는 눈초리에 자신이 그 신령들을 전에는 무척 두려워했지만 부유해지고 나니까 지신들이 전혀 필요가 없어서 별로 거들떠보지도 않았었구나 하고 건성으로 생각했다. 마음속 깊은 곳에서는 이런 질문이 자꾸만 되풀이되었다.

"돌아가야 하나?"

그러다가 불현듯 그는 어젯밤에 렌화가 자기를 밀어냈다는 사실이 기억났고 그동안 그녀를 위해서 그가 했던 모든 것이 분하게 생각되어 자신에게 이렇게 말했다.

"그래, 난 그 여자가 찻집에서 여러 해 동안 더 버틸 수가 없으리라는 걸 알았고, 내 집에 와서 그 여자는 잘 먹고 비싼 옷을 입으며 살아온 거야."

그리고 화가 난 김에 그는 몸을 일으켜 다른 길로 성큼성큼 돌아서 몰래 그의 집으로 들어가 안채로 들어가는 문에 걸린 휘장 앞에 섰다. 그리고 귀를 기울인 그는 웅얼거리는 남자의 목소리를 들었는데, 그것은 아들의 목소리였다.

만사가 잘 풀려 나가서 부유해지고 사람들이 그를 부자라고 부르게 되어 젊었을 때의 시골 사람다운 소심한 태도를 떨쳐버렸고 읍내에서조차도 떳떳한 사람이 되어 자질구레하고 갑작스러운 노여움 따위는 자제할 줄 알 만큼 성숙하기는 했지만, 그래도 지금 왕룽의 마음속에서 치밀어 오른 분노는 여태까지 그가 느껴보지 못했던 그런 심한 분노였다. 그리고 이 분노는 사랑하는 여자를 빼앗아가는 남자에 대한 다른 남자의 분노였고, 그 남자가 자신의 아들이라는 사실을 기억한 왕룽은 구역질로 속이 뒤집혔다.

그러자 그는 이를 악물고 바깥으로 나가 숲에서 가느다랗고 휘청거리는 대나무를 하나 골라서 단단하고 가느다란 작은 가지들만 한 무더기 꼭대기에 남겨놓고 잔가지를 모조리 뜯어내고는 잎사귀들도 떼어냈다. 그러고 나서 그는 살그머니 안으로 들어가서 갑자기 휘장을 열어젖혔고, 그곳에는 마당에 서서 아들이 연못 가장자리의 조그마한 둥근 의자에 앉은 렌화를 내려다보고 있었다. 그리고 렌화는, 아침의 환한 곳에서 그녀가 입고 있는 것은 왕룽이 한 번도 본 적이 없는 그런 복숭아 빛깔의 비단 저고리 차림이었다.

그들 두 사람은 얘기를 나누고 있었다. 여자는 경쾌하게 웃으며 머리를 돌린 채 곁눈질로 젊은이를 흘긋 쳐다보던 중이었고, 그들은 왕룽의 발자국 소리를 듣지 못했다. 그들을 노려보고 서 있던 왕룽의 얼굴이 파랗게 질렸고, 입술이 말려 올라가며 이빨 사이로 울부짖는 소리가 났고, 두 손은 대나무를 잔뜩 움켜쥐었다. 그래도 두 사람은 그 소리를 듣지 못했고, 토츄엔이 나와서 그를 보고 소리를 질러 그쪽을 쳐다보지 않았더라면 끝내 듣지 못했으리라.

그러자 왕룽이 달려가 아들에게 덤벼들어 후려치기 시작했는데, 비록 아들이 그보다 키가 더 크기는 했어도 밭일을 한데다 나이가 들어 튼튼해진 몸 때문에 힘이 훨씬 셌던 왕룽은 피가 줄줄 흘러내릴 때까지 아들을 마구 때렸다. 렌화가 비명을 지르며 그의 팔을 잡아당기자 왕룽이 그녀를 떨쳐버렸고, 그녀가 악착같이 계속해서 비명을 질러대자 그는 여자도 때렸고, 그녀가 도망칠 때까지 마구 두들겨 팼으며, 젊은 아들도 땅바닥에 웅크리고 앉아 찢어진 얼굴을 두 손으로 가릴 때까지 때렸다.

그러다가 숨을 씨근덕거리며 왕룽이 매질을 멈추었고, 몸이 흠뻑 젖을 정도로 땀을 마구 흘리며 그는 병이 난 것처럼 기운이 빠졌다. 그는 대나무를 던져 숨을 헐떡이며 아들에게 나지막이 말했다.

"이제 네 방으로 가서, 죽고 싶지 않으면 내가 너를 처분해버릴 때까지 기어 나올 생각도 하지 마!"

그리고 아들은 아무 말도 없이 밖으로 나갔다.

왕룽은 렌화가 앉았던 둥근 의자에 앉아서 머리를 두 손에 파묻고는 눈을 감은 채로 거세게 숨을 몰아쉬었다. 아무도 그에게 가까이 오지 않았고, 이렇게 그는 마음이 진정되고 분노가 사라질 때까지 앉아 있었다.

그러더니 그는 피곤한 몸을 일으켜 방으로 들어갔다. 침대에 엎드려 큰 소리로 흐느껴 우는 렌화에게 가서 그녀를 돌려 뒤집어 눕히고 보니 그를 올려다보면서 흐느끼는 그녀의 얼굴에는 매를 맞은 시퍼런 자국이 부어올라 있었다.

그리고 그는 무척 슬퍼하며 그녀에게 말했다.

"그러니까 당신은 영원히 갈보 노릇을 하고 싶어서 내 자식들한테까지 갈보 짓을 해야 되겠다는 말이군!"

이 말에 그녀는 더욱 큰 소리로 울며 불평했다.

"아녜요, 그런 것이 아니라, 젊은이가 외로우니까 찾아왔을 뿐이에요. 마당에서 당신이 보았을 때보다 내 침대에 더 가까이 왔던 적이 한 번이라도 있는지 토츄엔한테 물어보세요!"

그러더니 그녀는 겁에 질리고 가련한 모습으로 쳐다보며 그의 손을 잡아 그녀의 뺨에 생긴 채찍 자국으로 가져가더니 우는 소리를 냈다.

"당신의 렌화에게 어떻게 하셨는지 보세요. 그리고 전 당신 이외에는 이 세상에 남자라고는 아무도 없어요. 비록 당신의 아들이라고 해도, 비록 당신의 외아들이라고 해도 그것이 나한테 무슨 의미가 있겠어요!"

맑은 눈물이 글썽거리는 예쁜 눈으로 그녀가 그를 올려다보았다. 이 여자의 아름다움은 그가 바랄 수 있는 이상이었으며 사랑해서는 안 될 때 그녀를 사랑하고 있었기 때문에 왕룽은 괴로워서 신음했다. 그리고 갑자기 그는 이 두 사람 사이에 어떤 일이 벌어졌는지를 알게 되면 견디지 못할 듯싶었고, 그것을 절대로 알고 싶지 않았으며, 차라리 모르는 편이 더 좋으리라고 생각했다. 그래서 그는 다시 신음 소리를 내고 밖으로 나갔다. 그는 아들의 방을 지나갈 때 안으로 들어가지도 않고 그냥 바깥에서 소리쳐 지시했다.

"좋다, 이제는 네 물건들을 모두 궤짝에 꾸려 넣고 내일 남방으로 가서 무슨 짓이든 마음대로 해라. 내가 너를 데리러 사람을 보낼 때까지는 절대로 집으로 돌아오지 마."

그러고는 왕룽이 걸음을 멈추지 않은 채 곧장 방으로 가서 보니 오란이 그의 옷을 가지고 앉아 바느질을 하던 중이었다. 그가 지나가도 그녀는 아무 말도 하지 않았으며, 매질을 하고 비명을 지르는 소리를 분명히 들었을 텐데도 그런 내색을 전혀 하지 않았다. 그리고 그는 한낮의 해가 높이 뜬 들판으로 나가 하루 종일 일했다.

25

맏아들이 떠나고 나니까 왕룽은 집 안에서 무슨 불안의 과도한 부담을 몰아낸 것 같아서 안도감을 느꼈다. 그는 아들이 떠난 것은 잘된 일이며, 다른 곳에서 어떤 상황이 벌어지든 때맞춰 씨를 뿌리고 거두어들여야 하는 땅과 자신의 걱정거리들이 많아 맏아들 이외에는 별로 다른 아이들의 문제에 신경을 쓰지 않았으므로 이제는 다른 아이들도 돌봐줘야겠다는 생각이 들었다. 그뿐 아니라 그는 둘째 아들도 일찌감치 서당을 그만 다니게 하고, 형이 그랬듯이 어느새 젊음의 난폭함에 휘말려 집안의 말썽거리가 되기 전에 장사나 가르쳐야 되겠다고 작정했다.
그런데 왕룽의 둘째 아들은 한집안의 형제이면서도 형과 그렇게 다를 수가 없었다. 형이 어머니를 닮아 북부 남자답게 키가 크고 뼈대가 굵고 얼굴이 불그레한 반면에 이 둘째 아들은 키도 작고 가냘프고 노란 피부에 왕룽에게 그의 아버지를 연상시킬 만큼 교활하고 날카롭고 장난기가 있으며 그럴 만한 순간이 닥치면 당장에 악의를 품게 되는 표정이 그의 눈 어디엔가 숨어 있었다. 그래서 왕룽이 말했다.

"그래, 이 아이는 훌륭한 상인이 될 테니까 서당을 그만 다니게 하고 곡물상이 될 수 있을지 훈련을 시켜봐야겠어. 곡물 시장에 아들을 두면 편리할 노릇이, 내가 그곳에 수확한 곡물을 내다 팔면 아들이 저울을 보며 내가 유리한 쪽으로 약간 기울게 할 수도 있을 테니까."

그래서 어느 날 그가 토츄엔에게 말했다.

"이제는 내 맏아들과 약혼한 집 아버지를 찾아가서 내가 의논할 문제가 있다고 전해. 그리고 그의 피와 내 피가 한데 섞여야 할 처지이니까 어쨌든 우리는 술을 한잔 같이 해야 해."

토츄엔이 찾아갔다가 돌아와서 말했다.

"당신이 원하면 언제라도 만나겠다고 그분이 말했습니다. 오늘 점심때 당신이 술을 마시러 오셔도 좋고 원하신다면 그분이 대신 이곳으로 와도 좋답니다."

하지만 왕룽은 번거롭게 준비를 하고 싶지 않았기 때문에 읍내 상인이 그의 집으로 찾아오는 것을 원하지 않았고, 그래서 그는 몸을 씻고 비단 윗옷을 걸친 다음 들판을 가로질러 읍내로 향했다. 그는 우선 토츄엔이 가르쳐준 대로 돌다리 거리로 가서 류의 이름이 박힌 대문 앞에 이르러 걸음을 멈추었다. 그가 이름을 읽을 수야 없었지만, 그는 다리의 오른쪽으로 두 번째 문이라기에 그 대문이라고 짐작해서 지나가는 사람에게 물어보니 문패의 글씨가 류라고 알려주었다. 왕룽은 손바닥으로 평범하게 나무로 만든 점잖은 대문을 두드렸다.

문이 당장 열리더니 젖은 손을 앞치마에다 씻으며 계집종이 나타나 누구냐고 물었다. 그가 이름을 대자 빤히 쳐다본 다음에 남자들이 기거하는 사랑채로 안내하며 어느 방으로 들어가 앉아 있으라고 얘기하고는 그가 이 집의 딸과 약혼한 남자의 아버지임을 알아서인지 다시 빤히 쳐다보았다. 그리고 나서 그녀는 주인을 부르러 나갔다.

왕룽이 조심스럽게 주위를 살펴보고는 몸을 일으켜 문간의 휘장이 무슨 천으로 만들어졌는지 만져보고, 수수한 탁자의 나무를 살펴보고는 이 집이 잘 살기는 해도 굉장한 부자는 아니라는 증거에 기분이 좋아졌다. 그는 며느리가 부잣집 출신이어서 건방지고 말도 잘 안 듣고 옷과 음식을 이것저것 까다롭게 요구하고 아들과 부모의 사이를 갈라놓는 것을 원하지 않았다. 그리고 왕룽은 다시 자리에 앉아 기다렸다.

갑자기 묵직한 발자국 소리가 들리고는 건강하고 나이가 든 남자가 들어섰다. 왕룽이 몸을 일으켜 절을 했으며 두 사람 모두 절을 하고 슬그머니 상대방을 살펴보았다. 그들은 서로 마음에 들었고, 지체와 부유함을 지닌 사람이어서 서로 상대방을 존경했다. 그러고는 자리에 앉아 그들은 계집종이 따라준 따끈한 술을 마시며 곡식과 물가와 수확이 좋으면 금년의 곡물 가격이 어떻게 되겠느냐는 둥 천천히 이러저러한 잡담을 했다. 그리고 마침내 왕룽이 말했다.

"자, 난 하고 싶은 얘기가 있어서 찾아왔는데, 당신이 싫다면 우린 다른 얘기를 해도 되겠습니다. 그러니까, 혹시 훌륭한 당신 가게에 심부름꾼이 하나 필요하시다면, 저한테 둘째 아들이 있는데, 똑똑한 아이이지요. 하지만 그런 사람이 필요 없다면 우리 다른 얘기나 하죠."

그러자 무척 즐거운 기분으로 상인이 말했다.

"그렇지 않아도 마침 저는 똑똑하고 젊은 남자가 하나 필요했는데, 글을 쓰고 읽을 줄 아는지 모르겠군요."

그러자 왕룽이 자랑스럽게 말했다.

"제 아들은 둘 다 훌륭한 학자죠. 무슨 글자가 잘못되었으면 그들은 나무 목 변인지 아니면 물 수 변인지 서로 지적해줄 수 있어요."

"그것 잘되었군요."

류가 말했다.

"그럼 아무 때나 편한 대로 아드님더러 찾아오라고 그러시죠. 보수는 일을 배울 때까지 먹여주는 것이 전부입니다. 그러다가 한 해가 지나고 일도 잘하게 되면 매달 말에 은화 한 닢씩을 주겠으며, 3년이 지난 다음에는 세 닢을 주겠습니다. 그다음에는 더 이상 도제가 아니니 능력껏 자신의 사업을 개척해나가야죠. 그리고 그 임금 이외에도 구매자나 판매자에게 수수료를 받아낼 수가 있는데, 만일 아드님이 능력이 있어 그런 수수료를 번다고 해도 저는 아무 말도 하지 않겠습니다. 그리고 우리 두 집안이 하나로 결합했으니 저는 아드님이 온다고 해도 당신한테 아무런 보증금도 요구하지 않겠습니다."

그러자 무척 기분이 좋아진 왕룽이 몸을 일으키더니 웃으며 말했다.
"이제 우리는 친구가 되었는데, 혹시 내 둘째 딸과 맺어줄 아들은 없나요?"
그러자 잘 먹어 살이 오른 상인이 푸짐하게 웃으며 말했다.
"아직 약혼을 시키지 않은 열 살 난 둘째 아들이 있는데요. 당신 딸은 몇 살이죠?"
왕룽이 다시 웃으며 대답했다.
"다음 생일을 맞으면 열 살이 될 텐데, 꽃처럼 예쁜 아이랍니다."
그러자 두 남자가 함께 웃었고 상인이 말했다.
"우리 이중으로 밧줄을 묶을까요?"
그리고 이 이상은 직접 의논해서는 안 될 일이었기 때문에 왕룽은 더 이상 얘기를 하지 않았다. 하지만 절을 하고 기분이 무척 좋아서 집을 나선 다음에 그는 "그래도 좋겠구나"라고 자신에게 말했다. 집으로 돌아와서 어린 딸을 보니 그녀는 예쁜 아이였으며 우아하게 조금씩만 걸음을 옮기라고 어머니가 아이의 발을 잘 묶어놓았다.
하지만 이렇듯 찬찬히 딸을 살펴보던 왕룽은 그녀의 뺨에서 눈물 자국을 보았다. 혈색도 약간 창백했으며, 눈에는 침울한 표정이 담겨 있어서 딸의 작은 손을 끌어당기며 말했다.
"너 왜 울었니?"
그러자 딸이 머리를 떨구고는 저고리의 단추를 매만지며 반쯤 중얼거리는 목소리로 말했다.
"어머니가 내 발을 날마다 점점 더 꼭 죄어서 밤에는 잠을 잘 수 없기 때문에 그래요."

"헌데 난 네가 우는소리를 들어본 적이 없는데."

의아해하며 그가 말했다.

"어머니가 울지 못하게 해요."

딸이 덤덤하게 말했다.

"아버지는 너무 성냥하고 마음이 약해서 아버지가 들으면 나를 그냥 내버려두라고 할지 모른다고요. 묶지 않으면 아버지가 어머니를 사랑하지 않듯이 내 남편이 나를 사랑하지 않을 거라고 그랬어요."

옛날얘기를 암송하듯 아이가 덤덤하게 이 얘기를 했다. 오란이 아이의 어머니인 자기를 아버지가 사랑하지 않는다고 아이에게 얘기했다는 말을 듣고 가슴이 뜨끔해진 왕룽이 재빨리 말했다.

"글쎄, 하기야 난 오늘 네 남편 감으로 멋진 남자가 있다는 얘기를 들었으니까 혹시 토츄엔이 성사를 시킬 수 있을시 보기도 하지."

그러자 아이가 미소를 짓고는 더 이상 어린아이가 아니란 듯 처녀티를 갑자기 내면서 머리를 떨구었다. 그리고 그날 저녁으로 왕룽은 안채로 들어가서 토츄엔에게 말했다.

"혹시 성사시킬 수 있을지 가서 알아봐."

하지만 그날 밤 그는 렌화 곁에서 불안하게 잠을 잤으며, 잠이 깨어 자신이 지나온 삶과 자신이 알았던 첫 여자인 오란을, 그의 곁에서 항상 충실한 종처럼 섬겨온 아내를 생각했다. 그리고 그는 아이에게서 들은 얘기를 생각했고, 아무리 우둔해 보여도 오란이 그의 마음속을 환히 들여다보고 있었기 때문에 슬펐다.

그 후 얼마 안 있다가 왕룽은 둘째 아들을 읍내로 보냈고, 둘째 딸의 약혼서에 서명을 했으며 지참금도 합의를 보았고, 결혼식에 선물로 줄 옷과 보석도 결정했다. 그런 다음에 왕룽은 휴식을 취하며 마음속으로 생각했다.

'자, 이제는 내 아이들 문제가 모두 해결이 났다. 불쌍한 우리 바보 딸은 헝겊 조각이나 주무르며 햇볕에 나가 앉아 있는 것 이외에는 어떻게 할 수도 없고, 막내아들은 땅을 가꾸게 하려면 서당에 보내지 말고 붙잡아둬야 되겠어. 집안에는 글을 읽는 자식이 둘만 있어도 넉넉해.'

그는 아들이 셋인데 하나는 학자이고 하나는 상인이고 하나는 농부라는 것이 자랑스러웠다. 그러자 그는 마음이 흡족했으며 아이들 생각은 더 이상 하지 않기로 작정했다. 하지만 그가 원하거나 원하지 않거나 간에 그에게 이 아이들을 낳아준 여자의 생각이 자꾸만 머리에 떠올랐다.

그녀와 함께 보낸 여러 해 만에 왕룽은 처음으로 오란에 관해서 생각해보기 시작했다.

그녀가 처음 왔을 당시에도 그녀를 단지 여자로, 그가 알았던 첫 여자로 생각했고, 그녀를 별개의 한 인간이나 그 이상의 존재로는 생각해본 적이 없었다. 그리고 그는 이런 일 저런 일로 바빠 시간적인 여유가 없었던 듯싶었고, 아이들이 정착하고 논밭을 돌봐줄 사람들이 있는 이제야, 겨울이 다가오는 조용한 시기인 이제야, 그가 때려준 이후로 고분고분해져서 렌화와의 삶이 자리가 잡힌 지금에 와서야 그는 여유 있게 생각할 시간이 생겨 오란을 생각했다.

왕룽이 그녀를 바라보았지만, 이번에는 그녀가 여자였기 때문이 아니었으며, 그녀가 못생기고 야위고 피부가 누렇기 때문도 아니었다. 하지만 그는 어떤 이상한 후회를 느끼면서 그녀를 쳐다보았고, 그녀가 야위었으며 피부가 누렇고 쪼글쪼글 말라붙었음을 알았다. 그녀는 항상 거무튀튀한 여자였고, 들에서 일할 때는 살갗이 건강한 갈색이었다. 하지만 이제는 여러 해 전부터 어쩌다가 추수기가 아니면 그녀는 밭으로 나가지 않았고, "당신은 그렇게 부자인데도 마누라가 아직도 밭에 나가서 일하느냐?"고 사람들이 말하는 소리를 듣고 싶지 않아서 왕룽이 나가지 못하게 했기 때문에 2년 이상이나 추수기에도 나가지 않았다.

그렇지만 그는 왜 그녀가 마침내 기꺼이 집에서 지내겠다고 했으며, 왜 점점 더 아내의 거동이 느려졌는지를 생각해보지 않았다. 지금 가만히 생각해보니까 아침이면 때때로 잠자리에 일어나거나 아궁이에 불을 지피려고 몸을 숙일 때 오란이 신음을 했으며 "이니, 왜 그러는 거야?"라고 그가 물어볼 때만 갑자기 신음을 그치고는 하던 일이 기억났다. 이상하게 몸이 부어오른 그녀를 지금 쳐다보고 있으려니까 그는 왜 그런지 이유도 모르면서 후회에 사로잡혔고, 혼자서 속으로 따졌다.

"남자들이란 다 그런 거니까 내가 첩을 사랑하는 만큼 그녀를 사랑하지 않았다는 건 꼭 내 잘못은 아냐."

그는 자신을 위로했다.

"나는 그녀를 때린 적도 없고, 돈을 달라고 하면 늘 주었어."

하지만 아직도 그는 아이가 한 말이 잊혀지지를 않았다. 굳이 따지고 보면 그는 항상 그녀에게 훌륭한 남편 노릇을 했고 대부분의 남자들보다 훨씬 좋은 남편이었다고 알고 있었으므로 왜 그런지 비록 이유는 몰라도 그 말이 그의 마음을 아프게 찔렀다.

그러자 그녀에 대한 이 거북한 불안감을 떨쳐버릴 수가 없었기 때문에 그는 아내가 식사를 가지고 들어오거나 오락가락 돌아다니는 것을 자꾸만 지켜보았다. 어느 날 그들이 식사를 끝낸 다음 그녀가 벽돌 바닥을 쓸려고 허리를 굽혔을 때 왕룽은 어떤 내면의 고통 때문에 오란의 얼굴이 잿빛으로 변하는 것을 보았는데, 그녀는 입술을 벌리고 나지막이 숨을 헐떡였고 바닥을 쓰는 것처럼 여전히 허리를 굽힌 채로 배에다 손을 얹었다. 왕룽이 그녀에게 날카로운 목소리로 물었다.

"왜 그래?"

하지만 그녀는 얼굴을 돌리고 얌전히 대답했다.

"그냥 그전부터 뱃속에 통증이 있어서 그래요."

그러자 그는 오란을 빤히 쳐다보며 어린 딸에게 말했다.

"너희 어머니가 아프니까 네가 비를 들고 청소를 하거라."

그리고 그는 오란에게 지난 여러 해 동안의 어느 때보다 훨씬 상냥한 목소리를 말했다.

"내가 딸에게 따끈한 물을 갖다 주라고 할 테니까 당신은 안으로 들어가 침대에 누워. 일어나지 말고."

그녀는 아무 대답도 없이 남편이 시키는 대로 천천히 그녀의 방으로 들어갔고, 그는 오란이 몸을 질질 끌고 오락가락하다가 결국 나지막이 신음 소리를 내며 자리에 눕는 소리를 들었다. 그는 이 신음 소리에 귀를 기울이며 앉아 있다가 더 이상 견딜 수가 없게 되자 몸을 일으켜 읍내로 들어가서 의사의 집이 어디 있느냐고 물었다.

그는 요즈음 둘째 아들이 일하는 곡물상의 한 점원이 추천하는 의사의 집으로 찾아갔다.

의사는 차 한 주전자를 앞에 놓고 한가하게 앉아 있었다. 그는 허연 수염이 길고 코에는 부엉이 눈처럼 커다란 놋쇠테 안경을 낀 노인이었는데, 기다란 소매가 손을 몽땅 덮어버리는 더러운 회색 두루마기 차림이었다. 왕룽이 그에게 아내의 증상에 대해서 얘기해주었더니 의사가 입술을 삐죽 내밀고는 그가 앉아 있는 책상의 서랍을 열어 검정 헝겊에 싼 꾸러미를 꺼내고 말했다.

"지금 당장 가봅시다."

그들이 오란의 침대로 갔을 때 그녀는 가벼운 잠이 들어 있었다. 윗입술과 이마에는 이슬처럼 땀방울이 맺혔으며 그 모습을 보고 노의사가 머리를 설레설레 흔들었다. 그는 유인원의 손처럼 누렇게 말라붙은 손을 내밀어 그녀의 맥을 짚어보더니 한참 손목을 쥐고 있다가 다시 심각하게 머리를 젓고는 말했다.

"비장이 붓고 간이 병들었어요. 자궁 속에는 어른의 머리통만 한 돌멩이가 들어 있고 위장도 헐었어요. 심장은 겨우 활동할 지경이고 보나마나 그 속에도 벌레들이 들어 있을 거예요."

이 말을 듣고 왕룽의 심장도 멎는 듯싶었다. 그는 두렵고 화가 나서 소리쳤다.

"그럼 아내한테 약을 주시면 되잖아요?"

그가 말을 하는 사이에 오란이 눈을 뜨고는 고통에 지쳐 잠에 취해서 이해를 못 한 채로 그들을 쳐다보았다. 그러자 노의사가 다시 말했다.

"상태가 악화되었어요. 회복된다는 보장을 요구하지 않을 거면 은화 열 냥을 내세요. 그러면 약초와 말린 호랑이의 심장과 개의 이빨을 처방해줄 수 있어요. 그것들을 함께 끓여 죽으로 만들어서 여자한테 먹이세요. 하지만 만일 완전한 회복의 보증을 원한다면 그때는 은화 5백 냥을 내야겠습니다."

그러자 '은화 5백 냥'이라는 말을 듣고 오란은 갑자기 정신이 퍼뜩 들어 힘없는 목소리로 말했다.

"아녜요, 내 목숨은 그만한 가치가 없어요. 그만한 돈이면 훌륭한 땅을 한 덩어리 살 수 있어요."

그러자 아내가 하는 이런 말을 듣고 왕룽은 과거의 모든 회한이 뼈아프게 되살아나서 사납게 오란에게 반박했다.

"내가 은화를 낼 수 있는 한 내 집에서는 아무도 죽게 그냥 내버려 두지는 않겠어."

늙은 의사는 '내가 은화를 낼 수 있는 한'이라는 왕룽의 얘기를 듣고는 탐욕스럽게 두 눈을 빛냈지만, 그가 약속을 지키지 못해 여자가 죽는 경우에 어떤 처벌을 받아야 하는지를 잘 알았던 터라 섭섭하기는 해도 이렇게 말했다.

"아녜요, 여자의 눈 흰자위 빛깔을 보니까 내가 잘못 알았다는 게 확실해요. 완전한 회복을 보장받으려면 은화 오천 냥을 내야 합니다."

그러자 왕룽은 말없이 의사를 쳐다보았고, 사태를 짐작하고는 마음이 슬퍼졌다. 그는 땅을 팔기 전에는 그렇게 많은 은화를 마련할 수가 없었으며, 의사의 말은 '여자가 죽을 것이다'라는 뜻이 분명했으므로 땅을 판다고 해도 소용이 없음을 알았다.

그래서 그는 의사와 같이 밖으로 나가 은화 열 냥을 주었고 의사가 가버린 다음 왕룽은 오란이 대부분의 삶을 그곳에서 보냈으며 지금은 그곳에 없는 컴컴한 부엌으로 들어가 아무도 그를 보지 못하는 그곳에서 얼굴을 시커먼 벽으로 돌린 채 흐느껴 울었다.

26

 하지만 오란의 육신이 지닌 생명은 갑자기 죽지는 않았다. 그녀는 한평생의 반쯤을 겨우 지났을 정도였고 목숨이 쉽게 육신으로부터 떠나려고 하지 않아서 오란은 여러 달 동안이나 침대에 누워 죽어갔다. 기나긴 겨울의 몇 달을 그녀는 침대에 누워서 지냈으며 왕룽과 아이들은 집안에서 그녀가 지닌 위치가 무엇이었으며 그들 모든 식구를 그녀가 매우 편안하게 해주었지만 자신들이 그 사실을 모르고 있었다는 것을 처음으로 깨달았다.
 이제는 어떻게 지푸라기에 불을 붙여 아궁이 속에서 계속 때는지를 아무도 모르고, 다른 한쪽이 익기 전에 다른 한쪽을 시커멓게 태우거나 부스러뜨리지 않고 어떻게 솥 안의 생선을 뒤집는지를 아무도 모르고, 이런저런 채소를 튀길 때는 참깨기름을 써야 하는지 아니면 콩기름을 써야 하는지 아무도 모르는 것 같았다. 식탁 밑에는 흘린 음식이나 지저분한 빵 부스러기가 흩어졌지만 그 냄새가 역겨워져서 참을 수가 없어진 왕룽이 마당에서 개를 끌어와 핥아먹게 하거나 어린 딸에게 소리를 질러 긁어모아 내다 버리게 하기 전에는 아무도 그 쓰레기를 치우지 않았다.

그리고 막내아들은 이제 어린아이처럼 무기력해진 할아버지와 함께 여러 가지 어머니의 일을 대신 했고, 왕룽은 어떤 상황이 벌어졌기 때문에 오란이 이제는 더 이상 그에게 차와 따끈한 물을 갖다 주지 못하고 자리에 눕거나 일어서도록 부축해주지 못하는지를 노인에게 납득시킬 길이 없었다. 노인은 오란을 불러도 오지 않으면 심술이 나서 성미가 못된 아이처럼 찻잔을 땅바닥에다 내던지고는 했다. 결국 왕룽은 그를 오란의 방으로 데리고 들어가 그녀가 누워 있는 침대를 보여주었다. 노인은 꺼풀이 내려앉아 반쯤 장님이 되다시피 한 눈으로 멍하니 쳐다보았고, 무엇인가 잘못되었음을 막연하게나마 알았기 때문에 투덜거리며 흐느껴 울었다.

불쌍한 바보 혼자만 아무것도 알지 못해서 싱글벙글 웃으며 헝겊 조각을 비틀어댔다.

하지만 누군가는 이 딸을 돌봐줘서, 밤이면 잠을 자도록 안으로 데리고 들어오고 밥을 먹이고 낮에는 햇볕으로 데리고 나갔다가 비가 내리면 다시 데리고 들어와야 했다. 이 모든 것을 그들 가운데 한 사람이 기억해야만 했다. 하지만 심지어는 왕룽 자신까지도 잊어버려서, 언젠가는 그들이 그녀를 밤새도록 바깥에다 내버려둔 적이 있었다. 이튿날 아침 동틀 녘에 보니 불쌍한 바보는 벌벌 떨며 울고 있었고, 화가 난 왕룽은 누이를 밖에 두고 잊어버린 아들과 딸에게 욕설을 퍼부었다. 그러자 그는 아이들이 어머니의 일을 대신하려고 해도 그럴 만한 능력이 없다는 사실을 깨달았다. 왕룽은 그냥 참기로 하고 그 다음부터는 아침저녁으로 불쌍한 바보를 자신이 직접 보살피기로 했다. 비가 오거나 눈이 내리거나 심한 바람이 불면 왕룽이 딸을 안으로 데리고 들어가 부엌 화덕에서 떨어지는 훈훈한 재 앞에 앉혀놓았다.

오란이 죽어가며 누워 있던 암담한 겨울 여러 달 동안 줄곧 왕룽은 땅에 전혀 신경을 쓰지 않았다. 그는 겨울 농사와 일꾼들의 관리를 칭에게 맡겼고, 칭은 충실하게 일을 해내며 아침저녁으로 오란이 누워 있는 방으로 찾아와 나지막하게 울먹이는 목소리로 마님의 병세가 어떠냐고 하루에 두 번씩 문안을 드렸다. 결국 왕룽은 날마다 그리고 저녁마다 "오늘은 닭죽을 조금 먹었어"라거나 "오늘은 묽은 미음을 조금 마셨어"라는 말밖에 할 것이 없어서 참을 수가 없어졌다.

그래서 그는 칭에게 더 이상 문안을 드리러 오지 말고 밭일만 잘하면 충분하다고 명령했다.

춥고도 암담했던 겨울 동안 왕룽은 자주 오란의 침대맡에 앉아 혹시 그녀가 추워하면 풍로에다 숯불을 피워 훈훈하게 하려고 침대 옆에 놓았고, 그럴 때마다 그녀가 힘없이 중얼거렸다.

"아니, 그러시면 돈이 너무 많이 들어요."

그러던 어느 날 그녀가 이 말을 했을 때 결국 견딜 수가 없었던 왕룽이 화를 벌컥 냈다.

"난 이런 거 참을 수가 없어! 당신의 병을 고칠 길만 있다면 난 내 땅을 모두 팔아치우기라도 하겠어."

이 말을 듣고 그녀는 빙그레 웃더니 숨을 몰아쉬며 속삭이듯 말했다.

"아녜요, 당신이 그러시면 제가 그냥 내버려두지 않겠어요. 어쨌든 언젠가 저는 죽어야 할 몸이니까요. 하지만 제가 가고 난 다음에도 땅은 그대로 남아요."

하지만 그는 아내의 죽음을 얘기하고 싶지 않아 그녀의 말이 채 끝나기 전에 몸을 일으켜 밖으로 나갔다.

그렇기는 해도 아내가 틀림없이 죽으리라는 것을 알았으며, 그것이 그의 의무였기 때문에 왕룽은 어느 날 읍내의 관 가게로 찾아가서 돈만 주면 당장 사갈 수 있도록 세워놓은 모든 관을 살펴본 다음 묵직하고 단단한 나무로 만든 훌륭한 검은 관을 하나 골랐다. 그러자 관을 고르는 시중을 들던 목수가 교활하게 말했다.

"두 개를 사가시면 두 개 모두 값을 삼분의 일씩 깎아드릴 테니까, 손님이 쓸 것도 사두시고, 준비를 갖추었으니 마음을 편히 가지시는 게 어떨까요?"

"아니오, 그건 자식들이 나를 위해서 해줄 수 있어요."

왕룽이 이렇게 대답하자, 아버지 생각이 났고 노인을 위해 아직 관을 마련해두지 않았음을 불현듯 상기한 그가 다시 말했다.

"하지만 늙으신 아버님이 계신데 기운이 없어 잘 서지도 못하시고 귀도 먹고 반쯤 장님이 되었으니 얼마 안 가서 돌아가실 테니까 관을 두 개 쓰겠소."

그리고 주인은 관에다 다시 검은 칠을 잘해서 왕룽의 집으로 보내주겠다고 약속했다. 그래서 왕룽은 자기가 어떻게 했는지를 오란에게 얘기해주었고, 그녀의 죽음에 대해서 그렇게 잘 준비해주었다는 것을 알고 오란이 기뻐했다.

이렇게 그는 하루에 여러 시간씩 그녀 곁에 앉아 있었고, 그렇지 않아도 전혀 얘기를 주고받지 않던 터이고 오란에게 기운도 없었기 때문에 그들은 별로 얘기를 하지 않았다. 가끔 오란은 말없이 꼼짝도 않고 왕룽이 곁에 앉아 있으면 그녀가 어디에 있는지 잊어버리기도 했고, 때로는 어린 시절 얘기를 중얼거렸으며, 비록 다음과 같은 짤막한 말들을 통해서이기는 했어도 왕룽은 이제야 처음으로 그녀의 마음속을 들여다볼 수가 있었다.

"고기를 문 앞까지만 갖다놓겠어요…… 그리고 제가 못생겨서 훌륭하신 주인님 앞에 나설 만한 여자가 아니라는 건 저도 잘 알아요……"

숨을 몰아쉬며 그녀가 다시 말했다.

"때리지 마세요…… 절대로 다시는 음식을 집어먹지 않겠어요……"

그리고 그녀는 거듭거듭 말했다.

"우리 아버지…… 우리 어머니…… 우리 아버지…… 우리 어머니……"

그리고 또 거듭거듭 "제가 못생겼기 때문에 사랑을 받지 못하리라는 건 잘 알아요……"라고 말하자 견딜 수가 없어진 왕룽은 이미 죽은 것처럼 뻣뻣하고 커다랗고 단단한 손을, 아내의 손을 잡고 어루만졌다. 그리고 그녀가 한 말이 진실이었기 때문에, 그리고 그녀에 대한 그의 따스한 마음을 아내가 느끼기를 진심으로 바라면서 그녀의 손을 잡고 있는 순간까지도 렌화가 입술만 뽀로통하게 내밀어도 그의 마음속에서 불러일으켜지는 그런 마음을 녹이는 애정을 그가 느끼지 못했기 때문에 수치심을 느끼며 그는 자신에 대한 슬픔과 의아함에 사로잡혔다. 죽어가는 뻣뻣한 손을 잡고도 그는 그 손을 사랑하지 못했으며, 그 손에 대한 역겨움으로 인해서 연민까지도 제대로 느끼지 못했다.

그리고 이것 때문에 그는 아내에게 더욱 상냥해졌고, 그녀에게 어린 배추속과 송어로 끓인 맛 좋은 죽과 특별 요리를 사다주었다. 그뿐 아니라 그는 렌화에게서도 쾌락을 누리지 못했으니, 이 기나긴 죽어가는 과정의 고뇌에 얽힌 절망으로부터 벗어나려고 그녀에게로 들어갔을 때도 그는 오란이 잊혀지지 않았고, 렌화를 껴안았다가도 오란이 생각나서 도로 쫓어수었나.

오란이 가끔 정신을 차리고 주위를 살펴볼 때가 있었는데 한번은 그녀가 토츄엔을 찾았다. 깜짝 놀란 왕룽이 그 여자를 불러왔더니 오란이 떨리는 팔로 몸을 일으키고는 거침없이 말했다.

"그래, 너는 노대감님의 거처에서 살았고 미인이라는 소리를 들었을지 모르지만, 지금 나는 한 남자의 아내가 되어 그에게 아들들을 낳아주었고 너는 아직도 노예가 아니냐."

토츄엔이 이 말에 화가 나서 반박을 하려고 하자 왕룽이 그녀를 달래서 밖으로 데리고 나가 말했다.

"저 여자는 지금 제정신으로 그런 말을 하는 게 아냐."

그가 다시 방으로 들어갔더니 오란이 아직도 두 팔로 버티고 몸을 비스듬히 일으킨 채로 그에게 말했다.

"제가 죽은 다음이라도 저 여자나 저 여자의 여주인이 내 방에 들어오거나 내 물건들을 만지지 못하게 해야지, 그렇지 않으면 제가 원혼을 보내서 저주를 내리겠어요."

그러더니 그녀는 베개로 머리를 떨구고 불편한 잠을 청했다.

하지만 새해가 시작될 무렵인 어느 날, 다 탄 촛불이 마지막으로 환하게 타오르듯이 그녀는 갑자기 상태가 좋아져서 그 어느 때보다도 정신이 맑아졌다. 그녀는 침대에 일어나 앉아서 스스로 머리를 꼬았고, 차를 마시겠다고 부탁하고는 왕룽이 돌아오자 말했다.

"이제 새해가 오는데 준비한 떡도 없고 고기도 없어서, 제가 생각한 게 있어요. 저는 제 부엌에 그 종년이 들어가게 하지는 않겠어요. 대신에 당신이 사람을 보내 우리 맏아들과 약혼한 제 며느리를 데려왔으면 해요. 저는 아직 그 애를 본 적이 없지만 그 애가 오면 제가 죽기 전에 이것저것 일러주겠어요."

금년에는 명절 따위에는 전혀 관심이 없기는 했지만 오란이 기운을 차려서 기분이 좋았던 왕룽은 토츄엔을 보내 곡물상 류에게 사정이 얼마나 딱한지를 납득시키게 했다. 그리고 어쩌면 오란이 겨울을 넘기지 못하리라는 얘기를 듣고, 어쨌든 딸이 열여섯 살이니까 남편의 집으로 가기에는 그만하면 나이가 찬 셈이라 류는 쾌히 그 청에 응했다.

하지만 오란 때문에 잔치를 벌이지는 않았다. 어머니와 늙은 몸종만 데리고 처녀는 조용히 가마를 타고 왔으며, 딸을 오란에게 전한 다음 어머니는 집으로 돌아갔지만 몸종은 처녀의 시중을 들기 위해 남았다.

그래서 아이들은 그들이 잠을 자던 방에서 거처를 옮기고 그 방은 새로 들어온 며느리에게 주었고, 모든 준비가 갖추어졌다. 도리에 어긋나는 일이어서 왕룽은 처녀와 얘기를 나누지 않았고, 그녀가 절을 할 때는 근엄하게 머리만 숙였는데, 며느리가 자기의 의무를 잘 알아서 눈을 내리깔고 조용히 집 안을 돌아다니는 모습을 보니 왕룽은 기분이 좋았다. 그뿐 아니라 그녀는 좋은 처녀여서, 미인이기는 했지만 미모 때문에 허영에 들뜰 정도의 여자는 아니었다. 그녀는 모든 언동에 있어서 올바르고 조심스러웠으며, 오란의 방으로 들어가 시어머니 시중을 들었고, 이제는 그녀의 병상에 여자가 있어서 오란이 아주 만족해하는 것을 알았으므로 왕룽은 아내에 대한 고뇌가 누그러졌다.

오란은 사흘 이상이나 흡족하게 보내고는 또 무슨 생각이 나서 밤새 아내의 차도가 어떤지 보려고 아침에 들어온 왕룽에게 말했다.

"제가 죽기 전에 처리해야 할 게 또 하나 있어요."

이 말을 듣고 왕룽이 화를 내며 반박했다.

"당신이 죽는다는 얘기를 하면 난 기분이 좋지 않아!"

그러자 그녀는 천천히 미소를, 미처 눈에 다다르기 전에 끝나는 그 변함없고 느린 미소를 짓고 대답했다.

"제 뱃속에서 죽음이 기다리고 있다는 걸 느낄 수 있으니까 저는 죽어야 해요. 그러나 제 맏아들이 집으로 돌아와서 제가 고통스러워 땀을 흘릴 때면 언제 얼굴을 씻어줘야 하는지 알아서 항상 뜨거운 물이 담긴 대야를 들고 제 시중을 들어주는 이 훌륭한 처녀, 제 며느리에게 장가드는 것을 보기 전에는 죽지 못하겠어요. 저는 죽어야만 하니까 이제 아들이 집으로 돌아오기를 바라고, 아버님의 증손자이자 당신 손자의 생명이 태동한다는 것을 알고 제가 편히 죽을 수 있도록 이 처녀와 그 애가 우선 결혼식을 올리기를 바라요."

건강했을 때도 그녀는 이렇게 많은 말을 했던 적이 없었는데, 오란은 여러 달 만에 처음으로 기운차게 이 얘기를 했으며, 왕룽은 그녀의 목소리에 담긴 힘과 이런 소망에 대한 그녀의 놀라운 활력에 기분이 좋았고, 비록 맏아들의 성대한 결혼식을 치르려면 더 많은 시간이 필요하기는 했지만 아내의 뜻을 거역하고 싶지 않았다. 그래서 그는 유쾌하게 대답할 수밖에 없었다.

"그래, 우리 그렇게 하기로 하지. 내가 오늘 남방으로 사람을 보내 아들을 찾아내어 집으로 데리고 와서 결혼을 시키겠어. 그렇지만 이 집 안에 당신이 없으면 짐승들의 소굴이나 마찬가지이니까 당신은 다시 힘을 내어 죽을 생각은 말고 건강해지겠다고 나한테 약속해줘."

그는 아내의 마음을 즐겁게 해주려고 이 말을 했다. 비록 얘기하지 않고 그냥 다시 누워 눈을 감고 엷은 미소만 지었지만 오란의 마음이 즐거웠다.

그래서 왕룽이 사람을 보내면서 지시했다.

"네 젊은 주인을 찾아내면 그 애에게 어머니의 임종이 가까웠는데 아들을 만나서 그 아들이 결혼하는 것을 보기 전에는 어머니의 혼령이 편히 쉴 수가 없다는 말을 하더라고 전해라. 그리고 만일 나하고 어머니하고 땅을 소중하게 생각한다면 지금부터 사흘째 되는 날 잔치를 준비하고 손님들을 초청해서 결혼시킬 테니까 한숨도 지체하지 말고 돌아오라고 해라."

그는 왕룽이 시키는 대로 지시에 따랐다. 그는 토츄엔에게 능력이 닿는 한 가장 훌륭한 잔치를 마련하라고 명령하고, 도움을 받기 위해서 읍내 찻집의 요리사들을 불러도 좋다고 하면서 그녀의 손에 은화를 쏟아주며 말했다.

"은화는 이것 말고도 또 있으니까 이런 경우에 큰 집에서 하던 그대로 하라구."

그러고 나서 그는 마을로 내려가 남자들과 여자들, 그가 아는 모든 사람을 손님으로 초청했고, 읍내로 나가 찻집이나 곡물 시장에서 사귄 사람들과 그가 아는 모든 사람을 초청했다. 그리고 그는 작은아버지에게 말했다.

"제 아들의 결혼식 때는 아무라도 좋으니까 작은아버지의 친구들이나 사촌의 친구들을 모두 초청하세요."

그가 이 말을 한 까닭은 작은아버지가 어떤 사람인지 정체를 알게 된 순간부터 항상 그랬듯이 그에게 예의를 갖추고 항상 귀한 손님으로 대우해야 한다는 사실을 다시금 기억했기 때문이었다.

결혼하기 전날 밤에 왕룽의 맏아들이 집으로 돌아와 뚜벅뚜벅 방으로 들어갔고, 왕룽은 집에 있던 무렵에 아들이 그에게 시켰던 모든 고생을 한꺼번에 잊어버렸다. 그가 아들을 마지막으로 본 것도 벌써 2년이 넘었으며, 지금 찾아온 아들은 더 이상 소년이 아니라 짧고 검은 머리가 기름을 발라 반짝거리고 툭 튀어나온 광대뼈에 혈기가 돌며 큰 키에 큼직한 몸집을 가진 훌륭한 어른이 되어 있었다. 그리고 그는 남방의 가게에서 볼 수 있는 그런 길고 검붉은 공단 겉옷에 소매가 없는 짧고 검은 벨벳 저고리 차림이었다. 왕룽은 아들을 보자 자랑스러워 가슴이 터져 나갈 지경이어서 이 훌륭한 아들 이외에는 모든 것을 잊어버리고 그를 아내에게로 데리고 갔다.

그러자 젊은이는 어머니의 침대 옆에 앉아 어머니의 그런 모습을 보고는 눈물을 글썽거렸지만 "남들이 얘기하는 것보다는 두 배나 건강해 보여서 돌아가시려면 아직 멀었겠는데요"라는 따위의 쾌활한 얘기밖에 할 수가 없었다. 하지만 오란의 대답은 단순했다.

"난 네가 결혼하는 걸 본 다음에 죽을 거야."

헌데 결혼할 처녀는 물론 신랑이 보아서는 안 될 터여서 결혼식 준비를 하기 위해 렌화가 그녀를 안채로 데리고 들어갔고, 결혼식 준비라면 렌화와 토츄엔과 왕룽의 작은어머니가 누구보다도 잘했다. 이 세 사람은 처녀를 데려다가 결혼식 날 아침에 머리끝부터 발끝까지 깨끗하게 씻기고는 하얀 새 헝겊으로 두 발을 새로 묶은 위에다 새 양말을 신겼고, 렌화는 그녀의 살에다 무슨 향기로운 편도 기름을 문질렀다. 그런 다음에 그들은 그녀의 집에서 사온 옷들을 입혀, 감미로운 숫처녀의 살 바로 위에는 꽃무늬가 박힌 하얀 비단 옷을, 그러고는 가장 곱고 가장 잘 곱슬거리는 가벼운 양털 저고리를, 그러고는 결혼식 예복인 빨간 공단 옷을 입혔다. 그리고 그들은 이마에다 회를 바르고 교묘하게 묶은 끈으로 눈썹 위쪽 언저리의 처녀성을 나타내는 머리카락들을 뽑아 새로운 신분을 나타내도록 이마가 높이 매끄러운 정사각형을 이루며 올라가게 했다. 그러더니 그들은 분을 바르고 빨간 칠을 했으며, 붓으로 두 개의 길고 가느다란 눈썹 선을 그었고, 이마에는 족두리를 얹고 염주 베일을 씌웠고, 작은 두 발에는 수놓은 신발을 신겼으며, 손톱에 칠을 하고 손바닥에 향수를 뿌려 결혼식을 위한 준비를 했다. 처녀는 모든 것을 묵묵히 따랐지만 올바르고 도리에 어긋나지 않도록 수줍어하며 마지못해 응하는 듯 행동했다.

왕룽과 그의 작은아버지와 아버지와 손님들이 가운데 방에서 기다리고 있었다. 자신의 몸종과 왕룽의 작은어머니의 부축을 받으며 얌전하고 올바른 자세로 머리를 숙이고 들어온 신부는 남자하고 결혼할 마음이 없기 때문에 누군가의 부축을 받아야 하는 듯한 걸음걸이로 걸어 들어왔다. 이 태도는 그녀의 겸손함을 보여주는 듯해서 왕룽은 기분이 좋아 색시를 제대로 구했다고 속으로 생각했다.

그 다음에는 왕룽의 맏아들이 전에처럼 빨간 두루마기와 검정 저고리 차림으로 들어왔는데, 머리카락은 매끄러웠고 얼굴도 면도를 새로 했다. 그의 뒤에서는 두 사내 동생이 따라 들어왔고, 그들을 보자 왕룽은 그가 죽은 다음에도 그의 육신의 삶을 계속해서 이어갈 훌륭한 아들들의 이 행렬이 흐뭇한 나머지 자랑스러워 가슴이 터져 나갈 지경이었다. 그러자 무슨 상황이 벌어지는 중인지 전혀 이해를 하지 못하고 사람들이 그에게 소리를 질러 알려주는 말을 몇 마디씩만 알아듣던 노인이 이제는 갑자기 이해를 하게 되어 찢어질 듯 카랑거리는 목소리로 웃으며 늙고 힘 빠진 목소리로 자꾸만 말했다.

"결혼식이 열리고 결혼식이 열리면 또 아이들이 생기고 손자들이 생기는 거야!"

그리고 그가 어찌나 신이 나서 웃었는지 노인이 즐거워하는 모습을 보고 손님들도 모두 웃었으며, 왕룽은 만일 오란이 병상에서 일어날 수만 있다면 오늘은 즐거운 날이 되었으리라고 속으로 생각했다.

그 동안 줄곧 왕룽은 혹시 아들이 색시를 힐금 쳐다보기라도 하는지 확인하려고 날카로운 눈으로 몰래 살펴보았다. 젊은이는 아닌게 아니라 곁눈질로 슬그머니 색시를 살펴보았는데 곁눈질만으로도 충분한지 자기 나름대로 점점 기분이 좋아지는 눈치였고, 왕룽도 흐뭇해서 생각했다.

'그래, 내가 신부감을 제대로 고르긴 골랐어.'

그런 다음에 젊은이와 색시가 함께 노인에게 그리고 왕룽에게 절을 했고, 그러고는 오란이 누워 있는 방으로 들어갔다. 그녀는 멋지고 검은 저고리를 입혀 달라고 해서 그들이 들어왔을 때는 침대에 일어나 앉아 있었다. 그녀의 얼굴에서 이글거리는, 두 개의 얼룩처럼 타오르는 눈을 건강의 증거라고 오해한 왕룽이 큰 소리로 말했다.

"이제는 건강이 더 좋아지려는 모양이야!"

그리고 두 젊은 사람은 그녀에게로 올라가서 절을 했고 오란이 침대를 툭툭 치고 말했다.

"내가 곧 숨이 끊어져 실려 나가면 여기가 너희의 결혼 생활을 위한 잠자리가 되리라는 걸 난 환히 아니까 여기 와서 앉아 너희 결혼의 술을 마시고 밥을 먹어라."

이제는 그녀가 이런 식으로 얘기하면 아무도 반박하지 않았다. 두 사람은 수줍어하면서 서로 말을 건네지 않은 채 나란히 앉았고, 뚱뚱한 왕릉의 작은어머니가 이 경사를 맞아 으쓱해진 표정으로 따끈한 술 두 잔을 들고 들어왔다. 두 사람이 따로 술을 마신 다음 두 잔의 술을 섞어 다시 마셨으며, 그것은 두 사람이 이제는 하나가 되었음을 의미했다. 그들은 밥을 먹다가 또 그 밥을 섞어 그들의 삶이 이제는 하나가 되고 그래서 그들이 결혼했음을 상징했다. 다음에 그들은 다시 오란에게 그리고 왕릉에게 절하고는 밖으로 나가 모인 손님들에게 함께 절했다.

그러고는 잔치가 시작되어 방들과 마당들은 식탁과 요리하는 냄새와 웃음소리로 가득했다. 왕릉이 부자라고 알려졌으며 이런 때는 그의 집에서 음식을 아끼는 법이 없었으므로 왕릉이 초대한 사람들과 그들이 데리고 온, 왕릉이 한 번도 본 적이 없는 손님들이 멀고 가까운 곳에서 잔뜩 몰려왔다. 그리고 농부의 부엌에서는 준비할 수 없는 여러 가지 별미 음식을 마련해야 했기 때문에 토츄엔은 잔치를 준비하려고 읍내에서 요리사들을 데리고 왔고, 읍내 요리사들은 데우기만 하면 그냥 먹게끔 준비한 음식이 담긴 큼직한 바구니들을 들고 와서 무척 잘난 체하며 지저분한 앞치마를 펄럭거리면서 신이 나서 이리저리 법석을 떨고 돌아다녔다. 그리고 모든 사람이 먹고 또 먹었으며 마실 수 있는 한 잔뜩 마시고 모두 아주 즐거워졌다.

오란은 문을 모두 열어놓고 휘장을 모두 걷으라고 한 뒤 소음과 웃음소리를 듣고 음식 냄새를 맡았으며, 그녀가 어떤지 보려고 자주 들어오던 왕룽에게 거듭거듭 물었다.

"그리고 모두 술은 들었나요? 그리고 잔칫상 한가운데 놓은 약식은 아주 따끈하고? 그 안에 돼지기름과 설탕과 여덟 가지 과일은 제대로 넣었나요?"

모든 것이 그녀가 바라는 대로 이루어졌다고 왕룽이 안심시키자 오란은 만족해서 자리에 누워 소음에 귀를 기울였다.

그러자 잔치가 끝나고 손님들이 돌아가고 밤이 되었다. 그리고 집 안에 침묵이 깔리고 즐거운 분위기가 몰려가자 오란은 기운이 빠져 점점 피곤해지고 정신이 흐려져 그날 결혼한 두 사람을 부르더니 말했다.

"이제는 나도 만족스러우니까 뱃속의 이것이 어떻게 하더라도 상관없어. 내 아들아, 네 아버지와 할아버지를 돌봐드리고, 내 딸을 돌봐주어라. 그리고 내 며느리야, 네 남편과 시아버지와 시할아버지와 마당의 가엾은 백치를 돌봐줘야 한다. 그리고 그 이외에는 어느 누구에 대해서도 책임이 없단다."

그녀가 한 이 마지막 말은 그녀가 한 번도 얘기를 나눈 적이 없는 렌화를 의미했다. 그러자 그녀는 불안한 잠에 빠지는 것 같았고, 오란의 얘기를 더 들으려는 듯 그들이 기다리고 있자 다시 한번 그녀가 정신을 가다듬고 입을 열었다. 하지만 오란이 말을 했을 때는 마치 그들이 그곳에 있다는 것을, 그리고 자신이 어디에 있는지를 정말로 모르는 듯싶어서, 눈을 감은 채 머리를 이리저리 저으며 중얼거렸다.

"그래, 비록 내가 못생기기는 했어도 어쨌든 나는 아들을 낳았어.

내가 종년에 지나지 않더라도 내 집에는 아들이 있어."

그러더니 갑자기 그녀가 다시 말했다.

"그 인간이 어떻게 나처럼 그이를 먹여주고 보살펴줄 수 있겠어? 예쁜 얼굴이 남자한테 아들을 낳아주는 건 아냐!"

그리고 그녀는 그들을 모두 잊어버리고 누워서 중얼거리기만 했다. 그러자 왕룽이 그들에게 나가라고 손짓했다. 오란이 잠을 자는 동안 그는 곁에 앉아 있었으며 그녀가 정신이 들면 왕룽이 쳐다보았다. 그리고 아내가 심지어 죽어가며 누워 있는 순간조차도 그는 시퍼렇게 변한 입술이 이빨을 드러낸 채 흉측하고 두툼하게 말려 올라가는 모습이 눈에 거슬렸기 때문에 자신이 미워졌다. 그러자 그가 쳐다보는 사이에 그녀가 눈을 크게 떴으며, 그 눈에 무슨 이상한 안개라도 끼었는지 그를 한참 물끄러미 쳐다보더니 그가 누구인지 의아하다는 듯 그에게 시선을 고정시키고는 다시 물끄러미 쳐다보았다. 갑자기 동그란 베개에 얹혀 있던 그녀의 머리가 툭 떨어지고 그녀는 부르르 떨더니 숨을 거두었다.

일단 그녀가 숨을 거두자 왕룽은 더 이상 오란의 근처에 있는 것을 견딜 수 없으리라고 느껴져 작은어머니를 불러 장례식을 위해 시체를 씻어 달라고 부탁했고, 염이 끝난 다음에도 그는 다시 안으로 들어가려고 하지 않았고, 작은어머니와 맏아들과 며느리더러 시체를 침대에서 들어 그가 사온 큰 관으로 옮기게 허락했다. 하지만 자신을 안심시키기 위해서 그는 읍내로 가서 관습에 따라 관을 봉할 사람들을 부르고 장례식을 위한 길일(吉日)을 물어보려고 지관

대지 359

을 찾아다니느라고 바빴다.

그는 지금부터 석 달 후에 올 길일을 찾아냈는데, 지관이 그보다 전에는 길일을 찾아낼 수가 없었으므로, 왕룽은 그에게 돈을 주고 읍내에 있는 절에 찾아가서 그곳 주지 스님과 타협을 벌여 석 달 동안 관을 보관할 자리를 세내었다. 왕룽은 그 관을 집에 두고 눈앞에 보면서 산다면 견딜 수 없을 것 같아서 매장을 하는 날까지 오란의 관을 그곳으로 가져다 안치시켰다.

그리고 왕룽은 죽은 자를 위해서 해야 할 모든 격식을 빈틈없이 처리하여 자신과 아이들을 위해 상복을 짓게 했다. 상(喪)의 빛깔인 하얀색 거친 헝겊으로 신발을 만들고 발목에도 하얀 헝겊을 둘러치고 집안 여자들은 하얀 끈으로 머리를 묶었다.

그 이후에 왕룽은 오란이 죽은 방에서 잔다는 것을 견딜 수가 없어서 그의 물건들을 몽땅 가지고 아예 렌화가 사는 안채로 거처를 옮기며 맏아들에게 말했다.

"네 아내와 함께 너를 잉태하고 낳은 네 어머니가 살고 죽었던 방으로 들어가 그곳에서 너희도 아들을 잉태하거라."

그래서 두 사람은 그 방에 들어가 살며 만족해했다.

그러더니 한번 찾아간 집에는 죽음이 쉽게 떠나지 못한다는 듯 죽어서 뻣뻣해진 오란의 시체를 입관시키는 장면을 본 이후 줄곧 얼이 빠져 있던 왕룽의 늙은 아버지도 어느 날 밤 잠을 자려고 침대에 누운 후 아침에 둘째 딸이 차를 가져다 주려고 방으로 들어가보니 듬성듬성하고 늙은 수염이 하늘로 뻗치게 머리를 뒤로 젖히고 침대에 누워 죽어 있었다.

둘째 딸이 그 모습을 보고 비명을 지르고 울면서 아버지에게로 달려갔다. 왕룽이 들어와 노인이 어떻게 되었는지를 보았는데 침대에 몸을 눕히자마자 그랬는지 벌써 여러 시간 전에 숨을 거둔 모양이어서 가볍고 늙고 뻣뻣한 그의 몸은 뒤틀린 소나무처럼 차갑고 가늘게 말라버렸다. 그래서 왕룽은 스스로 노인의 염을 하고 아버지를 위해 사두었던 관에다 찬찬히 눕히고 봉한 다음 말했다.

"같은 날 우린 내가 가지고 있는 언덕의 좋은 땅에다 나란히 이 두 사람의 시신을 매장하고 내가 죽으면 나도 역시 그곳에 묻혀야겠다."

그리고 그는 자신이 얘기한 그대로 했다. 노인의 관을 봉한 다음 그는 그것을 가운데 방의 긴 의자 두 개 위에다 올려놓고 지정한 날까지 그대로 두었다. 그리고 아버지가 아주 늙어 살 만큼 살았고 벌써 여러 해 전부터 반쯤만 살아 있던 셈이어서 왕룽은 아버지 때문에 슬프기는 해도 죽음 자체를 서럽다고 생각하지는 않았다. 비록 죽기는 했어도 그곳에 안치되었다는 것이 노인에게는 편안하리라고 생각돼서 왕룽은 관 속에 누운 아버지가 가깝게 느껴졌다.

그러고는 봄철이 되어 지관이 지정해준 날이 되자 왕룽이 도교(道敎) 사원에서 부른 도사들이 머리 꼭대기에다 긴 머리를 틀어 올리고 누런 도복 차림으로 왔고, 그가 절에서 부른, 머리를 빡빡 밀고 아홉 군데 아홉 개의 성스러운 상처를 낸 승려들이 기다란 회색 승복 차림으로 찾아왔으며, 이 성직자들은 죽은 두 사람을 위해 밤새도록 북을 두드리고 염불을 했다. 그리고 그들이 염불을 멈출 때마다 왕룽은 성직자들의 손에 은화를 쥐여주었고, 그러면 그들은 다시 숨을 돌리고 읊조리기 시작해서 동이 터올 때까지 그치지를 않았다.

왕룽은 이제 무덤으로 쓸 좋은 자리를 그의 밭 대추나무 밑에다 골라서 정했고 칭은 사람들을 시켜 무덤을 파고 준비를 갖추어 무덤 둘레에다 흙으로 벽을 치게 했는데, 그 벽 안쪽에는 왕룽과 그의 모든 아들과 그들의 아내가 묻힐 자리가 넉넉했고, 아들들의 아들들을 위한 무덤 자리도 마련되었다. 지대가 높아서 밀농사를 짓기에 좋은 땅이었지만, 이것은 그들 자신의 땅에다 그의 가문이 터전을 이룬다는 표시가 되었기 때문에 왕룽은 이 땅을 아까워하지 않았다. 죽었거나 살았거나 간에 그들은 자신의 땅에서 안식을 취할 터였다.

그러다가 승려들이 밤새도록 경을 읽은 다음 예정했던 날이 닥치자 왕룽은 하얀 삼베로 지은 상복을 입고 작은아버지와 작은어머니에게도 똑같은 상복을 주었고, 아들들과 며느리와 두 딸에게도 상복을 입혔다. 가난하고 하찮은 사람처럼 그들이 묘소까지 걸어서 간다는 것은 체면이 깎이는 일이었으므로 왕룽은 그들이 타고 갈 가마를 읍내에서 불렀다. 그래서 처음으로 그는 사람들의 어깨에 실려 오란이 담긴 관을 쫓아갔다. 하지만 아버지의 관 뒤에는 작은아버지가 가장 먼저 가마를 타고 갔다. 오란이 살았을 때는 그녀 앞에 나타나지도 못했지만 오란이 죽고 난 다음인 지금은 렌화까지도 그녀가 남편의 정실부인에게 예의를 갖춘다는 인상을 주기 위해 가마를 타고 따라갔다. 그래서 왕룽은 작은아버지와 작은어머니와 그들의 아들을 위해서도 가마를 세내었고 그들 모두에게 삼베옷을 입

했으며 심지어는 불쌍한 백치를 위해서도, 비록 슬피 울기만 해야 할 때 어리둥절해서 시끄럽게 웃어대기는 했지만 가마를 세내어 태워가지고 갔다.

그러고는 애도하고 큰 소리로 통곡하면서 그들은 묘지로 갔고 칭과 일꾼들도 하얀 신발을 신고 걸어서 뒤따라갔다. 그리고 왕룽이 두 무덤 옆에 섰다. 그는 절에서 가져오게 한 오란의 관을 땅바닥에 내려놓고 노인을 먼저 매장하도록 기다리게 했다. 서서 지켜보고 있노라니 왕룽의 슬픔이 단단하게 말라붙어서, 그에게 닥친 일은 닥친 일이고 자신으로서는 할 만큼 했다는 생각이 들었기 때문에 눈에서 눈물도 나지 않았으므로 그는 다른 사람들처럼 큰 소리로 울지는 않았다.

하지만 흙을 덮고 무덤을 다진 다음에 말없이 돌아서서 그는 가마를 보내고 홀로 걸어서 집으로 돌아갔다. 그리고 그의 무거운 기분 중에도 이상하면서도 뚜렷한 생각이 하나 선명하게 떠올랐는데, 그에게 고통을 주었던 이 생각은 웅덩이에서 빨래를 하던 오란에게서 그날 두 개의 진주를 빼앗지 말았어야 했다는 후회였으며, 그는 렌화가 그 진주를 귀에 달고 있는 모습을 절대로 다시는 보지 않겠다고 작정했다.

이렇듯 무거운 생각에 잠겨 그는 혼자 걸어가면서 자신에게 말했다.

"저곳 내 땅에 내 삶에서 훌륭했던 처음의 절반 이상인 그 무엇이 묻혔다. 그것은 마치 나의 절반이 그곳에 묻힌 셈이고, 내 집에서의 삶이 이제는 달라질 것이다."

그리고 갑자기 그는 조금 흐느껴 울었고, 어린아이가 그렇듯이 손등으로 눈물을 훔쳤다.

27

그의 집에서 있었던 결혼식 피로연과 장례식 때문에 너무나 바빴던 나머지 그동안 줄곧 왕룽은 수확이 어떻게 되는지 별로 생각해 볼 겨를이 없었지만, 어느 날 칭이 그에게로 와서 말했다.

"이제는 기쁨과 슬픔이 다 지나갔으니까 농사 얘기를 해야 되겠어요."

"어서 얘기해요."

왕룽이 대답했다.

"나는 죽은 사람들을 묻는 것 이외에는 요즈음 땅을 가지고 있다는 생각도 별로 못 했으니까요."

얘기를 하는 왕룽을 존중하는 뜻에서 칭은 잠깐 동안 침묵을 지킨 다음 조심스럽게 말했다.

"하늘이 거두어주시기를 바랍니다만, 아직 여름도 아니어서 이런 일이 닥치기에는 아직 이른 철인데도 물이 땅 위로 배는 중이에요. 금년에는 여태껏 본 적이 없을 정도로 홍수가 심하겠어요."

하지만 왕룽이 꿋꿋하게 말했다.

"하늘에 계신 저 영감님은 지금까지 나한테 좋은 것이라고는 조금도 내려준 적이 없어. 향을 피우거나 안 피우거나 간에 변함없이 나쁜 일만 닥치니까. 우리 논밭이나 둘러보러 나가지."

몸을 일으키며 그가 말했다.

그런데 칭은 겁이 많고 소심한 남자여서 아무리 어려운 시절이 닥치더라도 왕룽처럼 하늘에 대해서 감히 심한 소리를 하지는 못했다. 그는 "하늘의 뜻이니까"라고만 얘기하고는 홍수나 가뭄을 순순히 받아들였다. 왕룽은 그렇지 않았다. 그는 이곳저곳 그의 땅을 나가서 둘러보았고 칭의 얘기가 사실임을 알았다. 그가 황씨 댁의 노대감으로부터 사들인 해자와 수로에 인접한 모든 전답이 밑에서부터 스며 올라오는 물에 젖어 질퍽해져서 그 땅의 좋은 밀이 병들어 빛깔이 누렇게 변했다.

해자 자체는 호수나 마찬가지가 되었고 수로들도 강으로 변해서 작은 소용돌이와 웅덩이를 이루며 빠른 속도로 흘러서, 여름비가 아직 내리지도 않은 터였으니 금년에는 심한 홍수가 닥쳐 남녀노소 모두가 또다시 굶주리리라는 짐작은 바보라도 쉽게 할 수가 있었다. 왕룽은 황급히 이곳저곳 그의 땅을 살펴보려고 뛰어다녔고, 칭은 그림자처럼 말없이 그의 뒤를 따라갔으며, 그들은 어느 땅에 벼를 심어도 좋고 어떤 땅은 모를 내기도 전에 물에 잠길 것인지 함께 따져보았다. 그리고 벌써 둑까지 찰랑찰랑 물이 넘치는 수로들을 보고 왕릉이 욕설을 퍼부으며 말했다.

"이제는 저주를 받은 사람들이 늘 그렇듯이 물에 빠져 죽고 굶주리는 우리를 내려다보면서 하늘에 계신 영감님이 혼자 좋아하겠구먼."

화가 나서 큰 소리로 외치는 이 말을 듣고 칭이 벌벌 떨면서 말했다.

"그렇기는 해도 그분은 우리 가운데 어느 누구보다도 위대한 분이시니까 그런 말은 하지 마세요, 주인님."

하지만 부자였기 때문에 왕릉은 조심성이 없어졌고, 제멋대로 화를 내고 투덜거리면서 집으로 걸어가 그의 땅으로 범람하는 물과 농사가 잘된 논밭을 뒤덮어버릴 물을 생각했다.

그러자 왕릉이 예상했던 대로 모든 상황이 벌어졌다. 북쪽에 있는 강의 둑이 터졌는데 가장 먼 곳의 둑부터 먼저 터졌다. 어떤 일이 벌어졌는지를 알게 된 사람들은 그것을 보수하기 위해 돈을 모으리 이리저리 뛰어다녔고 강물이 넘치지 않게 막는 것이 그들 모두에게 중요한 문제였으므로 모두 힘닿는 대로 돈을 냈다. 그리고 그들은 이 돈을 방금 부임해온 신임 현령에게 기탁했다. 헌데 이 현령이라는 자는 가난한 남자여서 평생 그토록 많은 돈을 구경한 적도 없었고, 그의 가문에서 재산을 좀 긁어모을 수 있도록 아들에게 이 관직을 돈으로 사주려고 가진 돈과 빌려온 돈을 몽땅 집어 넣은 아버지 덕택에 겨우 지금의 지위를 얻은 사람이었다. 약속했던 대로 둑을 제대로 보수하지 않았기 때문에 둑이 다시 터지자 사람들은 아우성을 치고 소란을 피우며 현령의 집으로 몰려갔다. 은화 3천 냥에 달

하는 돈을 자기 집에서 써버렸기 때문에 현령은 피신해서 몸을 숨겼다. 그리고 평민들이 그의 집으로 아우성을 치며 몰려들어 그런 못된 짓을 했으니 목숨을 내놓으라고 요구하자 죽음이 눈앞에 닥쳤음을 깨닫고 현령은 도망쳐 강물로 뛰어들어 자살했고, 그제서야 사람들의 분노가 풀렸다.

하지만 어쨌든 돈은 없어졌고 또 다른 곳에서 강물에 둑이 터지고 그 정도도 비좁다는 듯 또 다른 곳이 터져 나중에는 그 지역 전체에 도대체 둑이 있었는지도 전혀 알 길이 없을 정도로 흙으로 쌓은 벽들이 휩쓸려 내려갔다. 강물이 불어 모든 훌륭한 농토 위로 바닷물처럼 굽이쳐 흘렀으며, 밀과 어린 벼가 바다 밑바닥으로 파묻혔다.

하나씩 하나씩 마을들이 섬으로 바뀌었고 사람들은 물이 불어나는 것을 지켜보다가 문간에서 두 자 안까지 물이 다가오자 탁자와 침대를 함께 묶어 그 위에다 집의 문짝을 얹어 뗏목을 만들고는 그 뗏목 위에다 이부자리와 옷과 아녀자들을 잔뜩 쌓아 올렸다. 그리고 물이 불어 흙집으로 들어와 벽들이 풀어져 터져 나가 물 속으로 녹아 흔적도 없이 사라지기도 했다. 그리고는 마치 가뭄에 시달린 끝이기라도 한 듯 비가 억수로 퍼부었다. 날이면 날마다 비가 내렸다.

왕룽은 문간에 앉아 높고 환히 터진 언덕 위에 세운 그의 집에서 아직 상당히 멀리 떨어진 물을 쳐다보았다. 그리고 그는 물이 그의 땅을 뒤덮는 것을 보았고, 혹시 새로 만든 묘지들이 물에 잠기지 않나 지켜보았다. 그러나 누런 흙탕물은 굶주린 듯 죽은 자들의 주변에서 찰싹거리기는 해도 무덤을 삼키지는 않았다.

그해에는 어떤 수확도 거두지 못했고 어디를 가나 사람들이 굶주리고 배를 곯았으며 또다시 그들에게 닥쳐온 재난에 분노했다. 어떤 사람들은 남방으로 내려갔고, 대담하고 분노하고 물불을 가리지 않는 어떤 사람들은 시골 어디에서나 창궐하는 도둑 떼에 가담했다. 이 도둑들이 읍내까지도 넘보려고 하자 읍내 사람들은 서쪽 수문이라고 부르는 작은 대문 하나만 남겨놓고 모든 성문을 계속해서 잠가두었고 그 작은 문조차도 병사들이 경비하고 밤에는 역시 닫아두었다. 그리고 도둑이 된 사람들과 전에 왕룽도 늙은 아버지와 아내와 아이들을 데리고 내려갔듯이 일자리를 구하거나 구걸을 하러 남방으로 내려간 사람들 이외에도 늙고 지치고 소심한 사람들이 있었고, 칭처럼 아들이 없는 사람들은 그대로 남아 굶주리면서 높은 지대에서 찾을 수 있는 풀과 잎사귀를 뜯어 먹고, 많은 사람들이 땅과 물에서 죽어갔다.

그러자 왕룽은 겨울에 자랄 밀을 심어야 할 때가 뇌어노 불이 빠지지 않고 그렇다면 내년에는 수확을 못할 터여서 그가 지금까지 한 번도 본 적이 없을 정도로 심한 기근이 이 지역에 닥칠 것임을 알았다. 그래서 그는 그의 집안과 돈이나 음식의 씀씀이를 잘 관리했고, 오래 장마가 계속되는 동안에도 읍내에서 날마다 고기를 사오려고 덤비는 토츄엔과 심하게 다투기도 했다. 홍수가 나니 그의 집과 읍내 사이에 물이 차서 왕룽의 얘기가 없이는 배를 내지 못하도록 해놓았으므로 토츄엔이 아무리 못된 욕설을 퍼부어도 칭이 말을 안 듣고 왕룽의 지시를 따랐으므로 이제는 더 이상 그녀가 마음대로 시장에 나갈 수가 없었고, 그래서 드디어 그는 마음이 놓였다.

겨울이 닥친 다음에 왕룽은 그의 허락 없이는 아무것도 사거나 팔지 못하게 했으며 그들이 가지고 있는 모든 것을 치밀하게 관리했다. 날마다 그는 며느리에게 그날 집에서 필요한 식량을 계산해 내주었고, 청에게는 일꾼들에게 먹일 것을 내주었는데, 아무 일도 안 하는 사람들을 먹여 살리자니 속이 너무 상해서 결국 추운 겨울이 닥치고 물이 얼어붙은 다음에 그는 일꾼들에게 남쪽으로 가서 봄이 되어 왕룽에게 돌아올 수 있게 될 때까지 그곳에서 구걸이나 노동을 해서 먹고 살라고 명령했다. 렌화에게만 남모르게 설탕과 기름을 주었는데, 그녀는 고생에 길이 들지 않았기 때문이었다. 신년 정초에도 그들은 농장에서 잡은 돼지와 그들이 호수에서 스스로 잡은 물고기만 먹었다.

이제 왕룽은 아들과 며느리가 모르고 있기는 해도 그들이 잠을 자는 방의 벽 속에 은화를 듬뿍 숨겨놓았고, 가장 가까운 밭 물 밑바닥에 묻어놓은 항아리 속에도 상당한 은화와 심지어는 약간의 금화까지 숨겨놓았으며, 대나무 숲 땅에도 좀 숨겨놓았는가 하면, 작년에 수확해서 시장에 팔지 않은 곡식도 있어서 그의 집에서는 아무도 굶어 죽을 위험이 없었다.

하지만 그의 주변 어디에서나 사람들이 굶주렸다. 그는 언젠가 큰 집의 대문 앞을 지나가다가 그 앞에서 굶주린 사람들이 울부짖던 외침을 들었던 것이 생각났다. 그에게는 자신이 먹고 아이들을 먹여 살릴 식량이 아직 남았기 때문에 많은 사람들이 그를 무척 미워하리라는 것을 알았으므로 대문을 잠가 두고 모르는 사람은 아무도 들어오지 못하게 했다. 하지만 아무리 대문을 잠근다고 해도 작은아버지가 없었다면 도둑들이 성행하는 이런 무법천지에서 자기가 무사하지 못했으리라는 것을 잘 알았다. 작은아버지의 힘이 아니었더라면 그도 도둑을 맞고 식량과 돈과 집안 여자들을 약탈당했으리라는 사실을 왕룽은 너무나 잘 알았다. 그래서 그는 작은아버지와 조카와 작은어머니에게 예우를 갖추었고 세 사람은 그 집에서 손님 대접을 받아 다른 사람들보다 먼저 차를 마셨고 식사 때 그릇에다 처음 젓가락을 담갔다.

이제 그들 세 사람은 왕룽이 그들을 두려워한다는 사실을 환히 알고는 점점 오만해져서 여러 가지 요구도 내세웠으며 그들이 먹고 마시는 것들에 대해서 불평했다. 그리고 안채에서 먹곤 했던 별미 음식이 아쉬웠기 때문에 특히 못마땅했던 작은어머니가 남편에게 불평을 늘어놓았고, 그들 세 사람은 왕룽에게 불평했다.

이제 왕룽은 비록 작은아버지 자신이 늙고 게을러지고 무관심해져서 홀로 내버려둔다 해도 구태여 불평할 생각조차 없을 텐데 젊은이인 그의 아들과 작은어머니가 노인을 못살게 군다는 사실을 알았다. 어느 날 문간에 서 있다가 왕룽은 그들 두 사람이 노인을 부추기는 소리를 들었다.

"그래요, 그는 돈과 식량이 있으니 우리 그에게 은화를 내놓으라고 해요."

그리고 작은어머니가 말했다.

"당신이 붉은 수염들의 부두목 자리에 있으니까, 당신이 그의 작은아버지이고 그의 아버지의 동생만 아니었다면 습격을 받고 강탈을 당해 집이 폐허만 남고 텅 비어버리라는 걸 그가 잘 알고 있을 테니까 지금 그를 이렇게 휘어잡지 않으면 기회가 오지 않을 거예요."
 몰래 그곳에 서서 이런 얘기를 듣고 왕룽은 어찌나 화가 났는지 피부가 터져 나갈 것 같았지만 침묵을 지키려고 무척 애를 썼다. 이 세 사람을 어떻게 처리해야 할지 계획을 세워보려고 했지만 해야 할 일이 하나도 생각나지 않았다. 따라서 이튿날 작은아버지가 그에게로 와서 "그래, 우리 착한 조카야, 내 마누라가 누더기 차림이라 옷이 새로 한 벌 필요하고 나도 담뱃대와 담배를 좀 사야 할 테니까 은화 한 움큼만 다오"라고 말했을 때 그는 아무 말도 못하고 남몰래 이를 악물면서 허리춤에서 은화 다섯 냥을 꺼내 노인에게 주었는데, 돈이 궁색했던 옛날에도 은화를 내주기가 이토록 아까웠던 적이 전혀 없었던 듯한 기분이었다.
 그러고는 이틀도 가기 전에 작은아버지가 자꾸만 은화를 달라고 그에게 찾아왔고, 마침내 왕룽이 소리쳤다.
 "그러다간 머지않아 우리 모두 굶주리지 않겠어요?"
 작은아버지가 웃으며 무관심하게 말했다.
 "넌 하늘이 돕고 있어. 너보다 덜 부자인 사람들도 불에 타버린 그들의 집 대들보에 목이 매달려 죽어 있단 말씀이야."
 이 말을 듣고 왕룽은 몸에서 식은땀이 돌아 아무 말도 없이 은화를 내주었다. 그래서 집안에서는 고기를 못 먹고 살아가더라도 그들 세 사람은 고기를 먹어야만 했고, 비록 왕룽 자신은 별로 담배맛을 보지 못하더라도 작은아버지는 쉬지 않고 담뱃대를 뻐끔거렸다.
 이제 왕룽의 맏아들은 그의 결혼 생활에 열중해서 지금은 더 이상 친구가 아니라 적이 되어버린 당숙의 눈초리로부터 아내를 지키는 것 이외에는 어떤 상황이 벌어지고 있는지 거의 알지도 못했다. 왕룽의 아들은 저녁이 되어 다른 남자와 아버지가 모습을 감춘 다음이 아니면 아내가 그들의 방에 거의 드나들지도 못하게 했으며 낮에는 방에 처박혀 지내게 했다.

하지만 세 사람이 그의 아버지에게 어떤 짓을 저지르는지 알고는 워낙 성미가 급했던 그는 화가 나서 말했다.

"그래요, 만일 아버님이 손자들을 낳아줄 제 내자하고 이 아들보다도 그 호랑이 같은 세 사람을 더 아끼신다면 그건 이상한 일이에요. 우리는 차라리 나가서 따로 살겠습니다."

그러자 왕룽은 아무에게도 하지 않았던 얘기를 숨김없이 아들에게 털어놓았다.

"난 그 세 사람을 세상의 무엇보다도 미워해서 좋은 방법만 있다면 당장 그 방법을 따르겠어. 하지만 작은아버지는 난폭한 도둑 떼의 두목 급이어서 내가 그를 먹여 살리고 비위를 잘 맞추어야만 우리가 안전하고, 그래서 어느 누구도 그들에게 마음대로 화를 내서는 안 된단다."

이 얘기를 듣고 맏아들은 두 눈이 튀어나올 정도로 아버지를 노려보았고 얼마 동안 생각해보더니 더욱 화가 나서 말했다.

"이런 방법을 쓰면 어떨까요? 어느 날 밤에 우리가 그들을 몽땅 물에 밀어 넣기로 해요. 뚱뚱하고 물컹물컹하고 무기력한 여자는 칭이 밀어 넣을 수 있을 거고, 항상 제 아내에게 눈독을 들이고 있어 밉기 짝이 없는 당숙은 제가 밀어버리고, 아버지가 영감을 밀어 넣으시고요."

하지만 왕릉은 살생을 할 수가 없었고, 소보다는 작은아버지를 더 죽이고 싶은 심정이었지만 증오를 하면서도 그들을 죽일 수가 없었으므로 아들에게 말했다.

"아니다, 비록 내가 그럴 수 있다 해도 아버지의 동생을 밀어 넣고 싶지는 않아. 만일 다른 도둑들이 그 얘기를 들었다가는 우리가 어떻게 되겠니. 또 만일 작은아버지가 살아나서 안전하게 도망쳤다가는 우린 돈이 좀 있는 다른 사람들이나 마찬가지 처지가 되어 이런 시기가 닥치기만 하면 위험에 처하겠지."

그러자 그들 두 사람은 입을 다물었고 저마다 어떻게 해야 할지 깊은 생각에 잠겼다. 젊은이는 아버지의 얘기가 옳아서 그런 문제로 죽음을 무릅쓰기는 너무 심한 처사이니까 다른 방법을 찾아야만 한다고 생각했다. 그리고 깊은 생각에 잠겨 왕릉이 큰 소리로 말했다.

"그들을 이 집에 두어도 해를 끼치지 않고 못마땅한 짓도 못 하게 할 방법만 있다면 얼마나 좋겠니. 그런 마술이 어떻게 가능하겠니!"

그러자 젊은이가 손뼉을 치며 소리쳤다.

"그래요, 아버지가 그 방법을 저한테 알려주신 셈이에요! 우리 그들에게 아편을 피우라고 사주고 또 사줘서 부잣집 사람들처럼 실컷 피우게 해주죠. 나는 다시 당숙과 친한 체하며 아편을 피울 수 있는 읍내의 찻집으로 그를 꾀어 데리고 가서 종조부 내외한테도 사다 주는 거예요."

하지만 먼저 그런 생각이 스스로 머리에 떠오르지 않아서였는지 왕릉은 자신이 없었다.

"아편은 비취만큼이나 귀하니까 굉장히 돈이 많이 들어갈 텐데."

그가 천천히 말했다.

"하지만 그들에게 이런 식으로 당한다면 비취보다 돈이 더 들어가겠죠."

젊은이가 따졌다.

"거기다가 그들의 오만한 꼴을 봐야 하고 당숙이 제 아내한테 눈독을 들이는 것도 지겨워요."

그러나 돈이 상당히 많이 들고 쉬운 일이 아니었으므로 왕룽은 얼른 동의하려고 하지 않았다.

만일 어떤 사건이 일어나지만 않았더라면 그 계획이 언젠가 실천으로 옮겨졌을지 어쩔지 모를 일이었고, 어쩌면 물이 빠질 때까지 그럭저럭 지냈을지도 모를 노릇이었다.

그 사건이란 왕룽의 작은아버지의 아들이 핏줄로 보면 오촌 간이고 여동생이나 마찬가지인 왕룽의 눌째 딸에게 흑심을 품게 되었다는 것이었다. 이제 왕룽의 둘째 딸은 굉장히 예쁜 계집아이로 자라서 상인이 된 둘째 아들을 닮았지만 자그마하고 앙증맞았으며, 오빠처럼 피부가 누렇지도 않았다. 그녀의 피부는 편도의 꽃처럼 하얗고 맑았으며 자그마하고 낮은 코에 얇은 입술이 빨갛고 발도 작았다.

어느 날 밤 혼자 부엌에서 나와 마당을 지나가려니까 당숙이 그녀를 잡았다. 그가 험악하게 껴안고 손으로 젖가슴을 만지자 그녀가 비명을 질렀다. 왕룽이 밖으로 달려 나가 그의 머리를 두들겨 팼지만, 훔친 고기 한 조각을 물고 빼앗기지 않으려는 개처럼 악착같아서 왕룽은 딸을 잡아 뽑듯이 빼내야만 했다. 그러자 종제가 거세게 웃고는 말했다.

"그냥 장난으로 그런 거예요. 저애는 종질녀잖아요? 종질녀하고 어떻게 나쁜 짓을 할 수 있겠어요?"

하지만 이 말을 하는 동안에도 그의 눈은 욕정으로 번득였고 왕룽이 투덜거리며 딸을 끌어당겨 제 방으로 보냈다.

그리고 왕룽은 그날 밤 아들에게 무슨 사건이 일어났는지를 얘기해주었고 젊은이가 심각하게 말했다.

"우린 그 애를 읍내에 있는 약혼자의 집으로 보내야 되겠어요. 집안에 이 바람난 호랑이를 그냥 두었다가는 그 애를 무사히 처녀로 남겨둘 수 없을 테니까 상인 류가 아무리 결혼을 시키기에는 좋지 않은 해라고 해도 우린 그 애를 보내야 합니다."

왕룽은 그대로 했다. 이튿날 읍내에 있는 상인의 집으로 찾아가서 말했다.

"제 딸은 열세 살이어서 이제는 더 이상 아이가 아니고 결혼을 시킬 만한 나이가 되었는데요."

그러나 류가 주저하며 말했다.

"저는 집안에 가족을 하나 새로 맞아들이기에 충분할 만큼 금년에 이윤을 내지 못했어요."

헌데 왕룽은 차마 창피해서 "우리 집에 종제가 하나 있는데 아주 못된 놈입니다"라는 소리는 할 수가 없었으므로 이런 말만 했다.

"어미도 죽었고 얼굴이 예쁜데다가 임신할 나이도 되었는데, 제 집이 워낙 번잡한 곳이라 항상 그 애를 지켜볼 수도 없을 지경이어서 이 딸을 돌보기가 어렵습니다. 그 애는 아무래도 사돈댁 식구가 될 아이니까, 그 애의 처녀성을 이곳에서 지키도록 하게 하시고, 결혼식은 좋으실 대로 아무 때나 올리시죠."

그러자 친절하고 너그러운 사람이었던 상인이 대답했다.

"글쎄요, 사정이 그러하시다면 색시를 오라고 하시죠. 아내한테 제가 양해를 얻을 테니까 이곳에 와서 시어머니와 함께 기거하며 안전하게 지내도록 하시고, 다음 수확쯤에는 결혼식을 올려도 되겠죠."

이렇게 문제가 처리되자 왕룽은 무척 만족해서 집을 나섰다.

하지만 칭이 배를 가지고 기다리던 성문으로 돌아가는 길에 왕룽은 담배와 아편을 파는 가게를 지나게 되자 안으로 들어가 저녁에 물통 담뱃대에 넣어 피울 부스러기 연초를 조금 샀고 점원이 연초를 저울에다 다는 사이에 반쯤 마음이 안 내키기는 해도 남자에게 물었다.

"혹시 아편을 가지고 있는지 모르겠지만, 여기서는 아편을 얼마나 받나요?"

그리고 점원이 말했다.

"요즈음에는 그걸 좌판에 내놓고 팔다가는 법에 걸려서 우린 그렇게 팔지는 않아요. 그러나 그럴 돈도 있고 사고 싶은 마음도 있다면 이 뒤쪽 방에서 달아주겠어요. 한 돈쭝에 은화 한 냥씩 내시오."

그러자 왕룽은 자신이 하는 행동을 더 이상 따지지 않기로 작정하고 얼른 말했다.

"여섯 냥어치만 주시오."

28

 둘째 딸을 보내고 나자 딸에 대한 걱정에서 해방되어 왕룽이 어느 날 작은아버지에게 말했다.
 "아버지의 아우가 되시니까 여기 담배보다 좀 좋은 걸 드리겠어요."
 그러면서 그가 아편 병을 열었더니 들척지근한 냄새가 나고 끈끈한 물건이 담겨 있었다.
 왕룽의 작은아버지가 그것을 집어 냄새를 맡아보고 웃으면서 기분이 좋아져 말했다.
 "이런, 이거 너무 귀한 것이어서 지금까지 조금 피워보기는 했지만 별로 자주 즐기지는 못했는데, 좋아하기는 퍽 좋아하지."
 그러자 아무렇지도 않은 척하며 왕룽이 대답했다.
 "이건 아버님이 늙으신 다음 밤에 잠이 안 온다고 그러셔서 언젠가 조금 사두었던 것인데, 사용하지 않고 둔 것이 오늘 어쩌다 눈에 띄자 이런 생각이 들더군요. '아버님의 아우 되시는 분이 계신데, 나이가 젊어 아직 필요로 하지 않는 나보다 그분께 먼저 드려야 하지 않을까?' 그러니까 가지고 가셔서 피우고 싶으시거나 통증이 좀 느껴질 때면 피우도록 하세요."

냄새도 달콤한데다가 돈 많은 사람들이나 피우는 물건이라서 왕룽의 작은아버지는 그것을 탐욕스럽게 집어 들고 가서는 물부리를 사서 하루 종일 침대에 누워 아편을 피워댔다. 그런 다음에 왕룽은 물부리를 여러 개 사다가 일부러 여기저기 내버려두어 자기도 아편을 피우는 체했지만, 물부리를 방으로 가지고 들어가면 쓰지도 않고 그냥 놓아두기만 했다. 그리고 집안에서 두 아들과 렌화에게는 너무 비싼 물건이라는 핑계로 절대로 아편에 손을 대지 못하게 하면서도 작은아버지 내외와 그들의 아들에게는 자꾸만 피우도록 부추겼다. 집 안이 달콤한 연기 냄새로 가득했고, 평화를 찾기 위해 들어가는 돈이었으므로 왕룽은 아편을 사느라고 쓰는 은화를 아까워하지 않았다.

이제 겨울이 흘러가고 물이 빠지기 시작해서 그의 땅 위를 다시 걸어 다닐 수 있게 되던 무렵의 어느 날, 맏아들이 그를 따라 나와서 왕룽에게 자랑스럽게 말했다.

"집안에 먹여 살릴 입이 머지않아 하나 더 생기게 되었는데 그건 아버지 손자의 입이지요."

그러자 왕룽은 이 말을 듣고 돌아서더니 두 손을 비비고 웃으며 말했다.

"이거 정말 경사스러운 날이로구나!"

그리고 그는 다시 웃고 칭에게 찾아가서 읍내로 들어가 생선과 좋은 음식을 사오라고 시키고는 그것을 며느리에게 들여보내면서 말했다.

"이걸 먹고 튼튼한 손자를 낳도록 해라."

그러고는 봄철 내내 이 아기의 탄생이 왕룽에게 큰 위안이 되었다. 그리고 다른 일들 때문에 바쁜 동안에도 그는 손자를 생각했고, 걱정거리가 있을 때도 손자를 생각하면 마음이 훨씬 편안해졌다.

그리고 봄이 여름으로 접어들자 홍수 때문에 멀리 떠났던 사람들이 하나씩 둘씩 아니면 무리를 지어 돌아왔다. 겨울 동안 지치고 기진맥진한 그들은 집이 서 있던 곳에 이제는 땅에 흠뻑 머금은 누런 흙탕물 이외에 아무것도 남지 않았다 하더라도 집으로 돌아온 것이 기쁘기만 했다. 하지만 그 진흙을 빚어 집을 다시 지을 수가 있었고, 멍석을 가져다 지붕으로 덮었다. 많은 사람들이 돈을 꾸러 왕룽을 찾아오자 돈이 얼마나 급한지를 환히 아는 그는 항상 땅을 꼭 담보로 삼아야 한다고 요구하고는 높은 이자를 붙여 돈을 빌려주었다. 그리고 꾸어간 돈으로 그들은 물이 말라붙어 기름지고 비옥해진 땅에다 씨를 뿌렸고, 더 이상 돈은 빌려 쓸 수 없는 처지이지만 소와 씨앗과 쟁기가 필요한 경우에는 남은 땅에다 농사를 짓기 위해 땅과 전답의 일부를 팔았다. 그리고 사람들이 돈을 꼭 필요로 했으므로 왕룽은 그런 땅을 싼값으로 많이 사들였다.

하지만 어떤 사람들은 땅을 팔려고 하지 않았으며, 씨앗과 쟁기와 소를 마련할 돈이 없을 때는 딸을 팔려고 했다. 그래서 부유하고 세도가이고 마음이 선량한 사람이라고 알려진 왕룽에게 딸을 팔려고 찾아왔다.

그리고 곧 태어날 아기와 아들들이 모두 결혼한 다음 태어날 다른 아이들을 항상 염두에 두었던 그는 다섯 명의 계집종을 샀는데, 열두 살쯤 된 두 명은 발이 크고 튼튼했으며, 그보다 나이가 어린 두 명은 온갖 잔심부름을 시키기로 했고, 토츄엔도 나이가 들고 둘째 딸도 보내버렸기 때문에 집 안에서 일할 사람이 따로 없었으므로 한 아이는 렌화의 몸종으로 썼다.

그러던 어느 날, 어떤 남자가 일곱 살쯤 되는 자그마하고 연약한 딸을 팔고 싶어 데리고 왔는데, 왕룽은 너무 작고 약해서 처음에는 사지 않으려고 했다. 하지만 렌화가 이 아이를 보더니 마음에 들었는지 애교를 부리며 말했다.

"다른 아이는 못생긴데다가 염소고기 냄새가 나서 마음에 안 들지만, 지금 저 아이는 너무 예뻐서 제가 데리고 있고 싶어요."

그리고 왕룽이 살펴보니 겁에 질린 눈이 예쁘고 가냘픈 몸매가 가련해서 렌화의 기분을 맞춰주기도 할 겸 아이를 잘 먹이면 살이 붙으리라는 생각에서 말했다.

"그래, 그것이 소망이라면 그렇게 하지."

그래서 그는 은화 스무 냥을 주고 그 아이를 샀고, 그 아이는 안채에서 살며 렌화가 자는 침대 발치에서 잠을 잤다.

왕룽이 보기에는 이제 집안에 평화가 찾아들 것만 같았다. 물이 빠지고 여름이 되어 땅에 좋은 씨앗을 심을 때가 되자 그는 여기저기 돌아다니며 땅을 모두 살펴보면서 그 밭들의 토질이 저마다 어떻고 땅을 비옥하게 만들려면 무엇으로 바꿔 심어야 할지를 칭과 의논했다.

그리고 어디를 가나 그는 자기의 대를 이어 농사를 지어야 할 막내아들에게 땅을 가르치려고 그를 데리고 다녔다. 아들은 머리를 떨구고 침울한 표정을 지은 채로 걸어 다녀서 도대체 무슨 생각을 하는지 아무도 모를 정도였으므로 왕룽은 아들이 얼마나 얘기를 경청하는지, 또는 아예 듣지도 않는 것인지조차 전혀 눈여겨보지 않았다.

그래서 왕룽은 아버지 뒤에서 말없이 걸어오고 있다는 사실 이외에는 아들이 무엇을 하는지 알 길이 없었다. 그리고 모든 계획이 이루어지자 왕룽은 무척 흐뭇해서 집으로 돌아가 마음속으로 생각했다.

"난 이제 더 이상 젊지도 않고, 밭일을 시킬 일꾼들과 아들들도 있는데다가 집안이 화평하니까 내 손으로 더 이상 일을 할 필요가 없어."

그렇지만 집으로 들어가면 화평한 것도 아니었다. 비록 아들에게 아내를 얻어주었고, 비록 그들 모두의 시중을 들기에 충분할 만큼 계집종들을 사들였고, 비록 작은아버지 내외에게 그들이 하루 종일 실컷 피울 아편을 주었지만 아직 평화로운 집안은 아니었다. 그리고 이번에도 종제와 맏아들 사이가 문제였다.

보아하니 왕룽의 맏아들은 당숙에 대한 증오나 당숙의 사악한 면에 대한 깊은 의심을 절대로 떨쳐버릴 수가 없는 것 같았다. 그는 젊었을 때 당숙이라는 이 남자가 온갖 못된 요소를 지니고 있다는 사실을 직접 두 눈으로 똑똑히 봐서 잘 알고 있었던 터였다. 급기야는 당숙이 집을 나서기 전에는 왕룽의 아들은 찻집조차 걸음을 하지 않고 당숙을 감시하다가 그가 나간 다음에야 집을 나설 정도로 사태가 심해졌다. 그리고 그는 이 못된 인간이 계집종들과 무슨 짓을 하는지도 의심하게 되었으며, 렌화가 날이 갈수록 더 늙고 뚱뚱해져서 음식과 술 이외에는 벌써 오래 전부터 무엇에 대해서도 관심이 없어져 남자가 가까이 오더라도 거들떠보지도 않고 나이가 들어 왕룽의 발길이 점점 뜸해지니까 오히려 기뻐하고 있던 터라 그런 의심을 한다는 것이 얼토당토않은 일이기는 했지만, 당숙이 안채에서 렌화와 나쁜 짓을 한다고 의심했다.

그런데 왕룽이 들로 나갔다가 막내아들과 집으로 들어서니까 만아들이 아버지를 옆으로 끌고 가서 말했다.

"저는 당숙이라는 자가 계집종들을 힐금거리고 옷의 단추도 풀어놓은 채로 빈둥거리고 눈알만 휘번득거리면서 집 안을 돌아다니는 꼴을 더 이상 참고 볼 수가 없어요."

그는 지금 뚱뚱해지고 나이를 먹은 렌화의 모습을 보니까 도대체 자신이 어떻게 그런 짓을 할 수가 있었는지 상상도 가지 않았으나 자기 자신도 언젠가 아버지의 여자인 그녀 주변에서 맴돌았던 생각을 하니 뱃속이 뒤집힐 정도로 너무나 한심하고 수치스러워서 어떤 일이 있더라도 아버지의 기억을 일깨워주고 싶은 생각이 없었으므로 '그리고 당숙이 아버지의 여자가 있는 안채까지도 감히 기웃거린

다'는 사실은 차마 입 밖에 꺼낼 엄두가 나지도 않았다. 그래서 그는 그 얘기는 덮어두고 계집종들 얘기만 했다.

물도 밭에서 빠져나갔고 대기도 습기가 없이 훈훈했기 때문에, 막내아들을 데리고 들로 나가서 기분이 좋았던 왕룽은 뿌듯하고 무척 유쾌한 기분으로 돌아왔던 터라 집안의 이런 새로운 골칫거리를 듣게 되자 화가 나서 반박했다.

"그래, 한없이 그런 생각만 하는 걸 보니 넌 어리석은 녀석이로구나. 너는 네 아내를 좋아하게 되었고, 그것도 너무 지나치게 좋아할 정도가 된 모양인데, 부모가 얻어준 아내를 세상에서 무엇보다도 중요한 보물처럼 그렇게 싸고돈다는 건 남자다운 일이 아냐. 마치 아내를 창녀처럼 어리석게 여봐란 듯이 내세우며 사랑하는 건 남자의 도리에 어긋나."

그러자 젊은이는 마치 그가 무식하고 천한 사람이라는 듯 올바르지 못한 그의 행실을 꾸짖는 사람이라면 무엇보다도 두려워하던 터였으므로 아버지가 그에 대해서 이렇게 힐난하는 얘기를 듣자 마음이 찔려 얼른 대답했다.

"제 아내를 생각해서 이러는 것이 아닙니다. 다만 아버님 집안에서 이런 상황이 벌어진다는 것은 옳지 못하다고 여겨지기 때문이죠."

하지만 왕룽은 그의 말을 듣지 않았다. 그는 화가 나서 깊은 생각에 잠겨 있다가 다시 말했다.

"그러면 내 집에서 벌어지는 남녀 간의 이 모든 골칫거리에서 벗어날 길이 전혀 없다는 말이냐? 나는 늙어서 피가 식어 드디어 욕정으로부터 자유롭게 해방되어 조금쯤 평화를 즐기고 싶은데, 이제는 자식들의 욕정과 질투에 또 시달려야만 하겠니?"

그리고 잠깐 침묵을 지킨 다음에 그가 다시 소리쳤다.

"그래, 나더러 어떻게 하라는 거냐?"

젊은이는 꼭 하고 싶은 말이 있었기 때문에 아버지의 노여움이 가라앉기를 끈기 있게 충분히 기다렸고, 그것을 눈치 챈 왕룽이 고함을 질렀다.

"나더러 어떻게 하란 말야?"

그제서야 젊은이가 침착하게 대답했다.

"우리 이 집을 떠나 시내에 들어가서 살았으면 좋겠어요. 하인들처럼 시골에서 이렇게 계속해서 살아간다는 건 우리에게 어울리지도 않아요. 그러니 우린 종조부 내외와 당숙을 이곳에서 남겨두고 떠나 읍내로 가서 성문 안에서 안전하게 살 수 있어요."

아들이 이 말을 하자 왕룽은 씁쓸하게 짤막한 웃음을 짓고는 젊은이의 소망을 가치도 없고 고려할 여지도 없는 것으로 무시하기로 했다.

"이곳은 내 집이야."

탁자에 앉아 담뱃대를 그에게로 끌어당기며 그가 단호하게 말했다.

"그리고 너야 이곳에서 살아도 좋고 안 살아도 좋아. 이건 내 집이요, 내 땅이야. 이 땅이 없었다면 우리도 다른 사람들이나 마찬가지로 모두 굶주렸을 거고, 너도 학자랍시고 멋진 옷을 입고 느긋하게 돌아다닐 수 없었을 거야. 이 훌륭한 땅이 너를 농부의 자식보다 나은 사람으로 만들어주었어."

그리고 왕룽은 자리에서 일어나 가운데 방에서 시끄러운 발자국 소리를 내며 오락가락했다. 비록 한편으로는 아들의 세련된 면면이 자랑스러워 마음이 뿌듯하면서도, 비록 아들을 은근히 자랑으로 여기고 있으며 그의 아들을 보면 어느 누구도 그가 겨우 한 세대 전에만 해도 집안이 대지 자체에 의존해서 살았음을 상상조차 못할 터여서 자랑스럽기는 하면서도, 다른 한편으로는 그를 경멸하고 기분이 좋지 않았기 때문에 왕룽은 거칠게 행동했으며 땅바닥에다 침을 뱉고 평범한 농부처럼 처신했다.

하지만 맏아들은 호락호락 굴복할 기세가 아니었다. 그는 아버지의 말에 반박했다.

"하지만 전에 황씨 댁에서 쓰던 큰 집이 있잖아요. 그 앞부분에는 잡다한 천민들이 잔뜩 들어가 살지만 안채는 잠겨 있어 조용하니까 우린 그 안채를 세내어 그곳에서 평화롭게 살아요. 아버지와 막내 아우는 밭일을 다니면 되고, 저는 당숙이라는 이 개 같은 작자 때문에 속을 썩이지 않아도 되잖아요."

그러더니 그는 아버지를 설득하며 억지 눈물을 짜서 뺨 위로 흘리고, 그 눈물을 닦지 않으며 다시 말했다.

"그래요, 저는 훌륭한 아들이 되기 위해 노력하고 있어요. 노름도 하지 않고 아편도 피우지 않고 아버님이 저한테 정해주신 여자에 만족하고 아버지한테 요구하는 것도 별로 없어요. 제 부탁은 이것이 전부예요."

눈물이 왕룽의 마음을 움직였는지 어쩐지는 모르겠지만 '황씨 댁의 큰 집' 얘기를 아들이 했을 때는 확실히 마음의 동요가 일어났다.

언젠가 그가 그 큰 집으로 기어 들어가다시피 찾아가서 문지기까지도 두려워하고, 그곳에 사는 사람들 앞에서 부끄러워하며 서 있었던 때를 왕룽은 절대로 잊을 수가 없었고, 왕룽은 평생 그에게는 수치스러운 기억으로 남은 그 순간을 증오했다. 평생 동안 그는 사람들이 자기를 읍내에 사는 사람들보다 좀 낮은 신분이라고 여긴다는 의식을 지니고 살아왔으며, 큰 집의 노마님 앞에 섰을 때는 그 의식이 위기로 변했었다. 그래서 아들이 '우리도 큰 집에서 살 수가 있다'고 말했을 때는 '그 늙은이가 올라앉아 농노(濃奴)처럼 서 있으라고 명령하던 그 자리에 내가 앉을 수 있고, 이제 나는 그곳에 앉아 다른 사람을 내 앞에 호출시킬 수도 있어'라는 생각이 실제로 눈앞에 벌어지는 장면처럼 그의 머리에 떠올랐다. 그리고 그는 깊은 생각에 잠겨 '그럴 마음만 있다면 나는 그럴 수 있어'라고 자신에게 다시 말했다.

그리고 그는 이런 상상을 하며 말없이 앉아 아들의 질문에는 대답을 하지 않고 담뱃대에 담배를 재워 옆에 준비해놓은 부싯깃으로 불을 붙이고는 담배를 피우며 마음만 먹는다면 자기가 무엇을 할 수 있는지를 상상해보았다. 그래서 아들 때문도 종제 때문도 아니고, 그에게는 영원히 큰 집이었기 때문에 그는 황씨 댁 집에서 살 수 있으리라는 꿈을 꾸었다.

그래서 비록 처음에는 가겠다는 말을 하거나 무엇이라도 바꿔보려는 마음이 내키지 않았지만, 작은아버지의 아들이 게으름을 피우는 꼴을 보면 더욱 기분이 나빠졌으며, 그를 철저히 감시해보니까 그가 계집종들에게 눈독을 들인다는 것도 사실임을 알게 되어 왕룽이 투덜거렸다.

"이제 난 이 색골 같은 개를 집 안에 두고 같이 살 수가 없어."

그리고 그는 작은아버지를 살펴보고는 그가 아편을 피워 점점 몸이 야위고 피부도 아편에 절어 누렇게 떴으며 허리가 굽고 늙었으며 기침을 하면 침에 피가 섞여 나온다는 것을 알았다. 작은어머니를 살펴보니 그녀는 배추 같은 꼴에 걸핏하면 아편 물부리를 끌어당겨 빨고는 만족해서 꾸벅꾸벅 졸고 있었다. 이제 그들은 별로 걱정거리가 되지 않아서 왕룽이 바라던 바를 아편이 해준 셈이었다.

하지만 아직도 작은아버지의 아들이 있었으니, 결혼도 하지 않았고 욕정으로 사나운 짐승이나 마찬가지인 이 남자는 나이를 먹은 두 사람이 그렇듯이 쉽게 아편에 굴복하여 욕정을 환상 속에서 풀어 버리지를 못했다. 그리고 그가 낳을 애새끼들을 생각하니 그런 인간은 한 명으로도 신물이 날 지경이어서 왕룽은 그를 집안에서 결혼시키고 싶은 마음도 없었다.

그리고 또 그럴 필요도 없었고 아무도 그에게 강요하지를 않았기 때문에 그는 일도 하려고 하지 않았고, 밤에 나가서 돌아다니는 여러 시간을 일이라고 할 수도 없는 노릇이었다. 그리고 사람들이 땅으로 돌아와서 읍내와 마을에 다시 질서가 잡히고 도둑들도 북서쪽 산악 지역으로 물러갔으며, 왕룽의 집에 얹혀사는 것이 더 편해서 그들을 따라가지 않았던 그는 이제 바깥에 나가서 지내는 시간이 점점 줄어들었다. 그래서 눈엣가시처럼만 여겨지던 그는 집 안에서 이리저리 빈둥거렸고, 한낮에도 반쯤 벌거벗은 차림으로 한가하게 잡담이나 하품을 하며 돌아다녔다.

그래서 어느 날 곡물상에서 일하는 둘째 아들을 만나러 읍내로 나간 왕룽이 물었다.

"얘야, 내 둘째 아들아, 네 형이 읍내의 큰 집 일부를 세낼 수 있으면 읍내로 이사를 나오자고 그러는데 너는 어떻게 생각하느냐?"

둘째 아들은 이제 자라서 청년이 되었다. 아직 몸집이 작고 피부가 누렇고 눈이 교활하기는 했지만 곡물상의 다른 점원들이나 마찬가지로 매끄럽고 말끔해진 아들이 부드럽게 말했다.

"그러면 저도 결혼해서 아내를 그 집에 두고 우리 모두 큰 가족을 이루어 한 지붕 밑에서 같이 살 수 있을 테니까 저한테도 좋은 일이죠. 아주 훌륭한 제안입니다."

그런데 왕룽에게는 다른 걱정거리들이 많았던 터이고 이 아들이 느긋한 젊은이가 되어 피도 식어서 아무런 욕정의 흔적도 보여주지 않았기 때문에 그를 결혼시키려고 구태여 애를 쓰지도 않았었다. 하지만 지금 그는 둘째 아들을 소홀히 했다는 생각이 들어 좀 부끄럽게 생각하며 말했다.

"그래, 나도 네가 결혼을 해야 한다고 벌써 오래 전부터 생각해왔지만 이런 일 저런 일 신경을 쓰다 보니 시간도 없었고, 지난번 기근이 닥쳤을 때는 모든 잔치를 피해야 할 처지였다. 하지만 이제는 사람들도 다시 먹고 살게 생겼으니 상관없겠지."

그리고 그는 어디서 색시를 구할지 마음속으로 혼자 궁리해보았다. 그러자 둘째 아들이 말했다.

"그래요, 욕구를 느낄 때마다 계집을 사느라고 돈을 쓰는 것보다는 결혼을 하는 게 더 좋고, 남자란 아들을 두는 것이 옳은 일이니까 그렇다면 저도 결혼을 하겠습니다. 하지만 형에게처럼 저한테도 읍내에 사는 가문에서 아내를 구해주신다면 그 여자는 친정에서는 어떻게 살았다는 따위의 얘기만 한없이 하고 저로 하여금 돈을 쓰게 만들어 화나게 만들 테니까 그런 여자는 구하지 마세요."

며느리가 그만하면 미인인데다가 행실이 바르고 빈틈이 없는 여자라고만 알고 있었으므로 그런 면이 있다는 사실을 몰랐던 왕룽은 그 말을 듣고 깜짝 놀랐다. 하지만 그것이 그에게는 현명한 판단이라고 여겨져서 왕룽은 아들이 돈을 모으는 데 예민하고 똑똑하다는 점이 기뻤다. 그가 낳은 이 아들은 활달한 형의 곁에서 나약한 아이로 자랐기 때문에 칭얼거리고 우는 소리를 할 때 이외에는 어릴 적이나 청년 시절에 어느 누구도 별로 관심을 기울일 만한 사람이 못 되었으므로 별로 그 존재를 의식하지도 않았다. 그래서 왕룽은 가게로 들어가 혹시 누가 자식이 몇이냐고 물으면 언제나 이 아들을 잊어버리고 "아, 셋이요"라고 대답할 정도였다.

이제 그는 청년이 된 둘째 아들의 말끔하게 깎아 매끈하게 기름을 바른 머리칼과 작은 무늬를 박은 깨끗한 회색 비단옷이 새삼스럽게 놀라운 모습으로 보여 속으로 생각했다.

'그래, 이 애도 내 아들이야!'

그리고 그가 소리 내어 말했다.

"그렇다면 넌 어떤 색시를 얻고 싶으냐?"

그랬더니 젊은이는 벌써부터 그런 계획을 세우고 있었다는 듯 차분하고 거침없이 대답했다.

"저는 가난한 친척이 붙어 있지 않은, 마을의 훌륭한 지주 가문의 처녀로 지참금도 제법 가져와야 하고, 못생기지도 않았지만 미인도 아니고, 요리를 잘해 부엌에서 일하는 종들이 있다 하더라도 그들을 감독할 수 있는 그런 여자를 원합니다. 그리고 쌀을 사더라도 꼭 맞아서 한 줌도 남지 않고, 옷감을 사면 마름질을 잘해서 헝겊 한조각도 손바닥에 남지 않는 그런 여자여야 합니다. 저는 그런 여자를 원해요."

자신의 친아들이기는 해도 그의 삶이 눈에 띄지도 않았던 이 젊은이의 얘기를 듣고 왕룽은 더욱 놀랐다. 젊었던 시절 욕정에 사로잡혔던 그의 몸이나 맏아들의 몸속에서는 이런 피가 흐르지 않았지만, 그래도 그는 젊은 아들의 지혜에 감탄해서 웃으며 말했다.

"그래, 내가 그런 색시를 찾아보겠다. 청도 여러 마을에서 그런 여자를 찾아볼 게다."

아직도 웃으면서 곡물상을 나선 왕룽은 큰 집이 있는 서리토 내려가 돌사자들 사이에서 머뭇거리다가 그를 막을 사람이 아무도 없었으므로 그냥 안으로 들어갔는데, 앞쪽 마당들은 그가 아들 때문에 걱정이 되어 창녀를 찾으러 왔을 때 기억했던 그대로였다. 나무에는 옷들을 말리려고 널어놓았고 여자들이 여기저기 앉아 수다를 떨며 신발 바닥을 대느라고 기다란 바늘을 들락이고 있었고, 마당의 돌바닥 위에서는 발가벗은 흙투성이 아이들이 뒹굴고 있었고, 세도가가 없어진 다음 세도가의 집으로 몰려드는 천한 사람들의 악취가 어디에서나 풍겼다. 그리고 그는 창녀가 살던 곳의 문 쪽을 쳐다보았는데 문이 빠끔히 열린 안에서는 이제 다른 노인이 살았으므로 마음이 놓인 왕룽은 계속해서 안으로 들어갔다.

그런데 왕룽은 세도가 집안이 이곳에서 살았던 시절이었다면 자신도 이 천한 사람들과 같은 족속이었을 것이고 세도가 집안에 대한 반감으로 반쯤은 미워하면서도 반쯤은 두려워했으리라. 하지만 지금 그에게는 땅이 있었고 은화와 금화도 안전하게 숨겨두었으며, 사방에서 몰려다니는 이런 사람들을 경멸했고, 그들을 추악한 인간이라고 생각해서 그들이 풍기는 악취 때문에 코를 치켜들고 조금씩만 숨을 쉬면서 그 사람들 사이를 이리저리 비켜 나아갔다. 그리고 그는 자기가 큰 집에 속한다는 듯 그들을 경멸하고 적으로 여겼다.

어떤 결정을 내렸기 때문이 아니라 한가한 호기심 때문이기는 했지만 그는 마당들을 지나 안쪽으로 갔다. 더 안으로 들어가니 어느 마당으로 통하는 대문이 잠겨 있었고 그 옆에서 늙은 여자가 꾸벅꾸벅 졸고 있었는데, 살펴보니 그녀는 문지기였던 남자의 곰보 마누라였다. 깜짝 놀란 왕룽이 찬찬히 보니까 우람한 중년 여자였다고 기억되던 그녀는 이제 앙상하게 야위고 주름투성이였으며 머리는 하얀 백발에 누런 이빨이 근뎅거려 겨우 턱뼈에 매달린 몰골이었다. 그녀의 이런 모습을 한참 쳐다보고 있으려니까 첫아들을 안고 젊어서 이곳을 찾아왔던 이후로 얼마나 오랜 세월이 흘러갔는지를 새삼스럽게 깨달았고 평생 처음으로 왕룽은 자신이 어느새 늙어가고 있음을 의식했다.

"일어나서 나를 대문 안으로 들어가게 해주시오."

늙은 여자가 깜짝 놀라 일어나서 눈을 껌뻑이고 말라붙은 입술을 핥으며 말했다.

"안채를 통째로 세들 사람이 아니고는 누구한테도 문을 열어주면 안 돼요."

그러자 왕룽이 불쑥 말했다.

"글쎄요, 이곳이 마음에 들기만 하면 내가 통째로 세를 들지도 모르죠."

하지만 그는 자신이 누구라고 그녀에게 신분을 밝히지 않고 그냥 뒤따라 들어갔는데, 그는 여자를 따라서 환히 기억하고 있는 길로 들어갔다. 그곳 마당은 조용했고, 그가 바구니를 맡겼던 작은 방이 있고, 기다란 난간은 여전히 섬세하고 빨간 옻칠을 한 기둥이 떠받들고 있었다. 그는 그녀를 따라 대청으로 들어갔다. 그러자 이 집의 계집종과 결혼하기 위해 기다리고 서 있던 까마득한 옛날이 불현듯 머리에 떠올랐다. 그곳 그의 눈앞에는 연약해서 남의 시중을 받아야 하는 몸을 은빛 공단으로 감싸고 노마님이 앉았던, 커다랗고 조각을 한 상단이 그대로 있었다.

그리고 어떤 이상한 충동에 사로잡혀 그는 앞으로 나아가 노마님이 앉았던 자리에 앉아 탁자 위에 손을 얹었다. 그러고는 어떤 위엄을 느낀 그는 그가 무엇을 하려는지 눈을 껌벅거리며 말없이 기다리는 노파의 멍청한 얼굴을 내려다보았다. 그러자 스스로 의식하고 있지는 않았지만 지금까지 줄곧 갈망했던 어떤 만족감이 그의 가슴속에서 부풀어 올랐고, 그는 손으로 탁자를 치며 불쑥 말했다.

"내가 이 집을 쓰겠어!"

29

 이 무렵에 왕룽은 어떤 결정을 내렸다 하면 정신없이 서둘러 실천에 옮기고는 했다. 점점 나이를 먹어가자 그는 일을 어서 끝내고 오후에는 평화로운 마음으로 자리에 앉아 한가롭게 기우는 해를 구경하고 그의 땅을 산책한 다음 잠을 조금 자고 싶어 늘 성급하게 서둘렀다.
 그래서 그는 큰아들에게 자신이 어떤 결정을 내렸는지 얘기해주고는 뒷일을 맡아 처리하라고 지시한 다음 사람을 보내 둘째 아들을 불러와서 이사를 돕게 했다. 준비가 끝난 날 처음에는 렌화와 토츄엔과 그들의 종들과 소유물, 다음에는 왕룽의 맏아들과 그들의 하인과 계집종들이 이사를 했다.
 하지만 왕룽 자신은 당장 거처를 옮기려고 하지 않았고, 막내아들과 함께 뒤에 남았다.

그가 태어난 땅을 막상 떠나야 할 순간이 닥치자 그는 생각했던 것처럼 쉽게 훌쩍 발길이 떨어지지 않았기 때문에 재촉하는 아들들한테 말했다.

"글쎄, 그렇다면 나 혼자서 쓸 처소를 마련해서 가고 싶은 마음이 생길 때만 가겠다. 그곳은 내 손자가 태어나기 전날 가겠다. 그리고 원한다면 나는 내 땅으로 언제라도 돌아오겠어."

그들이 또 재촉하자 그가 말했다.

"글쎄, 가엾은 바보가 문제야. 그 애를 내가 데리고 가야 할지 말아야 할지 나로서는 잘 모르겠어. 내가 돌보지 않으면 그 애가 제대로 밥이나 먹는지 보살펴줄 사람이 아무도 없으니까 내가 꼭 데리고 가야 되겠어."

이 말을 왕룽이 한 이유는 맏며느리를 꾸짖으려는 뜻에서였는데, 그녀는 가엾은 백치가 근처에 오기만 해도 질색을 하며 역겨워하고 기겁을 해서 말했다.

"저런 아이는 아예 살아 있어서도 안 돼요. 저 애를 쳐다보기만 해도 내 뱃속의 아이한테 해가 가겠어요."

왕룽의 맏아들은 아내가 백치를 싫어한다는 사실을 기억했기 때문에 더 이상 아무 얘기도 하지 않고 잠자코 있었다. 그러자 왕룽은 꾸짖은 것이 후회가 되어 상냥하게 말했다.

"일이 마무리될 때까지는 칭이 있는 이곳에 머물러 있어야 더 편할 테니까 둘째 아들과 짝을 지어줄 색시가 나타난 다음에 나도 이사를 하마."

그래서 둘째 아들은 설득을 포기했다.

그러자 집에는 왕룽과 막내아들과 백치 이외에는 작은아버지 내외와 그들의 아들과 칭과 일꾼들만 남았다. 그리고 작은아버지 내외의 아들이 렌화가 기거하던 안채로 거처를 옮겨 그들의 집이라는 듯 차지해버렸지만, 작은아버지가 앞으로 얼마 살지 못하리라는 사실을 빤히 알았던 왕룽은 그 게으름뱅이 노인이 죽고 나면 그 세대에 대한 왕룽의 의무는 끝나는 셈이고, 또 혹시 종제가 말을 잘 안 듣는 날에는 집에서 내쫓는다고 해도 욕할 사람이 아무도 없을 터여서 작은아버지의 그런 처사에 대해서 심한 불만을 느끼지 않았다. 그러자 칭이 일꾼들을 데리고 바깥채로 들어왔으며 왕룽과 그의 아들과 백치는 가운데 방에서 기거했고 왕룽은 그들이 부릴 하인으로 튼튼한 여자를 한 사람 고용했다.

그리고 왕룽은 갑자기 너무 지쳐버렸고 집안이 평화로워졌기 때문에 잠을 자고 쉬면서 어떤 일에도 신경을 쓰지 않았다. 막내아들은 말이 없는 아이여서 아버지를 귀찮게 하지 않아 너무 조용한 이 아이에 대해서 왕룽은 종잡을 수가 없을 지경이었고, 왕룽에게 말썽을 부리는 사람이 아무도 없었다.

그래서 마침내 왕룽은 칭에게 둘째 아들과 결혼시킬 색시를 구해보라고 지시했다.

이제는 칭도 늙어 갈대처럼 앙상하게 쪼그라들어서 비록 왕룽이 그로 하여금 더 이상 쟁기를 끄는 소를 몰거나 손에 괭이를 쥐도록 용납하지 않기는 했어도 아직도 그에게는 늙고 충실한 개의 힘이 남아 있었다. 그리고 다른 사람들이 일하는 것을 감독하고 곡식을 되거나 무게를 달 때 옆에서 지켜보고는 했기 때문에 아직도 그는 쓸모가 있었다. 그래서 왕룽의 지시를 받자 그는 몸을 씻고는 푸른 무명옷을 좋은 것으로 골라 입고 이 마을 저 마을 이리저리 돌아다니며 여러 처녀들을 살펴본 다음 마침내 돌아와서 말했다.

"아드님에게 정해드리느니보다 차라리 제가 아내로 얻고 싶은 여자가 있습니다. 만일 제가 젊어서 아내를 구한다고 하면 말입니다. 세 마을 떨어진 곳에 착하고 튼튼하고 꼼꼼한 처녀가 있는데 흠이라고는 너무 잘 웃는다는 것뿐이랄까요. 그 여자의 아버지는 딸을 통해 주인님 집안과 기꺼이 인연을 맺고 싶어합니다. 그리고 그는 땅도 가지고 있으며 지참금도 요즈음으로서는 훌륭합니다. 하지만 나는 주인의 얘기를 듣기까지는 아무 약속도 할 수 없다고 그랬어요."

그러자 왕룽은 그만하면 상당히 좋다고 생각했으며 어서 일을 마무리 지으려고 마음이 조급한 나머지 좋다고 약속했고, 약혼서가 도착하자 도장을 찍고는 마음이 놓여 말했다.

"이제는 아들 하나만 남았구나. 이 번거로운 결혼이니 뭐니 하는 것도 끝나서 평화로운 생활이 바로 코앞까지 왔으니 기쁘기만 하군."

그리고 절차가 끝나 결혼식 날이 결정된 다음에 그는 휴식을 취하고 전에 아버지가 그랬던 것처럼 양지 쪽에 앉아 낮잠을 잤다.

그러자 왕룽은 칭이 늙어 기운이 없어지고 자기 자신도 음식과 나이로 몸이 불어나고 피곤함을 느끼는데다가 셋째 아들은 아직 책임을 질 만큼 나이가 들지 않았기 때문에 아주 멀리 떨어진 밭들은 마을의 다른 사람들에게 조금 소작을 붙여도 좋겠다는 생각이 들었다. 그래서 왕룽은 그 생각을 실천으로 옮겼고 근처 여러 마을의 많은 사람들이 그의 땅을 붙여 먹으려고 찾아와 소작인이 되었다. 땅의 소유자이기 때문에 왕룽이 수확의 절반을 차지하고 소작인은 실제로 일을 했기 때문에 나머지 절반을 먹기로 소작료의 합의를 보았으며 그 이외에도 양쪽이 저마다 조달할 것이 있어서 왕룽은 일정한 양의 비료와 그의 기름 공장에서 나온 참깨묵과 콩깨묵을 갈아 대주는 반면에 소작인은 왕룽의 집에서 쓸 어떤 작물들을 따로 떼어주기로 했다.

그리고 전처럼 그가 관리해야 할 일들이 없어졌기 때문에 왕룽은 가끔 읍내로 들어가 그를 위해 마련하라고 했던 처소에서 잠을 잤지만 날이 밝으면 성문을 열자마자 그곳을 떠나 다시 그의 땅으로 돌아갔다. 그리고 그는 밭의 싱싱한 냄새를 맡고는 자신의 땅에서 환희를 느꼈다.

그러고는 마치 신령들이 오랜만에 선심을 베풀어 그의 노년에 평화를 가져다주기로 해서였는지 이제는 어느 일꾼의 아내인 건장한 하녀 이외에는 여자들이 없고 조용해진 집 안에서 지내기가 답답해진 작은아버지의 아들은 북방에서 전쟁이 벌어졌다는 소식을 듣고 왕룽에게 말했다.

"북쪽에서 전쟁이 터졌다는 소문이 들리는데, 난 무언가 하고 보기 위해 그곳으로 가서 전쟁에 참전하겠어요. 만일 종형께서 옷과 이부자리를 더 사고 어깨에 멜 외국 불막대기(火銃)를 살 돈만 주신다면 말입니다."

그러자 왕룽의 마음은 떨 듯이 기뻤지만 애써 그 기쁨을 감추고는 겉으로만 반대하는 체하면서 말했다.

"너는 내 작은아버지의 하나뿐인 아들이어서 너 다음에는 그의 대를 이을 사람이 없는데, 네가 전쟁터로 간다면 어떻게 되겠냐?"

하지만 종제가 웃으며 대답했다.

"글쎄요, 난 바보가 아니니까 목숨이 위험할 만한 곳에서는 어물쩡거리지 않겠어요. 전투가 벌어지면 난 그 전투가 끝날 때까지 다른 곳에 가 있겠어요. 난 나이가 더 들기 전에 변화를 경험하고 여행도 좀 해서 타향을 구경하고 싶어요."

그래서 왕룽이 당장 그에게 은화를 주었는데, 이번에도 역시 돈을 주는 것이 아깝지 않아서 듬뿍 쥐여주면서 속으로 생각했다.

'그래, 이 나라의 어디에서인가는 항상 전쟁이 벌어지고 있으니까 그가 전쟁을 좋아한다면 내 집안의 이 저주가 끝나는 셈이시.'

그리고 또다시 그는 속으로 생각했다.

'그래, 전쟁터에서는 사람이 가끔 죽게 마련이니까 만일 내 행운이 계속되기만 한다면 저 녀석이 죽을지도 몰라.'

그러고는 겉으로 아무렇지도 않은 체하면서도 굉장히 기분이 좋았던 그는 아들이 떠난다는 얘기를 듣고 잠깐 훌쩍거리는 작은어머니를 위로했다. 그녀에게 아편을 더 주고 물부리에 불을 붙여주면서 그는 말했다.

"보나마나 그는 장교로 출세해서 우리 모두에게 영광을 가져다 줄 겁니다."

그러자 시골집에서는 왕룽 자신도 마찬가지였지만 잠만 자는 두 늙은이뿐이어서 마침내 평화가 찾아왔고, 읍내 집에서는 왕룽의 손자가 태어날 시간이 가까워졌다.

그 시간이 다가오자 이제 왕룽은 읍내 집에서 지내는 시간이 점점 더 많아졌고 집 안에서 이리저리 걸어 다니며 지금까지 벌어진 지난 일들을 곰곰이 생각해보았다. 언젠가 세도가 황씨 댁 사람들이 살았던 이곳에서 지금은 그가 아내와 아들들과 며느리들, 그리고 이제는 세 번째 세대로 태어나게 될 아이와 함께 살고 있다는 이 상황이 한없이 신기하기만 했다.

그리고 그는 마음이 흐뭇하게 부풀어서 무엇을 사도 돈이 아깝지 않았다. 남방의 흑단나무로 만든 조각한 탁자들과 조각한 의자들을 늘어놓은 방에서 초라한 무명 두루마기를 걸치고 있는 모습이 보기 흉해서 모든 사람이 옷을 지어 입도록 공단과 비단을 잔뜩 샀고 어느 누구도 누더기를 걸치지 않도록 종들을 위해서는 검정과 푸른 빛깔의 고급 무명을 듬뿍 사주었다. 이렇듯 옷들을 마련해준 다음 그는 맏아들이 읍내에서 사귄 친구들이 집으로 들어와 그 모든 것들을 보고 놀라면 자랑스럽기도 하고 기쁘기도 했다.

그리고 좋은 음식에 입맛을 들여서 전에는 밀빵에 마늘 한 줄기를 싸서 먹어도 무척 만족했던 왕룽 자신도 이제는 늦잠을 자고 밭에서 스스로 일하지 않게 되자 요즈음에는 이런 요리 저런 요리에 쉽게 흡족하지를 못하고 부유한 사람들이 떨어지는 입맛을 억지로 돋우기 위해 구해다 먹는 겨울 죽순과 새우 알젓과 남방 생선과 북양(北洋) 조개와 비둘기 알 등 갖가지 진미를 찾아 먹어보았다. 그리고 아들들과 렌화도 같이 먹었는데, 토츄엔은 이 모든 변화를 보고 웃으며 말했다.

"이제는 내 몸이 시들고 말라붙어 늙은 주인님조차 모실 수가 없다는 것 이외에는 내가 이 집에서 살던 옛날이나 다를 바가 없군요."

이 말을 하면서 그녀는 교활한 눈으로 힐금 왕룽을 쳐다보고는 다시 웃었다. 그는 그녀의 음탕한 암시를 못 들은 체했지만 자기를 그녀가 노대감에다 비유했다는 사실이 기분 좋았다.

그래서 식구들이 마음이 내킬 때 일어나고 마음이 내킬 때 잠자리에 들며 이렇게 사치스럽고 한가하게 살아가는 동안 그는 손자가 태어나기를 기다렸다. 그러던 어느 날 아침에 그는 여자가 신음하는 소리를 듣고 맏아들의 처소로 들어갔다. 아들이 그를 만나 말했다.

"때가 되었지만 여자가 골반이 좁고 난산이어서 한참 걸리겠다고 토츄엔이 그랬어요."

그래서 왕룽은 그의 처소로 돌아가 자리에 앉아 비명 소리에 귀를 기울였다. 여러 해 만에 처음으로 겁이 나서 어떤 신령의 도움이 필요하다는 기분이 들었다. 그는 몸을 일으켜 향 가게로 가서 금박을 입힌 받침 속에 관음보살을 앉힌 읍내의 절로 찾아가 빈둥거리는 스님을 불러 돈을 주고는 보살 앞에 향을 피우라고 하며 말했다.

"남자인 나로서는 체통이 서지 않는 짓이지만, 내 첫 손자가 곧 태어날 텐데 산모가 읍내 여자이고 골반이 너무 좁아 진통이 심하고, 내 아들의 어미가 죽어 향을 피울 여자가 집안에 아무도 없어서 그럽니다."

그러자 스님이 향을 보살의 앞 향로의 재 속에다 꽂는 것을 쳐다보고 있던 왕룽은 갑자기 "그런데 만일 손자가 아니라 계집아이가 태어나면 어쩌나!" 하고 겁이 나서 황급히 소리쳤다.

"참, 만일 아이가 손자이면 내가 보살에게 빨간 새 옷을 입힐 돈을 내겠지만, 계집아이면 아무것도 없을 테니까 그리 알아요!"

그는 손자가 아니라 손녀가 태어날지도 모른다는 이 가능성을 염두에 두지 않았었기 때문에 불안한 마음으로 절에서 나와 향을 더 사서 비록 날씨가 덥고 거리에는 먼지가 한 뼘이나 깊이 쌓였어도 그런 것쯤은 아랑곳하지 않고 논밭과 땅을 지켜보고 앉아 있는 두 신령을 모신 시골의 작은 사당으로 가서 향을 꽂고 불을 붙인 다음 신령들에게 중얼거렸다.

"자, 아버지하고 나하고 내 아들하고, 우리가 신령님들을 지금까지 돌봐드렸는데 이제 내 아들의 육신이 결실을 맺게 되었으니, 만일 그것이 아들이 아니라면 두 신령님을 위해서는 아무것도 더 해 드리지 않겠어요."

그러자 할 수 있는 일을 다 한 다음에 그는 기진맥진해서 처소로 돌아가 탁자에 앉아서 계집종 하나가 차를 가져다주면 곧 얼굴을 닦을 수 있게 김이 무럭무럭 나는 물에 담갔다 짠 수건을 다른 계집종이 갖다 주기를 바랐지만, 손뼉을 쳐도 오는 사람이 아무도 없었다. 그에게 신경을 써주는 사람이 없었고, 사람들이 이리저리 뛰어다녔지만 그는 어떤 아이가 태어났는지 또는 아기가 태어나기나 했는지 어느 누구도 붙잡고 물어볼 엄두가 나지 않았다. 그는 먼지투성이인 채로 잔뜩 지쳐 멍하니 앉아 있었고 아무도 그에게 말을 하지 않았다.

그러다가 곧 밤이 되리라는 생각이 들 정도로 그가 오랫동안 기다리고 난 다음 드디어 롄화가 토츄엔에게 몸을 기댄 채 무거운 체중 때문에 뒤뚱거리는 작은 발로 걸어 들어오더니 웃으며 큰 소리로 말했다.

"자, 당신 아들의 집에 아들이 태어났어요. 산모와 아들은 둘 다 무사해요. 내가 아이를 봤는데 건강하고 잘생겼어요."

그러자 왕룽도 웃고는 몸을 일으켜 손뼉을 치더니 다시 웃고 말했다.

"세상에, 난 모든 것이 두려워서 어쩔 줄을 모른 채 첫아들이 태어나기를 기다리는 아버지처럼 여기 앉아 있었지 뭔가."

그러다가 롄화가 그녀의 방으로 간 다음에 그는 다시 깊은 생각에 잠겼다.

"그래, 다른 여자가 첫아이를, 내 아들을 낳았을 때도 난 이렇게까지 두려워하지는 않았어."

그리고 그는 말없이 앉아 깊은 생각에 잠겼다. 그날 아내가 혼자 작고 컴컴한 방으로 가서 혼자 아들을, 그리고 또 아들과 딸을, 아이들을 말없이 낳고는 밭으로 나와 다시 그의 곁에서 일을 하던 광경이 눈에 선했다. 그런데 지금 이 여자는, 그의 며느리는 집 안에서 종들이 뛰어다니고 남편이 문간에 서 있는 동안에도 고통스러워 어린애처럼 비명을 질러댔다.

그리고 그는 오래 전 꿈을 기억하듯 아득하게 오란이 잠깐 일손을 놓고 아이에게 배불리 젖을 먹여 하얗고 풍요한 젖이 가슴에서 줄줄 흘러 땅바닥으로 쏟아지던 광경을 머리에 떠올렸다. 그리고 이것도 너무나 오래된 옛날 일처럼 여겨졌다.

그러자 아들이 으쓱해서 미소를 지으며 들어와 큰 소리로 말했다.

"사내아이가 태어났는데요, 아버지, 젖을 먹이느라고 아내의 아름다움이 상하고 기운이 빠지는 걸 원하지 않기 때문에 이제 우린 아기에게 젖을 먹여줄 여자를 구해야 되겠어요. 읍내의 지체 높은 집 여자는 아무도 스스로 젖을 먹이지 않거든요."

왜 자신이 슬퍼하는지를 알지 못하면서 왕룽은 슬픈 표정으로 말했다.

"글쎄, 며느리가 자기 아이한테도 젖을 먹이지 못한다면 할 수 없지. 그렇게 해야만 한다면 그래야 되겠지."

아기가 태어나서 한 달이 되었을 때 그 아이의 아버지인 왕룽의 아들이 출생을 축하하는 잔치를 벌였고 읍내에서 손님들을 초청하고 아내의 부모와 읍내의 모든 유지들도 잔치에 불렀다. 그리고 그는 수백 개의 달걀을 주홍빛으로 칠해 찾아온 모든 손님과 손님들을 보낸 모든 사람에게 나눠 주었다. 아기가 건강하고 통통한 아들이며 열흘을 무사히 넘기고 살아났으니 한 가지 두려움이 없어진 셈이어서 집안에는 기쁨과 흥겨움이 넘쳤고 그들 모두 즐거워했다.

그리고 잔치가 끝난 다음에 아들이 왕룽에게 와서 말했다.

"이제 이 집에는 삼대(三代)가 있으니 우린 훌륭한 가문들이 그렇듯이 조상들의 위패(位牌)를 만들어 모시고 이제는 우리도 지반을 굳힌 집안이니까 명절이면 그 위패를 모시고 제사도 드려야 합니다."

이 말을 듣고 왕룽은 굉장히 기뻐서 그렇게 하라고 했으며 그 지시가 실행되어 그곳 넓은 대청에는 할아버지와 증조부의 이름을 새긴 위패들이 줄지어 늘어섰고, 왕룽과 그의 아들이 죽은 다음 그들의 이름을 채워 넣을 공간을 비워놓았다. 그리고 왕룽의 아들은 향로를 사서 위패들 앞에다 놓았다.

이것이 끝나자 왕룽은 관음보살에게 입혀주겠다고 약속했던 붉은 옷이 기억나서 절로 찾아가 그 옷을 사라고 돈을 주었다.

그러고 나서 왕룽이 집으로 돌아오는 길이었는데, 마치 잔뜩 베풀기만 하며 그 선물 속 어디엔가 독침을 숨겨놓지 않고서는 신령들의 기분이 시원치 않아서였는지 일꾼 한 사람이 밭에서 달려오더니 그에게 칭이 갑자기 쓰러져 죽어가는 중인데 왕룽더러 와서 임종을 지켜보지 않겠느냐고 물었다. 달려온 일꾼이 숨을 헐떡이며 하는 얘기를 듣고 왕룽이 화가 나서 소리쳤다.

"읍내의 보살에게 내가 붉은 옷을 주었기 때문에 사당의 그 망할 놈의 신령 한 쌍이 샘이 난 모양이야. 땅이라면 몰라도 아이의 출생에 대해서는 그들이 아무런 힘도 지니고 있지 못하다는 사실을 모르는 모양이야."

그가 먹을 점심 식사가 준비되어 있기는 했지만 그는 젓가락을 집어 들려고도 하지 않았다. 그리고 저녁이 되어 해가 기울 때까지 기다리라고 렌화가 그에게 소리쳤지만 그는 그녀를 위해 머무르지 않고 집을 나왔다. 그러다가 그녀의 말을 왕룽이 들은 체도 하지 않자 롄화는 기름을 먹인 종이로 만든 우산을 들려 계집종더러 쫓아가보라고 했지만 왕룽이 어찌나 빨리 뛰어갔는지 튼튼한 하녀도 그의 머리 위로 우산을 받쳐주기가 힘들 지경이었다.

왕룽은 곧장 칭을 눕혀놓은 방으로 가서 아무에게나 대고 큰 소리로 무턱대고 외쳤다.

"아니, 이게 다 어떻게 된 일인가?"

방 안에는 일꾼들이 잔뜩 몰려 있었는데 그들은 두서없이 황급히 대답했다.

"타작을 직접 하시겠다고 그러다가……."

"그 나이에 곤란하다고 우리가 말렸는데도……."

"새로 고용한 일꾼 한 사람이 있는데……."

"그 일꾼이 도리깨를 제대로 잡을 줄 몰라서 칭이 그에게 가르쳐준다는 것이 그만……."

"노인이 하기에는 너무 힘든 일이었어요……."

그러자 왕룽이 사나운 목소리로 외쳤다.

"그 일꾼을 이리 데리고 와!"

그래서 그들은 일꾼을 왕룽의 앞으로 밀어냈다. 황소의 눈처럼 멍청한 눈이 휘둥그레지고 아랫입술 위로 이빨들이 선반처럼 뻗어나오고 몸집이 우람하고 얼굴이 벌겋고 지저분한 시골 청년인 일꾼은 벌거숭이로 노출된 두 무릎을 맞부딪치며 덜덜 떨고 섰다. 그러나 왕룽은 그를 조금도 가엾게 생각하지 않았다. 그는 청년의 뺨을 갈겼고 계집종의 손에서 우산을 빼앗아 청년의 머리를 때렸지만 분노가 그의 피 속으로 스며들어 늙은 몸에 독을 퍼뜨릴까 봐 걱정이 되어 아무도 감히 그를 말리려고 하지 않았다. 그리고 미련한 시골뜨기는 얌전하게 서서 이빨을 빨고 조금쯤 우는 소리를 했다.

그러자 침대에 누워 있던 칭이 신음을 했고 왕룽은 우산을 내던지고 소리쳤다.

"내가 멍청이를 때리고 있는 동안 이쪽 사람이 죽겠구나!"

그리고 그는 칭의 옆에 앉아 손을 잡았는데, 그 손은 떡갈나무 잎사귀처럼 시들었고 작고 메말랐고 가벼웠다. 어찌나 말라붙고 가볍고 뜨거웠는지 그 속에 피가 조금이라도 흐르리라고 믿기가 불가능했다. 하지만 날마다 창백하고 노랗던 칭의 얼굴이 이제는 얼마 안 되는 피로 얼룩지고 시커먼 빛깔이 되었으며 반쯤 뜬 눈은 꺼풀이 덮여 앞이 안 보이는 듯싶었고 숨을 헉헉 몰아쉬었다. 왕룽이 그에게로 몸을 숙이고는 그의 귓전에다 대고 큰 소리로 말했다.

"내가 여기 와 있소. 당신한테는 우리 아버지 다음으로 가장 좋은 관을 사주겠소!"

하지만 칭의 귀에는 피가 가득 찼고, 왕룽이 하는 말을 들었는지 어쩐지는 몰라도 아무런 반응을 보이지 않은 채 그냥 숨만 헐떡이고 누워 있다가 죽었다.

그가 죽은 다음에 왕룽은 그에게로 몸을 숙이고 자신의 아버지가 죽었을 때보다도 더 슬피 흐느껴 울었다. 그는 최고급 관을 주문하고 장례식에는 스님들을 불렀으며 하얀 상복을 입고 상여의 뒤를 따라 걸었다. 심지어 그는 맏아들에게도 마치 집안에서 누가 죽기라도 한 것처럼 발목에 흰 띠를 두르라고 해서 아들의 불평을 듣기도 했다.

"그는 우두머리 하인에 지나지 않는데, 하인을 위해 상을 치르는 건 곤란해요."

하지만 왕룽은 그에게 삼일장을 강요했다. 그리고 만일 마음대로 할 수만 있었다면 왕룽은 칭을 아버지와 오란이 묻힌 토담 안쪽에다 매장했으리라. 하지만 아들들이 그렇게는 못 하겠다고 항의했다.

"우리 어머니하고 할아버지가 하인하고 나란히 묻혀야 한다는 말입니까? 그리고 때가 되면 우리도 그래야 하고요?"

그러자 왕룽은 그들과 다툴 수도 없었다. 그 나이에는 집안이 화평하기를 원했기 때문에 칭을 토담 앞쪽에다 매장하고는 그만하면 할 만큼 했다고 자신을 위로하며 말했다.

"그래, 이 사람은 항상 나쁜 일이 있으면 늘 내 앞에서 막아주고는 했으니까 이것이 오히려 잘 어울려."

그리고 그는 아들들에게 자신이 죽으면 칭과 가장 가까운 자리에다 묻어달라고 부탁했다.

그러고는 이제 칭도 죽고 나니 밭에 혼자 나가면 마음이 아팠고 일을 하기도 힘들었고 울퉁불퉁한 들판을 혼자 걸어 다니면 뼈가 쑤셨기 때문에 왕룽은 그 어느 때보다도 그의 땅을 보러 가는 발길이 뜸해졌다. 그래서 그는 가지고 있는 모든 땅을 소작을 주려고 내놓았다.

좋은 땅이라고 알려져 있었기 때문에 사람들이 너도나도 다투어 소작을 붙이려고 했다. 하지만 왕룽은 단 한 치라도 땅을 팔겠다는 얘기를 하는 적이 없었고, 한 번에 1년씩 소작료의 합의를 보고 빌려주기만 했다. 그래서 그는 이 모든 땅이 그의 소유이고 아직도 손에 쥐고 있는 기분이었다.

그리고 그는 일꾼 한 사람과 그의 아내와 아이들을 골라 시골집에서 살면서 아편을 피우고 몽롱하게 살아가는 두 노인을 돌보게 했다. 그리고 막내아들의 동경하는 듯한 눈을 보고 말했다.

"그래, 너도 나하고 같이 읍내로 들어가서 살자. 난 바보 딸도 데리고 가서 내가 거처하는 곳에서 살게 할 작정이란다. 칭이 죽었으니 이제는 너도 너무 외로울 것이고, 그가 없으니까 그 애를 혹시 누가 때리거나 제대로 먹이지 않더라도 꾸짖을 사람이 아무도 없다는 걸 아니까 저 사람들이 가엾은 바보를 상냥하게 대해줄지 나도 자신이 없어. 그리고 이제는 칭이 없으니까 너한테 땅에 관해서 가르쳐줄 사람도 없지."

그래서 왕룽은 막내아들과 백치를 데리고 읍내로 들어갔으며 그 후 오랫동안 그는 그의 땅에 있는 집으로 찾아가는 일이 거의 없어졌다.

30

 이제 왕룽이 보기에는 그의 상태에서 더 이상 바랄 만한 것이 하나도 남아 있지 않는 듯싶었다. 그는 양지 쪽에서 백치 딸 옆에 의자를 놓고 앉아 물통 담뱃대를 피우며, 다른 사람들이 그의 땅을 돌보니까 직접 가꾸지 않더라도 돈이 저절로 굴러들어오므로 마음이 평화롭기만 했다.
 그리고 만일 현재의 상태에 대해서 통 만족할 줄 모르고 항상 욕심이 많아 곁눈질을 많이 하는 맏아들만 아니었다면 그런 생활이 그냥 계속되었을 것이다. 그런데 아들이 아버지에게 와서 말했다.
 "우리가 이곳 안채에 들어와 산다고 해서 무슨 대단한 가문이라도 되는 줄 알아서는 안 돼요. 이 집에 이것저것 필요한 게 많아요. 제 동생이 장가를 들어야 할 날도 채 여섯 달이 안 남았는데 집 안에는 손님들이 앉을 의자도 모자라고, 식탁에 놓을 그릇도 충분하지 않고, 이 방들은 무엇 하나 제대로 갖춘 것이 없어요. 그뿐 아니라 시끄럽고 악취를 풍기는 그 천한 사람들 떼거지를 헤치고 큰 대문을 지나 손님들더러 들어오라고 하기도 창피한 일이지요. 동생이 결혼해서 아이들을 낳고 저도 아이들이 있으니까 우린 그 마당들도 필요해질 거예요."

그러자 왕룽은 멋진 의복을 갖추고 그곳에 서 있는 아들을 쳐다보고는 눈을 감고 담뱃대를 힘껏 빨아들인 다음에 고함쳤다.

"그래, 또 어쩌겠다고 너 이러는 거냐?"

젊은이는 아버지가 그를 못마땅하게 여긴다는 것을 알았지만 언성을 조금 더 높여서 고집스럽게 말했다.

"우린 바깥채도 소유해야 하고, 돈과 훌륭한 땅이 이만큼 많으면 그런 집안에 알맞은 것들을 갖춰야 한다는 말씀이에요."

그러자 왕룽이 담뱃대에다 대고 투덜거렸다.

"그래, 그 땅은 내 땅이고 너는 그 땅에 대해서 전혀 해놓은 것이 없어."

"그렇지만, 아버지."

이 말을 듣고 젊은이가 소리쳤다.

"제가 학자가 되기를 바란 사람은 바로 아버지셨어요. 땅을 소유한 사람의 아들다운 사람이 되려고 애를 쓰는데도 아버지는 저를 비웃고 저와 제 아내를 시골뜨기 취급을 하시는군요."

그러더니 젊은이가 험악하게 몸을 획 돌렸는데, 마당에 서 있는 뒤틀린 소나무를 머리로 들이받기라도 할 기세였다.

항상 아들이 불 같은 성미여서 혹시 스스로 상처를 입는 짓이라도 저지를까 봐 겁이 난 왕룽이 그를 소리쳐 불렀다.

"마음대로 하려무나, 마음대로 해. 하지만 그런 문제로 나를 귀찮게 하지는 말아라!"

이 말을 듣고 기분이 좋아진 아들은 아버지의 마음이 변하기 전에 얼른 자리를 떴다. 그러고는 가능한 한 빨리 그는 쑤초우에서 조각 세공한 탁자들과 의자들을 샀고, 문간에 달 빨간 비단 휘장을 샀고, 크고 작은 꽃병들을 샀고, 벽에 걸 족자들을 사되 손이 닿는 대로 많은 미녀 그림을 샀으며, 남방에서 그가 보았던 그런 석가산(石假山)을 마당에다 만들기 위해 기묘한 바위들을 사들이느라고 한참 동안 바삐 돌아다녔다.

이렇게 분주히 들락날락 하느라고 그는 자주, 때로는 날마다 바깥채를 지나다녔는데, 그는 코를 높이 쳐들지 않고는 천한 사람들 사이를 지나다닐 수도 없었고, 그들을 참지 못했으며, 그래서 그곳에 사는 사람들은 그가 지나가고 나면 그의 등 뒤에서 웃어대며 말했다.

"저 양반은 아버지의 집 앞마당 곁의 밭에서 나던 똥거름 냄새를 잊어버린 모양이야!"

하지만 그는 부잣집 아들이었기 때문에 지나갈 때는 아직도 감히 그런 식으로 얘기하는 사람이 아무도 없었다. 집세가 결정되는 명절이 찾아왔을 때 이 천한 사람들은 그들이 살고 있는 방과 마당의 세를 그렇게 많이 내겠다는 다른 사람이 나타났기 때문에 집세가 굉장히 올랐다는 말을 들었고, 그래서 그들은 이사를 나가야 했다. 그러자 그들은 왕룽의 아들이 낡은 집에 대해서 어떻게 어디서 가장 많은 돈을 받아내느냐 하는 것 이외에는 아무런 관심이 없는 노대감의 아들이 있는 타향으로 연락을 취해 모든 일을 교묘하게 처리하고는 아무 내색도 하지 않고 있지만, 이것이 다 왕룽의 맏아들이 꾸민 짓이라는 사실을 알았다.

그래서 천한 사람들은 이사를 가야 했다. 부자라면 제멋대로 무슨 짓이나 할 수 있는 세상이었으므로 그들은 불평과 욕설을 늘어놓으며 지저분한 세간을 꾸렸다. 그리고 분노가 마음속에서 점점 끓어오르는 채로 부유한 자가 너무 부유해지면 가난한 자들이 돌아오게 마련이었으므로 언젠가는 꼭 돌아오겠노라고 다짐하며 이사를 갔다.

하지만 왕룽은 안채에서 지내며 별로 바깥출입을 하지 않았고, 늙어감에 따라 먹고 자고 편안히 쉬기만 하면서 일을 맏아들에게 맡겨버렸기 때문에 이런 모든 상황을 알지 못했다.

그리고 아들은 목수들과 솜씨 좋은 석공들을 불러 전한 사람들이 지저분하게 살았기 때문에 망쳐놓은 마당들 사이의 달처럼 둥근 문들과 방들을 수리했고, 연못들을 다시 만들어 얼룩무늬 금붕어들을 사다 넣었다.

그리고 그 작업이 다 끝나서 그가 아는 관점에서는 아름답다고 여겨지는 모습을 갖추게 된 다음에 그는 연못에다 연꽃과 수련(水蓮)을 심었으며, 주홍빛 열매가 맺히는 인도 대나무와 남방에서 그가 보아서 기억하는 온갖 것을 구해 심었다. 그리고 그가 해놓은 일을 보려고 그의 아내가 밖으로 나왔다. 그들 두 사람은 모든 마당과 방을 두루 돌아다니며 살펴보았다. 아내는 아직도 이것저것 부족하다는 소리를 했으며 그는 무엇을 해야 할지 무척 신경을 쓰면서 아내의 모든 얘기에 귀를 기울였다.

그러자 읍내 거리의 사람들은 왕룽의 맏아들이 한 짓에 대한 얘기를 모두 들었고, 이제는 다시 부자가 들어가서 살게 된 큰 집 안에서 어떤 일이 벌어질지에 대해서 얘기했다. 그리고 '농부 왕룽'이라고 말하던 사람들이 이제는 그를 '왕 대인(王大人)'이라거나 '왕 부자'라고 불렀다.

이 모든 공사에 들어가는 돈은 왕룽의 손에서 야금야금 조금씩 빠져나가서 언제 그 돈이 나갔는지도 잘 모를 지경이었다.

맏아들은 왕룽에게 와서 "이런 일로 은화 백 냥이 필요한데요"라고 말하거나, "은화를 조금만 들이면 새것처럼 훌륭하게 고칠 수 있는 좋은 문짝이 있는데요"라고 말하거나 "그 자리에는 꼭 긴 탁자를 들여놓아야 하는데요"라고 말함으로써 돈을 긁어냈다.

왕룽은 그의 마당에서 담배를 피우며 앉아 쉬고 있다가 은화를 아들에게 조금씩 조금씩 내주었는데, 수확을 할 때마다 그리고 그가 필요로 할 때마다 돈이 쉽게 들어왔기 때문에 그는 돈을 쉽게 내주었다.

그는 얼마나 많은 돈을 내주었는지 전혀 모르고 지나갈 만도 했지만, 어느 날 아침 태양이 겨우 담 위로 솟아올랐을 때 둘째 아들이 그에게로 와서 말했다.

"아버지, 우리가 꼭 대궐에서 살아야만 하고, 이렇게 끝없이 돈을 써야만 하나요? 2할을 받으며 그만한 돈을 꾸어주었다면 은화가 꽤 많이 들어왔을 텐데, 이 모든 연못들하고 열매조차 맺지 못하면서 꽃만 피우는 나무들하고, 이 모든 쓸데없는 수련들은 무엇하겠다는 건가요?"

왕룽은 이 문제를 놓고 앞으로 두 형제가 싸움을 벌이리라는 것을 알았으므로 그랬다가는 마음이 편할 날이 없으리라고 걱정되어 황급히 말했다.

"그야 다 네 결혼식을 성대하게 거행하려고 그러는 거란다."

그러자 젊은이가 전혀 기뻐하는 의미가 담기지 않은 뒤틀린 미소를 지으며 반박했다.

"신부 값보다 결혼 비용이 열 배나 더 든다니 참 묘하군요. 아버지가 돌아가신 다음에 우리가 분배해야 할 유산이 지금 형의 자존심 하나를 살리기 위해 쓸데없이 낭비되고 있어요."

왕룽은 이 둘째 아들의 결심이 대단하다는 것을 알았고 만일 얘기가 시작된다면 절대로 감당하지 못하리라는 사실도 알았으므로 황급히 말했다.

"알았다, 알았어. 내가 끝내도록 하마. 내가 형한테 얘기를 하고 돈도 주지 않도록 하겠다. 그만하면 됐어. 네 얘기가 맞아!"

젊은이는 형이 쓴 모든 돈의 목록을 적어놓은 종이를 꺼내놓았고 왕룽은 그 기다란 목록을 보더니 얼른 말했다.

"난 아직 밥을 안 먹었는데, 내 나이가 되면 식사를 하기 전에는 정신이 희미하단다. 이건 다음에 보기로 하자."

그리고 그는 몸을 돌려 그의 방으로 들어가 아들을 쫓아버렸.

하지만 그날 저녁에 그는 맏아들과 얘기를 나누었다.

"칠하고 윤을 내는 일도 이제는 그만해, 그만하면 충분하니까. 누가 뭐라고 해도 우리는 시골 사람이야."

하지만 아들이 자랑스럽게 말했다.

"우린 그렇지 않습니다. 읍내 사람들은 우릴 보고 세도가 왕씨 댁이라고 부르기 시작했어요. 우리는 그 이름에 어느 정도 알맞은 생활을 해야 옳고, 혹시 제 동생이 재물에 대해서 그 자체로서의 의미 이상을 이해하지 못한다 하더라도 집안의 명예는 우리가, 저하고 제 아내가 지키겠습니다."

그런데 왕룽은 점점 늙어가는 사이에 찻집까지도 발길이 뜸해졌고, 곡물 시장에도 둘째 아들이 그를 대신해서 모든 사업을 처리해 주었기 때문에 곡물상에도 드나들지 않아서 사람들이 그의 집안을 그렇게 부른다는 사실을 알지 못했다. 그는 그런 소리를 들으니 은근히 기분이 좋아서 말했다.

"어쨌든 세도가라는 가문들은 땅에서 생겨나고 땅에 뿌리를 박고 있어."

그러자 젊은이가 약삭빠르게 대답했다.

"그래요, 하지만 그들은 땅에 묶여 살아가지는 않아요. 그들은 앞으로 뻗어 나가 꽃과 열매를 맺지요."

왕룽은 아들이 이렇게 너무 쉽고 잽싸게 대답하는 것이 못마땅해서 말했다.

"내가 할 말은 이게 전부야. 돈을 그만 써. 그리고 열매를 맺으려면 뿌리는 대지의 흙 속에 잘 묻혀 있어야 해."

그러자 곧 저녁이 될 참이어서 왕룽은 아들이 이 마당에서 나가 그의 거처로 돌아가기를 바랬다. 그는 아들이 가버리고, 석양 속에 그를 평화롭게 혼자 내버려두기를 바랐다. 이 아들이 곁에 있으면 조금도 마음이 편하지 않았다. 이 아들은 방들과 마당들에 원하는 대로 할 만큼 했으므로 적어도 당분간이나마 만족해서 이제는 아버지의 말을 기꺼이 들을 만도 했다. 그러나 아들이 다시 입을 열었다.
"글쎄요, 그만하면 충분하다고도 하겠지만, 한 가지 더 있습니다."
그러자 왕룽이 담뱃대를 땅바닥으로 집어던지며 말했다.
"나를 좀 조용히 내버려두면 못쓰냐?"
젊은이가 고집스럽게 얘기를 계속했다.
"이건 저 자신이나 제 아들을 위한 얘기가 아닙니다. 이것은 아버지의 아들인 제 막내아우를 위한 얘기죠. 그 애가 그렇게 무식한 사람으로 성장하는 건 옳지 않아요. 그 애는 무엇인가 배워야 합니다."
새로운 얘기가 튀어나왔기 때문에 왕룽이 아들을 빤히 쳐다보았다. 그는 막내아들이 어떻게 살아가야 한다고 이미 오래 전에 설정해놓았기 때문에 이렇게 말했다.
"이 집안에는 더 이상 글공부를 한 사람이 필요하지 않아. 두 명이면 충분하니까. 그 애는 내가 죽은 다음에 땅을 돌봐야 해."
"그래요, 그리고 그것 때문에 막내가 밤이면 울어요. 그래서 그 애의 얼굴이 그토록 창백해지고 갈대처럼 야윈 거예요."
맏아들이 대답했다.
아들 한 명은 꼭 땅을 맡아야 한다고 생각했기 때문에 막내아들이 어떤 삶을 살아가고 싶은지 물어봐야 한다고는 전혀 의식하지 못했던 왕룽은 이 말을 들으니 맏아들에게 뒤통수라도 얻어맞은 기분이어서 입을 다물었다. 그는 천천히 땅바닥에서 담뱃대를 집어 들고는 셋째 아들에 대해 곰곰이 생각해보았다. 그는 어머니를 닮아서 말이 없고, 두 형 가운데 누구하고도 비슷하지 않은 청년이었고, 말이 없었기 때문에 아무도 그에게 신경을 쓰지 않았다.
"그 애가 너한테 그런 소리를 하더냐?"
의아한 마음으로 왕룽이 맏아들에게 물었다.
"직접 그 애한테 물어보시지 그러세요, 아버지."
젊은이가 대답했다.
"글쎄, 하지만 아들 하나는 꼭 땅을 돌봐야 해."
갑자기 언쟁을 벌이려는 듯 아주 큰 목소리로 왕룽이 말했다.
"하지만 왜 그래야 하나요, 아버지?"
젊은이가 따졌다.
"아버지는 농노 같은 아들을 필요로 하는 분이 아니시잖아요. 그건 어울리지 않아요. 사람들은 아버지더러 마음이 고약한 사람이라고 그럴 겁니다. '저 사람은 자기는 호족처럼 살면서 아들은 촌뜨기 하인처럼 살게 한다는구먼.' 사람들이 그렇게 얘기할 거예요."
사람들이 자신에 관해서 무슨 얘기를 하는지 아버지가 굉장히 신경을 많이 쓴다는 사실을 알았기 때문에 젊은이는 약삭빠르게 말을 이었다.
"가정교사를 불러 그 애를 공부를 시키고 남방에 있는 학교에 보내 교육을 받게 한다면 저는 집에서 아버지를 도와드리고 둘째는 훌륭한 장사 솜씨로 아버지를 도와드릴 테니까 그 애는 마음대로 무엇이나 알아서 하라고 그러세요."

그러자 왕룽이 마침내 말했다.
"그 애를 나한테 보내거라."

잠시 후에 셋째 아들이 와서 아버지 앞에 섰고, 왕룽은 그의 모습을 찬찬히 살펴보았다.
그리고 그는 어머니의 무겁고 조용한 분위기를 지녔다는 점 이외에는 아버지나 어머니 누구도 닮지 않은 키가 크고 늘씬한 청년을 보았다. 하지만 이 아들은 어머니보다 훨씬 잘생겼고, 용모 한 가지만 따지자면 그는 남편의 가족에게로 가서 이제는 더 이상 왕씨 집안의 식구가 아닌 둘째 딸 이외에는 왕룽의 아이들 가운데 어느 누구보다도 잘생겼다. 하지만 그의 용모에서 거의 유일한 흠이라고 할 만한 두 개의 검은 눈썹은 이마를 가로질러 어리고 하얀 얼굴에 비하면 너무 심할 정도로 검고 숱이 많았으며, 걸핏하면 얼굴을 찡그리던 그가 얼굴을 찌푸릴 때는 이 숱이 많고 검은 눈썹들이 이마에서 직선을 이루며 맞닿았다.
그리고 왕룽은 아들을 빤히 쳐다보고는 자세히 다 살펴본 다음에 말했다.
"네 큰형이 그러는데 네가 글을 배우고 싶어한다더라."
거의 입술을 움직이지 않으며 아들이 말했다.
"예."
왕룽은 담뱃대에서 재를 흔들어 털고 엄지손가락으로 천천히 새 연초를 다져 넣었다.
"글쎄, 그렇다면 너도 흙에서 일하는 걸 원하지 않고, 아들이 남아 돌아갈 정도로 많기는 해도 내 땅에서 일할 아들이 나에게는 아무도 없다는 얘기로구나."

왕룽이 씁쓸하게 그 말을 했고 아들은 대답이 없었다. 그는 아마포(亞麻佈)로 지은 길고 하얀 옷을 걸친 채 꼼짝도 않고 꼿꼿이 서 있었고, 아들이 침묵을 지키니까 화가 난 왕룽이 벌컥 소리쳤다.

"너 왜 말이 없어? 네가 흙에서 일하고 싶지 않다는 게 사실이냐?"

또다시 아들은 한마디로만 대답했다.

"예."

그리고 그를 쳐다보고 있던 왕룽은 결국 이 아들들이 늙은 그로서는 다루기가 너무 힘들며, 걱정거리이고 부담일 따름이어서 그들을 어떻게 해야 할지 모르겠다고 생각하고는 이 아들들에게 자신이 이용만 당했다는 기분을 느껴 다시 소리쳤다.

"네가 무엇을 하든 내가 무슨 상관이겠느냐? 어서 내 앞에서 없어지기나 해!"

그러자 아들이 재빨리 나가버렸다. 홀로 앉아 왕룽은 하나는 가엾은 백치여서 가지고 놀 끈 한 토막에 아무 음식이나 먹을 것을 좀 주면 더 이상 아무것도 바라지 않고, 다른 하나는 결혼해서 그의 집을 떠난 두 딸이 따지고 보면 아들들보다 훨씬 더 좋다고 자신에게 말했다. 그리고 마당에 석양이 깔리고 그 안에 왕룽이 혼자 남았다.

그렇지만 노여움이 사라지고 나면 항상 그렇듯이 왕룽은 아들들이 마음대로 하게 그냥 내버려두었다. 그는 맏아들을 불러 말했다.

"그 애가 원한다면 셋째한테 가정교사를 하나 구해주고, 그 애 마음대로 하라고 하고는 그 일로 나를 귀찮게 하지는 말아라."

그리고 그는 둘째 아들을 불러놓고 말했다.

"보아하니 내 땅을 돌볼 아들이 없는 것 같으니까 해마다 수확기에 땅에서 들어오는 돈과 소작료를 관리하는 건 네가 맡아야 할 의무가 되었어. 넌 무게도 달 줄 알고 되를 될 줄도 아니까 네가 내 겸인 노릇을 하거라."

이것은 적어도 돈이 그의 손을 거쳐야만 하고 들어오는 수입이 얼마인지도 알아 혹시 집안에서 필요한 이상의 지출이 나갈 때는 아버지에게 불평할 수가 있음을 의미했기 때문에 둘째 아들은 그만하면 기분이 좋았다.

그런데 이 둘째 아들은 왕룽이 보기에 어느 아들보다도 이상했다. 나중에 결혼식 날이 닥쳤을 때도 고기와 술에 들어가는 돈을 꼬치꼬치 따졌고, 식탁에 앉는 자리도 세밀하게 구분하여 음식 비용이 얼마인지를 잘 아는 읍내 친구들 앞에는 가장 좋은 고기를 놓고, 꼭 초청을 해야 할 소작인들과 시골 사람들의 상은 마당에다 차려주었는데 그들은 날마다 형편없는 음식만 먹어서 그보다 조금만 더 좋아도 아주 훌륭하다고 여길 터여서 질이 좀 떨어지는 고기와 술만 내놓았다.

그리고 들어온 선물과 돈을 둘째 아들이 감독해서 하인들과 계집종들에게는 가능한 한 조금씩만 돈을 주어 토츄엔의 손에 인색하게 은화 두 냥을 놓아주었을 때는 토츄엔이 코웃음을 치며 여러 사람들더러 들으라고 큰 소리로 말했다.

"정말로 훌륭한 가문에서는 돈에 그렇게 신경을 많이 쓰지 않게 마련인데, 이 집안은 이 큰 집에서는 살 자격이 없다는 걸 누구나 알 만하군요."

맏아들이 이 얘기를 듣고는 창피하면서도 그녀의 험담이 두려워서 남몰래 그녀에게 은화를 더 쥐여주었고 둘째를 괘씸하게 생각했다. 이렇듯 그들 사이에는 심지어 바로 결혼식 날 손님들이 식탁에 둘러앉고 신부의 가마가 마당으로 들어왔을 때도 말썽이 벌어졌다.

신부가 마을 처녀에 불과했고 동생의 인색한 처사를 창피하다고 여겼기 때문에 맏아들은 그의 친구들 가운데 가장 신통치 않은 몇 명만 잔치에 불렀다. 그는 역겨워 옆으로 물러나서 말했다.

"이거 보아하니 우리 아버지의 지위로 보면 동생이 비취 한 그릇을 얻을 수도 있는데 흙항아리 하나를 선택한 셈이로구먼."

그리고 신랑과 신부가 그와 그의 아내에게 절을 하려고 왔을 때 그는 경멸하며 뻣뻣하게 목을 끄덕였다. 그리고 맏아들의 아내는 여봐란듯이 교만하게, 그녀의 신분에 올바르다고 간주되는 한 가장 가볍게 절을 했다.

그런데 이 집 여러 처소에서 사는 모든 사람들 가운데 왕룽에게 태어난 어린 손자 이외에는 어느 누구도 완전히 평화롭고 편안한 사람은 없는 모양이었다. 렌화가 사는 처소 옆에 있는 그의 방에서 조각을 한 커다란 침대에 누워 어둠 속에서 자다가 왕룽은 때때로 자기가 한 발자국만 나서면 그의 밭으로 나갈 수가 있고 조각한 나무 가구에 튈까 봐 걱정을 하지 않고 식은 차를 그냥 쏟아버려도 괜찮은 수수하고 컴컴하고 흙으로 벽을 쌓은 집으로 돌아와 있는 꿈을 꾸다가 깨어나고는 했다.

왕룽의 아들들로 말할 것 같으면 끊임없이 초조한 분위기가 감돌아서, 맏아들은 쓸 돈이 넉넉하지 않아 그들이 사람들의 눈에 하찮은 존재로 보일까 봐 그리고 읍내에서 찾아온 사람이 방문하고 있는 동안 마을 사람들이 커다란 대문으로 걸어 들어와 그가 있는 자리에서 식구들이 창피해하게 될까 봐 불안해서 전전긍긍했고, 둘째 아들은 낭비와 없어지는 돈 때문에 불안해했고, 막내아들은 농부의 아들로서 그가 손해를 보았던 세월을 되찾느라고 기를 썼다.

하지만 여기저기 비틀거리고 뛰어다니며 만족해하는 사람이 한 명 있었으니 그는 맏아들의 아들이었다. 이 어린아이는 그 큰 집 이외에 다른 곳이라고는 전혀 하나도 생각하지 않았고, 아이에게는 그 집이 크지도 않고 작지도 않고 그냥 그의 집이어서 그곳에는 어머니도 살고 아버지도 살고 할아버지도 살고 세상에 사는 모든 사람이 살며 그의 시중을 들어주기만 했다. 그리고 이 아이에게서 왕룽은 평화를 찾았고, 아무리 아이를 쳐다보고 있어도 전혀 지루한 줄을 몰라 아이를 보고 웃다가 넘어지면 잡아 일으키고는 했다. 그는 또한 아버지가 자기에게 어떻게 해주었는지를 기억했고, 허리띠를 가져다가 아이에게 감아주어 쓰러지지 않게 잡고는 즐겁게 이 마당 저 마당으로 돌아다녔다. 그러면 아이는 연못에서 돌아다니는 물고기를 손으로 가리키고 제멋대로 재잘거리며 떠들었고 꽃송이를 잡아뜯으며 무엇이나 다 편안하게 생각했고, 오직 여기에서만 왕룽은 평화를 찾았다.

그리고 이 아이 하나뿐이 아니었다. 맏아들의 아내는 충실한 여자였고, 규칙적으로 충실하게 아기를 임신하고 낳고 임신하고 낳았으며, 아이가 태어날 때마다 계집종을 하나씩 붙여주었다. 이렇듯 왕룽은 집안에서 해마다 점점 더 많은 아이들과 종들을 보게 되었고, 그래서 누가 그에게 "맏아드님의 처소에 먹여 살려야 할 입이 또 하나 늘었군요"라고 말하면 그는 그냥 웃으며 말했다.

"어, 뭐…… 그래, 우린 좋은 땅을 소유하고 있으니까 모두 먹고 살 식량은 충분해."

그리고 둘째 아들의 아내도 때가 되어 임신을 하고 다른 며느리를 존중한다는 뜻에서 그런 것처럼 여겨지지만 첫아이로 딸을 낳았을 때도 그는 기뻤다. 왕룽은 5년이라는 기간 동안에 손자 넷과 손녀 셋을 얻었고, 집안의 마당들은 그들이 울고 웃는 소리로 가득했다.

그런데 아주 어리거나 아주 늙었을 때를 제외하고는 사람의 삶에서 5년이라는 기간은 아무것도 아니었지만, 그 세월이 비록 그에게 다른 생명들을 가져다주기도 한 반면에 작은아버지와 그의 아내가 제대로 먹고 옷을 얻어 입고 피우고 싶은 아편을 잘 피우는지 확인하는 일 이외에는 거의 잊고 지냈던 늙은 몽상가인 그의 작은아버지를 데리고 가기도 했다.

다섯 해째 되던 겨울에는 날씨가 매우 추워 30년 만에 처음 겪는 심한 추위가 닥쳤고, 그래서 왕룽이 기억하기로는 처음으로 읍내 성벽 둘레의 해자가 얼어붙어 사람들이 그 위를 걸어서 지나다닐 수 있게 되었다. 또한 북동쪽에서 얼음처럼 차가운 바람이 계속해서 불어왔기 때문에 염소 가죽이나 모피로 만든 어떤 옷을 몸에 걸쳐도 추위를 이겨낼 길이 없었다. 큰 집의 모든 방에서는 화로에다 숯불을 피웠지만 숨을 쉴 때마다 입김이 눈에 보일 정도로 추웠다.

그런데 왕룽의 작은아버지 내외는 벌써 오래 전부터 뼈만 남고 살이 말라붙을 정도로 아편만 피워대서 두 개의 말라버린 말뚝처럼 날이면 날마다 침대에 누워 있기만 했고 그들의 몸속에는 온기가 조금도 남아 있지 않았다. 그리고 왕룽은 작은아버지가 이제 더 이상 침대에서 일어나 앉지도 못하고 조금만 몸을 움직여도 그때마다 각혈을 한다는 얘기를 듣고 가보았는데, 노인이 얼마 더 살지 못하리라는 것을 알았다.

그러자 왕룽은 굉장히 좋다고까지는 할 수 없지만 그만하면 훌륭한 편인 관을 두 개 사서 노인이 그것을 보고는 그의 뼈가 담길 자리가 마련되었음을 알고 안심하고 죽을 수 있도록 작은아버지가 누워 있는 방에다 판들을 들여놓았다. 그리고 벌리는 속삭임 같은 목소리로 작은아버지가 말했다.

"그래, 너는 나한테 아들이나 마찬가지여서, 타향에 나가 헤매는 내 아들보다 훨씬 아들 노릇을 잘해주었지."

그리고 아직 남편보다 훨씬 건강한 늙은 여자가 말했다.

"만일 그 아들 녀석이 고향으로 돌아오기 전에 내가 죽으면 그 애가 앞으로라도 우리의 대를 이을 아들을 낳도록 좋은 색시를 구해주겠다고 나한테 약속해줘."

왕룽은 그러겠다고 약속했다.

국 한 그릇을 갖다 주려고 어느 날 저녁에 계집종이 들어가보니 이미 죽은 채로 누워 있었다는 것 이외에는 작은아버지가 언제 죽었는지 왕룽은 알 수가 없었다. 땅 위로 눈이 구름처럼 바람에 휘날리던 무섭게 추운 날 그를 매장했는데 그의 관은 집안 묘지에다 아버지의 옆으로 아버지의 무덤보다 약간 낮지만 자신이 묻힐 자리보다는 약간 높은 곳에다 묻었다.

그러고는 모든 가족이 상을 치러야 한다고 왕룽이 명령해서, 그들에게 골칫거리 노릇만 했지 아무것도 해준 바가 없는 이 노인의 죽음을 조금이라도 진심으로 슬퍼하기 때문이 아니라 가족이 죽으면 훌륭한 가문에서는 마땅히 그래야 했기 때문에 그들은 한 해 동안 상장을 달았다.

그러자 왕룽은 그녀가 혼자 살지 않아도 되게끔 작은어머니의 거처를 읍내로 옮겨주었다. 그녀 혼자 쓸 거처로 뒤쪽 구석의 방 하나를 내주었으며 그녀의 시중을 들 계집종을 두어 보살피라고 토츄엔에게 지시해서 이 늙은 여자는 자리에 누워 아편 물부리를 빨고 굉장히 만족해했고, 그것을 보고 마음을 놓도록 바로 옆에다 그녀의 관을 놓아둔 방에서 날이면 날마다 잠을 자며 세월을 보냈다.

그리고 왕룽은 몰락한 황씨 댁의 집에서 피부가 누렇게 쪼그라들었던 노마님처럼 쪼그라들고 말도 없이 누렇게 떠서 누워 있는 이 여자가 언젠가는 굉장히 뚱뚱하고 게으르고 시끄럽고 성미가 고약한 시골 여자여서 무서워했다는 생각을 해보면 묘한 기분이 들었다.

31

 평생 동안 줄곧 왕릉은 여기저기에서 전쟁이 벌어진다는 얘기를 들어왔지만 젊은 시절 남방 도시에서 겨울을 나던 무렵 이외에는 가까운 곳에서 전쟁이 벌어지는 것을 한 번도 본 적이 없었다. 어렸을 때부터 "금년에는 서쪽 지방에서 전쟁이 났다"거나 "동쪽인가 북동쪽 지방에서 전쟁이 벌어지는 중이다"라고 말하는 사람들의 얘기를 자주 듣기는 했어도 전쟁이 그 이상 그에게 더 가까이 접근했던 적은 없었다.
 그리고 그에게는 전쟁이 대지와 하늘과 물이나 마찬가지였고, 그냥 벌어진다는 것은 알았지만 왜 벌어지는지 그 이유를 아는 사람이 아무도 없었다. 그는 걸핏하면 사람들이 이런 얘기를 하는 것을 들었다.
 "우린 전쟁터로 가겠어요."

사람들은 머지않아 굶주려야 할 때가 다가올 것 같으면 거지가 되느니 차라리 군인이 되겠다는 뜻으로 그 말을 했고, 때로는 작은 아버지의 아들이 그랬듯이 집에서 지내기가 답답한 사람들도 그 말을 했다. 그러나 경우야 어쨌든 간에 전쟁이란 항상 까마득히 먼 곳에서 벌어지는 사건이었다. 그러다가 갑자기 하늘에서 영문 모를 바람이 터지듯 전쟁이 가까이 왔다.

왕룽이 그 얘기를 처음 들은 것은 점심밥을 먹으려고 어느 날 장터에서 집으로 돌아온 둘째 아들로부터였는데 그가 아버지에게 말했다.

"전쟁이 지금은 이곳 남쪽에서 벌어지는데 날마다 자꾸 가까워지니까 곡식 값이 갑자기 뛰어오르는 판이어서, 군대가 이곳으로 더 가까이 와 값이 잔뜩 오른 다음에 좋은 값으로 팔 수 있도록 우리도 곡식을 창고에 넣어두는 게 좋겠어요."

밥을 먹으며 이 말을 들은 왕룽이 말했다.

"글쎄, 난 평생 전쟁 얘기는 들었지만 한 번도 본 적이 없으니 전쟁이 어떤 것인지 궁금해서 보고 싶기도 하구나."

그러자 그는 언젠가 강제로 붙잡혀갈까 봐 두려워했던 시절이 생각났다. 그러나 이제 그는 너무 늙어 쓸모가 없는데다가 부자였으며, 부자는 아무것도 두려워할 필요가 없었다. 그래서 그는 더 이상 이 문제에 신경을 쓰지 않았고 약간의 호기심 이상은 마음의 동요를 일으키지 않고 둘째 아들에게 말했다.

"곡식은 네가 알아서 잘 처리하도록 해라. 그건 네가 맡은 일이니까."

그리고 그 후 여러 날 동안 그는 기분이 나면 손자들하고 같이 놀았고, 먹고 자고 담배를 피웠으며, 마당 저쪽 구석에 앉아 있는 가엾은 백치를 가끔 가서 보기도 했다.

그러다가 이른 여름의 어느 날 메뚜기 떼처럼 북서쪽에서 사람들의 대집단이 휩쓸고 내려왔다. 이른 봄(원문 표기대로 번역한 것임: 옮긴이)의 햇빛이 화창한 어느 날 아침에 무엇이 지나다니는지 구경하려고 머슴과 함께 대문에 나가 서 있던 왕룽의 어린 손자가 회색 저고리를 입은 남자들이 길게 행렬을 지어 오는 광경을 보고는 다시 할아버지에게로 달려와서 소리쳤다.

"저기 오는 거 봐요, 할아버지!"

그래서 기분을 맞춰주려는 생각에 손자와 함께 다시 대문으로 간 왕룽은 거리를 가득 채우고, 읍내를 가득 채우며 오는 사람들을 보고는 묵직한 소리를 내고 발을 맞춰 읍내를 지나가는 회색 사람들의 엄청난 숫자 때문에 공기와 햇빛 갑자기 자난되는 듯한 기분을 느꼈다. 왕룽이 그들을 자세히 살펴보았더니 모든 사람이 저마다 한쪽 끝에 칼이 쑥 튀어나온 어떤 연장을 들고 있었다. 비록 어떤 사람들은 어린 소년에 지나지 않았는데도 모든 남자의 얼굴이 난폭하고 사납고 무서워 보였다. 그리고 그들의 얼굴을 보자 왕룽은 황급히 아이를 끌어당기며 중얼거렸다.

"들어가서 대문을 잠그자. 저 사람들을 보면 좋지 않단다, 애야."

하지만 그가 미처 돌아서기도 전에 갑자기 남자들 가운데 한 사람이 그를 보고 소리쳤다.

"오, 안녕하세요, 우리 아버지의 조카님!"

그를 부르는 이 소리에 머리를 든 왕룽은 작은아버지의 아들을 보았는데, 그는 다른 사람들과 마찬가지로 흙투성이 회색 옷을 걸치고 있었고 얼굴은 그들 가운데 가장 난폭하고 사나워 보였다. 그리고 그는 거칠게 웃고 나서 동료들에게 소리쳤다.

"동지들, 이 사람은 부자이고 내 친척이니까 우리 여기서 묵어가도 되겠소!"

겁에 질려 미처 왕룽이 몸을 움직이기도 전에 대집단이 그를 젖히고 대문 안으로 들어갔으며 그는 그들의 한가운데 무기력하게 서 있었다. 그들은 더럽고 험악한 물처럼 그의 처소로 쏟아져 들어갔다. 그리고 모든 구석과 틈을 파고들어가 땅바닥에 널브러져 눕기도 하고 연못 물을 손으로 퍼서 마시기도 하고 조각을 한 탁자에다 칼들을 떨그렁거리며 내려놓으면서 아무 데나 제멋대로 침을 뱉고 서로 소리를 질러댔다.

그러자 이런 사태에 기가 막힌 왕룽이 아이를 데리고 맏아들을 찾으러 서둘러 들어갔다. 그는 아들의 처소로 들어갔다. 그곳에서는 아들이 책을 읽으며 앉아 있다가 아버지가 들어오는 것을 보고 몸을 일으키더니 왕룽이 숨을 몰아쉬면서 하는 얘기를 듣고는 앓는 소리를 내며 밖으로 나갔다.

하지만 당숙을 만나자 그는 욕을 해야 할지 공손하게 대해야 할지 갈피를 잡을 수가 없었다. 그래서 그는 뒤에 있던 아버지를 돌아보며 투덜거렸다.

"모두 칼을 가지고 있군요!"

그래서 그는 공손하게 대하기로 결정하고 말했다.

"자, 당숙, 집으로 돌아온 걸 환영합니다."

당숙이 히죽 웃으면서 말했다.

"손님을 좀 데리고 왔는데."

"당숙의 손님들이라면야 환영이죠."

왕룽의 장남이 말했다.

"그리고 그들이 다시 길을 떠나기 전에 좀 먹도록 식사를 준비하죠."

그러자 아직도 히죽거리며 당숙이 말했다.

"우린 전투지에서 부를 때까지는 읍내에 주둔할 예정이어서 며칠이 걸릴지 한 달이나 1년이나 2년, 얼마 동안 휴식을 취해야 할지 모르니까 식사는 준비하되 공연히 서두를 필요는 없어."

이 얘기를 들은 왕룽과 그의 아들은 이제 놀라움을 감추기가 어려웠지만 집 안 어디에서나 칼들이 번쩍거렸기 때문에 그 표정을 감추어야만 했고, 그래서 그들은 어설프게나마 억지로 미소를 지으며 말했다.

"우린 괜찮아, 우린 괜찮아요."

그리고 장남은 준비를 하러 어서 가봐야 하는 체하면서 아버지의 손을 잡고 안채로 같이 달려 들어갔다. 장남이 문에 빗장을 지른 다음 아버지와 아들은 불안한 눈초리로 멍하니 서로 쳐다보았지만 어떻게 해야 할지를 몰랐다.

그러자 둘째 아들이 뛰어 들어와 문을 두드려 그들이 문을 열어 주었다. 그는 너무나 서둘렀던 나머지 고꾸라지다시피 했고, 숨을 헉헉거리며 말했다.

"어느 집엘 가나 사방에 군인들투성이예요. 가난한 사람들의 집도 마찬가지예요. 그리고 제가 뛰어온 건 해드리고 싶은 얘기가 있어서예요. 절대로 그들에게 반항하면 안 됩니다. 오늘 우리 가게에서 일하는 점원이― 그 사람은 날마다 계산대에서 제 옆에 서 있는 사람이어서 내가 잘 아는 사람이었는데― 자기 집에 군인들이 와 있다는 얘기를 듣고 집으로 갔더니 그의 아내가 아파서 누워 있는 바로 그 방에까지 군인들이 들어와 있더라는 거예요. 그래서 그가 항의를 했더니 그들은 비계를 자르듯 그를 그냥 콱 칼로 찔렀고, 칼이 다른 쪽으로 쑥 뚫고 나왔대요! 그들이 요구하는 건 우리가 모두 내줘야 하고, 곧 전쟁이 다른 지방으로 옮겨가도록 기도나 드리는 수밖에 없어요!"

그러자 그들 세 사람은 음울하게 서로 쳐다보았으며 그들의 아내와 이 굶주리고 욕정적인 남자들을 생각했다. 그리고 맏아들은 훌륭하고 얌전한 아내를 생각하고 말했다.

"우린 여자들을 가장 내밀한 처소에 함께 모아놓고 밤낮으로 그들을 지키고 대문들을 잠가두고 뒤쪽 평화의 문은 당장 벗겨 열 수 있도록 해놓아야 되겠어요."

그들은 그대로 했다. 그들은 렌화가 토츄엔과 하녀들을 데리고 혼자 살던 안채로 아녀자들을 모두 몰아넣었고, 그래서 그들은 비좁은 곳에서 불편하게 지내야 했다. 장남과 왕룽은 밤낮으로 대문을 지켰고 둘째 아들도 틈만 나면 와서 밤에도 낮에서처럼 열심히 지켰다.

하지만 당숙이 문제였다. 그는 친척이었으므로 아무도 그의 출입을 법적으로 막을 수도 없어서, 그는 제멋대로 아무 때나 대문을 두드리고 들어와 번쩍거리는 칼을 뽑아 손에 들고 집 안을 이리저리 돌아다녔다. 몹시 불쾌한 얼굴로 맏아들이 그를 쫓아다녔지만 번쩍거리는 칼을 들고 있었으므로 감히 아무 얘기를 하지 못했으며, 당숙은 여기저기 기웃거리면서 여자들을 하나씩 눈여겨보았다.

그는 맏아들의 아내를 보고 거칠게 웃으며 말했다.

"이런, 연꽃 봉오리처럼 발이 작은 읍내 여자라니, 우리 조카가 색시는 제대로 잘 얻었구나!"

그리고 둘째 아들의 아내를 보고 그가 말했다.

"그래, 여긴 싱싱하고 시뻘건 고기 토막처럼 훌륭하고 튼튼하고 싱싱한 시골 출신의 뻘건 무쪽 같은 여자로구먼!"

여자가 살지고 혈기가 잘 돌고 뼈대가 굵으면서도 밉상은 아니기 때문에 그는 이 말을 했던 것이다. 그리고 당숙이 쳐다보니까 맏아들의 아내가 움츠리고 도망치며 소매로 얼굴을 가린 반면에 쾌활하고 착한 성격이었던 이 여자는 큰 소리로 웃고는 거침없이 말했다.

"글쎄요, 어떤 남자들은 뻘건 무쪽이나 시뻘건 고기를 씹는 맛을 좋아하더라구요."

그러자 당숙이 재빨리 되받아 대답했다.

"그건 나도 그렇죠!"

그는 그녀의 손을 잡으려는 시늉을 했다.

그동안 줄곧 맏아들은 서로 얘기도 해서는 안 되는 사이인 남자와 여자가 이렇게 희롱하는 꼴을 보고 창피해서 어쩔 줄을 몰랐다. 그는 자기보다 훨씬 고상한 집안 출신인 아내 앞에서 벌이는 당숙과 제수의 행실이 부끄러워 흘긋 아내를 쳐다보았고 당숙은 아내 앞에서 쩔쩔매는 그의 꼴을 보고는 악의에 차서 말했다.

"글쎄, 나 같으면 이쪽 여자처럼 차갑고 맛없는 생선 한 조각보다는 언제라도 시뻘건 고기를 먹겠구먼!"

이 말을 듣고 맏아들의 아내는 새침을 떨며 몸을 일으켜 안방으로 들어갔다. 그러자 당숙이 험악하게 웃고는 물부리로 담배를 피우고 앉아 있던 렌화에게 말했다.

"이 읍내 여자들이란 성미가 너무 까다로워요, 안 그런가요, 마나님?"

그러더니 그는 렌화를 찬찬히 살펴보고 말했다.

"글쎄요, 마나님이라는 말이 정말 잘 어울릴 만도 한 노릇이, 너무나 잘 먹고 너무나 값진 음식만 먹어서인지 이렇게 산더미처럼 살이 쪄서 만일 종형이 부자라는 걸 내가 모르고 있었다 하더라도 종형 댁을 보면 한눈에 알 수 있었을 거예요! 부자의 마누라들은 종형 댁 같은 모습이니까요!"

훌륭한 가문의 부인들만 그런 명칭을 들을 수 있었기 때문에 이제 렌화는 마님이라는 소리를 듣자 굉장히 기분이 좋아져 굵직한 목에서 깊고 꾸룩거리는 소리를 내며 웃었고, 담뱃대에서 재를 불어내고 다시 담배를 채우라고 종에게 넘겨준 다음 토츄엔에게 시선을 돌리고 말했다.

"이런, 이 흉측한 양반이 농담도 할 줄 아는군!"

그리고 이 말을 하면서 그녀의 눈이 비록 살이 디룩거리는 뺨에 박혀 이제는 더 이상 크고 살구 모양이 아니어서 전에처럼 귀엽지는 않았어도 애교를 부리며 곁눈질로 당숙을 흘겨보았고, 그에게 던져진 그녀의 눈꼬리를 보자 당숙은 요란하게 웃으며 소리쳤다.

"맙소사, 옛날 솜씨가 아직도 여전하시구먼!"

그리고 그는 또다시 큰 소리로 웃었다.

그리고 그 동안 줄곧 맏아들은 화가 나서 말없이 서 있었다.

그러더니 모든 것을 둘러본 당숙은 어머니를 만나러 갔고 왕룽이 그녀가 있는 곳으로 안내했다. 그녀가 잠들어 누워 있어서 아들이 깨우기가 어려웠지만 그래도 그는 침대 밑의 타일 바닥을 총의 굵은 쪽 끝으로 탕탕 두드려 어머니를 깨웠다. 그러자 그녀가 눈을 뜨고 잠에 취해 물끄러미 쳐다보았고, 아들이 짜증스럽게 말했다.

"아니, 아들이 왔는데도 그냥 잠만 주무시나요!"

그러자 그녀가 침대에서 몸을 일으키더니 다시 멍하니 그를 쳐다보고 의아해하며 말했다.

"내 아들…… 내 아들이로구나……."

그리고 그녀는 한참 동안 그를 물끄러미 쳐다보았고, 달리 어떻게 해야 할지를 모르겠다는 듯, 이보다 더 훌륭한 것이 생각나지 않는다는 듯, 아편 물부리를 아들에게 내주며 시중을 드는 몸종에게 말했다.

"저 애한테 좀 준비해줘."

그리고 그는 어머니를 빤히 쳐다보고 말했다.

"아니요, 전 안 피우겠어요."

침대 곁에 서 있던 왕룽은 이 남자가 갑자기 자기에게로 돌아서서 이런 말을 할까 봐 두려웠다.

대지 435

"종형이 무슨 짓을 했길래 어머니의 살진 몸이 다 빠지고 이렇게 누렇고 야위었나요?"

그래서 왕룽이 황급히 먼저 말을 꺼냈다.

"아편 값이 하루에 은화 한 줌이나 들어갈 지경이어서 작은어머니가 덜 피우고도 만족했으면 좋겠지만, 작은어머니가 한껏 피우고 싶어하시는데 나이도 나이이니까 우리가 섣불리 노여움을 자극할 수도 없는 노릇이지."

그리고 그는 말을 하면서 한숨을 짓고는 슬그머니 종제의 표정을 살펴보았지만, 그는 어머니의 몰골을 멍하니 쳐다보기만 할 뿐 아무 말도 없었으며, 그녀가 다시 자리에 누워 잠이 들자 몸을 일으켜 총을 잡아 지팡이로 삼고 덜그럭거리며 걸어 나갔다.

왕룽과 그의 가족은 바깥에서 빈둥거리는 남자들 패거리 가운데 어느 누구도 그들의 이 친척만큼 미워하거나 두려워하지는 않았다. 비록 그들이 편도와 오얏 같은 꽃피는 나무들과 화초를 꺾거나 뽑아버렸지만, 비록 큼직한 가죽 군화로 의자의 섬세한 조각을 짓밟아 망쳐놓았지만, 그리고 비록 금붕어와 얼룩 잉어들이 헤엄쳐 다니는 연못에다 소변을 보아 물고기들이 하얀 배를 드러내고 죽어 물 위에 둥둥 떠서 썩게 만들었지만 이 친척만큼 밉지는 않았다.

그 까닭은 당숙이 제멋대로 드나들고 집 안을 돌아다니며 계집종들에게 눈독을 들였기 때문이었다. 왕룽과 아들들은 걱정이 되어 제대로 잠을 못 자서 핼쑥하고 푹 꺼진 눈으로 서로 쳐다보곤 했다. 그러자 그 눈치를 채고 토츄엔이 말했다.

"이제는 한 가지밖에 방법이 없어요. 그가 이곳에 머무르는 동안 데리고 즐길 계집종을 하나 붙여줘야지. 그렇지 않으면 엉뚱한 여자한테 손을 댈 거예요."

그리고 그의 집 안에서 일어나는 온갖 골칫거리를 더 이상 견딜 수 없을 것 같았던 왕룽은 그녀의 제안을 당장 받아들이고 말했다.

"그게 좋겠구먼."

그리고 그는 토츄엔더러 종제에게 모두 둘러본 결과 어느 계집종을 가지고 싶은지 가서 물어보라고 지시했다.

그래서 토츄엔이 시키는 대로 하고는 돌아와서 말했다.

"마님 침실에서 자는 얼굴이 하얗고 어린 계집을 달라고 하더군요."

그런데 얼굴이 하얀 이 계집종은 이름이 리화(梨花)였으며 반쯤 굶어 죽은 가련한 상태로 아주 어렸을 때 기근이 들었던 해에 왕룽이 사들인 계집이었고 항상 연약했기 때문에 그들은 계집종을 아끼고 귀여워했으며, 종제가 보았을 때도 그랬지만 렌화를 위해 담뱃대를 채우거나 차를 따르는 따위의 가벼운 일만 하며 토츄엔을 도와주게 했었다.

그들이 모두 자리를 같이한 안채에서 렌화에게 그녀가 차를 따르던 중에 토츄엔이 전한 이 얘기를 듣고 리화가 비명을 지르고 차 주전자를 타일 바닥에 떨어뜨렸다. 산산조각으로 주전자가 깨지고 차가 사방에 쏟아졌지만 계집종은 자신의 행동을 의식하지도 못했다. 그녀는 렌화 앞으로 몸을 던지고는 타일 바닥에 머리를 짓찧으며 신음했다.

"오, 마님, 저는 못 해요. 저는 못 해요, 저는 그 사람이 죽을 정도로 무서워요."

그러나 렌화는 계집종의 이런 태도가 못마땅해서 신경질적으로 말했다.

"그 사람도 남자이고 남자는 처녀하고 자리를 같이하면 누구나 다 똑같게 마련인데 너는 왜 이렇게 야단이냐?"

그리고 그녀는 토츄엔에게 말했다.

"이 종년을 데리고 가서 그에게 주도록 해."

그러자 어린 하녀는 가련하게 두 손을 모아 잡고 겁이 나서 울다가 죽기라도 할 사람처럼 울었고, 그 자그마한 몸을 무서워서 벌벌 떨며 울부짖어 애원하면서 이 얼굴 저 얼굴을 둘러보았다.

그런데 왕룽의 아들들은 아버지의 아내를 반박할 수도 없는 노릇이었고, 그들이 아무 말도 못 하니까 그들의 아내들도 아무 말 못했다. 막내아들도 입을 다물고 있기는 했지만 가슴에 얹은 두 손을 불끈 쥐고 시커먼 눈썹이 직선으로 이어질 정도로 미간을 찡그리며 그녀를 노려보았다. 하지만 그는 말을 하지 않았다.

아이들과 하인들이 말없이 쳐다보았고, 방 안에는 어린 계집아이가 무서워서 흐느껴 우는 참담한 소리뿐이었다.

하지만 왕룽은 그 광경을 보고 거북해졌다. 구태여 렌화의 화를 돋우고 싶지는 않지만 항상 마음이 선량했던 그는 어찌할 바를 모르고 어린 계집을 쳐다보았다. 그러자 하녀는 그의 얼굴에서 그의 마음을 읽고 달려가 두 손으로 그의 발에 매달려 머리를 조아리며 큰 소리로 울어댔다. 그는 하녀를 굽어보고는 하녀의 어깨가 얼마나 가냘프고 그 어깨가 얼마나 슬프게 들먹이는지를 보았고, 이제는 젊은 시절이 오래 전에 다 지나가버린 종제의 커다랗고 더럽고 사나운 몸뚱이가 떠올랐다. 역겨움에 사로잡힌 그는 맑은 소리로 토츄엔에게 말했다.

"글쎄, 아무래도 이런 어린 처녀에게 강요한다는 건 나쁜 짓이라고 생각되는구먼."

그는 이 말을 상당히 온화하게 했지만 렌화가 날카롭게 소리쳤다.

"저 애는 시키는 대로 해야만 해요. 모든 여자에게 언젠가는 일어나게 될 하찮은 일을 가지고 이렇게 울고불고 소란을 피운다는 건 어리석은 짓이란 말이에요."

하지만 왕룽이 너그럽게 렌화에게 말했다.

"우선 무슨 다른 수가 있는지 알아보도록 하지. 원한다면 당신에게 다른 종을 사주거나 당신 뜻대로 하겠지만, 먼저 어디 무슨 수가 있을지 알아보자구."

그러자 벌써 오래 전부터 새 홍옥 반지와 외국 시계에 마음이 있었던 렌화가 갑자기 잠잠해졌고 왕룽이 토츄엔에게 말했다.

"내 친척에게 가서 이 처녀가 더러운 불치의 병에 걸렸다고 전해. 만일 그래도 그냥 갖고 싶다면 여자를 그에게로 보내주겠으나, 우리가 모두 그렇듯 그 병이 두렵다면 병이 없는 다른 여자를 하나 구해주겠다고 전해."

그리고 그가 주변에 둘러선 종들에게 눈을 돌렸더니 그들은 얼굴을 돌리고 킬킬거리며 창피한 체했지만, 그 가운데 벌써 스무 살쯤 된 어느 건강한 계집 하나가 얼굴을 붉히고 웃으며 말했다.

"글쎄요, 전 이런 얘기를 많이 들었고 그만하면 별로 흉측한 남자도 아니니까 만일 그분만 좋다면 제가 나서보고 싶은데요."

"그래, 그렇다면 가거라!"

그리고 토츄엔이 말했다.

"두고 보면 알겠지만 그 사람은 닥치는 대로 아무 과일이나 따먹는 그런 남자일 테니까 내 뒤를 바싹 따라와."

그리고 그들이 나갔다.

어린 하녀는 이제 울음을 그치고 주변에서 벌어지는 상황에 귀를 기울이고 엎드려 있기는 했지만 왕룽의 발을 놓아주려고 하지 않았다. 그리고 그녀 때문에 아직도 화가 난 렌화는 몸을 일으켜 아무 말도 없이 자기 방으로 들어갔다. 그러자 왕룽이 하녀를 찬찬히 붙잡아 일으켰고, 그녀는 창백한 얼굴로 어깨를 축 늘어뜨리고 그의 앞에 섰다. 그는 그녀의 얼굴이 자그마하고 부드럽고 타원형의 달걀 모양이며 무척 섬세하고 하얗고, 입술도 약간 엷은 빨간빛임을 알았다. 그리고 그가 상냥하게 말했다.

"애야, 마님의 노여움이 가라앉을 때까지 하루나 이틀쯤 마님한테 가까이 가지 말아라. 그리고 아까 그 다른 여자가 그냥 돌아오면 그가 여전히 너를 원해서 그러는 것인지도 모르니까 어디 숨도록 하고."

그녀는 눈을 들어 그를 찬찬히 살펴보고는 그림자처럼 소리 없이 그의 옆을 지나 밖으로 나갔다.

종제는 그곳에서 한 달 반을 살았으며 마음이 내킬 때마다 그 계집종을 가까이 해서 여자가 아이를 임신했고, 그는 집 안에서 그것을 자랑 삼아 떠들고 다녔다. 그러다가 갑자기 전쟁터에서 부르자 그들 패거리는 바람에 불려 날아가는 쌀겨처럼 순식간에 날아가버려 그들이 늘어놓은 오물과 파괴 이외에는 아무것도 남지 않았다. 그리고 왕룽의 종제는 허리에 칼을 차고 총을 어깨에 둘러메고는 그들 앞에 서서 놀리듯 말했다.

"그래요, 만일 내가 여러분에게 다시는 돌아오지 못하더라도, 난 제2의 나 자신, 즉 우리 어머니를 위한 손자를 남기고 가니까 괜찮을 거요. 한두 달 묵고 가는 곳에다 아들을 하나 남긴다는 것은 아무 남자나 다 할 수 있는 일이 아니오. 바로 그것이 군대 생활의 혜택들 가운데 하나요. 지나가고 난 자리에서는 씨앗이 싹트고 그 싹은 다른 사람들이 가꿔줘야 한단 말씀이오."

그리고 그들 모두를 보고 다시 웃은 다음 그는 다른 사람들과 같이 떠났다.

32

 병사들이 떠나간 다음에 왕룽과 그의 맏아들과 둘째 아들은 오랜
만에 의견이 일치해서 방금 겪었던 사건의 모든 흔적을 지워버려야
한다고 생각했다. 그래서 그들은 목수들과 석수들을 다시 불렀고,
머슴들이 마당을 청소했고, 깨진 조각과 탁자들을 목수들이 교묘
하게 손질했고, 연못은 오물을 퍼내고 깨끗한 물을 넣었으며, 또다
시 맏아들이 금붕어와 얼룩 잉어들을 사오고 꽃피는 나무들을 새로
심었고 남아 있는 나무들의 부러진 가지들을 가다듬었다. 그리고 1
년도 안 되어서 집 안이 새로워지고 다시 꽃이 피었고, 아들들이 저
마다 그들의 처소로 다시 들어갔으며 또다시 모든 곳에 질서가 잡
혔다.
 왕룽은 작은아버지의 아들이 임신을 시킨 계집종에게 이제는 별
로 오래 살지 못할 작은어머니가 죽을 때까지 시중을 들다가 죽은

다음에는 입관을 시키라고 명령했다. 그리고 이 계집종이 딸을 낳았다는 것이 왕룽에게는 기쁜 일이었다. 만일 아들을 낳았다면 그녀는 잘났다고 뽐내며 집안에서 자리를 하나 차지하려고 나섰겠지만 딸을 낳았으니 계집종이 계집종을 낳은 셈이어서 그녀는 전과 달라진 바가 없었다.

그렇지만 왕룽은 어느 누구에게나 그렇듯이 그녀에게도 공정해서 집 안의 60개나 되는 방들 가운데 하나쯤은 눈에 띄지도 않을 지경이니까 원한다면 늙은 여자가 죽은 다음에 그녀의 방을 써도 좋다고 계집종에게 말했다. 그리고 그는 종에게 은화를 좀 주었고 여자는 한 가지만 빼놓고는 만족이었는데, 그녀는 한 가지 소망을 그가 은화를 줄 때 얘기했다.

"은화는 제 지참금으로 맡아두세요, 주인님."

그녀가 말했다.

"그리고 혹시 폐가 되지 않는다면 저를 어느 농부나 착하고 가난한 남자하고 결혼시켜주세요. 그러면 주인님은 덕을 쌓으시게 되는 겁니다. 남자하고 같이 살아본 저로서는 혼자 잠자리에 들기가 힘드는군요."

그러자 왕룽이 쉽게 약속해주었으며, 약속을 하는 사이에 그의 머리에는 이런 생각이 떠올랐다. 지금 그는 어느 한 여자에게 가난한 남자를 구해주겠다고 약속했는데, 그 자신도 언젠가 아내를 얻기 위해 바로 이 집으로 찾아왔던 가난한 남자였던 것이다. 그는 삶의 절반을 살아가는 동안 오란을 생각하지 않았고, 이제는 그녀로부터 너무나 아득하게 멀어졌기 때문에 슬픔이 아니라 오래 전에 사라진 것들과 추억의 무거운 감정일 따름인 서글픔을 느끼며 오란을 생각했다. 그리고 그가 무겁게 말했다.

"아편에 취해 꿈꾸는 늙은이가 죽으면 내가 너한테 남자를 하나 구해주지. 그건 별로 오래 걸리지 않을 거야."

그리고 왕룽은 그가 말한 대로 실천했다. 어느 날 아침에 여자가 그에게로 와서 말했다.

"이른 아침에 잠도 깨지 않은 채 노마님이 돌아가셨고 제가 입관을 시켰습니다. 그러니 이제는 약속을 지켜주세요, 주인님."

왕룽은 지금 그의 땅에 어떤 남자가 있는지 생각해보았고 칭을 죽게 만들었던 우는 소리를 잘하는 총각, 아랫입술 위로 이빨이 선반처럼 뻗어 나온 총각이 생각나서 말했다.

"그래, 그는 악의가 있어서 일부러 그런 것이 아니고, 어느 누구 못잖게 착한 남자이며 지금 내 머리에 떠오르는 유일한 총각이야."

그래서 그가 총각을 불러오라고 사람을 보냈다. 이제는 성숙한 어른이 된 그가 나타났지만 아직도 예의범절을 모르고 이빨도 그대로 뻗어 나와 있기는 마찬가지였다. 그리고 왕룽은 널찍한 대청에서 높은 자리에 앉아 두 사람을 앞에 불러 세워놓고 싶은 충동을 느꼈고 이 이상한 순간의 묘미를 한껏 만끽하고 싶어 천천히 말했다.

"여보게, 만일 자네가 데리고 살기를 원하기만 한다면 이 여자는 자네 차지가 되네. 내 작은아버지의 아들 이외에는 아무도 이 여자를 가져보지 않았다네."

남자는 그런 여자가 아니면 결혼할 수가 없는 가난한 처지였으며 그녀가 튼튼하고 마음씨도 착한 여자여서 감사한 마음으로 그녀를 받아들였다.

그리고 왕릉은 자리에서 내려왔고, 이제는 그의 삶이 완성되었다는 기분이 들었다. 그는 살아가는 동안 하겠다고 얘기한 모든 것을 해냈고 도저히 꿈도 못 꿀 정도로 많은 일을 해냈는데, 도대체 그것이 어떻게 모두 가능했는지 그로서는 납득이 가지 않았다. 지금에 이르러서야 참된 평화가 그에게로 찾아왔고 마음 놓고 양지 쪽에서 잠을 잘 수 있을 것만 같았다. 그리고 그럴 만도 한 노릇이, 그는 나이가 예순다섯이 다 되었으며 맏아들의 아들이 셋인데 그 가운데 첫아이는 거의 열 살이 가까웠고 둘째 아들에게도 아들이 둘, 이렇듯 그의 주변에서는 손자들이 죽순처럼 무럭무럭 자라났던 것이다. 그렇다, 그리고 또 셋째 아들도 곧 장가를 보내야 하는데, 그러면 그의 삶에서는 더 이상 걱정거리가 남지 않아 평화로움을 누릴 수 있으리라.

하지만 평화는 없었다. 군인들이 왔던 것은 닥치는 대로 쏘아버리고 떠나는 사나운 벌들이 찾아왔던 것이나 마찬가지였다. 같은 처소에서 함께 살기 전까지는 서로 상당히 예의를 갖추었던 맏며느리와 둘째 며느리가 이제는 굉장한 증오를 품고 서로 미워하게 되었다.

그 증오는 그들의 아이들이 고양이와 개처럼 같이 놀고 서로 싸우는 속에서 여자들이 벌이게 되는 싸움, 수많은 자질구레한 말다툼에서부터 비롯되었다. 어머니들은 제 자식 편을 들기 위해 당장 달려가서 다른 여자의 아이를 걸핏하면 때리고 제 아이만 싸고돌면서 무슨 싸움에서나 항상 제 자식이 옳다고 우겼으므로 적이 될 수밖에 없었다.

그러다가 언젠가 한 친척이 시골 출신 아내는 칭찬하고 읍내 출신 아내는 비웃었을 때부터 용서할 수 없는 요소가 그들의 사이를 가로막았다. 맏아들의 아내는 동서가 지나갈 때면 오만하게 머리를 치켜들고는 했는데, 어느 날 동서가 지나갈 때 그녀가 남편에게 큰 소리로 말했다.

"남자가 자기더러 시뻘건 고기라고 그러는데도 좋다고 마주 보며 웃어대는 뻔뻔스럽고도 몰상식한 여자가 집안에 있다는 건 한심해요."

그러자 둘째 아들의 아내는 지체 없이 큰 소리로 되받았다.

"이거 어떤 남자가 자기를 차가운 생선 조각이라고 그랬다고 해서 동서께서 질투를 하시는구나!"

그래서 두 사람은 증오와 성난 표정으로 서로 노려보았고, 손위 동서는 자신의 올바른 처신을 자랑으로 여겼기 때문에 상대방의 존재를 아예 무시하려고 침묵의 경멸로 상대방을 대했다. 그러나 그녀의 아이들이 마당에서 놀러 나갈 때는 이렇게 소리쳤다.

"버릇없는 아이들은 가까이 하면 못쓴다!"

눈에 빤히 보이는 옆 마당에 동서가 서 있을 때 그녀가 이렇게 소리치자 동서도 자신의 아이들에게 소리쳤다.

"뱀하고 놀다가는 물릴 테니까 가까이 하지 마라!"

그래서 두 여자는 점점 더 서로 미워하게 되었다. 읍내 출신이어서 자기보다 훌륭한 가문의 태생인 아내의 눈에 그의 출신과 집안이 얕보일까 봐 항상 전전긍긍하는 형과 돈을 쓰고 집을 잘 꾸며놓고 살려는 형의 욕심 때문에 분배하기도 전에 그들의 유산이 낭비될까 봐 걱정이던 동생, 이 두 형제도 별로 사랑하는 사이가 아니었기 때문에 그들의 관계가 더욱 살벌해졌다. 그뿐 아니라 형은 아버지가 가지고 있는 재산과 그의 손을 거쳐 나가고 드나드는 돈을 동생만이 훤하게 알고 있다는 것이 못마땅했다. 비록 왕룽이 그의 땅에서 나오는 모든 돈을 받아 쓰기는 하더라도 그 돈이 어느 정도인지를 동생만 알고 형은 모르는 처지인지라 어린애처럼 아버지한테 찾아가 이런저런 부탁을 늘어놓아야 하니까 맏아들로서는 창피한 일이었다. 그래서 두 아내가 서로 증오하게 되자 그들의 미움은 남자들한테까지도 번졌고 두 가족이 기거하는 집안에는 온통 분노가 가득해서 평화가 사라지자 낙심한 왕룽은 혀만 찼다.

왕룽은 또한 작은아버지의 아들로부터 계집종을 보호해주었던 그날 이후로 자기 나름대로 렌화와의 남모르는 골칫거리를 안고 있었다. 그 이후로 젊은 하녀는 렌화의 눈 밖에 났고, 비록 하녀가 말없이 고분고분 시중을 잘 들며 하루 종일 옆에 서서 담뱃대를 채워주고 온갖 잡다한 심부름을 다 하고, 잠이 안 온다고 그녀가 투덜거리면 아무 불평도 없이 일어나 다리를 주무르고 온몸을 안마해주며 비위를 맞추려고 했어도 렌화는 역시 만족할 줄을 몰랐다.

그리고 그녀는 하녀를 질투해서 왕룽이 들어오면 방에서 쫓아내버리고, 왕룽이 하녀를 쳐다보기만 해도 앙탈이었다. 하지만 왕룽은 하녀를 겁에 질린 가엾고 어린 소녀로밖에는 생각하지 않았고, 그의 가엾은 백치 딸이나 마찬가지로 돌보아주었을 따름이었다. 하지만 롄화가 그런 소리를 하기에 봤더니 아닌 게 아니라 하녀는 아주 예쁘고 배꽃처럼 피부가 하얀 여자였고, 그 모습을 보자 지난 10년 이상이나 조용했던 그의 늙은 핏속에서 무엇인지가 꿈틀거렸다.

그래서 그는 웃으며 롄화에게 "그게 무슨 소리야? 당신 방에는 1년에 세 번도 안 찾아가는 나를 무슨 욕정 덩어리라고 생각하는 모양이지?"라고 말하면서도 하녀를 곁눈질해볼 때는 마음이 설레었다.

그런데 롄화는 모든 방면에 있어서 무식하기는 했지만 여자들에 대한 남자들의 태도에 관해서만큼은 터득한 바가 많았으며, 늙은 다음이라도 남자의 젊음이란 잠깐 다시 잠을 깰 때가 있음을 알았다. 그래서 그녀는 하녀 때문에 화가 나 그녀를 찻집에 팔아버리겠다고 얘기했다. 그러면서도 롄화는 편안한 것을 좋아했으며, 토츄엔은 늙어 게을러졌지만 이 하녀는 재빠르고 롄화의 성격을 환히 꿰뚫어서 여주인 자신이 미처 의식하기도 전에 무엇을 필요로 하는지 눈치를 챌 정도라서 하녀를 쫓아내고 싶으면서도 옆에 두고 싶기도 했다. 이런 생소한 갈등 속에서 롄화는 더욱 화가 났고 그녀와 같이 지내기란 보통 때보다 훨씬 더 어려워졌다. 성미가 워낙 신경질적이었기 때문에 왕룽은 그녀의 처소에는 며칠씩 얼씬거리지도 않았다. 다 일시적인 현상이려니 해서 그는 기다리겠다고 혼자 생각했지만, 그러는 사이에 그는 자신도 모르게 예쁘고 피부가 하얗고 어린 하녀를 생각하고는 했다.

그러다가 집안의 여자들이 모두 제멋대로 날뛰는 것만으로는 걱정거리가 모자라기라도 한다는 듯 왕룽의 막내아들이 또 속을 썩였다. 막내아들은 워낙 말이 없는 성품인데다가 뒤늦게 공부에 몰두해서 늙은 가정교사가 개처럼 그의 뒤를 쫓아다니고 항상 겨드랑이에 책을 낀 채로 돌아다니는 갈대처럼 호리호리한 젊은이라는 것 이외에는 아무도 그에게 달리 관심이 없었다.

하지만 군인들이 이곳에 와서 머무르는 동안 그들과 함께 지냈던 그는 병사들이 늘어놓던 전쟁과 약탈과 전투 얘기를 황홀해서 아무 말도 않고 열심히 듣고는 했다. 그러더니 그는 늙은 가정교사에게 삼국(三國)의 전쟁 얘기와 옛날 수호(水滸)에서 살았던 도둑들의 얘기가 담긴 소설책들을 얻어 읽고는 머릿속이 공상으로 가득 찼다.

그래서 이제 그는 아버지에게로 가서 말했다.

"전 제가 무엇을 해야 할지를 알아냈어요. 전 군인이 되어 전쟁터로 가겠습니다."

이 말을 듣고 왕룽은 굉장히 놀라서 이보다 더 심한 일이 그에게 일어났던 적은 없다고 생각하며 아주 큰 목소리로 고함쳤다.

"그건 또 무슨 미친 소리냐. 자식놈들은 도대체 나를 가만히 내버려둘 수가 없단 말이냐!"

그리고 그는 아들과 언쟁을 벌였고, 아들의 시커먼 눈썹이 직선을 이루는 것을 보자 부드럽고 상냥해지려고 애쓰며 말했다.

"얘야, 예부터 사람들이 말하기를, 좋은 쇠로는 못을 만들지 아니하고, 훌륭한 인간은 군인으로 만들지 아니한다고 했다. 너는 내 어린 아들이고 내 가장 훌륭하고 어린 막내아들이니, 네가 전쟁터에 나가 이리저리 헤매고 돌아다닌다면 어찌 내가 밤에 잠을 잘 수 있겠느냐?"

하지만 아들은 각오가 단호해서 아버지를 쳐다보고 시키면 눈썹을 밑으로 끌어 모으며 이렇게만 말했다.

"전 가겠어요."

그러자 왕룽이 그를 설득하려고 말했다.

"네가 원한다면 어느 학교를 다녀도 좋다. 남방의 큰 학교로 보내주거나 아니면 희한한 것들을 가르치는 외국 학교라도 보내주겠다. 군인만 되지 않는다면 마음대로 어디든 가서 공부를 해도 좋다. 돈과 땅이 있는 나 같은 사람에게는 군인 아들을 둔다는 것이 창피한 일이란다."

그리고 아들이 여전히 침묵을 지키고 있으니까 왕룽이 다시 설득하느라고 말했다.

"이 늙은 애비한테 네가 왜 군인이 되고 싶은지 얘기해주지 않겠느냐?"

그러자 눈썹 밑에서 두 눈을 이글거리며 아들이 불쑥 말했다.

"지금까지 우리가 얘기도 들어보지 못한 그런 전쟁이 곧 터질 겁니다. 지금까지 생각도 못 했던 그런 혁명과 투쟁과 전쟁이 벌어지고, 그리고 우리의 땅이 해방됩니다!"

왕룽은 이 얘기를 듣고 세 아들에게서 느꼈던 가장 큰 놀라움에 사로잡혔다.

"이게 다 무슨 소린지 난 모르겠구나."

의아해서 그가 말했다.

"우리 땅은 이미 해방되어 있어. 우리의 모든 훌륭한 땅은 해방이 되어 있어. 나는 그 땅을 마음대로 아무한테나 세를 주고, 그 땅은 나에게 돈과 좋은 곡식을 가져다주고, 너는 그 땅으로 인해서 옷을 얻어 입고 먹고 사는데, 지금 가지고 있는 이상의 어떤 자유를 네가 원한다는 얘기인지 난 통 모르겠구나."

하지만 아들은 쓸쓸하게 투덜거릴 따름이었다.

"아버지는 이해를 못 하세요. 아버지는 너무 늙으셨고…… 아버지는 아무것도 이해를 못 하세요."

그리고 왕릉은 곰곰이 생각해보고 그의 아들을 쳐다보았다. 그리고 그 젊은 얼굴에서 괴로움을 보고는 속으로 생각했다.

'나는 이 아들에게 모든 것을, 심지어는 생명까지도 주었어. 그는 모든 것을 나한테서 얻었지. 심지어 나는 그가 땅에서 떠나도록 허락해주어서 나 다음에 땅을 맡아 돌보아줄 아들도 없어졌고, 벌써 두 명이나 글을 깨우쳤으니 우리 집안에서는 그럴 필요가 없는데도 그가 읽고 쓰는 길 배우게 했어.'

그리고 그는 아직도 아들을 물끄러미 쳐다보면서 자신에게 말했다.

"이 아들은 모든 것을 나한테서 얻었다구."

그러더니 그는 아들을 찬찬히 살펴보고는 아직도 어려서 갈대처럼 가냘프기는 해도 이미 어른만큼 키가 자랐음을 알았고, 이 아들에게서 아무런 욕정의 흔적이 보이지 않았으므로 의아해서 반쯤만 들릴 정도로 투덜거리며 말했다.

"글쎄, 아마 이 아이한테는 필요한 게 또 하나 있어서 그러는지도 몰라."

그러자 그는 소리 내어 천천히 말했다.

"자, 머지않아 너도 장가를 보내주마, 아들아."

하지만 미간을 잔뜩 찌푸린 채 눈을 이글거리는 불처럼 희번덕거리며 아버지를 쳐다보면서 경멸하는 목소리로 아들이 말했다.

"나에게는 형처럼 여자가 모든 것에 대한 해답이 아닙니다. 그러면 전 정말 도망을 치겠어요!"

왕룽은 자신이 잘못했음을 당장 깨닫고는 변명을 하기 위해 서둘러 말했다.

"아니다, 아냐. 우린 너를 결혼시키지 않겠다. 하지만 내 얘긴, 혹시 네가 원하는 계집종이라도 있으면……."

그리고 청년은 가슴에 두 팔을 포개고는 의젓하고 품위 있는 표정을 지으며 대답했다.

"저는 평범한 젊은이가 아닙니다. 저한테는 꿈이 있어요. 저는 영광을 원합니다. 여자는 어디에 가나 다 있고요."

그러더니 잊어버렸던 무엇이 생각나기라도 한 듯 그는 위엄 있는 태도를 갑자기 풀고 두 팔을 내리더니 보통 때의 목소리로 말했다.

"그뿐 아니라 우리 집 종들이 하나같이 이토록 못생겼던 적은 또 없어요. 저는 관심도 없는 일이지만, 혹시 관심이 있다고 해도, 글쎄요, 안채에서 시중을 드는 피부가 하얗고 어린 종 이외에는 이 집엔 예쁜 아이가 하나도 없어요."

그러자 왕룽은 아들이 리화를 두고 그런 얘기를 했다는 것을 알아채고는 이상한 질투심에 사로잡혔다. 그는 갑자기 자신이 실제보다 훨씬 더 늙었다고 느꼈는데—머리가 하얗게 세는 중이고 허리가 너무 굵고 늙은 남자로서 그는 젊고 늘씬한 남자인 아들을 보았다. 그 순간 그들은 아버지와 아들 사이가 아니라 하나는 늙고 하나는 젊은 두 남자에 지나지 않았다. 그리하여 왕룽은 화가 나서 말했다.

"계집종들은 건드리지 마라. 난 썩어 빠진 부잣집 도련님들의 못된 버릇을 내 집에서는 보고 싶지 않으니까. 우린 훌륭하고 건전한 시골 사람들이어서 점잖게 살아가니까, 내 집에서는 그런 것을 하나도 용납하지 않겠다!"

그러자 아들이 눈을 뜨고 시커먼 눈썹을 치켜들더니 어깨를 추썩이고 아버지에게 말했다.

"그 얘기를 먼저 꺼낸 사람은 아버지였어요!"

그러더니 그는 몸을 돌려 밖으로 나갔다.

그리고 왕룽은 방에서 홀로 탁자 앞에 앉아 우울하고도 외로운 기분을 느껴 혼자 숭얼거렸다.

"그래, 난 내 집에서도 평화를 누릴 수가 없어."

그는 여러 가지 분노가 한꺼번에 몰려 닥치자 혼란을 느꼈다. 왜 그런지 이유는 납득이 가지 않았지만 이 분노가 가장 두드러지게 나타났다 — 그의 아들이 집 안에 있는 자그마하고 피부가 하얗고 어린 하녀를 보고 아름답다고 생각했다는 사실이.

33

 막내아들이 리화에 대해서 한 얘기가 왕룽의 머리에서 떠나려고 하지 않았다. 그래서 그는 드나드는 하녀를 계속해서 지켜보았으며 자기도 모르는 사이에 그녀에 대한 생각이 머리를 가득 채웠고, 어느새 그녀에게 홀딱 빠졌다. 하지만 그는 누구에게도 그런 얘기를 하지 않았다.
 그해 초여름 어느 날 저녁, 밤 공기가 따스하고 향기로운 안개가 포근하고 짙은 시간에 그는 홀로 마당에서 꽃이 만발한 계수나무 밑에 앉아 쉬고 있었다. 감미롭고도 짙은 계수나무 꽃들의 향기가 코를 찔렀다. 그곳에 가만히 앉아 있으려니까 젊은이처럼 피가 뜨겁게 마구 끓어올랐다. 하루 종일 그는 피가 그렇게 끓어오른다고 느꼈고, 그의 땅으로 걸어 나가 발밑에 밟히는 훌륭한 대지를 느끼고 신발과 양말을 벗어버린 채 살갗에 닿는 흙의 감촉을 느껴보고 싶은 심한 충동을 느꼈다.

읍내의 성문 안에서는 이제 더 이상 농부가 아니라 부유한 지주로 대접을 받는 그는 사람들에게 그런 꼴을 보인다는 것이 창피하다는 생각만 들지 않았다면, 그렇게 했으리라.

그래서 그는 초조하게 집 안에서 서성거렸고, 렌화가 그늘에 앉아 물통 담뱃대나 피우고 있는 처소에는 아예 가까이 가지도 않았다. 남자가 초조해하면 무엇이 부족해서 그러는지를 간파하는 예리한 눈을 지닌 렌화는 그 이유를 잘 알고 있었기 때문이다. 그리고 그는 걸핏하면 싸우는 두 며느리를 보고 싶지 않았고 그에게 자주 기쁨을 가져다주던 손자들까지도 가까이 하고 싶은 마음이 내키지 않아 혼자 지냈다.

그래서 아주 지루하고 쓸쓸하게 하루가 흘러갔고 그의 몸속에서는 피가 힘차게 돌아갔다. 그는 막내아들을, 어리면서도 근엄한 표정으로 시커먼 눈썹을 직선으로 함께 모은 얼굴로 우뚝 선 아들의 모습을 잊을 수가 없었고, 하녀의 모습도 잊을 수가 없었다. 그리고 그는 자신에게 말했다.

"아들은 오래 전에 열여덟 살이 되었겠고 여자는 열여덟이 안 되었을 테니까, 그들은 나이가 잘 어울리겠구먼."

그러자 그는 몇 해 안에 자신이 일흔 살이 된다는 사실이 떠올랐고 끓어오르는 피가 창피하다는 생각이 들었다.

"하녀는 아들에게 주는 것이 좋을 거야."

그리고 그는 거듭거듭 자신에게 이 말을 했으며, 그 말을 할 때마다 벌써부터 살이 쓰라리게 쑤셔대는 듯한 느낌이 들었다. 그래도 그는 자꾸 쑤시는 아픔을 참고 그렇게 생각하지 않을 수 없었다.

그래서 그에게는 하루하루가 아주 괴롭고 쓸쓸했다.

밤이 되었지만 그는 여전히 혼자였으며 그의 처소에 혼자 앉아 있으면서도 집 안에 그가 친구로서 찾아갈 사람은 아무도 없었다. 그리고 밤 공기는 계수나무 꽃의 향기로 짙고 부드럽고 뜨거웠다.

그곳 나무 밑 어둠 속에서 그가 혼자 앉아 있으려니까 나무가 서 있는 문 근처에 앉은 그의 앞을 누군가 지나갔다. 왕룽이 언뜻 보니 그 사람은 리화였다.

"리화!"

속삭이는 목소리로 그가 불렀다.

그녀는 얼른 걸음을 멈추고는 귀를 기울였다.

그러자 목구멍에서 잘 나오려고 하지 않는 목소리로 그가 다시 불렀다.

"이리 오너라!"

그러자 왕룽의 목소리를 듣고 그녀는 겁에 질려 대문을 지나 기어 들어와서 그의 앞에 섰다. 그는 그곳 어둠 속에 서 있는 그녀를 잘 볼 수 없었지만 그곳에 있다는 것은 느낄 수 있었다. 그는 손을 내밀어 그녀의 자그마한 윗옷을 잡고 반쯤 숨이 넘어가는 목소리로 말했다.

"얘야……."

그러고는 그는 말을 그쳤다. 그는 자신이 늙은이였고, 이 아이와 나이가 비슷한 손자들과 손녀들을 둔 남자로서 이 짓을 한다는 것은 수치스러운 것이라고 자신을 타이르며 그녀의 자그마한 저고리를 만지작거렸다.

그러자 기다리던 그녀는 왕룽의 피에서 뜨거운 열기가 옮았는지 줄기가 부러진 꽃처럼 몸을 숙이고 미끄러져 땅바닥으로 내려가 그의 두 발을 끌어안고 엎드렸다. 그가 천천히 말했다.

"얘야, 난 늙었단다. 아주 늙었어……."

그리고 계수나무의 숨결처럼 어둠 속에서 그녀의 목소리가 들려왔다.

"저는 나이가 많은 남자들이 좋아요. 저는 나이가 많은 남자들이 좋아요. 그들은 너무나 상냥하니까요……."

그녀에게로 조금 몸을 기울이며 부드럽게 그가 다시 말했다.

"너처럼 자그마한 처녀는, 너처럼 자그마한 처녀는 훤칠하고 꿋꿋한 남자를 만나야 해!"

그리고 그는 마음속으로 '내 아들 같은 남자 말이다'라고 덧붙여 말했지만 그녀가 마음속에 그런 생각을 간직하게 될지도 놀랐고 그 자신 그것을 참을 수가 없었기 때문에 그 말을 소리 내어 하지는 않았다.

하지만 그녀가 말했다.

"젊은 남자들은 상냥하지 않아요. 사납기만 하죠."

그리고 그의 발치에서 들려오는 자그마하고 어린애 같은 떨리는 목소리를 듣고 왕룽은 이 하녀에 대한 사랑이 커다란 물결처럼 마음속에서 솟구쳐 올라왔다. 그는 그녀를 잡고 찬찬히 일으킨 다음 그의 처소로 이끌고 들어갔다.

일을 치르게 되었을 때 이 노년의 사랑은 지금까지의 어떤 욕정보다도 더욱 왕룽을 놀라게 했다. 아무리 리화를 사랑하기는 했지만 그는 전에 거쳤던 다른 여자들에게 그랬듯이 그녀에게 달려들지 않았다.

아니다. 그는 그녀를 부드럽게 안았고, 그의 무겁고 늙은 살에 닿는 그녀의 경쾌한 젊음의 감촉으로 만족했다. 낮에는 그녀의 모습을 눈으로 보기만 해도 만족했고, 밤에는 그의 손에 닿는 그녀의 펄렁거리는 윗옷 자락과 그의 곁에서 조용히 쉬는 그녀의 육신을 의식하기만 해도 만족했다. 그리고 그는 너무나 다정하고 너무나 쉽게 만족을 느끼는 노년의 사랑이 신기했다.

한편 그녀로 말할 것 같으면 리화는 열정적인 여자가 아니어서 아버지한테처럼 그한테 매달렸고 왕룽에게는 정말로 그녀가 여인이라고 하기도 어려운, 반쯤 어린아이처럼 여겨졌다.

자신의 집에서 웃어른이었던 왕룽은 그럴 필요가 없었으므로 전혀 아무 얘기도 하지 않았고, 그래서 그가 무엇을 했는지는 곧 알려지지를 않았다.

하지만 토츄엔이 가장 먼저 눈치를 챘으니, 그녀는 그의 처소에서 새벽에 몰래 빠져나오는 하녀를 보자 그녀를 붙잡고는 늙은 매 같은 눈을 번득거리며 웃었다.

"세상에!"

그녀가 말했다.

"그러니까 노대감님 생각이 다시 나는구나."

방 안에 있다가 그녀의 얘기를 들은 왕룽은 얼른 옷의 허리춤을 여미고 밖으로 나와 멋쩍으면서도 반쯤 자랑스럽게 미소를 짓고는 투덜거렸다.

"글쎄 젊은 총각을 찾는 게 더 좋으리라고 내가 그랬는데도 늙은 이가 좋다는구먼!"

"마님에게 일러바칠 멋진 얘기가 생겼군요."

그러자 악의로 반짝이는 눈으로 토츄엔이 말했다.

"어쩌다가 이렇게 되었는지는 나도 모르겠어."

왕릉이 천천히 대답했다.

"난 여자를 하나 더 거느리겠다는 생각은 없었는데 어쩌다 보니 저절로 그렇게 되었어."

그러더니 토츄엔이 "글쎄요, 어쨌든 마님한테 말씀드려야 되겠어요"라고 말하자 왕릉은 렌화의 분노가 무엇보다 두려워서 토츄엔에게 부탁했다.

"그럴 생각이라면 렌화한테 얘기는 하되 내 면전에서 렌화가 화를 안 내도록 어떻게 잘할 수만 있다면 내가 너한테 그 보답으로 논을 한 움큼 쥐어주마."

토츄엔이 그래도 머리를 설레설레 흔들고 웃으며 그렇게 해보겠다고 약속했다. 왕릉은 그의 거처로 돌아가 얼마 동안 밖으로 나오려고 하지도 않았다. 그러자 토츄엔이 돌아와서 말했다.

"얘기를 했더니 처음에는 잔뜩 화를 내더군요. 그러다가 주인아저씨가 사주겠다고 약속하셨던 외국 시계와 손에 끼고 싶다던 홍옥 반지 한 쌍이 생겨 양쪽 손에 하나씩 끼게 될 거고, 원하는 대로 무엇이나 다 다른 것들도 얻게 되고, 리화 대신 계집종도 하나 생길 거라고 일깨워주니까 좀 누그러지긴 했어요. 그렇지만 얼굴만 봐도 마님은 속이 뒤집힐 테니까 당분간은 주인님도 나타나지 마시고, 리화도 더 이상 마님 근처에 얼씬 못 하게 하세요."

그리고 왕룽은 기꺼이 그러겠다고 약속하며 말했다.

"렌화가 달라는 건 다 구해줘도 개의치 않으마."

그리고 그는 렌화의 소망들이 충족되어 화가 풀어질 때까지 그녀를 보지 않아도 된다는 것이 좋았다.

그래도 아직 세 아들의 문제가 남았다. 그는 자신이 한 행동에 대해서 이상하게도 그들 앞에서는 부끄러움을 느꼈다. 그리고 그는 거듭거듭 자신에게 말했다.

"내 집의 주인으로서 내 돈으로 산 내 종을 마음대로 하는 것이 뭐가 나쁜가?"

하지만 다른 사람들이 할아버지라고만 여기는 남자가 아직도 정력이 있음을 깨달을 때 마땅히 그렇듯이 그는 창피하면서도 반쯤은 자랑스러움을 느꼈다. 그리고 그는 아들들이 그의 처소로 들어오기를 기다렸다.

그들은 한 명씩 따로따로 찾아왔는데 둘째 아들이 가장 먼저 왔다. 그런데 이 아들은 찾아와서 땅과 수확과 금년에는 수확을 3분의 1로 떨어뜨릴 여름 한발 얘기를 했다. 그러나 만일 금년의 수확이 그에게 거의 수입을 올려주지 못한다고 해도 지난해에 남은 돈이 있었고, 그의 처소에는 은화가 잔뜩 있었고, 곡물상에서 받아낼 돈도 있었으며, 둘째 아들이 대신 거두어들이는 높은 이자로 꾸어준 돈도 많아서 왕룽은 요즈음 비나 가뭄 따위는 전혀 신경을 쓰지 않았고, 그의 땅 위에서 하늘이 어떤지 이제는 더 이상 거들떠보지도 않았다.

하지만 둘째 아들은 자꾸만 그런 얘기를 늘어놓으며 방들을 여기 저기 기웃거리며 살펴보았다. 비밀의 베일이 덮인 듯한 그의 눈에서 왕룽은 아들이 들은 소문이 사실인지 알고 싶어 하녀를 찾고 있음을 알았다. 그래서 그는 침실에서 숨어 있던 리화를 불러내었다.

"얘야, 나하고 내 아들이 마실 차를 내오너라!"

그리고 그녀가 나왔다. 그녀는 섬세하고 피부가 하얀 얼굴이 복숭아처럼 발그레했고 머리를 떨군 채 조그만 발로 조용히 돌아다녔으며 둘째 아들은 그가 들은 얘기를 아직까지 믿지 못하겠다는 듯 멍하니 그녀를 쳐다보았다.

하지만 그는 땅이 어떠어떠하고, 이러저러한 소작인은 연말에 바꿔야겠고, 아편만 피우느라고 농사를 제대로 하지 못하는 사람도 바꿔야겠다는 따위의 얘기 말고는 다른 말은 하지 않았다. 그리고 왕룽은 아이들이 어떻게 지내느냐고 아들에게 물었고, 아들은 아이들이 백일해에 걸렸지만 날씨가 따뜻해졌으니 별로 걱정할 문제가 아니라고 대답했다.

차를 마시며 그들은 이런 얘기를 주고받았다. 둘째 아들은 살펴볼 만큼 살펴본 다음에 돌아갔고, 왕룽은 이 아들에 대해서 마음을 놓았다.

그러자 바로 그날이 한나절도 다 가기 전에 맏아들이 찾아왔는데, 그는 훤칠하고 미남이고 나이를 먹어 성숙하여 의젓한 모습으로 들어왔다. 왕룽은 그의 자존심이 두려워서 처음에는 리화를 불러내지 않고 담뱃대를 빨며 기다렸다. 그러자 맏아들은 자존심과

위신을 세워 꼿꼿하게 앉아 예절을 제대로 갖춰 아버지의 건강과 안부를 물었다. 그래서 왕룽은 잘 지낸다고 조용히 그리고 얼른 말했고, 아들을 찬찬히 훑어보는 사이에 그의 마음속에서는 두려움이 사라졌다.

그 까닭은 덩치만 클 따름이지 읍내 출신인 아내를 두려워하고 무엇보다도 품위가 없다는 인상을 줄까 봐 가장 걱정하는 맏아들을 있는 그대로 꿰뚫어보았기 때문이었다. 그리고 자기도 모르는 사이에 왕룽의 마음속에서 힘찼던 땅의 강인함이 솟구쳐 전에도 그랬듯이 다시 맏아들을 대수롭지 않게 생각했다. 그리하여 그의 빈틈없는 몸가짐도 대수롭지 않게 생각되어 갑자기 아무렇지도 않게 리화를 불렀다.

"이리 오너라, 애야, 또 다른 아들이 왔으니 다시 차를 따르거라!"

이번에는 그녀가 아주 차갑고 무표정한 모습으로 나왔고 그녀의 작은 타원형 얼굴은 그녀의 이름이 뜻하는 꽃처럼 하얗기만 했다. 눈을 떨구고 안으로 들어온 그녀는 딱딱하게 움직였고 시키는 대로만 하고는 얼른 다시 밖으로 나갔다. 그녀가 차를 따르는 동안 두 남자는 잠자코 앉아 있었지만 하녀가 나가고 그들이 찻잔을 집어 든 다음 왕룽은 아들의 눈을 빤히 들여다보았다. 그 눈에는 노골적으로 감탄하는 표정이 담겨 있었는데, 그것은 한 남자를 은근히 부러워하는 다른 남자의 표정이었다. 차를 마시고 나자, 아들이 마침내 울렁거리는 목소리로 말했다.

"전 그 얘기가 정말이라고는 믿지 않았어요."

"왜?"

왕룽이 차분하게 대답했다.
"여긴 내 집이야."
그러자 아들이 한숨을 짓고 잠시 후에 대답했다.
"아버님은 부자이시니까 마음대로 무엇이나 다 하셔도 되죠."
그러더니 그는 다시 한숨을 짓고 말했다.
"글쎄요, 어떤 남자에게도 여자 한 명으로 항상 충분하지 않게 마련이어서 언젠가는……."
그가 갑자기 말을 중단했지만 그의 표정에서는 자기도 모르게 다른 남자를 부러워하는 한 남자의 쓰라린 표정이 드러났다. 왕룽은 그의 맏아들이 지닌 욕정적인 천성을 잘 알고 있었으므로 고지식한 읍내 출신 아내에게 영원히 고삐를 잡힌 채 살지는 않을 것이며 언젠가는 남자의 본색이 다시 드러나리라고 생각하고 혼자 웃었다.

그리고 나서 맏아들은 더 이상 얘기를 하지 않고 무슨 새로운 생각이 머리에 떠오른 사람처럼 갈 길을 가버렸다. 그리고 왕룽은 늙은 나이에도 불구하고 그가 원하는 바를 행동으로 옮겼기 때문에 자랑스러운 기분으로 앉아서 담배를 피웠다.

그리고 막내아들이 찾아온 것은 날이 저문 다음이었다. 왕룽은 처소의 가운데 방에 앉아 탁자에 붉은 초를 켜놓고 담배를 피웠으며, 리화는 탁자를 가운데 두고 그와 마주 앉아 두 손을 무릎 위에 겹쳐 얹어놓고 가만히 있었다. 애교를 부리지 않고 어린아이가 그렇듯이 가끔 왕룽을 빤히 쳐다보았고, 그는 리화를 쳐다보면 자신이 한 행동이 자랑스러워졌다.

그때 갑자기 막내아들이 컴컴한 마당에서 불쑥 들어와 그의 앞에

섰는데 아들이 들어오는 것을 아무도 보지 못했다. 하지만 그는 이
상하게 웅크린 자세로 그곳에서 서 있었다. 왕룽은 언젠가 마을 사
람들이 산에서 잡아 끌고 내려온 표범이 언뜻 머리에 떠올랐다. 그
짐승은 꽁꽁 묶여 있는데도 뛰어오르려고 잔뜩 웅크렸고 눈을 번득
거렸었다. 아들도 그렇게 번득거리는 눈으로 아버지의 얼굴을 노려
보았다. 그리고 젊은 나이치고는 너무 짙고 너무 검은 눈썹이 그의
눈 위에서 시커멓고 사납게 맞닿았다. 그런 모습으로 서서 그는 마
침내 나지막하고 험악한 목소리로 말했다.

"전 이제 군대에 가겠어요, 군대에 가겠어요."

하지만 그는 하녀에게는 눈을 돌리지 않고 아버지만 쳐다보았으
며, 맏아들과 둘째 아들을 전혀 두려워하지 않았던 왕룽은 태어났
을 때부터 지금까지 별로 거들떠보지도 않았던 이 아들이 갑자기
두려워졌다.

그리고 왕룽은 중얼거리며 말을 더듬었고, 얘기를 하려고 입에서
담뱃대를 치웠으나 아무 말이 나오지를 않아 아들을 멀거니 쳐다보
기만 했다. 그리고 아들이 거듭거듭 되풀이해서 말했다.

"이제 전 떠나겠어요, 이제 떠나겠어요."

갑자기 그는 몸을 돌려 여자를 쳐다보았다. 그녀는 웅크린 채로
그를 마주 쳐다보고는 그를 보지 않으려고 두 손으로 얼굴을 가렸
다. 그러자 젊은이는 그녀에게서 시선을 돌리고는 방에서 뛰쳐나갔
다. 왕룽은 열린 문으로 캄캄한 여름밤의 네모난 암흑을 내다보았
으나 아들의 모습이 사라진 다음에는 사방이 침묵뿐이었다.

마침내 그는 여자에게로 시선을 돌리고는 모든 자부심이 사라진

채 무척 큰 슬픔을 느끼며 부드럽고도 겸손하게 말했다.
"나는 너한테는 너무 나이가 많아, 내 마음의 사랑아. 그리고 내가 늙고도 늙은 남자라는 건 나도 잘 알고 있어."
하지만 여자가 얼굴에서 손을 내리고는 여지껏 그가 들어본 적이 없을 정도로 큰 소리로 울었다.
"젊은 남자들은 너무나 잔인해요. 저는 나이가 많은 남자들을 좋아해요!"
이튿날 아침이 밝았을 때는 왕룽의 막내아들이 자취를 감춘 다음이었고, 그가 어디로 떠났는지는 아무도 알지 못했다.

34

 그러다가 가을이 죽어 겨울로 접어들기 전에 가짜 여름 더위가 한 차례 기승을 부리듯, 리화에 대한 왕룽의 짤막한 사랑도 그 잠깐 동안의 열기가 지나가고 그의 마음속의 정열도 식었다. 그는 그녀를 좋아하면서도 격정은 없었다.
 마음속에서 불길이 꺼지자 갑자기 노년의 추위가 그를 찾아왔으며 왕룽은 늙은이로 되돌아갔다. 그렇지만 왕룽은 그녀를 좋아했다. 그의 처소에서 기거하며 나이답지 않게 참을성을 보이며 충실하게 그를 섬기는 것을 생각하면 마음이 흐뭇해서 그는 항상 그녀에게 한없는 친절을 보이며 상냥했고, 그녀에 대한 사랑은 점차 딸에 대한 아버지의 사랑으로 변해갔다.
 그리고 그를 위하는 마음에서 리화는 가엾은 백치에게까지도 친절했는데, 이것이 그에게는 흐뭇한 일이어서 어느 날 그는 오랫동안 마음속에 두었던 얘기를 했다. 그런데 왕룽은 자기가 죽고 나면 가엾은 백치 딸이 사는지 굶어 죽는지 신경을 쓸 사람이 아무도 없으리라는 생각을 자주 했고, 그래서 그는 약국에서 한약 독약을 한 꾸러미 사서 자신의 죽음이 가까웠다고 느낄 때 백치에게 그것을 먹이리라는 계획도 세워두었다. 하지만 그래도 왕룽은 이것을 자신의 죽음보다도 더 무서워했고, 리화가 충실하게 시중을 드는 모습을 보니 이제 그는 마음이 놓였다.

그래서 어느 날 그녀를 불러놓고 말했다.

"내 바보 딸은 마음의 괴로움도 없는데다가 건강도 굉장히 좋고 근심한 일도 없어서 내가 죽은 다음에도 무척 오래 살 것 같은데 그 애를 맡길 만한 사람은 너밖에 없구나. 그런데 내가 죽은 다음에는 그 애에게 밥을 먹여주고, 겨울의 추위와 비를 피할 수 있게 보살펴주고, 여름에 햇볕에 앉힐 정도로 신경을 써줄 사람이 아무도 없다는 걸 난 잘 알고 있다. 그래서 어미와 내가 평생 보살펴줘야 했던 이 가엾은 딸년이—어쩌면 길바닥에 나가 헤매고 돌아다니게 될지도 모르지. 헌데 이 꾸러미 속에는 그 애를 안전하게 해줄 방법이 들어 있으니까 내가 죽고 나면 너는 이것을 밥에 섞어 그 애한테 먹여라. 그러면 그 애는 내가 있는 곳으로 따라오게 된단다. 그러면 난 마음을 놓겠지."

하지만 리화는 그가 손에 들고 있는 물건으로부터 흠칫 물러나 나지막한 목소리로 말했다.

"벌레 한 마리도 죽이지 못하는 제가 어떻게 그 목숨을 끊을 수 있겠어요? 아닙니다, 주인님. 그 대신에 주인님이 저한테 친절하게 해주셨고…… 제 평생 동안 어느 누구보다도 친절하셨고, 저한테 친절하셨던 유일한 분이셨으니 차라리 그 불쌍한 백치를 제 아이처럼 맡아서 돌보겠어요."

지금까지 어느 누구도 그에게 이렇게까지 보답하려던 사람이 없었기 때문에 그녀가 하는 말을 듣고 왕룽은 울고 싶은 심정이어서 그녀에게 매달리는 기분으로 말했다.

"그렇다 하더라도 이것을 받아다오, 애야. 그 이유는 내가 너만큼 믿을 만한 사람이 없기 때문이다. 언젠가는 너도 죽을 날이 있고…… 어떻게 얘기해야 할지 모르겠지만, 너 다음에는 아무도 그 애를 돌볼 사람이 없을 테니까…… 그래, 아무도 없지. 그리고 내 며느리라는 것들은 아이들을 키우며 서로 싸우느라고 바쁜데다가 아들 녀석들은 남자여서 그런 데는 신경을 못 쓰리라는 걸 나도 잘 알아."

그래서 왕룽의 뜻을 헤아린 리화는 더 이상 아무 말도 없이 그에게서 꾸러미를 받았고, 왕룽은 그녀를 믿었으므로 불쌍한 백치 딸의 운명에 대해서 안심했다.

그 후 왕룽은 점점 더 늙어 은둔의 삶을 살았고, 가엾은 백치와 리화 두 사람 이외에는 아무도 없이 그의 처소에서 많은 시간을 홀로 지냈다. 때때로 그는 몸을 조금 일으켜 리화를 쳐다보고 걱정스럽게 말했다.

"이건 너한테는 너무 조용한 생활이로구나. 애야."

하지만 그녀는 무척 고마워하며 항상 부드럽게 대답했다.

"조용하고 안전하죠."

그리고 가끔 그가 다시 말했다.

"난 불이 다 타서 재만 남았고 너한테는 너무 늙었어."

하지만 그녀는 항상 무척 고마워하면서 대답했다.

"주인님은 저한테 친절하시고, 저는 어떤 남자에게서도 더 이상 바라는 게 없어요."

언젠가 그녀가 이 말을 했을 때 왕룽은 궁금한 생각이 들어 그녀에게 물었다.

"어렸을 때 무슨 일이 있었기에 너는 남자들을 그렇게 무서워하느냐?"

그러자 그녀에게서 해답을 찾으려고 살펴보던 그는 리화의 눈에서 심한 공포를 보았고, 그녀는 두 손으로 눈을 가리고 나지막이 말했다.

"주인님 이외에는 전 모든 남자를 미워해요. 전 지금까지 모든 남자를 미워했고, 저를 팔아버린 아버지도 미워했어요. 저는 그들에 대해서 나쁜 얘기만 들어왔고, 그들을 모두 미워해요."

의아해서 그가 물었다.

"헌데 난 네가 내 집에서는 조용하고 편하게 살았다고 생각하는데."

"전 모두 다 싫어요."

시선을 피하며 그녀가 말했다.

"전 다 싫어요. 그들이 모두 미워요. 전 젊은 남자들이 모두 미워요."

그리고 그녀는 더 이상 아무 얘기도 하지 않으려고 했고, 왕룽은

대지 469

곰곰이 생각해보았지만 혹시 렌화가 그녀의 삶에 관한 온갖 얘기를 늘어놓으며 리화를 위협했기 때문인지, 아니면 토츄엔이 음탕한 짓으로 그녀에게 겁을 주었기 때문인지, 아니면 그에게 차마 얘기하지 못할 어떤 일이 남모르게 리화한테 일어났었기 때문인지 도무지 알 길이 없었다.

그러나 그는 무엇보다도 이제 그에게는 평화가 찾아왔고 그가 원하고 바라는 이 두 사람과 그의 처소에서 가깝게 지내는 것뿐이었으므로 더 이상 캐묻지를 않았다.

그래서 왕룽은 멀거니 앉아서 지냈고, 하루하루가 지나고 여러 해가 흘러가는 사이에 그는 늙었다. 아버지가 그랬듯이 햇볕에 나가 앉아 불안한 잠을 잤고 그의 삶이 끝났으며 그 삶이 만족스러웠다고 속으로 생각했다.

드문 일이기는 했지만 가끔 그는 다른 처소들로 나갔고, 더욱 드문 일이었지만 그는 가끔 렌화를 만났다. 그녀는 노인이 데리고 사는 하녀에 관한 얘기를 전혀 입 밖에 꺼내지 않았고, 달라기만 하면 주는 은화와 그녀가 좋아하는 음식과 술로 만족했으며, 그녀 또한 늙었기 때문에 그를 상당히 잘 대해주었다. 그녀와 토츄엔은 그토록 오랜 세월을 친하게 지낸 다음이라 이제는 더 이상 여주인과 몸종이 아니라 친구로서 같이 지내며 이런 얘기 저런 얘기를 나누었는데, 주로 남자들과 같이 지내던 옛날얘기를 많이 했고 큰 소리로 하지 못할 얘기는 서로 귓속말로 나누었다. 그들은 먹고 마시고 잠을 자고는 다시 수다를 떤 다음에 또 먹고 마셨다.

그리고 아주 드문 일이었지만 왕룽이 아들들의 처소로 가면 그들은 예의를 갖추어 그를 대하고 그에게 차를 갖다 주느라고 수선을 피웠다. 그는 제일 어린아이를 보자고 하고는 걸핏하면 잊어버렸기 때문에 여러 번이나 이 질문을 했다.

"이제 내 손자가 몇이나 되지?"

그러면 아들이 냉큼 대답했다.

"사내아이가 열하나에 계집아이가 여덟인데요."

그러면 그는 킬킬거리고 웃으며 대꾸했다.

"한 해에 숫자를 둘씩만 보태면 된다 이거 아니냐?"

그런 다음에 그는 잠깐 동안 앉아서 그의 주변으로 몰려들어 멍하니 쳐다보는 아이들을 구경했다. 손자들은 이제 키가 큰 소년으로 자랐다. 그들을 찬찬히 살펴본 다음 왕룽이 자신에게 중얼거렸다.

"보아하니 저기 저 애는 증조부를 닮았고 저 애는 상인 류를 닮았고 이 애는 젊었을 때의 나하고 똑같이 생겼구나."

그리고 왕룽이 그들에게 물었다.

"너희 서당에 다니느냐?"

"예, 할아버지."

그들이 산발적으로 한꺼번에 대답했고 그가 다시 물었다.

"사서(四書)도 공부하고?"

그러자 이토록 늙은 사람을 노골적으로 경멸한다는 듯 어린 그들이 웃으며 말했다.

"아뇨, 할아버지, 혁명 이후에는 아무도 사서를 배우지 않아요."

그리고 깊은 생각에 잠기며 그가 말했다.
"아, 나도 혁명 얘기는 들었지만 살다가 보니 너무 바빠서 참가하지는 못했단다. 늘 농사 때문에 바빴지."

하지만 이 말을 듣고 소년들이 코웃음을 쳤다. 아들의 처소에서 자신이 전혀 반가운 손님이 아니라는 기분을 느끼며 왕룽이 마침내 자리에서 일어났다.

그러다가 얼마 후에 그는 아들들 처소에는 발길을 끊었고 가끔 토츄엔한테 이렇게 묻기만 했다.

"세월도 꽤 많이 흐른 셈인데 내 두 며느리는 사이가 좀 좋아졌느냐?"

그러면 토츄엔이 땅바닥에다 침을 뱉고 말했다.

"그 여자들이요? 뭐 서로 노려보는 고양이만큼이나 사이가 좋죠. 하지만 맏아드님은 마누라의 온갖 불평에 신물이 났어요. 그 여잔 남자로서는 견디기 어려울 만큼 너무 격식을 따져서, 걸핏하면 친정에서는 어쨌다느니 하는 얘기만 해서 남자를 피곤하게 만들어요. 아드님이 다른 여자를 하나 들어앉힐 거라는 소문도 돌아요. 아드님은 찻집 출입이 잦거든요."

"그래?"

왕룽이 말했다.

하지만 막상 생각을 해보니까 그는 그 문제에 대해 관심이 없어졌고 어느새 자기도 모르는 사이에 이른 봄의 바람이 어깨에 차갑게 느껴져 차를 마시고 싶다는 생각이 들었다.

그리고 또 언젠가 그는 토츄엔에게 말했다.

"이렇게 오랫동안 내 막내아들이 어디 가 있기나 한지 누구 혹시 소문이라도 못 들었냐?"

그리고 이 집안에서는 모르는 것이 하나도 없었던 터라 토츄엔이 대답했다.

"글쎄요, 통 편지가 없기는 해도 가끔 남방에서 오는 사람들 풍문에 들으니 아드님은 장교가 되어 그곳 혁명이라는 것에서 상당히 큰일을 한 모양이에요. 나로서는 그 혁명이라는 것이 무엇인지 알 길이 없지만, 그건 아마 사업쯤 되겠죠."

그러면 또다시 왕룽이 말했다.

"그래?"

그리고 그는 그 생각을 해보고 싶기는 했지만 날이 저물었고 해가 떨어지니까 썰렁하고 차가운 공기에 뼛속이 아팠다. 이제는 마음이 오락가락해서 어떤 한 가지 일에 한참 정신을 집중시키기가 힘들었다. 그리고 식사와 따끈한 차에 대한 늙은 육신의 욕구가 무엇보다도 강해졌다. 하지만 밤이 되어 추워지면 젊고 따스한 리화가 곁에 누워 잠자리에서 포근한 체온으로 그의 늙은 몸을 녹여주었다.

이렇듯 봄이 가고 또 갔으며 세월이 흐를수록 그는 봄이 오고 가는 것을 점점 더 희미하게 의식했다. 그에게는 아직도 하나 남은 것이 있었으니, 그것은 대지에 대한 사랑이었다.

그는 땅으로부터 멀리 떠났고, 읍내에다 집을 마련했고 부자가 되었다. 하지만 그의 뿌리는 흙 속에 박혀 있었고, 비록 여러 달씩이나 그것을 잊기는 했지만 해마다 봄이 오면 그는 대지로 나가야만 했다. 그리고 비록 더 이상 쟁기를 잡거나 일을 못 하게 되어 다른 사람이 쟁기로 밭을 가는 모습을 쳐다보고만 있을 따름이었지만 그는 역시 밭으로 가야 한다는 욕구를 느꼈고, 그래서 밭으로 나갔다. 때때로 그는 하인 한 사람과 이부자리를 가지고 낡은 흙집으로 가서 그가 아이들을 잉태했고 오란이 그 자리에서 죽어간 낡은 침대에서 다시 잤다. 새벽에 잠이 깨면 그는 밖으로 나가서 떨리는 손을 내밀어 움트는 버드나무 가지와 화사하게 만발한 복사꽃을 꺾어 하루 종일 손에 쥐고 있었다.

　이렇듯 여름이 가까웠던 늦은 봄 어느 날 이리저리 돌아다니던 그는 들판을 좀 걸어가서 그가 죽은 사람들을 묻었던 나지막한 언덕의 담을 두른 곳에 이르렀다.

　그는 지팡이를 짚고 벌벌 떨며 서서 무덤들을 쳐다보았고, 그들 모두를 회상했다. 지금 그의 집에서 살고 있는 아들들보다도 훨씬 선명하게 그들의 모습이 머리에 떠올랐고, 가엾은 백치와 리화 이외에는 어느 누구보다도 선명하게 머리에 떠올랐다. 그리고 그의 마음은 여러 해를 되돌아가서 모든 것을, 심지어는 기억도 못 할 만큼 오랫동안 아무런 소식도 듣지 못한 어린 둘째 딸까지도 생생하게 기억했다. 그는 비단 조각처럼 입술이 빨갛고 얇은 그 딸을 그의 집에서 살 때의 모습 그대로 보았는데, 그에게는 이 딸 역시 이곳 흙 속에 누워 있는 사람들과 마찬가지로 여겨졌다. 그러자 그는 깊은 생각에 잠겼고, 언뜻 이런 생각이 떠올랐다.

　"글쎄, 다음은 내 차례로구나."

그러자 그는 묘지로 들어가 찬찬히 둘러보고는 아버지와 작은아 버지의 아래쪽이고 칭보다는 윗자리이며 오란으로부터 멀리 떨어 지지 않은 자신의 무덤 자리를 보았다. 그리고 그는 자신이 눕게 될 조그마한 땅을 물끄러미 쳐다보면서 그 땅에 누워 영원히 묻혀 있 을 자신의 모습을 상상해보았다. 그리고 그가 중얼거렸다.

"관을 마련해둬야겠어."

그는 힘이 들어도 이 생각을 머릿속에 꼭 담아가지고 읍내로 돌 아가서 사람을 보내 맏아들을 불러놓고 말했다.

"내가 하고 싶은 얘기가 있구나."

"그렇다면 말씀하세요."

아들이 대답했다.

"제가 왔으니까요."

하지만 막상 얘기를 하려니까 왕룽은 갑자기 그것이 무슨 얘기 였는지 기억이 나지 않았고, 그토록 애써서 머릿속에 담아가지고 왔건만 이제는 제멋대로 어디론가 그 생각이 빠져나가버리자 속이 상해 그의 눈에는 눈물이 글썽거렸다. 그래서 그는 리화를 불러 말 했다.

"얘야, 내가 하려던 얘기가 무엇이지?"

그러자 리화가 부드럽게 물었다.

"오늘 어디에 가셨나요?"

"들에 나갔지."

그녀의 얼굴에 시선을 고정시키고 왕룽이 대답한 다음 기다렸다. 그러자 그녀가 다시 부드러운 목소리로 말했다.

"들의 어디요?"

그러자 갑자기 다시 생각나서 눈물이 글썽거리는 눈으로 웃으며 그가 소리쳤다.

"그래, 생각이 난다. 아들아, 나는 내가 묻힐 자리를 정했는데 그 자리는 아버님 형제분의 밑이고 칭보다는 윗자리이고 네 어미의 옆이지. 죽기 전에 관을 꼭 마련해놓아야겠구나."

그러자 왕룽의 맏아들이 꼬박꼬박 격식을 갖추는 사람처럼 소리쳤다.

"그런 말씀을 하셔서는 안 됩니다, 아버님. 그러나 어쨌든 시키시는 대로 하기는 하겠습니다."

그래서 아들은 인간의 뼈보다도 더 오래 가고 쇠보다도 더 오래 가는 나무라 죽은 사람을 매장하는 이외에는 어디에도 사용하지 않는 향기가 좋은 거대한 통나무를 베어내어 만들어서 조각을 해 넣은 관을 사왔다. 그러자 왕룽은 마음을 놓았다.

그리고 그는 관을 방에다 들여놓고 날마다 쳐다보았다.

그러다가 갑자기 그는 무슨 생각이 나서 말했다.

"그렇지, 난 그걸 흙집으로 옮겨놓아야겠어. 그곳에서 얼마 안 남은 여생을 보내고, 그곳에서 죽겠어."

그리고 왕룽의 결심이 얼마나 단호한지를 알게 된 그들은 아버지가 시키는 대로 했다. 그는 리화와 백치와 필요한 종들을 데리고 그의 땅에 있는 집으로 돌아가 그곳에다 거처를 정했으며 읍내의 집은 그가 일으켜 세운 가족에게 물려주었다.

봄이 흘러가고 여름도 흘러가서 추수기가 되었으며, 왕룽은 아버지가 벽에 기댄 채로 앉아 있곤 했던 양지에 나가 앉아 겨울이 오기 전에 따사로운 가을 햇볕을 쬐었다. 그리고 그는 이제 먹고 마시는 것과 그의 땅 이외에는 아무 생각도 하지 않게 되었다. 하지만 그의 땅에 대해서도 그는 무엇을 수확하게 될 것이며 무슨 씨앗을 심을 것인가 따위의 생각은 하지 않고 오직 대지 그 자체만 생각했으며, 가끔 몸을 숙여 흙을 손으로 집어 들고 앉아 손가락들 사이에 생명이 가득한 기분을 느꼈다. 그리고 그렇게 흙을 들고 있으면 그는 흐뭇했고, 언뜻 잠깐씩 대지와 그의 훌륭한 관을 생각했으며, 온순한 대지는 그가 찾아갈 때까지 서두르지도 않고 기다렸다.

아들들은 그만하면 그에게 예절을 갖추는 편이었다. 날마다 찾아오거나 아무리 뜸해도 이틀에 한 번쯤은 문안을 오고 그의 나이에 맞을 별미 음식을 보내기도 했지만, 그가 가장 좋아하는 것은 아버지가 그랬듯이 음식을 뜨거운 물에 말아 휘휘 저어서 훌훌 마시는 것이었다.

아들들이 날마다 찾아오지 않으면 가끔 그는 약간 불평을 늘어놓았고, 항상 곁에 있는 리화에게 말했다.

"아니 그 애들은 뭐가 그렇게 바쁘다는 말이냐?"

만일 리화가 "그들은 한창 나이이니까 해야 할 일이 많아요. 맏아드님은 읍내의 부자들을 대표해서 무슨 요직을 맡았고 새 아내도 맞아들였으며, 둘째 아드님도 스스로 운영할 커다란 곡물상을 차리는 중이랍니다"라고 말하면 왕룽은 그 얘기를 귀로 듣기는 해도 그 모든 것들이 통 납득이 가지 않았고, 그의 땅을 둘러보노라면 어느

대지 477

새 잊어버리고는 했다.

하지만 어느 날 그는 잠깐 동안 의식이 또렷해졌다. 그의 두 아들이 찾아온 날이었는데, 정중하게 아버지한테 인사를 한 다음 그들은 바깥으로 나가 집 주위를 걸어 돌아다녔다. 왕룽도 말없이 그들의 뒤를 쫓아갔다. 그들이 걸음을 멈추고 서 있는 동안 그는 천천히 다가갔지만 그의 발자국이나 지팡이가 푹신한 땅에 닿는 소리를 두 아들은 듣지 못했다. 왕룽은 둘째 아들이 거드름을 피우는 목소리로 하는 얘기를 들었다.

"이 밭하고 이 밭을 팔아서 그 돈은 우리가 똑같이 나누기로 해요. 형의 몫은 내가 이자를 많이 붙여 대신 쓰기로 하고요. 그러면 철도가 개통될 테니까 쌀을 바다로 곧장 실어내면……."

그러나 노인은 '땅을 판다'는 소리만 듣고는 저절로 분노로 떨리고 갈라지는 목소리로 외쳤다.

"아니, 못 한다. 이 한심한 녀석들아, 땅을 팔다니?"

그는 숨이 막혀 쓰러질 지경이었지만 그들이 붙잡아 부축해서 일으켜 세웠다. 왕룽은 흐느껴 울기 시작했다.

"아녜요, 아닙니다. 우린 절대로 땅을 팔지 않아요."

"그건 집안이 망하는 짓이야…… 땅을 팔기 시작한다면 말이다."

그가 울먹이며 말했다.

"우리는 땅에서 왔고 우리는 그 땅으로 돌아가야만 해. 아무도 너희한테서 땅을 빼앗지 못해……."

노인은 뺨으로 흘러내리는 몇 방울의 눈물이 마르도록 그냥 내버려두어 얼굴에 찝찔한 얼룩이 남았다. 그리고 그는 허리를 숙여 흙을 한 줌 집어 들고 중얼거렸다.

"너희가 땅을 팔면 그걸로 끝장이야."

두 아들은 양쪽에서 한 팔씩 아버지를 잡고 부축했다. 왕룽은 따스하고 푹신한 흙을 손에 꼭 쥐고 있었다. 그리고 왕룽을 안심시키느라고 맏아들과 둘째 아들이 거듭거듭 말했다.

"안심하세요, 아버지, 안심하세요. 땅은 팔지 않을 테니까요."

하지만 그들은 노인의 머리 위로 서로 쳐다보며 미소를 지었다.

작품 해설

내가 《대지》를 처음 접한 것은 대학에 다닐 때였는데, (당시에는 모르고 있었지만) 이른바 복사를 한 해적판이었다. 이 책을 번역해달라는 부탁을 받고 옛날에 읽었던 그 책을 꺼내보니 송이가 누렇게 변색하고 모서리가 푸석푸석 떨어져 나가 번역이 다 끝났을 때쯤에는 너덜너덜해져 버려야 할 정도가 되었다.

하지만 그 삭아버린 책 속에 담긴 글자들이 전해주는 얘기는 옛날이나 지금이나 그 감동이 조금도 줄어들지 않았다. 《대지》를 읽던 무렵에 역자는 존 스타인벡의 《분노의 포도(*The Grapes of Wrath*)》와 크누트 함순의 《흙의 혜택(*Growth of Soil*)》도 읽었는데, 세 작품 모두에서 살기 위해 투쟁하는 인간상에 대해 거의 비슷한 감동적인 인상을 받았다고 기억한다. 그렇기 때문에 좋은 작품은 책이 삭아도 그 '얘기'는 남는 것 같다.

이 작품은 원래 3부작으로 이루어진 대하소설이지만《대지》자체만으로도 하나의 독립된 소설로서 독자들에게 삶의 얘기를 강렬하게 전한다. 그 까닭은 여러 대에 걸친 한 집안의 흥망성쇠를 다루는 거의 모든 서사시적인 작품에서 그 1대가 가장 힘차고도 인간적인 얘기를 전개시키기 마련인데 그 전통이 여기에도 살아 있기 때문이다.

왕룽이라는 한 농부의 삶을 투시해서 펄 S. 벅(Pearl Sydenstricker Buck)이 전하는 얘기는 이 소설의 시간적·공간적 무대를 이루는 한 세대의 중국을 파헤치는 하나의 역사라고 할 수 있다.

왕룽과 오란, 그리고 그들로부터 비롯되는 한 가족은 어느 왕조의 얘기 못잖게 파란만장한 삶, 죽음, 사랑, 질병, 전쟁, 혁명, 질투의 서사시를 엮는다. 이 소설의 시간적인 배경은 청(淸) 말기에서부터 중화민국의 탄생까지인데, 여기《대지》에서는 현대로 넘어오는 길목의 격동기가 그 바탕에 깔린다.

하지만 작가는 역사적인 사건들은 별로 조명하지 않는다. 그것은 흙과 인간의 삶이라는 주제를 보다 강렬하게 표출시키기 위해서다. 펄 벅은 중국 대륙과 중국인의 삶을 자신의 삶과 동일시했고, 그래서 그녀의 작품 세계는 곧 중국이라고 하겠는데, 그것은 그녀 자신의 삶과 밀접한 관계를 지니고 있다.

펄 벅은 그녀의 부모가 중국에서 10년 가량 선교사 생활을 하다 2년 동안 휴가를 받아 웨스트버지니아의 힐스보로에 머물러 있을 때 출생했으며, 생후 3개월이 되었을 무렵 부모를 따라 중국으로 갔다.

당시 열두 살이었던 오빠 에드윈과 함께 장로교 선교사인 아버지가 일하던 곳(鎭江)으로 간 펄 벅은 부모가 대부분의 선교사들이 살던 공식 종교인 거주지를 싫어했기 때문에 중국인 가족들과 같이 살았고 영어를 배우기 전에 중국어부터 배웠으며 자신이 중국 아이인 줄 알았다고 한다.

그녀는 엄격한 교육을 받았으며 우수한 학생임을 스스로 증명했다. 공(孔)이라는 가정교사의 개인 교수를 받는 한편 그녀는 어머니로부터 글을 쓰는 수업을 따로 받기도 했다. 그러나 그녀의 작품이 태어난 가장 중요한 밑거름이 된 것은 펄 벅보다 먼저 태어났다가 죽은 두 아이에 이어서 그녀를 보살펴준 유모 왕(王) 여인이었는데, 이 여자는 첫아들이 태어났을 때 왕룽이 그랬던 것처럼 부처님 모자를 그녀에게 씌워주었고, 이 소설에 나오는 장면처럼 끈으로 매어 어린아이가 도망가지 못하게도 했다.

그러다가 그녀는 정식 교육을 받기 위해 버지니아의 린치버그에 있는 랜돌프메이컨여자대학으로 건너가 1914년에 졸업한 다음 그 대학에서 1년 동안 강의를 했고, 어머니의 병이 심해지자 스물두 살 때 다시 중국으로 돌아가 1917년에 장로교 전도회에서 농업 기술을 가르치도록 파견한 25세의 농업 전문가 존 L. 벅(John Lossing Buck)과 결혼했다. 그로부터 5년 동안 그녀는 남편과 함께 화북 지방에서 가난한 중국 농민들을 접하며 한발과 기근에 시달리는 사람들의 현실을 생생하게 체험했다.

1921년에 남편이 난징대학 교수가 되어 그곳으로 이사를 하며 딸을 낳았는데, 이 해 10월에 어머니가 오랜 투병 끝에 사망했다.

1922년부터 펄 벅은 10년 동안 난징대학에서 초급 영어를 가르쳤고, 같은 해에 장로교 선교사가 되었다. 1923년에 그녀는《애틀랜틱》에〈중국에서〉라는 짤막한 글을 발표했고, 1924년 두 사람이 코넬대학에 다닐 때〈중국과 서양〉이라는 글을 발표하여 로라 메신저 상을 받음으로써 장래의 윤곽이 어렴풋이 드러나기 시작했다. 즉 그녀는 첫 저서《동풍 서풍(East Wind West Wind)》에서 시작하여《대지》의 주인공인 왕룽의 현대에 사는 자손들의 얘기를 그린 소설《붉은 흙(Red Earth)》을 집필하다 사망할 때까지 중국을 서양에 전하는 작업을 계속했던 것이다.

펄 벅은 그 이외에도《포럼》,《네이션》등에 글을 발표했고, 그러던 중 1927년 3월에 중국 인민 혁명군이 난징에 진주하여 그들은 일본 나가사키로 피신했다. 이때 중국인보다도 어떤 면에서는 더 진정한 중국인이라고 생각했던 펄 벅은 백인이기 때문에 분노한 군중의 적이 되었다는 고뇌를 겪게 되었고, 본격적인 문학 활동도 시작했다.

1928년 난징으로 돌아와보니 혁명군의 노략질 때문에 그녀가 썼던 소설 원고가 거의 없어졌지만, 1925년 중국으로 돌아오는 배에서 집필해《아시아》지에 발표한〈중국 부인의 이야기〉를 기초로 하여 1930년에 드디어《동풍 서풍》을 펴냈다.

두 편의 단편 소설로 이루어진 이 작품은 당장 성공을 거두어 작가로서의 활동에 자신감을 주었고, 같은 해《대지》의 집필을 시작하여 1931년 3월 미국에서 출판, 21개월 이상 계속해서 베스트셀러가 되어 30개 국어 이상으로 번역되기에 이르렀다.

1932년에 《대지》가 퓰리처상을 받았고, 같은 해에 그녀는 《대지》의 속편인 《아들들(Sons)》을 발표했다. 그리고 1935년 《대지》가 윌리엄 딘 하웈스상을 받던 해에 《분열된 일가(A House Divided)》까지 포함해서 3부작을 엮은 《대지의 집(House of Earth)》을 세상에 내놓는다.

《대지》는 1937년 시드니 프랭클린 감독이 폴 모니와 루이스 라이너 주연으로 영화로 만들기도 했고, 펄 벅이 노벨상을 받는 데 가장 결정적인 역할을 한 그녀의 대표작이다.

자신의 생활 배경과 남편의 직업 때문에 펄 벅은 중국인과 중국 농민들의 생활에 익숙했으며 그 지식과 경험을 그녀는 《대지》로 작품화했다. 가난한 농부인 왕룽이 부호가 되기까지의 과정을 추적하는 이 소설은 결혼 생활과 가족 관계, 기쁨과 고통, 인간의 나약함을 그렸으며 '영구한 요소들에 의해서 인간의 존재성이 빚어진다'는 강렬한 현실 의식을 강조한다. 비옥한 땅의 가치와 근면한 노동, 검소함, 책임의 가치들이 숨김없이 표출되는 한편 중국인들이 겪는 경험이 지니는 현실성이 모든 문화권에 있어서 얼마나 보편적이냐 하는 사실도 두드러지게 제시했다.

《대지》는 또한 그 문체에 있어서도 성공을 거두었는데, 자주 병행되고 반복되는 문장들과 리듬을 이끌어내며 되풀이되는 어휘들과 고어체의 문장 구성은 1611년 영국에서 편찬된 '제임스 1세판 성서(King James version)'의 간결성과 옛날 중국 이야기의 서술체를 효과적으로 조화시킨다. 아주 단순한 문장이 되풀이되고, 거의 모든 문장에서 'and' 'then' 'but' 'and then' 같은 접속사가 앞에 나오는데, 물론 번역에서는 그 소박한 반복의 맛을 살리기 힘들지만, 그래도 조금이나마 그 문체를 전달하기 위해 장문(長文)과 계속되는 접속사의 남발(?)을 모두 그대로 옮겼다. 이 점에 대해서는 독자들의 이해가 있기 바란다.

《대지》의 두 속편은 첫 작품이 거둔 성공의 후광을 살린 것이라고 하겠는데,《아들들》과《분열된 일가》은 왕룽의 세 아들이 겪어 나가는 생애를 다룬다. 그들은 모두 아버지의 땅을 버리고 몰락하여 부패하고 무책임한 삶을 살게 된다.《아들들》은 군벌(軍閥)이 된 왕호를 주인공으로 삼지만, 펄 벅이 직접 경험한 것이 아니라 자료를 바탕으로 쓴 작품이어서 그런지《대지》만큼 강렬한 힘을 지니지 못한다.

호색한 맏아들은 전형적인 부잣집의 부패한 맏아들이고, 둘째 아들은 고리대금업자로 물욕에 사로잡혀 동생에게 군자금을 대주어 정치적인 야심을 채우려고 한다. 셋째 아들은 새로운 권세를 세우기 위해 광분하는 군인으로서, 이들 세 사람은 순수성을 상실하고 부패의 침체기로 접어든다.

왕룽의 손자들에게 초점이 맞추어진《분열된 일가》도 생동감이 결여되었다는 결점을 드러내는데, 이 3부에서는 왕호의 외아들을 중심으로 현대를 향해 치닫는 중국의 격변하는 역사 속에서 한 집안의 역사를 마무리한다.

펄 벅은 항상 대중의 인기를 끌었던 작가이다. 간결한 문체, 전통적인 가치관, 보편적인 주제를 다루는 능력이 탁월했기 때문이었다. 펄 벅 자신은 소설이라는 형식이 지식층을 위해 존재하는 위대한 문학의 한 분야라고 생각하지 않았다. 중국인 가정교사는 소설을 학자들에게는 어울리지 않는 대중 오락 형태로 간주하도록 가르쳤고, 펄 벅은 평범한 사람들을 좋아했기 때문에 대중적인 작가가 되기를 원했다.

그래서 《대지》는 중국인 농민에 대한 공감에서 쓴 작품이었다. 농부인 왕릉은 계집종 오란과 결혼하고 그녀는 지칠 줄 모르고 일하는 헌신적인 아내가 된다. 남편의 농사를 도우며 집안이 서서히 흥하게 되고 왕릉은 땅을 사들이기 시작한다. 오란은 그 사이에 두 명의 아들과 딸 하나를 그에게 낳아준다(그냥 낳는 것이 아니라 '낳아서 남편에게 준다'는 의식이 이 작품에서는 무척 강렬하다). 그러다 기근이 닥쳐온다. 오란은 넷째 아이를 낳지만 먹을 것이 없어서 딸인 아이는 죽고 가족은 늙은 할아버지와 함께 남방으로 내려간다. 대도시로 간 그들은 비참한 생활을 하고, 가까스로 살린 딸은 정신박약아가 된다. 그러다가 폭동이 일어나자 오란은 약탈을 당하는 집에서 보석을 발견한다. 이 보석 덕택에 그들은 고향으로 돌아가고 왕릉은 점점 부자가 된다. 오란은 또 딸과 아들 쌍둥이를 낳지만, 왕릉은 첩을 얻고, 결국 오란이 소중하게 간직하고 있던 두 개의 진주까지도 빼앗는다. 첩으로 얻은 렌화에게 주기 위해서. 맏아들이 렌화와 가까워지자 왕릉은 집에서 아들을 쫓아내고, 그 후에 오란이 임종하며 남편에게 맏아들을 다시 집으로 데려오라고 해서 결혼시킨다. 나중에 왕룽과 그의 가족은 오란이 종으로 일하던 황씨 댁 큰 집에 들어가 살게 된다. 그리고 왕릉의 1대가 서서히 끝난다.

1938년에 펄 벅은 노벨상을 받는다.

《대지》가 성공을 거두던 무렵에 펄 벅은 정신박약아가 된 딸의 치료 때문에 많은 돈이 필요하던 터였다.

펄 벅의 많은 작품들이 아시아의 다른 나라와 미국을 배경으로 삼기는 했어도 중국에 대한 사랑은 평생 계속되었다. 그러나 20세기에 들어서며 중국에서 벌어진 투쟁은 전통적인 중국을 파괴했고, 펄 벅은 더 이상 중국에서 살 수 없게 되었다. 이 무렵이 펄 벅에게는 여러 가지 수난의 시기였다.

1932년 11월 뉴욕에서 선교 활동을 비판한 강연이 문제가 되어 그녀는 장로교 선교사 자리를 내놓았고, 그 해에 아버지도 타계했다. 곧 미국으로 귀국한 그녀는 1935년에 첫 남편과 헤어지고 펜실베이니아의 퍼카 시에 정착, 1935년에는 그녀의 책들을 출판하던 존 데이(John Day) 사의 사장 월시(Richard J. Walsh)와 결혼했다.

딸 캐럴이 정신박약아인 것을 처음 알게 된 때는 1928년이었는데, 그녀는 이 딸의 치료를 포기하지 않고 계속했다. 기근에 시달리는 중국인 난민들을 위해 일했던 어머니와 마찬가지로 모든 인간의 고통을 덜어주는 것이 그녀가 헌신해야 할 일이라고 생각한 펄 벅은 미국인과 아시아인의 혼혈아들을 입양시키는 일에 헌신했고, 스스로 아홉 아이를 양자로 받아들여 키우기도 했다. 1941년에 '동서협회(East-West Association)'를 설립한 펄 벅은 1949년 혼혈아를 돌보는 비영리 기관 '환영의 집(Welcome House)'도 운영했고, 1964년에는 펄 벅 재단을 설립하기에 이른다.

한편 작품 활동에 있어서 펄 벅은 1933년《수호지》를 영어로 번역했고, 1936년에 선교사인 아버지의 생애를 그린《투쟁하는 천사(Fighting Angel)》와 어머니 캐롤라인 사이덴스트리커를 주인공으로 삼은《유형자(The Exile)》를 발표했는데, 출간 몇 년 후에 노벨상위원회는 부모를 모델로 삼은 이 두 작품을 '걸작'이라고 격찬했다.

미국을 배경으로 한 첫 소설《자랑스러운 마음(This Proud Heart)》을 발표한 1938년, 노벨상위원회에서는 그녀에게 노벨문학상을 수여하며 두 전기(傳記)뿐 아니라 '중국 농민을 다룬 소설들'도 그 '사실성과 풍부한 자료와 보기 드문 통찰력'을 들어 높이 평가했다. 그러나 대부분의 미국 비평가들은 펄 벅이 별로 많은 작품을 쓰지 않았고 도전 의식도 결여되었으며 '미국' 작가라고 분류하기도 어렵다면서 노벨문학상의 수상에 대해 못마땅한 반응을 보였다. 사실상 펄 벅은 미국보다도 유럽과 동양에서 더 유명한 작가였다.

이런 냉담한 반응에 충격을 받은 펄 벅은 이때부터 그녀의 작품에 '의식'을 불어넣는 작업을 벌여 '대중의 뿌리를 찾아야 한다'는 주제를 공공연히 부르짖기도 했지만 설득에 있어서는 성공을 거두지 못했다. 그러나 그 후의 작품에는 '통속을 벗어난 주제 의식'이 드러나게 되었다.

그 후기 작품 가운데 손꼽히는 것들은 정신적인 사랑의 가치를 강조한《여인들의 전당(Pavilion of Women)》(1946), 잡혼(雜婚)을 금지하는 법을 공박한《숨은 꽃(The Hidden Flower)》(1952), 그리고 핵무기 사용을 비판한《아침을 지배하라(Command the Morning)》(1959) 등이다.

그 외에는 우리나라 독자들의 기억에 남는 작품으로는 1963년에 발표한 《살아 있는 갈대(The Living Reed)》를 꼽을 수 있다. 이 소설은 1883년부터 1945년에 이르기까지 한국의 김씨 집안이 겪는 사회적·정치적·경제적 격동을 그리고 있는데, 비평가 폴 A. 도일은 이 소설이 "한국의 전체적인 모습과 민족을 소설의 형태로서는 가장 잘 서술한 작품"이라고 했다.

펄 벅은 쉴새 없이 소설, 단편, 수필, 아동소설 등을 발표했고, 희곡도 쓰고, 공산주의와 인종 차별을 다룬 저서도 남겼다. 워낙 다작을 해서 오히려 판매에 방해가 되었기 때문에 존 세지스(John Sedges)라는 가명으로 1945년부터 1953년 사이에 다섯 권의 소설을 발표한 적도 있다.

펄 벅은 1973년 3월 6일 폐암으로 사망할 때까지 계속해서 작품을 썼지만, 너무 많은 글을 쓴 당연한 결과로 후기 작품은 별로 좋은 평을 받지 못했다. 그러나 《대지》만큼은 펄 벅의 세계에서 불멸의 성채로 우뚝 서 있을 것이다.

옮긴이

펄 벅 연보

1899년 미국 웨스트버지니아주 힐즈버러에서 선교사의 딸로 태어났다. 생후 3개월 만에 장로교 선교사인 부모를 따라 중국 장쑤성으로 이주했다.

1910년 미국으로 귀국해 버지니아주의 랜돌프메이컨여자대학교에 입학했다.

1914년 대학 졸업 후 중국으로 돌아갔다. 난징의 대학교에서 영문학을 가르치며 교육 활동을 시작했다.

1917년 농업 전문가이자 선교사인 존 벅과 결혼했다.

1920년 딸 캐럴이 태어났다. 정신 장애를 가진 캐럴은 펄 벅이 작가이자 인권 활동가가 된 동기 중 하나였다. 캐럴은 《대지》의 주인공 왕룽의 딸로 그려지기도 했다.

1930년 첫 장편 소설 《동풍 서풍》을 발표했다.

1931년	중국 농민의 삶을 사실적으로 그려낸 대표작《대지》를 발표했다. 이 작품은 대성공을 거두었고, 이듬해 벅에게 퓰리처상을 안겨주었다.
1935년	미국으로 돌아온 후 이혼했다. 출판업자이자 문학 에이전트인 리처드 월시와 재혼했다.《대지》의 후속작인《아들들》을 출간했다.
1938년	중국 농민을 진실하게 묘사해 동서양이 서로를 이해하는 데 기여했다는 평과 함께 미국 여성 작가로는 최초로 노벨 문학상을 받았다.
1941년	대지 3부작의 마지막 작품《분열된 일가》를 출간했다. 이후 오랫동안 다작을 하며 여성, 인종에 관한 인권 활동, 미중 관계에 관한 활동을 이어갔다. 한반도와 베트남에 대한 평화주의적 견해를 발표하기도 했다.
1963년	구한말부터 해방까지의 한국을 배경으로 4대의 이야기를 다룬 장편 소설《살아 있는 갈대》를 발표했다.
1964년	아시아 국가에서 빈곤과 차별로 고통받는 어린이들을 위한 펄벅재단을 설립했다. 이듬해에는 한국펄벅재단이 설립되었다.
1973년	버몬트주 댄비의 자택에서 80세의 나이로 별세했다.

옮긴이 **안정효**

서강대학교 영문과를 졸업하고 《코리아헤럴드》,《코리아타임스》,《주간여성》 기자, 한국 브리태니커 편집부장,《코리아타임스》 문화체육부장을 지냈다. 가브리엘 마르케스의 《백년 동안의 고독》, 윌리엄 사로얀 《인간 희극》, 아이리스 머독의 《바다여 바다여》를 비롯해 다수의 책을 번역했다. 주요 저서로는 《은마는 오지 않는다》,《하얀전쟁》,《미늘》,《헐리우드키드의 생애》 등이 있으며,《악부전》으로 김유정문학상을 수상했다. 그의 소설은 영어, 독일어, 일본어, 덴마크어로 번역 출판되었다.

대지

1판 1쇄 발행 1985년 8월 10일
3판 재쇄 발행 2025년 10월 30일

지은이 펄 벅 │ 옮긴이 안정효
펴낸곳 (주)문예출판사 │ 펴낸이 전준배
출판등록 2004. 02. 11. 제 2013-000357호 (1966. 12. 2. 제 1-134호)
주소 04001 서울시 마포구 월드컵북로 21
전화 02-393-5681 │ 팩스 02-393-5685
홈페이지 www.moonye.com │ 블로그 blog.naver.com/imoonye
페이스북 www.facebook.com/moonyepublishing │ 이메일 info@moonye.com

ISBN 978-89-310-2489-0 04800
ISBN 978-89-310-2365-7 (세트)

•잘못 만든 책은 구입하신 서점에서 바꿔드립니다.

♣문예출판사® 상표등록 제 40-0833187호, 제 41-0200044호

■ 문예세계문학선

★ 서울대, 연세대, 고려대 필독 권장 도서　▲ 미국대학위원회 추천 도서
● 《타임》 선정 현대 100대 영문 소설　▽ 《뉴스위크》 선정 세계 100대 명저

1 젊은 베르테르의 슬픔 괴테 / 송영택 옮김	34 지상의 양식 앙드레 지드 / 김붕구 옮김
▲▽ 2 멋진 신세계 올더스 헉슬리 / 이덕형 옮김	35 체호프 단편선 안톤 체호프 / 김학수 옮김
▲●▽ 3 호밀밭의 파수꾼 J. D. 샐린저 / 이덕형 옮김	36 인간 실격 다자이 오사무 / 오유리 옮김
4 데미안 헤르만 헤세 / 구기성 옮김	37 위기의 여자 시몬 드 보부아르 / 손장순 옮김
5 생의 한가운데 루이제 린저 / 전혜린 옮김	●▽ 38 댈러웨이 부인 버지니아 울프 / 나영균 옮김
6 대지 펄 S. 벅 / 안정효 옮김	39 인간 희극 윌리엄 사로얀 / 안정효 옮김
●▽ 7 1984 조지 오웰 / 김승욱 옮김	40 오 헨리 단편선 오 헨리 / 이성호 옮김
▲●▽ 8 위대한 개츠비 F. 스콧 피츠제럴드 / 송무 옮김	★ 41 말테의 수기 R. M. 릴케 / 박환덕 옮김
▲●▽ 9 파리대왕 윌리엄 골딩 / 이덕형 옮김	42 파비안 에리히 케스트너 / 전혜린 옮김
10 삼십세 잉게보르크 바흐만 / 차경아 옮김	★▲▽ 43 햄릿 윌리엄 셰익스피어 / 여석기 옮김
★▲ 11 오이디푸스왕·안티고네 외	44 바라바 페르 라게르크비스트 / 한영환 옮김
소포클레스·아이스킬로스 / 천병희 옮김	45 토니오 크뢰거 토마스 만 / 강두식 옮김
★▲ 12 주홍글씨 너새니얼 호손 / 조승국 옮김	46 첫사랑 이반 투르게네프 / 김학수 옮김
▲●▽ 13 동물농장 조지 오웰 / 김승욱 옮김	47 제3의 사나이 그레이엄 그린 / 안흥규 옮김
★ 14 마음 나쓰메 소세키 / 오유리 옮김	★▲▽ 48 어둠의 심장 조지프 콘래드 / 이덕형 옮김
★ 15 아Q정전·광인일기 루쉰 / 정석원 옮김	49 싯다르타 헤르만 헤세 / 차경아 옮김
16 개선문 레마르크 / 송영택 옮김	50 모파상 단편선 기 드 모파상 / 김동현·김사행 옮김
★ 17 구토 장 폴 사르트르 / 방곤 옮김	51 찰스 램 수필선 찰스 램 / 김기철 옮김
18 노인과 바다 어니스트 헤밍웨이 / 이경식 옮김	★▲▽ 52 보바리 부인 귀스타브 플로베르 / 민희식 옮김
19 좁은 문 앙드레 지드 / 오현우 옮김	53 페터 카멘친트 헤르만 헤세 / 박종서 옮김
★▲ 20 변신·시골 의사 프란츠 카프카 / 이덕형 옮김	★ 54 몽테뉴 수상록 몽테뉴 / 손우성 옮김
★▲ 21 이방인 알베르 카뮈 / 이휘영 옮김	55 알퐁스 도데 단편선 알퐁스 도데 / 김사행 옮김
22 지하생활자의 수기 도스토옙스키 / 이동현 옮김	56 베이컨 수필집 프랜시스 베이컨 / 김길중 옮김
★ 23 설국 가와바타 야스나리 / 장경룡 옮김	★▲ 57 인형의 집 헨리크 입센 / 안동민 옮김
★▲ 24 이반 데니소비치의 하루	★ 58 소송 프란츠 카프카 / 김현성 옮김
알렉산드르 솔제니친 / 이동현 옮김	★▲ 59 테스 토마스 하디 / 이종구 옮김
25 더블린 사람들 제임스 조이스 / 김병철 옮김	★▽ 60 리어왕 윌리엄 셰익스피어 / 이종구 옮김
★ 26 여자의 일생 기 드 모파상 / 신인영 옮김	61 라쇼몽 아쿠타가와 류노스케 / 김영식 옮김
27 달과 6펜스 서머싯 몸 / 안흥규 옮김	▲▽ 62 프랑켄슈타인 메리 셸리 / 임종기 옮김
28 지옥 앙리 바르뷔스 / 오현우 옮김	▲●▽ 63 등대로 버지니아 울프 / 이숙자 옮김
★▲ 29 젊은 예술가의 초상 제임스 조이스 / 여석기 옮김	64 명상록 마르쿠스 아우렐리우스 / 이덕형 옮김
▲ 30 검은 고양이 애드거 앨런 포 / 김기철 옮김	65 가든 파티 캐서린 맨스필드 / 이덕형 옮김
★ 31 도련님 나쓰메 소세키 / 오유리 옮김	66 투명인간 H. G. 웰스 / 임종기 옮김
32 우리 시대의 아이 외덴 폰 호르바트 / 조경수 옮김	67 게르트루트 헤르만 헤세 / 송영택 옮김
33 잃어버린 지평선 제임스 힐튼 / 이경식 옮김	68 피가로의 결혼 보마르셰 / 민희식 옮김

(뒷면 계속)

★ 69 **팡세** 블레즈 파스칼 / 하동훈 옮김
70 **한국단편소설선** 김동인 외 / 오양호 엮음
71 **지킬 박사와 하이드** 로버트 L. 스티븐슨 / 김세미 옮김
▲ 72 **밤으로의 긴 여로** 유진 오닐 / 박윤정 옮김
★▲▽ 73 **허클베리 핀의 모험** 마크 트웨인 / 이덕형 옮김
74 **이선 프롬** 이디스 워튼 / 손영미 옮김
75 **크리스마스 캐럴** 찰스 디킨슨 / 김세미 옮김
★▲ 76 **파우스트** 요한 볼프강 폰 괴테 / 정경석 옮김
▲ 77 **야성의 부름** 잭 런던 / 임종기 옮김
★▲ 78 **고도를 기다리며** 사뮈엘 베케트 / 홍복유 옮김
★▲▽ 79 **걸리버 여행기** 조너선 스위프트 / 박용수 옮김
80 **톰 소여의 모험** 마크 트웨인 / 이덕형 옮김
★▲▽ 81 **오만과 편견** 제인 오스틴 / 박용수 옮김
★▽ 82 **오셀로 · 템페스트** 윌리엄 셰익스피어 / 오화섭 옮김
★ 83 **맥베스** 윌리엄 셰익스피어 / 이종구 옮김
▽ 84 **순수의 시대** 이디스 워튼 / 이미선 옮김
★ 85 **차라투스트라는 이렇게 말했다** 니체 / 황문수 옮김
★ 86 **그리스 로마 신화** 이디스 해밀턴 / 장왕록 옮김
87 **모로 박사의 섬** H. G. 웰스 / 한동훈 옮김
88 **유토피아** 토머스 모어 / 김남우 옮김
★▲ 89 **로빈슨 크루소** 대니얼 디포 / 이덕형 옮김
90 **자기만의 방** 버지니아 울프 / 정윤조 옮김
▲ 91 **월든** 헨리 D. 소로 / 이덕형 옮김
92 **나는 고양이로소이다** 나쓰메 소세키 / 김영식 옮김
★ 93 **폭풍의 언덕** 에밀리 브론테 / 이덕형 옮김
★▲ 94 **스완네 쪽으로** 마르셀 프루스트 / 김인환 옮김
★ 95 **이솝 우화** 이솝 / 이덕형 옮김
★ 96 **페스트** 알베르 카뮈 / 이휘영 옮김
▲ 97 **도리언 그레이의 초상** 오스카 와일드 / 임종기 옮김
98 **기러기** 모리 오가이 / 김영식 옮김
★▲ 99 **제인 에어 1** 샬럿 브론테 / 이덕형 옮김
★▲100 **제인 에어 2** 샬럿 브론테 / 이덕형 옮김
101 **방황** 루쉰 / 정석원 옮김
102 **타임머신** H. G. 웰스 / 임종기 옮김
●103 **보이지 않는 인간 1** 랠프 엘리슨 / 송무 옮김
●104 **보이지 않는 인간 2** 랠프 엘리슨 / 송무 옮김
▲105 **훌륭한 군인** 포드 매덕스 포드 / 손영미 옮김
106 **수레바퀴 아래서** 헤르만 헤세 / 송영택 옮김
▲107 **죄와 벌 1** 표도르 도스토옙스키 / 김학수 옮김
▲108 **죄와 벌 2** 표도르 도스토옙스키 / 김학수 옮김
109 **밤의 노예** 미셸 오스트 / 이재형 옮김
110 **바다여 바다여 1** 아이리스 머독 / 안정효 옮김
111 **바다여 바다여 2** 아이리스 머독 / 안정효 옮김
112 **부활 1** 레프 톨스토이 / 김학수 옮김
113 **부활 2** 레프 톨스토이 / 김학수 옮김
▲●114 **그들의 눈은 신을 보고 있었다**
조라 닐 허스턴 / 이미선 옮김
115 **약속** 프리드리히 뒤렌마트 / 차경아 옮김
116 **제니의 초상** 로버트 네이선 / 이덕희 옮김
117 **트로일러스와 크리세이드**
제프리 초서 / 김영남 옮김
118 **사람은 무엇으로 사는가**
레프 톨스토이 / 이순영 옮김
119 **전락** 알베르 카뮈 / 이휘영 옮김
120 **독일인의 사랑** 막스 뮐러 / 차경아 옮김
121 **릴케 단편선** R. M. 릴케 / 송영택 옮김
122 **이반 일리치의 죽음** 레프 톨스토이 / 이순영 옮김
123 **판사와 형리** F. 뒤렌마트 / 차경아 옮김
124 **보트 위의 세 남자** 제롬 K. 제롬 / 김이선 옮김
125 **자전거를 탄 세 남자** 제롬 K. 제롬 / 김이선 옮김
126 **사랑하는 하느님 이야기** R. M. 릴케 / 송영택 옮김
127 **그리스인 조르바** 니코스 카잔차키스 / 이재형 옮김
128 **여자 없는 남자들** 어니스트 헤밍웨이 / 이종인 옮김
129 **사양** 다자이 오사무 / 오유리 옮김
130 **슌킨 이야기** 다니자키 준이치로 / 김영식 옮김
131 **실종자** 프란츠 카프카 / 송경은 옮김
132 **시지프 신화** 알베르 카뮈 / 이가림 옮김
133 **장미의 기적** 장 주네 / 박형섭 옮김
134 **진주** 존 스타인벡 / 김승욱 옮김
135 **황야의 이리** 헤르만 헤세 / 장혜경 옮김
136 **피난처** 이디스 워튼 / 김욱동 옮김
137 **이상한 나라의 앨리스 · 거울 나라의 앨리스**
루이스 캐럴 / 이순영 옮김
138 **빨강 머리 앤** 루시 모드 몽고메리 / 이순영 옮김